高等院校信息与通信工程系列教材

高速数字信号处理器结构与系统

高梅国 刘国满 田黎育 编著

清华大学出版社

北京

内 容 简 介

信号与信息处理技术已广泛应用于军事、通信、消费类电子等领域,正成为各行业不可缺少的技术,是科研和工程技术人员必须掌握的技术之一。

本书全面介绍了数字信号处理器 DSPs 结构特点、类型、原理、发展趋势,DSPs 系统硬件设计、组成、开发和应用,DSPs 系统软件编程、指令、开发工具、程序优化;介绍了嵌入式处理系统技术、实时系统技术、高速数字电路设计与实现;最后给出了 DSPs 应用实例。

本书可作为通信与信息系统、信号与信息处理专业研究生及高年级本科生的数字信号处理技术课程教材,也可作为科研和工程技术人员进行信号与信息处理系统设计的参考书。

图书在版编目(CIP)数据

高速数字信号处理器结构与系统/高梅国,刘国满,田黎育编著. —北京:清华大学出版社,2009.1

(高等院校信息与通信工程系列教材)

ISBN 978-7-302-18418-8

Ⅰ. 高…　Ⅱ. ①高… ②刘… ③田…　Ⅲ. 数字信号发生器－高等学校－教材　Ⅳ. TN911.72

中国版本图书馆 CIP 数据核字(2008)第 125634 号

责任编辑:陈国新
责任校对:梁　毅
责任印制:何　芊

出版发行:清华大学出版社　　　　　　　　　　地　　　址:北京清华大学学研大厦 A 座
　　　　　http://www.tup.com.cn　　　　　邮　　　编:100084
　　　　　社　总　机:010-62770175　　　　　邮　　　购:010-62786544
　　　　　投稿与读者服务:010-62776969,c-service@tup.tsinghua.edu.cn
　　　　　质 量 反 馈:010-62772015,zhiliang@tup.tsinghua.edu.cn
印　刷　者:北京市人民文学印刷厂
装　订　者:北京市密云县京文制本装订厂
经　　　销:全国新华书店
开　　　本:185×260　印　张:23　字　数:565 千字
版　　　次:2009 年 1 月第 1 版　印　次:2009 年 1 月第 1 次印刷
印　　　数:1～3000
定　　　价:39.00 元

出　版　说　明

　　信息与通信工程学科是信息科学与技术的重要组成部分。改革开放以来,我国在发展通信系统与信息系统方面取得了长足的进步,形成了巨大的产业与市场,如我国的电话网络规模已位居世界首位,同时该领域的一些分支学科出现了为国际认可的技术创新,得到了迅猛的发展。为满足国家对高层次人才的迫切需求,当前国内大量高等学校设有信息与通信工程学科的院系或专业,培养大量的本科生与研究生。为适应学科知识不断更新的发展态势,他们迫切需要内容新颖又符合教改要求的教材和教学参考书。此外,大量的科研人员与工程技术人员也迫切需要学习、了解、掌握信息与通信工程学科领域的基础理论与较为系统的前沿专业知识。为了满足这些读者对高质量图书的渴求,清华大学出版社组织国内信息与通信工程国家级重点学科的教学与科研骨干以及本领域的一些知名学者、学术带头人编写了这套高等院校信息与通信工程系列教材。

　　该套教材以本科电子信息工程、通信工程专业的专业必修课程教材为主,同时包含一些反映学科发展前沿的本科选修课程教材和研究生教学用书。为了保证教材的出版质量,清华大学出版社不仅约请国内一流专家参与了丛书的选题规划,而且每本书在出版前都组织全国重点高校的骨干教师对作者的编写大纲和书稿进行了认真审核。

　　祝愿《高等院校信息与通信工程系列教材》为我国培养与造就信息与通信工程领域的高素质科技人才,推动信息科学的发展与进步做出贡献。

北京邮电大学

陈俊亮

2004 年 9 月

序

  信息社会的发展,在很大程度上取决于信息与信号处理技术的先进性。数字信号处理技术的出现改变了信息与信号处理技术的整个面貌;而数字信号处理器作为数字处理的核心技术,其应用已经深入到涉及信号处理的航空、航天、雷达、声纳、通信、家用电器等各个领域,成为电子系统的心脏。

  以雷达为例,数字信号处理器在性能上的每次突破都会给雷达领域带来巨大的震动,使得雷达信号处理的新算法在工程中得以实现,带来雷达整机性能的提高,甚至推动雷达新体制的实现,综合孔径雷达就是一个例子。

  在大学高年级和研究生中,介绍数字信号处理器结构和系统技术,将推动信息处理技术的发展和广泛应用。本书作者长期从事高速实时数字信号处理技术的研究,研制过多种先进的高速数字信号处理系统,取得了很好的科研成果。作者结合多年教学和科研的实践经验编写该书,对高速数字信号处理器结构及系统的原理进行全面论述,介绍高速DSPs结构特点、类型、原理、发展趋势,DSPs系统的设计、组成、开发和应用,并介绍了与DSPs应用有关的嵌入式处理系统技术,实时系统技术,高速数字电路设计与实现等。本书内容系统,结构完整,编排合理,内容切合信息产业发展的需要,对教学、生产和科研都有现实指导意义,适合作为教材使用,也可作为应用信号与信息处理技术的科研和工程技术人员的参考书,是一本值得推荐的专著。

中国工程院院士

北京理工大学教授

2008 年 10 月

前　言

自 20 世纪 80 年代初 DSPs(digital signal processors)诞生以来,一直以比摩尔定律还要快的速度飞速发展。随着 DSPs 芯片性能性价比和开发手段的不断提高,DSPs 已经在社会生活的各个领域得到广泛应用,如手机、无线基站、Modem、数字照相机、马达控制、雷达等。数字信号处理器是数字信息处理的核心技术之一,成为电气工程师和科研人员必须掌握的技术之一。因此,在绝大部分大学都开设了这方面的课程。

目前有关数字信号处理技术的书很多,但大多是介绍某一具体处理器芯片的,例如就 TI 公司或 AD 公司的某一款或某一系列 DSPs 进行介绍,较少系统且深入地论述高速数字信号处理器结构及其应用系统所涉及的原理性问题。本书对高速数字信号处理器结构及系统的原理进行全面论述,介绍高速 DSPs 结构特点、类型、原理、发展趋势,DSPs 系统的设计、组成、开发和应用等内容,介绍与 DSPs 应用有关的嵌入式处理系统技术,实时系统技术,高速数字电路设计与实现等。与同类书比较,具有以下特色:

(1) 注重内容的系统性。高速数字信号处理技术是多学科交叉技术,涉及信号处理理论、计算机结构、微电子技术、嵌入式处理系统、软件等多学科,本书对高速数字信号处理器及系统所涉及的技术内容进行系统、全面、准确的介绍,内容宽广,而不是仅就具体的数字信号处理器件进行介绍。

(2) 注重 DSPs 结构的介绍。处理器的结构是决定处理器速度很重要的因素,也是嵌入式处理系统设计重点考虑的因素,只有掌握 DSPs 的结构,才能把握 DSPs 的发展。本书详细介绍了超长指令字(VLIW)、单指令流多数据流(SIMD)、高速缓存等 DSPs 的主流结构。

(3) 注重 DSPs 工作原理的论述。详细论述 DSPs 的组成、特点、工作原理、外围电路、软硬件设计等,讨论 DSPs 技术的共性问题。

(4) 注重 DSPs 系统的介绍。学习 DSPs 是为了应用它,掌握 DSPs 组成的系统所涉及的知识是很重要的,本书将介绍 DSPs 系统设计、嵌入式处理系统设计、实时系统设计、软件优化等重点内容,并给出应用实例。

(5) 注重代表 DSPs 未来发展方向的新内容的介绍。例如实时操作系统及其在 DSPs 系统中的应用、DSP 算法标准等。

(6) 注重实际应用的介绍。高速数字信号处理技术是一门实践性很强的课程,本书专门用一章篇幅介绍 DSPs 的一些典型应用。

本书共分 8 章:第 1 章,概述数字信号处理技术的主要内容、DSPs 的发展状况、DSPs 的特点及系统设计等;第 2 章,数字信号处理器结构,系统地介绍 DSPs 的组成、流水线、总线、存储器、高速缓存等结构和原理,介绍现代 DSPs 的 VLIW 结构和 SIMD 结构;第 3 章,DSP 软件编程,全面介绍 DSPs 指令系统、软件开发环境及工具、DSPs 程序优化和开发调试等内容；第 4 章,实时系统,介绍实时系统模型、任务调度方法、实时操作系统、实时系统设计等；第 5 章,数字信号处理器系统硬件设计,详细介绍 DSPs 最小系统、DSPs外部总线及 DMA 访问、DSPs 与 ADC 接口设计、存储器接口设计等,还介绍专用处理器技术；第 6 章,嵌入式处理系统,介绍嵌入式处理系统设计流程、折中设计方法、多处理器组织结构模型、系统互连技术等；第 7 章,高速数字电路的设计与实现,重点介绍高速电路信号完整性理论及应用、高速电路调试与测试、电路板级设计等；第 8 章,C6000 DSPs处理器及其应用举例,介绍具有代表性的高性能 DSPs C6000 系列器件结构特点以及应用实例。

　　本书第 1、2、5、6 章由高梅国编写,第 3、4 章由田黎育编写,第 7、8 章由刘国满编写。本书内容很大程度上得到北京理工大学雷达技术研究所在 DSPs 教学和科研工作的支持,一定程度上反映了雷达技术研究所在 DSPs 芯片开发方面的技术状态。本书是毛二可院士领导的科技创新团队雷达技术研究所集体努力的结晶之一,特别感谢雷达技术研究所的老师和学生对本书的贡献。本书还得到美国德州仪器公司中国分公司的支持,在此表示感谢。

编著者

2008 年 6 月

目　录

第 1 章　　　概　　述

1.1　数字信号处理技术

在 21 世纪,数字信号处理是对科学和工程影响最深的技术之一。随着微电子和处理器技术的飞速发展,数字信号处理已经得到了广泛的应用,可以说是在人们的生活中无处不在。因此,它是科学工作者和工程师必须掌握的一种技术。

数字信号处理(digital signal processing,DSP)与计算机技术是紧密关联的,它区别于计算机领域其他技术的特征是它针对的数据是信号序列。DSP 是数学、算法、技术的综合。在 20 世纪六、七十年代,当数字计算机被投入应用时,数字信号处理开始了它的发展,最早在雷达、石油勘探、空间探测、医疗图像等有限的领域应用。到了 20 世纪八、九十年代,当个人计算机发生革命性变化及专门为数字信号处理设计的处理器出现时,数字信号处理广泛应用于军事、空间、科学、工业、医疗、通信等领域。进入 21 世纪,当通用数字信号处理器变得廉价时,数字信号处理才普遍应用于消费类电子产业,如数码相机、手机、可视电话、数字电视、机顶盒、硬盘驱动等。

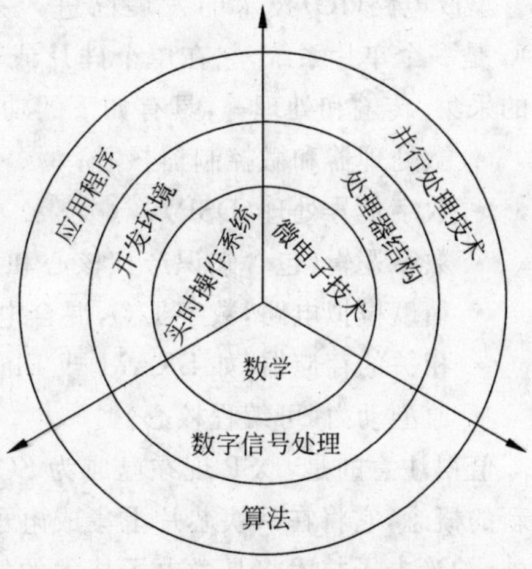

数字信号处理技术是指将数字信号处理理论应用于生产的技术,是以数字信号处理理论、硬件技术、软件技术为基础和组成,研究数字信号处理算法及其实现方法的技术。它的组成可以用图 1-1 来描述。

图 1-1　数字信号处理技术的组成

数字信号处理算法以数学为基础和工具,研究数字信号处理的数值实现方法,包括算法结构、数值特性。例如,经典的 DFT 的快速算法就有频域抽取 FFT、时域抽取 FFT 及各种 FFT 变体结构。

数字信号处理硬件技术是以微电子技术为基础,用来研究如何完成数字信号处理算法的专用、通用处理器结构,如何提高处理器速度,如何设计与实现数字信号处理系统等。

微电子技术是数字信号处理应用的基础,其技术的发展为数字信号处理技术水平的提高和应用的深入提供了用之不竭的动力。自从 1947 年发明半导体晶体管、1958 年第一块半导体集成电路诞生,微电子技术经过了半个世纪的高速发展,使人们看到了微电子无所不在,无所不能。自从集成电路诞生以来,集成电路芯片的发展基本上遵循了 Intel

公司创始人之一的 Gordon E. Moore 1965 年所预言的摩尔定律。该定律指出,单位面积芯片上可容纳的晶体管数目每 18 个月便可增加一倍,即芯片集成度 18 个月翻一番,这视为引导半导体技术前进的经验法则。从 1995—2010 年世界超大规模集成电路技术的发展趋势见表 1-1。

表 1-1　超大规模集成电路技术的发展趋势(1995—2010 年)

年份/年	1995	1998	2001	2004	2007	2010
最小线宽/μm	0.35	0.25	0.18	0.13	0.1	0.04
逻辑晶体管数/cm^2	4M	7M	13M	25M	50M	90M
单个晶体管成本(毫美分)	1	0.5	0.2	0.1	0.05	0.02
最多互连线层数	4～5	5	5～6	6	6～7	7～8
电学缺陷数/m^2	240	160	140	120	100	25
最少掩膜数	18	20	20	22	22	24
ASIC 芯片尺寸/mm^2	450	660	750	900	1100	1400
电源电压(台式机)	3.3	2.5	1.8	1.5	1.2	0.9
芯片 I/O 数	900	1350	2000	2600	3600	4800
芯片/板的性能/MHz	150	500	700	1000	1500	3000

集成电路(IC)技术的发展已进入系统集成芯片(system on chip,SOC)技术阶段。SOC 是一个单片系统,它在单个硅片或套片上集成系统级的知识和专门技术,以实现信号的采集、传输和处理等,具有如下的功能:

- 微处理器和微控制器核心;
- 数字信号处理(DSP);
- 数字逻辑(包含知识产权核心和定制逻辑);
- 精度模拟电路,数字 I/O,混合电路;
- 相关的存储器(如 SRAM 或 Flash 块);
- 原型动力(可编程核心)。

值得注意的是,DSP 现在已成为 SOC 技术大厦的关键,但未来的系统级芯片是一个全新的概念,它将在一块芯片上集成电子电路、微机电系统、光电子电路、分子电子器件。另外,纳米电子技术将是微电子技术的接替者,器件特征尺寸将缩小至 1～100nm。

微电子技术工艺的发展极大地提高了处理器的时钟频率,提高了处理器的速度和性能。处理器的性能除了与微电子技术这个最本质的因素有关以外,还与处理器结构有着重要的关系。提高时钟频率似乎是有限的,最好的方法是改进处理器结构,即提高并行性,如增加每条指令执行的操作的次数,或者提高每个指令周期中所执行的指令数量。DSP 处理器更高性能的实现由于不能从传统结构中得到解决,因此提出了各种提高性能的方法,如超长指令字(VLIW)结构,单指令多数据流(SIMD)结构等。

数字信号处理器按其设计目的可分为通用数字信号处理器和专用数字信号处理器。通用数字信号处理器是指针对数字信号处理常用算法设计的,并通过软件编程完成信号处理功能的一类微处理器,如 TI 公司的 TMS320 系列 DSPs,ADI 公司的 ADSP21xxx 系列 DSPs。大家常说的 DSP 处理器主要是指通用数字信号处理器。专用数字信号处理器是指针对特定数字信号处理算法及结构，采用硬件完成相对固定的信号处理功能的ASIC 处理器(包括用 FPGA 实现)，如横向滤波器 A41102，以及用户自己设计的信号发生器、解码芯片等。

通用数字信号处理器是通过软件来完成数字信号处理功能的，因此软件技术是数字信号处理技术的重要内容。数字信号处理软件技术包括实时操作系统、开发环境、算法软件实现等。现代数字信号处理系统完成的功能越来越复杂，涉及多进程、多任务、多输入/输出，并且大多有实时性的要求，因此软件开发者不能再像早期那样直接对 DSP 进行底层编程，而需要由实时操作系统来管理信号处理的多任务、多输入/输出操作。针对不同的信号处理器结构，需要开发不同的编译系统，只有针对特定信号处理器结构的编译系统才能实现代码的高效率，另外高效的开发环境是实时信号处理系统开发所必须的。软件编程需要考虑信号处理算法结构与处理器硬件结构的匹配，使其适合开发环境对程序的高效编译和优化，以避免算法中的数据相关及硬件中的资源冲突。软件编程和开发环境应充分开发和利用处理算法和处理器的并行性，使信号处理系统满足实时性的要求。

实时性要求是很多数字信号处理系统的基本要求，也是数字信号处理系统设计最具挑战性的关键因素。实时信号处理指的是系统必须在有限的时间内对外部输入信号完成指定的处理，即信号处理的速度必须大于等于输入信号更新的速度，且从信号输入到处理后的信号输出的延迟必须足够小，输出结果对其他系统来说是及时的。实时系统是处理结果输出时刻很重要的系统。一旦输出时刻晚了，系统性能将下降，甚至系统崩溃，产生不可预计的结果。实时系统按对时间要求的苛刻程度，可分为硬实时系统、软实时系统和固定实时系统。实时信号处理技术包括高速处理器技术、实时过程模式和实时操作系统。通过采用实时技术，实时系统设计可确保系统在规定的时间内完成规定的信号处理任务。

实时数字信号处理系统大多是嵌入式计算系统。嵌入式计算系统是一个较广泛的定义，它可以指一个非桌面通用计算机的任何计算系统，或是一个嵌入了电子元器件的计算系统，或是一个利用应用对象的特点而专门设计的计算系统，即用户化专用计算系统。嵌入式计算系统一般对系统功能、价格、功耗、体积、速度等有严格的限制，并要求对系统环境变化可以作出实时的快速反应。嵌入式计算系统设计需要在硬件技术和软件技术间进行折中选择，需要满足功能性和非功能性的各种指标要求，具体需要考虑的因素有：单位价格，重复设计价格，性能(执行时间和吞吐率)，体积，功耗，灵活性，样机开发时间，进入市场时间，可靠性，安全性，可维修性等。嵌入式计算系统应用非常广泛，如相机自动聚集系统、汽车防盗系统、指纹识别系统、传真机、打印机、留言机、扫描仪等。

数字信号处理技术是后 PC 时代信息电器的关键技术，如掌上电脑、个人数字助理(PDA)、可视电话、移动电话、电视会议机和数码相机等嵌入式设备都无一例外地应用了数字信号处理技术。DSP 仍将是半导体工业的技术驱动者，因为只有通过 DSP 才能访问互联网、欣赏多媒体，才能实现无线数字连接。DSP 才是蓝牙、Wi-Fi、3G 蜂窝电话、图形、DVD、数码相机、数字助听器、机顶盒、视频流、VoIP、视频会议、数字音频广播甚至今后 HDTV 的核心所在。DSP 将长久不衰。信息产品的需求又进一步推动数字信号处理的发展，在无线领域开始应用第三代技术(运行于 200MIPS 的 CDMA 系统)的同时，研究人员正在向 4G 系统稳步推进,尽管 4G 系统的调制方案尚未确立,但预计它对数字信号处理的要求将达到每秒千兆指令(GIPS)的级别。

1.2　高速数字信号处理器的发展

1982 年,TI 公司生产了世界上第一片真正实用的数字信号处理器(digital signal processors,DSPs),标志着 DSPs 时代的开始。进入 20 世纪 90 年代,DSP 处理器逐渐成为人们最常用的工程术语之一。DSP 处理器应用广泛的原因在于处理器的制造技术发展极快。一方面,使处理器的成本大幅下降,使得它可用在消费品和其他对成本敏感的系统中;另一方面,处理器的处理速度的上升使得它可满足大部分高速实时信号处理的需求。在产品中越来越多地使用 DSP 处理器,促进了对更快、更廉价、更节能的 DSP 处理器的研制和应用。

近几年来处理器技术本身也发生了很大的变化,涌现出了大量新架构的处理器,不同类型处理器之间的优劣态势也正在发生改变,设计者不仅面临更多的选择,而且比以往更难以做出判断。在高性能嵌入式系统/实时信号处理领域,处理器有 MCU、ASSP、GPP/RISC、FPGA、ASIC、Media Processor、Configurable Processor、Customizable Processor 等众多各具特色的类型。

1.2.1　数字信号处理器概况

嵌入式系统最常用的数字信号处理器类型有 ASIC/ASSP、GPP/RISC、FPGA、MCU、DSPs 等。

20 世纪 80 年代初,LSI Logic 首先推出了 ASIC(application-specific integrated circuit)的设计,到 1987 年 ASIC 就迅速超过了标准逻辑器件的市场出货量。ASIC 一直被认为是性能最高的一类处理器。ASSP(application-specific standard product)可以看作是标准化和商用化的 ASIC,如一些网络处理器、编解码处理器等。由于它们都针对特定应用进行了门级的优化,因此 ASIC/ASSP 的处理速度和处理效率都非常高,功耗比较低,芯片价格也便宜。对于要求极高性能的应用,采用 ASIC/ASSP 是最佳的选择。ASIC 的缺点是开发费用高,设计周期长,灵活性差,应用的任何变化都意味着需要重复整个芯片设计流程。而 ASSP 是在已经形成市场的情况下才会出现,此时选择 ASSP 具有很高的市场响应速度(time-to-market),而对一些新的应用和新功能,从新技术出现到推出 ASSP 产品需要一定的时间,这种情况下选择 ASSP 又会在市场响应速度(time-to-market)上处于劣势。

1967 年 Intel 发明了第一个微处理器,最初 GPP(general purpose processing)技术主要应用在通用处理领域。20 世纪 90 年代后期,新的 GPP 在内核中开始增加一些 DSP 单元,这推动了 GPP/RISC 向信号处理领域的扩展。目前几乎所有的 GPP 都提供了支持 SIMD 运算的硬件和指令集(如 Intel 的 MMX SSE 和 SSE 2,AMD 的 3D Now,IBM/Motorola 的 AltiVec),ARM 中还增加了硬件乘法器。RISC/GPP 的主要优势是芯片的主频高、浮点性能强、存储器带宽大、接口管理功能非常强、有大量成熟的操作系统(包括

RTOS)支持、软件开发环境好、高级语言编译器成熟、代码的移植能力强。缺点是芯片的功耗一般比 DSP 高、体积较大以及芯片的动态性能会给实时系统带来不利因素。在一些对体积、功耗、效率要求不严格的应用中,或者更重视对主流操作系统支持的场合,采用 GPP/RISC 具有很大的优势。在信号处理领域应用最成功的 RISC 芯片是 Motorola 的 PowerPC 系列,最新的 G4 处理器对目前最高性能的浮点 DSP 构成了很大的挑战。

FPGA 诞生于 20 世纪 80 年代中期,目前是逻辑芯片市场中增长最快的部分。FPGA 内部的逻辑单元(logic elements,LE)和存储器能够根据用户的需要配置为不同的模式,同一个芯片,可以改变结构实现不同的应用功能。这种硬件可配置能力,比 DSP 的软件编程又进了一步。DSP 或者其他微处理器中,硬件资源和结构毕竟都是固定的,可编程性只表现为如何让算法运行在硬件资源上,而 FPGA 的可编程性可以做到调整硬件结构以适合算法,因此很容易实现很高的处理效率。目前大容量 FPGA 的数据处理能力已经远远超过 DSP。最新一代 FPGA 的规模已经达到千万门级。FPGA 厂商也开始在 FPGA 中嵌入一些针对信号处理的功能单元,例如 DSP 模块、处理器内核、大容量的存储模块、千兆收发单元等,不仅可以进一步加速 FIR 滤波、FFT、自相关等信号处理算法的实现,还有利于设计者实现一个完整的系统 SOPC(system on programmable chip)。目前高性能 FPGA 的代表是 Altera 的 Stratix Ⅲ 系列和 Xilinx 的 Virtex Ⅴ 系列。Stratix 系列在片内集成了 DSP 模块,每个 DSP 模块提供 8 个运行在 250 MHz 的并行乘法器。最多包括 28 个 DSP 模块,可完成 224 个并行乘法操作并提供 56 GMACS 的总运算能力。此外利用逻辑单元(LE)实现乘法器和 DSP 功能还可获得 563 GMACS 的运算能力。Stratix 器件总的数据处理能力可达到 620 GMACS。Virtex Ⅴ 系列在内部提供了一组 18×18 的乘法器(最多可达 512 个)和分布的存储模块,Virtex Ⅱ Pro 更是在片内集成了 1～4 个 PowerPC405 的硬核,同时还提供多达 556 个硬件乘法单元。FPGA 的主要缺点是开发相对比较困难,缺乏系统级的开发环境,无完整的开发流程管理软件,开发语言主要是 VHDL 和 Verilog 等硬件描述语言,因此在 FPGA 中实现复杂的算法要比 DSP 困难很多。但是目前情况已经开始在转变,随着 IP 资源的丰富,FPGA 开发正在向软件设计转变,已经出现了 DSP builder,SOPC builder 等面向应用的开发平台,Altera 和 Xilinx 均提供了与 MATLAB/Simulink 的接口,可直接由 MATLAB 生成最终的 FPGA 代码。基于高级语言的标准正在制订之中,已经出现了基于 C 语言的开发平台,例如 System C,业界正在努力使 C 语言作为新一代的硬件描述语言。将来 FPGA 的开发也可以像 DSP 的开发一样,大量的程序可以由不具备硬件专业知识的软件工程师完成。

MCU 的优势是功耗低,价格便宜,芯片尺寸可以很小,软件可编程,因此也具有较高的灵活性。但是在性能上,与其他处理器还有一定的差距。MCU 比较适合控制密集型应用,作为嵌入系统的接口处理器使用会有较大的生存空间。

DSP 诞生于 20 世纪 70 年代末,目前是嵌入式系统,尤其是实时处理领域的主流处理器。DSP 的优点是能够提供较高的运算性能,优秀的可编程能力,开发容易(一般都支持高级语言),运行时间可预测。DSP 是本书介绍的重点,详见以后章节。

表 1-2 总结了不同处理器在各方面的优缺点。

表 1-2   不同处理器技术性能的比较

	市场响应速度	性能	价格	使用难度	功耗	灵活性	综合评价
ASIC	很差	最好	很低	一般	较低	差	一般
ASSP	一般	很好	较低	一般	很低	差	较好
可配置处理器	较差	很好	较低	较差	较低	一般	一般
DSP	很好	很好	一般	很好	一般	高	很好
FPGA	较好	很好	较高	很好	一般	高	很好
MCU	很好	一般	很低	较好	较低	高	较好
RISC	较好	较好	一般	较好	一般	高	较好

目前芯片工业再次处于"标准"(standardization)与"定制"(customization)之间的一个调整期，可编程处理器正迅速占据主流，其发展曲线如图 1-2 所示。新一代的可编程器件将是"生产标准化、应用定制化"(standardized in manufacturing and customized in application)。

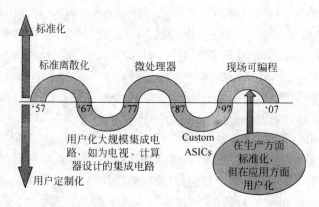

图 1-2   芯片可编程性的发展曲线

ASIC 仍是性能最高的芯片，但是 ASIC 具备独特技术优势的应用会越来越少。有资料表明，FPGA 的市场占有率以及在技术方案的初期设计方面在 1997 年首次超过 ASIC，之后 ASIC 便开始呈现衰退的迹象(slow death)。ASIC 将继续作为一个重要的设计手段，但仅适合尤其强调高性能或者要求体积小的设备，而不会成为主流的选择。以通信领域为例，越靠近网络的核心部分，采用 ASIC 越能体现出优越性，越靠近网络的访问端，则越倾向于采用可编程处理器，访问设备对于绝对性能的需求被排在了高灵活性、功能性以及快速的市场响应速度之后。按现在的发展趋势，5～10 年内，对于可编程处理器、FPGA 的应用很可能会全面超越 ASIC 器件。

DSP 在性能上也受到 FPGA 和 RISC 的很大压力，但是目前 DSP 仍然是嵌入式实时处理系统中最佳的选择。在高端应用中，采用大容量的 FPGA 往往可以获得比 DSP 更高的处理速度和性价比，但是由于 FPGA 的开发还比较复杂，在开发周期、高级语言的支持、系统级的开发工具方面与 DSP 相比还有一定的差距，因此 FPGA 大多还只是作为协处理器。将来 FPGA 在高级语言开发环境方面更成熟之后，也许情况会发生变化。RISC 芯片在软件开发方面倒是比 DSP 更具优势，但是在功耗、体积、价格等方面的劣势又决定了它不可能完全取代 DSP。就信号处理能力而言,DSP 最适合信号处理的前端,RISC 处理器比较适合复杂算法或者混合信号处理与数据处理的场合。因此 DSP 的另一个发展趋势是在单个芯片内集成高性能 DSP 内核与 RISC 内核,例如 TI 的 OMAP 处理器和 ADI/Intel 的 MSA 处理器,设计者可以让 DSP 内核负责信号处理任务,而让 RISC 内核负责 GUI、网络协议堆栈等任务。

如何选择合适的处理器仍然取决于具体应用的情况,不能一概而论。尽管目前格局比较“混乱”,设计人员比以往更难以选择出“最优”的处理器方案,但是从另一个角度看,没有“最优”意味着选择多种处理器都可以很好地解决大多数应用问题,这也是好消息。

1.2.2　DSPs 简介

数字信号处理器(DSPs)是一种高速度、运算密集、特别适合于嵌入式信号处理的特殊计算机芯片。自从 1982 年出现以来,DSPs 平均增长速率达到电子行业平均增长率的 2～3 倍。DSPs 速度的提高不仅归功于微电子工艺的发展,而且得益于 DSPs 结构的创新,目前高档 DSPs 结构发生深刻变化,单片 DSPs 处理速度达到每秒 96 亿次操作。DSPs 的品种繁多,除了大家熟知的四大 DSPs 产商: Texas Instruments(德州仪器)公司、Lucent Technologies(朗讯技术)公司、Analog Devices(模拟设备)公司和 Motorola(摩托罗拉)公司,大约还有 80 家 DSPs 产商,它们生产的 DSPs 主要用于具有特殊功能的设备,如调制解调器、MPEG 译码器、硬盘驱动器、家电等。

DSPs 按照所支持的数据类型不同,分为定点产品和浮点产品两大类。定点 DSPs 进行算术操作时,使用的是小数点位置固定的有符号数或无符号数。浮点 DSPs 进行算术操作时,使用的是带有指数的小数,小数点的位置随着具体数据的不同进行浮动。定点器件在硬件结构上比浮点器件简单,使用较短的字长(如 16 位,24 位,也有使用 32 位,64 位的),具有价格低、速度快的特点,因而应用得最多;而浮点器件的优点是精度高,使用较长的字长(至少 32 位),不需要进行定标和考虑有限字长效应,但是其成本、功耗相对较高,速度较慢,适合于对数据动态范围和精度要求高的特殊应用。定点 DSPs 品种最多,处理速度为 20～9600MIPS。浮点 DSPs 基本由 TI 和 AD 公司垄断,处理速度为 40～1000MFLOPS。

除了按定点和浮点的划分外,各个 DSPs 厂家还根据 DSPs 的 CPU 结构和性能,把自己的产品划分为不同系列,如 TI 公司的定点系列 DSPs 有 C20x、C24x、C5x、C54x、C62xx、C64xx;浮点系列 DSPs 有 C3x、C4x、C67xx。图 1-3 是 TI 公司 DSPs 发展的路线图。不同系列 DSPs 的 CPU 结构不同,性能和价格也有很大的差异。如 TI 的 F20x 系列有片上 Flash 存储器,具有较强的控制功能,低价位,是单片机系统升级的最好替代品;F24x 系列具有 ADC 和马达控制功能,适合于传感功能和马达控制;C55xx 系列具有最低功耗特性,适合于便携系统;C6xxx 系列采用超长指令字结构,具有最强的处理能力,适合于高端应用。同一系列的 DSPs 产品中,各个不同型号的 DSPs 在 CPU 结构上大多相同,差别之处只在于 DSPs 片内存储器和外设接口的配置不同。表 1-3 给出了多个厂商生产的多种结构的一些 DSPs 系列及主要特点,而表 1-4 给出了一些具有代表性的高性能 DSPs 及它们的主要参数。

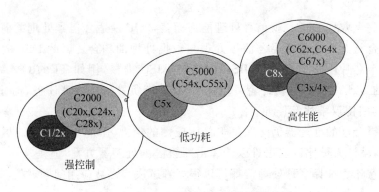

图 1-3　TMS320 系列 DSPs 发展路线图

表 1-3　部分主流 DSP 处理器

厂商	处理器	结构类型	产品时间	注　解
ADI 公司	ADSP-21xx	常规	1986	低成本数字信号处理器,多用于对成本有限制的领域,如调制解调器
	ADSP-2106x	常规	1994	浮点数字信号处理器,多用于军事、音频和图像等领域
	ADSP-2116x	常规增强型	1998	2106x 的后继产品,增加了单指令多数据处理功能
	TigerSharc	超长指令字	1998	整合了超长指令字和单指令多数据处理技术,用于通信基础领域
LSILogic 公司	LS140xx	超标量体系结构	2000	唯一的超标量体系结构商用 DSP 处理器
Motorola 公司	DSP563xx	常规	1995	低成本数字信号处理器,常用于音频领域
	StarCore SC140	超长指令字	1999	朗讯公司和摩托罗拉公司联合研制的高性能 DSP 核
德州仪器有限公司	TMS320C54xx	常规	1995	低成本、低功耗处理器,中等运行速度,广泛用于手机
	TMS320C55xx	有限超长指令字	2000	C54xx 的后继型,但每个时钟周期只执行两条指令
	TMS320C62xx	超长指令字	1997	第一款成功的商用支持超长指令字的处理器,用于通信基站及其他高性能要求领域
	TMS320C64xx	超长指令字	2000	C62xx 的后继型,增加了单指令多数据处理功能

表 1-4　几种具有代表性的高性能 DSP 及其主要参数

器件名称	最高主频/MHz	数据宽度/b（定点/浮点）	运行速度	片内 RAM/Mb	1024 点 FFT 处理时间/μs	总线接口
C6701	167	32 浮	1GFLOPS	1	138	各种*
C6202	250	32 定	2000MIPS	3	84	各种

器件名称	最高主频/MHz	数据宽度/b（定点/浮点）	运行速度	片内 RAM/Mb	1024 点 FFT处理时间/μs	总线接口
C6203	300	32 定	2400MIPS	7	70	各种
C6416	1000	32/64 定	8000MIPS	8	10	各种
C6455	1200	32/64 定	9600MIPS	16	6	各种
21060	40	32 浮	120MFLOPS	4	500	异步
21160	100	32/40 浮	600MFLOPS	4	92	异步
TS101	300	32/80 浮	1800MFLOPS	6	69	异步
TS201	300	32/80 浮	900MFLOPS	9	69	异步
MPC7410	500	64 浮	4000MFLOPS	0.5	30	同步

* "各种"是指包括同步存储器和异步存储器。

1.2.3 DSPs 的特点

数字信号处理任务通常需要完成大量的实时计算，其运算特点为高度重复的乘加算术操作，如在 FIR 滤波、卷积和 FFT 等常见的 DSP 算法中"乘加和"操作 $Y=A*B+C$ 用得最多，如算式(1-1)。DSPs 在很大程度上就是针对上述运算特点设计的，其结构和指令满足实时信号处理运算的要求。与通用微处理器(general purpose processors,GPPs)相比，DSPs 在寻址、算术操作、并行操作、片内存储器和外设等方面作了扩充和增强。在相同的时钟频率和芯片集成度下，DSPs 完成 FFT 算法的速度比通用微处理器要快 1～3 个数量级，例如对于 1024 点的 FFT 算法，时钟相同、集成度相仿的 IBM PC/AT-386 和 TMS320C30，运算时间分别为 0.3s 和 1.5ms，速度相差 200 倍。DSPs 在结构上的主要特点如下。

$$y[n] = \sum_{k=0}^{N-1} h[k]x[n-k] \tag{1-1}$$

(1) 硬件乘法累加器(multiply-accumulators,MACs)

为了有效完成诸如信号滤波的乘法累加运算，处理器必须进行有效的乘法操作。GPPs 起初并不是为繁重的乘法操作设计的，把 DSPs 同早期的 GPPs 区别开来的第一个重大技术改进就是添加了能够进行单周期乘法累加操作的专门硬件和明确的 MAC 指令。

(2) 哈佛结构

传统的 GPPs 使用冯·诺依曼存储结构，在这种结构中，有一个通过两条总线(一条地址总线和一条数据总线)连接到处理器内核的存储空间，这种结构不能满足 MAC 必须在一个指令周期中对存储器进行 4 次访问的要求。DSPs 一般使用哈佛结构，在哈佛结构中，有两个存储空间：程序存储空间和数据存储空间。处理器内核通过两套总线与这些存储空间相连，允许对存储器同时进行两次访问，这种安排使处理器的带宽加倍。在哈佛结构中，有时通过增加第二个数据存储空间和总线来实现更大的存储带宽。现代高性能 GPPs 通常具有两个片上超高速缓冲存储器，一个存放数据，另一个存放指令。从理论角度上讲，这种双重片上高速缓存与总线连接等同于哈佛结构，但 GPPs 通过使用控制逻辑来确定哪些数据和指令字驻留在片上高速缓存中,这个过程通常不为程序设计者所见,而在 DSPs 中,程序设计者能明确地控制数据或指令被存储在片上存储单元或缓存中。

（3）零消耗循环控制

DSP 算法的共同特征就是大部分处理时间用在执行包含于相对小循环内的少量指令上。因此,大部分 DSP 处理器具有零消耗循环控制的专门硬件。零消耗循环是指处理器不用花时间测试循环计数器的值就能执行一组指令的循环,由硬件完成循环跳转和循环计数器的衰减。有些 DSPs 还通过一条指令的超高速缓存实现高速的单指令循环。

（4）地址产生器和特殊寻址模式

DSPs 经常包含有专门支持地址计算的算术单元,称为地址产生器。它与 ALU 并行工作,因此地址的计算不再额外占用 CPU 时间。由于有些算法通常需要一次从存储器中取两个操作数,因此大多 DSPs 内的地址产生器有两个。DSPs 的地址产生器能产生信号处理算法需要的特殊寻址,如循环寻址和位翻转寻址。循环寻址对应于流水 FIR 滤波算法,位翻转寻址对应于 FFT 算法。

（5）多功能单元

为进一步提高速度,可以在 CPU 内设置多个并行操作的功能单元(ALU,乘法器,地址产生器等)。例如 C6000 系列 DSPs 的 CPU 内部有 8 个功能单元,即 2 个乘法器和 6 个 ALU,8 个功能单元最多可以在一个周期内同时执行 8 条 32 位指令。由于多功能单元的并行操作,使 DSPs 在相同时间内能够完成更多的操作,因而提高了程序的执行速度。针对乘加和运算,多数 DSPs 的乘法器和 ALU 都支持在一个周期内同时完成一次乘法和一次加法操作。很多定点 DSPs 还支持在不附加操作时间的前提下对操作数或操作结果的任意位移位。另外,由于信号处理的算法特点和所处理数据的流水特点,使得现代 DSPs 可以采用指令比较整齐划一的精简指令集(RISC),这有利于 DSPs 结构上的简化和成本的降低。

（6）片内存储器

由于 DSPs 面向的是数据密集型应用,因此存储器访问速度对处理器的性能影响很大。现代微处理器内部一般都集成有高速缓存(Cache),但是片内一般不设存储程序的 ROM(或 RAM)和存储数据的 RAM。这是因为通用微处理器的程序一般都很大,片内存储器不会给处理器性能带来明显改善。而 DSP 算法的特点是需要大量的简单计算,其相应的程序比较短小,存放在 DSPs 片内可以减少指令的传输时间,并有效地缓解芯片外部总线接口的压力。除了片内程序存储器外,DSPs 内一般还集成有数据 RAM,用于存放参数和数据。片内数据存储器不存在外部存储器的总线竞争问题和访问速度不匹配问题,其采用 Block 和 Bank 结构,可以进行多次访问。通过直接存储器访问(DMA)器可以与 CPU 操作并行地将外部数据搬移到片内 RAM,以缓解 DSPs 的数据瓶颈。有些 DSPs 可以将部分片内存储器配置为程序 Cache 或数据 Cache 来使用。

（7）流水处理

除了多功能单元外,流水技术是提高 DSPs 程序执行效率的另一个主要手段。流水技术使两个或更多不同的操作可以重叠执行。在处理器内,每条指令的执行分为取指、解码、执行等若干个阶段,每个阶段称为一级流水。流水处理使得若干条指令的不同执行阶段并行执行,因而能够提高程序执行的速度。理想情况下,一条 k 段流水能在 $k+(n-1)$ 个周期内处理 n 条指令。其中前 k 个周期用于完成第一条指令的执行,其余 $n-1$ 条指令的执行需要 $n-1$ 个周期。而非流水处理器上执行 n 条指令则需要 nk 个周期。当指令条数 n 较大时,流水线的填充和排空时间可以忽略不计,可以认为每个周期内执行的最大指令个数为 k,即流水线在理想情况下效率为 1。但是由于程序中存在数据相关、程序分支、中断及一些其他因素,这种理想情况很难达到。在 DSPs 应用中,需要尽量避免流水线冲突,以提高流水线的效率。

(8) 执行时间的可预测性

大多数 DSP 应用都具有硬性实时要求,即在每种情况下所有处理工作都必须在指定时间内完成。这种实时限制要求程序设计者确定每个样本完成处理究竟需要多少时间或者在最坏情况下至少用去多少时间。DSPs 执行程序的进程对程序员来说是透明的,因此很容易预测处理每项工作的执行时间。但是,对于高性能 GPPs 来说,由于大量超高速数据和程序缓存的使用和频繁的程序动态分配,因此对执行时间的预测变得复杂和困难。

(9) 有丰富的外设

DSPs 具有直接存储器访问 DMA、串口、Link 口、定时器、通用输入输出 I/O、主机口、PCI 总线接口等外设。

1.2.4　DSP 的性能及其评估标准

衡量 DSPs 处理性能和数据传输能力的一些常用指标有:

(1) MIPS:每秒百万条指令(million instruction per second)。指处理器在一秒钟内所执行的百万条指令数,与处理器的指令周期密切相关,可按公式 $S=J/(T_i\times 10^{-6})$ 计算,其中 T_i 为指令周期(单位 ns),J 为每周期并行指令数。指令周期是处理器执行最快指令所需要的时间,当指令为单时钟执行时,它等于处理器时钟频率的倒数。

(2) MOPS:每秒百万次操作(million operation per second)。这里的操作,一般指处理器内核的计算和逻辑操作,有的也包括地址计算、DMA 访问、数据传输、I/O 操作等。200MHz 时钟的 TMS320C6201 峰值性能可以达到 2400MOPS。

(3) MFLOPS:每秒百万次浮点操作(million float operation per second)。其中浮点操作包括浮点乘法、加法、减法、存储等操作。MFLOPS 是表征浮点 DSPs 芯片处理性能的重要指标。TMS320C67xx 可以达到 1GFLOPS 的峰值性能。

(4) MBPS:每秒百万位(million bit per second)。通常指某个总线或 I/O 口的数据传输带宽。它是对总线或 I/O 口数据吞吐率的量度。对于 TMS320C6000 系列外部总线接口,如果总线时钟选择 133MHz,则总线数据吞吐率为 452MB/s(32 位数据总线),即 3616MBPS。

DSP 处理器的性能可分为 3 个档次:低成本、低性能 DSPs,低能耗的中端 DSPs 和多样化的高端 DSPs。低成本低性能的低端 DSPs 是工业界使用最广泛的处理器。在这一范围内的产品有:ADSP-21xx,TMS320C2xx,DSP560xx 等系列,它们的运行速度一般为 20～50MIPS,并在维持适当能量消耗和存储容量的同时,可以提供优质的 DSP 性能。价格适中的 DSP 处理器通过增加其时钟频率,结合更为复杂的硬件来提高性能,形成了 DSPs 的中端产品,如 DSP16xx,TMS320C54x 系列,它们的运行速度为 100～150MIPS,通常用在无线电信设备和高速解调器中,这一场合要求相对高的处理速度和低的能耗。高端 DSPs 由于被超高速处理需求的推动,其结构真正开始进行分类和向多样化发展,有关结构将在下节详述。高端 DSPs 的主频达到 150MHz 以上,处理速度为 1000MIPS 以上,如 TI 的 TMS320C6x 系列、ADI 的 Tiger SHARC 等。

评价处理器性能的指标有很多,最常用的是速度,但能耗和存储器容量指标也很重要,特别是在嵌入式系统应用上。鉴于 DSPs 的日益增多,系统设计者要想选出在给定应用设备上能够提供最佳性能的处理器变得比较困难。过去,DSP 系统设计者依靠 MIPS(每秒百万指令数)、MFLOPS(每秒百万次浮点操作)或类似的量度,来大概了解不同芯片所能提供的相对性能。不幸的是,随着处理器技术的多样化,像 MIPS,MFLOPS 这样的传统量度越来越不准确,因为它们并不是实际性能的度量。这些指标不能反映 DSPs 的综合性能,不同厂商的相同指标甚至不具可比性。对于一些常用的 DSP 算法,如 N 点 FFT 的处理时间、N 点 FIR 的处理时间等,可以参考 DSPs 厂商提供的基准(benchmark),但要注意测试条件。由于 DSP 应用程序的特征之一是大部分的处理工作集中在程序的一部分(核心程序),因此可以用与信号处理相关的基准程序来测试评估 DSP 处理器。BDTI 公司已完成成套的核心标准,并注册了一种新型混合速度度量——BDTI 分数。图 1-4 是 BDTI 公司对部分 DSP 的性能评估结果。另外,DSPs 的代码兼容性也是值得考虑的问题。

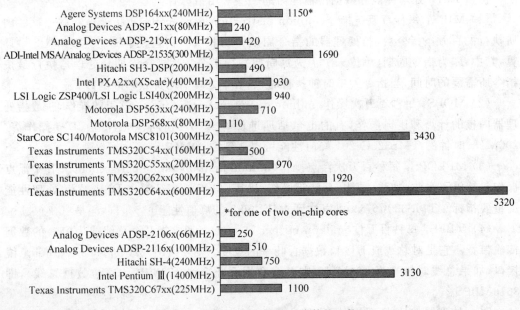

图 1-4　部分 DSP 的 BDTI 分数的比较

1.2.5　现代 DSPs 的结构

最近两年,对 DSP 处理器的更高性能的要求由于不能从传统结构中得到解决,因此提出了各种提高性能的策略。其中提高时钟频率似乎是有限的,最好的方法是提高并行性。提高操作并行性,可以由两个途径实现,一是提高每条指令执行操作的数量,二是提高每个指令周期中所能执行指令的数量。由这两种并行要求产生了多种 DSPs 新结构。

(1) 增强型 DSPs

以前,DSP 处理器使用复杂的、混合的指令集,使程序者可以把多个操作编码在一条指令中。传统 DSP 处理器在一条指令周期只发射并执行一条指令。这种单流、复杂指令的方法使得 DSP 处理器获得很强大的性能而无需大量的内存。

在保持 DSPs 结构和上述指令集不变的情况下,要提高每条指令的工作量,其中的一个办法是用额外的执行单元和增加数据通路。例如,一些高端的 DSPs 有两个乘法器,而不是一个。我们把使用这种方法的 DSPs 叫做“增强型常规 DSPs”,因为它们的结构与前一代的 DSPs 相似,但性能在增加执行单元后大大增强了。当然,指令集必须也同时增强,这样编程者才能在一条指令中指定更多的并行操作,以利用额外的硬件。增强型 DSPs 的例子有朗讯公司的 DSP16000,ADI 的 ADSP2116x。增强型 DSPs 的优点是兼容性好,而且与较早的 DSPs 具有相似的成本和功耗。缺点是结构复杂、指令复杂,进一步发展有限。

(2) VLIW 结构

如前所述,传统上的 DSP 处理器使用复杂的混合指令,并在一条指令循环中只流出和执行一条指令。然而,最近有些 DSPs 采用一种更 RISC 化的指令集,并且在一条指令周期内执行多条指令,使用大的统一的寄存器堆。例如,Siemems 的 Carmel、Philips 的 TriMedia、ADI 的 Tiger SHARC 和 TI 的 TMS320C6000 系列处理器都使用了超长指令字(VLIW)结构。TMS320C62xx 处理器每次取一个 256 位的指令包,把包解析为 8 个 32 位的指令,然后把它们引到其 8 个独立的执行单元。在最好的情况下,C62xx 同时执行 8 条指令——这种情况下达到了极高的 MIPS 速率(如 1600MIPS)。VLIW 结构的优点是高性能、结构规整(潜在的易编程和好的目标编译系统)。缺点是高功耗、代码膨胀(需要宽的程序存储器)、新的编程/编译困难(需跟踪指令安排,易破坏流水线使性能下降)。

(3) 超标量体系结构

像 VLIW 处理器一样,超标量体系结构并行地流出和执行多条指令。但跟 VLIW 处理器不同的是,超标量体系结构在指令执行前不确定哪些指令并行执行,而是在执行过程中使用动态指令规划,根据处理器可用的资源、数据依赖性和其他的因素来决定哪些指令要被同时执行。超标量体系结构已经长期用于高性能的通用处理器中,如 Pentium 和 PowerPC。最近,ZSP 公司开发出第一个商业的超标量体系结构的 DSP ZSP164xx。超标量结构的优点是性能有大的跨越,结构规整,代码宽度没有明显增长。缺点是功耗非常高,指令的动态安排使代码优化困难。

(4) SIMD 结构

单指令多数据流(SIMD)处理器把输入的长的数据分解为多个较短的数据,然后由单指令并行地操作,从而提高处理海量、可分解数据的能力。该技术能大幅度地提高在多媒体和信号处理中大量使用的一些矢量操作的计算速度,如坐标变换和旋转。

通用处理器 SIMD 增强结构的两个例子是 Pentium 的 MMX 扩展和 PowerPC 族的 AltiVec 扩展。SIMD 在一些高性能的 DSP 处理器中也有应用。例如,DSP16000 在其数据路中支持有限的 SIMD 风格的操作,而 Analog Devices 最近推出了有名的新一代 SHARC DSP 处理器,进行了 SIMD 能力的扩展。由于 SIMD 结构使总线、数据通道等资源得到充分使用,并无需改变信号处理(含图像、语音)算法的基本结构,因此 SIMD 结构使用越来越普遍。SIMD 结构遇到的问题是算法、数据结构必须满足数据并行处理的要求,为了加速,循环常常需要被拆开,处理数据需要重新安排调整。通常 SIMD 仅支持定点运算。

(5) DSP/微控制器的混合结构

许多应用需要以控制为主的软件和 DSP 软件相混合。一个明显的例子是数字蜂窝电话,因为其中有监控和语音处理的工作。一般情况下,微处理器在控制上能够提供良好的性能而在 DSP 性能上则很糟,专用的 DSP 处理器的特性则刚好相反。因此,最近有一些微处理器产商开始提供 DSP 增强版本的微处理器。用单处理器完成两种软件的任务是很有吸引力的,因为其具有潜在特性:简化设计、节省版面空间、降低总功耗、降低系统成本等。DSPs 和微处理器结合的方法有:①在一个结上集成多种处理器,如 Motorola DSP5665x;②DSPs 作为协处理器,如 ARM Piccolo;③DSPs 核移植到已有的位处理器,如 SH-DSP;④微控制器与已有的 DSPs 集成在一起,如 TMS320C27xx;⑤全部新的设计,如 TriCore。

随着对 DSPs 能力需求的提高,DSP 处理器结构正在进行革新的设计,DSPs、MCU、CPU 的结构优点相互借用。

1.2.6　DSPs 的发展趋势

DSP 处理器发展的趋势是结构多样化,集成单片化,功能用户化,开发工具更完善,评价体系更全面,更专业。

VLIW 结构、SIMD 结构、超标量体系结构和 DSP/MCU 混合处理器是 DSPs 结构发展的新潮流。VLIW、SIMD 和超标量体系结构能够获得很高的处理性能。DSP/MCU 混合可以简化应用系统设计,降低系统体积和成本。高性能通用处理器(GPPs)借用了 DSPs 的许多结构优点,其浮点处理速度比高档 DSPs 还要快。高性能 GPPs 一般时钟频率为 200~1000MHz,具有超标量、SIMD 结构、单周期乘法操作、好的存储器访问带宽及转移预测功能等特点,因此 GPPs 正在涉足 DSP 领域。但由于 GPPs 缺乏实时可预测性、优化 DSP 代码困难,有限的 DSP 工具支持,高功耗等问题,GPPs 目前在数字信号处理领域中的应用还有限。但瞄准嵌入系统应用的高性能 GPPs 与 DSPs 进行混合,形成专用的嵌入 GPPs,如 Hitachi 的 SH-DSP,ARM 的 Piccolo,Siemens 的 TriCore,Motorola 的 MPC74xx。嵌入 GPPs 保留原有的高性能,并加强 DSP 实时预测、控制等方面的能力,与专用 DSP 处理器形成了对照。

在 DSPs 综合集成方面,处理器核及快速用户可定制能力是重要的。预计在最近几年内将会推出和流行：用户可定制 DSPs，块组建 DSPs，可编程整数 DSPs，DSPs 化现场可编程门阵列（FPGAs），更专用化的 DSPs，多媒体 DSPs 等。未来 DSP 处理器将集成 DSP 处理器核、微控制器、存储器 RAM 和 ROM、串行口、模数转换器、数模转换器、用户定义数字电路、用户定义模拟电路等，因此 DSP 处理系统将不再是若干印制板（如信号调理板，A/D 板，D/A 板，接口定时板等）组成的大系统。

　　由于 DSPs 结构的多样化，DSPs 性能测试将变得更加困难，MIPS、MOPS、MFLOPS、BOPS 等指标将越来越不能准确反映 DSPs 的性能，因此需要更细更专业化的测试评价标准。对具体应用来说，某些单项功能测试结果，可能显得更为重要。

　　随着 DSPs 性能的提高，开发工具可能比处理器结构更重要，因为只有有效的开发工具，才能使处理器得到普遍使用，并使其性能充分发挥。片上 Debug 是实时调试的最好手段，它将采用与 JTAG 兼容的 Debug 口。C 编译器的效率仍然是重点，如何方便地进行有效代码开发是关键。指令软件仿真器显得更为重要，更精确的指令软件仿真器将得到开发。多类型 DSPs 调试开发工具将混合集成在一起。DSPs 开发工具和高速 DSPs 系统设计技术将是一个充满机遇和挑战的领域。

1.3　数字信号处理系统设计与开发

1.3.1　DSPs 系统构成

　　实时信号处理系统所要处理的信号多为自然信号，因此大多首先需要通过传感器将自然信号转换为电信号。另外要对自然界的信号进行数字处理，就必须通过 A/D 将其转换为数字形式。DSPs 对数字信号处理完成后，有时还需要通过 D/A 把处理后的数字信号重新转换为模拟信号。数字信号处理可以通过专用集成电路 ASIC 信号处理器和（或）通用数字信号处理器 DSPs 完成。要进行大数据量的数据处理，存储器是必需的。为了共享存储器或实现多 DSP 处理器（板）系统，必须进行大量数据的高速传输，这一功能主要由数据传输网络实现。图 1-5 是一个较完整的实时 DSPs 系统组成框图。图 1-6 是典型的数码相机电子嵌入式系统框图。

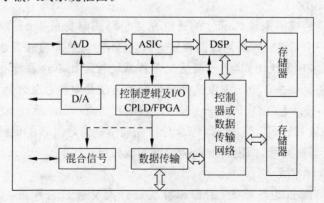

图 1-5　DSPs 系统基本组成

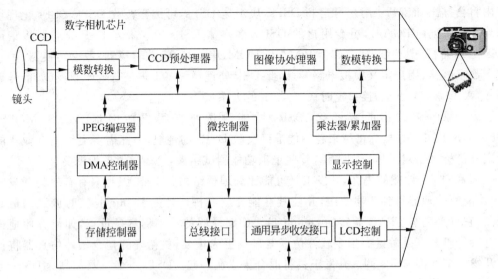

图 1-6　典型的数码相机电子嵌入式系统框图

　　数字信号处理系统的开发是一门综合的技术,它涉及处理算法、处理器、嵌入式系统、实时系统、高速数字电路等多种技术,并且在设计过程中,要进行这样或那样的折中,如软件与硬件的折中,空间与时间的折中,性能与成本的折中等。

1.3.2　DSPs 的选择

　　数字信号处理器可分为通用数字信号处理器 DSPs 和专用数字信号处理器 ASIC,因此嵌入式数字信号处理系统对处理器的选择方案有两大类:通用 DSP 处理器系统和专用 ASIC 信号处理器系统。通用 DSP 处理器方案通过软件完成系统功能,具有灵活性,易于功能扩展和系统升级;专用 ASIC 信号处理器方案通过硬件完成系统功能,具有体积小、功耗低等特点,但不易于升级改造。本节主要讨论通用 DSP 处理器的选择问题。在 DSPs 选择时应考虑下列因素:

　　(1) DSPs 的速度

　　对于实时处理的应用来说,DSPs 的速度是否足以实时完成系统要求的信号处理任务是最关键的。一个 DSPs 的其他性能再好,当速度不能满足实时性要求时,它也是不能使用的(可以采用多片系统使用,但一般情况多片系统肯定比单片系统复杂)。DSP 处理器的速度评估方法见 1.2.3 节。速度选择最可靠的方法是对信号处理算法的"核心"功能(往往占运算量 80% 以上,但代码小于 20%)进行编程仿真(simulation),或对照基准程序(如 FIR 或 IIR 滤波器、FFT 等)指标,综合分析完成所需信号处理的时间。一般情况下,DSPs 速度选择要有富裕量,以便系统功能的增加或升级。

　　(2) 数据宽度和格式

　　根据算法的精度和动态范围(编程和算法设计人员通过分析或仿真来确定)决定 DSPs 的数据宽度和数据格式。DSPs 有两种数据格式:定点和浮点。绝大多数的 DSP 处理器使用定点数据格式,数字表示为整数或 $-1.0 \sim +1.0$ 之间的小数形式,补码整数

最高位表示符号,例如 8 位补码数字

01010011 表示 $2^6+2^4+2^1+2^0=64+16+2+1=83$

10101100 表示 $-2^7+2^5+2^3+2^2=-128+32+8+4=-84$

$-1.0\sim+1.0$ 的小数格式,最高位为 -2^0,后续依次为 2^{-1},2^{-2},2^{-3},$\cdots$,例如 8 位小数

01010000 表示 $2^{-1}+2^{-3}=0.5+0.125=0.625$

10101000 表示 $-2^0+2^{-2}+2^{-4}=-1+0.25+0.0625=-0.6875$

第二种处理器采用浮点数据格式,数据表示成尾数加指数的形式:尾数$\times2^{指数}$。例如 IEEE 754 浮点标准,32 位基 2 浮点数如图 1-7 所示。

图 1-7 32 位 IEEE 754 浮点数表示

浮点数 $X=(-1)^s\times(1.m)\times2^{(e-127)}$,其中 s 为符号位,取 0 或 1,m 为尾数,按定点小数格式计算,e 为 8 位指数,为无符号整数。

浮点算法是一种较复杂的常规算法,利用浮点数据可以实现大的数据动态范围(这个动态范围可以用最大和最小数的比值来表示)。浮点 DSPs 在应用中,设计工程师一般不用关心动态范围和精度一类的问题。浮点 DSPs 比定点 DSPs 更容易编程,但是成本和功耗高。如果要求算法易于开发,而且动态范围很宽、精度很高,可以考虑采用浮点 DSPs。也可以在采用定点 DSPs 的条件下由软件实现浮点计算,但是这样的软件程序会占用大量处理器时间,因此只有在大量数据采用定点处理而同时极少"稀疏"数据采用浮点处理的情况才会采用该方法。另一个有效的办法是"块浮点",利用该方法将具有相同指数、而尾数不同的一组数据作为数据块进行处理。浮点 DSPs 的字宽为 32 位、40 位或 48 位,可根据算法的精度选择。

对于算法数据精度、动态范围定点能满足要求的,一般应该选择定点处理器。定点 DSPs 的字宽一般为 16 位,也有 20 位、24 位、32 位的定点 DSPs。由于芯片的集成复杂度与字宽的平方成正比,并且字宽与 DSPs 的外部尺寸、管脚数量以及需要的存储器的宽度等有很大的关系,所以字宽的长短直接影响到器件的成本。字宽越宽则尺寸越大,管脚越多,配置存储器要求使用多片夹扩展位宽,因此处理器和印制板成本相应地增大。在满足设计要求的条件下,要尽量选用小字宽的 DSPs 以减小成本和复杂度。

(3) 存储器结构和管理

DSPs 的存储器结构一般采用"哈佛"结构,并有高速缓存。它与很多微控制器采用的"冯·诺依曼"结构不同,"冯·诺依曼"结构的程序存储器和数据存储器采用同一套地址总线、数据总线和统一的地址编址;"哈佛"结构的程序存储器和数据存储器采用各自独立的地址总线和数据总线,并且一般分别编址。现代"哈佛"结构有很多变体,例如 DSPs 片上存储器采用"哈佛"结构,片外采用"冯·诺依曼"结构;还有 DSPs 采用两套数据存储器地址总线和数据总线,即两套数据存储器空间。

DSPs 存储器从层次上分为寄存器、高速缓存、片上存储器、片外存储器等。其中寄存器速度最快,片外存储器速度最慢,因此就 DSPs 性能来说,寄存器、高速缓存、片上存储器越大越好。

DSPs 的性能受其对存储器子系统的管理能力的影响。如前所述,MAC 和其他一些信号处理功能是 DSPs 器件信号处理的基本能力,快速 MAC 执行能力要求在每个指令周期内完成从存储器读取一个指令字和两个数据字。有多种方法实现这种读取,包括多接口存储器(允许在每条指令周期内对存储器多次访问)、分离指令和数据存储器("哈佛"结构及其派生类)以及指令缓存(允许从缓存读取指令而不是存储器,从而将存储器空闲出来用作数据读取)。

对绝大多数应用而言,片上存储器容量的大小是一个很重要因素,如 TMS320C6701 片上存储器容量为 64KB,用它实现 2048 点复数浮点 FFT,可以在片内完成,速度很快(处理时间约为几百微秒),但如要实现更大点数的 FFT,必须利用片外存储器,速度将大为下降(处理时间增长约 20 倍),这时采用 ADSP21060 能够有更好的性能。选择 DSPs 时,需要考虑具体应用对存储空间大小以及对外部总线的要求。

(4) 电源管理和功耗

DSPs 越来越多地应用在便携式产品中,在这些应用中功耗是一个重要的考虑因素,因而 DSPs 生产商尽量在产品内部加入电源管理并降低工作电压以减小系统的功耗。在某些 DSPs 中的电源管理功能包括:

- 降低工作电压。许多生产商提供低电压版本的 DSPs(3.3V,2.5V 或 1.8V),这种处理器在相同的时钟下功耗远远低于 5V 供电的同类产品。
- "休眠"或"空闲"模式。绝大多数处理器具有关断处理器部分时钟的功能,以降低功耗。在某些情况下,非屏蔽的中断信号可以将处理器从"休眠"模式下恢复,而在另外一些情况下,只有设定的几个外部中断才能唤醒处理器。有些处理器可以提供不同省电功能和时延的多个"休眠"模式。
- 可编程时钟分频器。某些 DSPs 允许在软件控制下改变处理器时钟,以便在某个特定任务时使用最低时钟频率来降低功耗。
- 外围控制。一些 DSPs 允许程序停止系统未用到的外围电路的工作。

不管电源管理特性怎么样,设计工程师要获得优秀的省电设计方案很困难,因为 DSPs 的功耗随所执行的指令不同而不同。

(5) 开发的简便性

对不同的应用来说,对开发简便性的要求不一样。对于研究和样机的开发,一般要求系统工具能便于开发。而如果公司开发产品,成本是最重要的因素。选择 DSPs 需要考虑的开发因素有软件开发工具(包括汇编、链接、仿真、调试、编译、代码库以及实时操作系统等部分)、硬件工具(开发板和仿真机)和高级工具(例如基于框图的代码生成环境)。

选择 DSPs 时常有如何实现编程的问题。一般设计工程师选择汇编语言或高级语言(如 C 或 Ada),或两者相结合的办法。混合编程是一种流行的方法,编程员经常对占用绝大多数处理时间的信号处理部分采用汇编语言编程,对占程序量绝大多数的控制程序采用高级语言编程。采用汇编语言编程,相比编译器产生的未经最优化的汇编代码,可以降低程序代码量大小和使流程更合理,以加快程序的执行速度。但汇编编程对于复杂的现代 DSPs 结构来说,那是一件很困难的事,因此软件开发的编译优化工具越来越重要,其优化编译效率是一个很重要的指标。软件指令集仿真器是一个很重要的软件调试工具,在硬件完成之前,采用指令集仿真器对软件调试很有帮助。如果所用的是高级语言,对高级语言调试器功能进行评估很重要,包括能否与模拟机和/或硬件仿真器一起运行等性能。

大多数 DSPs 销售商提供硬件仿真工具,现在许多处理器具有片上调试/仿真功能,通过采用 IEEE 1149.1 JTAG 标准的串行接口访问。该串行接口允许基于扫描的仿真,即程序设计者通过该接口加载断点,然后通过扫描处理器内部寄存器来查看处理器到达断点后寄存器的内容并进行修改。很多的生产商都可以提供现成的 DSPs 开发系统板。在硬件没有开发完成之前可用开发板实现软件实时运行调试,这样可以提高最终产品的可制造性。对于一些小批量系统甚至可以用开发板作为最终产品的电路板。

(6) 成本因素

在满足设计要求条件下要尽量使用低成本 DSPs,即使这种 DSPs 编程难度很大而且灵活性差。在处理器系列中,越便宜的处理器功能越少,片上存储器也越小,性能也比价格高的处理器差。封装不同的 DSPs 价格也存在差别,如 PQFP 和 TQFP 封装比 PGA 封装便宜得多。在考虑到成本时要切记两点,一是处理器的价格在持续下跌,二是价格还依赖于批量,如 10000 片的单价可能会比 1000 片的单价便宜很多。

1.3.3　高速数字电路设计

随着 DSPs 时钟频率和多功能单元并行度的提高,高速实时 DSPs 系统开发存在两个大的难点:一是在系统的物理实现上,也就是在板级(系统)设计涉及很多高速数字电路的设计技术;二是在软件并行度的实现上。高速数字电路的设计问题已经拥有一套比较完整的理论体系。在实际系统设计中,一方面,设计人员的经验起到非常重要的作用;另一方面,需要好的 EDA 软件工具提供支持。

信号完整性问题是高速数字电路设计中的重要问题,它指的是信号在传输过程中由反射、振铃、地弹、串扰引起的信号质量问题。信号波形的破损(信号不完整)往往不是由某个单一因素导致的,而是板级设计中多种因素共同作用的结果。当传输信号的信号线的长度大于该信号对应的波长时,这条信号线就应该被看作是传输线,需要考虑印制电路板的线际互连和板层特性对电气性能的影响。反射是由信号的源端与负载端阻抗不匹配引起的,负载会将一部分能量反射回源端。信号的振铃和环绕振荡分别是由线上不恰当的电感和电容引起的。串扰是两条信号线之间的耦合问题,信号线之间的互感和互容导致了线上噪声。解决这些问题的基本方法是优化布线和匹配端接。布线主要考虑线长(传输延迟)、线间距(串扰)、线特征阻抗等。端接方法有负载端并行端接和源端串行端接等。

信号完整性的分析仿真需要依靠 EDA 工具。目前高速 PCB 软件工具基本能够对信号的过冲、振铃、串扰等进行较精确的分析。它们大多采用 IBIS 模型(input/output buffer information specification),这是一种基于芯片 I/O 缓冲的 V/I 曲线的行为描述模型。

在时序设计上要满足建立时间和保持时间的要求，并要有一定的富裕量。富裕时间是指在考虑了器件手册提供的最坏情况之后，得到的时序上的一个建立或保持时间裕量。它的要求往往随不同的系统而各异，而且和布线的情况以及负载的情况密切相关，对于一个精心设计的电路板而言，输出信号的建立(setup)时间以及保持时间(hold)的富裕量大概在 0.5ns 左右就够了。

1.3.4 高速数字电路调试

随着 DSP 系统在电路设计上的复杂程度的不断提高，便于检验和调试显得越来越重要。决定一个电路调试便利程度的关键在于系统各个部分的"能见度"(visibility)。可以用多种手段获得一个系统在不同层次上的"能见度"，包括利用仿真器(emulator)观察DSPs，利用 JTAG 检验大规模器件，设置信号探测点观察信号波形等。这些需要在设计阶段就考虑好，设计阶段加入的少量预备措施，往往会对以后的调试工作带来事半功倍的作用。另外，在系统设计中还注意系统的"简化度"(simplicity)和"灵活性"(flexibility)。简化度可以充分利用 DSPs 的外设和大规模集成电路来实现；灵活性则可以通过 DSPs和可编程器件(PLD)的在线可编程性及拨码开关、短路子等来实现。

高速电路调试对于测量设备提出了高的要求。表 1-5 给出了各种速度电路的测量设备带宽要求。在高速 DSPs 系统开发时，一定要注意测量设备的选择及其对电路本身的影响。

表 1-5 各种高速数字电路带宽要求

器件类型	典型源信号上升时间/ns	信号沿带宽(2.5/trise)/GHz	测量带宽(3%测量误差)/GHz	测量带宽(1.5%测量误差)/GHz
TTL	5	0.07	0.23	0.35
CMOS	1.5	0.23	0.767	1.15
ECL	0.5	0.7	2.33	3.5
0.25μm	0.2	1.75	5.8	8.75

参考文献

[1] Jennifer Eyre. DSP Processors Hit the Mainstream[J]. IEEE Computer,1998,8：51～59

[2] Ole wolf. Tiger SHARC sinks teeths into VLIW[J]. Microprocessor report,1998,12(16)：1～4

[3] Jeff Bier. Infineon's TriCore tackles DSP[J]. Microprocessor report,1999.13(5)：1～4

[4] Berkeley Design Technology, Inc. Understanding the New DSP Processor Architectures[EB/OL]. http：//www. bdti. com/articles/understand_icspat99. pdf,1999/2001. 10

[5] Jennifer Eyre and Jeff Bier. The Evolution of DSP Processors[EB/OL]. http：//www. bdti. com/articles/evolution_00ck2. PDF,2000/2001. 10

[6] Berkeley Design Technology, Inc. Choosing a DSP Processor[EB/OL]. http：//www. bdti. com/articles/choose_2000. pdf,2000/2001. 10

[7] Jennifer Eyre. The Digital Signal Processor Derby[J]. IEEE Spectrum,2001,6：62～68

[8]　Berkeley Design Technology, Inc. Processors with DSP Capabilities：Which is Best？[EB/OL].
http：//www. bdti. com/articles/020314esc_processors. pdf, 2002/2002. 6

[9]　Berkeley Design Technology, Inc. The BDTImark2000™：A Measure of DSP Execution Speed[EB/
OL]. http：//www. bdti. com/bdtimark/BDTImark2000. pdf, 2000/2001. 10

[10]　任丽香, 马淑芬, 李方慧. TMS320C6000 系列 DSPs 的原理和应用. 北京：电子工业出版社, 2000

[11]　李方慧, 王飞, 何佩琨. TMS320C6000 系列 DSPs 的原理和应用. 北京：电子工业出版社, 2003

[12]　黄铠. 高等计算机系统结构：并行性、可扩展性、可编程性. 北京：清华大学出版社, 1995

[13]　曾涛, 李耽, 龙腾. 高速实时数字信号处理器 SAHRC 的原理及其应用. 北京：北京理工大学出版
社, 2000

[14]　Texas Instruments Incorporated. TMS320C62xx CPU and Instruction Set Reference Guide[EB/
OL]. http：//www-s. ti. com/sc/psheets/spru189f/spru189e. pdf, 2000/2001. 10

[15]　Texas Instruments Incorporated. TMS320C62xx Peripherals Reference Guide[EB/OL]. http：//
www-s. ti. com/sc/psheets/spru190d/spru190c. pdf, 2000/2001. 10

[16]　Texas Instruments Incorporated. TMS320C62xx Programmer's Guide[EB/OL]. http：//www-s.
ti. com/sc/psheets/spru198g/spru198e. pdf, 2000/2001. 10

[17]　Analog Device Incorporated. SHARC Microcomputer Data Sheet[EB/OL]. http：//www. analog.
com/productSelection/pdf/ADSP-21161N_0. pdf, 2001/2002. 1

[18]　Ross Bannatyne. 数字信号控制器的发展和应用[EB/OL]. http：//www. eetchina. com/ART_
8800233172_617681, 621496. htm, 2002-4-27/2002-5-10

[19]　Oxford Micro Devices, Inc. Ax36 视频数字信号处理器[EB/OL]. http：//www. mynet. com. cn/
oxford/Oxford1. htm♯236, 2001/2002-5-10

[20]　Alexander Wolfe. VLIW 结构体系逐渐成为嵌入式系统设计的主流[EB/OL]. http：//www.
eetchina. com/ART_8800124792_617681, 621496. htm, 2001-8-2/2002-5-10

[21]　Digital Signalprocessing Technology. Designing a DSP System[EB/OL]. http：//www. eetchina.
com/ART_8800191793_617681, 621496. htm, 2000/2002-5-11

[22]　EMC Technology Ltd. 高速电子线路的信号完整性设计[EB/OL]. http：//emct. com. cn/
support/support4. html, 2002/2002-5-11

[23]　Eric Madsen. 利用 PCB 热性能分析为设备正常工作提供保证[EB/OL]. http：//www. eetchina.
com/ART_8800105575_617681, 617683. htm, 2001-07-01/2002-5-11

[24]　龚海峰. 基于信号完整性分析的高速数字 PCB 的设计方法[EB/OL]. http：//www. eetchina.
com/ART_8800234799_617681, 617683. htm, 2002-05-11/2002-5-13

[25]　Howard W. Johnson, Martin Graham. High-Speed Digital Design. New Jersey：PTR Prentice
Hall, 1993

[26]　Berkeley Design Technology. 数字信号处理器的选择策略[EB/OL]. 2001-9

[27]　朱贻玮. 微电子技术发展现状及趋势. 中国工程技术电子信息网, 2002(14)

[28]　朱贻玮. 美国发展军用微电子技术和纳米电子技术的设想. 中国工程技术电子信息网, 2002(14)

[29]　John G. Ackenhusen 著, 李玉柏等译. 实时信号处理——信号处理系统的设计和实现. 北京：电子
工业出版社, 2002

第 2 章　　数字信号处理器结构

2.1　处理器

2.1.1　处理器构成

在计算机中,中央处理器是指能解释并执行指令的一种功能单元,它至少包含有一个指令控制单元和一个算术与逻辑运算单元,常称为 CPU(central processing unit)。微处理器是包含中央处理器的能进行数据操作(处理和传输)的一种电子芯片,常简称为处理器。处理器也指由微处理器为核心组成的数据处理设备或系统。数字信号处理器是指专门为数字信号处理设计的适合进行数字信号处理密集运算的微处理器或处理设备和系统。本章只讨论数字信号处理器的片内结构。

可编程处理器的基本结构如图 2-1 所示,它由控制单元、数据处理单元(数据通道)、存储器等组成。控制单元是指令操作的部件,完成处理器指令的取指、译码、执行操作,由控制器、程序计数器和指令寄存器组成。处理器采用程序存储结构,即程序存放在存储器中,程序由指令组成,控制单元操作由指令驱动,机器一经启动,就按照程序指定的逻辑顺

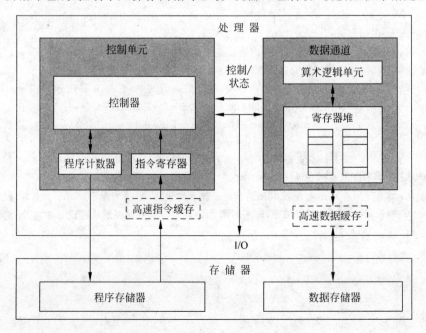

图 2-1　可编程处理器的基本结构

序把指令从存储器中读出来逐条执行,自动完成由程序所描述的处理工作。数据通道完成指令指定的数据操作,它由算术逻辑单元、寄存器堆组成。算术逻辑单元完成加法、乘法等算术运算以及与、或、非、移位等逻辑操作;寄存器堆存放算术运算和逻辑操作的操作数。存储器是程序指令和数据的存储单元,按用途包括程序存储器和数据处理器,按层次结构包括高速缓存、主存储器和扩展存储器。

根据信号处理的特点,数字信号处理器的控制单元包含地址产生器,专门负责按指令的要求产生下一条指令和操作数的存储单元地址,产生可进行数字滤波、FFT 等处理的循环寻址和位翻转寻址。算术逻辑单元所包含的硬件乘法累加器可以在单指令周期内实现 MAC(multiply and accumulate)运算。存储器采用哈佛结构,程序存储空间和数据存储空间分开,在一个指令周期内可同时进行指令和数据从存储器的读取。

处理器指令执行过程为:控制器按程序计数器指示的地址从存储器中读取指令至程序寄存器,控制器译码解释寄存器中的指令;如果是存取类指令,将产生存取数据的存放地址,从存储器读取数据至寄存器堆或从寄存器堆读取数据到存储器;如果是算术逻辑类指令,则算术逻辑单元从寄存器堆读取操作数,按指令对待处理的数据进行算术逻辑操作,并把操作结果数据存放回寄存器堆;如果是转移类指令,控制器判断转移条件,并把条件成熟的转移目的地址装入程序计数器。

数字信号处理器经常用到以下术语:

- N 位处理器。N 位处理器是指处理器的数据位数和总线宽度是 N 位的,即处理器有 N 位的寄存器、N 位的算术逻辑单元、N 位的数据通道和 N 位的内部数据总线。外部总线位数可能与内部总线位数不同,可以不是 N 位。

- 时钟周期。在处理器中,时钟周期是指驱动处理器工作的时钟历经一个完整周期所需的时间。处理器的工作时钟频率与外部时钟频率不一定是相同的,早期的处理器工作时钟频率一般等于外部时钟频率或是外部时钟频率的分频,现代高等处理器工作时钟一般是外部时钟的倍频,且倍频数可编程。

- 指令周期。指令周期是指每条指令操作执行所需的处理器时钟数,称为 CPI(clock cycles per instruction)。指令周期常在流水线正常工作情况下测量,虽然很多指令单独执行时需要多个时钟周期,但在程序中流水执行时只占用一个时钟周期,这类指令称为单周期指令,否则称为多周期指令。程序的平均 CPI 定义为程序执行的总 CPU 时钟周期数除以程序的指令数。

- 功能单元。执行某种运算或操作的处理单元,如算术逻辑单元(ALU),乘法累加单元,地址产生单元等称为功能单元。

- 内部总线。内部总线是指连接处理器内部的寄存器、存储器和功能单元等的多组连线,它分为数据总线、地址总线和控制总线。地址总线输出存储器访问所需的地址;数据总线加载指令或传递操作数;控制总线提供空间选择和读写控制信号。

- 存储空间。存储空间是指处理器存储程序和数据的存储器空间,一般分为程序存储空间和数据存储空间。程序存储空间和数据存储空间物理上可以是一个统一的空间,也可以是两个独立的空间。对存储空间的访问由总线进行操作。

- 潜在指令执行延迟。潜在指令执行延迟是指指令取指至指令真正执行完毕的时间,常用指令周期数来表示。指令延迟是由于指令流水线结构引起的。例如乘法指令 MPY R1,R2,R3,如果执行第一节拍把操作数从 R1 和 R2 中读出,要到第二个节拍才能把乘积结果写入寄存器 R3 中,则它的潜在指令执行延迟是 1 个时钟周期。

2.1.2 复杂指令集和精简指令集处理器

计算系统所要实现的任务可分解成一个个基本的功能,在这些基本功能中,实际上只有极少数的几种基本功能是必须由硬件的指令系统来完成的,而绝大多数基本功能既可以由硬件的指令系统来实现,也可以用多条指令组成的一段子程序来实现。那么,如何确定哪些基本功能由硬件来完成及哪些由软件来完成,主要考虑三个因素:速度,价格(芯片面积)和灵活性(兼容性)。用硬件的指令来实现,速度高、价格贵、灵活性差。用软件子程序来实现,速度低、价格便宜、灵活性好。根据硬件指令系统设计的特点,处理器可分为复杂指令集处理器和精简指令集处理器。

复杂指令集处理器是指 CISC(complex instruction set computer)处理器,它的指令系统设置一些复杂功能的指令,尽量采用单条硬件指令来完成基本功能,总的发展趋势是增强指令的功能。精简指令集处理器是指 RISC(reduced instruction set computer)处理器,它的指令系统只设置一些简单功能的指令,较复杂的基本功能用一段子程序来完成,总的发展趋势是简化指令的功能。

数字信号处理器早期的发展是采用 CISC 结构,因为 DSPs 最重视追求处理器速度,因此出现了完成乘法和累加功能的 MAC 指令、平方根指令、硬件控制循环指令等。在 CISC 处理器中,对于那些使用频度较高的指令,用硬件加快其执行,就能缩短整个程序的执行时间;对于那些使用频度高的指令串,用一条新的指令来代替,既能缩短整个程序的执行时间,又能缩短整个程序的长度,从而减少程序的空间开销。但是,CISC 结构不能满足 VLSI 硬件技术和编译程序软件对指令系统规整性的要求。VLSI 工艺要求规整性,而在 CISC 处理器中,为了实现大量的复杂指令,控制逻辑极不规整,需要特殊的处理单元,给 VLSI 工艺造成很大困难。指令过于复杂还会使处理器的时钟频率难以提高,反而降低处理器的速度。另外,不规整的复杂的指令系统,难以编写好的编译系统。因此,CISC 的进一步发展也将受到限制。

由于现代数字信号处理系统要求的功能越来越复杂庞大,因此采用汇编语言编程是一件非常费时的事情,工程师们越来越喜欢用高级语言进行编程。DSP 处理器的速度要进一步提高,除了时钟频率要提高以外,采用多功能单元结构也是一种有效的方法。由于处理器电路规模的增长和编译系统效率提高的需求要求处理器结构一定具有很好的规整性,因此,数字信号处理器越来越多地使用类 RISC 结构。RISC 处理器的特点是:

- CPU 面向寄存器,采用 LOAD/STORE 结构。CPU 所有的指令操作都是对寄存器进行的,数据是通过 LOAD/STORE 指令在寄存器和存储器之间进行读写的。
- 大多数指令在单指令周期内完成。指令系统中的大多数指令只执行一个简单的基本功能,能很快地在一个指令周期内就完成。
- 减少指令和寻址方式的种类。即简化指令控制部件的结构,提高与编译系统的友好程度。

- 采用流水线结构,十分重视提高流水线的执行效率。流水线段长度的选取和划分要求适合流水线的连续充满及减少断流,以提高流水线的效率。
- 固定的指令格式,注重译码的优化。
- 面向编译技术。注重编译器产生优化目标代码的效率。

RISC 结构的以上特点,使得处理器的时钟频率得到提高,与之配套的编译系统的效率可以得到很大程度的提高。因此,处理器的总体性能得到提高。

2.1.3　高速数字信号处理器 C6x 系列的结构

图 2-2 是 DSP 处理器 TMS320C62x/C64x 的结构框图,该处理器由核 CPU、外设和存储器三个主要部分组成。图中阴影部分为 DSP 中央处理单元 CPU,包括:

- 程序取指单元
- 指令分配单元
- 指令译码单元
- 32 个 32 位寄存器
- 两个数据通路,每个数据通路有 4 个功能单元
- 控制寄存器
- 控制逻辑
- 测试、仿真和中断逻辑

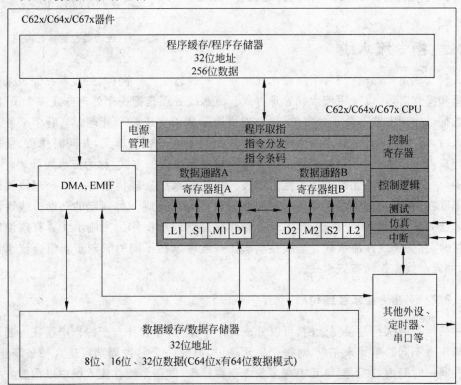

图 2-2　TMS320C62x/C64x 结构框图

CPU 中 8 个功能单元可以并行操作,这些功能单元被分成类似的两套,每套由 4 个基本功能单元(.L,.S,.M,和.D)组成,功能单元的具体功能见 2.3.2 节表 2-2。这些功能单元直接连接两个寄存器组(每个寄存器组由 16 个 32 位寄存器组成),两组之间靠交叉通路互相联系,处理器结构为类 RISC 结构。256 位程序取指单元每个周期可取 8 个 32 位指令。C62x 芯片包括片内程序存储器和数据存储器,可将这些存储器作为高速缓冲存储器。外设包括直接存储器访问(DMA)、低功耗逻辑、外部存储器接口(EMIF)、串口、扩展总线或主接口和定时器等。

2.2　指令控制单元和流水线

2.2.1　指令控制单元

指令控制单元由组合逻辑电路和时序电路组成,用来完成取指、译码、控制处理单元操作等功能,如图 2-3 所示。控制单元从程序存储器读取指令至指令寄存器或直接至控制电路,对其进行译码,形成控制流,控制处理单元的具体操作,完成指令的执行。指令控制单元的操作一般分多步(节拍)执行,依次为取指、译码、执行等操作,详见 2.3 节。

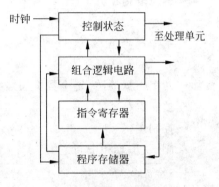

图 2-3　处理器控制单元构成

2.2.2　指令流水线

人们在制造产品时,经常采用流水线作业方式进行生产。同样,处理器在完成某个功能处理和操作时,可以采用流水线处理方式。流水线处理是把一个处理分成多个子处理,处理数据经过所有或部分子处理单元(处理线段),从而完成整个处理。当有多个处理数据进入时,多个处理的子处理将同时填充处理线的不同子处理单元,并同时执行,使得整个处理只占一个子处理周期,这种由子处理构成流水执行的方式,称为流水线处理。在流水线中,一个子处理单元称为一个流水线段。线性流水线处理机是将一些处理段线性地逐级串联在一起,对从一端流到另一端的数据流执行并完成一种固定的功能。线性流水线技术已大量应用于指令执行、算术计算和存储器访问等操作。当流水线具有前馈和反馈连接时,称为非线性流水线。非线性流水线一般可以在不同的时刻重新组合流水线连接,这种流水线称作动态流水线。

2.2.2.1　指令流水线结构

一条指令的执行是很复杂的,可以分成几个子操作,子操作与子操作串联在一起。每个子操作由不同的单元来完成,对每个单元来说,每隔一个时钟周期可进入一条新指令,这样在同一时间内,在不同单元中有多条指令在操作,即指令流在流水线中以重叠方式执行,这种指令工作方式称为"指令流水线"工作方式。

　　典型的指令流水线可分为取指令(fetch)、译码(decode)、执行(execute)三个阶段,如图 2-4 所示。理想情况下,这些阶段在流水线上可重叠执行,每个阶段的执行可以用一个或几个时钟周期,这主要取决于指令的类型和处理器的结构。指令流水线的执行过程如图 2-5 所示。从图中可以看出,在周期 3,指令 1 达到执行阶段 E,同时指令 2 正处在译码阶段 D,指令 3 正在取指,在周期 3、4、5、6 均有三条指令处于流水线的不同阶段并行执行。在程序的开始阶段有一个流水线填充过程,在程序的结束阶段有一个流水线排空过程。

取指(F)	译码(D)	执行(E)

图 2-4　典型指令流水线的三个阶段

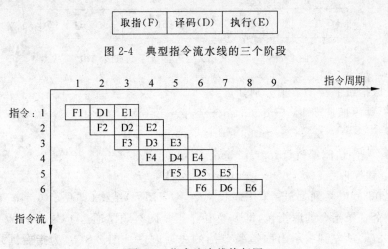

图 2-5　指令流水线执行图

　　数字信号处理器的指令流水线结构一般包括以上三个阶段,为了提高指令流水线的效率和时钟频率,不同结构 DSPs 的指令流水线的长度和结构略有不同。TMS320C54x 采用 6 级流水线,其结构如图 2-6 所示。每级流水线的作用是:

- 第 1 级:预取指令级(prefetch)。程序地址总线加载下一条指令的地址(PC 寄存器中的值)。
- 第 2 级:取指级(fetch)。通过程序总线读取指令至指令寄存器。
- 第 3 级:译码级(decode)。指令寄存器中的指令码被译码,决定存储器访问操作的类型,控制数据地址产生器和 CPU 的操作。
- 第 4 级:访问级(access)。两级读操作数的开始级,在数据地址总线上给出读数据单元的地址。
- 第 5 级:读取操作数级(read)。完成在数据总线上的数据的读取操作,如果有写操作,启动两级写操作的第 1 级,在数据地址总线上给出写数据单元的地址。
- 第 6 级:执行级(execute)。完成指令的执行操作,完成两级写操作的第 2 级,把数据总线上的数据写入存储单元。

预取 (prefetch)	取指 (fetch)	译码 (decode)	访问 (access)	读取 (read)	执行 (execute)

图 2-6　TMS320C54x DSPs 的流水线结构

　　现代 DSPs 的指令流水线较为复杂,其取指令、译码、执行阶段都分为更细的子阶段,或称为节拍。例如 TI 公司的 TMS320C62x 系列,所有指令取指级有 4 个节拍(phase),译码级有两个节拍,执行级对不同类型指令有不同数目的节拍,最长为 5 个节拍。C62xx 的多级流水线如图 2-7 所示。

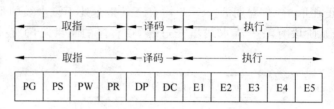

图 2-7　TMS320C62x 处理器指令流水线结构

　　流水线取指级的 4 个节拍分别如下:
- PG:程序地址产生(program address generate)
- PS:程序地址发送(program address send)
- PW:程序访问等待(program access ready wait)
- PR:程序取指包接收(program fetch packet receive)

　　TMS320C6000 系列 DSPs 采用超长指令字(VLIW)结构(详见 2.6 节),它的取指操作一次取一个 8 条指令的取指包,即 8 条并排指令同时顺序通过 PG、PS、PW 和 PR 4 个节拍。图 2-8(a)从左到右示出取指各节拍的先后顺序。图 2-8(b)为指令通过取指各节拍的功能方框图。图 2-8(c)示出取指(包通过流水线取指级)的各节拍流程,其中第一个

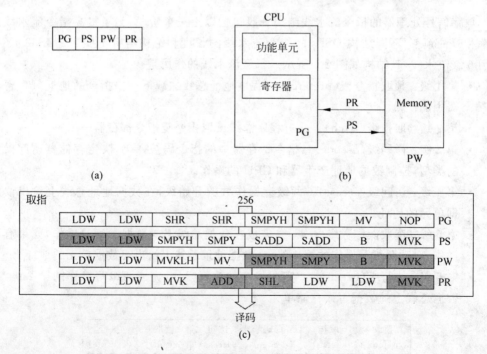

图 2-8　TMS320C62x 流水线的取指各节拍

取指包(PR中)包含 4 个执行包,第 2 和第 3 取指包(PW 和 PS 中)包含两个执行包,最后一个取指包(PG 中)包含一个执行包(执行包是指并行执行的多条指令组成的指令包,参见第 3 章)。

流水译码级的两个节拍如下:

- DP:指令分配(instruction dispatch)
- DC:指令译码(instruction decode)

在流水线的 DP 节拍中,取指包指令根据并行性分成各执行包,执行包由 1~8 条并行指令组成。在 DP 节拍期间,一个执行包的指令被分配到适当的功能单元。同时,源寄存器、目的寄存器和有关通路被译码,以便在功能单元完成指令执行。图 2-9(a)从左到右给出了译码各节拍的顺序。图 2-9(b)示出了包含两个执行包的一个取指包通过流水线译码的框图,其中取指包(FP)的后 6 条指令是并行的,从而组成一个执行包(EP),该执行包在译码的 DP 节拍。图 2-9 中箭头指向每条指令所分配的功能单元,指令 NOP 由于与功能单元无关,因此不分配功能单元。在取指包的前两条并行指令(阴影部分)形成一个执行包,这个执行包在前一个时钟周期处在 DP 节拍,它包含两条乘法指令,当前处于 DC 节拍,即执行级前的一个时钟周期。

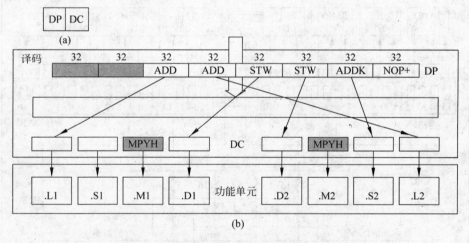

图 2-9　TMS320C62x 流水线的译码各节拍

TMS320C62x 执行级根据不同类型的指令,为完成它们的执行需要不同数目的节拍,最长为 5 个节拍。乘法类指令,由于乘加运算逻辑复杂,因此需要两个执行节拍;存储类指令,由于需要产生存储地址,数据在 CPU 和存储单元间传输,因此取数指令需 5 个执行节拍,存数指令需 3 个执行节拍;转移类指令,需要预测转移目的地址,破坏流水线,执行时间最长,需 5 个节拍;简单指令是单周期指令,需 1 个执行周期。表 2-1 给出了 C62x 不同指令类型在每个执行节拍中所完成的操作,表中最下行也列出了不同指令类型的延迟间隙和功能单元等待时间(详见 2.2.2.2 节)。图 2-10(a)从左到右示出了各执行节拍的顺序,图 2-10(b)为执行过程的功能框图。

表 2-1　C62x 各指令类型执行级描述

执行节拍	指令类型				
	单周期指令	乘法指令	存数指令	取数指令	转移指令
E1	计算结果 写寄存器	读操作数 启动计算	计算地址	计算地址	目标指令进入 取指 PG 节拍
E2		计算结果 写寄存器	发送地址和数 据至存储器	发送地址 至存储器	
E3			访问存储器	访问存储器	
E4				送数据至 CPU	
E5				写数据到寄存器	
延迟间隙	0	1	0*	4	5

　　* 由于采用定向数据传输技术,对某一地址的写存后不会紧接着进行读取,因此可以认为存数指令无延迟间隙。

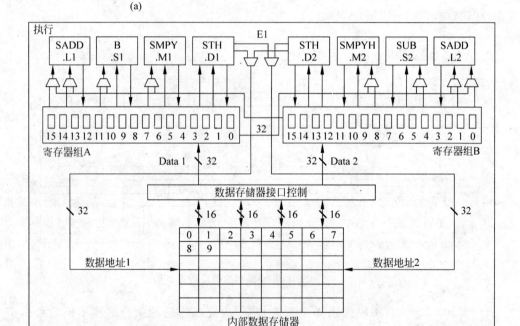

图 2-10　C62x 流水线的执行各节拍

　　图 2-11 为 C62x 的流水线流程图,图中连续的各个取指包都包含 8 条并行指令,即每个取指包只有一个执行包,这种情况的流水线是充满的。取指包以时钟台阶方式通过流水线的每个节拍。从图中可以看出,在周期 7,取指包(fetch packet)FPn 的指令达到 E1,同时 FP$n+1$ 的指令正在译码,FP$n+2$ 的指令处在 DP,FP$n+3$,FP$n+4$,FP$n+5$,FP$n+6$ 分别处在取指的 4 个节拍阶段。

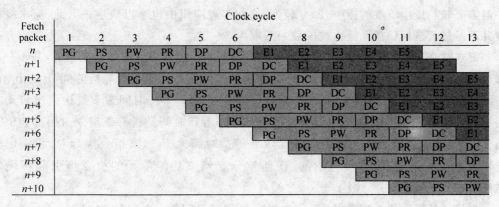

图 2-11　C62x 取指包只有一个执行包的流水操作

2.2.2.2　流水线效率和指令延迟

指令流水线可以重叠执行多条指令，以提高指令的执行速度。在理想情况下，一条 k 段的线性指令流水线能在 $k+(n-1)$ 个时钟周期内执行 n 条指令，其中头 k 个周期为流水线填充时间，完成一条指令，在后 $n-1$ 个时钟周期中每周期完成 1 条指令，共完成 $n-1$ 条指令。如果不采用流水线方式，则每条指令的执行周期为 k 个时钟周期，n 条指令需要 kn 个时钟周期。所以一条 k 段流水线对等效的非流水线的加速因子

$$S_k = \frac{nk}{k+(n-1)} \tag{2-1}$$

图 2-12 给出了加速因子与 n 的函数关系。从图 2-12 和式(2-1)可以看出，当指令数 n 很小时，加速比很差，当 $n=1$ 时，S_k 的值最小为 1；当指令数 $n \to \infty$ 时，加速比最大 $S_k \to k$。但由于相继指令之间存在数据相关、程序分支、中断和资源冲突等原因，流水线经常受阻，需要插入等待周期，因此流水线的最大加速比是很难达到的。首先，当流水线分段数 k 较大时，可能得到的加速就比较高，但是由于控制的复杂性、电路实现的困难等因素，流水线段数不可能非常大；其次，当 k 较大时，流水线易受阻塞，当流水线操作被破坏时，需要流水线排空，流水线段越长，排空时间越长；最后，当 k 较大时，要取得相应的加速比，

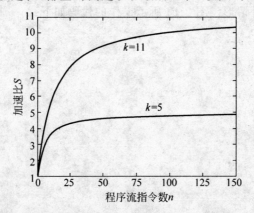

图 2-12　加速比与指令流长度的关系曲线

一般需要较长成组流水的指令,即 n 较大,这在工程应用中也难以满足。因此,流水线段数并不是越长越好。指令流水线段数一般取为 3～16。

流水线在每个时钟周期可以有多条指令同时执行,但当存在流水线阻塞时,并不一定每个时钟周期都能启动一条新的指令,即存在流水线等待。流水线等待时间(latency)是指一条流水线的两次启动之间的时间单位(时钟周期)数,等待时间为 k 是指两次启动之间有 k 个时钟周期的间隔。功能单元(流水线段)等待时间是指一条指令占用功能单元的 CPU 周期数。如果一条指令的功能单元等待时间大于 1,该指令执行时,将锁定功能单元必需的周期数,在锁定期间,任何被分配到该功能单元的指令将引起不确定结果。

当指令执行阶段为多节拍时,存在指令执行延迟间隙。延迟间隙(delay slots)是指一条指令在第一个执行节拍启动后到处理结果出来时所占用的 CPU 周期数。根据延迟间隙可确定指令的执行周期。具有延迟间隙的指令,在最后一个延迟间隙之前,其结果不能被使用。例如,乘法指令有一个延迟间隙,这意味着,这条乘法指令的结果可被隔一个 CPU 周期的下一条指令及以后的指令所使用,但不能被该乘法指令后紧跟的指令所使用。然而,在乘法指令延迟间隙的同一 CPU 周期内,完成执行操作的其他指令的结果可以被使用。C62x 指令延迟间隙根据指令类型有多种情况,具体如表 2-1 所示。

在同一时钟周期,试图两次或更多次启动使用同一流水线段将会引起冲突(collision)。流水线冲突是指在一条流水线里试图同时使用同一硬件的资源冲突。冲突将破坏流水线的正常流水执行,降低流水线的工作效率,因此在对指令流的安排时要尽量避免资源冲突。充分利用流水线是 DSPs 高性能的一个重要因素,当程序中的算法保持流水线充满时,流水线最有效。

下面是 C62x 指令流水线发生冲突的一个例子。

一个取指包(FP)包含 8 条指令,每个取指包可分成 1～8 个执行包(EP),每个执行包是并行执行的指令,每条指令在一个独立的功能单元内执行。图 2-11 给出了一个取指包只有一个执行包的流水线操作。当一个取指包包含多个执行包时,这时将出现流水线阻塞,图 2-13 给出了这种情形。图 2-13 所示操作的代码如下:

```
    instruction A      ;EP k        FP n
||  instruction B      ;

    instruction C      ;EP k + 1    FP n
||  instruction D
||  instruction E

    instruction F      ;EP k + 2    FP n
||  instruction G
||  instruction H
```

```
    instruction I      ;EP k + 3      FP n + 1
 || instruction J
 || instruction K
 || instruction L
 || instruction M
 || instruction N
 || instruction O
 || instruction P
    ⋮              ;EP k + 4 至 k + 8 的 5 个执行包为 8 指令并行执行包
```

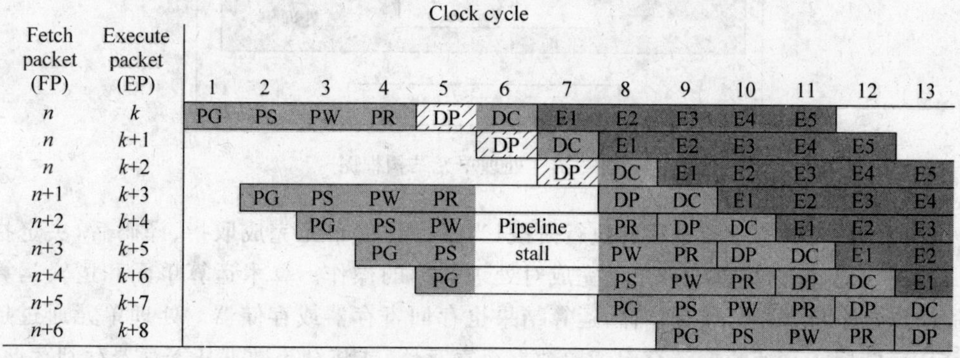

图 2-13　取指包含不同数目的执行包的流水线操作冲突

图 2-13 中,取指包 n 包含 3 个执行包,取指包 $n+1\sim n+6$ 只有一个执行包。取指包 n 在周期 1～周期 4 通过取指级的 4 个节拍,同时在周期 1～周期 4 的每个周期都有一个新的取指包进入取指的第一个节拍。在周期 5 的 DP 节拍,CPU 扫描 FPn 的并行标志位,检测出在 FPn 中有 3 个执行包 $EPk\sim EPk+2$,这就迫使流水线阻塞,允许 $EPk+1$ 和 $EPk+2$ 在周期 6 和周期 7 进入 DP 阶段。一旦 $EPk+2$ 准备进入 DC 阶段(周期 8),流水线阻塞被释放。$FPn+1\sim FPn+4$ 在周期 6 和周期 7 均被阻塞,以便 CPU 有时间处理 $EPk\sim EPk+2$ 进入 DP 节拍。$FPn+5$ 在周期 6 和周期 7 也被阻塞,直到周期 8 流水线阻塞释放后进入 PG 节拍。周期 8 以后,流水线连续操作直至有包含多个执行包的取指包进入 DP 节拍,或者中断发生。

2.3　处理单元及数据通道

2.3.1　算术逻辑单元

处理器的数据处理单元是算术逻辑单元(arithmetic logic unit,ALU),它完成数据的加法、乘法等算术运算以及与、或、非、移位等逻辑操作。处理单元总是与数据通道紧密相连,而数据通道完成处理功能单元与数据寄存器、存储器之间的连接。处理单元结构框图如图 2-14 所示。处理单元分成算术运算单元和逻辑操作单元。算术运算单元完成以数据字为单位的算术计算,逻辑单元完成对数据每一个比特的布尔运算或对整个数据进行移位操作。处理器数据字一般以数据总线宽度为字长,有的处理器也可以是总线带宽的一半,有的可处理字节、扩展字(比主总线更宽的字)。

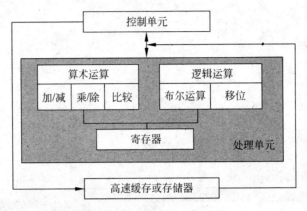

图 2-14　处理单元结构框图

处理单元完成指令流水线的执行阶段,当指令控制单元完成取指、译码后,决定指令完成何种处理,进而控制处理单元完成对处理数据的操作。算术运算单元和逻辑运算单元的操作数来自寄存器或存储器,运算结果也存回寄存器或存储器。处理单元通过控制单元从存储器或高速数据缓存中读取数据至寄存器,或将结果数据从寄存器存到存储器。复杂的处理功能可以分多个节拍执行,进行流水线处理。

算术运算单元有两种类型,定点(整数)运算单元和浮点运算单元。一般浮点处理器的浮点运算单元可以进行整数运算。大部分定点运算处理器采用 2 的补码表示定点数,可进行加、减、乘三种基本运算操作。两操作数的 n 位二进制整数的加或减产生小于 $n+1$ 位的结果,即最多有一位进位输出,所以加法器经常有 1 个进位寄存器。n 位二进制的乘法产生 $2n$ 位结果,所以乘法器的结果寄存器一般都是 $2n$ 位的。n 位整数和 n 位整数的除法产生最多 n 位的商和 n 位的余数,商是很近似的,为了扩展精度,可以扩展成 $2n$ 位来计算。整数除法可以采用条件减法来实现。浮点操作可以分成两部分:指数操作和尾数操作。例如,浮点数,$X=m_x \times 2^{e_x}$,$Y=m_y \times 2^{e_y}$,如 $e_x \leqslant e_y$,则

$$X+Y = (m_x \times 2^{e_x-e_y} + m_y) \times 2^{e_y}$$
$$X-Y = (m_x \times 2^{e_x-e_y} - m_y) \times 2^{e_y}$$
$$X \times Y = (m_x \times m_y) \times 2^{e_x+e_y} \tag{2-2}$$
$$X \div Y = (m_x \div m_y) \times 2^{e_x-e_y}$$

在数字信号处理器中,算术逻辑移位运算特别灵活,移位位数一般可任意设置,可进行桶形移位和循环移位,在算术运算数据输入端和输出端均可移位,图 2-15 是几种常见移位操作的结构示意图。算术运算单元肯定具有硬件乘法器或同时运算的硬件乘法器和累加器。DSP 处理器的处理单元都是针对数字信号处理常用运算和操作而设计的。图 2-16 是 TMS320C2xx 系列 DSPs 的处理单元结构,它由 3 个功能单元组成:输入移位单元,乘法单元,中央算术逻辑(累加器)单元。输入移位单元对从程序存储器或数据存储器读出并输入到中央算术逻辑单元(CALU)的 16 位数据进行移位,并扩展成 32 位的数

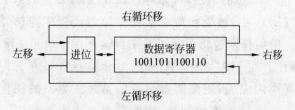

图 2-15　算术逻辑移位的几种形式

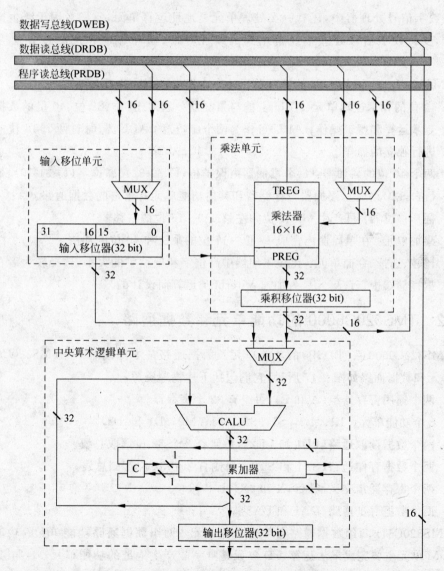

图 2-16　TMS320C2xx 的处理单元结构

据,数据扩展可以是无符号扩展或有符号扩展。扩展成 32 位是因为 CALU 是 32 位的。乘法单元是一个 16 位×16 位的乘法器,并可对 32 位的乘积进行移位操作,乘法器的乘数放在一个寄存器 TREG 中,被乘数取自数据存储器或程序存储器,乘积可存回数据存储器或送 CALU。中央算术逻辑单元可对来自输入移位单元或乘法单元的数据进行逻辑、加法和移位操作。在 MAC 指令中,乘法单元和 CALU 单元同时操作,使乘法累加运算在一个指令周期内完成,但是需要注意的是乘法累加的操作数是不同的,即本次加法的操作数是上次乘法运算的结果,因此只有在流水处理中,乘法累加指令才是单周期的。

在数字信号处理器中,还有一类处理单元是地址运算单元,它们专用于产生操作数的地址,支持数字信号处理中经常用到的线性寻址、循环寻址和位翻转寻址等地址计算。

TMS320C54x 系列 DSPs 的处理单元功能也很丰富,其 CPU 包括:

- 40 位的算术逻辑单元(ALU):能与累加器一起对 16 位、32 位、40 位的数据进行算术运算和逻辑操作;ALU 可作为两个 16 位的 ALU,同时对两个 16 位的数据进行独立的操作。
- 两个 40 位的累加器:每个累加器由保护位(位 39-32)、高位字(位 31-16)、低位字(位 15-0)组成。累加器与存储器和其他功能单元有丰富的数据通路。
- 桶形移位器:可产生 0~31 位的左移或 0~16 位的右移。
- 乘加单元:在单周期内完成 17 位×17 位的乘法和 40 位的加法。
- 比较、选择、存储单元:比较累加器中高位字和低位字的大小,选择较大者存入数据存储器中。该单元是为加速 Viterbi 类运算而设计的。

2.3.2　TMS320C6000 的功能单元和数据通路

TMS320C6000 系列 DSPs 的功能单元及数据通路基本相同,其中 TMS320C64x 的处理单元和数据通路如图 2-17 所示,它们包括下述物理资源:

- 两个通用寄存器组(A 和 B),每组有 32 个寄存器。
- 8 个功能单元(.L1,.L2,.S1,.S2,.M1,.M2,.D1 和.D2)。
- 两个数据读取通路(LD1 和 LD2),每侧有 2 个 32 位读取总线。
- 两个数据存储通路(ST1 和 ST2),每侧有 2 个 32 位存储总线。
- 两个寄存器组交叉通路(1X 和 2X)。
- 两个数据寻址通路(DA1 和 DA2)。

TMS320C64x 每组数据通路有 4 个功能单元。两组数据通路功能单元的功能基本相同。.M 单元主要完成乘法运算,.D 单元是唯一能产生地址的功能单元,.L 与.S 单元是主要的算术逻辑运算单元(ALU)。表 2-2 描述各功能单元的功能。

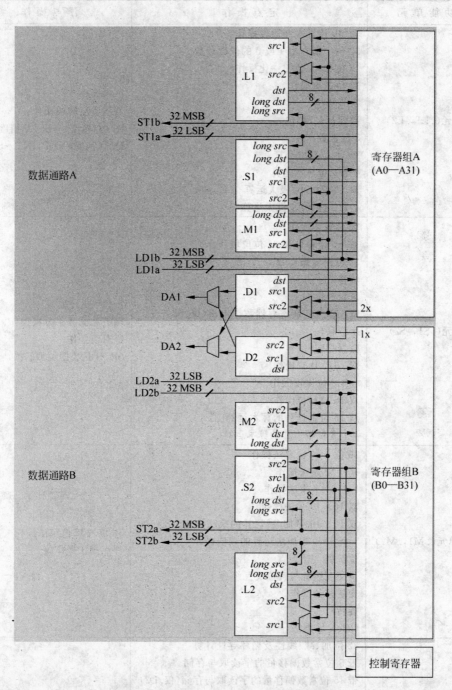

图 2-17　TMS320C64x 功能单元和数据通路

（注：.M 单元 long dst 是 32 MSB，dst 是 32 LSB）

表 2-2　功能单元及其能执行的操作

功能单元	定点操作	浮点操作
.L 单元(.L1,.L2)	32/40 位算术和比较操作 32 位中最左边 1 或 0 的位数计数 32 位和 40 位归一化操作 32 位逻辑操作 字节移位 数据打包/解包 5 位常数产生 双 16 位算术运算 4 个 8 位算术运算 双 16 位极小/极大运算 4 个 8 位极小/极大运算	算术操作 数据类型转换操作： DP(双精度)→SP(单精度), INT(整型)→DP,INT→SP
.S 单元(.S1,.S2)	32 位算术操作 32/40 位移位和 32 位位域操作 32 位逻辑操作 转移 常数产生 寄存器与控制寄存器数据传递(仅.S2) 字节移位 数据打包/解包 双 16 位比较操作 4 个 8 位比较操作 双 16 位移位操作 双 16 位带饱和的算术运算 4 个 8 位带饱和的算术运算	比较 倒数和倒数平方根操作 绝对值操作 SP→DP 数据类型转换
.M 单元(.M1,.M2)	16 位×16 位乘法操作 16×32 乘法操作 4 个 8×8 乘法操作 双 16×16 乘法操作 双 16×16 带加/减运算的乘法操作 4 个 8×8 带加法运算的乘法操作 位扩展 位交互组合与解位交互组合 变量移位操作 旋转 Galois 域乘法	32 位×32 位乘法操作 浮点乘法操作
.D 单元(.D1,.D2)	32 位加、减、线性及循环寻址计算 带 5 位常数偏移量的字读取与存储 带 15 位常数偏移量的字读取与存储(仅.D2) 带 5 位常数偏移量的双字读取与存储 无边界调节的字读取与存储 5 位常数产生 32 位逻辑操作	带 5 位常数偏移量的双字读取

CPU 内多数数据总线支持 32 位操作数,有些支持长型(40 位)操作数,双精度操作数则分成高(MSB)低(LSB)两组 32 位总线。图 2-17 展示了每个功能单元都有各自到通用寄存器的读写端口。图中 A 组的功能单元(以 1 结尾)写到寄存器组 A,B 组的功能单元(以 2 结尾)写到寄存器组 B。每个功能单元都有两个 32 位源操作数 src1 和 src2 的读入口。为了长型(40 位)操作数的读写,4 个功能单元(.L1,.L2,.S1 和.S2)分别配有额外的 8 位写端口和读入口。由于每个功能单元都有它自己的 32 位写端口,所以在每个周期中有 8 个功能单元可以并行使用。.M 单元可以返回 64 位结果。

通用寄存器的作用如下:

- 存放数据,作为指令的源操作数和目的操作数。图 2-17 中 src1、src2、long src、dst、long dst 示出了通用寄存器与功能单元之间的数据联系、传送方向和数据字长。
- 作为间接寻址的地址指针,寄存器 A4~A7 和 B4~B7 还可以以循环寻址方式工作。
- A0、A1、A2、B0、B1 和 B2 可用作条件寄存器。

每个功能单元可以直接与所处的数据通路的寄存器组进行读写操作,即.L1,.S1,.D1 和.M1 可以直接读写寄存器组 A,而.L2,.S2,.D2 和.M2 可以直接读写寄存器组 B。两个寄存器组通过 1X 和 2X 交叉通路也可以与另一侧的功能单元相连。1X 交叉通路允许数据通路 A 的功能单元从寄存器组 B 读它的源操作数,2X 交叉通路则允许数据通路 B 的功能单元从寄存器组 A 读它的源操作数。

2.4　总线和存储器结构

由于 DSP 处理器主要应用于运算密集型场合,因此当设计和评估 DSP 处理器时,数据通路结构和存储器带宽就受到了特别的关注。一个强大的数据通路是高性能的 DSPs 的重要组成部分。处理器要对大量的数据进行处理,就需要快速地大量地从存储器读取数据和把结果存回存储器。因此,存储器组织及其与处理器的连接结构是决定处理器性能的重要因素。本节将讨论典型的处理器总线和存储器结构。

2.4.1　冯·诺依曼结构和哈佛结构

传统的通用处理器的总线和存储器结构过去经常采用冯·诺依曼结构,如图 2-18(a) 所示。冯·诺依曼结构有一个存储器空间,它通过一套总线(包括数据总线和地址总线)与处理器内核相连接,程序和数据存放在同一存储空间。对于多数计算应用,这种存储器结构的带宽能够满足读取指令和数据的要求,但是它不适合信号处理密集运算对数据存取的要求。例如,经典的 FIR 抽头延迟滤波器的乘法累加指令 MAC 在这种结构中执行与存储器有关的操作过程如下:

- 读取指令。
- 读取采样数据。
- 读取滤波器系数。
- 把数据写入存储器(下一抽头延迟线位置)。

因此,处理 FIR 滤波器的一个抽头就需要对存储器访问 4 次,它在冯·诺依曼结构中只能串行进行,即需要 4 个指令周期,这将影响数据处理的速度,从而限制 FIR 数据更新率的提高。

　　为了减少对存储器的访问时间,必须在一个指令周期内完成指令和操作数的读取,这样就要求指令存储空间和程序存储空间分离,采用两套独立的总线,一套总线连接程序存储器和处理器内核,另一套总线连接数据存储器和处理器内核,这种采样多套总线的分离存储器空间结构就是存储器哈佛结构,如图 2-18(b)所示。在具有哈佛存储器结构的处理器中,FIR 滤波器的 MAC 指令执行时,读取指令和读取系数可以在同一个指令周期内完成,因此 FIR 每个抽头处理只需 3 个指令周期。为了进一步提高存储器的存取带宽,改进型哈佛结构把存储空间分成 3 个独立空间,每个空间有独立的数据总线和地址总线,在一个指令周期可进行 3 次存储器访问。例如,对于 FIR 滤波器,可把指令存放在一个空间,把滤波系数存放在一个空间,把采样数据存放在一个空间,则每个抽头处理对存储器的访问时间可减至两个指令周期,可见哈佛结构比冯·诺依曼结构有更高的总线和存储器访问带宽。总线套数和独立的存储空间个数越多,处理器数据访问带宽越大,处理速度就越快。

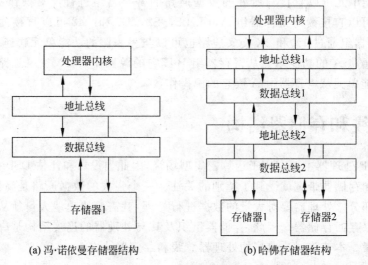

(a) 冯·诺依曼存储器结构　　(b) 哈佛存储器结构

图 2-18　两种存储器结构

　　存储器空间分得越多,总线套数越多,处理器越复杂,应用系统结构越庞大,用户就越不方便。现代 DSPs 为了方便用户,片外存储器使用冯·诺依曼结构,统一编址,只有一套总线,用户最小系统只要配备少量存储器就可以使 DSPs 运行工作。但片内存储器却更充分地利用哈佛结构,即片内经常有超过两套以上的总线。如图 2-19 所示的 TMS320C2xx 系列 DSPs 总线结构采用的是改进型哈佛结构,该系列 DSPs 有 3 套内部总线:程序读总线(程序地址总线 PAB 和程序读数据总线 PRDB),数据读总线(数据读地址总线 DRAB 和数据读总线 DRDB),数据写总线(数据写地址总线 DWAB 和数据写总线 DWEB)。程序读总线连接到程序存储器,数据读写总线连接到数据存储器。片上 ROM/Flash、SARAM、B0 块 DARAM 可作为程序存储器,SARAM、B0~B2 块 DARAM 可作为数据存储器。如果 SARAM 是单访问存储器,在一个指令周期 CPU 只能对其进行一次访问;如果 DARAM 是双访问存储器,在一个指令周期 CPU 只能对其进行两次访问(B0,B1 和 B2 为 DARAM)。片内 3 套总线通过多路选择器在片外成为一套总线,这样可以简化外部设计。

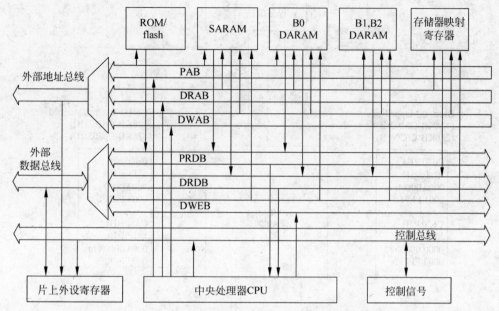

图 2-19　TMS320C2xx 系列 DSPs 总线和片上存储器结构

图 2-20 是 TMS320C30 DSPs 的总线和片上存储器结构。它有 3 套总线,包括程序访问总线,数据访问总线和 DMA 访问总线,其中数据访问总线包括两路地址总线和一路数据总线;它有 3 块独立的片上存储器,一块为程序存储器,另一块为数据存储器。

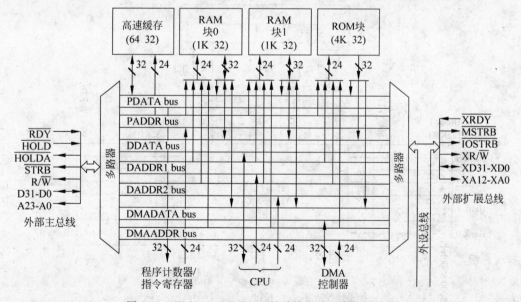

图 2-20　TMS320C30 DSPs 的总线和片上存储器结构

高性能 TMS320C62x DSPs 片内集成了更大容量的存储器,它的结构更合理,访问和控制更灵活,其结构如图 2-21 所示。C62x DSPs 片内存储器分为程序区间和数据区间两

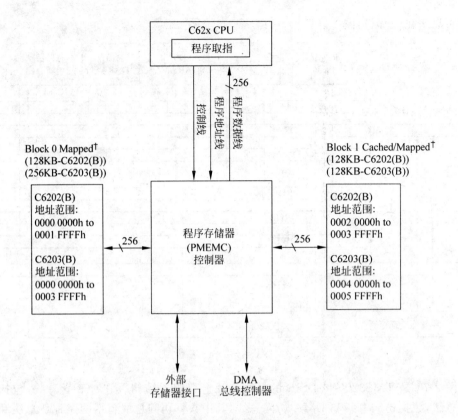

(a) TMS320 C62x片内程序存储器及其控制器结构

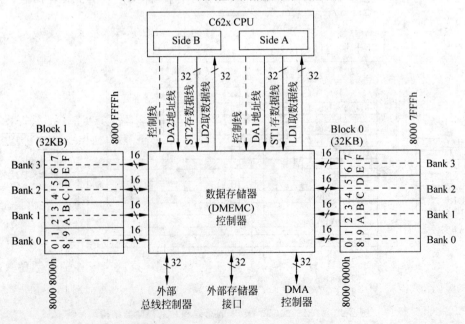

(b) TMS320 C62x片内数据存储器及其控制器结构

图 2-21　TMS320 C62x 片内存储器结构

个独立的部分,其中程序区间可以作为普通 SRAM 映射到存储空间,也可以作为高速缓存(cache)使用;数据区间通过两套总线与处理器内核相连,在一个指令周期内不同 Bank 的数据存储器可同时被各访问一次。C62x 处理器在一个指令周期内最多可对片内存储器进行 3 次访问。C62x 处理器对存储器的管理和数据传输是由专门的控制器来完成的,对片内程序存储器的访问需要通过程序存储器控制器(program memory controller, PMC)进行,PMC 的任务包括:

- 对 CPU 或 DMA 提交的访问片内程序存储器的请求进行仲裁。
- 对 CPU 提交的访问外部存储器(接口)的申请进行处理。
- 片内程序存储器设置为 cache 时,对其进行维护。

CPU 借助于 PMC 的控制,通过 256 位的数据通道,可以对片内程序 RAM 进行单周期访问。

数据存储器控制器(data memory controller, DMC)负责处理 CPU 和 DMA 控制器对片内数据存储器的访问申请,其作用包括:

- 对 CPU 或 DMA 控制器访问片内数据存储器的申请进行仲裁。
- 对 CPU 访问 EMIF 的申请进行处理。
- 协助 CPU 通过外设总线控制器访问片内集成外设。

CPU 通过两条地址总线(DA1 和 DA2)向 DMC 提交数据访问申请,存储总线 ST1 和 ST2 用于传输写操作的数据,读取数据总线 LD1 和 LD2 用于传输读操作的数据。

2.4.2　提高存储器带宽技术

存储器带宽总是低于处理器对数据带宽的要求,这种差别甚至达到一个数量级,为了提高存储器的访问带宽,可以采用并行访问、流水交叉访问等技术,最终目的是使存储器带宽与总线带宽及处理器带宽相匹配。下面介绍可以提高存储器访问带宽的并行访问存储器、交叉访问存储器的结构和技术以及存储器的流水线访问技术。

(1) 并行访问存储器

要在一个存储周期内访问到多个数据,最直接的方法是扩展存储器的字长,即增加存储器的数据宽度。一般存储器在一个存储周期只能访问到一个字,例如一个存储容量为 m 字 $\times w$ 位的存储器,每个存储周期只能访问到一个 w 位的字,其结构如图 2-22(a)所示。如把存储器字长增加到 n 倍,成为 $n \times w$ 位,则在一个存储周期能够访问 n 个 w 位的字。如何使用一次访问的 n 个 w 位的字,有两种方法,一种方法是加宽处理器的总线宽度,分别送给不同的处理单元以同时处理所有的 n 个字,如 C62x 的片内程序存储器(参考图 2-21(a));另一种方法是对 n 个字顺序处理,即通过字选择地址(低位地址)选择其中一个字处理,其结构如图 2-22(b)所示。由于第二种并行访问存储器的存储器数据宽度与处理器数据宽度不一致,因此存在存储器访问冲突,有时不能充分利用存储器的并行性。主要冲突有:

- 取指令冲突。当并行访问存储器作为程序存储器,读出一条转移指令,而且转移成功时,读取的其他指令将无效。
- 读数据冲突。一次并行读出的 n 个数据,并不一定都是需要处理的数据。

- 写数据冲突。当只需要写其中的某一个字,为不改变其他字的内容,需要先把其他字读出,与该字拼接,才能进行整个字的写入。
- 读写冲突。与一般存储器一样,不能同时对同一存储器地址进行读和写。

可见,由于访问冲突,在很多应用场合,提高并行访问存储器的访问效率是很困难的,因此并行访问存储器结构一般只在某些固定的存储器访问模式下使用。

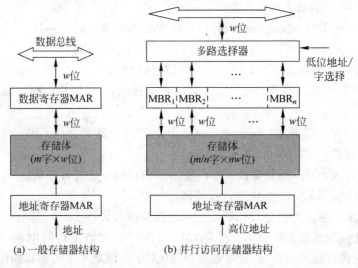

图 2-22　存储器结构

（2）交叉访问存储器

交叉访问存储器由多个模块存储器组成,这些模块存储器连接到系统总线或开关网络上,通过对相邻模块存储器进行流水线访问,可以获得更高的存储器带宽。主存储器地址分为两部分,即模块地址和字地址(模块存储器地址),根据存储器地址交叉的格式,可分为两种交叉访问存储器,即低位交叉访问存储器和高位交叉访问存储器,它们的结构如图 2-23 所示。在低位交叉存储器中,低位地址不同的存储单元被分配在不同的存储器模块中,使得连续地址的存储器访问将顺序地在不同存储模块流水中进行,这样即使对存储器模块的访问速度较低,但总的存储器的访问速度可以很高。例如把一个存储器分成 m 个模块(m 一般设计为 2^a),每个模块容量为 $n=2^b$,存储器地址的低 a 位将用来指明存储器模块,高 b 位则是每个模块内的字地址,字地址送给所有的模块,模块地址译码器用来区分模块。

在高位交叉存储器中,高 a 位存储器地址作为模块地址,而用低 b 位地址作为每个模块内的字地址,邻接的存储单元被分配在同一个存储器模块中。高位交叉存储器不支持连续地址的快速存取。

交叉存储器的访问可以将 m 个存储器模块的存取操作用流水线方式重叠进行,以达到提高存储器带宽的目的。图 2-24 给出了存储器访问流水线的示意图,图中 τ 为存储器访问周期,可见存储器模块的访问周期为 $m\tau$,降低了对存储体的速度要求。在保持模块速度的情况下,也可以说是提高了整个存储器的速度,其加速比是 m。从频率来说,如果存储器模块的访问频率为 f(MHz),则存储器的访问总频率为 mf(MHz)。

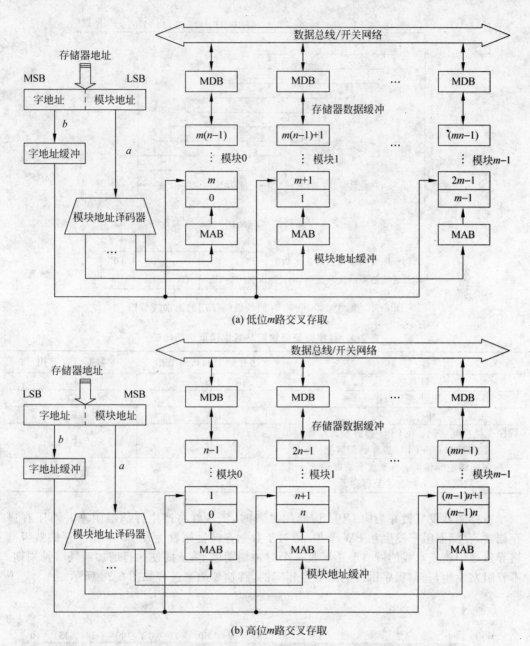

(a) 低位 m 路交叉存取

(b) 高位 m 路交叉存取

图 2-23　两种交叉访问存储器结构(模块个数为 m，模块大小为 n 字)

（3）存储器的流水线访问

处理器对存储器的访问包括读操作和写操作。读写操作都包括提供地址、数据输入或输出、数据接收等操作，因此对存储器可以采用流水线操作方式访问，即将一个数据的存储器访问操作分成多个节拍完成，并且多个连续的访问并行在不同节拍同时进行。

例如，C6000 对存储器的访问采用流水线方式，程序存储器访问和数据存储器读取所使用的流水线节拍如图 2-25 所示。各节拍的具体操作见表 2-3。数据读取与指令读取在内部存储器中以同样速度进行，且执行同种类型的操作。

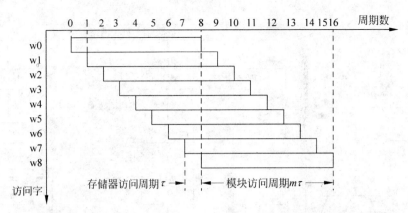

图 2-24　交叉存储器流水线访问（模块数为 8 时）

访问程序存储器使用的流水线	PG	PS	PW	PR	DP
读取数据使用的流水线	E1	E2	E3	E4	E5

图 2-25　TMS320C6000 存储器访问使用的流水线节拍

表 2-3　程序存储器访问与数据读取访问比较

操　作	程序存储空间访问节拍	数据读取节拍
计算地址	PG	E1
地址送至内存	PS	E2
内存读/写	PW	E3
程序存储空间访问：在 CPU 边界收到取指包 数据读取：在 CPU 边界收到数据	PR	E4
程序存储空间访问：指令送至功能单元 数据读取：数据送至寄存器	DP	E5

当存储器没有做好响应 CPU 访问的准备时，流水线将产生存储器阻塞。对于程序存储器，存储器阻塞发生在 PW 节拍，而对于数据存储器则发生在 E3 节拍。存储器阻塞将导致处于该流水线的所有节拍延长一个时钟周期以上，从而使执行增加额外时钟周期。不管阻塞发生与否，程序执行的结果是相同的，存储器阻塞过程如图 2-26 所示。

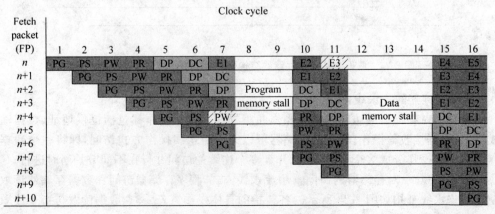

图 2-26　程序和数据存储器阻塞

2.4.3 存储器的层次结构

存储器是数字信号处理器的基本组织，DSPs 对存储器既有访问速度要求，又有存储容量要求，存储器的访问速度和存储容量是一对互为矛盾的要求，即容量大的存储器由于结构复杂，其访问速度较慢。为了解决这一矛盾以及使存储器实现方便，处理器的存储器配置一般按层次结构组织，如图 2-27 所示。处理器的存储器结构一般分为 4 层，由内（靠近处理单元）至外分别是第 1 层：指令和通用寄存器；第 2 层：高速缓冲存储器；第 3 层：主存储器；第 4 层：外部存储器。在存储器层次结构中，越靠近处理单元的存储器访问速度越快，存储容量越小，而最外层的存储器容量最大，访问速度也最慢。最靠近处理功能单元的寄存器，由于每个寄存器都与处理单元有数据通路，因此它们的访问最灵活，数据带宽大，速率高。另外寄存器与处理单元的电路连接复杂，因此寄存器的数量一般不大，约为几十至上百个。寄存器与其他层次的存储器之间的数据交换一般通过执行存取指令完成。采用层次结构的存储器的数据一致性管理是个难题，为了使所有存储器对用户透明及便于管理，一般把它们组成一个统一的存储系统，有关存储系统原理见 2.5.1 节。

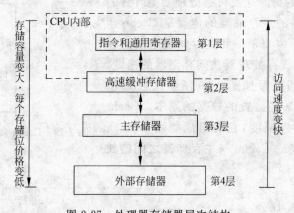

图 2-27 处理器存储器层次结构

2.5 高速缓冲存储器 Cache

2.5.1 存储系统原理

一个处理器系统可以有多种存储器，如用作不同用途的高速缓冲存储器、主存储器和外部存储器，它们具体可以是静态随机访问存储器 SRAM、同步静态存储器 SBSRAM、动态随机访问存储器 DRAM 等。为了充分发挥这些存储器的效率和特点，必须按一定规律有效地统一地组织和管理这些存储器，使之成为有机的"存储系统"。

存储系统是两个或两个以上速度、容量和价格各不相同的存储器用硬件或（和）软件连接起来的，对应用程序员透明、统一的一个存放数据和（或）指令的系统，它的速度接近速度最快的存储器的速度，它的容量等于或接近容量最大的存储器的容量，它的单位容量价格接近容量最大的存储器的单位容量价格。图 2-28 是一个由 n 个存储器连接起来的典型的存储系统。

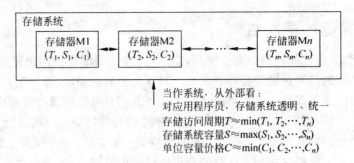

图 2-28　存储系统原理

2.5.2　Cache 存储系统及其基本工作原理

　　Cache 存储系统是处理器最常采用的一种高速存储系统，它由高速缓存 Cache 和主存储器构成。Cache 存储系统的目的主要是为了提高存储系统访问的速度。在处理器片上的 Cache 缓存器的访问速度可达处理器主时钟的频率，而处理器片外的主存储器的速度是 Cache 速度的 0.1～0.2 倍。由 Cache 和主存储器组成的存储系统，可以极大地提高处理器访问存储器的速度。Cache 和主存储器间关系如图 2-29 所示，Cache 中的数据是主存储器某些位置的数据的副本。Cache存储系统全部由硬件调度，它的组成如图 2-30 所示。Cache 控制器完成 Cache 与主存储器之间的映射及其管理。

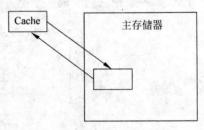

图 2-29　Cache 和主存储器包含关系

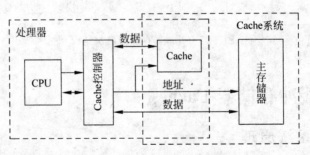

图 2-30　Cache 系统组成原理

　　一些高性能的处理器采用两级 Cache。其中，第一级在 CPU 内部，它的容量比较小，速度很快。第二级在片外或片内，容量较大，速度比第一级慢。两级 Cache 结构如图 2-31 所示。

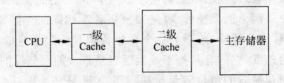

图 2-31　两级 Cache 系统

在 Cache 存储系统中,把 Cache 和主存储器都划分成相同大小的块(有的地方也称行,line),块(block)的大小是 2 的整次幂,一块包含若干字,字可分为字节。Cache 与主存储器之间以块为单位进行数据交换。主存储器的块可以采用某种映射关系和地址变换映射到 Cache 上的块,最灵活的方式是主存中的任一块可以映射到 Cache 中的任意一块的位置上,这种映射方式称为全相联映射。在全相联映射方式中,主存地址由块号 B(或称行地址)和块内地址 W(或称偏移量 offset)两部分组成,Cache 的地址由块号 b 和块内地址 w 组成。

Cache 的基本工作原理如图 2-32 所示。当 CPU 要访问存储器时,Cache 控制器要检查待访问的单元数据是否在 Cache 中已经备份,如果已经备份并有效,称 Cache 命中,CPU 从 Cache 中读取所需要的数据;如果所要访问的数据在 Cache 中没有备份或备份已无效,则称 Cache 失效,CPU 从主存储器中读取数据,并把该访问数据所在的存储器块的整个数据搬入到 Cache,并置相应 Cache 标志位有效。那么 Cache 控制器是如何检查 Cache 是否命中呢?这与主存块和 Cache 块的映射方式有关。其基本原理是由地址相联表记录存储器访问过程中主存储器地址与 Cache 地址的相联情况,主存地址的块号 B 与地址相联表中所记录的已访问的主存块号相比较,如果与其中某个块号 B′相等且该块号有效,则 Cache 命中,把与 B′相关联的 b 作为 Cache 的块号,并把主存的块内地址 W 复制作为 Cache 的块内地址 w,然后按地址"b-w"对 Cache 进行访问;如果不存在相等的有效块号 B′,则 Cache 失效,CPU 从主存获取数据,并按某种 Cache 替换策略对 Cache、主存储器、地址相联表等进行处理。Cache 命中和失效的条件及其后的操作详见表 2-4。

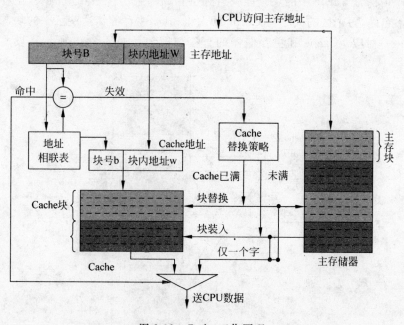

图 2-32   Cache 工作原理

表 2-4　Cache 命中和失效的条件及其后的操作

		条　件	操　作
Cache 命中		① 相应于 B 的 b 已经存在 ② 有效标志置位	① 形成 Cache 地址 ② 从 Cache 中取出数据送往 CPU
Cache 失效	Cache 未满	① 相应于 B 的 b 不存在,或其有效标志无效 ② 存在无效标志	① 从主存储器中读出一个字送往 CPU ② 建立 B 和某个 b 的相联关系,存放在地址相联表,并置位有效标志位 ③ 把包含被访问字的主存储器块的整块数据读出,装入到相应 Cache 块中*
	Cache 已满	① 相应于 B 的 b 不存在 ② 所有标志有效	① 从主存储器中读出一个字送往 CPU ② 采用某种 Cache 替换算法把不常用的一个 Cache 块数据先调入主存储器中原来存放它的位置,然后调入新的主存块数据到该 Cache 块中 ③ 建立被访问 B 和被替换 b 的相联关系,存放在地址相联表,并置位有效标志位

* 每次失效时,把整块数据调入 Cache 中,是由于程序具有局部性特点,这样可以提高 Cache 的命中率。

2.5.3　Cache 映射方式

　　Cache 中的块与主存储器中的块的对应(映射)方法有全相联映射法、直接映射法和组相联映射法等。全相联映射法是指 Cache 中的任何一个块可以映射到主存储器的任何一个块,Cache 的块与主存储器的块是完全相联的。由于全相联 Cache 的块可以缓存主存储器的任意块,因此它的效率最高。但由于它的映射数大,对应关系复杂,因此 Cache 映射地址相联表巨大,地址关联匹配时间长,Cache 速度很难提高。

　　直接映射法是 Cache 中的块只能映射到主存储器某个区中相应的块,主存储器把空间分成 M_T 个区,每个区的大小与 Cache 的大小相同,主存储器这些区中的块与 Cache 中的块直接一一对应。Cache 和主存储器的直接映射关系如图 2-33 所示。设 Cache 的块

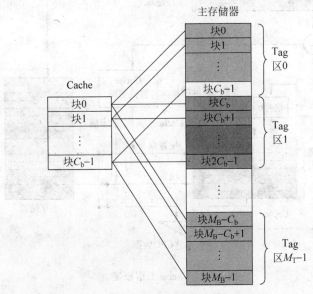

图 2-33　Cache 和存储器的直接映射关系

容量为 C_b，主存储器的块地址为 B，则 Cache 块 b 与主存储器块直接映射的地址关系为

$$b = B \bmod C_b \tag{2-3}$$

可见直接映射比全相联映射简单，关联数目少。直接映射 Cache 地址相联表(地址变换)如图 2-34 所示，主存储器地址由三部分组成，分别为区号 Tag、块地址 B 和块内地址 W。当处理器给出访问主存储器的地址时，Cache 控制器查找地址相联表，看被访问的区号 Tag 是否存在表中，若表中已有并且有效，则命中，并访问相应于 B 的 b 的 Cache 块内的某个单元的数据；若表中没有需要访问的区号 Tag 或已失效，则 Cache 不命中，然后按某种 Cache 替换策略替换 Cache，把访问的区号 Tag 放入地址相联表中的特征地址记录区，并置位相应的标志位。

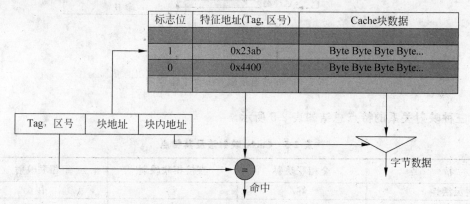

图 2-34　直接映射 Cache 的地址变换原理

组相联映射法结合全相联映射和直接相联映射的优点，把 Cache 分成若干组，主存储器也分成组。主存储器组的大小与 Cache 组的大小相同，然后 Cache 组与主存储器组内采用直接——对应映射，组间采用全相联映射。图 2-35 为两路组相联映射关系图。组相

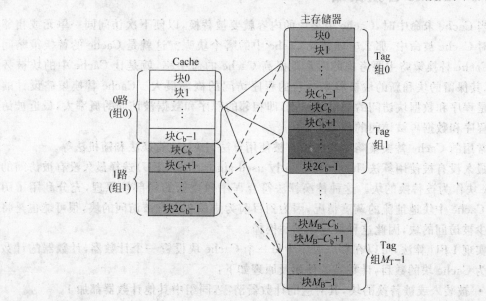

图 2-35　两路组相联映射关系

联映射的地址变换与直接相联映射的地址变换相类似,只是 Cache 的每路都有一个地址相联表,只要有一路地址相联表匹配(命中),则 Cache 命中,因此组相联 Cache 的命中是多路组 Cache 命中的或的关系,图 2-36 为 n 路组相联 Cache 的命中原理示意图。

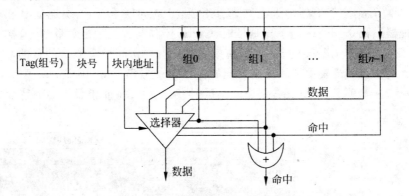

图 2-36　n 路组相联 Cache 工作原理

三种映射关系的特点总结如表 2-5 所示。

表 2-5　Cache 映射法及其特点

特　　点	全相联映射	直接相联映射	组相联映射
映射灵活性	好	差	中
相联映射表大小	大	小	中
地址映射速度	慢	快	中
Cache 效率	高	差	中
使用场合	中速小容量 Cache	高速大容量 Cache	高速 Cache

2.5.4　Cache 替换策略

当 Cache 未命中时,Cache 中某块的内容就要被替换,以便下次访问同一单元或相邻单元时 Cache 被命中,那么应该替换 Cache 中的哪个块呢? 这就是 Cache 的替换策略问题。Cache 替换策略主要考虑的因素是提高 Cache 的命中率,就是让 Cache 中的块被替换后,其保留的块和新的块被将要执行的程序访问的概率最大。Cache 替换策略设计的依据是程序和数据块访问的局部性原理,即相邻的程序和数据被访问的概率大,最近被访问的程序和数据再被访问的概率大。

常用的 Cache 替换策略有最久没有被使用算法(LFU)、轮换法和随机法等。

最久没有被使用算法(least frequently used algorithm,LFU)选择最久没有被访问的 Cache 块作为被替换的块。这种替换算法符合程序和数据的局部性原理,充分利用了历史上 Cache 中块地址流的调度情况,因为到目前为止最久没有被访问的块,很可能也是将来最少被访问的块,因此这种块应该被替换掉。

实现 LFU 算法,可以在相联表中为每一个 Cache 块设置一个计数器,计数器的计数长度为 Cache 块的数目,计数器的使用及原理如下:

- 被装入或被替换的块,其对应的计数器清零,同组中其他计数器都加 1。
- 命中的块,其对应的计数器清零,同组中计数值小于命中块所属计数器原来值的计数器都加 1,其他计数器不变。
- 需要替换块时,选择同组中计数值最大的计数器所对应的块。

表 2-6 是在一个每组 4 块的 Cache 中,某主存块地址流访问时 LFU 算法的工作情况。

表 2-6　LFU 替换算法的工作情况

块地址流	主存块 B_1		主存块 B_2		主存块 B_3		主存块 B_4		主存块 B_5		主存块 B_4	
	块号	计数器	块号	计数器	块号	计数器	块号	计数器	块号	计数器	块号	计数器
Cache 块 0	1	00	1	01	1	10	1	11	5	00	5	01
Cache 块 1		01	2	00	2	01	2	10	2	11	2	11
Cache 块 2		01		10	3	00	3	01	3	10	3	10
Cache 块 3		01		10		11	4	00	4	01	4	00
Cache 操作	装入		装入		装入		装入		替换		命中	

随机法是随机任意选择被替换的 Cache 块。

轮换法就是按 Cache 块装入先后顺序来替换 Cache 块,即当需要块替换时,选择最早被装入的 Cache 块来替换。轮换法考虑了历史上块地址流情况,但没有考虑历史上 Cache 的命中情况,即没有能够充分利用程序和数据的局部性特点。轮换法的优点是比 LFU 算法简单,每组 Cache 只要一个计数器就可实现。

就 Cache 命中率来说,LFU 替换算法最优,随机法最差,轮换法居中;但就实现复杂性来说,LFU 替换算法最复杂,随机法最简单,轮换法居中。

2.5.5　Cache 的性能分析

假设 Cache 的访问周期为 t_c,主存储器的访问周期为 t_m,Cache 的命中率为 h。则 Cache 系统的等效访问周期

$$t = ht_c + (1-h)t_m \tag{2-4}$$

Cache 系统的加速比

$$S_c = \frac{t_m}{t} = \frac{1}{(1-h) + h \cdot \frac{t_c}{t_m}} \tag{2-5}$$

从式(2-5)可以看出,当 Cache 命中率为 1 时,Cache 系统加速比最大,为 T_m/T_c,Cache 系统访问速度最快,周期为 T_c。Cache 命中率越高,Cache 系统的等效访问速度越接近 Cache 的访问速度。

对于两级 Cache 系统,假设第一级 Cache 的访问周期为 t_{c1},第二级 Cache 的访问周期为 t_{c2},主存储器的访问周期为 t_m,第一级 Cache 的命中率为 h_1,第二级 Cache 的命中率为 h_2,则 Cache 系统的等效访问周期

$$t = h_1 t_{c1} + h_2 t_{c2} + (1 - h_1 - h_2)t_m \tag{2-6}$$

从式(2-5)可见,对于 Cache 系统的设计和应用来说,应该尽量提高 Cache 的命中率。

Cache 的命中率与以下因素有关:Cache 的替换算法;Cache 容量、分组大小以及程序在执行过程中的地址流分布情况等。Cache 替换算法采用 LFU 算法,命中率高。Cache 容量越大,命中率越高,特别是当 Cache 块容量很小时,随着 Cache 块容量的增大,

命中率增加迅速。Cache 分组数越多,命中率越高,因为组间是采用全相联映射的,但分组数越多,Cache 控制器越复杂。程序在执行过程中,当局部性的程序(如循环体)和数据(如某个向量)存放在主存储器的同一块中时,Cache 的命中率高,因此在 DSPs 程序设计时,要求多次执行的处理程序以块地址边界定位它们的空间位置。

2.5.6 TMS320C64x DSPs 的两级 Cache 结构

TMS320C64x DSPs 的片内 RAM 采用两级高速缓存结构,程序和数据拥有各自独立的高速缓存。片内的第一级程序 Cache 称为 L1P,第一级数据 Cache 称为 L1D,程序和数据共享的第二级存储器称为 L2。图 2-37 是片内两级高速缓存的结构框图。

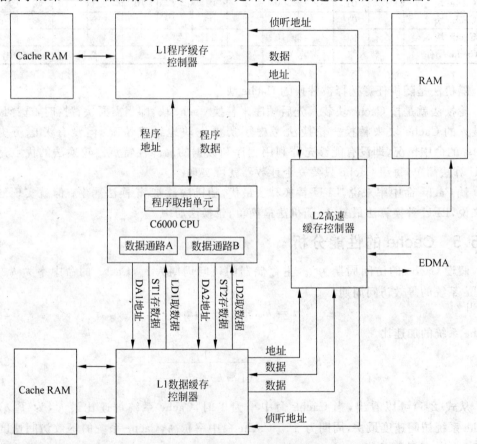

图 2-37 TMS320C64x 的片内两级高速缓存结构

(1) L1P 结构

C64x 的 L1P 的行(块)大小为 32 字节,可以缓存 512 行,它与 L2 之间采用直接映射结构。CPU 发出的 32 位取指地址分为 Tag、Set Index、Offset 三部分进行解析,以确定在 L1P 中的映射位置。图 2-38 是 C64x 的地址解析方式,两者只是对应字段的位数不同。其中 Offset 字段用来确定取指包字节偏移地址,Set Index 是指令数据在 Cache 中映射位置的索引,Tag 作为 Cache 中缓存数据的唯一标记。由于 CPU 每次总是读取一个取指包,实际上最低 5 位总是被忽略。

图 2-38　C64x L1P 的地址解析

CPU 的取指访问如果命中 L1P,将单周期返回需要的取指包。如果没有命中 L1P,但是命中 L2,CPU 将被阻塞 0~7 个周期,具体数字取决于执行包的并行度以及当时所处的流水节拍。如果也没有命中 L2,CPU 被阻塞,直到 L2 从外部存空间取得相应取指包,送入 L1P,再送入 CPU。

(2) L1D 结构

C64x 的 L1D Cache 分成两路,每路缓存 128 行(块),每行大小 64 字节。CPU 发出的 32 位物理地址分为 Tag、Set Index、Word、Offset 四部分进行解析,以便在 L1D 中检索缓存内容(图 2-39)。其中 Offset 是字偏移地址,Word 字段选择组中相应的字,Set Index 确定该组在 L1D 中位置,Tag 作为该地址数据的唯一标记。L1D 与 L2 之间采用双路组相联映射方式。

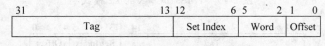

图 2-39　C64x L1D 的地址解析

CPU 的数据访问如果命中 L1D,将单周期返回需要的数据。如果没有命中 L1D,但是命中 L2,CPU 将被阻塞 2~8 个周期。如果也没有命中 L2,CPU 被阻塞,直到 L2 从外部存空间取得相应数据,送入 L1D,再送入 CPU。

L1D 和 L1P 还提供一种 Cache 缺失的流水处理机制,称为"miss pipeline",能够缩短第一级高速缓存缺失时的阻塞周期。单独一个 Cache 缺失会阻塞 CPU 8 个周期,如果同时(或顺序)发生两个高速缓存缺失,利用流水处理,平均的 CPU 阻塞时间可以降低为 5 个周期,如果同时(或顺序)有多个 Cache 缺失发生,平均的 CPU 阻塞时间还可以进一步降低。

L1D 与 L2 之间存在一个写缓存(write buffer)。利用写缓存,Cache 控制器最多可以处理 4 个不可合并(non-mergeable)的写缺失而不会阻塞 CPU。

(3) L2 结构

C64x 片上有 1024KB 的 SRAM 存储器,它部分可作为第二级 Cache(L2)使用。通过控制寄存器设置 L2 的容量,片上 SRAM 可配置为 5 种 L2 模式,如图 2-40 所示。

L2 的容量为 32KB~256KB,不管容量大小,L2 Cache 都分为 4 路,行大小为 32B。L2 与外部存储器之间采用 4 路组相联映射方式。当 Cache 容量为 32KB 时,L2 Cache 对 CPU 发出的 32 位物理地址解析如图 2-41 所示。

L2 控制器处理的申请来自三个方向:L1P,L1D 和 EDMA。来自 L1P 的只有读请求,它们之间是一条 256 位宽的单向数据总线。L1D 和 L2 间的接口包括一条 L1D 到 L2 的写总线和一条 L2 到 L1D 的读总线。L2 与 EDMA 间是一条 64 位的读/写总线。由于 L1D 行大小是 L1D 和 L2 间总线宽度的两倍,因此每次 L1D 的读请求需要进行两次操作,L1D 对 L2 的每次存取需要两个周期,因此,如果 L2 包含所需数据,L1D 的读缺失将在 4 个周期后得到数据。L1P 的 Cache 缺失最快需要 5 个周期得到数据。当 L1P 和

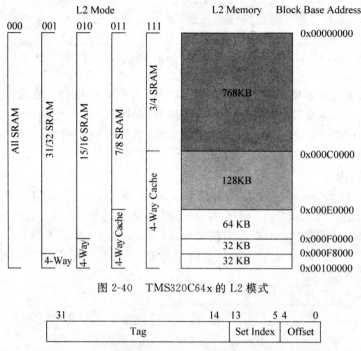

图 2-40　　TMS320C64x 的 L2 模式

31		14	13		5	4		0
Tag			Set Index			Offset		

图 2-41　　TMS320C64x L2 为 32KB Cache 时地址解析

L1D 发生 Cache 缺失时,向 L2 发出申请,L2 如何响应该申请将取决于 L2 的模式设置。L2 读 Cache 命中时返回申请的数据,读缺失时阻塞申请,将申请转给 EDMA,并采用 LFU 策略缓存新数据。L2 写命中时,修改 L2 中数据,并标记为重写,写缺失时,查找 LFU 的行,准备缓存新数据。

　　复位时,L2 的默认模式为 SRAM,以支持上电自加载。一旦 L2 RAM 中的任何一部分设置为 Cache,则该部分不再出现在存储器映射空间中。L2 中配置为 SRAM 部分,存取与一般 RAM 完全一样,配置为 Cache 的部分,操作与 L1D 类似。L2 SRAM 分为多个存储体(Bank),只要数据在不同的 Bank 中,可以同时进行两个存取访问。

2.6　传统 DSPs 结构

　　传统的 DSP 处理器使用复杂的、混合的指令集,使编程者可以把多个操作编码放在一条指令中,属 CISC 处理器结构。传统 DSP 处理器一般采用哈佛结构,具有硬件乘法累计器,处理单元操作数面向存储器和寄存器,在一条指令周期只发射并执行一条指令。这种单流、复杂指令的方法使得 DSP 处理器获得很强大的性能而无需大量的内存。

　　由于传统 DSP 处理器采用 CISC 结构,因此处理器结构样式多,各种处理器功能单元差异大,总线设计互不相同,指令类型多。例如,TI 的 DSP C2xx 采用改进的哈佛结构,具有独立的程序存储空间和数据存储空间及其总线,包括中央处理单元,多种片上存储器和片上外设等;C2xx 指令操作数可以来自立即数、寄存器、存储器,寻址模式多,指令数多。TMS320C54x 采用 4 套总线的高级哈佛结构,在单个时钟周期内可以同时完成 3 次读操作和 1 次写操作,一些带存数功能的指令和专用指令充分地利用了上述结构,另外程序存储空间和数据存储空间还可以进行数据传输。这种结构支持多种丰富的算术、逻辑、位处理等操作，并使操作在一个机器周期内完成。C54x 程序流控制包括中断、程序循环控制和函数调用。C54x 的硬件结构如图 2-42 所示。C54x 的处理器内核功能单元丰富，比较复杂，CPU 包括 40 位的算术逻辑单元，两个 40 位的累加器，桶形移位器，17×17 位的乘法器，40 位加法器，比较/选择/存储单元，数据地址产生单元，程序地址产生单元等。

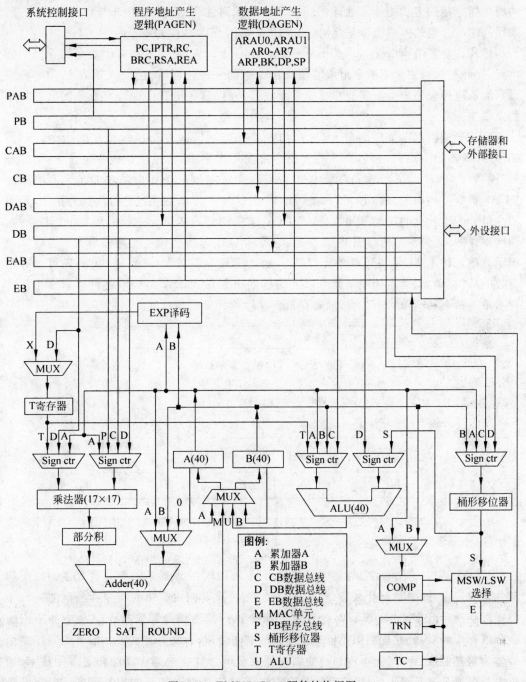

图 2-42　TMS320C54x 硬件结构框图

2.7　VLIW 结构

直至 1997 年前,绝大多数 DSPs 都采用专用的处理单元和专用、复杂的指令集,每个指令周期只能执行一条指令,很少使用每个指令周期能执行多条指令、具有面向编译系统的简单指令集的多功能单元处理器结构。而现代高性能 DSPs 结构却与以往不同,一般采用简单指令集的多功能单元结构,如 VLIW 结构、SIMD 结构等。

超长指令字结构(very long instruction word,VLIW)是指具有多个独立的并行功能单元,能并行执行由多条指令组成的超长指令字的一种处理器结构。VLIW 结构的特点是它能从应用程序中提取高度并行的指令数据,并把这些机器指令均匀地分配给芯片中的众多执行单元。

VLIW 结构有多个功能单元,这些功能单元能够同时并行执行独立的指令。不像 CISC 处理器指令纵向编码,VLIW 长指令字采用水平编码,每条长指令包含 N 个部分(或说 N 个场,N 是并行执行的操作个数),每个场控制一个相应的功能单元。典型的 VLIW 指令结构如图 2-43 所示,每条 VLIW 指令包含 N 条独立或并行执行的指令,每条指令可分配给独立的功能单元执行。VLIW 结构的多功能单元一般采用类 RISC 结构,面向寄存器,其典型结构如图 2-44 所示,它至少应该包括这样一些功能单元:加减法逻辑运算单元(ALU),乘法运算单元(MU),地址运算存取单元(AAU);另外还可以有指令控制/转移单元、浮点处理单元。以上同样的单元在 VLIW 结构中还可以有多个。寄存器堆为所有功能单元所共有,或寄存器和功能单元分组相对应。

指令 1	指令 2	...	指令 N

图 2-43　VLIW 指令字结构

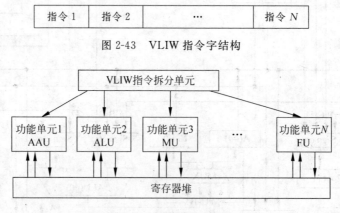

图 2-44　VLIW 基本结构

VLIW 结构的基本原理与超标量结构不同,VLIW 处理器不需要花费太多的时间和硅片来决定做什么(执行什么指令)和什么时候做,只要完成简单的指令拆分就能在每个时钟周期执行多个操作。VLIW 处理器在指令执行前由编译器安排 VLIW 中的不同的指令或操作码,因此它能利用足够的智能来安排并行指令数据的执行。指令的安排是由被称为跟踪调度(trace scheduling)的编译器完成的。这样的编译器综合了多种技术,通过大量可能分支预测出数量巨大的操作顺序,最终完成并行任务的执行调度。而超标量芯片的指令安排都是在运行期间进行的,完全取决于芯片的动态调度器,硬件动态调度器的算法不可能做得像软件编译器的调度算法那样复杂和有效,因此 VLIW 结构具有无可比拟的优势。由于在一条 VLIW 指令的执行过程中,数据打包与调度都由编译器预先做好,因此无需在运行期间做出最终的调度,而这样的调度需要在关键路径上耗费大量的时间和硅片空间。VLIW 结构片上单元相互间排列非常整齐,单元可重复利用,并且单元间靠得非常紧密,因此 VLIW 芯片的布局结构更加合理。

典型的 VLIW 芯片具有数量众多的执行单元,这些执行单元被布放在整齐的网格上,在每个时钟周期内能执行多条指令,不过 VLIW 芯片还需要智能化的编译软件配合以安排这些指令的执行。因此软件与硬件在 VLIW 芯片设计中具有同等重要性。VLIW 结构采用类 RISC(reduced instruction set computer)指令系统,指令集简单、通用、面向编译系统,不像传统 DSP 处理器的指令复杂,适合于编译器高效编译。

VLIW 结构与其他类型 DSPs 结构的比较见表 2-7。

表 2-7　VLIW 结构与其他类型 DSPs 结构的比较

结构类型	并行指令数	并行指令安排	指令集类型	开始使用年代	应用SIMD	典型时钟频率/MHz
传统结构	1	编译时安排	CISC	1980	没有	75~150
增强传统结构	1	编译时安排	CISC	1996	使用	150~300
VLIW 结构	2~8	编译时安排	RISC	1996	扩展使用	300~1000
超标量结构	2~4	运行时安排	RISC	1997	没有	300

VLIW 芯片技术在各种处理器中得到广泛的应用,无论是服务器领域,还是桌面领域或嵌入式领域都呈现了 VLIW 技术的勃勃生机。特别是在嵌入式设计中,VLIW 技术通过其规整的简洁结构使 DSPs 获得了最佳性能。20 世纪末和 21 世纪初,出现了好几种采用 VLIW 技术的新处理器。首先进入市场的是具有 VLIW 概念的媒体处理器,比如飞利浦公司的 TriMedia 和 Chromatic 公司的 Mpact 媒体引擎。其次是德州仪器公司的基于 VelociTI VLIW 技术的 TMS320C6x 系列数字信号处理器,该处理器主要用于蜂窝电话及相关设备。TI 为该 DSPs 配备了高性能的 C 编译器,能很好地组织并行指令数据发送给 DSPs。在 DSPs 领域,还有其他竞争厂家,如 Ananlog Devices 和 StarCore 也先后加入了 VLIW 阵营。StarCore(摩托罗拉公司与朗讯公司的一家合资公司)推出的是 SC140内核,Ananlog Devices 推出的是 TigerSHARC。

TMS320C6x 的 VLIW 结构如图 2-45 所示,它内部共有 8 个功能单元,分为两组,每组 4 个,每组的功能单元是算术逻辑单元 L、移位算术逻辑单元 S、乘法单元 M 和地址产生单元 D。它的指令长为 256 位,包含 8 条指令。它具有 2 组 32 个 32 位的通用寄存器组,这些寄存器与功能单元间有丰富的数据通路。

SC140 是采用 VLIW 结构的另一款数字信号处理器内核,它一个指令周期可以最多执行 6 条指令,具有数据算术逻辑功能单元(DALU),地址产生功能单元(AGU),程序序列单元(PS)。数据算术逻辑功能单元有 4 套乘法累加器 MAC、算术逻辑单元 ALU、位处理器 BFU,地址产生功能单元包含 2 个地址计算单元 AAU、1 个位屏蔽单元 BMU。

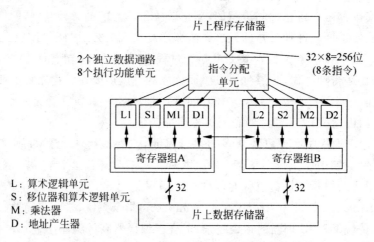

图 2-45　TMS320C6x 系列 DSP 的 VLIW 结构

SC140 在一个指令周期内可执行 4 条 MAC 指令。SC140 核具有 4 套总线,其中 2 套数据总线(XABA 和 XDBA,XABB 和 XDBB)完成功能单元寄存器与存储器之间的数据交换,1 套程序总线从程序存储器运载指令到内核功能单元,还有 1 套特别的总线可作为外部加速器的指令总线。SC140 的结构框图如图 2-46 所示。

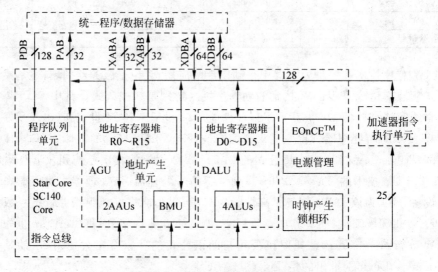

图 2-46　SC140 内核的结构框图

SC140 的数据算术逻辑功能单元结构如图 2-47 所示。它包括 4 个独立并行的乘法累加器 MAC、算术逻辑单元 ALU、位处理单元 BFU、16 个 40 位通用寄存器和 8 个移位/限幅器。所有的 MAC、ALU、BFU 单元都能访问数据寄存器,访问数据宽度可以是 8 位、16 位、32 位或 40 位。寄存器堆和存储器间有双 64 位宽的数据总线,最大传输速率可达 4.8GB/s(当主频为 300MHz)。乘法器为 16 位×16 位乘法器,与 40 位宽的累加器相连。位处理单元可完成下列操作:多位的移位操作,1 位的循环移位,位插入和抽取,领头 0 或 1 个数计数,符号或零扩展操作等。

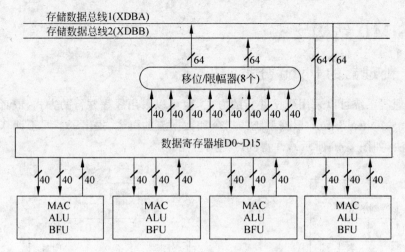

图 2-47　SC140 的数据算术逻辑功能单元结构

在图 2-47 中,地址产生单元包括 16 个地址寄存器和 2 个地址计算单元,它可以与内核的其他功能单元同时操作。地址计算单元可按以下方式产生地址:线性、模循环、多模循环或位翻转。

VLIW 结构的 SC140 可以组织多达 6 条指令分配到 6 个不同的功能单元同时执行。在同一时钟被分配到不同功能单元执行的多条指令称为执行组。C 编译器和汇编编译器根据编程规则确定哪些指令组合在一个执行组,在每个时钟周期,指令分配单元检测哪些指令是组合在一起的执行指令组,并把执行组的指令在同一时钟周期分配到相应的功能单元。从程序存储器读出的 1 行 6 条指令称为 1 个取指组。取指组首先进入程序队列单元,按 6 级流水线流水执行。程序队列单元包括指令分配单元、指令控制单元、程序地址产生单元,完成指令读取、指令解包分配、硬件循环控制等操作。指令分配单元负责执行指令组的检测,并把其分配到相应的功能单元;指令控制单元负责指令流序列的控制;程序地址产生单元负责产生取指令用的程序计数器(PC)的值和硬件循环控制计数器值。

TigerSHARC 是采用 VLIW 结构的又一款 DSPs,在每个指令周期它最多可执行 4 条 32 位的指令,它独立的功能单元有:2 个处理部件,2 个整数算术逻辑单元,1 个程序队列单元。每个处理部件包含 1 个乘法累加器、1 个算术逻辑单元、1 个移位器,可对 8 位、16 位、32 位、64 位的数据进行处理。指令内的并行操作也很丰富,在每个指令周期内,处理器可执行 8 个 16 位的乘法累加操作(40 位的累加器)或 2 个 32 位的乘法累加操作(80 位的累加器),执行 6 个单精度浮点操作或 24 个 16 位的定点操作,因此其处理能力为 1500MFLOPS 或 6GOPS(当主频为 250MHz 时)。

尽管 VLIW 结构具有很多优点,但它仍有一个致命的弱点,这种弱点表现为在单一格式下不能提供与已有芯片兼容的目标代码。举例来说,一个带 3 个执行单元的 VLIW 处理器不能兼容于带 5 个执行单元的处理器,同样,这两种处理器都不能兼容带 10 个执行单元的处理器。虽然解决这一兼容性问题的进程在过去几十年中进展非常缓慢,但目前已有所突破。

2.8　SIMD 结构

2.8.1　处理器的 Flynn 分类

多处理器系统可以采用数据并行的方式,也可以采用线程并行的方式,或者是两者的一种组合。Micheal Flynn 根据系统的指令和数据流的概念,提出了不同于计算机系统结构的分类法(如图 2-48 所示),并得到广泛的应用。

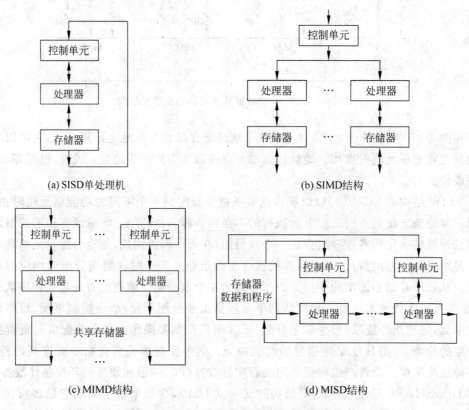

图 2-48　Flynn 分类法的 4 种多处理器系统

根据 Flynn 分类法,最简单的是单指令流单数据流处理机(SISD)。它由一个与存储器相连的处理器组成,就是传统的顺序计算机。

单指令流多数据流处理机(SIMD)包含多个处理器以及数量相同的独立存储器。由一个中心控制单元,通过广播方式将指令流送入每一个处理器,因此所有的处理器总是执行相同的指令,对不同的数据进行处理。SIMD 处理机实际上开发的是空间并行性,因此仅适合具有高度规则数据结构的应用。代表机型包括 MasPar 公司的 MP-1、Thinking Machines CM2 等。

多指令单数据流处理机(MISD)中,多个处理器在执行不同的指令流时,同一数据流经过处理机阵列。这种系统结构也就是所谓流水线执行特定算法的搏动阵列(Systolic

Array)。

多指令流多数据流处理器(MIMD)提供真正的数据并行和指令并行能力。不同处理器具有不同的控制线程,可以处理不同的任务。典型的代表是 IBM SP、Intel Paragon、Thinking Machines CM5、Cray T3D 等。

上述 4 种机器模型中,SIMD 和 MISD 模型更适合于专用计算,而目前的大部分商用并行计算机都采用了适合通用计算的 MIMD 模型。

2.8.2　SIMD 处理器结构模型

单指令流多数据流(single instruction stream multiple data stream,SIMD)处理器也称阵列处理器,它由在单一的控制部件控制下的多个处理单元阵列组成,在一个指令周期内执行一条向量指令,在同一指令的控制下使多个处理单元并行地对多个数据进行各自独立的、同样的处理。因此,SIMD 处理器适合于向量和矩阵数据的处理。

图 2-49 所示为 SIMD 处理器的基本结构。在同一个控制单元管理下,可以重复设置多个同样的处理单元 PE,每个处理单元有自己的寄存器和/或本地存储器。指令送到控制单元进行译码,如果是标量操作或控制操作,则送标量处理单元执行或送阵列处理器中的一个处理单元执行。如果是向量操作,则将同一指令广播到所有的处理单元 PE 并行地执行。每个 PE 操作的对象是不同的数据,所有 PE 的执行是同步互锁的。

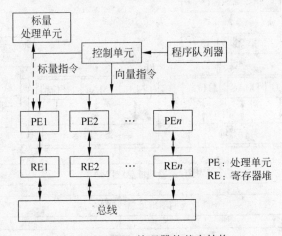

图 2-49　SIMD 处理器的基本结构

SIMD 处理器的特点是:

- 每条指令完成大量相同的操作,如对 4 个数据分别执行 4 个 MAC 操作。
- 要求算法、数据结构具有数据并发性特点,如图像的一帧数据。
- 适合于对大块数据进行相同的算法处理,如对一幅图像的每个像素进行二值处理。

SIMD 结构的另一种形式是分裂处理单元,即每个处理单元分裂为多个处理子单元,对多个较低字宽的不同数据进行同一操作。如一个 32 位×32 位的乘法处理单元,通过分裂,可以执行 2 个 16 位×16 位的乘法操作,或执行 4 个 8 位×8 位的乘法操作。分裂执行操作如图 2-50 所示。

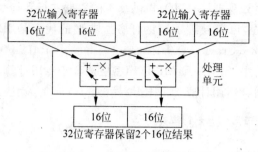

图 2-50　处理单元分裂操作

2.8.3　ADSP21160 和 TigerSHARC 的 SIMD 结构

　　单指令流多数据流是现代数字信号处理器结构的发展方向,已有多种 DSPs 采用这种技术。ADSP21160 是在 ADSP21060 的 SHARC(super Harvard architecture)结构基础上,增加一套处理单元,采用 SIMD 结构的 DSPs 处理器,其处理器内核如图 2-51所示。

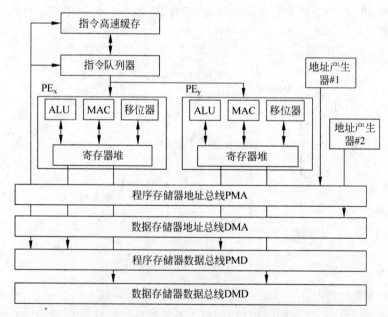

图 2-51　ADSP21160 的 SIMD 内核结构

　　ADSP21160 的处理器内核由 2 个处理单元、1 个程序队列器、2 个数据地址产生器组成。两个处理单元为 PE_x 和 PE_y,PE_x 为主处理单元,PE_y 为辅处理单元。每个处理单元包含 1 组寄存器堆和 3 个独立的运算单元:算术逻辑单元 ALU,乘法/乘法累加器(累加器只限定点运算)和移位器。运算单元支持 3 种数据格式:32 位定点,32 位浮点,40 位浮点。所有的运算单元都是单周期操作,没有流水线延迟,并且它们是并行操作的。在同一

PE 中的任一运算单元的输出在下一周期可以作为其他运算单元的输入。每个处理单元 PE 有一组通用目的寄存器堆,它分为两组:主寄存器组和备份寄存器组,每组 16 个寄存器,两组寄存器的内容能够进行快速切换。主处理单元 PEx 执行所有的指令,包括 SISD 指令(标量指令)和 SIMD 指令。辅处理单元 PEy 只在 SIMD 模式下与主处理单元 PEx 同步互锁执行指令。

TigerSHARC 是一款采用多种处理器结构技术的性能优异的 DSPs,它结合了来自不同结构和设计的多种优势特性,包括:

- 发挥已有 DSPs 技术的优势,例如快速可预测的执行周期,快速响应的中断,支持可以发挥内核高速运算能力的好的外设接口等。
- 采用了 RISC 结构的大量优点,例如面向寄存器的 load/store 结构,深的指令流水线队列,转移预测,互锁寄存器堆。
- 采用 VLIW 结构,应用指令级并行,指令并行是在运行前决定的。
- 静态超标量结构,SIMD 结构,具有两个独立的处理单元,指令的执行是预先安排好的。

TigerSHARC 处理器的结构如图 2-52 所示,包括 1 个程序队列器,2 个整数算术逻辑单元 IALU,2 个处理单元 PE,3 块片上存储器,一些片上外设。其中,整型数算术逻辑单元相当于地址产生器,它可以产生处理单元线性、循环、位翻转寻址所需要的各种存储器地址,但它也可以与 PE 并行完成正常的加、减、位操作等算术逻辑运算。大容量片上存储器每块 RAM 以 128 位的位宽与内部总线相连,因此在每个时钟周期内处理单元 PE 可读取或存入存储器最多 4 个 32 位宽的字。

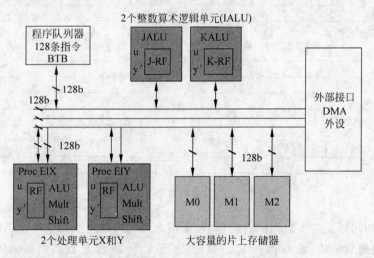

图 2-52 TigerSHARC 结构

程序队列器采用了转移目标预测技术和超长指令字结构。由于程序队列器采用 3 级指令译码和 5 级指令执行的流水线,为了减少非线性代码(如转移指令)的流水线影响,队列器配备了转移目标缓冲器(Branch Target Buffer,BTB)。转移目标预测机制能够预测转移的目标位置,并把它存到 128 条目的缓冲区,这样可以把 3 或 6 周期的转移周期减少为 1 个周期。TigerSHARC 的长指令字为 128 位（4 个字），执行时可以是 1～4 个字，因此它采用的是可变指令长度执行的 VLIW 结构。所有指令以 128 位的指令包形式被从存储器取出，然后指令包存放在指令对齐缓冲器中，程序队列器判别并行执行的指令数，并把并行执行的指令从对齐缓冲器分配到各执行单元，最后获得指令的功能单元并行执行指令。

SIMD 结构中的并行处理单元为 PEX 和 PEY，每个处理单元包含 32 个 32 位的全互锁寄存器堆（RF）、算术逻辑单元 ALU、乘法/乘法累加器、移位器。大容量的寄存器堆有助于使用高级语言编程。每个处理单元有 2 个 128 位数据通路与处理器的 3 套 128 位内部总线相连，这种总线结构保证算术指令对 2 个输入操作数和 1 个输出操作数对数据带宽的要求。

TigerSHARC 根据应用需求，支持字节（8 位）、短字（16 位）、字（32 位）、长字（64 位）的定点数操作和 32 位浮点数、40 位扩展浮点数的运算。算术逻辑单元 ALU 可对多种分裂整型数据进行加/减/加和减的运算，每个 ALU 在一个指令周期内最多可执行 8 次运算，分裂操作过程如图 2-53 所示。

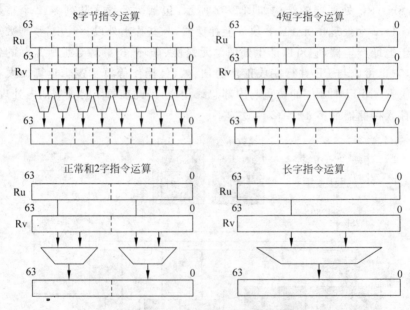

图 2-53　ALU 多种类型的分裂操作

乘法累加同样支持多数据同时操作，每条指令周期内最多支持 4 个 MAC 运算，可进行 1 个 32 位整数乘法，或 4 个 16 位整数乘法，或 1 个 16 位复数整型数乘法，或 1 个 32 位单精度浮点数乘法，或 1 个 40 位扩展精度浮点数乘法。整型数乘法完成后可进行累加，累加器位数要比输入数据字宽多 4～16 位，以防止过早累加溢出。

ALU 和 MAC 的所有运算都是单周期的，但运算结果具有一个时钟周期延迟。为了防止运算结果在写入寄存器之前被其他运算单元错用，寄存器采用了互锁机制来检测这种流水线延迟，使运算单元自动插入一个等待周期，以避免无效操作。

2.9　中断机制

中断是为使 CPU 具有对外界异步事件的处理能力而设置的。通常 DSPs 工作在包含多个外界异步事件环境中，当这些事件发生时，DSPs 应及时执行这些事件所要求的任务。中断就是要求 CPU 暂停当前的工作，转而去处理这些事件，处理完以后，再回到原来被中断的地方，继续原来的工作。显然，服务一个中断依次包括保存当前处理现场，完成中断任务，恢复各寄存器和现场，返回继续执行被暂时中断的程序。请求 CPU 中断的请求源称为中断源，中断源可以是片内的，如定时器、串行口等；也可以是片外的，如 A/D转换及其他片外装置。片外中断请求连接到芯片的中断管脚，通过信号的有效电平或沿产生中断请求。如果这个中断被使能，则 CPU 开始处理这个中断，将当前程序流程转向中断服务程序。当几个中断源同时向 CPU 请求中断时，CPU 根据中断源的优先级别，优先响应级别最高的中断请求。

2.9.1　中断类型和中断信号

一般处理器有三种类型中断，即复位（$\overline{\text{RESET}}$）、不可屏蔽中断（NMI）和可屏蔽中断。CPU 对同时到达的中断的响应是分先后顺序的，这种次序关系称为中断级别。中断级别越高，响应越优先。三种类型中断的优先级别是：复位 $\overline{\text{RESET}}$ 具有最高优先级，不可屏蔽中断 NMI 为第二优先级，可屏蔽中断优先级较低。

（1）复位（$\overline{\text{RESET}}$）

复位是最高级别中断，无论处理器内核处于什么状态，只要复位信号电平处于有效状态并维持一定时钟周期数，CPU 就会立即停止工作，并返回到一个已知状态。复位一般使 CPU 发生下列操作：

- 所有正在进行的指令执行都被打断，程序计数器归零。
- 所有的寄存器返回到它们的默认状态。

（2）不可屏蔽中断（NMI）

不可屏蔽中断是指当该中断信号变为有效状态时，CPU 肯定响应的中断，它是不可以通过中断屏蔽寄存器进行屏蔽的。NMI 的中断级别仅次于复位，它通常用于向 CPU 发出严重硬件问题的警报，如电源故障。

（3）可屏蔽中断

可屏蔽中断是可以通过中断屏蔽寄存器的设置来使 CPU 响应或不响应中断请求的一类中断，它用于外部事件对 CPU 的正常请求。请求信号可以来自芯片外部管脚，也可以来自片上外设。当有多个可屏蔽中断时，它们也分中断级别。中断级别可采用固定顺序优先级，或采用轮换顺序优先级。固定顺序优先级中断是指中断的优先级是固定的，如优先级为 3 的中断，其优先级总是 3。轮换顺序优先级中断根据中断的响应情况，其优先级是变的，例如有 4 个可屏蔽中断，其中断优先级是 3、4、5、6，如果最近响应的中断是 4，则其中断优先级变为 5、6、3、4。

中断都是通过中断信号来通知 CPU 的。中断信号可以是电平触发或是沿触发。

CPU 响应中断后可以给出中断响应信号 IACK,并且指出响应中断号,即指出正在处理的是哪一个中断。

2.9.2　中断响应和控制

中断响应是指 CPU 停止正在运行的程序,保护当前程序计数器和重要寄存器的值,然后转向执行中断服务程序。转向中断复位程序的模式有两种,一种是直接地址型,另一种是转移指令型。中断服务程序的入口地址存放在中断服务向量表中,中断服务程序向量表中的每个向量与一个中断对应,如果中断向量为中断服务程序的入口地址,则中断响应后程序计数器的值为该地址,然后执行中断服务程序,这种结构的中断称为直接地址型中断。如果中断向量为一条转移到中断服务程序入口处的转移指令/指令包,则中断响应后执行该转移指令,然后进入中断服务程序,这种结构的中断称为转移指令型中断。中断服务向量表在存储器的位置一般在 0 地址起始的一小段空间或由中断服务向量表地址寄存器指向的空间。中断服务向量表的第一个元素一般是复位中断,每个元素占一个字或若干字,如在 VLIW 结构 CPU 中经常是一个指令包。中断服务向量表结构如图 2-54 所示。中断服务程序执行完,由中断服务程序的最后一条指令(Return 或转移指令)指示跳出中断服务,回到原来执行程序的下一条指令。在进入中断服务程序前,CPU 自动要保护现场,即保护当前程序计数器和重要寄存器的值,寄存器一般包括 CPU 的状态寄存器、标志寄存器、使能寄存器、累加器等。保护的值一般被保存在它们的影子寄存器或被压入堆栈。一般 CPU 自动保护的寄存器是不全面的,用户还需要在中断服务程序中保护全局寄存器,如作为全局使用的通用寄存器。在退出中断服务程序前,CPU 会自动恢复其保护的现场,即从影子寄存器或堆栈中弹出被保护的程序计数器和寄存器的值。由用户保护的全局寄存器,需要中断服务程序在退出中断前用程序恢复。

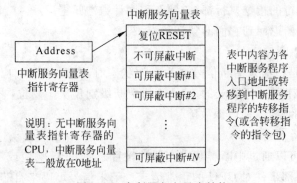

图 2-54　中断服务向量表结构

中断响应存在各种时间开销,具体如下:
- 中断信号有效时间:产生有效中断所需的中断信号应有效保持的时钟周期数。
- 中断等待时间:从中断激活(请求)到执行中断服务程序所需要的时钟周期数。也称中断响应时间。
- 中断 CPU 开销:CPU 为响应中断而停止操作的时钟周期数。它是由于 CPU 流水线操作引起的,在此期间,CPU 既不执行原程序,也不执行中断服务程序。

- 中断最小间隔:能够响应两次中断的最小间隔的时钟周期数。

各种中断时间如图 2-55 所示。

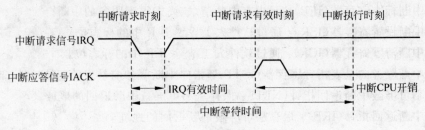

图 2-55　中断响应时间

中断响应在下列情况会被延迟(中断 CPU 开销和等待时间加长):当中断请求有效时刻,CPU 正在执行转移类指令,或 CPU 访问的存储器存在阻塞(插入等待),或其他锁定类指令。

中断嵌套是指在中断服务程序中响应执行另一个中断。通常当 CPU 进入一个中断服务程序时,其他中断均被禁止。然而,当中断服务程序是可屏蔽中断时,非屏蔽中断 NMI 可以中断一个可屏蔽中断的执行过程,但一般 NMI、可屏蔽中断均不可中断一个 NMI。有时希望一个可屏蔽中断服务程序被另一个中断请求(通常是更高级别的)所中断。尽管中断服务程序不允许被 NMI 之外的中断所中断,但在软件控制下,通过重新设置中断使能控制位有效,实现嵌套中断是可能的。但在前一级被中断的中断服务程序中需要保护中断现场保护寄存器(影子寄存器),因为在下一级嵌入中断响应时,这些寄存器会被修改(当中断现场保护寄存器的深度是一级时),如不保护,上一级中断将不能返回原程序。中断嵌套结构如图 2-56 所示。

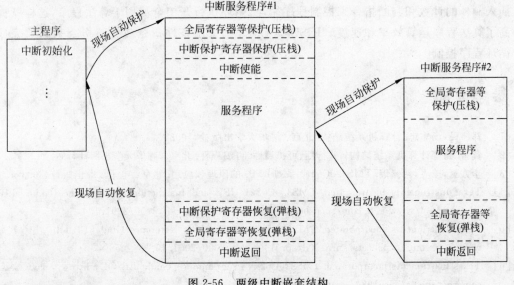

图 2-56　两级中断嵌套结构

中断管理一般通过中断控制寄存器实现,常见的中断控制寄存器有(以 C6000 为例):

- 控制状态寄存器(CSR):控制全局使能或禁止中断。
- 中断使能寄存器(IER):寄存器的每一位使能或禁止一个可屏蔽中断。
- 中断标志寄存器(IFR):示出有中断请求、尚未得到服务的中断。
- 中断设置寄存器(ISR):通过软件人工设置 IFR 中的标志位。
- 中断清零寄存器(ICR):通过软件人工清除 IFR 中的标志位。
- 中断服务向量表指针寄存器(ISTP):指向中断服务向量表的起始地址。
- 不可屏蔽中断返回指针(NRP):保存从不可屏蔽中断返回的地址。
- 中断返回指针(IRP):保存从可屏蔽中断返回的地址。

2.9.3 DSPs 循环程序流控制

在信号处理中经常需要对不同的数据进行相同的算法运算,即对某算法循环执行许多次。循环程序控制可以通过软件实现,一般循环控制程序设定某个存储单元为执行次数计数器,并设该计数器初值为执行次数,然后每执行一次循环程序时,需执行如下程序操作:①读取计数存储器的值;②计数值减 1;③存储计数值;④判断计数值是否为零;⑤如果计数值不为零,则执行循环体程序,如果为零,则程序往下执行。以上过程共需 5 条指令,并且一般转移指令是多周期指令,因此为了实现循环控制,需要 6~10 个指令周期。但如果循环体内的算法较简单,如点积的乘加运算只需两个指令周期,则循环程序执行的效率很低,用于算法处理的时间很少。

为了提高循环程序的执行速度,很多 DSPs 都采用硬件来控制循环体的执行,如 TMS320C3x DSPs 通过 RPTB 块循环指令来控制一段程序的循环执行。它有 3 个控制寄存器,分别是循环起始地址寄存器 RS,循环结束地址寄存器 RE,循环次数寄存器 RC。在循环执行过程中(执行 RPTB 指令后),硬件会自动检测循环执行次数是否完成,不用插入额外的计数和判断指令来控制程序循环,循环执行开销全部用于算法程序,这样就提高了算法程序运算效率和速度。RISC 类 DSPs 则采用条件指令或并行指令来高效完成循环程序控制。

参考文献

[1] 郑纬民,汤志忠.计算机系统结构.北京:清华大学出版社,1998

[2] 黄锴.高等计算机系统结构:并行性、可扩展性、可编程性.北京:清华大学出版社,1995

[3] 李方慧,王飞,何佩琨.TMS320C6000 系列 DSPs 的原理和应用.北京:电子工业出版社,2003

[4] Texas Instruments Incorporated. TMS320C62xx CPU and Instruction Set Reference Guide[EB/OL]. http://www-s. ti. com/sc/psheets/spru189f/spru189e. pdf,2000/2001. 10

[5] Texas Instruments Incorporated. TMS320C62xx Peripherals Reference Guide[EB/OL]. http://www-s. ti. com/sc/psheets/spru190d/spru190c. pdf,2000/2001. 10

[6] Texas Instruments Incorporated. TMS320C62xx Programmer's Guide[EB/OL]. http://www-s. ti. com/sc/psheets/spru198g/spru198e. pdf,2000/2001. 10

[7] Texas Instruments Incorporated. TMS320C54x DSP Reference Set. 2001

[8]　Texas Instruments Incorporated. TMS320C3x User's Guide. 1997

[9]　Berkeley Design Technology,Inc. Understanding the New DSP Processor Architectures. 2000

[10]　Berkeley Design Technology,Inc.. DSPS ADAPT TO NEW CHALLENGES: A BDTI WHITE PAPER. 2003. 12

[11]　Agere Systems Inc. SC140 DSP Core Reference Manual. 2001

[12]　Analog Devices,Inc. ADSP-TS101 TigerSHARC ® Processor Hardware Reference. 2003

[13]　Stefan Hacker,Analog Devices GmbH. Static Superscalar Design: A new architecture for the TigerSHARC DSP Processor. 2004

第 3 章   DSP 软件编程

3.1   指令系统

3.1.1   指令系统的基本概念

（1）指令（instruction）和指令助记符

计算机的程序由一系列的指令组成。指令是让计算机执行某种特定操作的机器代码。一条指令完成一项操作或运算。指令的操作包括数据加载、数据存储、数据搬移、程序跳转等。指令的运算包括加法、减法、乘法、移位等。指令是编程人员对计算机进行程序控制的最小单位。编程人员让计算机按要求工作，需要通过写程序来完成。程序无论是用高级语言还是低级语言书写，最终都要编译和汇编为二进制机器代码，通过它们的运行，实现对计算机硬件的控制，让计算机按要求对输入数据进行处理，进而得到输出结果。

用二进制数来书写程序非常麻烦，可读性也差，所以为便于书写和阅读程序，每条指令通常用几个缩写字母来表示。这种缩写符号就称为指令助记符。

（2）指令系统

一种 CPU 的所有指令的集合就是指令系统，又称为指令集。指令系统可以看作是编程人员与硬件的接口。虽然我们希望尽可能地用高级语言编写更多的程序，但指令系统是分析程序性能的关键所在。而且，深入地了解 CPU 提供的各种类型指令，可以获得实现特殊功能的不同方法。

指令系统是表征 CPU 性能的重要因素。指令系统的性能如何，决定了计算机的基本功能。一个完善的指令系统应该具有完备性、有效性、规整性和兼容性。

（3）指令字

一条指令的机器字就称为指令字。一个指令字中包含的二进制代码的位数，称为指令字长度。而机器字长是指 CPU 直接处理的二进制数据的位数，它是计算机的运算精度的一个决定因素（其他的因素还有 CPU 的类型，比如浮点 CPU 和定点 CPU）。指令字长度等于机器字长度的指令，称为单字长指令，以此类推有双字长指令、三字长指令等。

（4）指令格式

指令格式就是指令字用二进制代码表示的结构形式。通常由操作码字段和操作数字段构成。操作码表明指令的操作特征与功能，如进行加法、乘法、取数、存数等。操作数字段存放关于操作数的信息，可以分为三种：第一种是存放的操作数本身，它又叫立即数；第二种是存放操作数的寄存器；第三种是存放操作数的存储器的地址。一条指令中的操作数类型可以是这三种的组合,而一条指令有几个操作数,就可将该指令称为几操作数指令。

有的 CPU 的指令格式中还有其他的字段,表明指令的特殊属性,比如 TI 的 TMS320C6000 的指令格式中还有并行执行字段和条件执行字段,并行执行字段表明该指令是否要和其他指令在同一时钟周期在不同功能单元同时执行,条件执行字段表明该指令的条件寄存器和执行条件为 0 还是非 0,即如果条件寄存器中的值满足条件,该指令才会执行。

（5）寻址方式

指令中设置的操作数地址的获取方式称为寻址方式[①]。常见的寻址方式有立即数寻址、寄存器寻址、直接寻址和间接寻址等方式。操作数为立即数时,就称为立即数寻址;操作数放在寄存器中时,就称为寄存器寻址。这两种寻址方式简单、直观。当操作数放在存储器中时,寻址方式就有很多种,比较复杂。存储器寻址方式中直接寻址最简单,它是在指令格式中直接设定了操作数的存储器地址。间接寻址方式是把存储器地址放在寄存器中,甚至放在存储器中,先要查找得到操作数地址,然后才能取得操作数,所以称为间接寻址。立即数寻址方式是操作数直接放在指令中,作为指令的一部分存放在机器码中。基址加变址寻址方式是操作数的有效地址是一个基址寄存器和一个变址寄存器（或一个立即数）的内容之和,两个寄存器（或基址寄存器和立即数）都由指令指定。这 4 种寻址方式是最常见的,也是现代大多数微处理器都支持的。

寻址方式越多,CPU 获取数据越便捷,便于实现对不同数据结构的数据的快速存取。DSPs 因为面向信号处理应用,常使用卷积、相关和 FIR 滤波等算法,它们都需要在存储器中实现一个循环缓冲器。循环缓冲器就是一个包含了最近的数据的滑动窗口,当新数据到来时,缓冲器就会覆盖最早的数据。循环缓冲器访问的关键是寻址方式,所以很多DSPs 提供了循环寻址方式,以便于这类算法的实现。有的 DSPs 为了快速实现 FFT,还提供了位反转寻址方式。

（6）指令系统在计算机层次结构中的位置

前面讲到,指令系统是计算机硬件与软件的接口。现在的程序的编写大都使用高级语言,但编译器和操作系统等系统软件,还是需要部分使用汇编指令编写。高级语言程序通过高级语言编译器编译成汇编程序,汇编程序经过汇编器汇编成二进制机器指令程序,最后,机器指令程序通过操作系统加载到计算机的硬件上执行,其过程如图 3-1 所示。

（7）汇编伪指令（assembly directive）

汇编伪指令和机器指令不同。机器指令是在程序执行期间由计算机来执行的,汇编伪指令是在汇编程序对

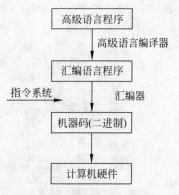

图 3-1　指令系统在计算机层次结构中的位置

---

①　这里的"寻址方式"是指操作数的寻址方式。另外还有指令的寻址方式,但是指令的寻址方式相对于操作数的寻址方式来说简单得多,一般就只有顺序寻址和跳跃寻址两种。

源程序汇编期间由汇编程序处理的操作。汇编伪指令的功能是将代码和数据汇编进行特定的段、为未初始化的变量保留存储器空间、定义全局变量、指示程序结束等。

下面通过具体的例子来讲解上述基本概念。

例 3.1　TMS320C6000 指令 ADD．D2 B5，B4，B4 的指令格式分析

该指令所属的指令类为 ADD（.D2 or.D1）src2,src1,dst1,

该指令的二进制机器码为 0000001000010100100010001000010,这条指令共有 9 个域,分属操作码字段、操作数字段、条件执行字段和并行执行字段。该指令各域的解析和所属字段的小结如下表 3-1 和表 3-2 所示。

表 3-1　ADD．D2 B5，B4，B4 的机器指令码和域的对应关系

指令机器码	000	0	00100	00101	00100	010000	10000	1	0
域	(1)	(2)	(3)	(4)	(5)	(6)	(7)	(8)	(9)

表 3-2　ADD(.D2 or.D1)src2,src1,dst1 的机器指令码的各域的含义

域编号	域含义	域所属字段
(1)	条件寄存器	条件执行字段
(2)	z,指定条件寄存器的判断条件	条件执行字段
(3)	dst,目的操作数存放的寄存器	操作数字段
(4)	src2,源 2 操作数存放的寄存器	操作数字段
(5)	src1,源 1 操作数存放的寄存器	操作数字段
(6)	操作码:当两个源操作数和目的操作数都为有符号整数且功能单元为 D 时的操作码就是 010000	操作码字段
(7)	固定值	操作码字段
(8)	s,选择 A 边寄存器还是 B 边寄存器	操作数字段
(9)	p,是否并行	并行执行字段

例 3.2　图 3-2 是在 C6000 软件开发环境 CCS 中一段乘加功能的 C/汇编代码混合显示程序,其操作和寻址方式如下。

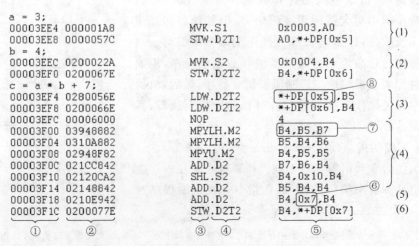

```
a = 3;
00003EE4 000001A8        MVK.S1      0x0003,A0          ⎫
00003EE8 0000057C        STW.D2T1    A0,*+DP[0x5]       ⎬(1)
b = 4;                                                  
00003EEC 0200022A        MVK.S2      0x0004,B4          ⎫
00003EF0 0200067E        STW.D2T2    B4,*+DP[0x6]       ⎬(2)
c = a * b + 7;                                          
                                                   ⑧
00003EF4 0280056E        LDW.D2T2    *+DP[0x5],B5       ⎫
00003EF8 0200066E        LDW.D2T2    *+DP[0x6],B4       ⎬(3)
00003EFC 00006000        NOP         4                  
00003F00 03948882        MPYLH.M2    B4,B5,B7      ⑦    ⎫
00003F04 0310A882        MPYLH.M2    B5,B4,B6           ⎪
00003F08 02948F82        MPYU.M2     B4,B5,B5           ⎬(4)
00003F0C 021CC842        ADD.D2      B7,B6,B4           ⎪
00003F10 02120CA2        SHL.S2      B4,0x10,B4    ⑥    
00003F14 02148842        ADD.D2      B5,B4,B4           
00003F18 0210E942        ADD.D2      B4,0x7,B4          ⎬(5)
00003F1C 0200077E        STW.D2T2    B4,*+DP[0x7]       (6)
           ①    ②            ③    ④           ⑤
```

图 3-2　C6000 的一段代码的 C/汇编混合显示

图 3-2 说明：

① 指令在存储空间中的地址，十六进制数。

② 指令的二进制机器码，十六进制数。

③ 指令的助记符。

④ 指令执行的功能单元和数据通路。C6000 有 8 个功能单元，用来执行指令；还有两个数据通路，用于在寄存器和存储器之间传递数据。

⑤ 操作数。其中，⑥是立即数；⑦为放在寄存器中的操作数；⑧为放在 DP（即 B14）寄存器中的操作数。C6000 的数据段的基址为 DP，DP 即是寄存器 B14。

下面描述由乘加 C 程序编译成的汇编程序的运行过程：

- (1)(2)步中对变量 a 和 b 赋值，把 3 和 4 分别放到编译器为它们分配的存储器地址中，其中 ＊＋DP[0x5] 就是基址加变址寻址方式，变址的偏移量是由立即数直接指出，表示操作数在 DP 寄存器（即 B14）再加上 5 个字（0x14①）的偏移所指向的存储器位置；

- (3)步把变量 a 和 b 按地址从存储器中取出，分别放在寄存器 B4 和 B5；

- (4)步实现放在 B4 和 B5 中的 2 个 32 位有符号整型数的乘法，结果放在 B4 中。因为 TMS320C6000 的乘法器是 16×16 位，所以需要多条指令来实现 32 位有符号整型数的乘法；

- (5)步是 2 个 32 位有符号整型数的加法，结果放在 B4 中，TMS320C6000 用一条指令直接实现此功能；

- (6)步把 B4 中的结果放到编译器为变量 c 所分配的存储器位置。

3.1.2　具有 DSP 特点的指令

DSP 处理器产生之初主要是为了数字信号处理领域算法的快速实现。经典的数字信号处理算法有实现频谱分析的 FFT 算法及实现数字滤波器的 FIR 和 IIR 算法。传统的 DSP 处理器都设计了专门的指令，能快速地完成 FFT 和数字滤波器，主要表现在以下方面：

- 基于硬件乘法器的单周期乘法指令。

- 乘法和累加指令，可以在单指令周期实现一次乘法和一次加法。

- 专门的地址产生单元，在运算的同时修改数据指针，并且提供特殊的寻址方式。

- 充分利用 CPU 核的多个单元，使多条指令并行执行。

下面通过一些具体的例子来描述这些特点。

TMS320C10 中，实现 256 点 FIR 滤波的一个抽头的计算需要 4 条指令：LT、DMOV、MPY 和 APAC。LT 把数据从存储器加载到 T 寄存器；MPY 把 T 寄存器和指定存储器位置的值相乘，然后放到 P 寄存器；APAC 把 P 寄存器的值加到累加器上。而 DMOV 的功能是在存储器中移动数据以实现延迟，它就是专门为 FIR 滤波而设计的，当

---

① TMS320C6000 是字节可寻址的，一个 C6000 的字（word）为 32 位，占 4 个字节。

然,它还可以用在其他的场合。典型的通用微处理器对一个抽头的计算需要 30~40 个指令周期,相比而言 TMS320C10 实现 FIR 滤波的效率就高多了,其中的原因之一就是采用了具有 DSP 特点的特殊指令,而另外的一个原因是使用了专用的乘法器来实现单指令周期的乘法运算。在 TMS320C10 中,还有一条特殊指令 LTD,它在一个指令周期内完成LT、DMOV 和 APAC 三条指令,使用 LTD 和 MPY 指令可以将 FIR 滤波器的每个抽头计算从原来的 4 条指令降为 2 条。

在 TI 的第二代数字信号处理器 TMS320C25 的指令系统中,增加了两条更特殊的指令：RPT 和 MACD,采用这两条指令,可以将 FIR 滤波器的每个抽头计算从 2 条指令降为 1 条。

```
RPTK   255      ; 重复下一条指令 256 次
MACD            ; 相当于 LT、DMOV、MPY 和 APAC 的功能
```

TMS320C54xx 有 FIRS 指令,实现一个对称的有限冲激响应滤波器,而且一旦循环流水开始,该指令就成为单周期指令。TMS320C54xx 也有 MAC 指令,用以在一个指令周期内完成一次乘法和一次加法。

TMS320C64xx 提供了点积指令 DOTPSU4、DOTPUS4 和 DOTPU4,能够在一个指令周期实现 4 个 8 位×8 位数据的点积和。它还提供了 Galois 域乘法指令 GMPY4,用于通信中的 Reed-Solomon 的编码与译码。

DSP 处理器指令集的设计,要达到的目标之一就是最大限度地使用处理器的硬件资源,以便于提高效率。为达到这个目标,传统 DSP 处理器的指令集都允许在单个指令周期完成若干个操作。并行指令的实现一般是依赖于乘法器、算术逻辑单元和其他单元(如数据产生器和移位器)的并行执行。例如,TMS320C3x 有下面的一条并行指令：

```
   CMPF3  * AR5 ++ (1), * -- AR1(IR0),R0
|| ADDF R5,R7,R3
```

这条并行指令并行执行浮点乘法和浮点加法,所有寄存器在指令执行周期的开始时读出并在周期结束时写入。

ADSP2106X(SHARC)并行执行的指令都是运算指令,所以又将其称为多运算指令,它是将多条运算指令写在同一行,并用逗号分开,在格式上和 TI 的并行指令的书写是不同的。SHARC 的多运算指令可以同时进行乘法、加法、减法等多个运算,这三种运算的并行执行使 SHARC 完成 FFT 运算的速度大大提高。

TMS320C6000 更是每条指令都可以并行执行,因为它的 CPU 核有 8 个功能单元可以执行指令。

综上所述,传统 DSP 处理器的指令集具有高度专门化、复杂、不规则等特点。这些特点是处理器的弊端,因为它使编写高效的汇编语言软件复杂化。但是,现代 DSP 处理器的高级语言编译器已经越来越深入地了解 DSP 处理器的硬件结构及其指令系统,在一般情况下,程序员只需写高级语言程序,就可以通过优化编译器的编译和优化,得到高效的汇编代码。当然,DSP 处理器的结构和指令系统也在向 RISC 方向发展。

3.1.3　TMS320C6000 的指令系统

TMS320C6000 包括 C62xx 和 C64xx 两个定点系列及 C67xx 浮点系列。C62xx 的所有指令对 C64xx/C67xx 均有效,本节主要以 C62xx 的指令集为例介绍 C6000 芯片的指令集。

C6000 的指令可以分为三大类:数据处理指令、数据搬移指令和程序流程控制指令。数据处理指令对源操作数进行运算,把结果放在目的操作数中,包括算术运算、逻辑运算、位操作、移位、比较判别等指令。数据搬移指令的功能是把要处理的数据或处理的结果在数据存储器、通用寄存器、CPU 核控制寄存器之间搬移,也包括把立即数放到通用寄存器中。程序流程控制指令主要是改变指令的顺序执行,可以实现子函数的调用和返回、循环等功能。

在具体讲解 C6000 的指令之前,还需要先了解 C6000 指令的几个特点。

(1) 指令和功能单元之间的映射

C6000 有 8 个功能单元,C6000 汇编语言的每一条指令只能在某些的功能单元中执行,因此就形成了指令和功能单元之间的映射关系。一般情况下,与乘法相关的指令都是在.M 单元执行;在通用寄存器和存储器之间搬移数据时,要用到.D 功能单元;跳转在.S 功能单元中实现;算术逻辑运算大多在.L 与.S 单元执行。第 2 章的表 2-2 给出了功能单元所能执行操作。相应的,可以给出指令到功能单元的映射,指出每一条指令可在哪些功能单元运行,也可以给出功能单元到指令的映射,指出每个功能单元可以运行哪些指令。

(2) 延迟间隙(delay slots)

C6000 采用流水线结构,从指令进入 CPU 的取指单元到指令执行完毕,需要多个时钟周期。C6000 官方手册所给出的单指令周期是指它最高的流水处理速度。由于指令复杂程度的不同,各种指令的执行周期不相同,流水线一节将详细介绍这个问题。程序员需要了解指令执行的相对延迟,以掌握一条指令的执行结果何时可以被后续指令所利用。指令的执行速度可以用延迟间隙来说明,延迟间隙在数量上等于从指令的源操作数被读取直到执行的结果可以被访问所需要的指令周期数。对单周期类型指令(如 ADD)而言,源操作数在第 i 周期被读取,计算结果在第 $(i+1)$ 周期即可被访问,等效于无延迟。乘法指令(MPY),如源操作数在第 i 周期被读取,计算结果在第 $(i+2)$ 周期才能被访问,延迟周期为 1。表 3-3 给出了各类指令延迟间隙。

表 3-3　C6000 指令集的延迟间隙和功能单元等待时间

指令类型	延迟间隙	功能单元等待时间	读周期*	写周期*	转移发生*
NOP*	0	1			
Store	0	1	i	i	
单周期	0	1	i	i	
乘法(16×16)	1	1	i	$i+1$	
Load	4	1	i	$i,i+4$	
转移	5	1	i		$i+5$

表 3-3 中四、五列以进入流水线 E1 节拍为第 i 周期，列出各类指令要做读、写操作所发生的周期号；转移类指令，如果是转移到标号地址的指令，或由中断引起的转移，没有读操作；Load 指令，在第 i 周期读地址指针并且在该周期内修改基地址，在周期 $i+4$ 向寄存器写，使用的是不同于 .D 单元的另一个写端口。

C62xx 和 C64xx 的指令都只有一个功能单元等待时间，这意味着每一个周期功能单元都能够开始一个新指令。但是，C67xx 的有些指令运算比较复杂，其功能单元等待时间大于 1，例如 MPYDP 指令的功能单元等待时间为 4，延迟间隙为 9。

（3）并行执行

C6000 的片内程序存储器的数据总线宽度为 256 位，可以同时取 8 条指令，同时取的 8 条指令组成一个取指包。C6000 有 8 个功能单元，1 个时钟周期也可以最多并行执行 8 条指令，并行执行 $n(1 \leqslant n \leqslant 8)$ 条指令称为一个执行包。每一条指令的最后一位是并行执行位（p 位），p 位决定本条指令是否与取指包中的下一指令并行执行。CPU 对 p 位从左至右（从低地址到高地址）进行扫描：如果指令 i 的 p 位是 1，则指令 $i+1$ 就将与指令 i 在同一周期并行执行；如果指令 i 的 p 位是 0，则指令 $i+1$ 将在指令 i 的下一周期执行。

下面给出一个取指包的各条指令的 p 位设置的例子，如图 3-3 所示。

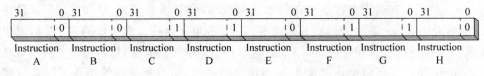

图 3-3　某指令包的并行标志位

根据各个指令并行位的模式，此指令包将按表 3-4 中所述顺序执行。

表 3-4　图 3-3 中指令包执行顺序

周期/执行包	指　　令		
1	A		
2	B		
3	C	D	E
4	F	G	H

注：指令 C、D 和 E 不能使用相同的功能单元、交叉通路或其他的路径资源。这同样适用于指令 F、G 和 H。

此例所示指令包的指令代码描述如下：

　　指令 A
　　指令 B
　　指令 C
　　‖ 指令 D
　　‖ 指令 E
　　指令 F
　　‖ 指令 G
　　‖ 指令 H

其中符号"‖"表示本条指令与前一条指令并行执行。

（4）条件执行

所有的 C6000 指令都可以是有条件执行的,反映在指令代码的 4 个最高有效位(参看表 3-1)。其中,3 位操作码字段 creg 指定条件寄存器,1 位字段 z 用来指定是零测试还是非零测试。在流水操作的 E1 节拍,对指定的条件寄存器进行测试:如果 z=1,进行零测试,即条件寄存器的内容为 0 是真;如果 z=0,进行非零测试,即条件寄存器的内容非 0 是真。如果设置 creg=0,z=0,意味着指令将无条件地执行。对 C62xx/C67xx,可使用 A1、A2、B0、B1、B2 五种寄存器做条件寄存器,对 C64xx,还增加 A0 寄存器作为条件寄存器。

在书写汇编程序时,以方括号对条件操作进行描述,方括号内是条件寄存器的名称。下面所示的执行包中含有两条并行的 ADD 指令。第一个 ADD 指令在寄存器 B0 非零时条件执行,第二个 ADD 指令在 B0 为零时条件执行:

```
   [B0]    ADD  .L1  A1,A2,A3
 ‖[! B0]   ADD  .L2  B1,B2,B3
```

以上两条指令是相互排斥的,也就是说只有一条指令将会被执行。

下面主要以 C62xx 为主讲解 C6000 的三类指令:数据搬移指令、数据处理指令和程序流程控制指令。

（1）数据搬移指令

C6000 DSPs 是类 RISC 处理器,一般的数据处理指令的源操作数和目的操作数都放在通用寄存器 A0~A15 或 B0~B15 中(C64xx 还有 A16~A31 和 B16~B31),数据存储器和通用寄存器之间搬移数据只有通过 .D1 和 .D2 功能单元完成。.D1 和 .D2 把数据从数据存储器搬移到通用寄存器使用的指令是 LDB/LDH/LDW/LDDW,这 4 条指令分别加载(load)1 个字节、2 个字节(半字)、4 个字节(字)和 8 个字节(数字),其中加载双字的 LDDW 指令是 C64xx 和 C67xx 才有。.D1 和 .D2 把数据从通用寄存器搬移到数据存储器使用的指令是 STB/STH/STW/STDW,这 4 条指令分别存储(store)1 个字节、2 个字节(半字)、4 个字节(字)和 8 个字节(数字),其中存储双字的 STDW 指令是 C64xx 才有。表 3-5 列出了 Load/Store 指令访问数据存储器地址的汇编语法格式。表中 ucst5 代表一个无符号的二进制 5 位常数偏移量。对寄存器 B14 和 B15 可用 ucst15(无符号的二进制 15 位常数偏移量)。表中变址计算的符号与常用的 C 语言惯例相同。

表 3-5　Load/Store 类指令间接地址的产生

寻址类型	不修改地址寄存器	先修改地址寄存器	后修改地址寄存器
寄存器间接寻址	* R	* ++R * −−R	* R++ * R−−
寄存器相对寻址	* +R[ucst5] * −R[ucst5]	* ++R[ucst5] * −−R[ucst5]	* R++[ucst5] * R−−[ucst5]
带 15 位常数偏移量的 寄存器相对寻址	* +B14/B15[ucst15]		
基地址＋变址	* +R[offsetR] * −R[offsetR]	* ++R[offsetR] * −−R[offsetR]	* R++[offsetR] * R−−[offsetR]

在通用寄存器之间搬移数据使用 MV 指令。在通用寄存器与控制寄存器之间搬移数据使用 MVC 指令,此条指令只能使用.S2 功能单元。MVK 类指令用于把 16 位常数送入搬移到通用寄存器。MVKL 指令搬移 16 位常数到通用寄存器的低 16 位。MVKH 或 MVKLH 指令向寄存器高 16 位送数。

搬移数据指令主要就是在数据存储器、通用寄存器、控制寄存器和 16 位常数之间搬移。图 3-4 表示了这指令与数据存放位置的关系,需要注意的是,通用寄存器在其中起到核心和中转站的作用,例如要把一个存储器中的字搬移到控制寄存器中,就需要通过通用寄存器中转。

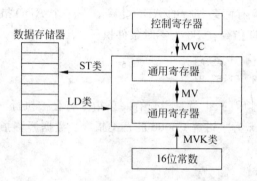

图 3-4　TMS320C6000 数据搬移指令与数据存放位置的关系图

(2) 数据处理指令

TMS320C62xx 数据处理指令包括算术运算、逻辑运算、位操作、移位、比较判别等指令。

① 算术运算指令

算术运算指令包含加、减、乘和取绝对值等指令。加减运算指令操作内容比较简单,可分为以下几类。

◇ 有符号数加减运算指令,包括:
　➤ 操作数为整型(32 位)或长整型(40 位)的 ADD、SUB 指令。
　➤ 操作数为半字(16 位)的 ADD2/SUB2 指令。ADD2/SUB2 指令特点是同时进行两个 16 位补码数的加减运算,高半字与低半字之间没有进/借位,各自独立进行。
◇ 无符号数加减运算指令 ADDU、SUBU,操作数为 32 位或 40 位的无符号数。
◇ 带饱和的有符号数加减运算指令 SADD、SSUB,操作数为 32 位或 40 位的有符号数。
◇ 16 位常数加法指令 ADDK。

C62xx 指令集内的乘法指令以 16×16 位的硬件乘法器为基础,可分为两大类:
◇ 适宜于整数乘法的指令,MPY 打头的 13 条指令。
◇ 适宜于 Q 格式数相乘的三条指令:SMPY/SMPYLH/SMPYHL。

这里主要讲解一下整数乘法指令。整数乘法的两个源操作数都是 16 位字长,目的操作数为 32 位的寄存器。根据源操作数为有/无符号数以及源操作数是寄存器的低/高半字,组合出 13 种不同的乘法指令。除了两个无符号源操作数相乘外,只要有一个源操作数是有符号数,其结果就认定是有符号数。由于目的操作数为 32 位,乘法指令不存在溢出问题。

② 逻辑运算指令

C6000 支持典型的布尔代数运算指令 AND、OR、XOR。这类指令都是对两个操作数按位做"与"、"或"、"异或"运算,结果写入目的寄存器。C6000 提供求补码的指令 NEG,可用于对 32 位、40 位有符号数求补码。

③ 移位指令

C62xx 指令集共有 4 种移位指令:算术左移指令 SHL、算术右移指令 SHR、逻辑右移(无符号扩展右移)指令 SHRU、带饱和的算术左移指令 SSHL。

在 SHR 指令里,源操作数 src2 可以是 32 位或 40 位有符号数,src1 的低 6 位指定右移位数,将 src2 右移,结果放到 dst。移位时,最高位按符号位扩展。其他移位指令格式与 SHR 相似。SHL 指令在左移时用 0 填补低位。SHRU 指令把 src2 视作无符号数,右移时,用 0 填补最高位。

算术左移指令 SHL 在左移过程中,其符号位有可能改变。带饱和的算术左移指令 SSHL 可用于防止这个问题产生。在 SSHL 指令情况下,src2 是 32 位有符号数,只要被 src1 指定移出的数位中有一位与符号位不一致,它就用与 src2 同符号的极大值填入 dst,并使 CSR 寄存器中的 SAT 位置位。

④ 位操作指令

在 C6000 公共指令集内对定点数的位域操作的指令可分为三类:

◇ 位域清零/置位指令 CLR/SET。

◇ 带符号扩展与无符号扩展的位域提取指令 EXT/EXTU。

◇ LMBD 与 NORM 指令。

CLR、SET、EXT、EXTU 等指令的操作及指定操作域的方法与算术运算指令相似。

⑤ 比较判别类指令

CMPEQ/CMPGT(U)/CMPLT(U)指令用于比较两个有/无符号数的相等、大于、小于,若为真,则目的寄存器置 1; 反之,目的寄存器置 0。应该注意,对有符号数与无符号数大小的比较,指令是不同的,要根据被比较对象的不同来选择不同的指令。

(3) 程序流程控制指令

在 C62xx 指令集中控制程序转移的有 4 类转移指令,其汇编语法格式如下:

◇ 用标号 label 表示目标地址的转移指令 B (. unit) label; (. unit = . S1 or . S2)。

◇ 用寄存器表示目标地址的转移指令 B . S2 src2。

◇ 从可屏蔽中断寄存器取目标地址的转移指令 B . S2 IRP。

◇ 从不可屏蔽中断寄存器取目标地址的转移指令 B . S2 NRP。

这 4 类转移指令只是目标地址不同,其执行过程相同。对用标号 label 表示目标地址的转移指令,在连接阶段,连接器(Linker)将计算从当前指令执行包到标号地址的相对值,并将它填入指令代码。用寄存器表示目标地址的转移指令,其指定的通用寄存器的内容就是目标指令的绝对地址。第 3、第 4 两类转移指令与第 2 种相似,只是从指定的中断寄存器取目标地址,适用于从中断返回的情况。

转移指令有 5 个指令周期的延迟间隙,即在转移指令进入流水线后,要再等 5 个周期才发生跳转。所以,转移指令后的 5 个指令执行包都进入 CPU 流水线,并相继执行。读者在阅读或人工编写汇编指令时,要特别注意这一点。

3.2　DSPs 软件开发集成环境

3.2.1　概述

（1）DSPs 开发环境的重要性

目前 DSPs 的发展趋势是处理器更复杂、速度更快,DSPs 应用也向多处理、多通道方向发展,变得越来越复杂。与此同时,市场对基于 DSPs 的产品需求越来越大,竞争也越来越激烈,因此对开发效率的要求也越来越高。对于开发者,要想在有限的开发周期内充分利用 DSPs 器件的每个 MIPS,使用有效的开发工具至关重要。而对于 DSPs 厂商,其 DSPs 产品的开发环境如何,开发工具是否完备,学习和使用是否方便是产品推广的重要因素。

（2）传统 DSPs 的开发调试过程

传统 DSPs 的开发过程是分立的。开发者首先使用代码生成工具（Code Generation Tools）,也就是所谓的 C 编译器、C 优化器、汇编器、连接器等工具,以命令行方式编译用户的程序代码,在 DOS 窗口中观察编译器错误信息,然后在某个文本编辑器中修改源代码,重新编译,直到程序编译正确。生成可执行文件后,开发者要使用 Simulator（软件仿真）或者 Emulator（硬件仿真）调试自己的程序,程序出现任何问题还要修改错误并重新编译重复上述步骤。

Simulator 和 Emulator 只提供了简单、传统的调试手段,主要包括以下几种方法:

- 停止程序的执行,观察变量或寄存器,然后接着运行。
- 在程序中插入断点。当程序运行到断点处时,程序停止执行,然后就可以观察这个位置处的变量的值和程序的其他状态。
- 允许一步一步地执行程序,因此程序员可以逐步观察变量。

（3）传统调试方法的不足

传统的调试方法又可以叫周期调试。周期调试方法对于非实时的顺序执行软件的调试是有效的,但是对于连续工作、非确定性执行和有严格时序约束的实时系统的调试就不那么有效。当程序停止运行后,程序员所收集到的所有系统信息不一定就是程序在停止运行的那一时刻的信息[①]。而且,在有些应用的情况下,就不能采用设置断点和停止程序运行的方法来调试,因为调试者所想观测的是某个变量的纵向变化过程,而不是所有变量的一个横向的剖面。因此 TI 推出了基于 RTDX（实时数据交换）技术的实时软件调试方法,RTDX 使程序员能够在不打断 DSPs 程序运行的前提下,把程序员想要观测的 DSPs

---

① 这是初学实时系统调试的人容易迷惑的地方。

数据和变量通过 JTAG 开发系统传递回上位机观察，并可以做进一步的统计分析。RTDX 技术给实时调试带来了很大的方便，本书将在 3.2.3 节中做进一步介绍。

（4）现代 DSPs 软件开发集成环境的改进

1999 年，TI 公司推出了一个集成性 DSPs 软件开发工具 Code Composer Studio（CCS），这是 DSPs 业界第一个集成软件开发环境，支持 TI 的 TMS320C2000、C5000 和 C6000 系列 DSPs。CCS 扩展了基本的代码产生工具，一集成了调试和实时分析功能。开发者的一切开发过程都是在 CCS 这个集成环境下进行的，包括项目的建立、源程序的编辑、程序的编译和调试。CCS 还集成了实时操作系统 DSP/BIOS，以提高用户开发程序的效率和标准化程度。除此之外，CCS 还提供了更加丰富和强有力的实时调试手段来提高程序调试的效率和精度，使应用程序的开发变成一件轻松而有趣味的事情。CCS 从 1.0 版到 1.2 版，然后到 2.0 版、2.1 版和 2.2 版，现在已经推出了 3.x 版的 CCS。

另外一家 DSPs 厂商 ADI 公司也推出了支持 ADSP SHARC 系列处理器的软件开发集成环境 VisualDSP++。VisualDSP++ 的功能在很多地方同 CCS 是相似的，将代码的开发和调试集成到一起，且提供了实时操作系统 VisualDSP++ Kernel（VDK）。利用 VDK 核和分析工具，能高效地调试应用程序，以降低软件成本。VisualDSP++ 也从 1.0 版到 2.0 版，现在最新的 VisualDSP++ 是 5.x 版。其他的 DSPs 厂商也推出自己的 DSPs 的集成软件开发环境。

DSPs 软件开发集成环境按功能主要可以分成 4 部分：

（1）代码开发工具，包括项目管理、源代码编辑和代码生成工具。代码生成工具又包括编译器、汇编器和连接器。这些工具的实现和功能的发展是基于 Windows 技术的发展的。例如，项目管理工具和 Microsoft Visual Studio 的项目管理工具类似，以层次化的结构管理。而编译器、汇编器和连接器的选项可以通过图形化界面设置。这些都是 Windows 编程技术发展所带来的便利。

（2）代码调试工具（debugger），包括断点、单步执行、观察变量和系统状态等。这部分工具的功能和传统的调试器相似，在某些地方有所改进，但是没有本质的区别。现在的 DSPs 的程序多用高级语言 C 编写，只在关键代码处用汇编写，在进行 C 代码调试的时候，可以混合显示 C 代码和其编译生成的汇编代码，如图 3-2"TMS320C6000 的一段代码的 C/汇编混合显示"所示。

（3）实时操作系统，这是现代 DSPs 集成开发环境的一个重大的本质的改进。传统的 DSPs 的软件开发工程师习惯于写线性程序，即主循环是一个无限循环，等待中断的发生。当中断到来时，跳到中断服务子程序，由中断服务子程序中完成相应的处理任务。但是，现在的 DSPs 应用系统越来越复杂，以这种线性程序的方式开发出来的软件在维护、修改和升级上相当困难。引入实时操作系统后，使 DSPs 应用软件程序的质量提高，性能更好，也更容易维护和移植，从而最终缩短开发周期。TI 的 TMS320C5000 和 TMS320C6000 的开发环境就集成了实时操作系统 DSP/BIOS，ADI 公司的开发环境集成的实时操作系统是 VDK。

（4）其他工具，这些工具的目的主要是为了提高开发的效率和软件的性能，不同的开发环境提供的工具是不同的。其中代码运行时间测试工具是共有的，因为 DSPs 面向的应用都是实时系统,实时系统最关心的就是满足时限,所以测试代码的运行时间是 DSPs 软件工程师经常做的工作。在早期的 DSPs 的开发工具中,就有时间测试工具,而现在集成在开发环境中的时间测试工具的功能更加强大,例如:测试系统所有运行过的函数的运行时间;对某段程序的运行时间和次数进行统计分析。其他有特点的工具将在后面介绍。

下面分别详细介绍这 4 部分的作用和功能。

3.2.2 代码开发工具

代码开发工具,包括项目管理、源代码编辑和代码生成工具。

(1) 项目管理

DSPs 软件开发环境都有一个类似于 VC++ 的树状的、层次化的项目管理窗口,该窗口位于开发环境的左边。在项目窗口中分类显示了项目中的程序源文件(汇编文件、C 文件和.h 头文件)、连接文件(描述的是 DSPs 的存储器映像和段分配情况)和库文件。源文件可以用源代码编辑器进行编辑,然后运行编译、连接命令,生成最终在 DSPs 上运行的程序。图 3-5 和图 3-6 分别是 TI CCS 和 ADI VisualDSP++ 的项目管理窗口。CCS 的连接文件为 *.cmd 文件,其中还可以添加连接命令,供连接器使用,而 VisualDSP++ 项目的连接文件为 *.ldf 文件。从图 3-5 中还可以看到 TI DSPs 项目中还有一类是实时操作系统的配置文件和其生成的相关文件。这两类文件是可选的,当 DSPs 软件使用了实时操作系统 DSP/BIOS 时,在这两个文件夹中才会有文件。作为比较,可以看到,图 3-6 中的 SHARC 的项目选用了实时操作系统 VDK,其文件夹"Kernel Files"中有 3 个文件。

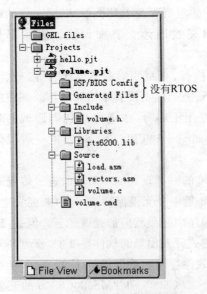

图 3-5　CCS 的项目管理窗口

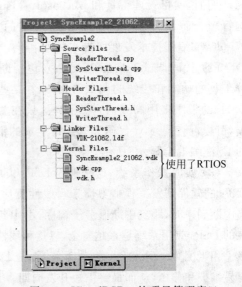

图 3-6　VisualDSP++ 的项目管理窗口

CCS 中还有一项项目管理技术——workspace。当程序员一天的工作结束了,这时开发环境中打开了很多窗口,包括源代码窗口、图形窗口、变量观察窗口等,但程序还需要第二天接着往下写,所以在第二天不得不重新再打开项目和相关窗口。这个工作在程序

变得很大、调试进入复杂阶段后会变得重复、乏味,所以 CCS 提供了一种 workspace 文件
(∗.wks),用来保存当前开发环境的项目和窗口的打开状态,并且还能保存断点设置的
位置等信息。第二天来到实验室继续前一天的工作时,只需打开前一天保存的 ∗.wks 文
件,就能继续往下工作,节省了那些乏味的操作。

(2) 源代码编辑器

DSPs 软件开发环境的源代码编辑器除了常见的剪切、复制、粘贴、查找和替换等功
能外,还提供了其他的高级功能。例如,对 C 或汇编代码编辑时,自动高亮关键字和函
数,便于提醒程序员。此外,还可以设置字体和背景颜色,以符合不同程序员的口味。有
的源代码编辑器还提供了缩进排版功能,能快速地把代码排版成比较美观的格式。CCS
的编辑器还采用了 CodeMaestro™ 技术,在程序员写代码时提示完整的字,从而减少编码
时由于输入造成的拼写错误。总之,源代码编辑器的功能是伴随 Windows 编程技术的提
高而提高的,这些小的功能和技巧能够提高代码编辑和修改的效率,对于程序员来说,花
上少量时间学习这些功能能够达到事半功倍的效果。

(3) 代码生成工具

代码生成工具又可以称为软件开发工具,它包括编译器、汇编器、连接器、文档管理器
等。编译器将高级语言翻译为汇编语言。汇编器是将汇编文件翻译成二进制的机器代
码,生成源文件对应的目标代码。连接器是根据连接文件,把所有的目标代码连接到一
起,最后生成一个在 DSPs 上运行的程序。文档管理器把多个二进制文件集合起来,生成
一个库。

因为 DSPs 主要是面向有大量数据处理的应用,就有其特殊的体系结构(例如哈佛结
构),汇编代码如果能充分利用这些特点,其效率会提高数倍,所以现在的 DSPs 的编译
器,都是优化编译器,并且允许用户设置不同的优化级别,使生成的汇编代码在不同的优
化级别上利用 DSPs 的结构特点。一般来讲,当不使用优化功能时,编译器会对高级语言
的代码"逐句翻译",这个效果可以通过软件开发环境中的混合代码显示的功能看到。当
设置优化选项时,编译器对代码的编译就不限于"逐行",编译器生成代码时可能同时考虑
一块代码,或者一个文件,甚至整个软件项目,所以生成的汇编代码和高级语言的源代码
的对应关系就是在"语句块"的层次上建立的。这些代码生成工具和软件开发工具,还将
在 3.3 节中详细介绍。

3.2.3　代码调试工具

软件的调试是伴随着计算机软件的开发而出现的,debug 这个词早在 20 世纪 40 年
代就出现了。但是,代码调试在当时是非常困难的,如果出现一个问题,程序员将逐行地
检查代码,直到判断出问题的位置。后来,从可以把中间信息输出显示到可以观察给定内
存位置的值,然后再到可以进行符号调试和设置断点,经历了较长时间。但是,这些调试
技术的发明都对后来调试的发展奠定了最根本的物质技术基础。随后,软件和硬件发展
越来越快,调试技术也进步得越来越快,访问内存观察变量的方式变得更好,还出现了条
件断点,使程序在运行到条件断点处必须满足某种条件时才停下来,否则继续运行。到
20 世纪 80 年代,Borland 推出了 Turbo Pascal,把调试工具与开发环境集成到一起,进入

了可视化阶段。到 1999 年,DSPs 业界才由 TI 公司推出了第一个 DSPs 软件集成开发环境,该环境提供了丰富的调试手段,更为重要的是,提供了面向实时嵌入式应用的调试技术,使 DSPs 软件的调试变得容易。下面就分 4 类介绍代码调试工具,包括:调试命令,调试窗口,断点,其他调试工具。

(1) 调试命令

调试命令用于控制程序的执行。常见的调试命令有运行程序、停止运行程序、使程序运行到某个指定位置,这 3 种调试命令不难理解。下面介绍两种 CCS 中的特殊的运行方式。

- 动画运行(Animate):这种方式下程序运行遇到断点时刷新调试窗口(包括存储器窗口、图形窗口、变量观察窗口和寄存器窗口等),然后继续运行。需要注意的是,在实时调试时如果采用这种方式运行,要考虑这种方法对 DSPs 上运行的实时程序的影响,因为刷新窗口其实就是通过开发系统从 DSPs 取数,这个工作需要时间,所以就可能打乱实时应用运行时的时序,造成最后不可预见的结果。
- 自由运行(Run-free):这种方式禁止所有断点或探测点再执行程序,任何存取目标处理器的操作(如观察变量)都会恢复断点的设置。基于 JTAG 调试时,这种方式的运行会断开与目标处理器的连接,此时可以移去 JTAG 电缆。也可以在 Free Run 状态下执行硬件复位。这个方式常在配合硬件调试时使用。

单步命令是另外一种常见的调试命令,单步命令可以执行源代码(可以是 C 代码,也可以是汇编代码)中的一条语句,但是,现代的调试器还提供了其他几种单步运行方式,下面介绍其中两种。单步进入(Step Into)的功能是当调试语句不是最基本的汇编指令时,此操作将进入语句内部(如函数调用或分支指令)。单步跳出(Step Out),它的功能是从函数调用中跳出,返回上一级函数。另外,还可以设置运行这几种单步命令的次数,例如,可以一次运行 82 条指令,然后就停下来。

现代的调试器还提供了复位 DSPs(reset)和重新运行程序(restart)这两种命令。复位 DSPs 命令将初始化所有的寄存器到上电初始状态,把程序运行指针指向复位中断的位置。重新运行程序命令使程序从头开始运行,现在的 DSPs 程序一般是用 C 语言编写的,所以这条命令会将程序指针指到 C 语言的入口处。

(2) 调试窗口

在调试窗口中,可以查看 C 源代码、汇编源代码,或者两种代码的混合显示,还可以查看内存的内容和寄存器的值。通过符号调试技术,还可以观察全局变量甚至堆栈中的局部变量。现代的集成开发环境还都添加了图形窗口,图形化显示存储器中的数据,而且还提供了多种显示方式,方便了很多面向不同应用的开发者。

源代码(包括 C 和汇编)窗口中可以显示当前程序指针指向的位置,还可以显示断点的位置等信息,这些功能是常用和易理解的。在高级语言窗口中调试时,还可以采用混合代码显示的方式同时显示汇编代码,这项功能其实是把源代码窗口和反汇编窗口融合在一起显示,这个功能在调试时是非常有用的。例如,编译时设置了优化选项,高级语言代码要经过编译器优化后才生成目标代码,这时候,可能有一行 C 语句并没有与几行汇编代码对应,所以就不能将断点设置在这 C 语句上的,但是可以通过混合代码显示,找到其对应的汇编代码,并把断点加上。因为现代 DSPs 的优化编译器的优化功能很强大,代码的优化效率很高,只有通过混合代码显示的方法,才能真正了解程序在汇编指令一级的运行情况。有的开发者常常因为不理解优化编译器的行为,在 C 代码级进行调试时总是抱怨程序的运行不像自己设想的那样,这时就可以通过这种混合代码显示的方法观看 C 代码所对应的汇编代码,以理解系统真正的运行行为。应该记住两点,第一点是"指令是编程人员对计算机进行程序控制的最小单位",第二点是"编译器出错的概率很少"。

存储器窗口可以观察某个特定地址的存储器或某段存储器范围的数据,并且可以选择多种不同的格式显示,比如 16 位 short 型整数、32 位 int 型整数、浮点格式和 Q 数据格式等。开发者还可以在这个窗口中直接修改某个内存地址的值,便于调试时控制程序的运行。有的开发环境还提供一些对存储器的扩展操作,比如把某一块存储器的值都填充(fill)为一个值,可以把一块存储器的内容复制到另外一块存储器中,相当于做了一次 DMA。

寄存器窗口可以观察 CPU 内核寄存器,并且和存储器窗口一样,也可以直接修改其内容,但是,当有的寄存器位是只读的时候,这样的修改是无效的。

变量观察窗口中可以观察和修改全局变量及当前运行函数内的局部变量。这个窗口是利用符号调试技术,将变量名映射为存储器地址,当程序员观察某个变量时,调试器就把这个地址的值显示。这种符号调试技术使程序员的调试减少了对乏味的存储器地址的记忆,提高了调试的效率,是调试技术发展史上重要的一步。

图形窗口是 DSPs 软件集成开发环境的特色。DSPs 是面向大量的数据应用的,经常要进行数据分析,用图形显示数据是分析数据的最常用手段。随着 Windows 编程技术的发展,DSPs 软件集成开发环境可以利用更多技术对存储器的数据进行多种方式显示,比如:通信应用中,把数据显示为眼图和星座图;图像处理中,把数据显示为图像;还有频谱分析中,把信号做 DFT 后显示其频谱。这些图形显示方式为算法调试提供了便利。

(3) 断点

断点的作用是在一个给定的程序存储器地址处中断代码的执行,当然,如果程序没有运行到断点处,程序不会停止运行。断点是调试技术的一大进步,也是前面提到的各种单步运行程序命令实现的技术基础。在有断点技术之前,程序只能在两种状态下查看状态,一是在运行之前的初始状态,二是结束或崩溃之后的最终状态。对于在运行期间发生的异常的事情,程序员就只能猜测其原因。断点出现以后,程序员就可以让程序停在程序运行的任何地方,以观察那个时刻系统的各种状态,为判断错误的原因提供线索和证据。

条件断点是断点的一种衍生。每个条件断点都有一个条件表达式,当程序运行到条件断点且条件表达式为真时,程序运行才会停止。

有的开发环境还有一种断点叫硬件断点。硬件断点不同于前面的普通断点和条件断点,这两种断点可以称为软件断点。硬件断点设置除了位置外,还要设置断点处发生的硬件事件,即当程序运行到硬件断点处时,还需要判断硬件事件是否发生,如果硬件事件发生了,才停止程序运行。这里指的硬件事件包括:特殊位置的存储器的读写,需要 CPU 仲裁的数据读写冲突,cache 击中或失效等。ADI 的 VisualDSP++ 中提供的 watch point 也就是一种硬件断点。

需要注意的是,断点在实时调试中的使用是有局限性的。因为实时系统的运行时间是一个关键的参数,程序的运行是以 μs 甚至几十 ns 为单位来计算的。当程序运行到断点处,通过开发系统的命令让程序停止,但是由于停止命令到达 DSPs 各硬件部分的时间不同(比如像 JTAG 这样的开发系统在扫描 DSPs 是要花时间的),使得程序停止的时候 DSPs 的各部分显示的状态"可能"不是在同一个时刻的状态,这样可能使从事实时系统开发的程序员在利用这些状态信息的时候产生错误的判断。初学实时系统调试常觉得系统的停止后,某些信息异常,并非自己设想的那样,检查很久也查不到原因,其实最根本的原因可能就是上面讲到的。所以在实时系统调试时,观察信息需要其他的方法和技巧,常用的一个方法就是在想观察变量和状态的位置处把这些信息记录在几个缓冲器中,运行一段时间后在背景任务中停止程序运行,然后观察这些记录。更多调试实时系统和 DSPs 系统的内容将在后面的 3.5 节叙述。

(4) 其他调试工具和技术

① 文件 I/O

DSPs 主要用于有大量数据处理的场合,在 DSPs 算法调试阶段,没有硬件平台,需要将数据输入到程序中以验证算法的正确性和有效性。可以将数据以表的形式写在程序中,通过编译,加载到目标处理器的存储器中,但这样修改起来不方便,灵活性差。现代的 DSPs 软件开发环境都提供了文件 I/O 的功能,可以将主机文件中的数据输入到目标处理器中,或者将算法的结果数据输出到主机文件中存储起来,便于事后分析。文件中的输入数据可以是实际采得的数据,也可以是计算机模拟产生的数据,可以通过修改操作,指向不同的文件,实现从不同的文件加载数据或把数据写到不同的数据中,这样就比较灵活。

TI CCS 提供的文件输入输出功能是和探测点(probe point)一起使用的。探测点可以在程序的任何位置设置。每个探测点都有相应的属性和一个文件相关联。当程序运行到探测点所在代码行时,关联文件中的数据被自动载入或将计算结果自动保存到关联文件中去。Visual DSP++ 则是提供一种 stream 的工具,模拟 DSPs 的 I/O 数据传输,包括串口、链路口、存储器映射 I/O 等。数据传输的一端是模拟的 I/O 端口,另一端是 PC 上的数据文件。

② Simulator 中硬件中断的仿真

同样是在算法调试阶段,由于没有硬件平台,程序不能在目标处理器上运行,虽然能够测得各段程序的运行时间,但整个程序运行的实时性不能得到验证。有的 DSPs 软件开发环境针对这个问题,提供了对硬件中断的模拟,使软件模拟器能够进一步逼真地模拟真实的运行情况。

TI CCS 的硬件中断模拟通过管脚连接(pin connect)工具,把某个中断管脚连接到一个中断描述文件上。这个中断描述文件中设置了中断发生的参数,比如中断发生时刻、中断发生时间间隔。下面就是一个管脚连接的中断描述文件例子:

```
3000 ( + 3000) rpt EOS
```

这个中断描述文件的含义就是,管脚上中断到来的起始时刻是程序运行了 3000 个时钟周期的时候,然后每隔 3000 个时钟周期来一次这个中断。

③ TI 的实时数据交换技术 RTDX

传统上,主机调试器必须通过在应用程序中插入断点,中断应用程序运行才能与目标系统交换数据。这种方法不仅麻烦,而且所得到的数据只是应用程序在高速运行过程中的一个侧面,为故障诊断和系统性能评测等带来许多不便。TI 的 RTDX 技术的创新之处在于,它可以在不中断应用程序进行的前提下,完成主机与目标机之间的实时数据交换。利用 RTDX 技术,就可以在主机上实时地观察从目标机上所获得的连续数据,它是 CCS 实时调试和实时分析功能的物理基础。

RTDX 完成主机与目标机数据交换所使用的是 DSPs 的内部仿真逻辑和 JTAG 接口,它不占用 DSPs 的系统总线、串口等 I/O 资源,所以数据传送可以在应用程序的背景中运行,因而对 DSP 系统的影响很小。

正像现代医学诊断系统能够对病人进行实时的、不间断的观察一样,RTDX 使得设计者能够对 DSPs 程序进行实时连续的监控,更直接地观察到系统的运行,从而能够更容易地发现问题,缩短开发时间。

主机与目标机之间的数据流动是由 CCS 的调试器(debugger)控制的,具体过程如图 3-7 所示。

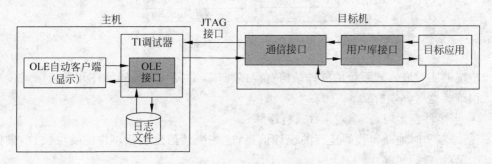

图 3-7　RTDX 数据流

在目标机上,应用程序数据通过 RTDX 的用户库接口和通信接口,经由 JTAG 接口发送到主机调试器,存入文件(log file)。由于主机调试器支持 OLE API,因而任何 OLE Automation Client(如 LabVIEW)都可以访问和显示 log file 内的数据,或通过 OLE 接口向目标机发送数据。

主机向目标机发送数据时,数据从 OLE Automation Client 发送到调试器。接收到数据后,调试器首先对数据进行缓存。只有当接收到目标机上应用程序发送的读数据请求时,数据才通过 JTAG 接口被发送到目标机的通信接口,然后再发送到用户库接口,传给应用程序。

RTDX 是一个很小的函数库。在目标机上,应用程序通过 C 或汇编调用,与 RTDX 的数据库交换数据,然后这些数据库再利用 XDS 仿真器与主机交换数据。在主机上,RTDX 提供的是工业界标准的目标连接和嵌入应用程序接口(object linking and embedding application program interface,OLE API),因而可以方便地与符合 OLE API 标准的第三方可视化软件(如美国国家半导体公司的 LabVIEW)或用户自开发的可视化软件接口,以显示所获得的目标机数据。

3.2.4　实时操作系统(RTOS)

(1) 使用实时操作系统的原因

实时嵌入式系统的软件结构通常采用的是中断驱动的结构,即在中断服务程序 ISR 里放置大部分工作代码,并在中断使能以前,把系统初始化为一个已知的状态。对一个普通的 DSP 应用,这种方法涉及配置 DSPs 本身和 I/O 端口、通信端口和系统定时器等方面。初始化后,程序通常进入一个闲置状态,等待一个系统事件的发生,即一个中断,中断发生后,一个相应的中断服务程序被调用。在中断服务程序完成它的任务后,程序又返回到闲置状态。这个实时系统软件的工作结构如图 3-8 所示。

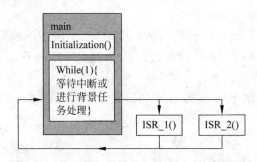

图 3-8　传统的实时嵌入式系统的软件结构

传统的实时嵌入式系统的软件结构有很多弊端,给实时系统的软件开发与调试带来很大困难。这些弊端有:

- 当事件发生时,很难对事件进行跟踪;
- 难以实时地获得代码运行的统计信息,这些统计信息包括事件的发生次数、事件的处理时间等;
- 向实时系统中添加新的任务很困难;
- 难以合理地给多任务分配 CPU 时间。

基于这些弊端,实时嵌入式系统引入实时操作系统(RTOS),采用的软件结构如图 3-9 所示。这种结构的基本设计思想是利用实时操作系统内核的任务调度程序,在硬件中断和用户的应用软件之间提供一个接口,当硬件中断发生后,任务调度程序按照用户设置的优先级,调用不同的应用处理程序(图中所示的 TSK_1、TSK_2)。这种结构的中断服务程序不用完成大量的处理任务,而把真正的处理任务放在其他应用处理程序中,这样设计就把硬件中断和应用软件隔离开来,便于程序员进行软件开发。

RTOS 的引入相当于引入了一种新的管理模式,便于对开发人员、应用程序接口、程序档案进行组织管理。RTOS 的引入,解决了嵌入式软件开发标准化的难题。基于 RTOS 开发出的程序,具有较高的可移植性,实现 90% 以上设备独立,一些成熟的通用程序可以作为专家库函数产品推向社会。嵌入式软件的函数化、产品化能够促进行业交流以及社会分工专业化,减少重复劳动,提高知识创新的效率。

(2) 实时操作系统的一些重要概念

RTOS 是一段嵌入在目标代码中的软件,用户的其他应用程序都建立在 RTOS 之

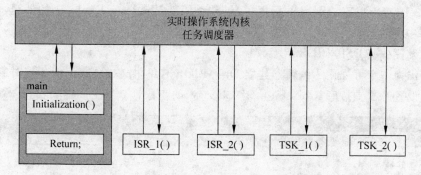

图 3-9　基于实时操作系统的 DSPs 软件结构

上。不但如此,RTOS 还是一个可靠性和可信性很高的实时内核,将 CPU 时间、中断、I/O、定时器等资源都包装起来,留给用户一个标准的 API。

RTOS 最关键的部分是实时多任务内核,它的基本功能包括任务管理、定时器管理、存储器管理、资源管理、事件管理、系统管理、消息管理、队列管理、旗语管理等,这些管理功能是通过内核服务函数形式交给用户调用的,也就是 RTOS 的 API。

RTOS 中最重要的概念就是任务。一个应用程序是由一些任务组成的,每个任务都有它的执行线程,每个任务都是由 C 编写的(在实现上就是一个 C 语言函数),任务间的通信和同步都是靠调用 RTOS 提供的内核服务实现的。举例来说,一个应用程序包括这样一些任务:

- 任务 1：从传感器采集数据。
- 任务 2：做预处理,比如滤波。
- 任务 3：提取关键数据。
- 任务 4：控制用户界面。
- 任务 5：记录结果。

为了完成这些工作,每个任务都需要知道什么时候数据准备好了,需要告诉其他任务它的本身工作完成了(比如,任务 1 需要告诉任务 2 数据准备好了),换句话说它们需要同步(synchronize),RTOS 提供内核服务来允许任务响应中断,也提供内核服务实现任务间的同步、任务间传递消息等。

(3) TI 的 DSPs 软件开发环境 CCS 集成的 RTOS：DSP/BIOS

正是基于对 RTOS 的需求,现代 DSPs 的软件开发环境大都集成了实时操作系统供软件开发人员选择。TI 的 TMS320C5000 和 TMS320C6000 的开发环境 CCS 集成了实时操作系统 DSP/BIOS,它主要是为需要实时调度和同步、主机-目标系统通信和实时监测(Instrumentation)的应用而设计的。DSP/BIOS 由三个部分组成：DSP/BIOS 实时内核和 API、DSP/BIOS 实时分析工具以及 DSP/BIOS 配置工具。

DSP/BIOS API 被划分为多个模块。根据应用程序模块的配置和使用情况的不同,DSP/BIOS 的代码大小从 500 字到 6500 字不等。应用程序通过调用 API 来使用 DSP/BIOS,所有的 DSP/BIOS API 都是按 C 可调用的形式提供的。只要遵从 C 的调用约定,汇编代码也可以调用 DSP/BIOS API。

图 3-10 就是 DSP/BIOS 的配置工具,它类似于 Windows Explorer 的外观,可以执行这样一些功能:

- 设置一些 DSP/BIOS 的参数。
- 作为一个可视化的编辑器建立 DSP/BIOS 对象,如软件中断,任务等对象。
- 设置芯片支持库(Chip Support Library)的参数。

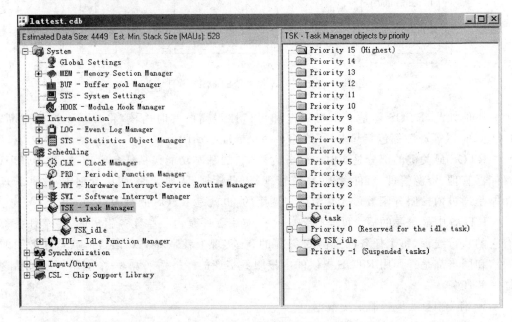

图 3-10　DSP/BIOS 的配置工具

图 3-11 是 DSP/BIOS 的实时分析工具,它辅助 CCS 环境以实现程序的实时调试。可以按可视化的方式观察程序的性能,并且几乎不影响 DSP 程序的运行。

与传统的调试方法不同的是,程序的实时分析要求在目标处理器上运行监测代码。使用 DSP/BIOS API 和对象,可以自动实现对目标处理器的监测、采集实时信息并通过 CCS 分析工具上传到主机。实时分析包括这样一些内容:

- 程序跟踪
- 性能监测
- 文件服务

(4) ADI 的 DSP 软件开发环境 VisualDSP++ 中集成的 RTOS:VDK

与 DSP/BIOS 相似,VDK 同样可以分为实时内核、内核属性设置窗口和实时调试窗口。但是 VDK 比 DSP/BIOS 少了统计分析的功能,所以实时调试中就没有了统计分析的功能。

VDK 的实时内核是整个 VDK 应用程序的基础,主要任务是负责程序流程的调度工作。对于用户代码,内核的可见部分是一组应用程序接口(API)函数。内核的代码在下述情况下得以运行:

- 程序初始化时。
- 进入和退出中断服务程序时。

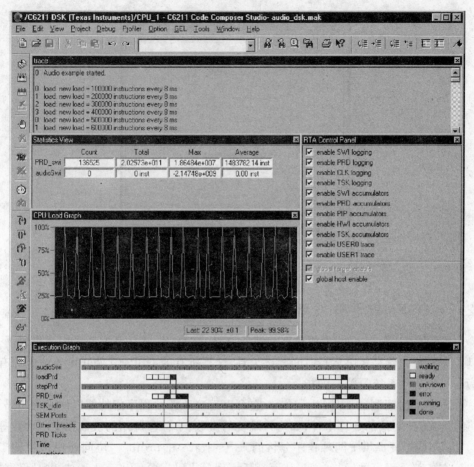

图 3-11　DSP/BIOS 的实时分析工具

- 用户代码调用 API 函数时。

VDK 的内核属性设置窗口如图 3-12 所示。程序员可以在这个窗口中创建或删除各种内核对象，或者修改它们的属性。VisualDSP++自动根据这些设置创建源文件或者修改文件中的类型和变量声明。

VDK 有 3 个实时调试窗口，其功能和 DSP/BIOS 中的相似：

- 历史记录窗口。此窗口根据 VDK 内核的记录循环缓冲区中的数据绘制出内核状态随时间变化的图表，从历史记录图中可以清晰地看出各个线程之间的调度过程，以及其他的内核事件的发生时刻。

- 负荷记录窗口。此窗口的功能是用曲线的方式记录 DSPs 计算负荷随时间的变化。VDK 每个系统节拍估算一次 DSPs 负荷。

- 状态窗口。这也是一个调试窗口，功能是在程序暂停（单步运行或者断点）时显示各个线程的当前状态。相比而言，DSP/BIOS 的状态窗口中显示信息时不需要暂停，其根本原因就是 DSP/BIOS 采用了实时数据交换（RTDX）的技术，使得主机方和目标方的数据传送不打断 DSPs 上软件的运行。

图 3-12   VDK 内核属性设置窗口

3.2.5   DSPs 软件开发环境中的其他工具

为了提高 DSPs 软件开发的效率和性能,现代的 DSPs 软件开发环境中还集成了一些工具。最常用的就是代码运行时间测试工具,这是所有的 DSPs 软件开发环境中都有的,因为时间是实时系统最关心的指标。

CCS 中的时间测试工具叫 profiler,它可以迅速地评估程序的性能以便优化代码。另外,还可以统计其他的处理事件,如执行跳转的次数、子程序调用的次数和中断次数等。

VisualDSP++ 提供了两种程序分析的工具:trace 和 profile。协同使用这两种工具,可以确定各部分程序的运行时间,从而判断哪部分代码需要优化。trace 提供对程序执行指令的跟踪,结果显示程序如何执行到某一地址上,并显示程序的读、写和存储器访问。Profile 用来分析程序运行的时间特征,找到最耗时的程序段。

CCS 和 VisualDSP++ 都提供了一种解释性语言,有相似的功能,CCS 中称为 GEL(General Extension Language),VisualDSP++ 中称为 TCL(Tool Command Language)。

GEL 是一种类似 C 的解释型语言,可以用来扩展 CCS 的功能。用户编写的 GEL 函数可以载到 CCS 中执行。利用 GEL 语言,可以访问目标板存储器空间,给 CCS 添加额外的菜单等。GEL 特别适合于自动测试和定制用户工作空间。用户可以在任何可以输入表达式的地方调用 GEL 函数,也可以在观察窗口中添加 GEL 函数,以在每次遇到断点时自动执行。

TCL 也是一种类似 C 的解释型语言,它是由 UC Berkeley 的研究者开发,可以利用 TCL 脚本,重复运行一系列的调试命令。使用 TCL 还可以对 DSP 系统的应用进行全面的测试。

VisualDSP++ 有一种流水线观察器(Pipeline Viewer),可以观察正在流水的指令和流水的详细细节。

CCS 有一种符号浏览器(Symbol Browser),可以显示加载的目标代码的相关源文件、函数、全局变量、类型和标号，并且可以通过双击源文件和函数名，使窗口跳转到相应的位置。这个工具在写程序和调试时是很有用的。

总之，现代 DSPs 开发环境提供了许多工具，开发者应该掌握它们，提高自己的程序开发效率。

3.3　DSPs 软件开发工具

DSPs 的硬件资源为高性能应用提供了必要条件，但是，要实现代码的高性能，还需要有强大的软件开发工具支持。DSPs 生产厂商一般都提供了性能优良的软件开发工具，为用户提供快捷、规范的、能够充分挖掘 DSPs 硬件资源潜力的手段。在 DSPs 软件开发集成环境出现以后，这些软件开发工具都集成到开发环境中，可以通过开发环境设置和调用软件开发工具，方便开发者的使用。

软件开发工具包含代码产生工具和调试工具，调试工具都集成到 DSPs 软件开发环境中，前面 3.2 节中已经作过介绍，本节主要介绍代码生成工具。基本的 DSPs 代码生成工具有高级语言优化编译器（通常就是优化 C 编译器）、汇编器和连接器，除此之外还有库管理器和用于 ROM 加载的代码生成工具。

现代 DSPs 软件的开发大都是基于 C 语言的，所以生成 DSPs 的可执行代码需要三个步骤：编译→汇编→连接。完成这三步工作的编译器、汇编器和连接器是基本的代码开发工具，它们的选项（option）体现了 DSPs 的特点。另外，当需要 DSPs 程序脱机运行时，需要把 DSPs 应用程序烧结到 ROM 中，所以还需要一套 ROM 代码的生成和写入工具。上述的 4 种代码开发工具也是嵌入式系统代码开发的基本工具。除此之外，还有库管理工具、交叉列表显示工具等，用来提高 DSPs 软件开发和调试的效率。

3.3.1　DSPs 软件开发流程

图 3-13 是 TI 的 TMS320C6000 DSPs 的软件开发流程，该图表示了代码生成工具在软件开发中的位置。图中的圆角黑框表示的就是软件开发工具。TMS320C6000 有一种名为"线性汇编"的特殊汇编程序，所以 TMS320C6000 的软件开发工具中多了一种编译线性汇编程序的代码产生工具——汇编优化器。

从图中可以看出，DSPs 代码的生成一般分为三个步骤，第一步是把 C 程序编译为由汇编语言指令组成的汇编程序；第二步是把汇编程序汇编为二进制的目标文件，目标文件包括实际的可读指令，可以被特定的 DSPs 目标器件识别，但是目标文件是可重定位的，不能由 DSPs 器件直接使用；第三步是通过一个连接器程序把各个目标文件连接生成 DSPs 可执行的目标代码模块。连接器的一个功能就是解决存储器分配问题，使所有在最终形成执行程序的指令都有一个特定的存储器地址。

可执行的目标代码模块生成后，有多种方式加载到 DSPs 的存储器中运行。如果目标 DSPs 在厂家的开发板上，如 TMS320C54x EVM 或 TMS320C54x DSK，那么通常也会提供一个简单的下载器程序。用户可以通过下载器指定下载到 DSPs 的目标文件、程序的开始地址和开始命令。如果是用户自己开发的板子，程序代码通常通过 JTAG 口下

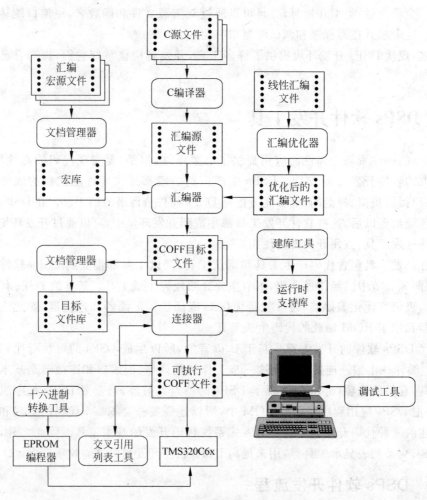

图 3-13　TI 的 C6000 DSPs 软件开发流程和工具

载到目标板上运行和调试。如果希望目标代码被存储在 ROM 中,并形成一个完全自举的系统,不需要主机的引导,就需要一个十六进制转换程序,用来把目标文件转换成可以加载到 ROM 编辑器的标准的 ASCII 十六进制格式。ADI 的 SHARC DSPs 还有一种链路口(LINK 口)加载的方法,可以用其他处理器通过 LINK 口向 SHARC 中写数据,实现程序的加载。

3.3.2　优化编译器

早期开发 DSPs 都使用汇编语言,而没有高级语言编译器。随着 DSPs 软件的复杂化,直接编写汇编程序的工作量变得越来越大,且汇编程序的可读性和可维护性差,所以 DSPs 的编程语言逐渐向高级语言过渡。把高级语言程序翻译为汇编程序的就是编译器。但是,因为 DSPs 有特殊的体系结构,使用汇编语言直接编写的程序的效率往往高出高级语言程序许多倍。不过,随着编译器技术的提高,DSPs 编译器的优化功能不断增强,由高级语言编写的 DSPs 的程序的效率大大提高,比如 C6000 的 C 优化编译器的效率就达到 60%～70%。

　　DSPs 软件的效率是指软件能否在时间和空间上有效地使用 DSPs 的内部资源。具体地讲,就是如何利用 DSPs 的运算单元、程序控制器、总线、内存、Cache、I/O 口等资源,以提高运算速度及节省存储空间。

　　提高高级语言编译器的优化效率可以从两个方面努力:编译器的设计和用户所编写高级语言程序的结构。编译器的设计上,尽量考虑 DSPs 的特殊系统结构,使数据的输入输出并行,且能够在同一个周期中使多个功能单元(运算单元)同时工作,即编排并行指令。另外,还要分析程序,多使用效率高的特殊 DSPs 指令,比如 C6400 的点积运算指令和求极值运算指令。用户编写程序常用的技巧有:在算法实现上,尽量多使用循环,在每个循环中安排重复的运算;在循环中去掉分支跳转和判断语句;考虑数据的输入输出对 I/O 瓶颈的压力;充分利用指令流水;根据存储器特征,合理分配存储器指针。总之,为了生成高效率的 DSPs 代码,上述两个方面都是为了充分利用 DSPs 的硬件特性,使数据的流动和数据的运算并行流水起来。作为优化程序的 DSPs 硬件特性,通常包括多总线、多运算单元、多数据链路、指令并行(超长指令字)和指令流水。

　　在 DSPs 应用开发中,使用最广泛的高级语言是 ANSI C。C 编译器把 C 程序转换成实现同等功能的汇编程序,然后对所有汇编程序进行汇编和连接。由 C 程序生成的汇编程序要工作在已知的汇编语言环境中,需要满足这个环境的一系列约定,比如,变量和系统堆栈分配到已定义好的存储器区域,函数调用时的变量传递约定一致。DSPs 复位时,还必须存在一种能初始化 C 环境的方法,主要包括栈指针的初始化和已设置值的全局变量的初始化。还有一个重要问题是调试环境:它必须能执行 C 源程序调试,即用户必须能够调试 C 程序并使对 C 程序的操作(如单步执行)通过软件仿真器或在线硬件仿真器在目标 DSPs 上运行,即这些技术工作在汇编级。TMS320C6000 的优化编译器生成的汇编程序使用".line"标识汇编代码和 C 源程序的对应关系,这样就便于 C 和汇编代码的混合显示和调试。

　　下面以 TMS320C6000 的 C 编译器和汇编优化器为例,介绍 DSPs 优化编译器的组成和功能。

　　TMS320C6000 C 编译器对符合 ANSI 标准的 C 代码进行编译,生成 TMS320C6000 汇编代码。如图 3-14 所示,C 编译器内分为语法分析器(parser)、C 优化器(optimizer)和代码产生器(code generator)三部分。

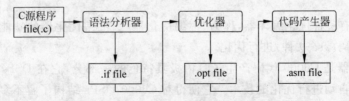

图 3-14　TMS320C6000 的 C 编译器编译过程

　　(1) 语法分析器(parser),可执行文件为 acp6x.exe

　　语法分析器的功能是对 C 代码进行预处理,进行语法检查,然后产生一个中间文件

(. if)作为 C 优化器或代码产生器的输入。语法分析器还对宏、文件包含(♯include)、条件编译等进行处理。

(2) C 优化器(optimizer),可执行文件为 opt6x. exe

C 优化器对语法分析器所输出的.if 文件进行优化,目的是缩短代码长度和提高代码执行速度,并生成.opt 文件。所进行的优化包括针对 C 代码的一般优化和针对 TMS320C6000 的优化,如重新安排语句和表达式、把变量分配给寄存器、打开循环、模块级优化(若干个文件组成一个模块进行优化)等。

(3) 代码产生器(code generator),可执行文件为 cg6x. exe

代码产生器利用语法分析器和 C 优化器产生的中间文件,生成 TMS320C6000 汇编代码(. asm)作为输出。代码产生器也可以直接对中间文件(. if)处理以产生汇编代码。

C 代码的优化在语法分析之后和代码产生之前进行。它采用编译器的优化器选项启动,具有 4 个不同的优化级别,分别对应选项-o0、-o1、-o2、-o3。-o2 是默认的优化级别。表 3-6 是对 4 个优化选项的具体说明。

表 3-6　C 编译器的优化选项

优化选项	作　　用	优化级别
-o0	优化寄存器的使用	低
-o1	本地优化	
-o2 或-o	全局优化	高
-o3	文件级优化	

除了由 C 优化器完成的优化外,C 编译器的代码产生器也完成一些优化工作。这些优化不受优化选项的影响。

C 优化器所完成的最重要的优化处理是软件流水(software pipeline)。从-o2 开始优化器对软件循环地进行软件流水处理。软件流水是专门针对循环代码的一种优化技术,利用软件流水可以生成非常紧凑的循环代码,这也是 C6000 的 C 编译器能够达到较高编译效率的主要原因。

在默认情况下,C6000 的 C 优化器是对每个 C 文件分别进行优化的。在某些情况下,如果能够在整个程序范围内进行优化,则优化器的优化效率还可能提高。此时可以在编译选项内加入-pm,它的作用是把一个程序所包含的所有 C 文件合成一个模块进行优化处理。

C6000 还有一种优化编译器,称为"汇编优化器"。汇编优化器的功能是对用户编写的线性汇编代码(. sa 文件)进行优化。

汇编优化器是 C6000 代码产生工具内极具特色的一部分,它在 DSPs 业界首创了对线性汇编代码自动进行优化的技术。它使得对 C6000 DSPs 结构了解不多的用户也能够方便地开发高度并行的 C6000 代码,使得用户在充分利用 VLIW 结构 C6000 DSPs 强大处理能力的同时大大缩短开发周期。

汇编优化器接收用户编写的线性汇编代码作为输入,产生一个标准汇编代码. asm 文件,作为汇编器的输入。

对于性能要求很高的应用,用户需要用线性汇编对关键的 C 代码进行改写,然后采用汇编优化器进行优化,以最大限度地提高代码效率。这个过程的关键是首先使用调试工具的性能分析工具(Profiler)找出需要进行优化的关键代码段。

线性汇编语言是为了简化 C6000 汇编语言程序的开发而设计的,它不是一个独立的编程语言。与 C6000 标准汇编语言相比,采用线性汇编语言进行编程不需要考虑以下因素:

- 并行指令安排
- 指令延迟
- 寄存器使用

以上工作由汇编优化器自动完成,而且所产生的代码效率可以达到人工编写代码效率的 95%～100%,并可以降低编程工作量,缩短开发周期。

DSPs 软件的优化,是 DSPs 学习的重点和难点,将在后面 3.4 节中进行论述。

3.3.3　汇编器

汇编器产生可重新分配地址的机器语言目标文件,汇编器将汇编程序分段(比如代码段和数据段),并为每个段提供一个段程序计数器(SPC)。另外,汇编器还对全局变量进行说明。汇编器的输入文件可以是编译器输出的汇编文件,也可以是用户自己写的汇编源文件,还可以是由文档管理器生成的宏库。

汇编代码内除了机器指令外,还可以有汇编伪指令(assembler directive)。汇编伪指令用于给汇编器提供相关的汇编信息,以控制汇编的过程。这些汇编信息包括有宏定义和宏扩展、控制代码段和数据段的内容、预留数据空间、数据初始化、控制优化过程、符号调试等。汇编器还可以为汇编文件生成一个列表文件(listing file),列表文件可以提供生成代码的一些有用的信息,帮助验证代码的正确性(validity)。列表文件显示汇编源文件中的语句和其对应的目标代码(及二进制机器码)。这些目标代码可以重新定位,通过连接器连接程序,会修改需要重新定位的目标代码。

图 3-15 是 C6000 的一个汇编列表文件。图中有 4 个信息栏(field),各栏的信息如下:

第一栏(Field 1):包含三种信息。第一种是汇编源程序语句的行号,如图 Field 1 中靠右边一列。它是用一个十进制的数字来表示源程序语句在汇编源文件中的行号。第二种是包含文件字符,如图 Field 1 中的字符 A,它表示这一行的内容是从其他文件中包含进来,图中被包含的文件为 mpy32.inc,这个文件被汇编器标识为字母 A。第三种是嵌套层数,如图 Field 1 中的数字 1,它表示的是宏扩展或循环块的级数,图中的"1"表示宏mpy32 展开一次。

第二栏(Field 2):段程序计数器(SPC)的值。程序的各部分可以分成不同的段,例如,把子程序、数据或主程序放到不同的段,从而分配到存储器中不同的位置。所以,就需要跟踪每个汇编文件中各种段的行号,给后面的连接器提供连接信息。所有段(.text,.data,.bss 和命名段)都各自有一个十六进制的 SPC 值。这个程序有.bss 和.text 两个段。汇编伪指令.bss 在第 4 行定义,这个段的 SPC 被初始化为 00000000。同样.text 段

包含文件
字符　嵌套层数　　行号

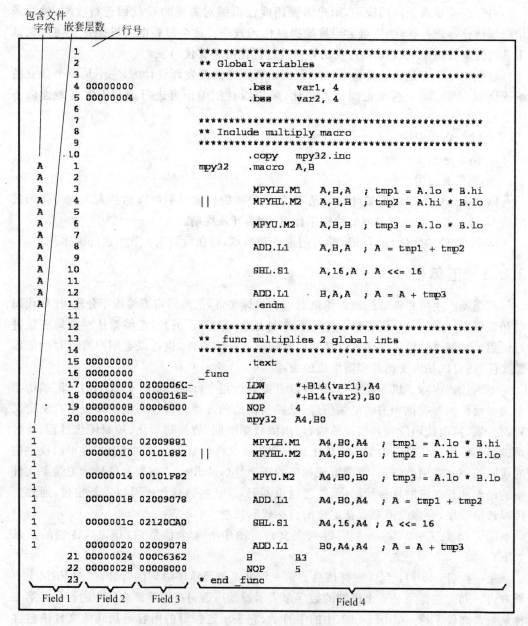

```
 1                          ******************************************
 2                          ** Global variables
 3                          ******************************************
 4  00000000                       .bss    var1, 4
 5  00000004                       .bss    var2, 4
 6
 7                          ******************************************
 8                          ** Include multiply macro
 9                          ******************************************
.10                                 .copy   mpy32.inc
A    1              mpy32          .macro  A,B
A    2
A    3                                     MPYLH.M1  A,B,A  ; tmp1 = A.lo * B.hi
A    4              ||                     MPYHL.M2  A,B,B  ; tmp2 = A.hi * B.lo
A    5
A    6                                     MPYU.M2   A,B,B  ; tmp3 = A.lo * B.lo
A    7
A    8                                     ADD.L1    A,B,A  ; A = tmp1 + tmp2
A    9
A   10                                     SHL.S1    A,16,A ; A <<= 16
A   11
A   12                                     ADD.L1    B,A,A  ; A = A + tmp3
A   13                                     .endm
    11
    12                          ******************************************
    13                          ** _func multiplies 2 global ints
    14                          ******************************************
    15 00000000                       .text
    16 00000000         _func
    17 00000000 0200006C-            LDW   *+B14{var1},A4
    18 00000004 0000016E-            LDW   *+B14{var2},B0
    19 00000008 00006000            NOP   4
    20 0000000c            mpy32   A4,B0
 1
 1    0000000c 02009881             MPYLH.M1  A4,B0,A4  ; tmp1 = A.lo * B.hi
 1    00000010 00101882  ||         MPYHL.M2  A4,B0,B0  ; tmp2 = A.hi * B.lo
 1
 1    00000014 00101F82             MPYU.M2   A4,B0,B0  ; tmp3 = A.lo * B.lo
 1
 1    00000018 02009078             ADD.L1    A4,B0,A4  ; A = tmp1 + tmp2
 1
 1    0000001c 02120CA0             SHL.S1    A4,16,A4  ; A <<= 16
 1
 1    00000020 02009078             ADD.L1    B0,A4,A4  ; A = A + tmp3
    21 00000024 000C6362            B     B3
    22 00000028 00008000            NOP   5
    23                     * end _func
```

Field 1　　Field 2　　Field 3　　　　　　　　　　　Field 4

图 3-15　C6000 的一个汇编列表文件

在第 15 行被初始化。这里 .text 段的 SPC 值也被初始化为 00000000。这个程序中，
.bss 段的 SPC 值计到 4，.text 段的 SPC 值计到 0x00000028。有些汇编伪指令对 SPC 值
不影响，此时这部分为空格。例如第 10 行的 .copy 伪指令。

　　第三栏（Field 3）：目标代码。就是 DSPs 的二进制机器代码，在列表文件的第三栏用
十六进制形式表示。例如 NOP 4 命令的机器语言码是 0x00000008，见图中的第 19 行。
这部分也包括可重定位信息，在连接器中将用到该信息。列表文件含有目标文件内的信息，
这个目标文件有尚未解决的存储器地址分配问题，即它是可重定位的。例如，有一条

TMS320C6000 的指令为 mvkl _c_int00,b0,其中的_c_int00 为一个函数名(表示函数的地址),在汇编后生成的列表文件中,该行的内容为:

```
41 00000000 0000002A!        mvkl _c_int00,b0;
```

其中 0000002A 就是该指令生成的可重定位的目标代码,其后跟有符号"!",表示该语句中有未定义的外部参考(_c_int00)。连接器连接后,最终生成的可执行目标文件中,对应于该条指令的二进制机器码为 0x0004202A。这是因为连接程序把函数_c_int00 放到存储器 0x00000840 的位置,而 mvkl 的指令字格式如图 3-16 所示。

31	29 28	27	23 22		7 6	0
creg	z	dst		cst	0 1 0 1 0	s p

图 3-16 指令 mvkl 的指令格式

当把 0x0840 这 16 位的源常数放入指令 mvkl 指令字的第 7～22 位后,就形成了该指令的机器码 0x0004202A。TMS320C6000 的汇编列表文件中的可重定位符号如表 3-7 所示。

表 3-7 汇编器的重定位符号

重定位符号	所表示含义	重定位符号	所表示含义
!	未定义的外部参考	"	.data 段中可重定位
,	.text 段中可重定位	—	.bss 和 .usect 段中可重定位
+	.sect 段中可重定位	%	重定位表达式

第四栏(Field 4):源程序语句区域。这一部分包含汇编源程序语句。

列表文件的开头会显示汇编器版本信息、汇编列表文件生成时间和汇编源文件名等信息。汇编的错误和警告信息在对应的汇编语句的下一行显示,列表文件的末尾还将报告错误和警告信息的个数。

3.3.4 连接器

连接器的作用是将汇编器输出的多个目标文件(代码和数据的地址可重定位)中的同名段合并,然后根据用户的连接文件给各个段分配地址,生成一个单一的已连接的目标代码模块。把程序和数据的实际地址分配放在连接阶段集中进行,不仅更方便,更容易修改,并且也有利于程序在不同系统之间的移植,这一点正体现了模块化的设计思想。

从上节汇编器的例子中可以看到,汇编器生成的目标文件中,对存储器访问的地址是相对地址,而不是绝对地址。要想成功地连接一个目标文件,必须要指明目标 DSPs 器件和系统的存储器分布图。存储器分布图定义了有多少存储器空间可以使用,它们位于哪儿,也就是存储器地址。每个 DSPs 的应用程序都有一个连接文件,连接文件主要是描述存储器的分布和各个段分配到存储器中的情况,连接文件中还可以有输入文件名、输出文件和连接器选项等信息。TMS320C6000 和 TMS320C5000 的连接文件是 .cmd 文件,SHARC 的连接文件是 .ldf 文件。需要注意,连接器和连接文件的使用是 DSPs 程序开发过程中很重要的内容,也是初学者很容易混淆和出错的地方。

下面给出了一个 TMS320C6201 的连接文件。

```
/ ****************************************************************************** /
/ * lnk. cmd v4.10                                                           * /
/ * Copyright (c) 1996 - 2001 Texas Instruments Incorporated                 * /
/ ****************************************************************************** /
- c                                        / * Run - time Autoinitialization * /
- heap 0x2000                              / * heap size is 8K * /
- stack 0x4000                             / * stack size is 16K * /
- m   prog. map

/ * Memory Map 1 - the default * /
MEMORY
{
    PMEM: o = 00000000h l = 00010000h     / * C6201 internal program memory,64KB * /
    SBSRAM: o = 03000000h l = 00080000h   / * 128K * 32bits SBSRAM at CE3 * /
    BMEM: o = 80000000h l = 00010000h     / * C6201 internal data memory,64KB * /
}
SECTIONS
{
    . vec      >      PMEM
    . text     >      PMEM
    . stack    >      BMEM
    . bss      >      BMEM
    . cinit    >      BMEM
    . cio      >      BMEM
    . const    >      BMEM
    . data     >      BMEM
    . switch   >      BMEM
    . system   >      BMEM
    . far      >      SBSRAM
    sect_sb    >      SBSRAM            / * 使用 # pragma DATA_SECTION 设置的段 * /
}
```

在上述连接器文件内,连接器伪指令 MEMORY 把用户系统的存储器空间定义成 3 个区域。连接器伪指令 SECTIONS 把用户目标文件的各个代码段和数据段分配到上述存储区域。如果用户的存储器配置有变化,只要在连接器伪指令 MEMORY 内说明即可。各个代码段或数据段的具体地址也可以很方便地在连接器伪指令 SECTIONS 内修改。

最简单的 MEMORY 和 SECTIONS 语法是这样的:

```
MEMORY
{
    存储器空间名:      0 = 十六进制存储器起始地址      l = 十六进制存储器长度
}
SECTIONS
{
    段名    >     存储器空间名
}
```

在 SECTIONS 说明中,把 .far 段(用 far 关键字声明的全局变量和数组)放在了外部 MEMORY 空间 SBSRAM,把由 ♯pragma DATA_SECTION 定义的用户自定义段也放在了 SBSRAM。另外,在文件的前面用－c 参数指定运行时初始化全局/静态变量(关于 C 环境和全局变量初始化的内容将在后面介绍)。使用－stack 和－heap 设置了栈和堆的大小。

　　－m 选项指定连接器在连接完成后,要输出的存储器映像文件,该文件的扩展名为 .map。存储器映像文件详细说明了存储器的使用情况,在调试中是非常有用的,它主要包括三个部分:存储器配置、段分配图和全局符号(全局变量、函数和段名)绝对地址。存储器配置中有存储器块名、存储器块的起始地址和长度、存储器块已使用字节数、存储器块属性和初始化时存储器块的填充值。段分配图中有输出的段名字、页号、段的起始地址、段长度、输入段的目标文件等信息。这两部分的内容如图 3-17 所示。全局符号用两种方法排列:以符号的字母为序和以符号的地址为序,见图 3-18。

```
MEMORY CONFIGURATION

                name            origin      length      used        attr    fill
                -----------     --------    ---------   --------    ----    --------
        IPRAM                   00000000    00010000    00000980    RWIX
        IDRAM                   80000000    00010000    000005d8    RWIX


SECTION ALLOCATION MAP

 output                                         attributes/
 section    page    origin       length         input sections
 -------    ----    ---------    ---------       ----------------
.vectors    0       00000000     00000200
                    00000000     00000200        vectors.obj (.vectors)


.text       0       00000200     00000780
                    00000200     00000260        rts6200.lib : memcpy.obj (.text)
                    00000460     00000000        vectors.obj (.text)
                    00000460     00000240        rts6200.lib : exit.obj (.text)
                    000006a0     00000100                    : autoinit.obj (.text)
                    000007a0     000000c0        hello.obj (.text)
                    00000860     000000a0        rts6200.lib : boot.obj (.text)
                    00000900     00000040        kk1_bak.obj (.text)
                    00000940     00000040        rts6200.lib : _lock.obj (.text)
```

图 3-17　一个 TMS320C6201 的应用程序的 .map 文件(部分内容)

```
        GLOBAL SYMBOLS: SORTED BY Symbol Address
        address     name
        --------    ----
        00000000    edata
        00000000    ___data__
        00000000    ___edata__
        00000000    .data
        00000200    .text
        00000200    __text__
        00000200    _memcpy
        00000400    __STACK_SIZE
        00000460    _exit
        ...
```

图 3-18　一个 TMS320C6201 的应用程序的 .map 文件的全局符号(部分)

3.3.5　其他软件工具

除了上述的高级语言优化编译器、汇编器和连接器之外，DSPs 代码生成工具还包括库管理工具、ROM 加载的代码生成工具等。

（1）库管理工具

使用库管理工具可以方便地管理一组文件，这些文件可以是源文件或目标文件。文档管理器把这组文件放入一个称为库的文档文件内，每个文件称为一个库成员。利用文档管理器，可以方便地删除、替换、提取或增添库成员。根据库成员的种类（源文件或目标文件），库管理工具所管理的库称为宏库或目标库。宏库可以作为汇编器的输入，目标库可以作为连接器的输入。

例如，在 TMS320C6000 的软件开发中，使用文档管理器（archiver）ar6x.exe 实现库管理的功能。如果想建立一个自己的数学库 function.lib，其中包含几个数学函数的目标代码，可以运行这样的命令：ar6x -a function sine.obj cos.obj flt.obj。

然后，archiver 就会输出这样的信息：

```
TMS320C6x Archiver Version x.xx
Copyright (c) 1996-1997 Texas Instruments Incorporated
==> new archive ´function.lib´
==> building archive ´function.lib´
```

你的数学库就建成了。如果要添加一个数学函数的目标代码 atan.obj 到该库中，则运行命令：ar6x -a function atan.obj 即可完成。如果要从库中删除一个目标代码 sine.obj，则运行命令：ar6x -d function sine.obj 即可完成。其他操作通过设置相应的命令选项完成。

C6000 的代码产生工具里，另外还有一个建库工具 mk6x.exe。这个工具的目的是使用户可以按照自己的编译选项生成符合用户系统要求的 ANSI C 运行支持库，对 TI 提供的 ANSI C 的源码 rts.src 重新编译。

（2）ROM 加载的代码生成工具

嵌入式系统要求将调试成功的程序固化在目标板系统的 EPROM 内，因此需要用编程器对用户系统的 EPROM 进行编程。由于一般的编程器不支持 DSPs 目标文件的格式，因此 DSPs 厂商提供了一套 ROM 加载的代码生成工具，以实现 DSPs 的目标文件格式转化为编程器支持的格式，然后烧入到 EPROM 中。在 VisualDSP++ 中，生成 EPROM 加载的映像文件比较容易，只需要在项目选项中设置输出文件类型为"加载文件（loader file）"，然后在加载属性页中设置输出的.ldr 文件的名称、引导类型和文件格式等选项，这时再编译生成的文件就是可直接烧入 EPROM 的.ldr 文件。

选用 EPROM 作为加载程序的存储器是比较流行的方式。但有时需要修改 EPROM 中的程序或数据，就不得不将 EPROM 从系统中拔出来，利用紫外线擦除，然后重新烧写，这样整个操作过程都比较麻烦和耗时。因此，利用 FLASH 存储器，在系统内进行编程，更新程序代码是一个很好的方法。FLASH 存储器可以掉电后保留数据；并且修改数据的时候直接在线写入，不必把 FLASH 芯片从系统中拔出。

　　TI DSPs 的目标文件采用公共目标文件格式(common object file format,COFF)。COFF 格式是 AT&T 开发的基于 UNIX 的一种文件格式,程序中的代码和数据在 COFF 文件中以段的形式组织,目标文件采用 COFF 格式更利于模块化编程,为管理代码段和目标系统的存储器提供了有力的、灵活的方法。基于 COFF 格式编写汇编语言或高级语言程序时,不必为程序代码或变量指定目标地址,这为程序的编写和移植提供很大的方便。但是,大多数 EPROM 和 FLASH 的格式不能和 COFF 目标文件兼容。为了把目标代码放到 EPROM 或 FLASH 中,COFF 目标文件应转换成与之兼容的格式。十六进制转换程序就是用来把 COFF 目标文件转换成可以加载到 EPROM 编程器或写入到 FLASH 的标准的 ASCII 十六进制格式文件。这个转换工具的一个重要作用是,它能把输出文件转换成适合不同存储器类型的格式。下面讲述 COFF 文件格式和十六进制转换工具的使用。

　　图 3-19 是 COFF 文件的结构。COFF 文件是由文件头(file header)、可选文件头 (optional file header)、段头(section header)、原始数据(raw data)、重分配信息 (relocation information)、行号表(line-number entries)、符号表(symbol table)、字符串表 (string table)等数据结构组成的。其中,可选文件头只有在可执行的 COFF 文件中才有,但是可执行的 COFF 文件不包含重分配信息。另外,行号表(line-number entries)、符号表(symbol table)、字符串表是支持符号调试的信息,只有当 COFF 文件支持符号调试时,才有这三种信息。

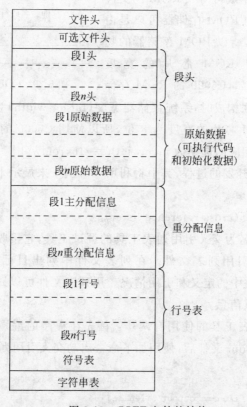

图 3-19　COFF 文件的结构

图 3-20 是一个 COFF 目标文件的例子,该目标文件含有重分配信息,是不可执行的。这个 COFF 目标文件包含三个默认段:. text、. data、. bss,此外,还有其他的若干个命名段(<named>)。图中可以看到,未初始化段. bss 有段头信息,但是没有原始数据、重分配信息和行号表,这是因为. bss 伪指令只为未初始化的数据保留存储空间,未初始化段不含有实际的数据。

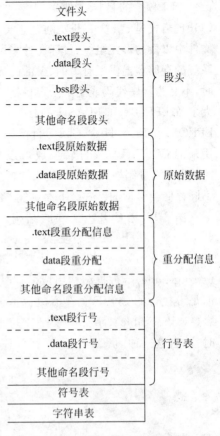

图 3-20　COFF 目标文件的例子

十六进制转换工具根据可执行 COFF 文件中的段头信息(比如段物理地址和段加载地址)和设置的工具选项,用初始化段的原始数据生成目标处理器的存储器的一个映像文件,然后把映像文件写入到 EPROM 或 FLASH 中。在 DSPs 复位的时候,系统将 DSPs 的 ROM 中的数据通过 DMA 复制到片内存储器中,然后把程序指针调整到程序的复位中断程序的第一条指令,开始执行程序。

十六进制转换工具在生成可写入 ROM 的文件的时候,需要注意系统中的 ROM 存储器可以是由多片 ROM 芯片并列构成,所以 ROM 存储器的物理宽度(memwidth)和 ROM 芯片的宽度(romwidth)是不同的。比如,C6000 的 ROM 存储器由两片 8 位的 ROM 并联构成时,系统存储器宽度(target width)为 32 位,而 ROM 存储器的宽度为 16 位,ROM 芯片的宽度为 8 位,所以使用 C6000 的十六进制转换工具 hex6x. exe 时设置的两个相应的选项为 memwidth = 16,romwidth = 8。在 3.3.6 节中将介绍一个 C6000 的应用开发的过程,其中将利用一个例子来展示十六进制转换工具和 ROM 的写入过程。

(3) 交叉引用列表工具(cross-reference lister)。

TI DSPs 提供了一种名为交叉引用列表工具的调试工具,它接收已连接的目标文件作为输入,产生一个交叉引用列表文件。在列表文件中列出目标文件中所有的符号(symbol),以及它们在文件中的定义和引用情况。用列表文件可以跟踪变量的可能被修改的位置,为定位 bug 提供信息。

C6000 的交叉引用列表工具的使用有两步:首先在程序的编译器命令里使用选项 −k;其次,生成可执行的. out 文件后,使用如下命令启动交叉引用列表工具,生成. xrf 列表文件:

```
xref6x[options] [input filename[output filename]]
```

图 3-21 是一个交叉列表文件的例子,图中只显示了文件的一部分。

```
==================================================================================

Symbol: _iFFTdot

Filename          RTYP      AsmVal       LnkVal        DefLn      RefLn      RefLn      RefLn

dboard.asm        EDEF      -0000000c    8000a00c      56          55         57        11394
                                                                  12593      12696      12808
                                                                  12890

ad_track.asm      EREF      00000000     8000a00c                  116        511        532
                                                                   746       1103       1124
                                                                  1319

ad_search.asm     EREF      00000000     8000a00c                   98        436        629
                                                                   964       1510

ad_gridp.asm      EREF      00000000     8000a00c                  497       1280

==================================================================================

Symbol: _iFFTdot_ModShoot

Filename          RTYP      AsmVal       LnkVal        DefLn      RefLn      RefLn      RefLn

adboard.asm       EDEF      -00000144    8000a144      286         285        287

==================================================================================
```

图 3-21　交叉列表文件的一个例子（部分）

其中各项的含义见表 3-8。

表 3-8　交叉引用列表文件中各项的含义

选项名称	含　义
Symbol	标号名。比如图中的_iFFTdot，它是 C 的全局变量 iFFTdot 在汇编后加下划线生成的标号
Filename	标号出现的文件名
RTYP	该文件中标号的类型。EDEF 表示标号在该文件中定义，EREF 表示标号在该文件中引用
AsmVal	标号在汇编时分配的段偏移地址（十六进制）
LnkVal	标号在连接后分配的绝对地址（十六进制）
DefLn	标号在汇编文件中定义的行号
RefLn	标号在汇编文件中引用的行号

3.3.6　TMS320C6000 代码生成工具的应用

本节以一个基于 TMS320C6202 的 DSPs 系统的应用程序开发过程为例，介绍代码开发工具的使用，其中以连接器和连接文件、十六进制转换工具和 ROM 的写入过程为重点。

这个系统中 C6202 的 EMIF 上有 1MB 的 SBSRAM 和 64KB 的 FLASH，这个应用是基于 C 语言开发的，在通过 JTAG 调试程序时，其连接器文件 app.cmd 如下：

```
-o app.out        /* 输出的可执行的 COFF 文件名 */
```

```
- m app.map          /* 输出连接后的存储器 map 文件 */
MEMORY
{
  IPRAM    :   o = 0x0          l = 0x40000      /* 片内程序存储器,256KB */
  IDRAM    :   o = 0x80000000   l = 0x20000      /* 片内数据存储器,128KB */
  SBSRAM   :   o = 0x00400000   l = 0x100000     /* CE0 的 SBSRAM,1MB */
  FLASH    :   o = 0x01400000   l = 0x10000      /* CE1 的 FLASH,64KB */
}
SECTIONS
{
        .vec      >  IPRAM
        .text     >  IPRAM
        .data     >  IDRAM
        .bss      >  IDRAM
        .cinit    >  IDRAM
        .far      >  IDRAM
        .stack    >  IDRAM
        .cio      >  IDRAM
        .system   >  IDRAM
        sec_sbs   >  SBSRAM
}
```

调试阶段的连接文件比较简单,把代码段放入片内程序存储器,数据段放入片内数据存储器即可。另外还声明了一个 sec_sbs 数据段,可以把一些变量和数组放入这个段,然后通过连接器分配存储空间到 SBSRAM 中。调试阶段生成的 COFF 文件 app.out 通过 JTAG 加载到目标 DSPs 中。

在调试完成后,把最终的代码烧入 FLASH,首先需要修改连接文件为 app_rom.cmd,修改后的连接文件内容如下:

```
- o app_rom.out      /* 输出的可烧入到 FLASH 的 COFF 文件名 */
- m app_rom.map      /* 输出连接后的存储器映像文件 */
- c                  /* 运行时初始化 */
MEMORY
{
  IPRAM    :   o = 0x0          l = 0x40000      /* 片内程序存储器,256KB */
  IDRAM    :   o = 0x80000000   l = 0x20000      /* 片内数据存储器,128KB */
  SBSRAM   :   o = 0x00400000   l = 0x100000     /* CE0 的 SBSRAM,1MB */
  FLASH    :   o = 0x01400000   l = 0x10000      /* CE1 的 FLASH,64KB */
}
SECTIONS
{
  .vec    :load = FLASH,run = IPRAM    /* FLASH 中加载 */
  .text   :load = FLASH,run = IPRAM
  .data   >  IDRAM
  .bss    >  IDRAM
  .cinit  :    load = FLASH
  .far    >  IDRAM
  .stack  >  IDRAM
```

```
        .cio    > IDRAM
        .sysmem > IDRAM
        sec_sbs > SBSRAM
}
```

从 app_rom. cmd 的内容可以看到, 主要修改的是在 SECTIONS 伪指令中, 通过 load 命令设置代码段(. vec 和. text) 和初始化数据段(. cinit) 是从 FLASH 中加载的, 且通过 run 命令指定代码段(. vec 和. text) 的运行位置在片内存储器(IPRAM)。这样, 连接器就会为代码段分配两次。另外, FLASH 加载时, 需要在运行时初始化变量, 把. cinit 段中的值写到初始化变量的存储器位置, 所以用一 c 连接选项。

接下来, 使用十六进制转换工具 hex6x. exe 把 COFF 文件 app_rom. out 转化为可烧入到 FLASH 的 ASII C 文件, 运行 hex6x. exe buildrom. cmd 命令, 其中 buildrom. cmd 文件包含所需的 hex6x. exe 的选项, 包括输入文件、输出文件、FLASH 地址范围、FLASH 数据宽度等内容:

```
E:\app_rom.out              /＊输入文件名＊/
- a                         /＊输出文件为 ASII C 格式＊/
- map buildrom.map          /＊输出存储器 map 文件＊/
- byte                      /＊输出文件地址以字节表示＊/
- image                     /＊输出文件是目标 DSPs 存储器的完整映像＊/
- zero                      /＊使用 - image 时,输出的地址起始调整为 0＊/
- memwidth 8                /＊FLASH 系统为 8 位宽＊/
- romwidth 8                /＊FLASH 芯片为 8 位宽＊/
- order L                   /＊输出文件是小端位(little endian)格式＊/
- fill 0x55555555           /＊输出文件的空白区填写 0x55555555＊/


ROMS
{   /＊把输入文件中加载地址在 0x01400000～0x01410000 的段数据合并生成烧结文件＊/
    EPROM: org = 0x01400000,length = 0x10000
    files = {E:\app_rom.asc}       /＊输出文件名＊/
}
```

然后, 把 ASCII 文件转化为相应的二进制数据文件 app_rom. bin, 整个文件的大小就是 FLASH 的容量大小(64KB), 最后编写可以在 TMS320C6202 上的运行的一个用于把 app_rom. bin 写入 FLASH 的程序。写入 FLASH 要分五步:

- 第一步: 用 fopen 方式把 app_rom. bin 文件打开。
- 第二步: 用 fread 从文件中读入一个扇区的内容, 写入 FLASH, 注意 FLASH 写入时要满足 FLASH 的编程算法, 在写每个扇区之前, 要写三个数到存储器的指定位置。
- 第三步: 写完一个扇区后, 要查询这个扇区的最后一个字节是否写得正确, 如果不正确, 要重新写一次。
- 第四步: 重复第二步和第三步, 直到写完。
- 第五步: 关闭文件。

关键代码内容如下:

```
fp = fopen("app_rom.bin","rb");
for(I = 0; I < SECTOR_NUM; I++)
{
    size = fread((void *)sector_buf,SECTOR_SIZE,1,fp);
    assert( size == 1 );
    //FLASH 的编程时序
    pFLASH[0x5555] = 0xaa;              /* pFLASH = 0x01400000 */
    pFLASH [0x2aaa] = 0x55;
    pFLASH [0x5555] = 0xa0;
    //写扇区 I
    for(j = 0; j < SECTOR_SIZE; j++)
        pFLASH [I * SECTOR_SIZE + j] = sector_buf[j];

    //查询最后一个字节
    poll = pFLASH [I * SECTOR_SIZE + SECTOR_SIZE −1];
    while( poll ! = sector_buf[SECTOR_SIZE −1] )
    {
        poll = pFLASH [I * SECTOR_SIZE + SECTOR_SIZE −1];
    }
}
fclose(fp);
```

这样,程序才被写入到 FLASH 中。上电重启后,FLASH 中的代码通过 DMA 方式写到片内程序存储器运行,而.cinit 中的数据在复位中断的服务函数 c_int00 函数中才被搬移到有初值的全局变量的存储器位置。

3.4　DSPs 程序的优化

DSPs 程序的优化主要包括执行时间和代码长度两个方面。在进行优化的时候,减少程序的执行时间和缩短代码的长度有时候是一对矛盾体,不可两者兼得。由于 DSPs 常用于实时系统,更关心的是程序的运行时间,所以本节主要讨论对执行时间的优化。

3.4.1　DSPs 程序优化的基础

DSPs 的程序优化的目标是缩短整个程序的运行时间,优化的基础是 DSPs 的硬件资源。DSPs 程序优化的基本思路是:尽量利用 DSPs 的硬件特点,使指令并行、流水地执行,减少资源和数据冲突,减少在数据输入/输出上花费的时间。下面就从数据处理和数据 I/O 两个方面来分析 DSPs 程序优化的硬件基础。

数字信号处理任务通常需要完成大量的实时计算,如在 DSPs 中常用的 FIR 滤波和 FFT 算法。数字信号处理中的数据操作具有高度重复的特点,特别是乘加操作 Y＝A * B＋C 在滤波、卷积和 FFT 等算法中用得最多。DSPs 的运算能力很强,在硬件上表现为:

(1) 硬件乘法器

由于 DSPs 的功能特点,乘法操作是 DSPs 的一个主要任务。而在通用微处理器内通过微程序实现的乘法操作往往需要 100 多个时钟周期,非常费时,因此在 DSPs 内都设有硬件乘法器来完成乘法操作,以提高乘法速度。硬件乘法器是 DSPs 区别于通用微处理器的一个重要标志。

(2) 特殊运算指令

除了硬件乘法器之外,DSPs 还有一些的特殊运算指令,能够在 1~2 个时钟周期内完成一些复杂运算,比如 TMS320C67xx 的倒数指令 RCPSP 和平方根倒数指令 RSQRSP,TMS320C6400 的 Galois 域乘法指令 GMPY4 等。

(3) 多功能单元

为进一步提高速度,DSPs 的 CPU 内部常常设置多个并行操作的功能单元(如 ALU、乘法器、地址产生器等)。如 C6000 的 CPU 内部有 8 个功能单元,即两个乘法器和 6 个 ALU,这 8 个功能单元最多可以在一个周期内同时执行 8 条 32 位指令。由于多功能单元的并行操作,使 DSPs 在相同时间内能够完成更多的操作,因而提高了程序的执行速度。

(4) 专用寻址单元

DSPs 面向的是数据密集型应用,随着频繁的数据访问,数据地址的计算时间也线性增长。如果不在地址计算上作特殊考虑,有时计算地址的时间比实际的算术操作时间还长。例如,8086 作一次加法需要 3 个周期,但是计算一次地址却需要 5~12 个周期。因此,DSPs 通常都有支持地址计算的算术单元——地址产生器。地址产生器与 ALU 并行工作,因此地址的计算不再额外占用 CPU 时间。

(5) 流水线技术

除了多功能单元外,流水技术是提高 DSPs 程序执行效率的另一个主要手段。流水技术使两个或更多不同的操作可以重叠执行。在处理器内,每条指令的执行分为取指、译码、执行等若干个阶段,每个阶段称为一级流水。流水处理使得若干条指令的不同执行阶段并行执行,因而能够提高程序执行速度。

DSPs 要处理大量的数据,必须先把数据从存储器中送到 CPU 核中,并且在处理完后把结果放回存储器,所以 DSPs 数据输入/输出的能力必然很强,否则数据输入/输出会成为系统的瓶颈,影响最终系统指标。DSPs 在各个层次上为数据 I/O 提供了丰富的数据链路,以增强数据 I/O 的能力,主要表现在如下。

(1) CPU 核的数据链路

在 CPU 核内,处理单元和寄存器之间的数据链路丰富,以保证处理单元在运算时取数灵活方便。

(2) DSPs 的片内总线

DSPs 片内总线采用哈佛总线结构,程序总线和数据总线分离,这样 DSPs 就能够同时取指令和操作数。而且很多 DSPs 甚至有两套或两套以上内部数据总线,这种总线结构称为增强的哈佛结构。对于乘法或加法等运算,一条指令要从存储器中取两个操作数,多套数据总线就使得两个操作数可以同时取得,提高了程序效率。

(3) 大容量的片内存储器

由于 DSPs 的 CPU 核从片外存储器存取数据所花的时间会比片内存储器访问时间长,因此现代 DSPs 一般都集成大容量的片内存储器,以缩短取指令和取数据的时间。而且,片内存储器多为多端口或多数据总线,以提高单位时间内片内存储器的访问次数。在后面的优化可以看到,CPU 核与片内存储器之间的数据交换所花的时间往往比运算的时间长,所以在数据的获取与存储上缩短时间能大幅地提高程序的效率。

(4) DMA 存储器访问方式

即使 DSPs 的片内存储器的容量不断增加,也会不能满足有些应用对数据存储量的要求,所以每个 DSPs 都有片外存储器的接口。一般的,片外存储器总线的宽度不会宽于片内存储器总线的宽度。在 DSPs 的程序中,从片外存储器存取数据的时候,不要直接用指令进行,这样的效率很低。正确的做法是,把片外存储器中要进行相同运算的数据通过 DMA 方式放到片内存储器,然后对这批数据进行处理,最后,如果需要,再把整个结果从片内存储器以 DMA 的方式放到片外存储器。

DSPs 从硬件上都可以分为三部分:CPU 核、存储器和外设。但是,DSPs 程序员经常从数据的角度来看 DSPs,把其结构分为以下几个部分:

(1) 数据处理部分,即 CPU 核中的处理单元,包括乘法器、算术逻辑单元等。

(2) 数据存储部分,即存放待处理数据和处理结果的地方。数据存储可以有三层,最核心的是数据寄存器,它们直接和处理单元打交道,是处理单元的数据来源和处理结果直接存放的位置;中间一层是片内存储器,它们和寄存器打交道,数据传输的速度快;最外面一层是片外的存储器和数据输入/输出设备,它们通过 DMA 方式和片内存储器交换数据,速度相对较慢。

(3) 数据链路,处理数据部分和数据存储部分的物理连接通路,包括处理单元和寄存器之间的数据链路、寄存器和片内存储器之间的数据链路、片内存储器和片外存储器之间的数据链路。数据链路的宽度是影响数据 I/O 率的一个重要因素。

可用图 3-22 表示程序员角度的 DSPs 结构。

图中,越靠近中心,数据链路上的数据传输率越快,但是,能存放的数据量也越小。在进行数据处理时,缩短数据 I/O 时间的基本思想还是把相同的操作放在一起完成,即在数据存储的各个层次之间成批地传输数据。

数据处理和数据 I/O 都需要使用 DSPs 的硬件资源,由于 DSPs 的多功能单元共享其他资源,所以在指令并行或流水执行过程中可能同时使用某一资源,将引起硬件资源使用的冲突,从而破坏程序的顺序执

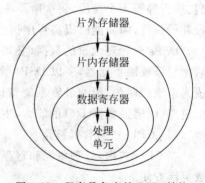

图 3-22　程序员角度的 DSPs 结构

行,致使某些指令插入等待周期,最终降低程序执行效率。因此,程序优化还需要考虑避免程序执行过程中的资源冲突。

综上所述,DSPs 程序的优化,就是从数据处理和数据 I/O 两个方面入手,在单位时间内完成更多的运算,最大限度地发挥 DSPs 硬件处理能力和数据的最大吞吐能力。

DSPs 程序的处理时间也有"20%～80% 现象",即 DSPs 程序中 20% 的代码(某些核心算法的循环)消耗 80% 的时间,其他 80% 的代码消耗 20% 的时间。消耗少部分时间的 80% 代码为程序初始化、流程控制等代码,它们不需要多次重复运行,虽然这部分的代码长,但并不是最消耗时间的。消耗大部分时间的代码集中在 20% 的处理程序中,这部分

程序是实现 DSPs 处理的核心,所以 DSPs 程序的优化重点就是优化这部分程序。DSPs
处理程序的特点是数据操作具有高度重复性,因此几乎每段处理程序中都有循环代码,所
以具体来说,DSPs 程序的优化就是对循环代码的优化。

3.4.2 DSPs 汇编程序优化

本节以 TMS320C6000 系列 DSPs 为例介绍 DSPs 汇编程序的优化。TMS320C6000 汇编程
序的优化分为两种:一是直接对汇编源程序进行优化,二是通过线性汇编优化汇编程序。

(1) 对汇编源程序的优化

TMS320C6000 DSPs 有 8 个功能单元可以并行执行指令,TMS320C62xx 和
TMS320C64xx 的每条指令执行只需要花 1 个时钟周期,但是有的指令有延迟间隙(delay
slot),导致结果延时给出。比如,跳转指令有 5 个时钟周期的延迟,数据加载指令(LDx
类)有 4 个时钟周期的延迟,乘法指令有 1 个时钟周期的延迟。所以,直接对 C6000 的汇
编源程序进行优化主要通过以下几种方法:

① 使用并行指令;

② 少使用 NOP 指令,即编排有用的指令填充延迟间隙;

③ 减少循环开销,即减少跳转和循环指针的计算带来的开销;

④ 使用宽的字或双字存取指令代替字节或半字存取指令,充分利用数据链路的带宽。

下面以一个 FIR 滤波的例子说明汇编程序优化的技术。一个 FIR 滤波器的可用公
式表示:$y[n] = \sum_{k=0}^{N-1} h[k] \cdot x[n-k]$,为了编程时简化指针,可表示为 $y[n] = \sum_{i=0}^{N-1} h[i] \cdot x[i]$,即把 FIR 变为一个点积。在 TMS320C62xx 上编程实现 FIR 滤波器,可分为 6 步:

① 加载采样点值 $x[i]$;

② 加载因子 $h[i]$;

③ $x[i]$ 和 $h[i]$ 相乘;

④ 把相乘的结果加到一个累加器上;

⑤ 重复①~④步 $N-1$ 次;

⑥ 把结果存储到 $y[n]$。

这 6 步翻译为 TMS320C6000 的汇编语言实现,如程序 3-1 所示。

程序 3-1 TMS320C6000 实现的 FIR 的汇编程序

```
        MVK     .S1 N,B0            ;初始化循环计数器
        MVK     .S1 0,A5           ;初始化累加器
loop:   LDH     .D1 * A8 ++ ,A2    ;加载采样点值 x[i],A8 指向数组 x
        LDH     .D1 * A9 ++ ,A3    ;加载因子 h[i],A9 指向数组 h
        NOP     4                  ;因为 LDH 有 4 个延迟间隙,所以添加"nop 4"
        MPY     .M1 A2,A3,A4       ;x[i] 和 h[i] 相乘
        NOP                        ;MPY 有 1 个延迟间隙
        ADD     .L1 A4,A5,A5       ;把乘的结果加到累加器中
  [B0]SUB       .L2 B0,1,B0        ;
  [B0]B         .S1 loop           ;循环开销 跳转指令有 5 个延迟间隙
        NOP     5
        STH     .D1 A5, * A10      ;把结果存到 y[n]
```

　　这个程序是按算法线性写下来的,没有利用 TMS320C6000 的并行指令,并且在所有的延迟间隙中插入 NOP 等待结果,一次迭代需要 16 个时钟周期,循环用的总时间为 $16 \times N$ 个时钟周期。一次迭代中 NOP 指令占 10 个时钟周期,所以 8 个功能单元的利用率只有 4.69%(6/16/8)。

　　程序第四行的 LDH 指令的输入不是上条 LDH 指令的输出,所以两条指令可以并行执行。但是,第二个 LDH 指令需要使用.D2 功能单元,因为一个功能单元只能在一个时钟周期使用一次。两个 LDH 并行执行还有一个条件,就是 A8 和 A9 指向的存储器位置不在同一个 bank 中。相应的,第二个 LDH 的寄存器也要使用 B 边的寄存器。LDH 后面插入 4 个时钟周期等待,浪费处理时间,可以把循环开销的指令放在 LDH 后,这样还可以省去部分跳转指令的延迟等待时间。利用并行指令和减少 NOP 的 FIR 程序如程序 3-2 所示。

程序 3-2　　并行和减少 NOP 指令后的 FIR 的汇编程序

```
        MVK    .S1 N,B0            ;初始化循环计数器
        MVK    .S1 0,A5            ;初始化累加器
loop: LDH    .D1 * A8 ++ ,A2      ;加载采样点值 x[i],A8 指向数组 x
   || LDH    .D2 * B9 ++ ,B3      ;加载因子 h[i],A9 指向数组 h
  [B0]SUB    .L2 B0,1,B0          ;
  [B0]B      .S1 loop             ;循环开销
        NOP      2                ;延迟间隙添加了有用的指令,所以只需"nop 2"
        MPY    .M1X A2,B3,A4      ;x[i]和 h[i]相乘
        NOP                       ;MPY 有 1 个延迟间隙
        ADD    .L1 A4,A5,A5       ;把乘的结果加到累加器中
        STH    .D1 A5, * A10      ;把结果存到 y[n]
```

　　修改后的汇编程序一次迭代只要 8 个时钟周期,其中有 3 个 NOP。所以时间缩短为 $8 \times N$ 个时钟周期,减少了 50%,功能单元的利用率提高一倍,达到 9.38%(6/8/8)。

　　因为 C62xx 的数据寄存器从片内存储器取数时,每边一次最多可以取 32 位宽的数据,所以可以用 LDW 指令替代 LDH 指令,以提高单位时间的数据吞吐率,程序可进一步改进为如程序 3-3 所示。

程序 3-3　　使用 LDW 后的 FIR 的汇编程序

```
        MVK    .S1 N,B0            ;初始化循环计数器
        MVK    .S1 0,A5            ;初始化累加器
loop: LDW    .D1 * A8 ++ ,A2      ;加载采样点值 x[i],A8 指向数组 x
   || LDW    .D2 * B9 ++ ,B3      ;加载因子 h[i],A9 指向数组 h
        NOP                       ;
  [B0]SUB    .L2 B0,2,B0          ;一次迭代完成两次乘法,以减 2
  [B0]B      .S1 loop             ;跳转指令下移一条,因为后面添加一条 ADD
        NOP
        MPY    .M1X A2,B3,A4      ;x[i]和 h[i]相乘
   || MPYH   .M2X B3,A2,B4
        NOP                       ;MPY 有 1 个延迟间隙
        ADD    .L1 A4,A5,A5       ;把乘的结果加到累加器中
        ADD    .L1X B4,A5,A5
        STW    .D1 A5, * A10      ;把结果存到 y[n]
```

这样改进程序有一个条件,即 N 必须为偶数。现在循环核一次迭代要 9 个时钟周期,但是完成的是两点的乘法,所以整个循环次数减少一半。运行时间从 $8 \times N$ 个时钟周期缩短为 $9 \times N/2$ 个时钟周期,效率提高 44%。注意,程序中因为后面添加一条 ADD 指令,所以跳转指令在 LDW ‖ LDW 指令后面的延迟间隙中的位置后移一个时钟周期,以满足跳转指令后面的循环内指令运行时间为 5 个时钟周期的要求。

优化汇编代码还有一种方法就是循环展开,目的是去掉循环开销,但会增加代码尺寸。上述程序优化到这个程度,循环展开已经不能进一步缩短时间,因为循环开销指令编排在其他有用指令(LDW)的延迟间隙中,且跳转指令的延迟间隙中也插入了有用的指令(如 MPY、ADD 等)。

(2) 通过线性汇编优化汇编代码

提高手工编排出来的 TMS320C6000 的汇编程序效率比较困难,很难达到 50% 以上的功能单元利用率,即平均每个周期有 4 条以上的并行指令运行。C6000 程序优化的目的就是使更多的指令并行且流水执行,即实现"软件流水(software pipeline)"。

软件流水是一种安排循环内的指令运行方式,它使循环的多次迭代能够并行执行。图 3-23 是一个用来解释用软件流水技术优化循环代码的示意图。图中 A、B、C、D 和 E 表示循环中一次迭代的指令,此处 A、B、C、D 和 E 表示循环一次迭代共有 5 条指令。其后的数字表示各次迭代的序号,同一行中的指令是同一周期内能够并行执行的指令。显然,本例的同一周期内,最多可执行 5 次迭代的不同指令(阴影部分)。图中阴影部分称为循环核,核中 5 次迭代的不同指令并行执行。核前面执行的过程称为循环填充,核后面执行的过程称为循环排空。如果该循环次数大于 5,则能以核方式并行运行的次数增多。显然,这对代码优化极其有利。如果循环次数小于 5,软件流水尚未建立,程序就要退出循环,这种情况下,不宜使用软件流水技术。

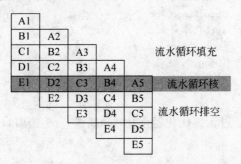

图 3-23　用软件流水执行循环程序

如果编译的优化选项设为 -o2 或 -o3,C6000 的汇编优化器编译线性汇编程序时,从程序内收集信息,尝试对程序循环实现软件流水。采用软件流水使编译出的程序代码优化,是程序优化的一项核心技术。

线性汇编代码类似于前面介绍的 C6000 汇编代码,不同的是线性汇编代码中不需要给出汇编代码必须指出的所有信息,线性汇编代码对这些信息可进行一些选择,或者由汇编优化器确定。下面是线性汇编不需要给出的信息:

- 使用的寄存器
- 指令的并行与否
- 指令的延迟周期
- 指令使用的功能单元

如果代码中没有指定这些信息,汇编优化器会根据代码的情况确定这些信息。与其他代码产生工具一样,有时需要对线性汇编代码进行修改直到性能满意为止。在修改过程中,可能要对线性汇编添加更详细的信息,如指出应该使用哪个功能单元。

FIR 滤波器的线性汇编代码如程序 3-4 所示。可以看到,写线性汇编代码时,指令和写汇编代码相同,且不用考虑并行和延迟间隙。此外,写线性汇编时,需要写线性汇编伪指令,用于给汇编优化器传递程序的信息。比如,.trip 8 伪指令告诉汇编优化器,循环至少迭代 8 次,如果 8 次内能产生软件流水的代码,就不用生成冗余循环(即由于循环次数少,不能进行软件流水的循环),这样就节省了代码空间。

程序 3-4　使用 LDW 后的 FIR 的线性汇编程序

```
        .global    _fir
_fir:   .cproc     pX,pH,cnt,pY    ;pX,pH 为指向数组 x 和 h 的指针,
                                   ;cnt 为数组长度,pY 为结果存放位置
        .reg       Acc             ;线性汇编代码可以不分配寄存器
        .reg       prod1,prod2
        .reg       valA,valB
        ZERO       Acc
Loop:   .trip      8               ;至少迭代 8 次
        LDW        *pX++,valA      ;线性汇编代码可以不分配功能单元
        LDW        *pH++,valB
        MPY        valA,valB,prod1
        MPYH       valB,valA,prod2
        ADD        prod1,Acc,Acc
        ADD        prod2,Acc,Acc
[cnt]   SUB        cnt,2,cnt
[cnt]   B          Loop
        STW        Acc,*pY
        .endproc
```

FIR 线性汇编程序经过汇编优化器优化(−o2 或 −o3 选项),输出代码的循环部分如程序 3-5 所示。

程序 3-5　FIR 的软件流水的汇编程序

```
L1:     ; PIPED LOOP PROLOG
        SET    .S1      A3,0xf,0xf,A2     ;为缩短循环填充的代码添加的指令
||      LDW    .D1T1    *A4++,A3          ;(P) |15|
||      B      .S2      LOOP             ;(P) |24|
||      LDW    .D2T2    *B4++,B5          ;(P) |14|

        NOP             1
```

```
          SUB     .L2       B5,6,B0
||        LDW     .D1T1     *A4++,A3              ; (P) @ |15|
||        B       .S2       LOOP                 ; (P) @ |24|
||        LDW     .D2T2     *B4++,B5             ; (P) @ |14|


          ADD     .S1X      2,B0,A1

; ** ---------------------------------------- *
LOOP:            ; PIPED LOOP KERNEL


          ADD     .S1       A0,A6,A0             ; ^ |19|
||        MPY     .M1X      B5,A3,A0             ; @ |17|
|| [ B0]  B       .S2       LOOP                 ; @@ |24|
|| [ A1]  LDW     .D2T2     *B4++,B5             ; @@@@ |14|
|| [ A1]  LDW     .D1T1     *A4++,A3             ; @@@@ |15|


[ A2]     MPYSU   .M1       2,A2,A2              ;
|| [ A1]  SUB     .D1       A1,2,A1              ;
|| [! A2] ADD     .L1       A5,A0,A6             ; ^ |20|
||        MV      .S1X      B6,A5                ; @定义一个备份寄存器
||        MPYH    .M2X      A3,B5,B6             ; @@ |18|
|| [ B0]  ADD     .D2       0xfffffffe,B0,B0     ; @@@ |23|


; ** ---------------------------------------- *
L3:              ; PIPED LOOP EPILOG


          ADD     .D1       A0,A6,A0             ; (E) @@@ ^ |19|
||        MPY     .M1X      B5,A3,A0             ; (E) @@@@ |17|


          ADD     .D1       A5,A0,A4             ; (E) @@@ ^ |20|
||        MV      .S1X      B6,A5                ; (E) @@@@定义一个备份寄存器


          ADD     .D1       A0,A4,A0             ; (E) @@@@ ^ |19|
          ADD     .D1       A5,A0,A0             ; (E) @@@@ ^ |20|
```

从程序中可以看到,优化后的汇编代码实现了软件流水,其循环核有两个执行包,共 11 条指令。这里多出的 3 条指令是用于实现软件流水、缩短循环填充核循环排空而添加的指令。可以计算得到这个循环的运行时间为 $8 + N$,比前面的直接优化的汇编程序的执行时间 $4.5 \times N$ 个时钟周期大为缩短,效率有了本质的提高。最重要的原因就是程序采用软件流水技术,使指令并行流水地执行。在循环核中,功能单元的利用率达到 69%,比前面提高 6 倍。

汇编代码的效率能否进一步提高而使核循环达到一个执行包。通过观察汇编优化器反馈回来的软件流水信息(在输出的 .asm 文件中),发现其中影响软件流水核循环的执行包个数的主要因素是受交叉通路资源个数的限制。汇编优化器的软件流水的反馈信息如下:

```
; * ---------------------------------------- *
; *   SOFTWARE PIPELINE INFORMATION
; *
; *   Loop label : LOOP
```

```
; *     Known Minimum Trip Count              :    40
; *     Known Max Trip Count Factor           :    1
; *     Loop Carried Dependency Bound(^)      :    2
; *     Unpartitioned Resource Bound          :    1
; *     Partitioned Resource Bound( * )       :    2
; *     Resource Partition:
; *                               A-side    B-side
; *     .L units                    0         0
; *     .S units                    0         1
; *     .D units                    1         1
; *     .M units                    1         1
; *     .X cross paths              2 *       1
; *     .T address paths            1         1
; *     Long read paths             0         0
; *     Long write paths            0         0
; *     Logical ops (.LS)           1         0     (.L or .S unit)
; *     Addition ops (.LSD)         2         1     (.L or .S or .D unit)
; *     Bound(.L .S .LS)            1         1
; *     Bound(.L .S .D .LS .LSD)    2 *       1
; *
; *     Searching for software pipeline schedule at ...
; *       ii = 2 Schedule found with 5 iterations in parallel
; *     done
; *
; *     Epilog not entirely removed
; *     Collapsed epilog stages       : 2
; *
; *     Prolog not entirely removed
; *     Collapsed prolog stages       : 2
; *
; *     Minimum required memory pad : 0 bytes
; *
; *     For further improvement on this loop, try option -mh8
; *
; *     Minimum safe trip count       : 2
; * --------------------------------------------------- *
```

从反馈信息可以看到,资源分配极限周期(partitioned resource bound)为 2,主要是因为 A 边的交叉数据链路(.X cross paths)为 2,所以 8 条指令只能编排在 2 个执行包中,最后软件流水的循环核为 2。观察线性汇编程序,为什么需要这么多的交叉数据链路? 主要是因为在一次迭代中,两条 LDW 指令分别从 A 边和 B 边加载数据,但加载数据相乘需要 2 次交叉数据通路,最后把结果加到累加器中又要用一次交叉数据通路。如果把算法设计改进一步,累加器分为两个,A 边和 B 边各设一个,在循环结束后再把两个累加器的结果相加得到最后结果,这样就可以只在循环里只用 2 次交叉数据链路,进而使资源分配极限周期降低为 1,循环核可能达到只有一个执行包,且有 8 条指令并行。所以把线性汇编程序改为程序 3-6。

程序 3-6　改进后的 FIR 的线性汇编程序

```
        .global     _fir
_fir:   .cproc      pX,pH,cnt,pY
        .reg        Acc1,Acc2
        .reg        prod1,prod2
        .reg        valA,valB
        ZERO        Acc1
        ZERO        Acc2
LOOP:   .trip       40              ;至少循环 40 次
        LDW         * pX++,valA
        LDW         * pH++,valB
        MPY         valA,valB,prod1
        MPYH        valB,valA,prod2
        ADD         prod1,Acc1,Acc1
        ADD         prod2,Acc2,Acc2
[cnt]   sub     cnt,2,cnt
[cnt]   B       LOOP
        ADD     Acc1,Acc2,Acc1
        STW     Acc1, * pY
        . endproc
```

这个线性汇编程序经过汇编优化器优化后,果然达到期望的效果,优化后循环迭代部分的程序如程序 3-7 所示。

程序 3-7　改进后的 FIR 线性汇编程序优化后的循环

```
L1:     ; PIPED LOOP PROLOG
        LDW     .D1T1       * A4++,A3            ; (P) |15|
||      LDW     .D2T2       * B4++,B6            ; (P) |16|
||      MVC     .S2         B6,CSR              ;软件流水前关闭中断

        LDW     .D1T1       * A4++,A3            ; (P) @ |15|
||      LDW     .D2T2       * B4++,B6            ; (P) @ |16|
        LDW     .D1T1       * A4++,A5            ; (P) @@ |15|
||      LDW     .D2T2       * B4++,B7            ; (P) @@ |16|
||      B       .S1         LOOP                ; (P) |25|

        LDW     .D1T1       * A4++,A5            ; (P) @@@ |15|
||      LDW     .D2T2       * B4++,B7            ; (P) @@@ |16|
||      B       .S1         LOOP                ; (P) @ |25|

        LDW     .D1T1       * A4++,A5            ; (P) @@@@ |15|
||      LDW     .D2T2       * B4++,B7            ; (P) @@@@ |16|
||      B       .S1         LOOP                ; (P) @@ |25|

        MPYH    .M1X        B6,A3,A3            ; (P) |19|
||      B       .S1         LOOP                ; (P) @@@ |25|
||      LDW     .D1T1       * A4++,A5            ; (P) @@@@@ |15|
||      LDW     .D2T2       * B4++,B7            ; (P) @@@@@ |16|
```

```
||          MPY      .M2X       A3,B6,B6              ; (P) |18|


            MPYH     .M1X       B6,A3,A3              ; (P) @|19|
||          B        .S1        LOOP                 ; (P) @@@@|25|
||          LDW      .D1T1      *A4++,A5             ; (P) @@@@@@|15|
||          LDW      .D2T2      *B4++,B7             ; (P) @@@@@@|16|
||          MPY      .M2X       A3,B6,B6              ; (P) @|18|


; ** --------------------------------------- *
LOOP:     ; PIPED LOOP KERNEL


            ADD      .L2        B6,B5,B5              ; |20|
||          ADD      .L1        A3,A0,A0              ; |21|
||          MPY      .M2X       A5,B7,B6              ; @@|18|
||          MPYH     .M1X       B7,A5,A3              ; @@|19|
|| [ B0]    B        .S1        LOOP                 ; @@@@@|25|
|| [ B0]    ADD      .S2        0xfffffffe,B0,B0      ; @@@@@@|24|
||          LDW      .D1T1      *A4++,A5             ; @@@@@@@|15|
||          LDW      .D2T2      *B4++,B7             ; @@@@@@@|16|


; ** --------------------------------------- *
L3:       ; PIPED LOOP EPILOG


            ADD      .D2        B6,B5,B4              ; (E) @|20|
||          ADD      .D1        A3,A0,A0              ; (E) @|21|
||          MPYH     .M1X       B7,A5,A3              ; (E) @@@|19|
||          MPY      .M2X       A5,B7,B5              ; (E) @@@|18|


            ADD      .D2        B6,B4,B4              ; (E) @@|20|
||          ADD      .D1        A3,A0,A0              ; (E) @@|21|
||          MPYH     .M1X       B7,A5,A3              ; (E) @@@@|19|
||          MPY      .M2X       A5,B7,B4              ; (E) @@@@|18|


            ADD      .D2        B5,B4,B5              ; (E) @@@|20|
||          ADD      .D1        A3,A0,A0              ; (E) @@@|21|
||          MPY      .M2X       A5,B7,B4              ; (E) @@@@@|18|
||          MPYH     .M1X       B7,A5,A0              ; (E) @@@@@|19|


            ADD      .D2        B4,B5,B5              ; (E) @@@@|20|
||          ADD      .D1        A3,A0,A3              ; (E) @@@@|21|
||          MPY      .M2X       A5,B7,B5              ; (E) @@@@@@|18|
||          MPYH     .M1X       B7,A5,A0              ; (E) @@@@@@|19|


            ADD      .D2        B4,B5,B4              ; (E) @@@@@|20|
||          ADD      .D1        A0,A3,A3              ; (E) @@@@@|21|
||          MPYH     .M1X       B7,A5,A0              ; (E) @@@@@@@|19|
||          MPY      .M2X       A5,B7,B5              ; (E) @@@@@@@|18|


            MVC      .S2        B8,CSR               ;中断打开
```

```
||        ADD     .D1        A0,A3,A3              ; (E) @@@@@@|21|
||        ADD     .D2        B5,B4,B4              ; (E) @@@@@@|20|

          ADD     .D2        B5,B4,B4              ; (E) @@@@@@@|20|
||        ADD     .D1        A0,A3,A0              ; (E) @@@@@@@|21|
```

从程序中可以看到,优化后的汇编代码的循环核只有 1 个执行包,且是 8 条指令并行。加上循环填充的 7 条指令和循环排空的 7 条指令,可以计算得到这个循环的运行时间为 $14+N/2$,比修改前的线性汇编代码的效率又提高了一倍。在循环核中,功能单元的利用率达到 100%。当循环次数 N 增加时,整个 FIR 滤波的功能单元利用率也趋近 100%,达到了 C62xx 处理的极限。一个 100 阶的 FIR 滤波器,需要的指令周期数只有 70 多个(加上循环前后执行的指令),这就是通过指令并行和流水实现的 C6000 强大的处理能力。要体现出 C6000 处理的能力,需要软件的配合,设计出精巧的代码,合理使用硬件资源,力争使所有功能单元全速运行。

3.4.3　DSPs C 程序优化

本节仍然以 C6000 DSPs 为例介绍 DSPs C 程序优化。C6000 的 C 程序的优化方法和线性汇编程序的优化方法是一样的,只是 C 程序对 DSPs 资源的分配和利用不直观。但是,同样可以通过一些命令(包括 C6000 C 的程序伪指令(Pragma directive)、关键字和 _nassert 内联函数)把一些和优化有关的信息传递给 C 优化编译器,便于其在优化时使用。某些线性汇编的伪指令在 C 的 Pragma 伪指令或关键字中可以找到对应的命令,其根本原因就是其优化的物理基础(即硬件资源)是相同的。C 程序优化的关键也是使循环中的代码采用软件流水来实现,达到指令的并行和流水,使更多的功能单元同时执行指令。

所以,C 程序的优化和线性汇编程序的优化思想及方法是一样的,通过编译输出的结果和编译器"交流",指明程序优化的方向,以更充分地利用 DSPs 的硬件资源。很多给汇编优化器传递的优化命令(信息),都可以在 C 中通过某些方式传递给 C 优化编译器,见表 3-9,对比了部分 C 和线性汇编的优化命令。

表 3-9　C 优化编译器和汇编优化器的优化命令(信息)对比

优化命令(信息)的作用	线性汇编	C 程序
声明关于循环迭代次数的信息	.trip 伪指令	MUST_ITERATE Pragma 伪指令
声明存储器相关性	.no_mdep 声明存储器不相关	restrict 关键字声明存储器不相关
特殊功能指令	使用有特殊功能的指令	通过 Intrinsics 内联函数使用特殊的指令
字/双字存取	使用 LDW/STW/LDDW/STDW	存取时使用 int 和 double 指针

下面通过两个例子讲解 TMS320C6000 C 程序的优化方法的使用。程序 3-8 是前面的 FIR 程序的 C 语言实现。

程序 3-8 FIR 程序的 C 语言实现

```
void fir(short * pX,short * pH,int cnt,int * pY)
{
    int i;
    int Acc;
    Acc = 0;
    #pragma MUST_ITERATE(40);
    for(i = 0; i<cnt; i++)
    {
        Acc = Acc + pX[i] * pH[i];
    }
    * pY = Acc;
}
```

经过 C 优化编译器编译后,输出的汇编语言代码实现了软件流水,且循环核只有一个执行包,共 7 条并行指令。循环核内程序见下面的程序 3-9。

程序 3-9 FIR 的 C 程序优化后的汇编代码的循环核

```
; ** -------------------------------------- *
L4:     ; PIPED LOOP KERNEL

   [ A1]      SUB    .S1       A1,1,A1         ;为减少循环填充和循环排空添加的指令
||            ADD    .L1       A5,A0,A0        ; |8|
||            MPY    .M1X      B5,A4,A5        ; @@|8|
|| [ B0]      B      .S2       L4              ; @@@@@|9|
|| [ B0]      SUB    .L2       B0,1,B0         ; @@@@@|9|
|| [ A1]      LDH    .D1T1     * A3++,A4       ; @@@@@@@|8|
|| [ A1]      LDH    .D2T2     * B4++,B5       ; @@@@@@@|8|
```

可见优化后的效率很高了,循环核只有一个执行包,共 7 条并行的指令,所以 C 代码所生成的软件流水循环一共用的时间为 $N+8$ 时钟周期。但是,这个程序是用 LDH 指令半字读源数据的,把其改为 LDW 读数据,看是否能进一步提高效率,实现线性汇编程序的执行时间和 $N/2$ 成正比。但是,MPYH(高 16 位相乘)指令在 C 语言中没有对应的实现,如果采用位移的方法提取出高 16 位数据,必然使一次迭代的汇编指令超过 8 条,达不到预期的优化效果。怎么办呢?

C6000 提供了一种使用汇编指令的方法——Intrinsics(内联函数),它是直接与 C6000 汇编指令映射的嵌入函数。不易用 C/C++ 语言实现其功能的汇编指令,都有对应的 Intrinsics 函数。虽然,编译器有时不一定使用正好对应的汇编指令,但是每一个 Intrinsics 函数完成的功能,与对应的汇编指令相同。Intrinsics 用前下划线(_)特别标示。Intrinsics 使用方法与调用函数一样,也可以使用 C/C++ 变量,如下例:

```
int x1,x2,y;
y = _sadd(x1,x2);
```

MPY 和 MPYH 指令对应的 Intrinsics 函数为_mpy()和_mpyh()。使用存储器字存取和 Instrinsics 函数后的 FIR 的 C 代码如程序 3-10 所示。

程序 3-10   改进后的 FIR 的 C 代码

```
void fir2(short * pX,short * pH,int cnt,int * pY)
{
    int i;
    int Acc1,Acc2;

    int * p32X;
    int * p32H;
    int valA;
    int valB;

    int prod1,prod2;

    p32X = (int * )pX;
    p32H = (int * )pH;

    Acc1 = 0;
    Acc2 = 0;

    for(i = 0; i<cnt/2; i++)
    {
        valA = p32X[i];
        valB = p32H[i];

        prod1 = _mpy(valA,valB);
        prod2 = _mpyh(valA,valB);

        Acc1 = Acc1 + prod1;
        Acc2 = Acc2 + prod2;
    }
    * pY = Acc1 + Acc2;
}
```

观察优化编译后的汇编程序,实现了软件流水,且循环核中只有一个执行包,执行包有 8 条并行指令,循环核的汇编代码见程序 3-11 所示。从优化后的循环核结果可见,达到了预期的优化效果,且其效率和写线性汇编的优化结果(程序 3-7)是一样的。

程序 3-11   改进后的 FIR 的 C 代码编译后输出的软件流水循环核

```
    L4:     ; PIPED LOOP KERNEL
            ADD    .L2      B6,B4,B4              ; |27|
    ||      ADD    .L1      A5,A0,A0              ; |28|
    ||      MPY    .M2X     B7,A3,B6             ; @@|27|
    ||      MPYH   .M1X     B7,A3,A5             ; @@|28|
    ||[ B0] B      .S1      L4                   ; @@@@@|29|
    ||[ B0] SUB    .S2      B0,1,B0              ; @@@@@@|29|
    ||      LDW    .D1T1    * A4++,A3            ; @@@@@@@|27|
    ||      LDW    .D2T2    * B5++,B7            ; @@@@@@@|27|
```

下面介绍另外的一个复数数组求模的 C 程序的例子。要求是实现一个函数,输入数据为 n 点的复数(n≥10),每个复数点有 32 位,含实部和虚部,均为 short 型,实部占低 16 位,虚部占高 16 位,将这个数组的每点求模,模值为 32 位的 unsigned int,存放在一个结果数组中。这个程序在 TMS320C6701 上实现,所以开方运算可以调用 TMS320C6701 的两条 Intrinsics 函数_rcpsp 和 rsqrsp 实现。_rcpsp 是对应 TMS320C6700 的汇编指令 RCPSP,求单精度浮点数据的倒数,_rsqrsp 对应 RSQRSP 指令,求单精度浮点数的平方根倒数。两个 Intrinsics 函数同时使用,就能实现开方的作用,不用再去调用开方函数 sqrt( ),便于实现软件流水。在实现软件流水时,有一个条件,即不能出现调用函数的跳转。程序的实现如程序 3-12 所示。

程序 3-12　复数数组求模的 C 程序

```
typedef struct
{
 short real;
 short imag;
} PlurData;               //定义复数结构体 PlurData;

void Plur_Arr_ABS( PlurData * pPlurA,unsigned int * pAbsResult,int n)
{
    int i;
    short temp1,temp2;
    float ftemp;
    #pragma MUST_ITERATE (10);
    for(i = 0;i<n;i++)
    {
        temp1 = pPlurA[i].real;
        temp2 = pPlurA[i].imag;
        ftemp = temp2 * temp2 + temp1 * temp1;
        pAbsResult[i] = (unsigned int) _rcpsp(_rsqrsp(ftemp));//开方
    }
}
```

经过优化器编译后,其循环核代码如程序 3-13 所示。

程序 3-13　复数数组求模编译后的循环核代码

```
L2:     ; PIPED LOOP KERNEL
        LDH     .D1T1       * A0++(4),A3         ; ^ |18|
        LDH     .D1T1       * - A0(2),A3         ; ^ |18|
        NOP     3
        MPY     .M1         A3,A3,A3             ; |18|
        MPY     .M1         A3,A3,A4             ; ^ |18|
        NOP     1
        ADD     .D1         A3,A4,A3             ; ^ |18|
        INTSP   .L1         A3,A3                ; ^ |18|
        NOP     3

  [ B0] SUB     .D2         B0,1,B0              ; |19|
||      RSQRSP  .S1         A3,A3                ; ^ |18|
```

```
    [B0]    B       .S2        L2                      ;|19|
  ‖         RCPSP   .S1        A3,A3                   ;^|18|

            SPTRUNC .L2X       A3,B5                   ;^|18|
            NOP                3
            STW     .D2T2      B5,*B4++                ;^|18|
```

程序中有 NOP 指令，且多数指令没有并行执行，一次迭代花 20 个时钟周期，可见程序没有实现软件流水。观察编译器反馈回来的软件流水信息，发现 Loop Carried Dependency Bound 为 20，原因是编译器不能判断复数数组指针 pPlurA 和存放求模结果的指针 pAbsResult 是否存在存储器相关性(memory dependencies)。所谓的存储器相关性是指两条指令访问到了相同的存储器位置，即本例中指令 STW 存回 pAbsResult 中的数据会被下一次迭代的 LDH 取回。本来程序中不会出现这样的情况，但是编译器并不能确定两个指针不指向同一存储器位置，所以只能按照肯定不会出错的方式来编译程序。指令间的相关性限制了指令的编排，包括软件流水编排。一般说来，相关性越少，指令编排的自由度越大，最后编排出来的代码性能越好。所以，需要为两个指针添加 restrict 关键字，以声明两个数组在存储器中不在同一位置。另外，观察汇编后代码可以发现使用的数据加载指令是 LDH，可以通过改进 C 程序，实现字加载。改进后的程序如程序 3-14 所示。

程序 3-14　改进后的复数数组求模 C 程序

```c
void Plur_Arr_ABS2( PlurData * restrict pPlurA,unsigned int * restrict pAbsResult,int n)
{
    int i;
    int * pSrc;
    int inttemp;
    float ftemp;
    pSrc = (int *)pPlurA;      //重新定义指针,一次取一个字
    #pragma MUST_ITERATE (10);

    for(i = 0;i<n;i++)
    {

        inttemp = pSrc[i];
        ftemp = _mpy(inttemp,inttemp) + _mpyh(inttemp,inttemp);
        pAbsResult[i] = (unsigned int) _rcpsp(_rsqrsp(ftemp));//开方
    }
}
```

编译后的汇编代码的循环核如程序 3-15 所示，有 3 个执行包，共 13 条指令，实现了软件流水，效率提高了近 85%((20−3)/20)。

程序 3-15　编译后的复数数组求模 C 程序

```
L2:     ; PIPED LOOP KERNEL

    [B0]      B       .S2        L2                      ;@|21|
  ‖           RCPSP   .S1        A4,A0                   ;@|20|
```

```
    ‖          INTSP     .L1       A3,A4                        ; @@@|20|
    ‖          MPYH      .M1       A0,A0,A3                     ; @@@@|20|
    ‖ [ A1]     LDW       .D1T1     * A5++,A0                    ; @@@@@@|20|

      [ A2]     MPYSU     .M1       2,A2,A2                      ;
    ‖          SPTRUNC   .L1       A0,A7                        ; @|20|

      [ A1]     SUB       .D1       A1,1,A1                      ;
    ‖ [! A2]    STW       .D2T1     A7,* B4++                    ; |20|
    ‖ [ B0]     SUB       .S2       B0,1,B0                      ; @@@|21|
    ‖          RSQRSP    .S1       A4,A4                        ; @@@|20|
    ‖          ADD       .L1       A3,A6,A3                     ; @@@@|20|
    ‖          MPY       .M1       A0,A0,A6                     ; @@@@@|20|
```

进一步观察这个循环核,虽然实现了软件流水,但是 3 个执行包只有 13 条指令,约为极限值 24 条指令的一半,还有很大的余地。我们使用循环展开的方法,在一次迭代中完成两个复数的求模,尝试在一次迭代中尽量多使用运算单元。循环展开后的复数数组求模的程序如程序 3-16 所示。

程序 3-16　循环展开后的复数数组求模的 C 程序

```c
void Plur_Arr_ABS3( PlurData * restrict pPlurA,unsigned int * restrict pAbsResult,int n)
{
    int i;
    int * pSrc;
    int inttemp1,inttemp2;
    float ftemp1,ftemp2;
    pSrc = (int *)pPlurA;      //重新定义指针,一次取一个字

    #pragma MUST_ITERATE (10,,2);      //迭代次数为 2 的偶数倍

    for(i = 0;i<n;i = i + 2)
    {

        inttemp1 = pSrc[i];
        inttemp2 = pSrc[i + 1];
        ftemp1 = _mpy(inttemp1,inttemp1) + _mpyh(inttemp1,inttemp1);
        ftemp2 = _mpy(inttemp2,inttemp2) + _mpyh(inttemp2,inttemp2);
        pAbsResult[i] = (unsigned int) _rcpsp(_rsqrsp(ftemp1));
        pAbsResult[i + 1] = (unsigned int) _rcpsp(_rsqrsp(ftemp2));
    }
}
```

编译后的汇编代码的循环核见程序 3-17 所示,循环核中仍然只有 3 个执行包,但完成的是 2 次复数的求模,效率较前又提高 50%。可以看到,循环核的 3 个执行包中共有 23 条指令,几乎达到了 24 条指令的处理极限,是一个几近完美的优化结果。

程序 3-17　循环展开的复数数组求模的程序在编译后的循环核

```
L2:    ; PIPED LOOP KERNEL

   [! A2]      STW     .D2T2    B9, * ++B4(8)              ; |25|
```

```
   ||  [ B0]      B        . S2      L2                        ;  @ |26|
   ||             RCPSP    . S1      A4,A3                     ;  @ |24|
   ||             INTSP    . L1      A0,A4                     ;  @@@ |24|
   ||             ADD      . L2      B5,B6,B5                  ;  @@@@ |25|
   ||             MPYH     . M1      A3,A3,A5                  ;  @@@@ |24|
   ||             MPYH     . M2      B7,B7,B5                  ;  @@@@@ |25|
   ||  [ B1]      LDW      . D1T1    * A7++(8),A3              ;  @@@@@@ |24|

      [ A2]      MPYSU    . M1      2,A2,A2                   ;
   ||  [ B1]      SUB      . D2      B1,1,B1                   ;
   ||  [ A1]      SUB      . S1      A1,1,A1                   ;
   ||             SPTRUNC  . L1      A3,A8                     ;  @ |24|
   ||             RCPSP    . S2      B8,B7                     ;  @@ |25|
   ||             INTSP    . L2      B5,B6                     ;  @@@ |25|
   ||             MPY      . M2      B7,B7,B6                  ;  @@@@ |25|
   ||  [`A1]      LDW      . D1T2    * + A7(4),B7              ;  @@@@@@ |21|

      [! A2]     STW      . D1T1    A8, * ++A6(8)             ;  |24|
   ||  [ B0]      SUB      . D2      B0,1,B0                   ;  @@ |26|
   ||             SPTRUNC  . L2      B7,B9                     ;  @@ |25|
   ||             RSQRSP   . S1      A4,A4                     ;  @@ |24|
   ||             RSQRSP   . S2      B6,B8                     ;  @@@ |25|
   ||             ADD      . L1      A5,A0,A0                  ;  @@@@ |24|
   ||             MPY      . M1      A3,A3,A0                  ;  @@@@ |24|
```

通过写 C 程序，在很多时候都能达到写线性汇编的优化效率。但是，通过线性汇编程序的优化，我们能够更深入地理解优化编译器的行为，线性汇编能够控制更多的底层操作，能够传递更多的优化信息给编译器，所以学习线性汇编是学习 C6000 的软件优化的必经之路。只有通过从线性汇编优化到 C 程序优化的学习过程，才能由底向上，理解C6000 的体系结构和硬件特征，理解优化编译器的行为，最终才能够在高级语言的层次写出可以充分利用 DSPs 硬件资源的高效率代码。

从前面 C6000 程序的优化例子中我们可以看到，无论是在汇编级优化还是在高级语言级优化，优化的目的都是使 DSPs 的硬件资源得到充分、合理、均衡的利用，数据 I/O 率达到最宽，所有处理单元同时执行指令，即使 DSPs"无间隙"地"run"。DSPs 体系结构的设计就是为了满足数字信号处理算法特点的，C6000 为了使指令能够同时执行，采用了VLIW 结构和流水线技术，而且片内数据存储器采用多 bank 设计，使数据 I/O 和指令的并行、流水达到很高的效率。C6000 程序的优化极限就是循环代码在实现软件流水后的循环核中，每个执行包中的指令数达到 8 个条。如果并行执行的指令数较少，一般可以通过循环展开的方法来使更多的指令并行执行，但是，循环展开的次数也是有限的，随着循环展开的次数增加，放在寄存器中的中间变量的个数也就会增加，当超过 C67xx/C62xx的 32 个寄存器数时，将不能再用软件流水来实现代码。这里体现的是一种要"均衡"使用资源的思想。

DSPs 代码的优化与 DSPs 的体系结构、硬件资源是紧密相关的，代码优化的效率又受到后者的制约。代码优化的过程是一个充分利用资源、精巧地编排指令的过程，对于高级语言实现的代码,还要通过观察优化后的汇编代码和理解编译器的循环反馈信息(即软件流水信息),以决定代码是否有进一步优化的余地,并采取相应的措施。

3.5　DSPs 软件的开发与调试

　　早期的 DSPs 软件开发是直接写汇编语言程序,软件开发的效率低,可移植性和可维护性都差。随着计算机技术的发展,DSPs 软件开发改进为高级语言和汇编语言混合开发,程序的框架是用 C 语言编写,需要执行速度很快的地方用汇编语言编写,在这样的DSPs 软件的开发模式下,效率得到较大提高。发展到现在,DSPs 软件开发更加注重效率和可移植性,主要有两大特点:一是实时操作系统的引入,使 DSPs 的软件开发摆脱了"手工作坊"的模式,走向标准化,从而使代码的可移植性不断提高,提高了 DSPs 软件生产的效率;二是采用 MATLAB 进行系统级的仿真和验证。MATLAB 将 Simulink、Real-time Workshop 和 DSPs 软件开发工具集成到一起,推出 MATLAB-DSPs 系统级集成环境,即在 MATLAB 的统一环境下完成概念设计、模拟/仿真、目标代码产生、运行和调试。

　　总之,现代 DSPs 的软件开发的发展方向就是科学化、标准化和可移植性,实现这些特点的基础就是软件技术的发展和开发工具的不断进步。本节将讨论 DSPs 软件模块的划分和基于 MATLAB 的 DSPs 软件开发方式。

　　由于 DSPs 应用系统的实时性,调试在 DSPs 上运行的程序更具有挑战性。实时系统要在很短的时间内对输入做出反映,并给出相应的输出,所以实时软件调试不能简单地停止系统运行来观察状态。本节讨论的另外一个重点是 DSPs 软件实时调试,包括调试的基本概念,以及实时系统调试的特殊方法和技巧,并将举例说明。

3.5.1　DSPs 软件的模块

　　前面已经反复强调过,DSPs 是面向密集型数据处理应用的,所以 DSPs 在硬件设计上对数据处理和数据 I/O 都有增强。同样,DSPs 软件的模块也可以分为数据处理模块和数据传输模块。另外,DSPs 软件还包含初始化部分和控制部分,将在后面的小节提到。

　　(1) DSPs 数据处理模块

　　DSPs 数据处理软件的开发包括了算法的理论研究和算法的应用实现。算法的理论研究会耗费大量的时间,这是数学家和理论研究者的任务,这里不作重点讨论。算法的应用实现是 DSPs 系统设计师和 DSPs 软件工程师的任务。DSPs 系统设计师首先要对所采用的算法进行仿真,验证其功能的正确性。早期的算法仿真主要是采用的 C 语言及其开发软件,到 20 世纪 90 年代,MATLAB 作为一种有效的信号处理仿真工具出现后,被逐渐用到 DSPs 的设计中,因为 MATLAB 具有强大的分析、计算和可视化工具,因而使用比 C 语言更加方便。在对 DSPs 系统设计时,用 MATLAB 对算法进行仿真验证,然后将MATLAB 的程序翻译为 DSPs 上的 C 程序。而且,MATLAB 还可以产生仿真的输入数据,送到目标 DSPs 中(可以是实际的目标处理器,也可以是 Simulator),对 DSPs 上运行的 C 算法程序进行实际验证,看其输出是否和 MATLAB 处理的输出相同。如果对比的结果不同,可能是编写 C 程序代码有错误,也可能是由于 DSPs 的数据量化误差引起。然后可以通过逐步分析,排查原因,最后直至无误。

上面论述的是 MATLAB 在 DSPs 算法实现中的作用,早期版本的 MATLAB 都可以实现这个功能。在 MATLAB 发展到 6.5 版以后,推出了 MATLAB-DSPs 系统级集成环境,可以进行系统级验证,并可以自动生成 C 代码。为什么需要系统级验证呢? 因为 DSPs 工程师在刚开发一个应用系统时,并不十分明确需要什么样的算法或如何配置算法。为了避免 DSPs 工程师直接写 DSPs 软件进行验证,一些厂商开发出了可视化的算法验证工具,如 MATLAB 和 Hypersignal。这些可视化开发工具允许工程师在方块图的层次仿真和改进一个设计,快速试用不同的方案,优化设计参数,而不需要写 DSPs 软件程序以及直接与硬件打交道,减少了系统设计时的软硬件开发的工作量。当算法被验证为有效,且最优化参数被选择后,开发的过程就能够继续下去。实际上所有被提到的这些软件都有能力从一个方块图直接生成 DSPs 的目标代码(C 或汇编程序),这些代码能够被方便地嵌入到目标 DSPs 的应用环境中,甚至直接生成 DSPs 的整个软件项目和可执行代码。

(2) DSPs 数据传输模块

DSPs 的数据传输程序主要是为算法程序提供输入的数据和把运算结果输出到合适的位置。DSPs 的数据传输常常结合中断和 DMA 这两种技术来实现,以节约更多的 CPU 时间。相对于 DSPs 的数据处理程序来说,描述 DSPs 的数据传输程序的功能比较容易,一般只要传输的源结点、目的结点、数据量和传输速度等参数即可。但在实际的 DSPs 应用系统开发中,数据传输程序的开发与调试,往往会占用大量的时间。究竟是什么原因导致这种现象呢?

首先是软件开发者对硬件平台的不熟悉。DSPs 在不断更新,DSPs 的软件开发人员也需要不断地学习新的 DSPs 知识,虽然中断和 DMA 的概念不变,但不同的 DSPs 对其实现的细节是不同的,比如中断的优先级、中断的跳转方式和 DMA 的优先级等是不同的。要掌握并熟练地应用这些知识是需要一段过程的。现代 DSPs 软件开发一般基于实时操作系统 RTOS 的,RTOS 一般提供了数据传输的 API 程序给软件编程人员调用,这些 API 函数屏蔽了硬件实现的细节,想要使软件编程人员从反复地对硬件平台知识的学习中解脱出来。但是,要想得心应手地开发和调试 DSPs 系统软件,对底层的硬件知识的学习是必要的,因为只有对系统实现细节掌握得好,才能更好地理解系统的运行(包括软件的和硬件的),也才能在系统的调试中更顺利。

其次是开发的硬件平台本身可能有不完善的地方。DSPs 不断推陈出新,硬件平台也是步步跟进。DSPs 的硬件平台的开发和软件的开发是同步进行的,常常是硬件平台的原型刚出来,就要运行应用软件,由于两者都是没有经过严格验证的,所以一旦出现问题,常常不能对问题进行定位,不知是硬件的错误还是由软件的 bug 引起的。另外一方面,DSPs 的主频不断提高,信号完整性的问题越来越突出,即使 DSPs 在小批量数据传输时没有问题,也不能保证大批量的数据传输没有错误。总之,硬件平台的完整测试是一个很重要的问题,如果硬件平台不稳定,将会给后面的软件的开发与调试制造难以逾越的障碍。

第三是应用的复杂化造成数据传输的复杂化。事物总是在不断发展的,应用背景对系统的要求就会越来越高,所以数据的需求方式也随之多样化。另外,处理量的需求增大,需要多个 DSPs 进行处理,各 DSPs 间的需要数据传输,也增加了数据传输的复杂性。只有对相关的硬件知识熟悉,并认真分析多数据流的关系和数据的特点,才能达到嵌入式实时系统的对数据传输的要求。

DSPs 数据传输程序的开发看似容易其实困难,不熟悉系统的硬件知识,不认真分析应用的需求和多数据流的关系,是难以开发出满足要求的数据传输程序。后面还将说明如何开发这部分程序。

3.5.2 MATLAB-DSPs 软件开发

现代 DSPs 软件开发的特点,一是基于 RTOS,二是采用 MATLAB 进行算法仿真和系统级仿真。关于 RTOS 的内容已经在 3.2 节中论述,这里主要论述基于 MATLAB 的现代 DSPs 软件开发方式。

MATLAB 作为一种有效的信号处理仿真工具,已经渗透到 DSPs 的设计当中。在将一个新的信号处理算法应用于实际前,我们先用 MATLAB 进行仿真验证,当模拟结果满意时再把算法改成 C 或 DSPs 汇编语言在目标 DSPs 上实现。其具体步骤是:

- 用 MATLAB 仿真验证算法,并把正确的结果以图形或数据的形式保存;
- 根据 MATLAB 的程序,编写用于 DSPs 的 C 或汇编程序,并生成可执行代码;
- 在 DSPs 开发系统的 Simulator 或 Emulator 中运行代码,并将结果以数据的形式保存或直接以图形显示;
- 把 DSPs 执行的结果和 MATLAB 的结果对比,验证其正确性、精确性和实时性。

上述的验证主要是针对算法的验证,其输入数据是直接存在存储器中的,而不是从硬件的输入设备输入数据,所以对实时性的验证只是对算法执行速度的测量。如果 DSPs 处理结果的正确性和精确性得到质疑,且排除代码错误的可能后,重点应考虑 MATLAB 的数据格式和 DSPs 的数据格式之间明显的差别,特别是与定点 DSPs 的数据格式差别很大。

MATLAB 本身面向的是科学计算和分析,其数据格式默认为双精度浮点,精度一般比 DSPs 的高得多,动态范围比 DSPs 大得多。为了使经过 MATLAB 仿真的算法能够适用于 DSPs,必须注意使 MATLAB 尽量真实地模拟 DSPs 的实际运算过程,这样就必须对普通的 MATLAB 程序进行改进。比如在模拟 16 位定点 DSPs 的乘加运算时,必须保证数据不溢出且精度损失最小,这是一个比较复杂的问题。设计者需要预先估算运算过程中输入的数据、中间结果、输出的数据的取值范围,通过左移(放大)、右移(缩小)、乘因子等手段控制数值的范围。在最后一步还应计算出数据的放大/缩小比例因子,必要时将根据此因子,对结果进行修正/还原,以将所得的结果控制在固定的数值范围之内。两个 16 位定点数相乘,要将其舍去若干位,只保留 16 位,MATLAB 的程序是:

```
Rc = S1 * S2;        % S1 和 S2 都是 16 位整数
Rc = fix(Rc/32768);  % 为了不溢出,不计多余的符号位,只保存结果的高 16 位
```

尽管可以在 MATLAB 采用一些方法精确仿真定点或浮点 DSPs 算法,但这些方法

很费时间。在许多情况下仅用 MATLAB 进行功能模拟，而不详细涉及具体的 DSPs 乘、加操作，这就简单许多。如果采用 MATLAB-DSPs 集成设计环境(系统级集成环境)，就更加简单。

　　MATLAB 中集成了一个系统仿真软件 Simulink。Simulink 是一个进行动态系统建模、仿真和综合分析的集成软件包。它可以处理的系统包括：线性、非线性系统，离散、连续及混合系统，单任务、多任务离散事件系统。Simulink 包含很多功能模块(block)，可以方便地添加到仿真的模型中。在 Simulink 提供的图形用户界面 GUI 上，只要进行鼠标的简单拖拉操作就可构造出复杂的仿真模型。Simulink 模型不仅能让用户知道具体环节的动态细节，而且能让用户清晰地了解各器件、各子系统、各系统间的信息交换，从而掌握各部分之间的交互影响，使用户能方便地改变参数，并且可以立即看到在这个设计里有什么结果改变了。

　　Simulink 中有相似或相关功能的模块合在一起形成模块集(blockset)，相当于 C 语言的"库"。Simulink 的库浏览器层次化地显示了这些模块集，包含了通信模块集、DSPs 模块集、定点模块集、实时工作间(real-time workshop)模块集等。定点模块集是为定点 DSPs 的仿真设计的，大大简化了对定点 DSPs 的模拟。DSPs 模块集使 Simulink 对基于 DSPs 的器件和系统能进行快速设计和仿真。在 DSPs 模块集中，Simulink 提供了一个直接的工具，可以对信号处理算法进行交互仿真和评估。

　　实时工作间除了集成一些模块外，还包含一个重要的工具，可以直接把 Simulink 仿真模块转化生成 C 程序，并且可以由 MATLAB 和 DSPs 的开发工具协调工作，使这些 C 程序编译、连接生成 DSPs 可执行的代码，在一个实际的 DSPs 系统上运行。直接的 C 代码生成功能，实现了 MATLAB-DSPs 设计人员和算法研究者的梦想，把 MATLAB 和 DSPs 开发工具集成在一起，加快了从原型设计到系统实现的速度。研究设计人员可以不必去关心 MATLAB 程序如何转换为 C 程序，这些由 MATLAB 自动完成。特别是对于专门研究算法的人员，他们无需了解具体的 DSPs 硬件结构、指令集和外设，只要在 MATLAB 环境下，就可检验算法在一种或几种 DSPs 上的实际运行效果。这样，就把在 MATLAB 下模拟 DSPs 实现算法的繁琐过程，以及用 C 和汇编语言编写、调试 DSPs 代码的复杂性遮盖起来了。用户只需会使用 MATLAB，即可在 DSPs 上测试算法。下面举一个简单的例子来说明这个过程。这个例子需要 TI TMS320C6711DSK 硬件平台、CCS2.1 和 MATLAB6.5 的支持。

　　在介绍这个例子前，先介绍两个由 MathWorks 公司和 TI 公司联合开发出的工具包 MATLAB Link for CCS Development Tools 和 Embedded Target for the TI TMS320C6000™ DSPs Platform，这两个工具包是包含在 MATLAB6.5 中的。MATLAB Link for CCS Development Tools 把 MATLAB 和 TI 的 DSPs 集成开发环境 CCS 即目标 DSPs 连接起来。利用这个工具，开发人员可以在 MATLAB 的环境中，完成 CCS 中的操作，包括观察存取存储器、观看寄存器、加载和执行目标代码等，使整个 DSPs 对 MATLAB 就像透明的一样。Embedded Target for the TI TMS320C6000™ DSPs Platform 是一个更有意义的工具，也是建立在 Simulink、Real-Time Workshop 和 MATLAB Link for CCS Development Tools 的技术之上的。这个工具为 TI TMS320C6000 DSPs 实时应用开发的整个过程都

提供了支持,包括概念设计、算法仿真、源代码编写、目标代码生成、调试和测试。利用 Embedded Target for the TI TMS320C6000™ DSPs Platform 能够从 Simulink 模型自动生成 TI TMS320C6000 DSPs 的可执行代码,并且为 TI TMS320C6701 EVM 和 TI TMS320C6711 DSK 目标板上的 I/O 设备提供驱动代码。在 Simulink 模型中加入 TI TMS320C6701 EVM 或 TI TMS320C6711 DSK 支持的模块后,Simulink 模型就可以直接在 TI TMS320C6701 EVM 或 TI TMS320C6711 DSK 上进行实时测试,从而在 Simulink 统一环境下,就可以实现整个硬件平台的在线仿真。

下面介绍例子是在 TI C6711 DSK 上实现的,它模拟了声音的回音现象,使通过麦克风输入的声音产生回波并从扬声器输出,见图 3-24。这个例子可以在 MATLAB6.5 的命令窗口中输入 c6711dskafxr 命令打开。

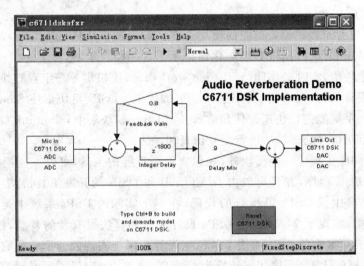

图 3-24　在 C6711 DSK 模拟产生回音的 Simulink 模型图

DSK 上有一个编解码器 TLC320AD535,实现了采样率为 8kHz 的 16 位 ADC,可以对音频信号进行采集。在这个编解码器上,还有一个相同时钟和位数的 DAC 通道,可以送出音频信号至扬声器。Embedded Target for the TI TMS320C6000™ DSPs Platform 中提供了 C6711 DSK 的 ADC 和 DAC 的驱动模块,可以直接添加到模型中。从图中的设计可以得到,这个数字信号处理系统的系统函数为:

$$H(z) = \frac{1 + 1.7z^{-1800}}{1 + 0.8z^{-1800}} \tag{3-1}$$

它实现了在输入声音上叠加其回音的功能。

在配置好了 DSK 硬件平台和 CCS 后,选择模型窗口菜单 Simulation→Simulation parameters 对话框→Real-Time Workshop 面板,对下拉菜单 Category 中的各种选项进行设置。我们在 TI C6000 code generation 的选项中,去掉"incorporate DSPs/BIOS"的选择,然后单击"Build&Run",MATLAB 就会利用 Real-Time Workshop 技术生成 TI C6711 DSK 的软件项目中的所有文件,然后打开 CCS,并在 CCS 中打开生成的 TI C6711 DSK 的软件项目。然后,CCS 中还将自动编译、连接生成可执行的代码,并且加载、运行程序。DSK 的程序运行后,把一段音乐输入 DSK 的麦克风,就可以在扬声器中听到"回荡"的音乐。

　　生成的软件项目中除了连接用的 c6711dskafxr.cmd 文件和中断向量的汇编文件 vectors.asm 外,有 7 个 C 源文件和相关的头文件。7 个 C 源文件所包含的函数主要功能描述如表 3-10 所示。

表 3-10　Simulink 生成的 TI C6711 DSK 软件的主要源文件的函数功能描述

文 件 名	包含函数主要功能
c6711dskafxr.c	系统的主要处理函数,实现信号延迟、放大/缩小和叠加等
c6711dskafxr_main.c	主要有 main 函数,进行系统初始化和调用处理函数
c6711dskafxr_data.c	一个存放系统参数的结构,包括延迟级数、增益倍数等
MW_c67xx_bsl.c	C6711 DSK 的板级硬件驱动函数,包括点亮 LED、配置编解码器和读写编解码器等
MW_c67xx_csl.c	C6711 的芯片级设置,包括 L2 Cache 的使能和清空、中断初始化、中断处理函数、McBSP 串口的读写等
rt_sim.c	提供实时系统的定时功能的函数
ti_nonfinite.c	初始化 TI 浮点数的极大、极小和无效的 NaN 数

　　系统的实际处理函数只包含在 c6711dskafxr.c 文件中,其他的处理函数是用来为处理函数正确配置"环境"的。为了增加这些配置"环境"的代码的通用性,并可以用在不同的模块中,代码中会考虑各种可能的情况,所以代码显得冗长,也就增加了可执行代码的大小。为了提高开发效率,就得损失存储空间,这也是一种时间-空间的折中。开发者可以根据自己的需要,先生成程序的框架,然后裁减掉不需要的代码。当然,这需要开发者对底层硬件知识熟悉,又违背了使用 MATLAB 开发 DSPs 代码的初衷了。总之,要想在 MATLAB 环境中快速开发出高效、紧凑的代码,还需要 DSPs 厂商和 MATLAB 软件开发商不断地去改进和完善 MATLAB 环境。

3.5.3　DSPs 数据传输软件的开发

　　DSPs 是面向数据密集型的应用的,要处理大量的数据。处理数据首先要获取数据,所以 DSPs 数据传输软件是 DSPs 程序的主要组成部分。DSPs 处理的数据可以是通过 ADC 采集的模拟信号,也可以是其他的数据源。除了获取数据外,DSPs 还要将数据的处理结果放到合适的位置,有的放在存储器中,有的直接通过通信接口送给其他设备。数据传输的源和目的地构成一个数据链路,由于 DSPs 应用系统日益复杂,DSPs 的数据链路也越来越复杂,开发难度也越来越高,bug 最容易出现。所以,在编写 DSPs 的数据传输软件前,要分析清楚 DSPs 的数据链路。

　　DSPs 实时系统经常使用中断和 DMA。中断为 DSPs 实时系统提供了实现"实时"的时间坐标,所以从某种意义上来说,DSPs 实时系统也是中断驱动的系统。数据的传输也常常是由中断的发生来启动的,所以,中断的相关知识对于实现 DSPs 的数据传输是很重要的,程序员对中断知识模糊常常导致 DSPs 程序的错误。实现 DSPs 数据传输的另外一个重要的手段是 DMA,"中断＋DMA"的数传模式是实现的 DSPs 系统数据传输和数据处理并行的硬件基础。编写出高效、正确的 DSPs 数据传输程序,需要对中断和 DMA 的实现细节非常清楚,下面的讨论也包含这两个方面。

(1) DSPs 的数据链路的层次

DSPs 的数据链路的复杂性是为了 DSPs 的数据传输提供高的效率。用分层的观点来分析 DSPs 的数据链路,可以使我们对 DSPs 的软件的开发有清晰的由下而上的整体观。3.4.2 节中曾经把 DSPs 的存放数据的位置分为 3 层,包括处理单元在内就形成了 3 层数据链路。从现代 DSPs 系统的发展来看,DSPs 数据链路扩展到了板级和系统级,所以可将 DSPs 数据链路分为 5 层:CPU 核级、DSPs 芯片级、DSPs 板级、DSPs 系统级、DSPs 系统和其他系统的连接级。

① CPU 核的数据链路

CPU 核的数据链路是指 CPU 寄存器和 CPU 的处理单元之间的连接,也是 DSPs 开发者能"看"到的最底层的数据链路。DSPs 为了提高处理的速度,常采用多个单元并行处理,比如 C6000 有 8 个处理单元。DSPs 的处理单元和寄存器之间的数据链路很复杂,是为了处理单元获取数据灵活,减少在寄存器之间移动数据带来的运算开销。C6000 CPU 核的处理单元分为两边,对应的各有 16 个寄存器,但是每边的处理单元可以通过一个交叉通路从另外一边的寄存器取数。这种交叉通路在某些算法的实现中,为提高程序的效率起到重要作用。在程序员写汇编程序和对程序进行优化时,只有熟悉了 CPU 核的数据链路,才能编写出"全速"执行的 DSPs 代码。

② DSPs 芯片的数据链路

DSPs 芯片的数据链路是指 CPU 核、片内存储器和外设之间的数据链路。DSPs 采用的是哈佛总线结构,程序总线和数据总线分开,取指令和取数据可以同时进行,为 DSPs 芯片级的数据传输提供了大的带宽。很多 DSPs 还有第 3 套总线——DMA 总线,为 DSPs 和片外设备交换数据提供了独立的通道,使 DSPs 和片外设备的数据传输与 DSPs 程序的运行可以同时进行,相互不影响。DSPs 芯片的数据链路是 DSPs 程序员编写程序的基础,正确地分配多数据流,且合理地设置 DMA 的优先级,使执行程序和传输数据并行起来,是提高 DSPs 程序效率的重要基础。

③ DSPs 板级的数据链路

由于处理量的不断增加,DSPs 处理板上往往不止一个 DSPs,DSPs 板级的数据链路是指 DSPs 板上各 DSPs 之间的数据链路和 DSPs 与其他设备的数据链路。参见第 8 章图 8-18"AD 板的原理图",该图是一个信号处理系统中 AD 板的结构图,系统中有两路 ADC、两个 TMS320C6202 和片外存储器,每个 DSPs 有 3 个硬件中断,且使用了 4 个 DMA 通道,其数据流和处理过程如下:

(a) ADC 得到的采样数据经过 EPLD 拼接成 32 位的 IQ 数据,其中高 16 位为 Q 路数据,低 16 位为 I 路数据,然后送到 FIFO 中缓存。C6202_1 可以控制开关网络,把 FIFO 输出的数据送向 C6202_1 或 C6202_2。PRT 中断信号(外 PRT 中断,由其他板输入)连接到 C6202_1 的硬中断 INT4,C6202_1 在这个中断的服务程序中先把开关网络拨向 C6202_1,读取该 PRT 采样数据的前半部分,然后把开关网络拨向 C6202_2,接着触发 C6202_2 的硬件中断 INT4(内 PRT 中断),C6202_2 在 INT4 的中断服务程序中读取

PRT 采样数据的后半部分。

（b）两片 C6202 把每个 PRT 录取的数据放到 SBSRAM，然后在 GRIDP 中断中按距离单元从 SBSRAM 取出数据进行处理。为了让数据传输和处理并行进行，将 SBSRAM 存储器乒乓分成两片，当把从 ADC 采集的数据放入其中一片时，同时对另外一片的数据做处理。

（c）最后把 SBSRAM 中的处理后的结果放到双口 RAM 中，传给其他板进一步处理。双口 RAM 的数据也是采用乒乓存储的。

④ DSPs 系统级的数据链路

现代的 DSPs 处理系统一般由多块处理板组成，DSPs 系统级的数据链路指各处理板之间的数据传输通路。图 8-17 是某基于 CompactPCI 总线构建的信号处理系统的框图，其中含有 3 块处理板：AD 板、多 DSPs 处理板和单 DSPs 板，其中的 AD 板就是图 8-3 中的 AD 板。另外，该系统中还有一块定时板和一块 CPU 板，定时板提供实时系统的定时信号，CPU 板主要进行系统配置。

这个系统中，输入模拟信号在 AD 板进行采集和初步处理，然后经过 CompactPCI 总线传递给多 DSPs 板处理。多 DSPs 板处理完后，再将数据通过 CompactPCI 总线传递给单 DSPs 板。单 DSPs 板进行某些后处理，最后将结果通过串口送到主控计算机显示。单 DSPs 还可以接收主控计算机下传的命令并把命令通过 CompactPCI 总线传递给定时板、AD 板和多 DSPs 板。可以看到，这个系统内板间的数据传输是靠 CompactPCI 总线完成的，由于物理通路是一个，所以 CompactPCI 总线要分时地传递各数据链路上的数据，分时的控制是由定时板和单 DSPs 板协调完成。

⑤ DSPs 系统和其他系统的连接

DSPs 系统需要从外界输入信号，并且将处理结果或信息送出，所以 DSPs 系统和外界系统的连接是最高一层的数据链路。这一层的数据链路是多样的，可以是 DSPs 系统和模拟系统的连接，也可以是和数字系统之间的信息传递；可以是有线的数据传输，也可以是无线通信；可以是慢速的串口通信，也可以是高速的 LVDS 接口。这一层的硬件涉及模拟-数字之间的转换和通信接口，软件编程主要涉及某些通信协议，一般有标准的 API 可供使用。DSPs 程序员也要分析这个层次的数据流所用的时间，分析是否对系统的实时性有影响。

总之，数据链路是 DSPs 系统的一个重要的概念，DSPs 的系统设计者和软件编程人员对 DSPs 数据链路的层次都应有一个整体的结构图，且对各条数据链路的数据传输率很清楚，以便于分析数据 I/O 的时间和调试时排查软件的 bug。

（2）DSPs 的中断

中断的知识主要包括中断类型、中断的跳转、中断的设置及中断之间的关系。

① 中断的类型

中断的分类可以有很多种，常用的分类方法有硬件中断和软件中断、复位中断、可屏蔽中断和不可屏蔽中断、外部中断和内部中断。这些分类的概念不再叙述。其中比较重要的是硬件中断，硬件中断使 CPU 具有对外界异步事件的反应和处理能力，是 DSPs 应用于实时系统的一个基本特征。另外还有一种中断是时钟中断，时钟中断是一种软件中断,现代 DSPs 一般提供了一个或多个时钟,每个时钟都可以根据用户的设置触发时钟中断。时钟中断为实时系统提供不同"粒度"的时标,是实时系统软件的开发和调试的重要工具。实时操作系统中任务的等待和调度,大都是以时钟中断的间隔时间为粒度的,或者可称之为由时钟中断驱动。

② 中断的跳转

中断的跳转是指在中断发生时,程序跳转到中断服务程序(ISR)以及中断处理完后返回被中断处程序的过程。有两种类型中断矢量表,对应中断发生的时候,就有两种中断跳转的方法。第一种中断矢量表是 ISR 的地址,CPU 直接从中断矢量表的相应位置取出 ISR 的程序地址,然后保留现场,再跳转到 ISR 的位置,进行中断处理。第二种是中断矢量表放置的是所有中断的服务程序,中断发生后 CPU 直接跳转到中断矢量表的位置。由于中断矢量表的长度有限,一般就是几条指令,所以常常不能处理完所有事物,因此需要"二次跳转"。二次跳转的程序地址放置的才是真正的 ISR。

③ 中断的设置

中断的设置指中断的使能或关闭,以及需要中断"二次跳转"时设置 ISR 的地址。中断的使能或关闭采用的是两级控制的方式,第一级控制是对各个中断的单独控制,每个中断都有一个单独的域可以控制其使能或关闭;第二级控制是全局控制,即只需设置控制寄存器的某个位就可以关闭所有中断,或者使能所有在第一级控制中使能的中断。中断的这种两级控制的方法为编写中断程序提供了方便。

④ 中断的关系

中断之间的关系包括中断的优先级、中断的时序关系、中断之间的数据共享、中断的嵌套和中断的重入。由于应用越来越复杂,中断关系也越来越复杂,分析清楚中断的关系是非常重要的,下面逐一讨论这些关系。

中断的优先级不同于操作系统中任务的优先级,当低级中断的处理正在进行的时候,若该中断服务程序不特意开放中断,即使高级中断请求了,也不可以得到立即的响应,但是上述情况不包括复位中断和不可屏蔽中断。中断的优先级是这样体现的:当第一个中断在处理时,又有两个中断先后或同时发生了,这时这两个中断都要挂起等待;在处理完第一中断后,先响应的中断是挂起的两个中断中优先级高的中断。中断之所以不能"抢先",是因为一般中断的处理都是有很严格的时限,要尽可能快地处理完。当然,也可以通过人为的设置实现中断的抢先,但是这个时候,低优先级的中断也可以抢占高优先级的中断了,我们将在下面"中断的嵌套"中讨论。

中断的时序关系是指中断触发的先后关系以及比例关系。如果 A 中断和 B 中断是成比例的,则可以称两个中断是同步关系,反之是异步关系。如果 A 中断的发生是触发 B 中断的原因,那么可以称这两个中断是有因果关系,比如 A 中断发生时启动一次 DMA,这个 DMA 完成的时候触发 DMA 结束中断 B 中断,所以 A 中断的发生必然导致 B 中断的发生,两者是因果关系。有因果关系的中断,其中断发生次数一般是成比例的,所以中断的因果关系可看作同步关系的一种。

中断之间的数据共享是指中断之间数据传递的方式。由于中断的特殊性,中断之间一般是采用全局数组的方式共享数据,比如数据采集中断和处理中断之间数据共享是采用乒乓方式。异步中断之间由于触发次数不成比例,采用几个缓冲器共享数据可能会溢出,所以经常采用圆周 buffer 的数据结构(即首尾相连的链表)共享数据。

中断的嵌套是在实际中经常使用的方式,尤其是采用传统的中断驱动的 DSPs 软件开发模式的时候。中断嵌套是指当 A 中断正在被处理时,B 中断发生了,这时程序跳转到 B 中断的 ISR,先处理完 B 中断,然后返回继续处理 A 中断。需要注意的是,B 中断的优先级不一定比 A 中断高,但 B 中断的处理也可以嵌套在 A 中断中。允许中断嵌套的条件是:被嵌套的中断的处理时间较长;嵌套中断的处理时间短;被嵌套的中断即使在被打断处理的情况下,也可以在时限内完成。

一般中断的嵌套层数不能多余两级。比如,前面提到的 AD 板的 PRT 采数中断可以嵌套在处理中断 GRIDP 中。但是,由于 VTIDP 的处理时间很短,不需要在 VTIDP 中断处理中嵌套 GRIDP 中断的处理。

中断的重入可以看作中断嵌套的一种特殊情况,指 A 中断还没有处理完时,A 中断又发生了,这是先响应下一次 A 中断,然后返回继续服务上一次 A 中断。除很特殊的情况外,中断的重入在实际应用中应该尽量避免,因为中断的重入会造成中断时序关系的混乱。

(3) DSPs 的 DMA

DMA 的知识主要包括 DMA 的优先级、DMA 的数据链路和 DMA 的传输方式。

① DMA 的优先级

DMA 的优先级是指当一个 DMA 正在进行数据传输并占用总线时,一个较高优先级的 DMA 启动了,这时 DMA 控制器会暂停低优先级的 DMA,记录下 DMA 传输的进度,即 DMA 当前的源地址和目的地址,然后 DMA 控制器启动高优先级 DMA,并在其数据传送完毕后继续低优先级 DMA 的数据传输。DMA 的优先级不同于中断的优先级,可以实现"抢先"。另外,DMA 访问可能会与 CPU 访问产生资源冲突,所以可以设置 DMA 访问和 CPU 访问的优先级,默认情况是 CPU 访问的优先级高。

在应用中如果有多个 DMA 同时进行,要根据处理的时序关系和数据的重要程度合理地分配不同优先级的 DMA 通道。数据越重要,分配的 DMA 通道的优先级就应该越高,比如,前面的 AD 板的应用中,采数中断的处理时间短,分配的 DMA 通道的优先级就是最高的。

② DMA 的数据链路

DMA 的数据链路包括 DMA 控制器在 DSPs 中的位置和 DMA 数据搬移的源/目的的位置。一般情况下 DMA 实现的是片内存储器、片内外设和外部器件之间的数据搬移。需要注意的是,有的 DMA 的数据链路是不是双向的,如 C6000 的片内程序存储器就只能作 DMA 的目的,而不能做 DMA 的源。

③ DMA 的传输方式

由于应用的多样,现代 DSPs 设计的 DMA 传输方式也是多样的。DMA 源地址和目的地址的递增方式多样化,可以实现隔点数据的传输。DMA 的传输方式多样化,可以实现复杂的数据重排,比如矩阵转秩等运算就可以通过 DMA 实现,节约了 CPU 的处理时间。

3.5.4　实时嵌入式 DSPs 软件调试

调试(debug)是指排除软件的 bug 和错误。软件 bug 是指软件做了没有期望它做的事,或者相反,软件没有做到期望它去做的事。软件 bug 自软件诞生以来,没有人能够避免它,所以有人说:"在这个世界上,除了死亡、税收和 bug 外,没有确定的东西。"有的bug 导致的结果并不严重,只会成为公司和程序员的笑柄。但有的 bug 导致的结果是灾难性的,比如:在 1985—1987 年间,一台 Therac-25 放射治疗仪中的有 bug 的软件,使得多名癌症患者因受到过量的放射线照射而死亡。

因为系统的实时性和嵌入式,DSPs 软件 bug 的产生和时间/时序、硬件平台密切相关。调试实时嵌入式系统不能够简单地停止系统来观察实时系统的状态,因为这样会打乱系统基于事件同步运行的多任务的时序,也就不一定能够得到一张正确的系统"快照(snapshot)"。本小节主要讨论调试的基本概念和 DSPs 系统软件调试的方法。

(1) 调试的基本概念

调试就是理解系统行为以去除 bug 的过程。

在调试时,我们试图根除那些导致系统出现未预期行为的根本原因。为了理解其根本原因,我们需要理解系统的运行过程。这里的关键是"运行"和"理解"这两个词。我们需要理解系统在做什么——不是我们认为系统应该做什么,也不是另外的人说系统在做什么——而是系统实际上在做什么。而且,如果不理解系统,就不能指望改动系统让它完成我们想让它做的事情。我们所做的任何改变系统行为的事情,都有破坏另外一些事情的危险,可能改掉了一个 bug 却带来了更多的 bug。

正是因为调试需要理解系统的行为,所以在调试 DSPs 软件时,要对系统相关的知识很熟悉,这些知识包括指令系统、C 编译优化器、连接器、C 运行环境、中断和 DMA 等。不熟悉这些知识,是不能高效地排查 bug 的原因,从而不能快速地修正软件的。

(2) C 运行时环境(runtime environment)

前面提到 DSPs 软件调试需要具备的基本知识有指令系统、C 编译优化器、连接器、C 运行环境、中断和 DMA。其中指令系统、C 编译优化器、连接器、中断和 DMA 都在本章的前面有论述,这里再论述 C 运行环境。

现代 DSPs 软件大都基于 C 语言编写,但是,C 程序都需要编译为汇编程序和指令,最终生成可以在 DSPs 上运行的可执行代码。C 运行环境就是指 C 程序和汇编程序的接口以及 C 程序融合到汇编程序的方法。为了保证 C 程序的正确运行,编译器和程序员必须维护 C 运行环境。C 运行环境包括存储器模式、寄存器约定、C 和汇编的接口、系统的初始化。下面主要以 TMS320C6000 为例讨论 DSPs C 运行环境。

① 存储器模式

C6000 支持两种存储器模式,即小存储器模式和大存储器模式。在小模式下,要求.bss 段的大小低于 32Kbytes,也就是说程序中定义的全局和静态变量的总和不能超过32Kbytes。满足这个条件,编译器将数据页指针 DP(也就是 B14 寄存器)指向.bss 段的起始,对变量采用直接寻址方式,只需一条指令就可以加载一个变量,如下所示:

```
LDW    * + DP(_x),A0
```

在大模式下,对.bss 段的大小没有任何要求,编译器对变量使用寄存器间接寻址方式,这样要使用 3 条指令才可以加载一个变量,对变量存取的速度比较慢,如下所示:

```
MVKL    _x,   A0
MVKH    _x,   A0
LDW     *A0,  B0
```

② 寄存器约定

寄存器约定规定了编译器使用寄存器的方法以及函数调用过程中数值保存的方法。C6000 的 C 程序调用函数时,如果参数个数小于 10,就通过通用寄存器(A4～A13 和 B4～B13)传递参数,多于 10 个的参数通过堆栈传递。返回值放在 A4 中,如果返回的是结构指针,则放在 A3 中。返回父函数的地址放在 B3 中。堆栈指针 SP 使用的是寄存器 B15,数据页指针 DP 使用的是 B14。C6000 的完整的寄存器约定见表 3-11。

表 3-11　C6000 C 编译器的寄存器使用约定

寄存器	为何种函数保留	特殊用途	寄存器	为何种函数保留	特殊用途
A0	父函数	—	B0	父函数	—
A1	父函数	—	B1	父函数	—
A2	父函数	—	B2	父函数	—
A3	父函数	结构体寄存器(返回结构体指针)	B3	父函数	返回地址寄存器
A4	父函数	参数 1 或返回值	B4	父函数	参数 2
A5	父函数	double、long 或 long double 时,与 A4 共同传递参数 1 或返回值	B5	父函数	double、long 或 long double 时,与 B4 共同传递参数 2
A6	父函数	参数 3	B6	父函数	参数 4
A7	父函数	double、long 或 long double 时,与 A6 共同传递参数 3	B7	父函数	double、long 或 long double 时,与 B6 共同传递参数 4
A8	父函数	参数 5	B8	父函数	参数 6
A9	父函数	double、long 或 long double 时,与 A8 共同传递参数 5	B9	父函数	double、long 或 long double 时,与 B8 共同传递参数 6
A10	子函数	参数 7	B10	子函数	参数 8
A11	子函数	double、long 或 long double 时,与 A10 共同传递参数 7	B11	子函数	double、long 或 long double 时,与 B10 共同传递参数 8
A12	子函数	参数 9	B12	子函数	参数 10
A13	子函数	double、long 或 long double 时,与 A12 共同传递参数 9	B13	子函数	double、long 或 long double 时,与 B12 共同传递参数 10
A14	子函数	—	B14	子函数	数据页指针(DP)
A15	子函数	帧指针(Frame pointer, FP)	B15	子函数	栈指针(SP)

③ C 和汇编的接口

C 和汇编的接口是指 C 程序和汇编程序的相互调用及数据共享的方式。C6000 中的 C 程序,可以通过内联函数(intrinsics)调用汇编指令,也可以使用 asm()语句直接嵌入汇编代码。C 程序调用汇编函数时,汇编函数要遵循寄存器约定、保存寄存器和正确地调整堆栈指针,才能不破坏 C 的运行环境。C 程序中的全局变量或函数名,如果在汇编程序中使用,需要加下划线"_",这是 C 编译器在编译 C 程序为汇编程序时添加的。

④ 系统的初始化

系统的初始化是指系统从复位中断开始,执行到 main()函数的过程。系统初始化对于理解 C 运行环境的实现是很重要的。C6000 的初始化过程如下:在复位中断中调用 c_int00()中断服务函数,然后在这个函数中设置寄存器、初始化 C 的全局变量和调用 main()函数。c_int00()的代码如下:

```
extern void __interrupt c_int00()
{
    /* 第 1 步:初始化堆栈指针 */
    __asm("    mvkl __stack,SP");
    __asm("    mvkh __stack,SP");
    __asm("    mvkl __STACK_SIZE - 4,B0");
    __asm("    mvkh __STACK_SIZE - 4,B0");
    __asm("    add B0,SP,SP");
    __asm("    and ~7,SP,SP");

    /* 第 2 步:初始化数据页指针 */
    __asm("    .global $bss");
    __asm("    mvkl $bss,DP");
    __asm("    mvkh $bss,DP");

    /* 第 3 步:如果是 C67xx,设置浮点运算控制寄存器 FADCR 和 FMCR */
#ifdef _TMS320C6700
    __asm("    mvk 0,B3");            /* round to nearest */
    __asm("    mvc B3,FADCR");
    __asm("    mvc B3,FMCR");
#endif

    /* 第 4 步:调用 C 函数 auto_init,进行全局变量初始化,把.cinit 段中的数赋值到全局变量中 */
    __asm("    .global cinit");      /* 把.cinit 段地址放到第一个参数的位置 A4 */
    __asm("    mvkl cinit,A4");
    __asm("    mvkh cinit,A4");
    __asm("    mv DP,B4");           /* 第 5 步:把数据页指针放到第二个参数的位置 B4 */
    __asm("    .global __auto_init");
    __asm("    mvkl $aiRL,B3");      /* 设置返回的地址,放到寄存器 B3 */
    __asm("    mvkh $aiRL,B3");
    __asm("    mvkl __auto_init,B0");
    __asm("    mvkh __auto_init,B0");
    __asm("    b B0"); /* far call */
    __asm("    NOP 5");
    __asm("$aiRL:");

    /* 第 5 步:调用 main 函数,运行系统的应用程序 */
```

```
main();

/*第6步：系统退出*/
exit(1);
}
```

（3）DSPs 软件调试方法

一个有过 Windows 程序开发经验但新接触 DSPs 软件开发的程序员，常常为系统出现莫名的现象感到困惑，调试时感到无从下手，这是因为 DSPs 系统是实时嵌入式系统，和通用的桌面系统有很大的区别。DSPs 软件 bug 的表现有其特殊性的一面，所以调试 DSPs 软件有些特殊的方法。

① 随时关注程序的运行时间

DSPs 系统中一般需要响应多个中断，我们在各个中断服务程序中做相应处理。在使用实时操作系统的时候，真正的处理不放在中断服务程序中，是通过中断触发其他线程来处理数据。实时系统中，每个任务的处理都是有其时限的。如果一个任务处理超过其时限，就会导致系统的错误。在编写和调试 DSPs 的处理程序时，一般在刚开始的时候运算量还不大，CPU 的利用率很低，不会出现超时的情况。但随着应用和算法的不断加入，就可能出现某个处理不满足其时限，导致系统时序关系混乱，最后使系统崩溃。当系统死机后，再来观察系统的状态以查找原因，会比较困难。所以，在刚开始编写中断服务程序和其他线程处理程序的时候，要随时剖析（profile）程序的运行时间，计算每个任务的处理时间的余量。通过对各任务处理时间在时间轴上分布的分析，能够使我们对实时系统的运行有整体的把握，这样的整体观有利于实时系统开发时对运算负荷的分配，减少处理超时限后导致的系统崩溃。

DSPs 系统软件处理时间的测量可以靠开发环境提供的代码剖析工具，这在前面"开发环境"一节中已经叙述过。但是，对于多中断和多任务的 DSPs 系统来说，由于有中断嵌套或高级任务的抢先等情况，简单的剖析不能反映程序连续运行时的耗时情况。实际的开发调试中，我们采用"时钟（Timer）"来剖析和测量程序中两个位置间的运行时间，这两个位置常选在处理线程的开始处和结尾处。这样测得的运行时间就包含了两个位置间被中断嵌套或高级任务抢先所用的时间，才能正确地计算得到处理时间的余量。使用时钟测时的基本方法是：（Ⅰ）设置时钟寄存器；（Ⅱ）启动时钟；（Ⅲ）在程序的 A 位置读时钟计数器的值；（Ⅳ）在程序的 B 位置读时钟计数器的值；（Ⅴ）把两个计数器的值做差值，再换算成标准的时间单位，就得到 A→B 的程序运行时间。实际使用中，要注意时钟计数器值越界的问题，即时钟在计数过程中计数值达到了最大值，然后重新开始计数。如果发生计数器值越界，要修正 B 点计数器值，才能得到正确的差值。

② 如何将 DSPs 程序正确停下来：断点的设置方法

刚开始进行 DSPs 程序开发的程序员，在程序运行中想让程序停止运行或者想让程序运行到某个位置时停下来，就运行"停止（halt）"命令或在某个位置设置断点。这种方法在很多情况下是不正确的，不能得到 DSPs 的快照。其原因是现代的 DSPs 的时钟周期很短，只有几纳秒，所以程序的运行节拍很快，而 DSPs 开发系统采用的是 JTAG 协议，一个命令在翻译为数据后，通过开发系统传递到 DSPs 是有时间的，更重要的是命令到达

DSPs 各个部分是有时间先后关系的,这些时延尽管很短,但已经可以和 DSPs 的时钟周期相比拟,所以 DSPs 各部分并不是在同一个时刻停下来的。观察 DSPs 实时系统的状态,最好的方法是做记录,这将在下面第(3)点介绍。

当然,在有些情况下也是可以设置断点来观察系统的状态,但也不要在程序正在运行的时候设置断点,因为命令到达 DSPs 系统的时候,会占用 CPU 的运行时间,从而可能会影响 DSPs 运行的时序。所以,断点要在运行前设置。实际中常常是设置条件断点,即程序运行了一段时间后,当某个条件满足了(常用中断发生次数做条件),才会运行到断点,使程序停止运行。下面是一段示范的代码,断点就设置在调用 nop_debug() 这个函数上:

```
if(IntCounter.GRIDPIntNum == 25)
{
    nop_debug();                    // nop_debug()为一个调试时专用的空函数
}
```

③ 数据的记录很重要

产生 bug 后,需要观察相关的信息,为分析 bug 产生的原因提供证据。DSPs 系统不能简单地停止系统运行来观察系统的状态和相关的信息,而且某些 bug 导致系统崩溃,停止程序的运行后可能根本就看不到关心的信息。数据记录是实时调试的基本方法,数据记录的调试方法既不影响实时系统运行的时序,又能提供程序的相关信息给调试者分析。数据记录的方法是:在没有用到的数据存储区开辟一些缓冲区和数组,然后在中断服务程序中,顺次记录程序员关心的信息和变量,在程序停止后,再通过图形化方法显示数组的内容,或者直接观察记录的数据。由于是在一段时间内的多个时刻记录的数据,所以能够"动态"地反映系统的运行情况,为定位 bug 提供丰富的信息。

TI 推出了 RTDX 技术(实时数据交换技术),能够在不打断 DSPs 运行的情况下,通过 JTAG 开发系统连续地从 DSPs 捕获关心的数据,传递回主机方显示。这为实时系统开发者的调试提供了方便。基于 RTDX 技术的实时调试方法,其本质还是做数据记录,但缓冲区就不是开在 DSPs 上了,而是在主机上,所以可以观察的数据时间就更长。但是,受到 RTDX 的数据率的影响(XDS510 8KB/s,XDS560 2MB/s),同时记录的数据不能太多,不过这个问题会随着技术的发展得到解决。

④ 分解定位法:一次新增代码不益过长

分解定位法是在系统出现 bug 后,把软件分成很多子部分,逐一削减,直到 bug 消失,然后再慢慢增加代码直到 bug 出现。分解定位法也是实时系统中常用的方法。

DSPs 系统添加代码后,会改变存储器的分配图,也可能由于增加了运算负载而改变系统运行的时序。如果一次添加代码过长,出现问题后将不得不采用分解定位法定位 bug。但由于新加的代码很多,导致 bug 的原因可能很复杂,所以定位 bug 会很耗时间。从实践中得出的教训是:较长的程序尤其是和数据传输有关的程序一次性添加到 DSPs 软件中后,不出问题的可能性很小。所以,DSPs 程序开发有一个原则:一次新增代码不益过长,这样有利于软件 bug 的定位。

⑤ 程序为什么跑飞

DSPs 的程序经常跑飞,即程序运行到某些未知的位置,这时程序员很容易感到困惑和无从下手,因为程序员并没有把程序执行到那些地方呀! DSPs 的程序跑飞在多数情况下也是和中断有关的,因为只有中断发生时才会出现运行程序的突然跳转。但是,我们一般也都是设置了中断服务函数的,只要这个中断服务函数的程序地址不变,程序应该就不会跑飞。问题常常就出在这个中断服务函数的程序地址上。即使它由程序员正确设置了,但也可能会被软件中的 bug 将其修改,所以当中断再次发生后,程序就可能飞到莫名其妙的位置。

以 C6000 为例,其中断服务程序只有 8 条指令,所以需要"二次跳转"调用真正的中断服务程序。C6000 C 的中断服务程序由 interrupt 关键字声明,并在中断设置函数中将中断服务程序的地址挂接(hook)到中断向量表中。中断向量表放在数据存储区中,当中断发生时,由一次跳转处的中断服务程序加载二次跳转的地址,实现中断的真正处理。如果中断向量表被修改(常见的一个原因是数组溢出),二次跳转的地址就会被错误地加载,最终导致程序跑飞。排查这样的原因,可以观察跑飞后的数据存储区的中断向量表,看是否被修改,如果数值不对,观察在中断向量表前后的数据是否也不正常。一般通过这样的方法就可以排查出中断跑飞的问题。

⑥ 对硬件平台的测试

有时候 DSPs 系统的错误不是由软件 bug 造成的,而是硬件平台的问题。在有的课题中,硬件平台也是第一次开发的,这时软件编程人员就需要在接手硬件平台前进行测试。除了简单的功能测试外,更重要的是进行"满负载"的性能测试。满负载的测试需要使 DSPs"全速运行",即 DSPs 所有的运算单元并行执行指令,同时在数据链路上进行最大速度的数据输入和输出,而且这些数据 I/O 要测试到所有的接口。对硬件平台的满负载测试,能够有效地隔离软件 bug 和硬件的问题,避免软硬件开发人员在错误定位上的纠缠不清,提高系统开发的效率。

总之,对于实时嵌入式系统的调试,要树立时间和时序第一的观念,把握系统中多任务运行的时间片分配,保持清醒的头脑,在理解系统运行的基础上,定位和排查 bug 产生的原因。

3.5 节讨论了 DSPs 软件的开发与调试方法,由于 DSPs 系统是面向大量数据处理的实时嵌入式系统,所以 DSPs 软件的开发与调试方法有其特殊性。DSPs 的数据传输程序的开发是实践中的难点,程序员要清楚地分析多数据链路和 DMA、中断的关系,关注CPU 处理时间的分配,才能写出正确的数据传输程序。DSPs 软件的调试需要正确地理解中断和 DMA 的运行行为,掌握系统的运行情况,灵活地应用时钟工具,把握系统的总体运行时序,才能快速定位和排查 bug。此外,MATLAB 在现代 DSPs 软件的开发中起到越来越重要的作用,值得 DSPs 软件开发人员关注。

参考文献

[1]　Texas Instruments. TMS320C6000 Assembly Language Tools User's Guide(spru186m)[M]. 2003

[2]　Texas Instruments. TMS320C6000 Optimizing Compiler User's Guide(spru187k)[M], 2002

[3]　Texas Instruments. TMS320C6000 Programmer's Guide. pdf(spru198g)[M],2002

［4］ Texas Instruments. TMS320 DSP/BIOS User's Guide(spru423b)［M］,2002

［5］ Texas Instruments. TMS320C6000 CPU and Instruction Set Reference Guide(spru189f)［M］,2000

［6］ Analog Device. VisuaDSP++3.0 User's Guide for TigerSHARC DSPs［M］,2002

［7］ Analog Device. VisualDSP++3.0 Kernel(VDK)User's Guide［M］,2002

［8］ 彭启琮,李玉柏,管庆.DSP 技术的发展与应用［M］.北京：高等教育出版社,2002

［9］ 李方慧,王飞,何佩琨.TMS320C6000 系列 DSPs 原理与应用.北京：电子工业出版社［M］,2003

［10］ 李真芳,苏涛,黄小宇.DSP 程序开发——MATLAB 调试及直接目标代码生成［M］.西安：西安
　　　电子科技大学出版社,2003

第4章 实时系统

　　数字信号处理器的运算能力强大,主要的应用场合就是有大量数据处理的实时系统。实时系统是这样的一种系统,系统设计的目标是尽力在任务时限(deadline)内完成任务的处理。如果没有在任务的时限内处理完任务,其后果是灾难性的,这种实时系统称为“硬”实时系统,比如航天器、核反应堆和喷气式引擎中的实时嵌入式控制系统。如果没有在任务的时限内处理完任务,其后果只是使系统性能降低到一般的可接受水平之下,并不是灾难性的,这种实时系统称为“软”实时系统,比如多媒体系统,如果任务处理不及时,图像的质量会下降,但是,质量下降的图像也并非没有一点价值,所以系统仍然可以继续工作,并在后面的时间内及时处理后续任务,以恢复图像质量。图 4-1 给出了 3 种实时系统中的任务价值函数(task value function),表示任务的处理时间和任务对系统的价值之间的关系。图中,(a)所示为硬实时系统的任务价值函数,(b)和(c)所示为软实时系统的任务价值函数。

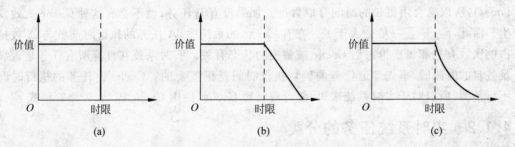

图 4-1　几种实时系统的任务价值函数

　　实时系统任务要满足时限可以从硬件和软件两个方面努力。在硬件上提高处理器的处理速度,在软件上应用合适的任务调度和资源访问控制算法。本章主要介绍实时系统的基本概念、任务调度和实时操作系统(RTOS)。

4.1　实时系统概述

4.1.1　实时系统的可预测性

　　实时系统的可预测性包含两个方面:第一个方面是指任务处理在没有被打断的情况下的执行时间可预测,主要指任务的最长处理时间是可预测的;第二个方面是指实时系统在多任务调度、资源分配和需要中断服务的情况下,各任务保证在时限内完成处理。实时系统采用各种算法和策略,始终保证系统行为的可预测性(predictability)。可预测的系统可靠性更高。

通用操作系统的设计注重多个任务的平均表现性能,尽量缩短系统的平均响应时间和提高系统的吞吐率,在单位时间内为尽可能多的用户请求提供服务。

实时系统与通用操作系统不同,实时系统是应用在某个具体的场合中,且实时系统的任务必须在时限内完成。实时系统的设计就是要采用合适的任务调度算法,保证任务在时限内完成,而不论是否发生其他事情。实时系统注重的是个体表现,更准确地讲是个体最坏情况表现,即在最坏情况下也要保证个体的处理在其时限内完成。

一切导致系统不可预测的因素都是实时系统设计者所不期望的,比如 Cache 的使用。Cache 在通用计算机中的使用很普遍,它能有效地减少存储器存取的时间,以增加系统的平均吞吐率。Cache 分配算法之一就是当前执行的任务完全占有整个 Cache,这种方法使Cache 的命中率很高,从而减少了存取数据的时间。在通用计算机系统中,这是一种常用的方法。但是,对于实时系统的设计者来说,这种方法导致了任务执行时间不可预测。下面举一个例子说明。

已知任务 A 在未被其他任务打断时的执行时间为 t_1。当 A 在执行过程中,一个高优先级的任务 B 就绪了,系统就会中断 A,然后转为执行 B,这时 A 已经执行的时间有 $t_{2.1}$。B 执行完后,系统转回 A 被打断处继续执行,直到完成 A,这时任务 A 又被执行了 $t_{2.2}$ 长的时间。$t_{2.1}+t_{2.2}$ 一定等于 t_1 吗? 不一定! 因为当任务 B 执行时,Cache 中 A 的一些存储块会被 B 所替换。当 A 继续执行并存取被替换的 Cache 块时,就会发生 Cache 失效(miss),所以就会用更长的时间存取数据。如果没有 B 任务,就不会有这种 Cache 失效发生。因此,$t_{2.1}+t_{2.2}$ 一般会大于 t_1。在有 Cache 的系统中,A 任务的执行时间就与 A 被抢占的次数有关和每次抢占后 Cache 被替换的状态有关。实时系统在计算所有任务是否满足各自的时限时,事先知道任务的确切执行时间是很重要的。Cache 使任务的执行时间不可预测,所以对于实时系统来讲,要合理管理 Cache,使用 Cache 冻结、旁路等模式。

4.1.2　实时系统任务的分类

实时系统的任务有两种分类方法: 第一种是根据任务到达时间是否可预测来分类;第二种是根据任务没有在时限内处理完而所造成后果的严重程度来分类。

根据第一种分类方法,可以把实时系统的任务分为周期任务和非周期任务。

- 实时系统中有很多任务被重复地执行。例如,在飞机上,传感器要每隔 100ms 对飞机的速度、高度和姿态等参数进行采集。这些传感器采集的信息送到实时控制计算机中,作为周期任务的输入参数。这些周期任务调整飞机的副翼、方向舵等控制面,以保持飞机的稳定。周期任务是设计者已知的,所以这类任务的调度方法可以预先设定。
- 除周期任务外的其他任务是偶尔出现的,两次任务的释放时间间隔服从某种概率分布。例如,飞行员需要飞机转弯,一系列相关任务会被执行。非周期任务是不可预测的,系统必须保留足够的时间来执行这些任务。非周期任务中,必须在严格的时限内完成的任务又称为偶发(sporadic)任务。

根据第二种分类方法,可以把实时系统的任务分为关键(critical)任务和非关键任务。

- 关键任务需要在时限内完成,否则后果会很严重,例如,飞机的稳定控制系统。但是,关键任务的发生频率可能过高,并不需要每次发生都需要成功地执行。比如,一个关键的周期任务每发生 n 次,只需要执行完一次就可以保证系统的正常。

- 非关键实时(或称为软实时)任务对系统的重要程度较低。非关键任务处理的数据常常是随时间变化的,所以如果没有在时限内完成非关键任务,它们就没有价值。调度非关键任务的目标就是尽量提高非关键任务完成的百分比。

4.1.3　实时系统的模型

(1) 系统资源、处理器和资源

系统资源分为两大类:处理器和资源。

这里所指的"处理器"是抽象的,包括 CPU、磁盘、网络链路和数据库服务器等具有计算、检索和传输功能的部件。处理器执行机器指令、搬移数据、检索文件和处理查询。每个任务的执行必须拥有一个或多个处理器。处理器又常被称作服务器和主动资源。如果两个处理器功能是一样的并且可以交换使用,就可以认为它们是同一类型。

"资源"一词专指被动资源,如内存、互斥量和资源锁。任务执行除了需要处理器外,还需要一些资源。资源在使用的过程中不会被消耗掉,所以资源是可重用的。如果某种资源是丰富的,总是能被任务得到,它就不会在实时系统模型中出现,这样做的目的是为了简化模型。

(2) 实时系统任务的参数

一个任务可以由其时间参数、功能参数、资源参数和互联参数来表征。时间参数说明了任务的定时约束和行为,如时限和释放时间。功能参数说明任务的内在属性,如价值函数和可抢占性(可抢占性指任务执行时可以被其他任务抢占)。资源参数说明任务的资源需求。互联参数描述任务如何依赖于其他任务以及其他操作如何依赖于它。

(3) 定时约束:执行时间、释放时间、响应时间、绝对时限、相对时限

任务的执行时间是指任务单独执行并拥有所有它需要的资源时,完成任务的执行所需要的时间量。任务执行时间可能在 $[e_{min}, e_{max}]$ 之间变化,一般我们所指的任务执行时间是 e_{max}。

任务的释放时间又称为到达时间,它是一个时刻,在这个时刻上,任务能够执行。从释放时间开始,只要任务所需的数据或其他条件得到满足,就可以被调度和执行。

任务的响应时间是指任务的释放时间到完成时间的时间长度。

任务的相对时限是指任务的最大允许响应时间。

任务的时限是一个时刻,要求任务在此时刻之间完成它的执行。任务的时限也称为绝对时限。任务的绝对时限等于释放时间加上其相对时限。

下面举一个例子说明。一个实时系统中有一个中断,其发生的周期是 100ms,这个中断在 $(20+100 \times k)$ms 等时刻发生,其中 k 为自然数。中断服务程序(即任务)的执行时间为 60ms,如图 4-2 所示。图中的灰色方框表示中断服务程序执行的持续时间。

① 任务的释放时间(时刻):20ms,120ms,220ms…

② 任务的执行时间(一段时间):60ms

③ 任务的绝对时限(时刻):120ms,220ms,320ms…

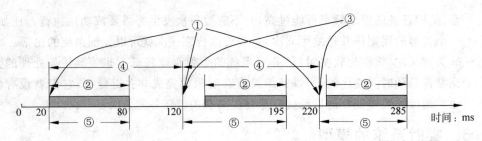

图 4-2　实时系统的时间参数示例

④ 任务的相对时限(一段时间)：100ms

⑤ 任务的响应时间(一段时间)：[60ms,100ms]，任务的响应时间可以是变化的。

(4) 周期任务的模型

周期任务指释放时间间隔是一个常数的任务。任务的释放时间和执行时间的抖动会影响周期任务模型的准确程度。

假设系统中有 n 个任务：T_1、T_2、$\cdots$、T_n，各个任务的周期对应为 p_1、p_2、$\cdots$、p_n。H 为所有任务周期的最小公倍数，称 H 为系统的超周期(hyperperiod)。每个超周期中执行的任务个数为 $\sum\limits_{i=1}^{n} H/p_i$。任务的利用率 u_i 定义为任务的执行时间和周期的比值，即 $u_i = e_i/T_i$。系统各任务利用率的总合称为总利用率，用 U 表示。

举一个例子：某实时系统中有 3 个周期任务，其周期分别为 3、4 和 10，对应的执行时间分别为 1、1 和 3，则系统的超周期为 60，每个超周期中执行的任务数为 41，各任务的利用率为 0.33、0.25 和 0.3，系统总利用率为 0.88。这个系统的处理器在 88% 的时间内处理任务。

(5) 执行次序图(precedence graph)

任务间的数据的相关性和控制的相关性可能限制任务的执行次序。如果要按照某种次序执行任务，则称任务具有"优先约束(precedence constraints)"。否则，如果任务可以按照任意次序执行，则称它们是独立的。

这里采用符号"<"来说明任务之间的先后约束关系。如果任务 T_k 必须在任务 T_i 完成之后才能执行，则称 T_i 为 T_k 的"先趋"，T_k 是 T_i 的"后继"，并可用符号 $T_i < T_k$ 表示。如果 $T_i < T_k$，并且没有其他任务 T_j 使得 $T_i < T_j < T_k$，则称 T_i 为 T_k 的"直接先趋"，T_k 是 T_i 的"直接后继"。

可以用执行次序图表示任务集合 T 中任务之间的优先约束。图中的顶点表示一个任务，如果任务 T_i 为 T_k 的直接先趋，从顶点 T_i 到 T_k 就有一条有向的边。图 4-3 为一个有 5 个任务的实时系统的执行次序图。

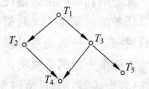

图 4-3　一个实时系统任务的执行次序图

从图中可以得到：

$<(T_1) = \phi$，(ϕ 表示空集)；

$<(T_2) = \{T_1\}$；

$<(T_3) = \{T_1\}$；

$<(T_4)=\{T_1,T_2,T_3\}$；

$<(T_5)=\{T_1,T_3\}$。

如果在执行次序图的结点标上任务的释放时间和绝对时限,该图就被称为任务图。表示任务之间的数据依赖关系可用有向的数据相关连线连接任务,以表示任务之间的数据相关关系。数据相关连线的起点是生成数据的任务,数据相关连线的终点是使用数据任务,数据量的大小可标示在数据相关连线上。

(6) 功能参数

任务的功能参数会影响调度和资源访问控制算法,这些功能参数主要有任务的可抢占性、任务的重要程度(criticality)和任务价值函数。

系统中任务常常是交替执行的。调度程序可能挂起一个不是特别紧急的任务,把处理器让给更紧急的任务执行。如果一个任务的执行在任何时候都可以被挂起,以便让其他任务执行,随后又可以在挂起点被恢复执行,就称此任务是可抢占的(preemptable)。如果一个任务必须从头执行到尾,中途不能中断,则称任务是不可抢占的。之所以有这种限制是因为,如果任务在执行中被挂起并把处理器让给其他任务,那这个被挂起的任务就必须重新从头开始执行。有时,一个任务可能在一小段是不可抢占的,比如中断服务任务,它在开始执行时要保存处理器的状态,这一段是不可抢占的。

任何系统中,任务都不是同等重要的。某个任务的重要性指明了相对于其他任务来讲这个任务有多重要。当系统负荷过重以至于调度不能满足所有任务的时限要求时,牺牲重要性低的任务是有实际意义的,这样能使重要性高的任务满足时限要求。这种系统中,任务的重要性信息就要送给调度程序使用。

(7) 资源参数

前面说过,实时系统资源包括处理器和资源,处理器也可看作是资源的一种。任务的资源参数从应用的角度给出了处理器和资源的部分描述。任务的资源参数包括执行任务的处理器类型、任务需要的每种类型的资源的数量和任务执行时需要某种资源的时间间隔。

如果一种资源的每个单元必须连续使用,则此资源是不可抢占的。换句话说,一旦不可抢占资源的单元被分配给了一个任务,其他需要此资源的任务必须等到这个任务用完以后才能使用该资源。如果任务可以同时使用一种资源中的不同单元,则此资源是可抢占的。

可用资源图描述资源的配置和资源间的连接关系。资源图中的一个顶点表示一种资源,顶点的属性是资源的参数,包括资源的类型和资源的单元数。资源图中连接资源的边有两种:第一种,$R_i \rightarrow R_k$,表示 R_k 是 R_i 的一部分,如计算机资源包含 CPU 资源和内存资源;第二种连接表示资源是可访问的,如两台计算机的 CPU 之间有连接,表示每个 CPU 都可以被另外的一台计算机访问。

(8) 调度程序和性能

调度程序根据所选择的一组调度算法和资源访问控制协议,来对任务进行调度和资源分配。调度程序把处理器分配给任务,也可以反过来说,调度程序把任务分配给处理器。调度程序产生的调度为有效时,需要满足的条件为:

- 任何时候,每个处理器最多只分配给一个任务;
- 任何时候,每个任务最多只分配到一个处理器;
- 所有任务在释放之前都没有被调度;
- 根据所使用的调度算法,给每个任务分配的处理器时间之和等于其最大执行时间或实际执行时间;
- 所有的优先约束和资源使用约束满足。

如果所有的任务按照其时限完成,就称相应的调度程序是可行调度。如果调度程序对某个任务集合总是能产生可行调度,则称这个任务集合是可调度的。除了可行性准则外,调度程序的其他性能参数包括最大与平均延缓时间(tardiness)、最大与平均延迟时间(lateness)、超时率(miss rate)、丢失率(loss rate)和无效率(invalid rate)。

① 延缓时间是任务的响应时间与其执行时间的差。如果任务在释放后立即执行,并没有被其他任务打断,则延缓时间为 0,达到最小延缓时间。

② 延迟时间是任务的响应时间与其相对时限的差。和延缓时间不同,延迟时间有负值。当任务的响应时间小于相对时限时,即任务及时完成,延迟时间就是负值。

③ 超时率是指已经执行但完成得太晚的任务的百分比。

④ 丢失率是指被放弃的任务的百分比,也就是根本没有执行的任务的百分比。

⑤ 无效率是超时率和丢失率之和,它给出了任务中没有产生有效结果的百分比。实时系统希望无效率尽可能小。

(9) 实时系统模型

一个实时系统模型由三个部分组成,如图 4-4 所示。任务图位于图的上面部分,它给出了任务的执行时间、资源需求、定时约束和任务之间的依赖关系。下面部分是资源图,描述资源的数量和属性,以及使用资源的规则。在中间是操作系统使用的调度和资源访问控制算法。注意,图中给出的是简化了的模型,有些参数和关系没有详细表示出。

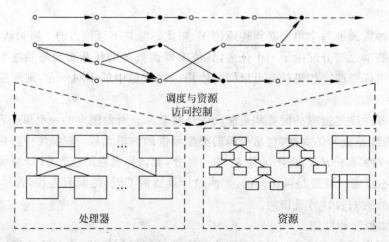

图 4-4 实时系统模型

4.2　实时调度方法

调度(schedule)方法是指如何选出待分派的任务来执行的方法。实时调度方法是指用在实时系统中满足各任务时限的任务调度方法。本节介绍三种常用的实时系统调度方法：时钟驱动(clock-driven)调度、优先级驱动(priority-driven)调度和加权轮转(weighted round-robin)调度。

4.2.1　时钟驱动方法

时钟驱动调度也称为时间驱动调度，是指在系统开始运行之前，选择一些特定的时刻，在这些时刻决定任务在何时执行。时钟驱动调度方法的一个典型应用是系统里的所有任务都是强实时任务，且参数是固定和已知的。任务的调度表应事先设置好，在系统运行时使用。在每个事先设置好的调度时刻，调度程序调度系统的任务。采用这种方法时，运行时的调度开销最小。

调度程序常常以某个周期执行，做出调度决策。一种方法是用硬件定时器来实现，这样就不需要调度程序干预就可以把定时器设置成周期性地计数。当系统初始化的时候，调度程序选择并调度任务，然后把自己挂起。当定时器的计数周期到了的时候，调度程序被(定时器中断)唤醒，并重复上面的动作。

下面的讨论基于三个假设：

* 系统中固定有 n 个周期任务。
* 所有周期任务的参数是事先已知的。用 4 个参数$(\varphi_i, p_i, e_i, D_i)$来描述一个周期任务 T_i，其中 φ_i 是相位，p_i 是周期，e_i 是执行时间，D_i 是相对时限。如果任务的相位为 0，可以忽略不写。如果任务的相对时限等于其周期，也可以忽略不写。
* 每个任务 T_i 在其释放时间 r_i 时处于就绪可执行状态。

(1) 静态时钟驱动调度算法

只要在系统开始运行之前获得强时限任务的参数，就可以直接采用静态调度表确保任务满足时限。静态调度表精确地规定每个任务什么时候开始执行，而且分配给每个任务的处理器时间等于该任务的最大执行时间。在运行期间，调度程序根据静态调度表来分配任务。只要任务没有在运行时出现异常，所有的任务时限肯定都能满足。由于调度表是脱机计算的，因此可以使用复杂的成熟算法。

举一个例子，系统有 4 个各自独立的周期性任务，分别是 $T_1 = (4, 1)$、$T_2 = (5, 1.8)$、$T_3 = (20, 1)$、$T_4 = (20, 2)$。4 个任务的利用率分别是 0.25、0.36、0.05 和 0.1，总利用率为 0.76。系统的超周期 H(所有周期的最小公倍数)为 20，静态调度表包含了重复长度为 20 的时间段。图 4-5 显示了在一个处理器上的一种调度方法。T_1 在 0、4、9.8、13.8 等时刻开始执行。所有的任务都满足其时限要求。某些时间片段没有执行周期任务，比如(3.8, 4)、(5, 6)、(10.8, 12)等。这些时间片段可以执行非周期任务或后台的非实时任务。

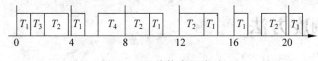

图 4-5　一种静态调度法

　　静态调度表的每一条目$(t_k, T(t_k))$给出一个时刻 t_k 和任务名 $T(t_k)$。t_k 是做出调度决策的时刻，$T(t_k)$ 是指任务应当在 t_k 启动的任务名或者 I（I 表示没有周期性任务被调度的空闲时间间隔），如上面的例子包含 17 个条目：$(0, T_1)$、$(1, T_3)$、$(2, T_1)$、$(3.8, I)$、$(4, T_1)$、…、$(19.8, I)$。调度程序使用一个定时器，在初始化和某个调度决策时刻设置定时器，使定时器可以在下一个决策时刻到期并请求一个中断。一旦在时刻 t_k 接收到一个定时器中断，调度程序就将定时器设为在 t_{k+1} 时刻到期并准备执行任务 $T(t_k)$。然后，调度程序将自己挂起，把处理器让给任务去执行。当定时器再次到期时，调度程序重复上述操作。图 4-6 的伪码描述了这种调度程序的流程。

```
输入：保存的条目(t_k, T(t_k))，这里 k = 0, 1, …, N - 1。
任务 SCHEDULER
    设置下一个决策点 i 以及调度表的条目 k 为 0；
    设置定时器在 t_k 到期。
    do forever:
        接受定时器中断；
        如果有一个非周期任务正在执行，就抢占该任务；
        当前任务 T = T(t_k)；
        将 i 加 1；
        计算下一个调度表条目 k = i mod (N)；
        设置定时器在[i/N]H + t_k 到期；
        如果当前任务 T 是 I（即是空闲时间），
            执行位于非周期队列头的任务；
        否则，执行如果 T；
        睡眠；
end SCHEDULER
```

图 4-6　时钟驱动调度程序

　　周期静态调度也可以称为循环调度。由于在某个特定时刻做出某个调度决策并不依赖于系统中的事件（如任务释放、任务完成），所以这种调度强实时任务的方法称为时钟驱动调度法。

　　（2）周期时钟驱动调度算法

　　前面所述的静态时钟驱动调度的调度决策可以发生在任意时刻。周期时钟驱动调度是循环调度的通用结构，对静态时钟驱动调度作了限制：必须周期性地制订调度决策，而不能在任意时刻做出。如图 4-7 所示。调度决策时刻将时间划分为区间，称之为帧（frame）。帧的长度 f 称为帧长（frame size）。由于调度决策的制订仅在每帧的起始时刻进行，因此各帧之内没有抢占。每个周期任务的相位（释放并就绪时间）是帧长的整数倍。

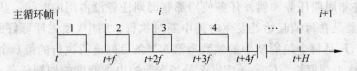

图 4-7　循环调度的通用结构：周期时钟驱动调度

除了需要调度程序选择要执行的任务外，还希望它能够在每帧的起始时刻完成监控，检验所调度的任务是否确实被释放，检验是否有任务超时运行，并在发现任何错误的情况时采取必要的处理，这些因素制约帧长的选择。下面具体讨论选择帧长的方法：

- 为了任务没有抢占，帧长要足够大，使一帧之内每个任务都能够开始执行并完成，即

$$f \geqslant \max_{1 \geqslant i \geqslant n}(e_i) \tag{4-1}$$

- 帧长 f 要能够整除系统的超周期 H。因为 H 是所有任务周期的最小公倍数，所以至少有一个任务的周期能够被 f 整除，即

$$\lfloor p_i/f \rfloor - p_i/f = 0 \tag{4-2}$$

其中，符号 $\lfloor \ \rfloor$ 为向下取整。当满足这个条件时，每个超周期中都只有相同的整数个帧，这个整数记为 F。

- 为了使调度程序能够确定每个任务是否在其时限内完成，希望帧长足够小，使得每个任务的释放时间和时限之间至少存在一个帧。图 4-8 所示为任务 $T_i = (p_i, e_i, D_i)$ 的帧长 f 的可用范围。

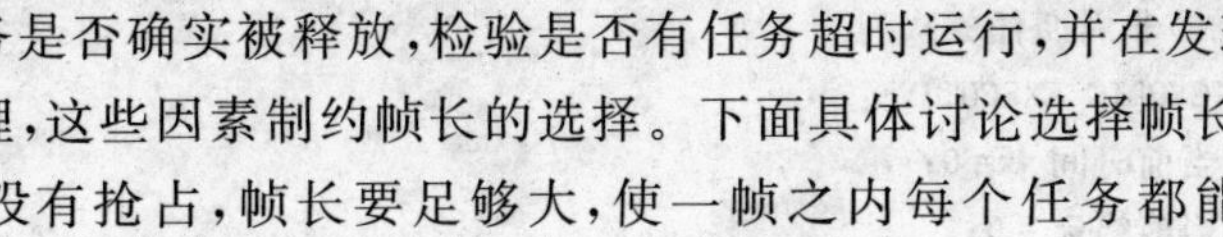

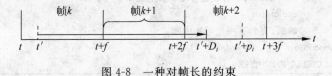

图 4-8　一种对帧长的约束

在任务的释放时间 t' 和时限 $t'+D_i$ 之间存在一个帧 $k+1$。在帧 $k+1$ 的起始时刻 $t+f$，可以判断任务 T_i 是否释放。如果释放，就可以在帧 $k+2$ 的起始时刻判断其是否执行完，如果执行完，则任务肯定就没有超时。所以，$t+2f$ 必须小于或等于 $t'+D_i$，即 $2f - (t'-t) \leqslant D_i$。由于 $t'-t$ 的差至少等于 p_i 和 f 的最大公约数 $\gcd(p_i,f)$，所以

$$2f - \gcd(p_i,f) \leqslant D_i \tag{4-3}$$

当 t' 与 t 相等时，帧长只要小于或等于 D_i 就够了。满足式(4-3)都满足 $f \leqslant D_i$。

式(4-1)、式(4-2)和式(4-3)称为帧长约束。例如，有三个任务(15,1,14)、(20,2,26)和(22,3)。根据第一个约束条件，要求 $f \geqslant 3$；根据第二个约束条件，要求 $f = 3、4、5、10、11、15$ 或 20；根据第三个约束条件，要求 $f = 3、4$ 或 5。因此帧长的选择可以是 3、4 或 5。

根据某些系统的任务参数，不能找到同时满足上述三个约束条件的帧长。在这种情况下，就不得不将执行时间长的任务划分为执行时间短的子任务，这样可以降低第一个约束条件，即帧长的下限。但是，被切割的子任务个数越多，切换和通信的开销也会越大。这是在设计时需要折中权衡的问题。

图 4-9 是单 CPU 上一种周期时钟驱动调度程序的伪码。它在每帧的起始处做出调

度决策,并允许非周期任务和偶发任务使用那些周期任务没占用的时间。从本质上讲,调度器接管处理器是在每帧起始处发生时钟中断时执行。图中,预先计算好的周期调度表含有 F 个条目(F 是每个超周期中的帧数),第 k 个条目列出所执行的第 k 个任务的名称,用 $L(k)$ 表示,称为调度块。CurrentBlock 是指当前帧中被调度的周期任务。使用周期任务服务器是为了检测任务是否超时用的。

```
输入:保存的调度块 L(k),这里 k = 0,1,…,F - 1;
      非周期任务队列
任务 CYCLIC_EXECUTIVE:
    当前时间 t = 0;
    当前帧 k = 0;
    do forever:
        在时刻 tf 接受时钟中断;
        currentBlock = L(k);
        t = t + 1;
        k = t mod F;
        如果最后一个任务没有完成,就采取相应的措施;
        如果在 currenBlock 中没有释放任何任务,就采取相应的措施;
        唤醒周期任务服务器来执行 currentBlock 中的任务;
        睡眠,直到周期任务服务器完成;
        while(非周期任务队列非空)
            唤醒非周期队列头的任务;
            睡眠,直到非周期任务完成;
            从队列中移走这个非周期任务;
        endwhile;
        睡眠,直到下一个时钟中断;
    enddo
end CYCLIC_EXECUTIVE
```

图 4-9   一种周期时钟驱动调度程序

4.2.2   优先级驱动方法

优先级驱动算法是指永远不会有意使资源处于空闲状态的一大类调度算法。换句话说,资源只有在需要该资源的任务没有就绪时才能处于空闲状态。在任务释放或完成等事件发生时,才进行调度,所以优先级驱动算法是事件驱动算法。

优先级驱动算法又称为贪婪调度算法。称优先级驱动算法是贪心的,是因为它总是做出局部最优的决策。当有任务准备使用资源,却使资源处于空闲状态的算法不是局部最优算法。因此,当处理器和资源可用,而且某些任务可以利用它们运行时,这种最优算法不会使任务等待。但贪心并不总是合算的,有时候尽管某些任务所需要的资源已经可用,任务也就绪了,但让它们等待一下还是比较好的选择。

优先级驱动调度算法给每个任务分配了一个优先级。在调度决策时刻,调度程序根据优先级列表使就绪任务中优先级最高的任务执行。因此,优先级驱动调度算法又被称为列表调度算法。优先级列表和其他一些规则(如是否允许被抢占),一起完整地定义了这个调度算法。

　　优先级驱动算法在如何给任务分配优先级上是各不相同的。这里主要讨论周期任务的优先级驱动算法。我们将调度周期任务的算法划分为两类：固定优先级算法和动态优先级算法。固定优先级算法为每个任务分配一个固定的优先级。动态优先级算法给每个任务分配的优先级会动态地变化。如果采用动态优先级算法，当任务释放或完成时，任务的优先级相对于其他任务的优先级会发生变化。

4.2.2.1　固定优先级算法

（1）速率单调（rate-monotonic）算法

　　速率单调算法是一种常用的固定优先级算法。该算法基于任务的周期来分配任务的优先级，周期越短，优先级越高。任务释放的速率和其周期成反比。因此，速率越高，优先级越高。此算法简称为 RM 算法。

　　图 4-10 给出 RM 调度的一个例子。系统有 3 个周期任务，分别是 $T_1 = (4, 1)$，$T_2 = (5, 2)$，$T_3 = (20, 5)$。T_1 的优先级最高，因为它的周期最短，速率最高。T_1 一旦释放，就立即执行。T_2 具有次高优先级，它在 T_1 的后台执行。因此，T_2 的第一个任务在 T_1 的第一个任务完成后才能开始执行。在时间 16，当 T_1 的第五个任务释放时，T_2 的第四个任务被抢占。同样，T_3 在 T_1 和 T_2 的后台执行。在没有更高优先级的任务就绪可执行时，T_3 才能执行。直到时间 18，处理器才空闲下来，因为在这之前总有任务在就绪可执行。

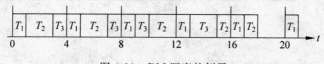

图 4-10　RM 调度的例子

　　度量调度周期任务的算法的性能的一个常用标准是算法的可调度利用率，其定义如下：如果任务的总利用率等于或小于算法的可调度利用率，那么该调度算法可以在单处理器上调度周期任务的任何集合。显然，算法的可调度利用率越高，算法越好。因为没有算法能够可行地调度总利用率大于 1 的任务集合，所以可调度利用率等于 1 的算法是一个最优算法。

　　RM 算法的可调度利用率有如下的结论：

- 如果一个系统有 n 个独立的、可抢占的周期任务，并且每个任务的相对时限对应各自的周期，那么当系统的总利用率小于或等于

$$U_{RM}(n) = n(2^{1/n} - 1)$$

时，该系统在单处理器可用 RM 算法调度。

　　当 n 等于 2 时，$U_{RM}(2)$ 等于 0.828。当 $n \to \infty$ 时，$U_{RM}(\infty)$ 为 ln2（约 0.693）。因此可以说，如果周期任务的总利用率小于 0.693 时，采用 RM 算法，肯定是可调度的。

- 如果一个系统有 n 个独立的、可抢占的周期任务，并且每个任务的相对时限 $D_i = \delta p_i$，对应各自的周期，那么当系统的总利用率小于或等于

$$U_{RM} = \begin{cases} \delta(n-1)\left[\left(\dfrac{\delta+1}{\delta}\right)^{1/n-1}-1\right], & \delta=2,3,\cdots \\ n((2\delta)^{1/n}-1)+1-\delta, & 0.5 \leqslant \delta \leqslant 1 \\ \delta, & 0 \leqslant \delta \leqslant 0.5 \end{cases}$$

时,该系统在单处理器可用 RM 算法调度。

(2) 时限单调(deadline-monotonic)算法

时限单调算法简称 DM 算法,该算法按照任务的相对时限来分配优先级:相对时限越短,优先级越高。图 4-11 给出一个 DM 调度的例子,图中一条时间线表示一个任务。系统中有三个任务,它们是 $T_1=(50,50,25,100)$,$T_2=(0,62.5,10,20)$,$T_3=(0,125,25,50)$。这三个任务的利用率分别是 0.5、0.16 和 0.2,总利用率为 0.86。按照 DM 算法,T_2 的优先级最高,因为在所有任务中,它的相对时限 20 是最短的。T_1 的相对时限为 100,优先级最低。

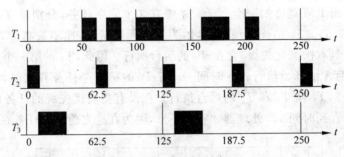

图 4-11 DM 调度的例子

如果每个任务的相对时限与周期成正比,DM 算法和 RM 算法是一致的。当相对时限是任意的时候,DM 算法表现较好。因为有时候 RM 算法不能产生可行调度的时候,DM 算法可以。而且,如果 DM 算法不能产生可行调度时,RM 算法肯定也不能。比如,上面这个例子 RM 算法就不能产生可行的调度。DM 算法是最优的固定优先级算法,因为一个可行的、非 DM 调度的固定优先级调度表总可以转换为一个 DM 调度表。

4.2.2.2 动态优先级算法

(1) 最早时限优先算法(earliest-deadline-first,EDF)

可以按照任务的时限分配优先级。任务时限越早,优先级越高。基于这种优先级分配方案的优先级驱动调度算法称为最早时限优先算法。在允许抢占并且任务不竞争资源的情况下,这个算法在调度单处理器上的任务时是最优的。只要单处理器系统的任务存在可行的调度,那么抢占的 EDF 算法总可以产生一个可行的调度。

图 4-12 是一个 EDF 算法调度的例子,系统中有两个任务,$T_1=(2,0.9)$,$T_2=(5,2.3)$。

- 在时刻 0,T_1 和 T_2 的第一次任务(设为 $T_{1,1}$,$T_{2,1}$)就绪。$T_{1,1}$ 的绝对时限为 2,$T_{2,1}$ 的绝对时限为 5。所以,$T_{1,1}$ 因为有较高的优先级而开始执行。当 $T_{1,1}$ 在 0.9 时刻完成时,$T_{2,1}$ 开始执行。
- 在时刻 2,$T_{1,2}$ 被释放,它的绝对时限为 4,早于 $T_{2,1}$ 的绝对时限为 5,所以,在就绪

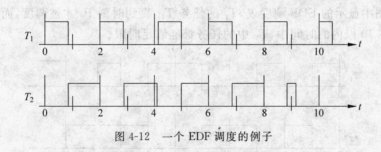

图 4-12 一个 EDF 调度的例子

队列中，$T_{1,2}$ 放在 $T_{2,1}$ 的前面。$T_{1,2}$ 抢占 $T_{2,1}$ 而执行。

- 在时刻 2.9，$T_{1,2}$ 完成，处理器继续执行 $T_{2,1}$。
- 在时刻 4，$T_{1,3}$ 被释放。它的时限 6 迟于 $T_{2,1}$ 的时限，因此，处理器继续执行 $T_{2,1}$。
- 在时刻 4.1，$T_{2,1}$ 完成，处理器开始执行 $T_{1,3}$，如此往复。

对于 EDF 算法，其可调度利用率有如下的结论：

如果系统中的 n 个任务是独立和可抢占的，并且每个任务的相对时限都等于或大于各自的周期，当且仅当系统的总利用率小于或等于 1 时，该系统在单处理器上能够可行地调度，即 $U_{EDF}(n)=1$。

（2）最小空闲时间优先算法（least-slack-time-first，LST）

LST 算法也称为最小松弛时间优先算法（minimum-laxity-first，MLF）。在任意时刻 t，时限为 d 的某个任务的空闲时间等于 $d-t$ 再减去完成任务的其他任务所需的时间。LST 算法按任务的空闲时间来分配优先级：空闲时间越小，优先级越高。与 EDF 算法相同，在允许抢占并且任务不竞争资源的情况下，LST 算法在调度单处理器上的任务时也是最优的，即 $U_{LST}(n)=1$。

EDF 算法不需要知道任务的执行时间，LST 算法却需要。这是 LST 算法的一个缺点。因为任务的实际执行时间经常是到任务完成时才知道。在这种情况下，不可能计算出任务实际的空闲时间量。当任务的执行时间 e 的范围 $[e^-,e^+]$ 相对较小时，一般是基于任务的最大执行时间 e^+ 来计算任务的空闲时间。当偶发任务或非周期任务到达时，需要知道它的最大（甚至是实际）执行时间，这是计算空闲时间以便调度所需要的。

当任务不允许抢占或者有多个处理器时，EDF 和 LST 算法都不是最优的。而且，任何算法都不是最优的。

4.2.2.3 固定优先级算法和动态优先级算法的比较

虽然按照可调度利用率的标准，最优的动态优先级算法优于固定优先级算法，可是固定优先级算法的优点在于它的可预知性。如果一个系统按照固定优先级算法进行调度，它的定时行为比按照动态优先级算法调度的系统具有更好的预知性。当任务具有固定优先级时，低优先级任务超时不会影响较高优先级任务的执行。在系统超载时，也有可能预知哪些任务将错过它们的时限。相反，如果任务按照动态优先级算法调度，当系统超载时，很难预知哪些任务将错过它们的时限。

在图 4-13(a)中，系统有两个任务，$T_1=(2,1)$ 和 $T_2=(5,3)$。系统的总利用率为

1.1。按照图中显示的 EDF 调度表，T_1 的任务 $T_{1.5}$ 直到时刻 10 才被调度，而错过了它的时限 10。在 10 以内的时间中，T_2 中的任务都能满足时限。

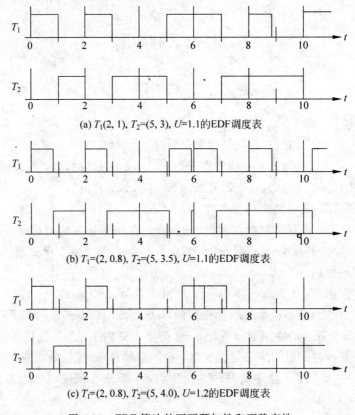

(a) $T_1(2, 1)$, $T_2=(5, 3)$, $U=1.1$ 的EDF调度表

(b) $T_1=(2, 0.8)$, $T_2=(5, 3.5)$, $U=1.1$ 的EDF调度表

(c) $T_1=(2, 0.8)$, $T_2=(5, 4.0)$, $U=1.2$ 的EDF调度表

图 4-13　EDF 算法的不可预知性和不稳定性

　　在图 4-13(b)中，系统有两个任务，$T_1=(2, 0.8)$ 和 $T_2=(5, 3.5)$。系统的总利用率为 1.1。按照图中显示的 EDF 调度表，T_1 的任务 $T_{1.5}$ 和 T_2 中的任务都不能满足时限。不存在一个容易实现的测试方法，使我们能够确定哪些任务将错过它们的时限，哪些不能。

　　EDF 算法还有另外一个严重的缺陷：一个错过时限的任务比时限未到的任务的优先级高。因此，如果允许超时的任务继续执行，将导致其他任务超时。在图 4-13(c)中，系统有两个任务，$T_1=(2, 0.8)$ 和 $T_2=(5, 4.0)$。系统的总利用率为 1.2。按照图中显示的 EDF 调度表，任务 $T_{2.1}$ 在时刻 5 超过时限，因为它的优先级高于时刻 6 到达的任务 $T_{1.3}$，所以在时刻 6 就会继续执行任务 $T_{2.1}$，结果导致 $T_{1.3}$ 也超时。实际上，在任务 $T_{1.4}$ 之后，T_1 和 T_2 的所有任务都不能在时限内完成。因为一个任务的超时有可能导致很多任务超时，所以 EDF 算法的这种不稳定性不适用于超载情况不可避免的系统。

　　一个好的超时管理方法对于阻止这种不稳定现象的发生是至关重要的。一种超时管理的办法是给已经超时的任务分配比未超时任务低的优先级。另一种方法是完成超时的任务，然后执行最低优先级上一些功能不重要的任务，直到系统从超载中恢复为止。还有许多其他方法。但无论如何，调度程序都要降低某些或全部超时任务的优先级，或者放弃不能按时完成的任务，并记录这些操作。显然，哪种方法合适还取决于应用程序。

4.2.3　加权轮转方法

轮转调度方法常用于分时应用,系统平等地为每个就绪的任务划分一个时间片,使任务轮流执行。如果系统中有 n 个任务就绪,每个任务就可以在 n 个时间片上获得一个时间片执行,即每个任务将获得 $1/n$ 的处理时间。系统把所有的就绪任务执行一遍,就是一轮(a round)。一轮的长度是 n 个时间片。

加权的轮转(weighted round-robin,WRR)调度算法不是让所有就绪的任务平等地共享处理器,而是给不同的任务以一个不同的权值。任务的权值是指分配给任务的时间段,比如,一个权值为 wt 的任务每轮获得 wt 个时间片。一轮的长度就是就绪任务的权值之和。通过调整任务的权值,能够加速或者延迟每个任务完成的进度。

因为轮转调度程序给每个任务一段处理器时间,因此它延迟了每个任务的完成时间。对于有优先约束的任务,采用轮转调度方法会使任务链的响应时间增大很多。所以,轮转调度方法不适于调度有优先约束的任务。但在交换网络中的消息是以流水线的形式通过交换机(switch)的,在一个交换机上将一个较早收到的信息包发送出去时,不需要等待后面的信息包到达该交换机。对于调度经过交换机传递的消息或一般的流水线作业,WRR 方法比时间驱动和优先级驱动方法都要好。在网络或分布式系统中用于端到端调度时,WRR 算法超出时间驱动算法的主要优势是不需要全局的同步时钟,而 WRR 算法超出优先级驱动算法的主要优势是不需要任何排序队列。这些优势使得 WRR 算法成为一个很好的实际选择,对于常比特率通信来说尤其如此。

下面介绍四种 WRR 算法的实现,这些算法是为了在信息包交换网络中调度消息的传输而提出来的。这里主要关心常比特率消息,它适合用在周期性消息模式中。设交换机上有 n 个连接,连接 $i(1{\leqslant}i{\leqslant}n)$ 上的消息流是 $M_i=(p_i,e_i,D_i)$,p_i 表示连接 i 上的消息实例的最小到达时间间隔,e_i 是每个消息实例中信息包的最大数目,D_i 是提交每一个消息时的端到端相对时限。

（1）贪心的 WRR 算法

在建立连接期间,各个交换机上的调度程序为新连接 i 分配一个权值 wt_i。也就是说,用同一个输出链路的全部现有连接被依次传送,每一轮给连接 i 分配了 wt_i 个槽。每个槽的长度是 1,即传输一个最长信息包的时间。在每一轮期间,如果连接 i 上有多于 wt_i 的信息包在等待传输,就只传送 wt_i 个信息包。如果有 wt_i 或者更少的信息包在等待,那么该连接上的所有信息包都被传输。当调度程序完成连接 i 上信息包的传输之后,就以同样的方式接着传输连接 $i+1$ 上的信息包。当然,在连接 $i+1$ 上每一轮要传输的信息包的最大数目是 wt_{i+1}。

各个交换机上的一个设计参数就是每轮的最大槽数 RL,这个参数又称为输出链路的轮长度。在任意时刻,输出链路上的全部 n 个连接的权值之和不会大于 RL,即 $\sum_{i=1}^{n} wt_i{\leqslant}RL$。要保证连接 i 的吞吐率是 wt_i/RL,而且其他连接上的超载不能妨碍这个保证。为了保证每个消息的每个实例都能在该消息的一个周期中被传输,RL 必须满足

$$RL < p_{\min} \tag{4-4}$$

其中，$p_{\min}$是全部现有连接上消息的最小周期。另外，每个连接i的权值wt_i必须满足下面的约束

$$wt_i \geqslant \left\lceil \frac{e_i}{\lfloor p_i/RL \rfloor} \right\rceil \tag{4-5}$$

这个约束的含义是M_i的每个周期中至少有$\lfloor p_i/RL \rfloor$个轮，而在这么多个轮中至少要传输e_i个信息包。如果连接i上的权值不能满足这个约束，连接上信息包的延迟就会无限制增长。

M_i中的每个消息最多用$\lceil e_i/wt_i \rceil$个轮就可以完成，消息通过一个交换机的延迟最多就等于$\lceil e_i/wt_i \rceil RL$。在一个交换机的一个轮中发送的信息包符合下一个交换机的传输条件，所以消息只在第一个交换机上有这个延迟，在后面的每个交换机上的延时只有一个轮的延迟。当所有ρ个交换机的轮长都是RL时，贯穿ρ个交换机的连接i上消息的端到端延迟W_i由下面的公式来界定：

$$W_i \leqslant (\lceil e_i/wt_i \rceil + \rho - 1)RL \leqslant p_i + (\rho - 1)RL \tag{4-6}$$

这个端到端延迟W_i必须小于D_i才是可行的。

贪心的WRR算法不控制延迟抖动。当所有信息包在到达途中全部ρ个交换机后，都能在一个时间单位内被传输，传输的端到端的延迟可以小到$e_i + \rho - 1$。所以，贪心的WRR算法的延迟抖动最大可以达到$p_i - e_i + (\rho - 1)(RL - 1)$。下面介绍的三种不贪心的WRR算法，用不同的机制来控制延迟抖动。

(2) S&G(stop-and-go)算法

根据贪心的WRR算法，一个轮的实际长度随着共用链路的连接上的通信量的不同而不同。S&G算法则将时间划分成区间来固定轮的长度。这些区间被称为帧(Frame)，有固定的长度RL。如果连接i在每帧上分配了wt_i个槽，那么调度程序每帧最多传输wt_i个信息包。但是，帧是在固定的时间点开始的，所以每RL个时间单位中传输的信息包数不会超过wt_i，即使一些超时空闲的或连接i上有更多的信息包在等待。S&G算法通过这种方法来控制每个连接的传输速率。

在应用S&G算法的一个交换机上，调度程序将时间划分成长度为RL的帧。第j个帧期间到达的该交换机的信息包，可以在第$j+1$个帧中传输。调度程序为每个输出链路维护两个队列，一个是输入队列，另外一个是输出队列。第j帧中，输入队列存放这个帧期间到达的信息包，这些信息包将在第$j+1$帧中在输出链路上输出；与此同时，在第j帧中，输出队列存放的是当前帧在输出链路上传输的信息包。在每帧结束时，调度程序交换输入队列和输出队列。

一个性能良好的连接i上为该连接分配的权值等于式(4-5)给出的下限，第一个交换机上各消息的延迟上限为$p_i + RL$。如果系统交换机的时钟是同步的，经过ρ个交换机的连接i上消息的端到端延迟上限为$p_i + \rho RL$。如果系统交换机的时钟不是同步的，经过ρ个交换机的连接i上消息的端到端延迟上限为$p_i + (2\rho - 1)RL$。

在每个交换机上端到端的延迟抖动，只是由该交换机带来的延迟抖动组成，它小于$2RL$(最大延迟在这种情况下发生：在第j帧的开始收到信息包，在第$j+1$帧末尾传输，所以最大延迟是两个帧长度，即$2RL$)。因为信息包在各交换机上是定帧长地流水传输，所以消息经过所有交换机的延迟抖动也是$2RL$。如果在源点调节每个连接的流速率，使

得在任一帧中有不超过 wt_i 个信息包到达第一个交换机,就不会有包丢失。

(3) 分等级的轮转(hierarchical round-robin,HRR)算法

不同类型的连接需要不同的轮长度,因为不同类型的连接有不同的端到端(end-to-end)相对时限要求,也有不同的延迟抖动要求。这就是 HRR 算法的基本原理。

HRR 算法针对不同级别的确保服务而应用不同的轮长度:级别越高,轮长度越短。可以将提供 X 级确保服务的交换机看作有 X 个服务器,一个服务级别有一个服务器。每个服务器有一对输入输出队列。在级别 x 上得到服务的一个连接的输入信息包,被放到服务器 x 的输入队列中。调度程序为服务器分配权值,并根据这个权值来调度服务器。当服务器 x 得到调度时,就用 S&G 轮转算法来传输被其服务的连接上的信息包。

将最高的服务级别定为 1,如果 $x<y$,就说服务级别 x 高于级别 y,这里 $x,y=1,2,\cdots,X$。对于每个服务级别 x,调度程序将时间划分成固定长度为 RL_x 的帧。对于 X 个服务级别的帧长度来说,也有如下关系:如果 $x<y$,则 $RL_x<RL_y$。每个服务器 x 的权值为 sw_x:调度程序在每个长度为 RL_x 的帧中,调度该服务器的时间为 sw_x。

为了保证服务级别 x 的带宽有 sw_x/RL_x,为服务器选择的帧长度和权值必须使得所有的服务器是可调度的。为了保证实时连接 $i(T_i=(p_i,e_i,D_i))$ 的实时性,并且在级别 x 上得到服务,分配给该连接的权值 wt_i 至少要等于 $\lceil e_i/(\lfloor p_i/RL \rfloor) \rceil$。因此,在连接建立期间,如果新连接所必须的权值,加上在级别 x 上得到服务的全部现有连接的权值,不超过服务器 x 的权值 sw_x,那么这个新连接 i 就能够被接受,并在级别 x 上得到服务。x 级别上的连接的端到端延迟最多等于 $p_i+\rho RL_x$,并且连接的端到端延迟抖动也不会超过 $2RL_x$。

(4) 有预算的加权轮转(budgeted weighted round-robin,BWRR)算法

在交换机之间没有同步时钟的情况下,为了达到同步的 S&G 算法和 HRR 算法的性能,可以采用 BWRR 算法,以控制各个连接的传输速率。BWRR 算法的目标是,每 RL 个单位时间内,在每个交换机上能传输 wt_i(连接 i 的权值)个信息包,但也不超过 wt_i 个信息包。

实现 BWRR 算法要在每个交换机上为连接 i 维护 4 个变量信息:挂起标志 pg_i、连接预算 bgt_i、下次补充时间 nrt_i 和第二次补充时间 srt_i。各变量信息的含义如下:

- 挂起标志 pg_i。如果 pg_i 为 true,表示交换机的连接 i 已经收到上一个交换机传递下来的一组或两组信息包(每组含 wt_i 个信息包)并等待传输;如果 pg_i 为 false,则表示交换机的连接 i 没有信息包等待传输。当 pg_i 为 true 时,可能会有两组信息包等待传输是因为交换机之间没有时钟同步。

- 连接预算 bgt_i。bgt_i 表示在连接 i 上还有多少个信息包要输出。bgt_i 在初始化时为 wt_i,在输出一组信息包的过程中递减,输出完一组信息包后降低为 0。bgt_i 每轮需要输出连接 i 上的一组信息包时补充为 wt_i,在输出完后又变为 0。bgt_i 补充为 wt_i 并输出信息包的条件是 pg_i 为 true。

- 下次补充时间 nrt_i。当交换机收到连接 i 的一组信息包后,更新 nrt_i。nrt_i 更新后,设置 pg_i 为 true,表示有信息包等待输出。下次补充时间和挂起标志一起控制连接预算的补充。

- 第二次补充时间 srt_i。表示同时有两组信息包收到,需要在后面的时间补充两次连接预算。

预算补充和变量更新的时间发生在两个时刻：收到连接 i 上每 wt_i 个信息包组的最后一个信息包时；调度程序传输完连接 $i-1$ 的信息包，准备传递连接 i 上的信息包时。4 个信息变量 pg_i、bgt_i、nrt_i 和 srt_i 的初始化值分别为 false、wt_i、0 和 0。在上述两个时刻，预算补充的过程为：

- 当收到连接 i 上每组中最后一个信息包时，调度程序将 nrt_i 设为当前时间加上 RL。如果挂起标志为 false(表示已经补充过预算)就将它设为 true。如果挂起标志为 true，调度程序将 srt_i 设为 max(当前时间，nrt_i)＋RL。
- 在调度程序停止传输连接 $i-1$ 的信息包后，如果 pg_i 为 true，且当前时刻在 nrt_i 之后，调程序就将连接 i 的预算 bgt_i 设为 wt_i，然后传输连接 i 的信息包。如果 $srt_i > nrt_i$，调度程序将 nrt_i 设置为 srt_i；否则，将标志 pg_i 设置为 false，因为不会再有挂起的传输来补充 bgt_i 了。

图 4-14 中的例子，说明了连接 i 上的第二个交换机 S_2 的调度程序根据 BWRR 算法所进行的操作。第一个交换机的前三轮中(即 F_k、F_{k+1} 和 F_{k+2})，每一轮都输出一个有 wt_i 个的信息包的组。在这三组中，每一组的最后一个信息包到达 S_2 的时间分别为 a_1、a_2 和 a_3，图中的这些时间用箭头示出。S_2 上的调度程序要检查连接 i 上是否有挂起的补充预算，如果有就补充该预算。图中带标记的 $rt_j (j=1,2,3)$ 的箭头标出的时间表示当信息包到达 S_2 时(即 a_1、a_2 和 a_3)nrt_i 和/或 srt_i 被依次设置的值，即 $rt_j = a_j + RL$。图中带标记 $t_j (j=1,2,3,4)$ 的箭头标出的时间是补充预算的时间，也就是连接 $i-1$ 传输完毕的时刻。图中下面部分的两个图形表示 bgt_i 和 pg_i 在时间轴上的变化。BWRR 调度程序在各时刻的动作如下：

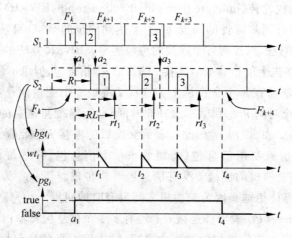

图 4-14　一个 BWRR 算法的例子

- 在时刻 a_1，第一个有 wt_i 个信息包的组到达 S_2，S_2 的预算 bgt_i 为 wt_i，标志 pg_i 是 false。调度程序将 nrt_i 设置为当前时间加上 RL，由 rt_1 表示，然后将标志 pg_i 设为 true。
- 在时刻 a_2，第二个有 wt_i 个信息包的组到达 S_2，这时 S_2 的标志 pg_i 是 true，表示已经有连接 i 的信息包到达并且还没有传输。这时，$a_2 < nrt_i$，调度程序就将 srt_i 设置为 $nrt_i + RL$，由 rt_2 表示。这时，连接 i 有两个含有 wt_i 个信息包的组等待输出，输出的假设时间(也就是预算补充时间)为 rt_1 和 rt_2。

- 在时刻 t_1，当调度程序停止传输前一个连接的信息包时，它发现 pg_i 是 true，而 nrt_i 是 rt_1，且 $t_1 < rt_1$，即挂起的补充时间假定在较晚时刻发生。此时，调度程序不改变变量信息。但 bgt_i 在此时的值是 wt_i，所以调度程序开始传输连接 i 上的信息包直到 bgt_i 变为 0。

- 在下一轮的时刻 t_2，当调度程序停止传输前一个连接的信息包时，调度程序发现 pg_i 是 true。现在 nrt_i 的值是 rt_1，要早于当前时间，所以调度程序将预算设为 wt_i。因为 srt_i 大于 nrt_i，调度程序就将 nrt_i 设置为 srt_i，即 rt_2。这样处理过预算后，调度程序继续传输连接 i 上的信息包。

- 在时刻 a_3，当第三个信息包组到达 S_2 时，调度程序再次发现 $nrt_i = rt_2$ 的补充是挂起的。因为 pg_i 为 true，且 $rt_2 < a_3$，调度程序就将 srt_i 设置为 $a_3 + RL$，在图中用 rt_3 表示。

- 在时刻 t_3，调度程序将预算 bgt_i 设置为 wt_i，将 nrt_i 设置为 srt_i，即 rt_3。然后传输第三个信息包组，该连接的预算减为 0。

- 在时刻 t_4，预算 bgt_i 被再次设为 wt_i。此时 srt_i 等于 nrt_i 且早于 t_4，所以就没有挂起的预算补充，调度程序将标志 pg_i 设为 false，连接变为空闲。之后，除非有新的信息包到达，bgt_i 和 pg_i 的值将保持不变。

BWRR 算法能够保证的最大的端到端延迟与贪心的 WRR 算法保证的延迟是一样的。而 BWRR 的最大延迟抖动为 $(\rho-1)RL - wt_i + 1$，会随着交换机的级数增加而增加。

4.3　实时操作系统

实时系统响应的外部事件具有不同的频率，采用基于中断编写的传统的嵌入式实时系统软件结构很难处理多个事件，使编程和调试都很复杂，而且难以验证其功能和性能。引入实时操作系统，使我们能够方便地创建功能复杂和灵活性高的应用程序，从而满足时序要求。任务时序的复杂性给程序带来极其复杂的控制关系。采用任务分割的方法，在实时操作系统中封装任务间切换所需要的控制，使得任务内的控制相对清晰，这样就更容易满足时序的要求。实时操作系统是实时系统软件的基础，所有的实时应用软件，都是在实时操作系统的支撑下运行的。

在 3.2 节中，笔者从 DSPs 软件开发的角度，介绍了 DSP/BIOS 和 VDK 两种实时操作系统的应用。本节则以 DSP/BIOS 和 VxWorks 为例，主要分析实时操作系统的实时调度机制。大多数实时操作系统的都是采用基于优先级的抢先式多任务调度算法。VxWorks 除了有基于优先级的抢先式多任务调度方法之外，在相同优先级的任务之间可以采用加权轮转（WRR）调度方法调度，使具有相同优先级的就绪任务都能使用 CPU，这使得 VxWorks 在实时通信和网络交换中得到广泛应用。

4.3.1　DSP/BIOS

许多实时 DSP 应用都需要同时执行许多不相关的功能，这些功能一般是对外部事件的响应。这些功能称为线程。不同的系统对线程有不同的定义，在 DSP/BIOS 中将线程定义为任何独立的指令流。DSP/BIOS 使应用程序按线程结构化设计,每个线程完成一个模块化的功能。多线程程序中允许高优先级线程抢占低优先级线程,以及线程间的同步和通信。

(1) DSP/BIOS 的线程类型

DSP/BIOS 支持 4 种线程类型,每种线程有不同的执行和抢占特性。如下所列:

- 硬件中断(HWI),包括时钟(CLK)函数,用于响应外部异步事件。当一个硬件中断发生时执行 HWI 函数来执行关键任务。HWI 函数在 DSP/BIOS 应用程序中的优先级最高。HWI 的相对时限为 $5\sim100\mu s$。

- 软件中断(SWI),包括周期(PRD)函数。与硬件中断相对,SWI 是通过调用 SWI 函数触发的,它的优先级处于 HWI 和 TSK 之间。SWI 和 HWI 一样,也是必须执行到完成,一般用于时限在 $100\mu s$ 以上的事件。SWI 允许 HWI 将一些非关键处理在低优先级上延迟执行,这样可以减少在中断服务程序中的驻留时间。因为在执行 HWI 任务期间其他 HWI 可能是禁止的,如果 HWI 任务的处理时间短,其他中断的响应时间也就短。中断响应时间是实时操作系统的一个重要指标。

- 任务(TSK),任务的优先级高于后台线程,低于软件中断。任务与软件中断不同的地方在于其运行过程中可以被挂起。DSP/BIOS 提供了一些任务间同步和通信的机制,包括队列、信号灯和邮箱。

- 后台线程(IDL),后台线程在 DSP/BIOS 应用中的优先级最低。在 main 函数返回之后,系统为每个 DSP/BIOS 模块调用 startup 例程,然后开始空闲循环的执行。在空闲循环(idle loop)中执行每个 IDL 对象的函数。除非有高优先级的线程抢占,空闲循环连续地运行。在空闲循环中应该运行那些没有执行时限(deadlines)的功能。

在 DSP/BIOS 中还有另外几种函数可以执行,它们是在某一种类型的线程上下文中被执行的:

- 时钟(CLK)函数,在每个定时器中断的末尾执行。默认情况下,这些函数是按 HWI 函数执行的。

- 周期(PRD)函数,在片上定时器中断或其他事件多次计数后执行周期函数,周期函数是一种特殊类型的软件中断。

(2) DSP/BIOS 线程类型的选择

线程类型和优先级的选择影响到线程是否能按时并正确地执行。在配置工具中修改线程类型是比较方便的。下面提供一些选择线程类型的规则:

- SWI、TSK 与 HWI。硬件中断是指处理时间要求苛刻的关键任务。HWI 可以处理发生频率在 $10\sim200\text{kHz}$ 的事件。软件中断或任务可以用于执行时间限制在 100ms 以上的事件。HWI 函数应该触发(post)软件中断或任务来进行低优先级处理。使用低优先级线程可以减小中断禁止的时间,允许响应其他中断。

- SWI 与 TSK。SWI 一般用于相对独立的函数,如果要求比较复杂的话使用 TSK。TSK 提供了很多任务间通信和同步的手段。一个任务可以挂起等待某一个资源的可用。使用共享数据时,TSK 比 SWI 有更多的选择。而软件中断执行时必须保证所需的数据已经准备好。所有的 SWI 使用同一个堆栈,所以在存储器使用上更加有效。

- IDL。IDL 后台函数用于执行没有执行时间限制的非关键处理。
- CLK。如果希望每个定时器中断时触发一个函数的执行则使用 CLK 函数。这些函数是当作 HWI 来运行,所以应该保证运行时间尽量短。默认的 CLK 对象 PRD_clk 增加周期函数的一次计数(tick)。可以增加更多的 CLK 对象以相同的速率执行某个函数。
- PRD。PRD 函数以整数倍于低分辨时钟中断或其他事件(如外部中断)的频率执行。
- PRD 与 SWI。所有的 PRD 函数属于同一个 SWI 优先级,所有 PRD 函数间不能互相抢占。PRD 函数可以触发(post)低优先级软件中断来延长处理时间。这可以保证在下一个系统计数(tick)到来时 PRD_SWI(周期函数对应的软件中断)可以抢占这些低优先级中断,新的 PRD_SWI 得以执行。

(3) DSP/BIOS 线程的优先级

在 DSP/BIOS 中,硬件中断有最高的优先级,然后是软件中断,软件中断可以被高优先权软件中断或硬件中断抢先。软件中断是不能被阻塞的。任务的优先级低于软件中断,共有 15 个任务优先级级别。任务在等待某个资源有效时可以被阻塞。后台线程是优先级最低的线程。线程优先级如图 4-15 所示。

(4) DSP/BIOS 的线程让出(yielding)和抢占(preemption)

一般情况下 DSP/BIOS 调度器运行最高优先级的线程,除非下列情况发生:

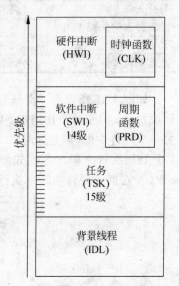

图 4-15　DSP/BIOS 线程优先级

- 正在运行的线程暂时禁止了某些硬件中断(调用 HWI_disable、HWI_enter),阻止了相应中断的 ISR 的执行。
- 正在运行的线程暂时禁止了软件中断(调用 SWI_disable),这样阻止了更高优先级的软件中断抢占当前线程,但并不阻止硬件中断抢占当前线程。
- 正在运行的线程暂时禁止了任务调度(调用 TSK_disable),这样阻止了更高优先级的任务抢占当前的线程,但并不阻止硬件或软件中断抢占当前线程。
- 最高优先级的线程处在阻塞状态,这种情况发生在这个任务调用 TSK_sleep、LCK_pend、MBX_pend 或 SEM_pend 时。

软件和硬件中断都有可能参与 DSP/BIOS 的任务调度。当一个任务处于阻塞状态时,一般是因为它在等待(pending)一个处在无效状态的信号灯。信号灯可以从软件中断、硬件中断或任务中置为有效状态(posting)。如果一个 HWI 或 SWI 通过发出(posting)一个信号灯给一个任务解锁,并且这个任务是目前最高优先级的任务,那么处理器会切换到这个任务。

当运行 HWI 或 SWI 时,系统使用一个专用的系统中断栈叫做系统栈(system stack),而每个任务使用单独的私有栈。所以,当系统中没有任务时,所以线程共享一个系统栈。

表 4-1 显示了当一种类型的线程（顶行显式）正在运行时，另一个线程（左列显式）进入就绪状态后，任务调度是如何进行的。结果取决于就绪线程的类型是允许还是禁止的。（表格中显式了就绪状态线程将如何调度）。

表 4-1　DSP/BIOS 的线程抢占

触发的线程 （Thread Posted）	当前运行线程（Thread Running）			
	HWI	SWI	TSK	IDL
使能的 HWI	抢占	抢占	抢占	抢占
禁止的 HWI	等待重新允许	等待重新允许	等待重新允许	等待重新允许
使能的高优先级 SWI	—	抢占	抢占	抢占
禁止的 SWI	等待	等待重新允许	等待重新允许	等待重新允许
低优先级 SWI	等待	等待	—	—
使能的高优先级 TSK	—	—	抢占	抢占
禁止的 TSK	等待	等待	等待重新允许	等待重新允许
低优先级 TSK	等待	等待	—	—

如图 4-16 所示为一个线程抢占的实例，SWI 和 HWI 都是允许的，一个 HWI 中断例程触发（post）了一个比当前 SWI-B 优先级别高的 SWI-A。当第一个 ISR 运行时发生了另一个硬件中断，但是此时第 2 个 ISR 中断是被禁止的，所以第 2 个 ISR 被挂起，直到第 1 个 ISR 执行完毕。低优先级的 SWI 被硬件中断异步地抢占了，第 1 个 ISR 启动的 SWI-A 在两个硬件中断都执行完毕后先于低优先级 SWI-B 执行。

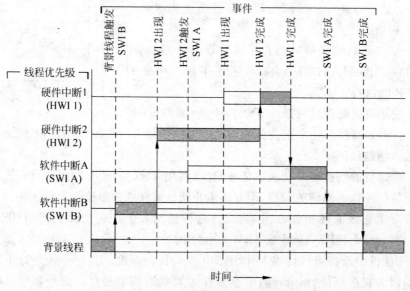

图 4-16　DSP/BIOS 线程抢占的例子

4.3.2　VxWorks

VxWorks 是 WindRiver 公司为实时嵌入式系统应用而专门开发的操作系统软件。该系统主要应用在单板机、数据网络（以太网交换机和路由器等）和通信等诸多方面。

（1）VxWorks 的组成

VxWorks 主要由板级支持包(BSP)、微内核 wind、网络系统、文件系统和 I/O 系统等部分组成。

① 板级支持包

板级支持包(BSP)为各种板子的硬件功能提供了统一的软件编程接口,包括硬件初始化、中断的产生和处理、硬件时钟和定时器管理、局域和总线内存地址映射、内存分配等。

② 微内核 wind

VxWorks 的核称为 wind,包括多任务调度机制、任务间同步、进程间通信机制、中断处理、看门狗和内存管理机制。wind 使用中断驱动和优先级驱动两种调度方法。它缩短了上下文切换时间和中断响应时间。

③ 网络系统

VxWorks 的网络结构提供了对其他网络和 TCP/IP 网络系统的透明访问,它包括与 BSD 套接字(socket)兼容的编程接口,远程调用(RPC),SNMP,远程文件访问以及 BOOTP 和 ARP 代理。无论是松耦合的串行线和标准的以太网连接,还是紧耦合或利用共享内存的背板总线,所有的 VxWorks 网络机制都遵循标准的 Internet 协议。

④ 文件系统

VxWorks 提供的快速文件系统适合于实时系统应用。它包括几种支持使用块设备(如磁盘)的本地文件系统,这些设备都使用一个标准的接口从而使文件系统能够被灵活地移植到设备驱动程序上。VxWorks 把普通数据文件和外部设备都统一地作为文件进行处理。它们对用户有相同的语法定义,并使用相同的保护机制。这样既简化了设计,又便于用户使用。

⑤ I/O 系统

VxWorks 提供了一个快速灵活的与 ANSI C 兼容的 I/O 系统。它包括 UNIX 标准的缓冲 I/O 和 POSIX 标准的异步 I/O。

把 DSP/BIOS 和 VxWorks 对比可以看到,DSP/BIOS 提供的功能相当于 VxWorks 的 BSP 和 wind 部分,所以 DSP/BIOS 不是一个完整的实时操作系统,只是一个实时操作系统内核,提供了多任务调度和任务间的通信与同步机制。当然,DSP/BIOS 还提供了支持实时调试的工具,这是它的一个特色。

（2）wind 的任务调度

VxWorks 的实时内核 wind 提供了基本的多任务环境。wind 内核默认的任务调度采用基于优先级的抢占式调度算法,同时,还可以选用加权轮转调度算法。

wind 内核给有 256 个优先级,编号为 0～255。优先级 0 为最高的优先级,优先级 255 为最低优先级。任务的优先级在创建时指定,然而 VxWorks 允许动态地改变自己的优先级:当任务执行时,任务可以调用 taskPrioritySet()改变自己的优先级。这种可以动态改变任务优先级的能力允许应用程序遵循真实世界优先关系的变化。

基于优先级的抢占式调度可以与加权轮转调度结合使用。加权轮转调度让优先级相同且都处于就绪态的任务分享 CPU 的使用权。如果不使用加权轮转调度,当系统中存在多个相同优先级的任务时,第一个获得 CPU 的任务可以不被阻塞地独占 CPU;如果没有阻塞和其他情况出现,它将不会让给其他具有相同优先级的任务运行。

　　加权轮转调度是使用时间片来实现这种相同优先级任务对 CPU 的公平分配。一组任务中的一个任务 T_i 执行 wt_i（它的权重）个时间片；然后，另外一个任务 T_{i+1} 执行 wt_{i+1}（它的权重）个时间片，依次进行下去再循环往复。VxWorks 系统中，调用函数 kernelTimeSlice() 来使用轮转调度，其参数就是任务的时间片长度。更准确地说，在使用加权轮转调度算法时，系统给每个任务都维护了一个计数器，这个计数器随着系统时钟的增加而增加。当达到设定的时间片的值时，即一个任务已经运行了设定的时间片长度，计数器被清零，然后调度程序把这个任务放到对应任务优先级队列的尾部，最后调度器调度运行下一个任务。新加入一个优先级组队列的任务将放到队列的尾部，计数器初始化为 0。

　　如果任务在它正在执行时被高优先级任务抢占，调度程序将保存它的运行时间计数器。当它再次符合执行条件时，调度程序继续执行该任务，并恢复计数器的计数。图 4-17 是一个 VxWorks 的任务调度的例子，系统的不同优先级的任务实行抢占式调度，同一个优先级的任务实行加权轮转式调度。图中有三个优先级相同的任务，T_1、T_2 和 T_3，其权值依次为 wt_1、wt_2 和 wt_3。这三个任务先后就绪并执行。另外还有一个较高优先级的任务 T_4。任务 T_2 在执行时被任务 T_4 抢占，当 T_4 完成后，T_2 又恢复运行。T_2 的时间片用完后，继续执行 T_3。

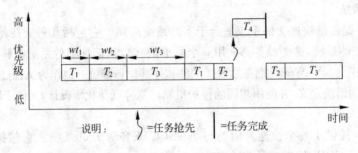

图 4-17　一个 VxWorks 的任务调度的例子

4.4　实时系统设计

　　Ellison 博士介绍了一种实时系统设计与开发的方法，该方法分为 6 个阶段：
- 要求分析阶段。该阶段确定系统完成的功能。
- 设计阶段。该阶段构建出项目的顶层结构体系。确定各子系统（或叫部件），而不用管子系统的内部细节或某个特定功能部件是由硬件还是软件完成。
- 系统分析。该阶段分析当前的设计是否满足性能要求。开发者对模型阶段的系统运行情况进行模拟，根据各部分的执行时间进行系统分析。在这一步，精度的要求不高，其中心思想在于验证设计的性能是否大致在正确的范围内。
- 子系统指标。该阶段构建设计阶段所确定的子系统的内部细节，把部件分成可管理的块。
- 任务规划。该阶段确定各进程和任务，设计满足性能要求的实时调度算法，这个步骤专门针对多任务实时系统。

- 开发测试。该阶段完成编码并测试。测试包括单元测试和集成测试。单元测试中，各部分软件作为独立的单元来测试；集成测试中，各部分软件集成起来进行测试。

下面以一个实时数据采集系统为例，讲解基于实时操作系统 DSP/BIOS 的实时系统设计的方法，重点是多任务的设计。

现代的数据采集模板的设计要求模板具有自主管理、及时响应外部事件并且能够对采集数据进行实时预处理的能力。将数字信号处理器（DSPs）设计在数据采集板上满足了这种需要。选择 DSPs 要充分考虑到 DSPs 的数据处理能力和片内、片外的数据传输能力。TI 公司 TMS320C5000 和 TMS320C6000 系列 DSPs 是当今 DSPs 应用中的主流产品，不但拥有强大的数字信号处理能力而且与其配套的集成可视化开发环境 CCS（Code Composer Studio）更是使 DSPs 应用程序的开发效率大为提高。DSP/BIOS 是 CCS 的重要组成部分，它实质上是一种基于 TMS320C5000 和 TMS320C6000 系列 DSPs 平台的实时操作系统内核。

（1）数据采集系统程序模块

典型的数据采集程序包括以下功能模块：引导自检模块、监控模块、主机通信模块、采集任务初始化模块、触发判断模块、采集任务执行模块、预处理模块。按照传统的编程方式，这些功能模块是以顺序结构组织在一起，各模块之间的调用和切换都是由各模块自身提供的代码来完成，这样使得应用程序各模块之间处于一种紧耦合状态，如果添加新的功能模块，不但因为要修改相关模块的调用代码而难于升级维护，并且新增模块也会明显影响到原有系统的时间响应特性。DSP/BIOS 的出现提供了另外一种组织应用程序各功能模块的机制，它通过可配置的内核服务使各功能模块在系统调度器的安排下按照优先级的高低分时复用 CPU 资源，这种机制使得应用程序可维护性的提高，而且也为能够提供更高级、方便的调试手段打下了基础。

DSP/BIOS 在整个目标模板上主要起到两方面的作用：第一是实现主机调试环境对目标模板上运行的应用程序的实时监察和控制；第二是实现各线程之间的调度和线程间的通信。DSP/BIOS 通过具体的核心模块而使这些作用得以发挥。

（2）利用 DSP/BIOS 设计数据采集程序

核心模块中的实时调度模块用于生成线程对象。在利用 DSP/BIOS 设计应用程序之前，首先应对组成整个应用程序的各个功能模块进行线程类型划分。根据各功能模块触发方式和优先级的不同，可将它们划分为 HWI、SWI、TSK 和 IDL 四种线程对象，它们的优先级依次降低。同时，如果存在需要周期性触发的功能模块，可以将其设定为 PRD 或 CLK 线程对象。针对数据采集应用程序，同一执行路径的引导自检模块、监控模块因为仅在程序起始处执行一次，所以可设置成一般的 TSK 线程对象。任务初始化模块、采集任务执行模块、预处理模块要求有实时的时间响应，应设置成 SWI 线程对象。一般情况下，同一线程对象的功能模块优先级可根据各模块执行的频率高低来划分，执行频率越高的功能模块对应线程优先级越高。由于任务初始化模块只在每次启动采集任务时执行一次，又考虑到采集任务模块一般要执行多次才进行一次预处理过程，因此可将任务初始化模块、预处理模块和采集任务模块的优先级按由低到高的顺序分配。作为决定数据采集过程起始时刻的触发模块，因为要及时判断触发条件进而实时响应外界触发信号，所以需要将其设置为优先级最高的 HWI 线程对象。至于主机通信模块,因为在目标模板没有执行采集任务时始终需要不间断地保持与主机的通信联系,所以将其分配为 IDL 线程对象。

　　DSP/BIOS 提供管道(PIP)对象实现外设与线程间的通信。管道(PIP)对象用于管理块 I/O(也称为基于流的 I/O 或者异步 I/O)。每一个 PIP 对象维护着一个分为固定数量和固定大小的缓冲区(称为帧)。所有的 I/O 操作在每一刻只处理一帧。尽管每一帧长度是固定的,但是应用程序可以在每一帧中放置可变数量的数据(但不能超过最大值)。管道有两端,一端为写线程,一端为读线程。写线程一端用于向管道中添加数据,读线程一端用于从管道中读取数据。管道能够用于在程序内的任意两个线程之间传递数据。经常是管道的一端由 ISR 控制,另一端由软件中断函数控制。数据通知函数(也称为回调函数)用于同步数据的传输,包括通知读函数和通知写函数。当读或写一帧数据时,这些函数被触发,以通知程序有空闲帧或者有数据可以利用。

　　图 4-18 给出基于 DSP/BIOS 设计的实时数据采集系统软件框图,其中核心模块的类型注于模块对象框的左上方;如果为线程对象,则对应的功能模块函数注于线程对象名的下方;各模块间触发关系由虚线箭头指出;外设与线程间通信由实时通信模块(PIP)对象完成。

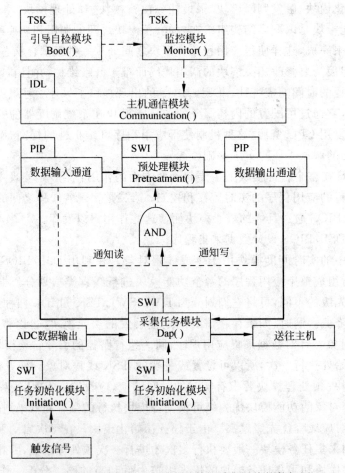

图 4-18　基于 DSP/BIOS 的实时数据采集系统软件框图

参考文献

[1]　Krishna C M, Kang G Shin. Real-time Systems[M]（英文影印版）. 北京：清华大学出版社, 2001

[2]　Jane W S Liu 著. 姬孟洛, 李军 等译. 实时系统[M]. 北京：高等教育出版社, 2003

[3]　Analog Device. VisualDSP++3.0 Kernel(VDK)User's Guide[M], 2002

[4]　Texas Instruments. TMS320 DSP/BIOS User's Guide(spru423b)[M], 2002

[5]　陈翌, 田捷, 王金刚. 嵌入式软件开发技术(M). 北京：国防工业出版社, 2003

[6]　Rick Grehan, Robert Moote, Ingo Cyliax 著. 许汝峰 译. 32 位嵌入系统编程[M]. 北京：中国电力出版社, 2001

[7]　宜帆, 徐兴. DSP/BIOS 在数据采集程序设计中的应用[J], 仪器仪表学报, 第 23 卷第 3 期增刊, 2002.6

第 5 章 数字信号处理器系统硬件设计

5.1 最小 DSPs 系统

5.1.1 最小配置 DSPs 系统和自加载

最小配置处理器系统是指处理器能够运行程序并完成简单任务的最小配置系统,它起码包括时钟源、复位电路、译码电路、存储器、开发调试 JTAG、电源等。由于现代数字信号处理器片上集成了大量的存储器,有些甚至包括了程序 Flash 存储器,对存储器的接口是无缝的(即不需外加控制、译码电路),因此片外存储器和控制电路对最小配置 DSPs 系统不是必需的,对于具有片上 Flash 存储器的 DSPs 只要有时钟、复位电路和电源就能工作。图 5-1 是一般 DSPs 最小系统配置框图。

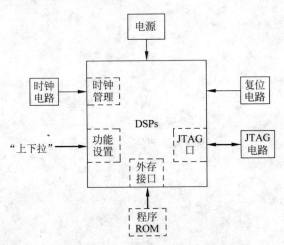

图 5-1　DSPs 最小系统配置框图

在嵌入式系统中,程序一般需要存放在非易失存储器中,如 ROM、EEPROM、Flash 存储器,而这些存储器的速度非常慢,另外,DSPs 处理器的指令宽度一般是 32 位,VLIW 结构甚至到 256 位,外部要配置如此宽的程序存储器是很复杂的。为了提高 DSPs 程序取指的速度、简化程序存储器的配置,DSPs 处理器经常在复位后起始阶段,把程序从外部慢速、窄位的存储器自动加载到片上的高速、宽位的程序存储器中执行,这种程序加载的方式称为程序自加载(Boot_root)。DSPs 自加载的模式很多,可以通过处理器上已固化的一段自加载程序或 DMA 控制器来完成,在加载过程中,被加载的程序是当作数据来搬移的,程序由外部的窄位(8 位)数据扩展恢复成指令字,当搬移完毕,程序计数器指针指向搬移目的地址,开始执行程序。自加载过程如图 5-2 所示。

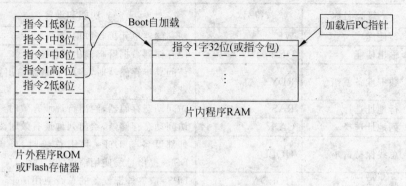

图 5-2　Boot 自加载过程

5.1.2　DSPs 管脚和模式设置

DSPs 处理器芯片管脚对外接口按功能一般划分为:时钟及锁相环,复位和中断,系统配置,存储器接口,硬件仿真调试 JTAG 接口,通用 I/O,主机接口,外设接口(PCI、串口、UTOPIA、定时器、Link 口)等。以 C6000 系列 DSP 为例,各类管脚的功能和设置如表 5-1 所示。

表 5-1　DSPs 处理器管脚类别及功能

管脚类别	管脚名称	符号*	功能和设置
时钟及锁相环	CPU 时钟	CLK	经锁相环倍频后或直接给 CPU 提供系统时钟
	倍频模式	CLKMODE#	指定锁相环的倍频数,有的 DSPs 是由寄存器来指定倍频数
	锁相环滤波	PLLV	锁相环滤波
复位和中断	复位	RESET	复位信号维持若干有效电平使 CPU 恢复至初始状态
	非屏蔽中断	NMI	除复位状态,CPU 肯定响应的中断
	可屏蔽外部中断	INT#	外部信号的有效电平或沿触发 CPU 中断,它们一般是可屏蔽的
系统配置	字 Endian 模式	ENDIAN	指定字节组成字的模式:大 Endian 模式为 BYTE3、BYTE2、BYTE1、BYTE0;小 Endian 模式为 BYTE0、BYTE1、BYTE2、BYTE3
	自加载方式	BOOTMODE#	指定自加载控制器,从而间接指定自加载源地址和目的地址
	外设工作模式	PSEL#	指定复用管脚工作在哪种功能以及片上外设的工作模式
存储器接口	地址总线	A#	处理器给外部存储器提供地址
	数据总线	D#	输出或接收数据
	片选	CE#	选择所要访问空间的存储器
	读使能	RD	使存储器单元输出数据

续表

管脚类别	管脚名称	符号*	功能和设置
存储器接口	写使能	WE	使存储器单元接收数据
	输出使能	OE	使存储器数据管脚输出数据
	数据准备就绪	RDY	访问异步存储器时,表示存储器输出数据准备就绪
	行地址选择	RAS	访问动态存储器,给出行地址有效时刻
	列地址选择	CAS	访问动态存储器,给出列地址有效时刻
	总线保持请求	HOLD	外部设备与 DSPs 共用总线时,外部设备向 DSPs 提出总线使用请求
	总线保持应答	HOLDA	DPSs 应答外部设备的总线使用请求
硬件仿真调试 JTAG 接口	测试模式选择	TMS	选择测试模式
	测试数据输出	TDO	输出测试数据
	测试数据输入	TDI	输入测试数据
	测试时钟	TCK	测试时钟输入
	测试复位	TRST	测试复位
	测试操作模式选择	EMU♯	其他操作模式选择
通用 I/O	通用输入/输出	GIOP♯	输出寄存器数据至管脚,输入管脚数据至寄存器
主机接口			DSPs 作为从设备与上位机接口
外设接口			片上外设的输入/输出管脚

注*：带♯的管脚表示有 N 个,编号为 $0,1,\cdots,N-1$。

5.2　CPU 外部总线

一个数字信号处理器系统除了包括 DSPs 外,应该还包括外部存储器和输入/输出设备。总线(bus)是连接存储器、输入/输出设备和 CPU 进行数据传输的机制,它包括一组连线(如地址线、数据线、读写控制信号线等)和总线协议。

5.2.1　CPU 总线及访问时序

图 5-3 是一个典型的处理器总线,它包括时钟 Clock、读写 R/$\overline{\text{W}}$、使能 Enable(包括空间选择 CE、地址选择 ADS、输出使能 OE 等)、地址总线 Address、数据准备好信号 Data Ready、数据总线 Data 等。时钟是总线操作的同步源,即使外部存储器或设备是异步的,总线上的数据在 CPU 输出或输入也是由时钟同步的。读写信号指示目前的操作对 CPU 来说是从外部读取数据操作还是向外部设备写数据操作。使能信号根据 CPU 总线接口能力,可以有不同的配置,如与异步静态存储器接口使能信号有选择不同存储器空间的片选信号 CE、数据使能信号 OE 等,与异步动态存储器接口使能信号有选择不同存储器空间的片选信号 CE、数据使能信号 OE、行地址选择信号 RAS、列地址选择信号 $\overline{\text{CAS}}$ 等。数据准备好信号在读操作时表示外部设备输出数据已稳定、CPU 可读取,Ready 由外部设备驱动,在写操作时表示 CPU 输出数据已稳定、外部设备可接收该数据,Ready 由 CPU 驱动。地址总线输出 CPU 要访问存储器存储单元的地址,地址线数决定能访问空间

的大小。数据总线是双向三态的,总线宽度表示 CPU 在一个访问周期中读写数据的字宽。

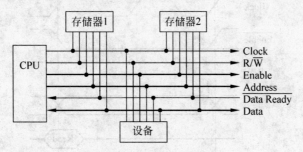

图 5-3　典型 CPU 总线

　　总线的操作过程可用时序图来描述,图 5-4 是总线进行读写访问的时序图。该时序图表示在第 1 个时钟周期,读写信号 R/$\overline{\text{W}}$ 为高,表示进行读访问,控制信号 $\overline{\text{Enable}}$ 为低表示地址有效,可开始读操作,时钟上升沿检测 $\overline{\text{Ready}}$ 信号为有效低电平,表示数据已准备好,CPU 在紧接着的时钟下降沿把数据读入处理器。从时序图还可以看出该 CPU 读访问只需 1 个时钟周期,写访问需要 2 个时钟周期。

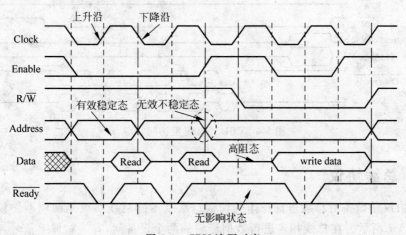

图 5-4　CPU 读写时序

　　当数据没有准备好时,总线访问可以插入等待周期。图 5-5 为插入 1 个等待时钟周期的读时序,图中第 1 个时钟上升沿检测到 $\overline{\text{Ready}}$ 信号为无效高电平,表示数据还没有准备好,插入 1 个时钟周期,第 2 个时钟上升沿检测到 $\overline{\text{Ready}}$ 信号为有效低电平,表示数据准备好,在第 2 个时钟的下降沿把数据读入。由于访问等待,CPU 读周期由原来的 1 个时钟周期变为 2 个时钟周期。是否插入等待周期可以通过检测类似握手信号的 $\overline{\text{Ready}}$ 信号的状态来确定,有的 CPU 总线接口也可以通过设置总线等待周期控制寄存器来自动插入等待周期。

　　CPU 总线有一种访问方式称为突发(Burst)访问模式,在 Burst 模式下,CPU 在一次访问中,只给一次地址,就可以连续访问多个数据。图 5-6 是突发访问模式时序图,图中在 Address enable 高电平期间给出地址,其后给出多个有效数据,并由 $\overline{\text{Data ready}}$ 指示数据的稳定阶段。

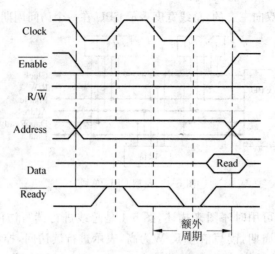

图 5-5　CPU 插入一个等待周期的读时序

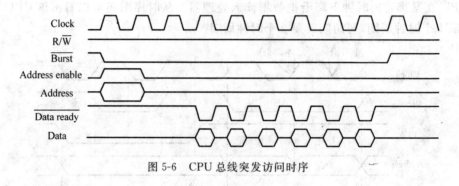

图 5-6　CPU 总线突发访问时序

5.2.2　总线协议

总线协议是设备对总线进行操作的规则。最基本的总线协议是四周期协议,其操作过程如图 5-7 所示。在总线相连进行数据传输的两个设备间,有一对握手信号,即询问信号 ENQ(enquiry)和应答信号 ACK(acknowledge)。询问信号由数据发送方送出,通知接收方要发送数据。应答信号由数据接收方输出,向发送方表示已准备好接收数据。数据传输四周期协议握手操作过程如下:

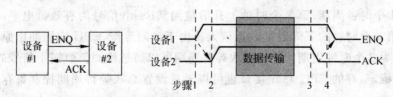

图 5-7　四周期握手协议操作过程

- 发送方输出询问信号 INQ 为有效电平高,通知接收方它要发送数据。
- 当接收方准备好、能够接收数据时,接收方置应答信号 ACK 为有效电平高,告知发送方可以发送数据。

- 一旦数据传输完毕,接收方置 ACK 为无效电平低,表示接收数据结束,不能再接收数据。
- 发送方检测到接收方释放 ACK 信号(ACK 为低),它也释放 ENQ。

当握手结束时,询问信号和应答信号均为无效电平低,处于握手的初始阶段,可以进行下一次数据传输的握手过程。CPU 总线访问的四周期握手协议过程可用如图 5-8 所示的状态机描述。对于 CPU,起始状态为发送地址和使能控制信号,即向访问设备发送询问,然后等待被访问设备的应答,当检测到准备好应答信号时,开始读或写数据传输,然后进入结束状态,地址和使能信号提供结束。对于设备,起始状态为等待地址和使能控制信号,即检测是否有 CPU 询问,当检测到有效地址和控制信号,进入准备好状态,开始发送或接收数据传输,然后进入结束状态,应答准备好信号置无效,等待下一次地址和使能信号的询问。

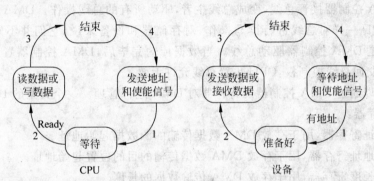

图 5-8　CPU 总线访问的四周期协议操作过程

5.2.3　直接存储器访问 DMA

标准的总线读写访问操作是由 CPU 驱动的,CPU 给出地址总线、读写信号、使能信号,读取数据总线的数据或输出数据至数据总线上,即 CPU 管理总线操作的每一个过程。数据从外部设备输入到存储器或在存储器间进行搬移的操作是经常的、大量的、必需的,如果这些操作都由 CPU 来完成,必然将占用 CPU 的大量时间。为了把 CPU 从数据传输的总线操作中释放出来,可以让另一个总线控制器来管理总线,以完成外部设备与存储器的直接数据传输。

直接存储器访问 DMA(direct memory access)就是由非 CPU 进行的总线读写操作。代替 CPU 控制总线进行 DMA 操作的控制器称为 DMA 控制器。DMA 控制器从 CPU 处申请并获得总线控制权后,在外部设备与存储器间或存储器与存储器间直接进行数据传输操作。图 5-9 是具有 DMA 控制器的总线配置图。DMA 与 CPU 间可采用经典的四周期握手协议进行总线控制权切换,因此 DMA 控制器有 1 根总线请求(bus request)信号线输出至 CPU,CPU 有 1 根总线许可(bus grant)信号线输出至 DMA 控制器。

总线上的设备分为总线主设备和总线从设备。总线主设备能够初始化并发起它自己的总线操作,也称为总线主者(bus master)。总线从设备不能初始化和发起总线操作,它与 CPU 没有总线请求信号线和总线许可信号线的连接。DMA 控制器是一个总线主者,

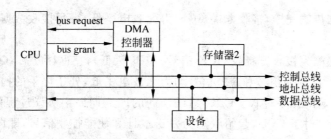

图 5-9　总线 DMA 控制器

它通过总线请求信号线和总线许可信号线与 CPU 连接。当 DMA 想控制总线进行数据传输时，它通过 bus request 向 CPU 提出总线占用申请，当 CPU 没有正在使用总线时或完成当前总线操作后，通过 bus grant 允许 DMA 控制器使用总线。当 DMA 获得总线占用权时，DMA 控制器接管总线，变成总线主者，驱动所有的总线操作。DMA 控制器按总线协议像 CPU 一样对总线进行读写操作，对存储器和设备来说，它们并不知道是 CPU 驱动总线还是 DMA 控制器驱动总线。当数据传输完毕后，DMA 控制器置总线请求为低，向 CPU 交回总线控制权，CPU 也置总线允许无效。

CPU 可以通过 DMA 控制器的寄存器对 DMA 进行管理。一个典型的 DMA 控制器包括以下寄存器：

- 源地址寄存器，用于存放 DMA 数据传输的源数据起始地址。
- 目的地址寄存器，用于存放 DMA 数据传输的目的位置起始地址。
- 数据长度寄存器，用于存放 DMA 传输数据的长度。
- 状态控制寄存器，用于控制 DMA 操作的当前状态、DMA 模式、操作控制等。

CPU 初始化 DMA 的地址寄存器和数据长度寄存器后，通过设置状态控制寄存器中的 DMA 起始控制位，启动 DMA 传输，当 DMA 传输完毕后，可以通过 DMA 中断通知 CPU 数据传输已结束。

当 DMA 进行数据传输时，CPU 不能再进行该总线的访问，但可以对内部寄存器和内部其他总线进行操作，只有当 DMA 结束时，CPU 才能对该总线进行操作。如果在 DMA 期间，CPU 对该总线进行访问，CPU 操作将被暂停、插入等待，直至 DMA 结束、释放总线。总线使用的一个例子如图 5-10 所示。

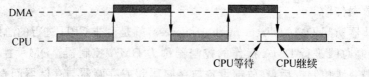

图 5-10　CPU 和 DMA 总线操作

由于 DMA 控制器可以在没有 CPU 参与的情况下完成存储空间内的数据搬移，相当于增加了 CPU 的处理时间，增强了处理器的数据传输能力，所以现代 DSPs 都具有多个通道的 DMA 控制器，特别是对于 RISC 结构、具有大容量片上存储器、大量片上外设、多总线的 DSPs，灵活的多通道的 DMA 显得更加重要和具有优势。数字信号处理器的 DMA 控制器的主要特点包括：

- 后台操作：DMA 控制器可以独立于 CPU 工作。
- 高吞吐量：可以以 CPU 时钟的速度进行数据吞吐。
- 多个通道：DMA 控制器可以分别独立控制多个通道的传输。
- 多帧（frame）传输：传送的每个数据块可以含有多个数据帧。传输一定数量的数据单元构成一个数据帧。
- 优先级可编程：每一个通道对于 CPU 的优先级是可编程确定的。
- 地址产生方式可编程：每个通道的源地址寄存器和目标地址寄存器对于每次读写都是可配置的。地址可以是常量、递增、递减，或是设定地址索引值。
- 源目的地址全空间：数据搬移的源/目的地址可以是片内存储器、片内外设、片外存储器和设备。
- 传送数据的字长可编程：每个通道都可以独立选择宽度：字节、半字（16 位）或字（32 位）。
- 自动初始化：每传送完一块数据，DMA 通道会自动重新为下一个数据块的传送做好准备。
- 事件同步：读、写和帧操作都可以由指定的事件触发，例如定时读同步是指 DMA 数据传输的每一个读操作都需要由定时器同步触发，即只有当定时中断来一次时，才能进行一次数据读。
- 中断反馈：当一帧或一块数据传送完毕或是出现错误情况时，每一个通道都可以向 CPU 发出中断。

5.3　模数转换器 ADC

5.3.1　离散化和数字化

　　模数转换是对输入模拟信号在时间上进行离散化和在幅度上进行数字化的过程。模数转换器（analog to digital converter，ADC）的工作过程一般分为采样、保持、量化、编码、输出等过程，其中采样和保持是信号时间离散化的过程，量化和编码是信号幅度数字化的过程。

　　信号采样的原理如图 5-11 所示，其信号离散化可用数学公式表示为

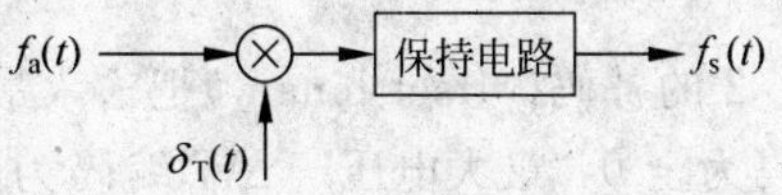

图 5-11　ADC 信号离散化过程示意图

$$f_s(t) = \sum_{n=-\infty}^{+\infty} f_a(t)\delta_T(t-nT) \qquad (5\text{-}1)$$

式中，$f_a(t)$ 为模拟输入信号，$f_s(t)$ 为离散化输出信号，T 为离散化周期，即采样周期。离散化信号的频谱

$$F_s(\omega) = \sum_{n=-\infty}^{+\infty} F_a(\omega - n\omega_s) \qquad (5\text{-}2)$$

式中，$F_a(t)$ 为模拟输入信号的频谱，$F_s(t)$ 为离散化输出信号的频谱。从式（5-2）可以看出离散化输出信号的频谱是输入模拟信号频谱的周期延拓频谱。为了使延拓频谱不重叠（混叠），从而能够从周期延拓频谱中取出模拟信号原始频谱，则要求离散化的采样频率大于两倍的模拟信号带宽，这就是采样定理。

时间离散采样的信号,其幅度值还是连续的,如果用有限 M 个离散的电平值来表示这些采样值,就可以把幅度连续的信号变成幅度离散的信号,这就是所谓的量化。通常取 M 为 2 的 n 次幂,这样,M 个离散的电平就可以用一个 n 位的二进制数来表示,用 n 位二进制数表示量化电平的方法就称为编码。对采样信号的量化和编码,就是信号幅度的数字化。

图 5-12 表示了信号幅度量化过程。从图中可以看出,幅度量化把电平 m_{i-1} 到 m_i 的值量化为电平 q_i,量化是一个幅度离散化、近似舍入的过程,图中采样点 B 和 C 均量化为 q_i,A 量化为 q_{i-1}。设输入信号的最小值和最大值分别为 a 和 b,则量化间隔

$$\Delta V = m_i - m_{i-1} = \frac{b-a}{M} \tag{5-3}$$

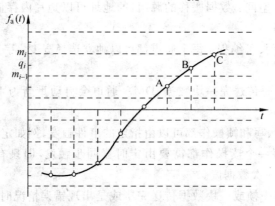

图 5-12　采样幅度量化过程

量化后的幅度值用量化间隔 ΔV 去除,得数一定是整数。对这个整数可以进行编码,编码的方式很多,有偏移码、2 的补码、二进制无极性码等。

二进制偏移码(offset binary)把输入最小电压编码为全 0,中间电压编码为码子最高位为 1,其余为 0,如当编码位数 $n=8$ 时,中间电压值编码为 1000 0000,"最大电压－ΔV"编码为全 1。例如,如果输入信号在 $[-V_{FS}, +V_{FS}]$ 范围内,编码位数为 n,则码子 $\{a_n \cdots a_2 a_1\}$ 与码子所表示的电压之间有如下关系:

$$V = V_{FS}\left[\sum_{i=1}^{n}\left(\frac{a_i}{2^{n-i}}\right) - 1\right] \tag{5-4}$$

2 的补码(offset binary)把输入最小电压编码为码子最高位为 1,其余为 0,中间电压编码为全 0,"最大电压－ΔV"编码为码子最高位为 0,其余为 1。例如,如果输入信号在 $[-V_{FS}, +V_{FS}]$ 范围内,编码位数为 n,则码子 $\{a_n \cdots a_2 a_1\}$ 与码子所表示的电压之间有如下关系:

$$V = V_{FS}\left[\sum_{i=1}^{n-1}\left(\frac{a_i}{2^{n-i}}\right) - a_n\right] \tag{5-5}$$

5.3.2　ADC 的性能指标及其测试

5.3.2.1　ADC 的性能指标

ADC 的性能指标与 ADC 时间离散化和幅度数字化的过程及参数有关。ADC 的性能指标包括静态性能指标和动态性能指标。静态性能指标是指直接由 ADC 器件决定的

指标,动态性能指标是指与输入信号、采样信号、ADC 系统等有关的指标。其中,静态性能指标主要有:

（1）转换速率和输入带宽

ADC 的转换速率是指单位时间内能够完成模数转换的最大次数,单位为 MSPS(每秒百万次转换样点)或 KSPS(每秒千次转换样点),转换速率与 ADC 的采样率相关,ADC 的采样率是指对信号离散采样的频率,单位为赫兹（Hz）。

ADC 输入带宽是指输入信号允许的最大带宽。它一般比采样率低,但现代许多高速 ADC 的输入带宽可以比采样率高,这是为了便于在带通欠采样系统中的应用。

（2）ADC 位数和动态范围

ADC 位数是指 ADC 量化编码的数字位数,当 ADC 满幅度的量化电平个数为 2 的 n 次幂时,ADC 的位数为 n 位。动态范围是指输入范围与 ADC 最小可分辨的量值之比。

（3）转换灵敏度

ADC 转换灵敏度定义为二进制末位变化所需的最小输入电压,即 ADC 能够分辨的最小模拟量的变化,它与 ADC 的量化电平相等。假设一个 ADC 的输入电压范围为 $(-V, V)$,转换位数为 n,则它的转换灵敏度为 $\Delta V = 2V/2^n$。可见,ADC 器件的位数越多,器件的输入电压范围越小,它的转换灵敏度就越高。

（4）非线性误差

非线性误差是指 ADC 理论转换特性与其实际转换特性之间的差别,包括积分非线性(integral non-linearity,INL)误差与微分非线性(differential non-linearity,DNL)误差。理论上,ADC 每个码子的量化电平都相同,但实际上在不同输入信号幅度时,即不同码子时,ADC 的量化电平不一样。微分非线性误差是指 ADC 理论上的量化电平与实际中的最大量化电平之差,DNL 常用该误差与理想量化电平的百分比表示。积分非线性误差是指 ADC 实际转换电平与理想转换电平的最大偏差,INL 常用该偏差与满幅度值的百分比表示。

ADC 的动态性能指标主要有:

（1）量化信噪比（SNR）

ADC 将输入信号从模拟量变换为数字量是一个非线性过程,使得量化值与真实值之间存在误差。因为误差可以是量化电平范围内的任意值,所以可以假设这个误差在量化电平 ΔV 内是均匀分布的。这样,幅度的概率密度函数为 $1/\Delta V$。因此,量化噪声的功率

$$N_b = \frac{1}{\Delta V} \int_{-\Delta V/2}^{\Delta V/2} x^2 \, dx = \frac{\Delta V^2}{12}$$

对于一个满量程为 V 的正弦波输入信号,它的功率为 $S_q = V^2/2$。因此,理论上的正弦波输入信号对量化噪声的信噪比

$$\frac{S_q}{N_q} = \frac{V^2/2}{\Delta V^2/12} = 6\left(\frac{V}{\Delta V}\right)^2 = 6(2^{n-1})^2 = 1.5 \times 2^{2n}$$

用分贝表示的信噪比

$$SNR = 10\log\left(\frac{S_q}{N_q}\right) = 6.02n + 1.76 \text{dB} \qquad (5\text{-}6)$$

需要注意的是,以上是针对正弦波输入信号的量化信噪比,对于其他输入信号形式,

量化信噪比是不一样的。

式(5-6)是针对信号带宽为二分之一采样率来说的,如果信号带宽固定,采样频率提高,效果相当于在一个更宽的频率范围内扩展量化噪声,从而提高 SNR。如果信号带宽变窄,在此带宽内的噪声也变少,信噪比也将提高。因此,采用高采样率对窄带信号进行过采样和数字滤波可以提高量化信噪比,量化 SNR 公式修改为:

$$SNR = 10\log\left(\frac{S_q}{N_q}\right) = 6.02n + 1.76 + 10\lg[f_s/2B] \tag{5-7}$$

式中,f_s 为采样频率,B 为模拟信号带宽。式(5-7)中第三项为过采样 SNR 增益。

在量化噪声中,有一种情况可能产生虚假响应。一个输入信号经 ADC 变换后,真实信号与其数字化输出之间的误差是不可预知的。如果该输入信号具有任意频率,那么可以认为误差是均匀分布的。如果该输入信号频率与采样频率 f_s 有一定的关系,那么误差函数将是高度相关的,此时误差函数的分布就不是均匀的。在这种情况下,量化误差会导致 ADC 产生虚假响应。如果输入信号 f_i 与采样频率 f_s 满足 $f_s = nf_i (n$ 为整数),那么误差将从一个周期到下个周期显示重复的模式。如图 5-13 所示,图(a)中的正弦波经量化后输出为(b)中的数字波形。时域幅度误差如图(c)所示。需要注意的是,从第 1 点到第 16 点的误差和从第 17 点到第 32 点的误差是相同的。这种误差按照输入信号的周期重复出现。图(d)显示的是输入波形的 FFT 结果。图(e)是量化信号的 FFT 结果。比较图(d)和图(e)可以看出,在图(e)中位置 7 处多出了一个频率分量,这就是虚假分量输出,称之为 ADC 虚假响应。

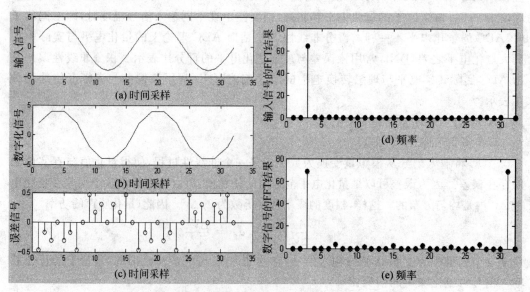

图 5-13　数字量化虚假响应示意图

(2) 孔径抖动噪声

ADC 在对某一瞬间的输入信号进行量化处理时,输入信号必须在该时刻保持恒定。如果输入信号变化快而数字化过程较慢,则输出的精度将会很差。所以,ADC 在量化器的前面加一个采样保持电路,它可以产生一个非常细窄的窗口,使期望时刻的输入信号在相对长的时间里保持恒定电压值，以保证数字化电路可以正常高精度地工作。ADC 信号采样过程包括采样、保持、跟踪等过程。孔径时间是指采样模式转换到保持模式的时间间隔，即对 ADC 发出采样命令（采样时钟边沿）时刻与实际保持信号时刻之间的时间间隔。相邻两次采样的孔径时间的偏差称为孔径抖动 jitter，记作 Δt_j。孔径抖动造成了信号的非均匀采样，引起了误差，图 5-14 所示为 ADC 采样孔径抖动引起的幅度误差。设 ADC 输入信号为 $S(t) = \sin(2\pi f_{in}t)$，那么对于这个正弦波，其变化速率

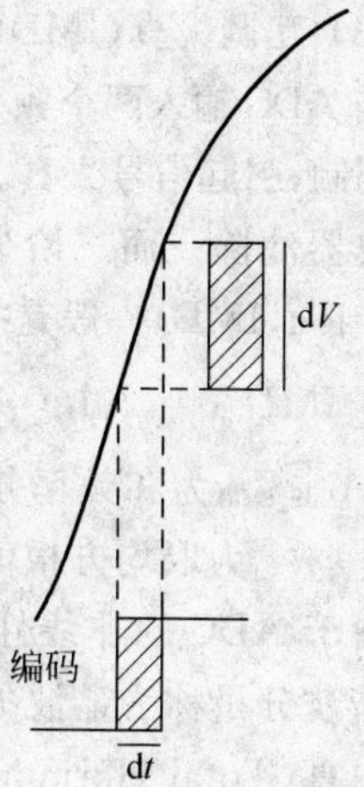

$$SR = \frac{\mathrm{d}S(t)}{\mathrm{d}t} = 2\pi f_{in}\cos(2\pi f_{in}t)$$

由孔径抖动所引起的电压误差可表示为

$$V_{ERR} = SR \cdot \Delta t_j = 2\pi f_{in}\cos(2\pi f_{in}t) \cdot \Delta t_j$$

其有效值

$$V_{\Delta t_j} = (V_{ERR})_{有效} = \sqrt{2}\,\pi f_{in}\sigma_{\Delta t_j}$$

图 5-14　ADC 采样孔径抖动所引起的幅度误差示意图

式中，$\sigma_{\Delta t_j}$ 为 Δt_j 的均方根值。孔径抖动引起的信噪比

$$SNR = 20 \times \lg\left(\frac{V_s}{V_{\Delta t_j}}\right) = 20\lg\left[\frac{1/\sqrt{2}}{\sqrt{2}\,\pi f_{in}\sigma_{\Delta t_j}}\right]$$

$$= -20\lg(2\pi f_{in}\sigma_{\Delta t_j})(\mathrm{dB}) \tag{5-8}$$

在输入信号为不同频率的情况下，孔径抖动时间与 ADC 有效位数的关系如图 5-15 所示。

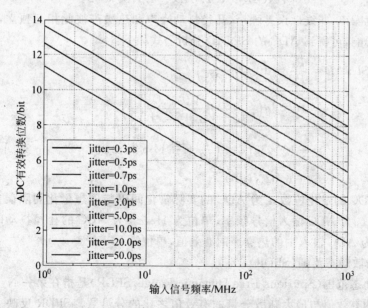

图 5-15　不同输入信号频率情况下孔径抖动时间与 ADC 有效位数的关系

（3）互调失真（IMD）和总谐波失真（THD）

当 ADC 输入两个频率（f_1 和 f_2）靠近的信号时，由于 ADC 传递函数的非线性，将产生互相调制，引起信号失真。二阶互调产物 $f_1 - f_2$ 或 $f_1 + f_2$ 一般离 f_1、f_2 较远，容易通过数字滤波器滤除。而三阶分量离 f_1、f_2 较近，很难滤除。因此，互调失真（Intermodulation Distortion，IMD）一般是指三阶分量 $2f_1 - f_2$ 或 $2f_2 - f_1$ 引起的失真。总互调失真

$$IMD_{dB} = 20\lg\left(\sum\left(A_{\text{IMF\_SUM}}[rms] + A_{\text{IMF\_DIFF}}[rms]\right)/A_{\text{FUNDAMENTAL}}[rms]\right) \quad (5\text{-}9)$$

式中，$A_{\text{IMF\_SUM}}$ 为和频率分量幅度，$A_{\text{IMF\_DIFF}}$ 为差频率分量幅度，$A_{\text{FUNDAMENTAL}}$ 为基频率分量幅度，$[rms]$ 为取均方根值。

由于 ADC 的非线性导致在输出的频谱中出现许多输入信号频率的高次谐波，这些高次谐波分量称为谐波失真分量。各阶谐波的有效值之和与基波的有效值的比值称为总谐波失真（Total Harmonic Distortion，THD），计算公式为

$$THD_{dB} = 20\lg\left(\sqrt{A_{\text{HD\_2}}^2 + A_{\text{HD\_3}}^2 + \cdots + A_{\text{HD\_N}}^2}/A_{\text{FUNDAMENTAL}}[rms]\right) \quad (5\text{-}10)$$

式中，A_{HD} 为谐波分量幅度值。

（4）有效转换位数（ENOB）

在实际的 ADC 系统中，产生噪声的因素很多，数字信号包含多种类型噪声，有量化噪声、非线性误差 NL 噪声、孔径抖动 Δt_j 噪声、热噪声等，这些噪声使 ADC 的精度受到损失，影响 ADC 的实际分辨率，使 ADC 很难达到理想的转换位数。ADC 数字信号中能够实际分辨信号的编码位数，称为 ADC 的有效转换位数（ENOB）。有效位数是由 ADC 转换后总信噪比决定的。如果一个满量程的正弦输入信号经过 ADC 转换后，其数字信号的信纳比为 SINAD（信干噪比），则 ADC 的有效转换位数为

$$ENOB = (SINAD - 1.76)/6.02 \quad (5\text{-}11)$$

由于量化噪声、非线性误差噪声、孔径抖动噪声和热噪声彼此相互独立，综合考虑这四个因素的影响，可得到 ADC 的 SINAD 分析公式如下：

$$SINAD = \frac{P_s}{P_n} = 10 \times \lg\left(\frac{V_s^2}{V_n^2}\right)$$

$$= 10 \times \lg\left(\frac{V_s^2}{V_{\text{NL}}^2 + V_{\Delta t_j}^2 + V_{\text{tn}}^2 + V_q^2}\right) \quad (5\text{-}12)$$

$$= -10 \times \lg\left(8 \times \left(\frac{1}{12} + \frac{\varepsilon^2}{4}\right) + (2\pi f_{\text{in}}\sigma_{\Delta t_j} \times 2^n)^2 + 8\sigma_{\text{tn}}^2\right)$$

$$+ 6.02N \text{(dB)}$$

式中，N 为 ADC 的量化位数，ε 为 ADC 的实际量化间隔与理想量化间隔误差的有效值，单位为 LSB，f_{in} 为 ADC 输入信号频率，单位为 Hz，$\sigma_{\Delta t_j}$ 为 ADC 的孔径抖动时间有效值，单位为 s，σ_{tn} 为 ADC 输入端的热噪声的有效值，单位为 LSB。

（5）无杂散动态范围（SFDR）

无杂散动态范围（Spurious Free Dynamic Range，SFDR）是指在第一 Nyquist 区域测得信号幅度的有效值与最大杂散分量的有效值之比的分贝数。SFDR 反映了 ADC 输入大信号对小信号的影响，即大信号杂散的电平是否会比小信号的信号电平高，如果大信号的杂散遮盖小信号，则小信号无法检测或杂散虚警。

　　杂散信号的幅度通常是输入信号幅度的函数,因此 SFDR 一般用相对于输入信号幅度的分贝数(dBc)或相对于 ADC 满刻度的分贝数(dBFS)来衡量。对于理想的 ADC 来说,在其输入满量程时,SFDR 最大。但在实际系统中,由于 ADC 在输入信号满量程时,非线性误差和其他失真最大,因此 SFDR 经常在输入比满量程低一些的时候达到最大。

　　SFDR 一般要比 SNR 大,这是因为 SFDR 只考虑了杂散点的噪声功率,而 SNR 考虑的是所有噪声的功率。

　　在信号处理系统中,ADC 最重要的综合性能指标是有效转换位数和无杂散动态范围。有效位数反映了 ADC 对单信号数字转换的精度和灵敏度,无杂散动态范围反映了 ADC 对多信号的幅度分辨能力。

5.3.2.2　ADC 性能测试

　　测试 ADC 性能的方法有很多种,最常用的三种方法有正弦波曲线拟合法、快速傅里叶变换(FFT)法以及直方图法。

　　ADC 动态有效转换位数(b_{eff}或 ENOB)是用来表述 A/D 转换器以及以 A/D 转换为特征的模拟量数字化测量仪器设备的一项总体指标,它是一项 ADC 在动态信号激励下的综合动态特性指标,包括非线性误差、动态噪声、谐波失真和杂波失真等非线性误差,但是它不包括增益误差、偏移误差、相移及延迟误差等线性误差。

　　动态有效位数并不是一个恒定值,而是随信号频率变化的一条曲线。因此,动态有效位数给出时,应同时说明所属信号频率。一般说来,随着信号频率的增高,动态有效位数下降。

　　(1) 正弦波曲线拟合测试法

　　从理论上说,如果待测的 ADC 是理想 ADC 且正弦波输入信号是频谱纯净的正弦波,那么 ADC 输出的应该是理想的正弦波。但实际上由于噪声、量化误差和非线性失真,ADC 产生的输出波形与理想状况下所产生的波形是不同的。这种不一致性可通过正弦波拟合来测量,即通过调整一个正弦函数的相位、幅度、直流电平值以及频率等,使该正弦波函数与 ADC 数据之间的方差最小,然后计算拟合误差,并转换为有效位数。有效位数的计算公式为

$$b_{eff} = n - \log_2 \frac{E_{rmsa}}{E_{rmsi}} \qquad (5\text{-}13)$$

式中,n 为 ADC 的量化位数,E_{rmsa} 为测量值与拟合正弦曲线的均方根误差,E_{rmsi} 为理想正弦曲线与拟合正弦曲线的均方根误差。

　　正弦波曲线拟合法测量动态有效位数的简要原理如下:设 $x_i(i=1,2\cdots,N)$ 为线性测量系统对一个输入正弦信号 $a_0(t)=A_0\sin(2\pi f_0 t+\phi_0)+d_0$ 的测量序列,可用 $a_0(i)=A_0\sin(\omega_0 \cdot i+\phi_0)+d_0$ 描述。其中,T 是采样间隔,采集速率 $v=1/T, t=T \cdot i$,离散角频率 $\omega_0=2\pi f_0/v$。寻找出一个变参数的正弦波 $a(i)=A \cdot \sin(\omega \cdot i+\phi)+d$,使得该正弦波与测量序列对应点间的误差平方和最小,如式(5-14)所示。

$$\rho = \sqrt{\frac{1}{n} \cdot \sum_{i=1}^{n} [x_i - A\sin(\omega \cdot i + \phi) - d]^2} \qquad (5\text{-}14)$$

则称 $a(i)$ 为测量序列 $x_i (i=1,2\cdots,N)$ 的最小二乘意义上的最佳拟合曲线,可以认为 A、ω、ϕ 和 d 分别是 A_0、ω_0、ϕ_0 和 d_0 的最小二乘最佳估计结果,ρ 为拟合残差有效值。正弦波采集序列的任何 4 个参数的拟合结果都可以给出这 5 个参数。当输入信号的失真度较低时,若测量系统通道量程为 E_r,可以用拟合残差有效值 ρ 获得测量系统的动态有效位数 b_{eff} 的评价,如式(5-15)。

$$b_{eff} = \log_2 [E_r / (\rho \times 2)] \tag{5-15}$$

正弦波曲线拟合方法具有参数准确度高、稳定性好、复现性强以及分辨力不受量化误差限制的优点,而且拟合参数本身的误差分析已有较成熟的结论可以使用,并且可以对拟合软件进行指标标定。但它的缺点是运算复杂,实时性较差,运算参数初始值选取不当时,运算可能不收敛。

(2) 快速傅里叶变换(FFT)测试法

FFT 变换法测试 ADC 的动态有效转换位数的简要原理如下:利用理想单频正弦波在频域中是一条单一谱线这一简单模型,使用 FFT 的方法获得测量数字信号在频域的信号分量电平、噪声分量电平、谐波分量电平、寄生杂波分量电平,最终获得不含直流部分的信噪比 SNR。

$$\text{SNR}_{dB} = 10 \cdot \lg \frac{\sum_i A_{si}^2}{\sum_i A_{di}^2} \tag{5-16}$$

式中,A_{si} 为信号所含频率分量谱线幅度,A_{di} 为信号频率分量之外的失真频率分量谱线幅度,但不含直流分量幅度。基于信噪比的动态有效位数

$$b_{eff} \approx (\text{SNR}_{dB} - 1.76)/6.02 \tag{5-17}$$

在测试过程中,为了降低 FFT 的影响,取得尽可能好的结果,应该注意输入必须是纯正弦波且其频率与 FFT 输出频谱中的某一根匹配,即要求 $f_i = M f_s / N$,其中,f_i 和 f_s 分别为输入信号频率和采样频率,N 是 FFT 长度,且是一个 2 正整数次幂的整数值,M 为一个整数,且 M 最好是一个奇数,满足这个条件的输入频率 f_i 被称为最佳输入频率。以上说明,在 FFT 测试法中输入信号和采样时钟最好是同源信号。

FFT 法除了测试有效位数之外,还可以测试 ADC 的无杂散动态范围和总谐波失真等。无杂散动态范围 SFDR 为信号谱线幅值分贝数减去最大杂散信号谱线幅值分贝数。

(3) 消除信号源影响的多次平均法

信号源质量对 ENOB 的测量存在很大的影响,谱分析法和正弦拟合法都要求测试信号源具有比 ADC 本身更高的信噪比、动态范围、频率稳定度以及可以忽略的谐波失真。在被测信号源的信噪比较低的情况下,以上两种方法的测试结果都存在较大的偏差。因此需要寻找一种新的测试 ADC 有效位数的方法,以消除信号源对测量结果的影响。

在实际测量中,信号源不可能输出理想的正弦波,而是包含一定噪声和谐波分量的信号,记为

$$S_{src}(t) = A\sin(\omega t) + \sum_{m=2}^{H} A_m \sin(m\omega t) + n(t) \tag{5-18}$$

式中,$n(t)$ 是方差为 σ_{sn}^2 的白噪声;信号中包含总功率为 σ_{sh}^2 的 H 次谐波。实际的 ADC 还

包括前文所述的采样时钟引入的噪声等。

ADC 测试时噪声和谐波可分为两类,一类是 ADC 系统自身的噪声和谐波,其功率记为 σ_{ADC}^2;另一类是由测试信号源引入的噪声和谐波,其功率记为 $\sigma_{\mathrm{sn}}^2 + \sigma_{\mathrm{sh}}^2$。前者是 ADC 系统固有的,是造成 ADC 动态特性恶化的根源,需要在测量结果中表现出来,而后者是由测试设备带来的,不应该记入测量结果。

通常信号源性能是由信噪比 SNR 来衡量的,并且当信号幅度在一定的范围内变化时,SNR 应该基本保持不变,即当输出信号幅度衰减为 $1/k$ 时,噪声功率将衰减为 $1/k^2$。输出信号的高次谐波的幅度一般也跟信号幅度按照同比例衰减。而 ADC 系统的固有噪声则与输入信号的幅度不相关,不会随输入信号幅度变化而变化。所以当信号幅度衰减 k 倍时,测量得到的信纳比

$$\mathrm{SINAD}_{\mathrm{msd}} = 10\lg\left(\frac{\sigma_{\mathrm{s}}^2/k^2}{\sigma_{\mathrm{ADC}}^2 + \sigma_{\mathrm{sn}}^2/k^2 + \sigma_{\mathrm{sh}}^2/k^2}\right)$$

$$= -10\lg\left(\frac{k^2\sigma_{\mathrm{ADC}}^2}{\sigma_{\mathrm{s}}^2} + \frac{\sigma_{\mathrm{sn}}^2 + \sigma_{\mathrm{sh}}^2}{\sigma_{\mathrm{s}}^2}\right) \tag{5-19}$$

其指数表达形式为

$$10^{-\mathrm{SINAD}_{\mathrm{msd}}/10} = k^2 \times 10^{-\mathrm{SINAD}_{\mathrm{ADC}}/10} + 10^{-\mathrm{SINAD}_{\mathrm{src}}/10} \tag{5-20}$$

由式(5-20)可以看出,在指数表示形式下,信号源对测试结果的影响是一个常量。当信号源输出不同幅度的信号时,可以通过两次测量值相减而抵消。设两次测量中信号的幅度因子分别为 k_1、k_2,可得:

$$(k_2^2 - k_1^2)\,10^{-\mathrm{SINAD}_{\mathrm{ADC}}/10} = 10^{-\mathrm{SINAD}_{\mathrm{msdk2}}/10} - 10^{-\mathrm{SINAD}_{\mathrm{msdk1}}/10}$$

ADC 系统真实的信纳比

$$\mathrm{SINAD}_{\mathrm{ADC}} = 10\lg\left(\frac{k_2^2 - k_1^2}{10^{-\mathrm{SINAD}_{\mathrm{msdk2}}/10} - 10^{-\mathrm{SINAD}_{\mathrm{msdk1}}/10}}\right) \tag{5-21}$$

由此可以得到基于信纳比的 ADC 真实有效位数

$$\mathrm{ENOB}_{\mathrm{SINAD}} = \frac{\mathrm{SINAD}_{\mathrm{ADC}} - 1.76}{6.02} \tag{5-22}$$

这一方法消除了信号源对测量结果的影响。但是,应该注意的是,实际 ADC 误差也是随输入信号幅度的变化而稍有变化的。

5.3.3　ADC 与 DSPs 的接口

ADC 输出数据的接口方式有许多种,如串行接口、微处理器接口、并行直接接口、多路并行接口等。ADC 采用哪种输出接口主要由转换速率所决定。对于转换速率在几十 KSPS 以下的慢速 ADC,一般采用串行接口或微处理器接口,因为串行接口所用的信号线最少,最简单;对于转换速率在几百 KSPS 和几 MSPS 的中速 ADC,一般采用微处理器接口或并行接口,因为微处理器接口可实现与处理器的无缝接口,系统电路简单;对于转换速率在几十或百 MSPS 的高速 ADC,一般采用直接并行接口,因为直接并行接口能够方便地把数据存入缓存,实时输出 ADC 数据,减少处理器接收 ADC 数据的压力;对于转换速率几百 MSPS 及以上的超高速 ADC,一般采用多路并行接口,因为多路并行接口可以减少数据输出的时钟频率,便于接口逻辑电路和存储器的选择,这种超高速接口还经

常使用 LVDS 接口。以下介绍 ADC 与 DSPs 接口的几种设计方法。

（1）串行接口

当慢速 ADC 具有串行数据输出时，DSPs 可通过串口与 ADC 接口，如图 5-16 所示。串行接口一般为同步串口，DSPs 为主设备，ADC 配置为从设备。DSPs 为 ADC 提供接口时钟，通过串行输出数据线对 ADC 进行寄存器设置，按帧接收 ADC 串行输出的数据。DSPs 串行口接收数据后通过中断通知 DSPs 的处理器内核，串口中断程序把数据读入缓存，或通过 DMA 控制器把数据搬移到内存。由于串行数据接口速率的限制以及中断会影响处理器的速度，因此串行接口一般用在 ADC 速率低的场合。

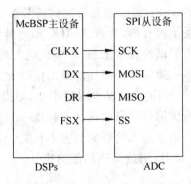

图 5-16　ADC 和 DSPs 通过串行接口方式连接的方法

（2）微处理器接口

有些 ADC 设计了与微处理器的直接接口，这时 DSPs 可以把这种 ADC 当作直接的外设，通过存储器总线直接与之无缝接口，如图 5-17 所示。这种 ADC 一般具有少量的数据缓冲寄存器，用于 ADC 输出数据的缓存，DSPs 通过读取这些寄存器获得 ADC 的数据。当数据缓冲寄存器有数据时，ADC 会输出转换结束信号，DSPs 可以利用该信号启动中断，中断服务程序把寄存器缓存中的数据读入到 DSPs 内存。多通道单片模数转换器常采用这种接口模式，这是因为多通道模拟信号的转换数据可以顺序地存在缓冲寄存器中，然后共用一个接口与 DSPs 接口。

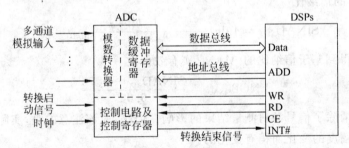

图 5-17　ADC 和 DSPs 通过微处理器总线直接接口方式连接的方法

（3）FIFO 接口

当 ADC 转换速率很高时，转换数据直接输出，这时 ADC 和 DSPs 接口需要在两者之间插入缓冲存储器，一种缓冲存储器是 FIFO，接口连接方式如图 5-18 所示。采用 FIFO 缓存接口，可以省略数据输入和输出的地址总线，并且能够方便与 ADC 及 DSPs 接口，ADC 输出数据可以同步写入 FIFO，并可控制 FIFO 只存取 ADC 采样波门内的数据。DSPs 以帧模式连续读取 FIFO 中的数据，以提高读数效率，帧长度由 FIFO 的深度决定，读数操作可通过 DMA 完成。一帧数据读取的启动可以通过 FIFO 满标志激励（中断）DSPs 来实现，但是需要注意的是，由于 DSPs 响应中断需要时间，因此满标志应该在 FIFO 真正全满之前的一些单元给出，即经常采用几乎满标志。另外，从缓存的意义也可以看出,FIFO 的平均输入数据速率应该小于 DSPs 读取 FIFO 的总线速率。

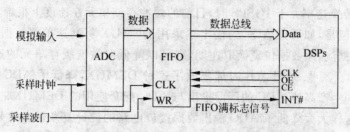

图 5-18　ADC 和 DSPs 通过 FIFO 缓存接口方式连接的方法

（4）双口 RAM 接口

对于转换数据直接输出的 ADC,接口的另一种缓存方式是采用双口 RAM,如图 5-19 所示。与 FIFO 方式接口比较,双口 RAM 方式接口的优点是 DSPs 读取缓存数据可以按信号处理的需要随机读取,如按位翻转读取,另外还可实现缓存数据的乒乓存取;缺点是存取都需要提供地址信号,接口相对复杂。

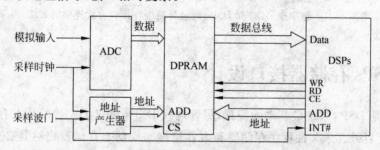

图 5-19　ADC 和 DSPs 通过双口 RAM 缓存接口方式连接的方法

（5）乒乓存储器方式接口

对于转换数据直接输出的 ADC,还有一种缓存方式的接口就是采用乒乓 RAM 结构,结构原理如图 5-20 所示。所谓乒乓 RAM 结构是指把缓冲存储器分成乒乓两块,当其中的乒 RAM 连接 ADC 并接收 ADC 输出数据时,它与 DSPs 断开,而乓 RAM 与 DSPs 连接并被 DSPs 读取数据,此时它与 ADC 断开;当乒 RAM 接收数据满,乓 RAM 被读空时,乒乓 RAM 与 ADC 和 DSPs 的连接开关切换,乓 RAM 完成新一帧数据的接收,乒 RAM 缓存的上一帧数据供 DSPs 读取和处理;如此往复执行,实现了数据的连续缓存。这种接口方式的优点是可以实现高速连续采集数据的缓存。双口 RAM 方式接口可以实现乒乓 RAM 结构接口,即把双口 RAM 的存储空间分为高低两部分,双口 RAM 的左右边最高位地址是反相关系,以控制乒乓 RAM 区的连接对象。

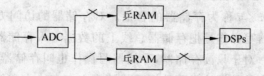

图 5-20　ADC 和 DSPs 通过乒乓 RAM 结构接口方式连接的方法

（6）DEMUX 接口

当 ADC 转换速率大于 1GSPS 时，目前的缓冲存储单元在速度上很难直接达到 ADC 的输出速率。但是，如果在 ADC 的输出端采用 DEMUX 将高速单路数据流转换为相对低速的多路数据流，用数据位宽换取速度，则可以降低对数据缓存单元的速度要求，原理如图 5-21 所示。某些 ADC 芯片内部集成了这种 DEMUX，降低了 ADC 的输出数据速率，而另外一些生产高速 ADC 的厂商推出与 ADC 配套使用的 DEMUX 芯片来完成数据分流的工作，这样大大降低了 ADC 输出数据接口电路的设计复杂性。但是这种 ADC 在多片同步使用时，需要非常注意多片之间输出数据的相位同步。

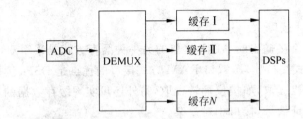

图 5-21　超高速 ADC 和 DSPs 通过分路缓存接口方式连接的方法

5.4　DSPs 存储器接口设计

存储器是 DSPs 系统最基本的配置，尽管现代 DSPs 集成了大量的片上存储器，但对许多应用，配置外部永久性程序存储器和大容量静态或动态存储器仍然是必要的。现代 DSPs 为多种类型存储器提供了方便的接口，但由于处理器外部存储器接口速度的提高，对访问的建立时间、保持时间更为严格，因此对存储器的时序需要进行详细分析，对译码电路、驱动电路的插入也需要仔细设计。

现代存储器的类型非常丰富，各有其特点和应用场合，DSPs 存储器系统设计的第一步就是要选择合适的存储器，其次是进行存储器接口的电路设计。选择存储器的主要因素有速度、容量、价格、接口方便性等。目前存储器的主要类型有 ROM、SRAM、DRAM、SBSRAM、SDRAM、FIFO 等，下面各节将对它们进行分别介绍。

5.4.1　存储器的组成和分类

存储器是能永久或暂时保存数据的芯片，它由一个个的存储单元（cell）组成，每个存储单元能够存储一个 n 位字的数据，并由一个编码地址确定它的位置。数据位数 n 称为存储器字宽，也是数据总线的宽度。存储器的单元数 m 一般设计为 2^k（k 为正整数），k 为存储器地址线个数。$m \times n$ 称为存储器的容量。对存储器的访问方式有两种，即存储器写和存储器读。存储器写操作是把存储器总线上的数据写入存储器单元，让该地址单元的数据保持为该数据。对于只读存储器，存储器写操作也叫存储器编程。存储器读操作是把存储器单元中寄存的数据输出至数据总线管脚上。在一个存储器系统中，可以配置多片存储器，为了区分不同空间的存储器，存储器还有一个芯片选择信号，只有当该信号有效时，才能对存储器的存储单元进行有效的读取和写入操作。存储器逻辑结构和外特性如图 5-22 所示。

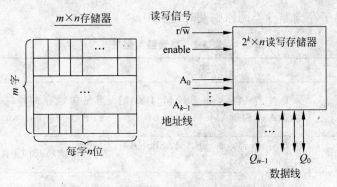

图 5-22　存储器逻辑结构和外部信号线

存储器根据其保存数据永久性的能力，可将存储器分为易失性存储器和非易失性存储器。易失性存储器(volatile memory)是指存储器必须在有电源的情况下才能保存数据，一旦电源断电，存储器保存的数据就会丢失，这类存储器有 SRAM、DRAM、SBSRAM、SDRAM 等。非易失性存储器(nonvolatile memory)是指数据一旦写入存储器，即使电源断电，保存的数据也不会丢失，当再次上电时，存储器保留的还是原来的数据，这类存储器有 ROM、EPROM、EEPROM、Flash Memory、NVRAM 等。

根据存储器所保存的数据是否需要刷新，可将存储器分为静态存储器和动态存储器。静态存储器(static memory)在加电情况下，保存的数据只要不通过写操作修改，是永远不会丢失的。动态存储器(dynamic memory)在加电情况下，保存的数据每隔一定时间必须进行重写，否则数据就会丢失，重写操作称为刷新，刷新时间间隔一般为 10 毫秒量级。

根据存储器写入数据的能力，可将存储器分为只读存储器和任意读写存储器。只读存储器(read only memory，ROM)在一般低电源电压情况下，处理器只能对其进行读数操作，不能修改其内部的数据。如果要修改存储单元中的数据，需要采用编程器专门进行数据写入操作，如 ROM、EPROM、EEPROM 等。任意读写存储器可以通过写操作方便地对存储单元内的数据进行修改，如各种 RAM 类存储器。

根据存储器访问数据的顺序，可将存储器分为随机访问存储器和先入先出存储器。随机访问存储器(random access memeory，RAM)是指通过给出不同地址可以对存储器的任意存储单元进行访问。先入先出存储器(first-in first-out，FIFO)是指对存储器进行顺序访问，即先写入的数据只能先被读出来。

根据对存储器访问的时序，可将存储器分为异步访问存储器和同步访问存储器。异步访问存储器(asynchronous memory)是指数据的读写操作不需要使用同步时钟的存储器。同步访问存储器(synchronous memory)是指数据的读写需要时钟同步、采用流水线访问的存储器。

根据对存储器访问的总线的套数，可将存储器分为单口访问存储器和多口访问存储器。单口访问存储器就是对存储单元具有一个访问端口的存储器。多口访问存储器(multi-port access memory)具有两套以上的访问端口总线，能同时通过不同总线口对存储器的不同单元进行访问,最常见的就是双口静态存储器 DPRAM,还有四口存储器(quad port RAM)等。

表 5-2 列出了存储器分类的原则及对应类型。

表 5-2　存储器类型表

分类原则	类　　　　型	
数据永久性保存能力	易失性存储器,如 SRAM、DRAM、SBSRAM、SDRAM、FIFO	非易失性存储器,如 ROM、EPROM、EEPROM、Flash Memory、NVRAM
数据短时保存能力	静态存储器,如 SRAM、SBSRAM、FIFO	动态存储器,如 DRAM、SDRAM
数据写入能力	只读存储器,如 ROM、EPROM、EEPROM	任意读写存储器,如 SRAM、DRAM、SBSRAM、SDRAM
访问数据的顺序	随机访问存储器,如 SRAM、DRAM、SBSRAM、SDRAM	先入先出存储器,如 FIFO、SFIFO
访问数据的时序	异步访问存储器,如 SRAM、DRAM	同步访问存储器,如 SBSRAM、SDRAM
访问数据的总线数	单口访问存储器,如 RAM、DRAM	多口访问存储器,如 DPRAM、QPRAM

5.4.2　永久存储存储器

永久存储存储器就是非易失性存储器,最初只有只读存储器,如不可编程存储器 ROM(mask-programmed ROM)、一次性编程存储器 OTP-ROM(one time programmable ROM)、可擦除可编程存储器 EPROM(erasable programmable ROM)、电擦除可编程存储器 EEPROM(electrically erasable programmable ROM),现在还包括可在线编程快闪存储器 Flash Memory 和非易失随机访问存储器 NVRAM(nonvolatile random access memory)。各种存储器的使用和特点如表 5-3 所示。

表 5-3　各种存储器的特点

类型	擦除方式	编程方式	编程(写)次数	保存数据时间	访问速度
ROM	不可擦除	工厂生产时固化	0	产品生命周期	慢
OTP-ROM	不可擦除	外部编程器	1	产品生命周期	慢
EPROM	紫外光擦除	外部编程器	>1000	>10 年	慢
EEPROM	电擦除	外部编程器或在系统编程	>1000	>10 年	慢
Flash	电擦除	外部编程器或在系统编程	>1000	>10 年	块写速度较快
NVRAM	写修改	在系统写	无限制	>10 年	中
SRAM/DRAM	写修改	在系统写	无限制	短时间(运行时)	快

非易失性存储器一般用来保存静态数据,即在加电运行前就确定的数据,如程序、系数、参数等。Flash Memory 的容量可以做得很大,具有在系统擦除和数据块写能力,可作为某些应用的数据记录介质,目前也是嵌入式系统的主要程序存储体。有的 DSPs 片内集成了 Flash Memory。

Flash 存储器的组成框图如图 5-23 所示。它的擦除、数据写入、编程是在系统中进行的,由操作模式命令字控制,命令字启动芯片的各种存储器操作。典型的操作模式有读、字节编程、扇区擦除、块擦除、整片擦除。命令字由多个字节(3～6B)组成,按标准微处理器写操作写入存储器特定的地址。命令字写入后,各种操作将自动进行。在擦除模式下,Flash 存储器是按扇区(sector)和块(block)组织的,即存储器由多个块组成,每一块由多个扇区组成。下面分别介绍 Flash Memory 的各种操作。

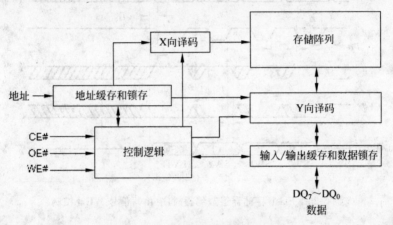

图 5-23　Flash 存储器组成功能框图

(1) 读操作

读操作不需要命令字,与普通 ROM 的读操作没有区别,其时序如图 5-24 所示。读操作由片选信号 CE# 和输出使能信号 OE# 控制,当 CE# 为高时,芯片处于低功耗状态,只要 CE# 或 OE# 中的任一个为高,数据总线就为高阻状态。当 CE# 和 OE# 为低时,输出数据随地址的变换而变换,Flash 的读周期典型值为几十纳秒。

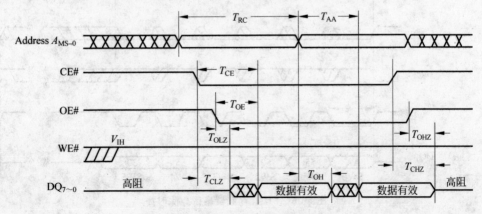

图 5-24　Flash 存储器读时序

（2）字节编程操作

字节编程操作是指数据按字节方式写入 Flash 的某个存储单元。在字节编程之前，该字节所处的扇区必须先被全部擦除。编程操作分三步，时序过程如图 5-25 所示，第一步是向特定地址写 3 字节的命令字（或称加载 3 字节软件保护数据）；第二步是给出要写的数据及其地址，地址被 WE♯ 或 CE♯ 的下降沿（后一个下降沿）锁存，数据被 WE♯ 或 CE♯ 的上升沿（前一个上升沿）锁存；第三步是芯片内部自动数据编程，需要大概 $20\mu s$ 的时间，在此期间，其他任何命令均无效。

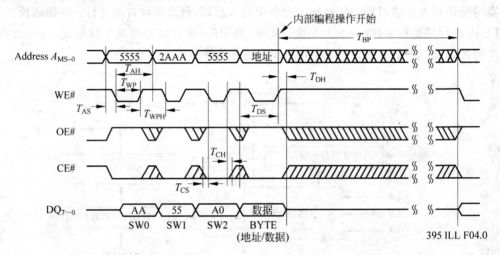

图 5-25　Flash 存储器字节编程时序（由写信号 WE♯ 控制）

（3）扇区擦除操作

扇区擦除操作是指擦除 Flash 存储器中的某个扇区。它由 6 字节命令字的写入启动，前 5 个字节为向特定的地址写特殊的数据，第 6 个写操作的地址为要擦除的扇区，数据为命令（30H）。扇区擦除时序如图 5-26 所示。扇区擦除时间典型为 10 毫秒级。

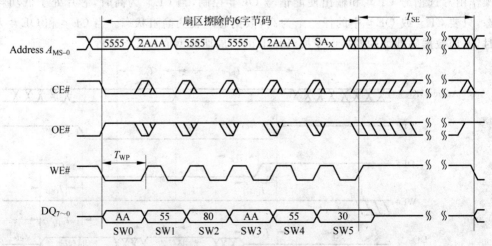

图 5-26　Flash 存储器扇区擦除时序

（4）片擦除操作

片擦除操作可以对整个芯片实现快速擦除。它与扇区擦除的过程基本相同，由 6 字节命令字的写入来启动，只是第 6 个写操作为向特定地址写命令（10H）。片擦除以后存储阵列的数据为全 1，片擦除时间典型值为几十毫秒。

Flash 的编程和擦除操作什么时候结束？可以通过软件检测 Data♯Polling 和 Toggle Bit 信号的状态，这两个信号一般是与数据线 DQ_7 和 DQ_6 复用的。在内部编程状态，Data♯Polling 输出正在编程数据 DQ_7 的反，在内部擦除状态，Data♯Polling 输出 0（与擦除完成后的 1 相反）。在内部编程和擦除状态，读 Toggle Bit 位使其输出数据在 0 和 1 之间进行切换。由于 Flash 存储器的编程或擦除的完成与系统是异步的，所以 Data♯Polling 或 Toggle Bit 的读有可能与编程或擦除的完成在同一时刻，导致读得错误结果，为了有效判断编程或擦除的结束，在读到完成状态后，应该再读两次，如果获得同样的有效结果，才能确定编程或擦除确实完成。

5.4.3　静态随机访问存储器（SRAM）

SRAM 是静态随机访问存储器（static random access memory），它通过触发器（flip-flop）存储单元保存数据，数据的保存是易失性的，即需要电源的保持。SRAM 的读写速度很快，容量较大，适合于作 Cache 和片上高速存储器，在高速数字信号处理器系统中，SRAM 经常作为主存储器使用。根据访问存储器数据的时序模式，SRAM 分为异步静态存储器 ASRAM（asynchronous SRAM）和同步静态存储器 SSRAM（synchronous SRAM）两种。

5.4.3.1　异步静态随机访问存储器（ASRAM）

ASRAM 存储器的外部接口信号线如图 5-22 所示，其中 enable 信号包括芯片选择信号 CS 和数据输出使能信号 OE。ASRAM 读访问时序如图 5-27 所示，写时序如图 5-28

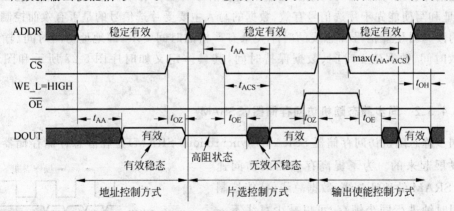

注：
各时间参数含义：
t_{AA}：地址访问时间，从地址有效到数据输出稳定有效的时间，常作为器件速度指标；
t_{ACS}：片选访问时间，从片选有效到数据输出稳定有效的时间；
t_{OE}：输出使能有效时间，从输出使能有效到数据输出稳定有效的时间；
t_{OZ}：输出高阻时间，从控制信号（CS和OE）无效到数据总线变高阻的时间；
t_{OH}：输出数据保持时间，地址无效后，输出数据保持有效的时间。

图 5-27　ASRAM 读访问时序

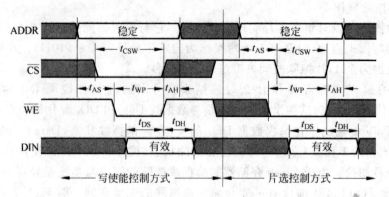

注:

时间参数说明:

t_{AS}:地址稳定时间,在使能信号(CS和WE)有效前,地址提前稳定的时间;

t_{AH}:地址保持时间,在使能信号(CS和WE)无效后,地址还需保持稳定的时间;

t_{CSW}:片选最小有效时间,为有效写入,片选信号保持有效的最短时间;

t_{WP}:写最小有效时间,为有效写入,写信号保持有效的最短时间;

t_{DS}:数据建立时间,在控制信号写入沿前,数据提前稳定的时间;

t_{DH}:数据保持时间,在控制信号写入沿后,数据还需稳定的时间。

图 5-28　ASRAM 写访问时序

所示。ASRAM 的读时序有三种控制方式:一是地址控制方式,使能信号(CS 和 OE)处于有效状态,数据的输出随地址的变化而变化;二是片选控制方式,地址和输出使能先于片选信号有效,数据的输出主要受片选信号的是否有效而控制;三是输出使能控制方式,地址和片选信号先于输出使能信号有效,数据的输出主要受输出使能信号的是否有效而控制。ASRAM 的写时序有两种控制方式:一是写使能控制方式,地址和片选信号先于写使能信号有效,数据的写入主要受输出使能信号的是否有效而控制;二是片选控制方式,地址和写使能先于片选信号有效,数据的写入主要受片选信号的是否有效而控制。存储器的读写对使能信号和总线的时序关系有严格的时间要求,即地址访问时间、输出使能有效时间、数据建立时间、数据保持时间,其具体定义如时序图 5-27 所示和图 5-28 所示。

5.4.3.2　同步静态随机访问存储器(SSRAM)

同步静态随机访问存储器 SSRAM(synchronous SRAM)是在静态存储存储器的基础上发展起来的。为了提高存储器的访问速度,对 SRAM 的地址总线、数据总线、使能控制信号用时钟进行同步锁存,可以减少总线不一致和抖动的影响,提高存储器的有效访问时间。图 5-29 说明了同步时钟是如何扩展信号的稳定周期,从而扩展总线访问的建立时间和保持时间。图 5-30 为 SSRAM 的结构框图。图中黑粗线为地址总线和数据总线,均经过寄存器

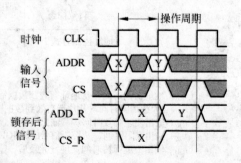

图 5-29　同步时钟扩展总线操作时间

锁存,经一个时钟周期的延迟对存储阵列起作用。ADS 为地址选通信号(address strobe),表示接收外部地址。ADV 为地址预进信号(address advance),表示最低两位地址采用内部计数器自动增进。

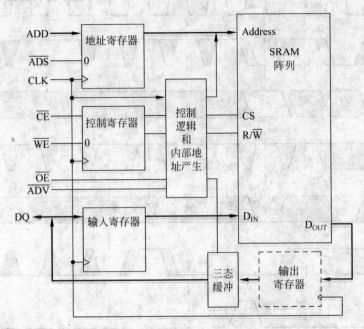

图 5-30　SSRAM 的结构框图

　　SSRAM 为了降低外部地址的提供速率,具有 burst 访问模式,称为 SBSRAM (synchronous burst SRAM)。根据输出数据是否经过输出寄存器,SBSRAM 又可分为 pipeline 模式和 flow through 模式,pipeline 模式是指存储单元数据经寄存器锁存及一级流水延迟后输出,而 flow through 模式是指存储单元数据旁路输出寄存器,经三态缓冲直接输出。SBSRAM 的 pipeline 模式读时序如图 5-31 所示,在每个时钟的上升沿,检测 $\overline{\text{ADS}}$ 是否为有效低电平,$\overline{\text{ADS}}$ 低电平启动一次存储器访问操作,选通外部地址,在下一个(图中第 2 个)时钟上升沿,检测 $\overline{\text{WE}}$ 和 $\overline{\text{ADV}}$,$\overline{\text{WE}}$ 高表示是读操作,$\overline{\text{ADV}}$ 无效高表示不使用内部地址计数器,不采用 burst 模式访问,即为单次操作(下一次访问的地址不是由内部预计数器提供,而是由外部访问者提供),同时存储单元输出数据在第 2 个时钟上升沿被锁存,经三态缓冲器延时,使得数据在第 3 个时钟沿前后有效,以便处理器读入时锁存。因此对单个数据的读取有两个时钟周期的延迟,需三个时钟周期。图中第 3 个时钟上升沿检测到 $\overline{\text{ADS}}$ 又一次启动存储器操作,第 4 个时钟上升沿采到 $\overline{\text{ADV}}$ 有效低,表示进行 burst 访问,即后续 4 个访问单元地址依次为 A2、A2+1、A2+2、A2+3,地址递增是由内部 2 位计数器完成的。在第 6 个时钟上升沿,检测到 $\overline{\text{ADV}}$ 为高,使得对单元 A2+2 的访问插入了 1 个等待周期。图 5-32 为 SBSRAM 在 pipeline 模式下写时序。图中表示单次写操作和 burst 模式写,单次写需要两个时钟周期。在 flow through 模式,写时序与 pipeline 模式是一致的,读时序与图 5-31 基本相同,只是最后一行输出数据提前了约一个时钟周期。

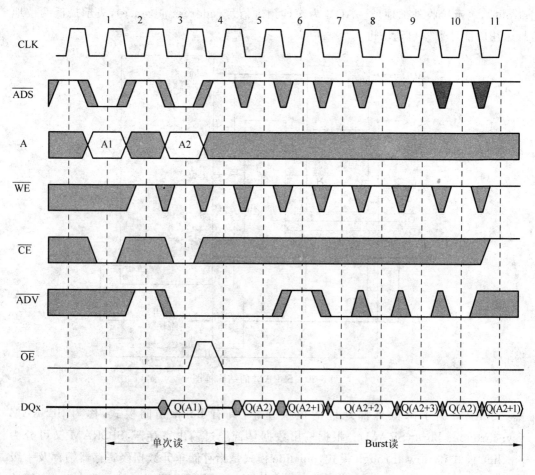

图 5-31　SBSRAM 的 pipeline 模式读时序

5.4.4　动态随机访问存储器(DRAM)

动态随机访问存储器 DRAM(dynamic RAM)使用 MOS 晶体管和电容保存数据,比 SRAM 有更大的存储容量。但由于电容漏电,被保存的数据时间长了会丢失,因此必须对其电路进行"刷新",即使电容恢复到原来的充电状态。DRAM 的刷新周期一般为几十毫秒。DRAM 采用阵列存储结构,如图 5-33 所示,行地址选通 RAS(row address strobe)选择存储单元的行地址,列地址选通 CAS(column address strobe)选择存储单元的列地址。行地址和列地址输入管脚共用,使得存储器的引脚数较少。DRAM 的访问时序如图 5-34 所示。

DRAM 的访问速度比 SRAM 的访问速度慢许多,为了提高 DRAM 的访问速度,DRAM 采用了一些改进结构,如快速页面模式 FPM DRAM(fast page mode DRAM)、扩展数据输出 EDO DRAM(extended data out DRAM)、同步 SDRAM(synchronous DRAM)和 rambus DRAM 等。SDRAM 采用了多种结构技术,使得芯片的读写时间从以

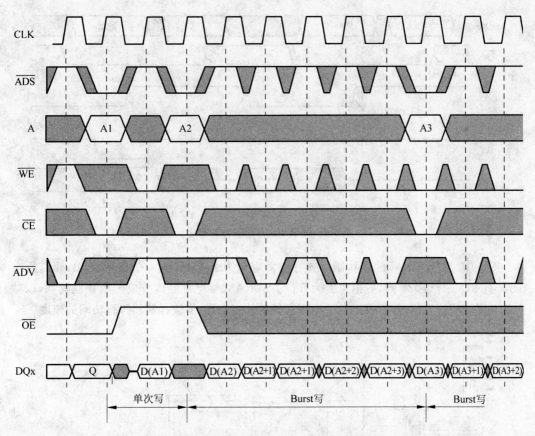

图 5-32　SBSRAM 的 pipeline 模式写时序

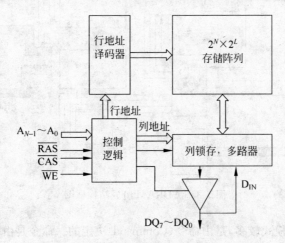

图 5-33　DRAM 存储器结构

往的 60～70ns 减少到目前的 6～7ns,将读写速度提高了将近 10 倍,在 burst 模式的峰值访问速度与 SBSRAM 接近,但在跨页和单字访问时,需要 7 个左右的时钟周期,访问速度较慢。

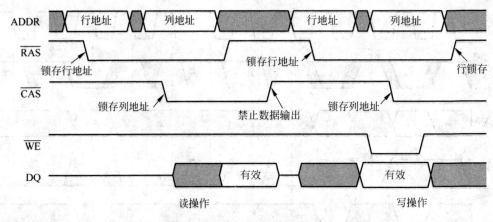

图 5-34　DRAM 存储器读写时序

　　图 5-35 为 SDRAM 的结构图。该存储器容量为 256Mb，分 4 个存储块（Bank），每个 Bank 有 8192 行、1024 列，数据宽度为 8 位。SDRAM 常把存储体分成多个存储阵列，以减少单个存储块的容量，并且可以激活不同存储块的多个行，加快存储器跨行访问的速度。

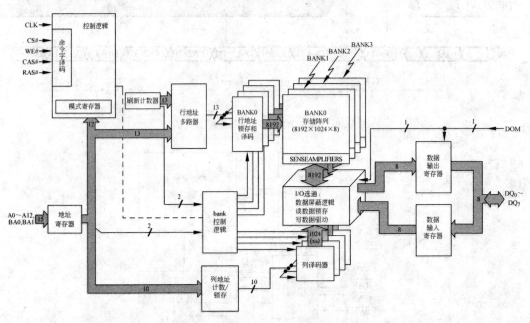

图 5-35　SDRAM 组成结构框图

　　SDRAM 的操作模式较多，是由命令（Command）决定的。命令是由 CS、RAS、CAS、WE、A10 在时钟上升沿的状态组合确定的。基本的命令有命令无效（Command Inhibit）、空操作（NOP）、激活（Active）、读（Read）、写（Write）、Burst 停止（Burst Terminate）、行或块关闭（Precharge/Deactivate）、自动刷新（Auto Refresh）和加载模式寄存器（Load Mode Register）等。在 SDRAM 被访问之前，需要对其进行初始化，并设置模式寄存器。SDRAM 加电后，应处于命令无效（Command Inhibit）或空操作命令（NOP）状态，经过一定时间延迟后,首先应该使用 Precharge(关闭)命令,使所有的块和行都 Precharge,使存储器处于空闲状态。一旦存储器进入空闲状态,应马上进行两个自动刷新周期,然后可以对模式寄存器进行设置。模式寄存器用来定义 SDRAM 的特殊操作模式,如它可选择 burst 的长度、burst 的类型、CAS 的潜在延迟等。burst 长度用来确定一次 burst 读写的个数,如 1、2、4 式整行;burst 类型分为逐行和隔行;CAS 的潜在延迟是指读命令(CAS 有效)与数据输出有效的时间间隔。模式寄存器是由加载模式寄存器命令设置的,在加载模式寄存器命令期间,时钟上升沿把地址线上的值锁存到模式寄存器中。SDRAM 的读和写是突发式的,访问从一个锁定的地址开始,连续访问多个存储单元,连续访问的单元数是可编程确定的。读或写访问以 Active 命令开始,在 Active 命令执行的同时,存储器块地址(BA1,BA0)和行地址($A_{N-1} \sim A_0$)被锁存;紧接着是读或写命令,在读或写命令执行的同时,burst 起始列地址($A_{L-1} \sim A_0$)被锁存。图 5-36 是一个 SDRAM 读时序图,图中包括 Active、Read、Precharge 命令,burst 长度为 4。

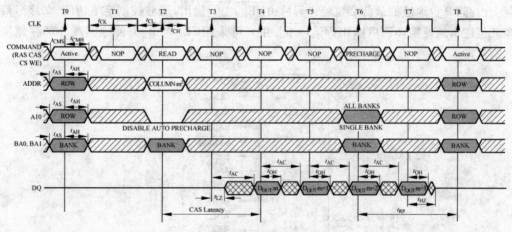

图 5-36　SDRAM 读时序图

Precharge 命令用来关闭处于打开状态(激活)的行或块。在同一块中打开另一行之前,必须关闭原先打开的行。关闭命令根据 A10 电平的高低决定是对某个存储块还是对全部存储块操作。Burst 读或写可以采用自动关闭模式,即当 burst 读或写操作完成后,自动关闭所读或写的行;也可采用 Precharge 命令关闭。采用哪种关闭模式是由读或写命令时 A10 的电平决定的。Burst 停止命令用来中止 burst 的连续访问。自动刷新命令期间对 SDRAM 的某一行进行刷新,类似于传统的 CAS-BEFORE-RAS 刷新,自动刷新命令是非持续的,必须每过一定时间,命令刷新一次。所有的行刷新一遍,称为一个刷新周期,一个刷新周期一般为几十毫秒。

5.4.5　DSPs 与存储器接口设计

5.4.5.1　DSPs 外部存储器接口与时序设计

DSP 处理器与外部存储器接口必须提供存储器地址总线信号、数据总线信号和读写控制信号。由于存储器的类型很多,不同类型的存储器接口信号和时序不同,因此 DSPs

为了与不同类型的存储器接口,必须提供不同的接口信号和时序。一般 DSPs 均具有与普通 RAM 接口的能力,现代 DSPs 一般可与多种存储器接口,如能够与大多数线性地址类的静态存储器(SRAM、SSRAM、SBSRAM)接口,接口能力更强的 DSPs 可与行列地址类的动态存储器接口,如 DRAM、SDRAM 等。

C6000 系列 DSPs 为访问片外存储器专门设计了 EMIF(external memory interface)。EMIF 具有很强的接口能力,不仅具有很高的数据吞吐率,而且可以与目前几乎所有类型的存储器直接接口。C6201 可以同时与三种类型的存储器(SBSAM、SDRAM、异步设备)接口,其接口信号如图 5-37 所示。C6201 与异步存储器、同步静态存储器、同步动态存储器的接口分别采用了不同套的控制信号,这种结构的优点是便于同时与多种大量的存储器接口,缺点是需要更多的 DSPs 管脚。C62xx 内部提供 32 位地址寻址能力,但是经 EMIF 直接输出的地址信号只有 EA[21:2]。一般情况下 EA2 信号对应逻辑地址 A2,但这并不意味着 C6000 DSPs 访问外存时只能进行 Word(32 位)的存取,实际上内部 32 位地址的最低 2 位经译码后由 $\overline{BE[3:0]}$ 输出,能够控制字节访问。另外,最高几位逻辑地址经译码后输出 $\overline{CE[3:0]}$,用户可采用 $\overline{CE[3:0]}$ 方便地实现外部存储空间的选择。

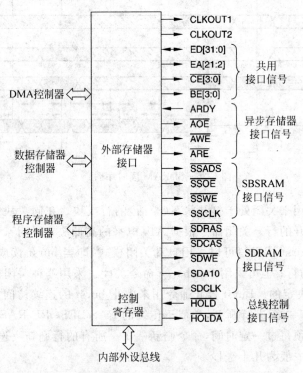

图 5-37　C6201 的外部存储器接口信号

C64x 的 EMIF 把与异步存储器、SBSRAM、SDRAM 的接口控制信号复用在一套管脚上,如图 5-38 所示。根据接口控制寄存器的设置,EMIF 可对不同存储空间输出不同的控制时序和信号,以适应不同空间中不同类型存储器的时序要求。

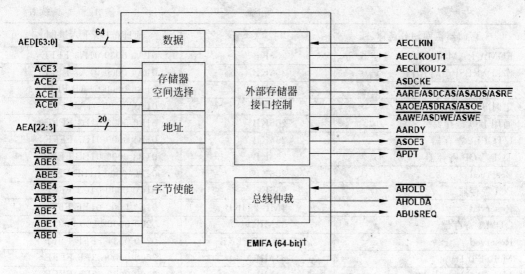

图 5-38 C64x 的外部存储器接口信号

DSPs 的 EMIF 接口一般由一组存储器映射的寄存器进行控制与维护,包括配置各个空间的存储器类型、设置读写时序等。通常 EMIF 寄存器有全局控制寄存器、CEx 空间控制寄存器、SDRAM 控制寄存器等。其中,GBLCTL 寄存器完成对整个片外存储空间的公共参数的设置,CExCTL 寄存器分别控制相应存储空间的存储器类型和接口时序,SDRAM 寄存器负责控制所有属于 SDRAM 空间的存储器接口情况。

DSPs 的存储空间一般分为片内存储空间、外部存储空间、片上外设寄存器映射存储器空间。片内存储器空间又分为片内程序存储器空间和片内数据存储器空间,片内存储器一般可作为高速缓存 Cache 使用。片外存储空间一般又划分成多个子空间,每个子空间由 DSPs 提供单独的空间选择信号。片上外设的控制寄存器和数据寄存器一般占用 DSPs 的一段存储器空间,这些寄存器称为存储器映射寄存器,DSPs 按存储器单元访问它们。DSPs 存储器空间的详细划分可用一张 Memory Map 表描述,表 5-4 为 C64x 的存储器空间分配表。

表 5-4 C64x 的存储器空间分配表

存储器空间划分名称	块 大 小	地址范围(十六进制)
内部 RAM(二级缓存 L2)	1MB	0000 0000-000F FFFF
保留	23MB	0010 0000-017F FFFF
外部存储器接口 EMIFA 寄存器	256KB	0180 0000-0183 FFFF
缓存 L2 寄存器	256KB	0184 0000-0187 FFFF
主机口 HPI 寄存器	256KB	0188 0000-018B FFFF
串口 McBSP 0 寄存器	256KB	018C 0000-018F FFFF
串口 McBSP 1 寄存器	256KB	0190 0000-0193 FFFF
定时器 Timer 0 寄存器	256KB	0194 0000-0197 FFFF
定时器 Timer 1 寄存器	256KB	0198 0000-019B FFFF
中断寄存器	256KB	019C 0000-019F FFFF

存储器空间划分名称	块　大　小	地址范围（十六进制）
EDMA RAM 和 EDMA 寄存器	256KB	01A0 0000-01A3 FFFF
串口 McBSP 2 寄存器	256KB	01A4 0000-01A7 FFFF
外部存储器接口 EMIFB 寄存器	256KB	01A8 0000-01AB FFFF
定时 Timer 2 寄存器	256KB	01AC 0000-01AF FFFF
通用 I/O 寄存器	256KB	01B0 0000-01B3 FFFF
UTOPIA 寄存器	256KB	01B4 0000-01B7 FFFF
TCP/VCP 寄存器	256KB	01B8 0000-01BB FFFF
Reserved	256KB	01BC 0000-01BF FFFF
PCI 寄存器	256KB	01C0 0000-01C3 FFFF
Reserved	4MB-256KB	01C4 0000-01FF FFFF
QDMA 寄存器	52MB	0200 0000-0200 0033
Reserved	736MB-52KB	0200 0034-2FFF FFFF
McBSP 0 Data	64MB	3000 0000-33FF FFFF
McBSP 1 Data	64MB	3400 0000-37FF FFFF
McBSP 2 Data	64MB	3800 0000-3BFF FFFF
UTOPIA Queues	64MB	3C00 0000-3FFF FFFF
Reserved	256MB	4000 0000-4FFF FFFF
TCP/VCP	256MB	5000 0000-5FFF FFFF
EMIFB CE0	64MB	6000 0000-63FF FFFF
EMIFB CE1	64MB	6400 0000-67FF FFFF
EMIFB CE2	64MB	6800 0000-6BFF FFFF
EMIFB CE3	64MB	6C00 0000-6FFF FFFF
Reserved	256MB	7000 0000-7FFF FFFF
EMIFA CE0	256MB	8000 0000-8FFF FFFF
EMIFA CE1	256MB	9000 0000-9FFF FFFF
EMIFA CE2	256MB	A000 0000-AFFF FFFF
EMIFA CE3	256MB	B000 0000-BFFF FFFF
Reserved	1GB	C000 0000-FFFF FFFF

DSPs 与存储器接口设计需考虑逻辑设计和时序设计两方面。逻辑设计是指满足存储器访问控制信号逻辑的要求，包括读或写操作的控制方式和逻辑、数据位宽及传输方向等。时序设计是指满足存储器访问控制信号时序的要求，一般包括建立时间、保持时间和访问时间的要求。

在分析接口时序的配合情况时，需要计算"富裕时间" t_{margin} 的大小，这是在考虑了器件手册提供的最坏情况之后，得到的时序上的一个裕量。至于 t_{margin} 的值的大小，是系统设计层需要考虑的问题，其具体要求往往随不同的系统而各异，而且与印制板的实际布线情况以及负载的情况密切相关。

总的来讲，读操作和写操作对于 t_{margin} 的要求是不同的。写操作时，由于时钟以及数据/控制信号都是由 DSPs 输出到外部存储器，需要的时间富裕量应当是最少的。因此，对于 t_{margin} 需要考虑的是信号之间（CLK 与控制/数据信号）的边沿斜率（skew rate）的差别。这通常是由于不同的负载效应以及走线的长短不同而造成的。对于一个精心设计的电路板而言，输出信号的建立（setup）时间以及保持时间（hold）的富裕量一般需要 0.5ns 左右。

读操作需要的富裕时间的情况要相对复杂些。对于同步读操作,存储器输出的数据是与时钟相关的,而时钟信号输出自 DSPs,经过一段线上传输延迟之后才到达存储器。存储器在时钟有效沿 t_{acc}(存储器访问时间)之后输出数据,输出的数据也需要再经过一个传输时间才能到达 DSPs。因此,读操作中,建立时间(setup time)需要的富裕量必须考虑上述两个延迟,需要的保持时间(hold time)却因为这两个延迟而得到改善,甚至允许为负。对于一个精心设计的电路板而言,如果引线都比较短,输入信号建立(setup)时间的富裕量大概在 1ns 左右就够了,保持时间可以不需要额外的富裕量。

5.4.5.2　DSPs 与异步存储器接口设计

DSPs 一般提供方便的异步接口功能。EMIF 异步接口提供四个控制信号:输出使能信号$\overline{AOE}$,读信号$\overline{ARE}$,写信号$\overline{AWE}$和准备就绪信号 ARDY,这四个控制信号可以通过不同的组合(并非都需要)实现与不同类型异步器件无缝接口(glueless interfact)。用户可以通过接口控制寄存器灵活地设置读写周期,实现与不同速度/不同类型的异步器件的直接接口,这些异步器件可以是 ASRAM、EPROM、FLASH、FPGA、ASIC 以及 FIFO 等等。图 5-39 是 EMIF 与异步静态随机访问存储器 ASRAM 接口的例子。注意,图中$\overline{ARE}$没有使用,只采用$\overline{AWE}$来控制读写,这是因为异步存储器的读/写控制信号是一根控制信号 R/$\overline{W}$;由于一般 ASRAM 没有访问就绪信号,因此 DSPs 的 ARDY 接高,表示外部存储器一直处于准备好状态,这点可以通过 DSPs 控制寄存器的时序设置来保证。

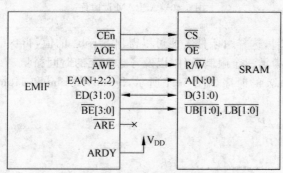

图 5-39　EMIF 与 ASRAM 接口

C6000 异步接口时序的可编程性很高,每个读/写周期由三个阶段构成:建立时间(Setup),触发时间(Strobe)和保持时间(Hold)。各自定义为:
- 建立时间 Setup:从存储器访问周期开始(片选、地址有效)到读/写选通有效之前。
- 触发时间 Strobe:读/写选通信号从有效到无效。
- 保持时间 Hold:从读/写信号无效到该访问周期结束。

对于异步接口,时序设计的关键是计算控制寄存器中 Setup/Strobe/Hold 三个控制位的设置值,以及考虑时间裕量 t_{margin}。下面的叙述中用 P 代表 EMIF 内部同步时钟的周期,下标 m 表示是 ASRAM 的参数。

对读操作,C6000 在$\overline{ARE}$信号的上升沿位置读取数据。也就是说,数据是在 Strobe 阶段结束、$\overline{ARE}$信号变高之前的时钟上升沿处被 C6000 读取。C6000 读 ASRAM 的时序

如图 5-40 所示,从图中可以得出读操作中 CEx 空间控制寄存器的有关参数设定的三个限制条件:

① $\text{Setup} + \text{Strobe} \geqslant (t_{\text{acc(m)}} + t_{\text{su}} + t_{\text{margin}})/P$

② $\text{Setup} + \text{Strobe} + \text{Hold} \geqslant t_{\text{rc(m)}}/P$

③ $\text{Hold} \geqslant (t_{\text{h}} - t_{\text{oh(m)}})/P$

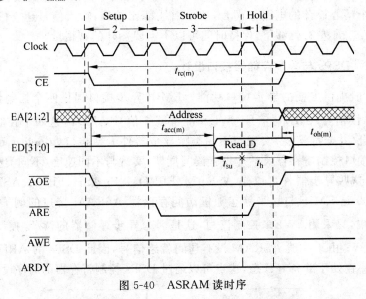

图 5-40　ASRAM 读时序

一般 Setup 可取 1,这样由条件①便可以得出 Strobe 的值,再由②便得到 Hold 的值。当然,它们必须同时满足三个限制条件,以及考虑一定的时间裕量。

C6000 写 ASRAM 的时序如图 5-41 所示,Setup、Strobe 和 Hold 三个参数可以依照下面的条件来确定:

① $\text{Strobe} \geqslant t_{\text{wp(m)}}/P$

② $\text{Setup} \geqslant t_{\text{as(m)}}/P$

③ $\text{Hold} \geqslant (t_{\text{dh(m)}} + t_{\text{margin}})/P$

④ $\text{Setup} + \text{Strobe} + \text{Hold} \geqslant t_{\text{wc(m)}}/P$

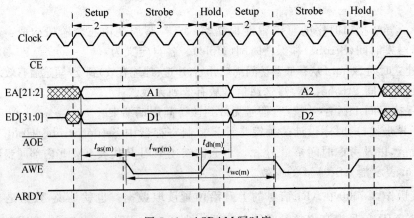

图 5-41　ASRAM 写时序

5.4.5.3　DSPs 与同步存储器接口设计

DSPs 一般提供方便的 SBSRAM、SDRAM 等同步存储器接口功能。图 5-42 是 EMIF 与同步静态突发访问存储器 SBSRAM 接口的例子。图 5-43 是 EMIF 与同步动态访问存储器 SDRAM 接口的例子。

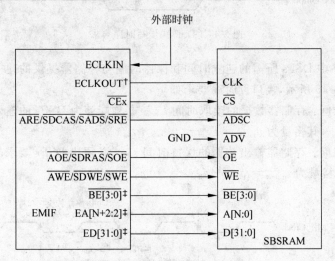

图 5-42　C64x 与 SBSRAM 接口

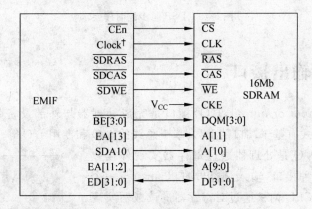

图 5-43　C620x 与 16Mb SDRAM 接口

下面具体讨论一下 DSPs 同步读/写访问中时序的设计,即对时间裕量 t_{margin} 的分析。下文中下标带 m 的变量值表示是存储器的参数。

同步写时序中 DSPs 提供的建立时间和保持时间与存储器需要的建立时间和保持时间的关系如图 5-44 所示,接口写时序要求如下:

(1) 建立时间:DSPs 输出信号的建立时间 t_{osu} 必须满足存储器对于输入信号要求的建立时间 $t_{isu(m)}$,其裕量为 $t_{margin} = t_{osu} - t_{isu(m)}$。

(2) 保持时间:存储器对输入信号要求的保持时间 $t_{ih(m)}$ 必须比 DSPs 输出信号的保持时间 t_{oh} 小,其裕量为 $t_{margin} = t_{oh} - t_{ih(m)}$。

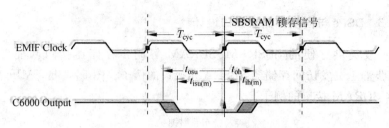

图 5-44   DSP 同步写时序要求

同步读时序中 DSPs 所需的建立时间和保持时间与存储器提供的建立时间和保持时间的关系如图 5-45 所示,接口读时序要求如下:

(1) 建立时间:存储器数据的读取时间 $t_{acc(m)}$ 必须能够为 DSPs 的输入信号提供足够长的建立时间 t_{su},其裕量为 $t_{margin} = T_{cyc} - (t_{acc(m)} + t_{su})$。

(2) 保持时间:存储器输出数据的保持时间 $t_{oh(m)}$ 必须比 DSPs 要求的输入信号的保持时间 t_{ih} 长,其裕量为 $t_{margin} = t_{oh(m)} - t_{ih}$。

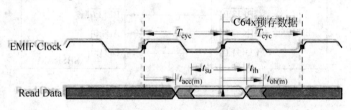

图 5-45   DSP 同步读时序要求

5.5   输入/输出接口

输入/输出(input or output,I/O)接口是完成处理器与外部设备数据交换的部件。输入/输出接口形式有基于端口的 I/O、基于总线的 I/O 和专用 I/O 等。

基于端口的 I/O 是处理器通过寄存器实现外设数据输入/输出的一种接口,输入/输出端口(port)与一个专用寄存器连接,CPU 内核通过对寄存器的读或写实现端口数据的输入或输出。基于端口的 I/O 的结构如图 5-46 所示。一个端口为并行的 N 位(N 为处理器位宽),但一般可对其中任一位进行单独访问,被设置成输入、输出或双向。

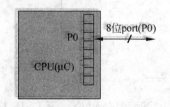

图 5-46   基于端口的 I/O 的结构

基于总线的 I/O 是处理器通过一套地址总线、数据总线和控制总线实现对外部端口进行访问的一种接口,它又分为存储器映射型 I/O 和标准 I/O。存储器映射型 I/O 是指 I/O 空间是存储器空间的一部分,CPU 对它的访问与对存储器的访问完全一样。标准 I/O 是指 I/O 空间与存储器空间不共用,它有一套独立的空间,CPU 对它的访问需采用专门的 I/O 指令,处理器有一根控制线用于区分是对存储器的访问还是对 I/O 的访问。

专用 I/O 是指处理器集成的串口、Link 口、网口等,详见 5.6 节。

基于端口的并行 I/O 与外设接口非常简单,常常是处理器 I/O 管脚直接与外设连接,如图 5-47 所示。基于总线的 I/O 与外设连接如图 5-48 所示,处理器可直接与存储器访问型外设相连,或通过接口逻辑转换与寄存器访问型外设相连。图 5-49 是基于总线 I/O 与外设接口逻辑连接的一个例子。

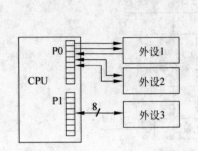

图 5-47　并行端口 I/O 与外设连接

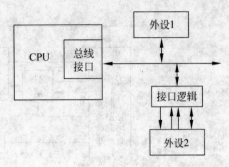

图 5-48　总线 I/O 与外设连接

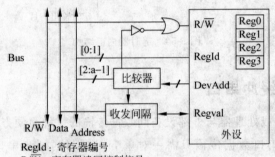

RegId:寄存器编号
R/W̄:寄存器读写控制信号
Regval:寄存器读写数据
DevAdd:设备地址

图 5-49　接口逻辑示例

5.6　外设

5.6.1　定时器

定时器是一种最常用的处理器辅助设备,它可以用来实现事件定时、事件计数、产生脉冲、中断 CPU 及产生 DMA 同步事件等。

定时器一般有两种信号模式,可以采用内部时钟,也可以接受外部时钟源。利用内部时钟,定时器输出可以启动一个外部的 A/D 转换器,或是触发 DMA 控制器开始一次数据传输。利用外部时钟,可以对外部时间或事件进行计数,然后在一定数量的外部事件之后中断 CPU,等等。

定时器的结构框图如图 5-50 所示。一般定时器通过寄存器来控制,寄存器有控制寄存器、周期寄存器和计数器。定时控制寄存器用于设置定时器的工作模式,监视定时器的状态,设置定时输入/输出管脚的功能。定时周期寄存器用于设置定时器的计数周期,决定定时输出信号的频率。定时计数器对输入时钟进行计数,保存当前的计数值。当定时计数器的值等于周期寄存器的值时,定时输出信号将产生一个脉冲或信号翻转一次,此时计数器的值清零,重新开始计数,重复上述过程。产生定时脉冲的同时,将向 CPU 发送中断请求。

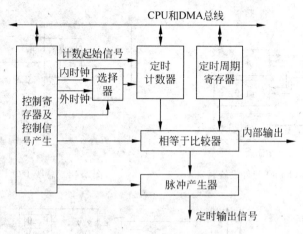

图 5-50　定时器内部结构

5.6.2　多通道缓冲串口

串口是处理器间或处理器与外部设备间数据传输的一种简便方式。串口分为异步串口和同步串口,异步串口数据传输只需一对单 bit 数据线,同步串口数据传输需要时钟线、帧同步线和串行数据线。同步串口数据传输数据率高,本节对 TI 设计的多通道缓冲串口(multichannel buffered serial port,McBSP)的硬件及其操作进行介绍。

McBSP 结构如图 5-51 所示,它分为一个数据通道和一个控制通道。DX 管脚负责数据的发送,DR 管脚负责数据的接收,另外 4 个管脚用于提供控制信号(时钟 CLK 和帧同步 FS)的接口。CPU 核通过片内的外设总线访问控制寄存器,进而实现与 McBSP 间的通信与控制。

数据通道完成数据的发送和接收过程为:CPU 或 DMA 控制器从数据接收寄存器(DRR)读取接收到的数据,向数据发送寄存器(DXR)写入待发送的数据。DR 管脚上接收到的数据被移位至接收转移寄存器(RSR)中,然后被复制到接收缓冲寄存器(RBR)中,RBR 再将数据复制到 DRR 中(在复制过程中可进行 μ/A 律数据解压缩),最后等候 CPU 或 DMA 控制器将数据读走。写入 DXR 的数据首先被复制到发送移位寄存器(XSR)内,然后通过 XSR 移位输出至 DX 管脚,在 DXR 移至 XSR 过程中可进行 μ/A 律数据压缩。这种串并多级缓冲方式使得片内的数据搬移和外部数据的通信可以同时进行。

控制通道完成的任务包括内部时钟产生、帧同步信号产生、对这些信号的控制以及多

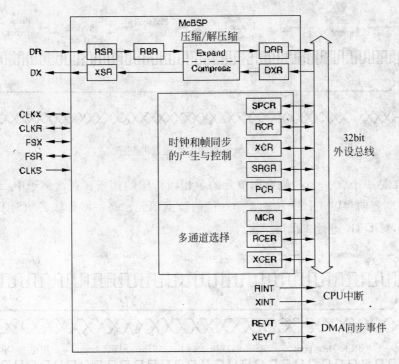

图 5-51　McBSP 结构框图

通道的选择等。控制通道还负责产生中断信号（RINT 和 XINT）送往 CPU，产生同步事件（REVT 和 XEVT）通知 DMA 控制器。

图 5-52 给出了 McBSP 的时钟和帧同步信号的一个典型时序。串行时钟 CLKR 和 CLKX 定义了接收/发送的数据位之间的边界，而帧同步信号 FSR 和 FSX 则定义了一个数据单元传输的开始。

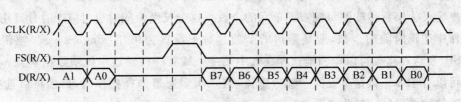

图 5-52　收发时钟与帧同步时序

由帧同步引导的数据流可以有两个相位（phase）：相位 1（phase 1）和相位 2（phase 2）。可以通过控制寄存器 RCR 和 XCR 设置相位的个数。每帧传输的数据元素个数以及每个数据元素的位数都可以独立控制。对于单相帧，每帧最大的数据元素个数为 128，对于两相帧是 256。数据元素的字长可以是 8,12,16,20,24 或 32 位。图 5-53 给出了一个两相帧的例子，phase 1 中包含两个 12 位的数据单元，其后的 phase 2 中包含 3 个 8 位的数据单元。一帧中的整个数据流是连续的，数据单元或相之间没有传输的间隔。

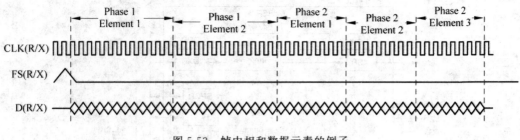

图 5-53　帧中相和数据元素的例子

　　图 5-54 是一个含 4 个 8 位数据单元的单相帧传输的例子。在该例子中,通过 CPU 或 DMA 控制器向/从 McBSP 传输 4 个 8 位的数据单元。每一帧传输必须对 DRR 进行 4 次读操作,对 DXR 进行 4 次写操作。

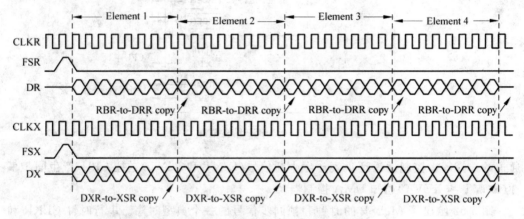

图 5-54　4 个 8 位数据单元构成的单相帧

　　一帧数据传输代表了一组时分复用的数据流,其中每一个数据时隙定义为一个通道。帧长度定义为串行传输的每帧数据单元的个数。这个长度值同时也对应于时分复用多通道操作中逻辑时隙的个数,或是通道的个数。对于设置为单相(single-phase)帧传输的 McBSP,发送和接收可以单独地选择在其中某一个或某一些通道中传输数据单元。对于最多可以有 128 个数据单元的一帧数据流,当采用多通道选择操作时,最多可以选择 32 个通道被使能发送或接收。

　　McBSP 还可以作为 SPI 协议下的接口。SPI 是 series protocol interface 的缩写,这是一个利用 4 根信号线的串行接口协议,包括主/从两种设置。4 个接口信号是串行数据输出(MOSI,主设备输出,从设备输入)、串行数据输入(MISO,主设备输入,从设备输出)、移位时钟(SCK)和从设备使能(SS)。SPI 接口的最大特点是,由主设备时钟信号的出现与否来界定主/从设备间的通信。一旦检测到主设备时钟信号,数据开始传输,时钟信号无效后,传输结束。在此期间,要求从设备必须被使能。图 5-55 是 McBSP 作为 SPI 从设备的接口框图,图 5-56 是 McBSP 作为 SPI 主设备的接口框图。

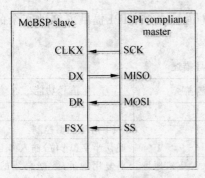

图 5-55　McBSP 为从设备时的 SPI 接口

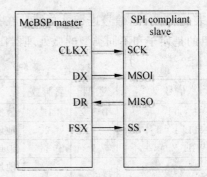

图 5-56　McBSP 为主设备时的 SPI 接口

5.6.3　主机接口

　　主机接口是指处理器作为从设备被其他作为主设备的处理器访问的接口。通过主机接口处理器能够方便地接收主控设备下传的控制信息和上传处理结果,因此一般通过主机接口可以访问处理器的内部数据。作为一个例子,本节介绍 C6000 的主机接口(host-port interface,HPI),主要介绍外部处理器如何通过主机接口对 C6000 的存储器资源进行存取。

　　C6000 的主机接口 HPI 是一个 16 位宽度的并行端口。主机(也有叫做上位机)掌管该接口的主控权,通过它可以访问 CPU 所有的存储空间。利用这种方式,主机和 CPU 可以通过片内或片外的存储器交换信息,另外,主机还可以直接访问 C6000 片上外围设备的存储空间映射寄存器。

　　HPI 与 CPU 存储空间的互连是通过 DMA 控制器实现的。借助专门的地址和数据寄存器,通过 DMA 辅助通道,完成 HPI 对存储空间的访问。HPI 有 3 个寄存器:控制寄存器(HPIC),地址寄存器(HPIA)和数据寄存器(HPID)。HPIC 对接口进行控制和管理,HPIA 为待访问存储单元的地址,HPID 寄存 HPIA 指向存储单元的数据。

　　图 5-57 给出了简化的 HPI 接口结构框图。

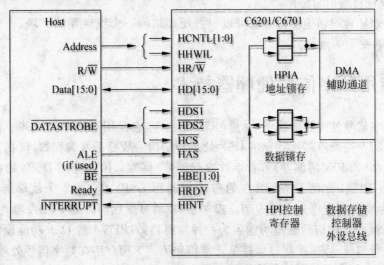

图 5-57　C6201 的 HPI 接口

表 5-5 对接口信号进行了总结。在控制信号方面，C6000 HPI 提供了多种冗余的信号，目的是便于和不同类型的微处理器作主机接口。

表 5-5　HPI 接口信号描述

信号	类型	管脚数	主机对应信号	信号功能
HD[15∶0]	I/O/Z	16	数据总线	
HCNTL[1∶0]	I	2	地址或控制线	HPI 访问类型控制
HHWIL	I	1	地址或控制线	确认半字(16 位)输入
$\overline{HAS}$	I	1	地址锁存使能(ALE)，地址触发，或者不用	对复用地址/数据总线的主机，区分地址和数据
HBE[1∶0]	I	2	字节使能	写数据字节使能
HR/$\overline{W}$	I	1	读/写控制	读/写选择
$\overline{HCS}$	I	1	地址或控制线	输入数据选通
$\overline{HDS}$[1∶2]	I	1	读触发，写触发，数据触发	输入数据选通
$\overline{HRDY}$	O	1	异步 ready 信号	当前访问 HPI 状态准备好
$\overline{HINT}$	O	1	主机中断输入	向主机发出的中断信号

主机按照以下的次序完成对 HPI 的访问：初始化 HPIC 寄存器，初始化 HPIA 寄存器，从 HPID 寄存器读取/写入数据。

对 HPI 任何一个寄存器的访问，主机都需要在 HPI 总线上进行两次 halfword 的读或写。一般主机不能打断这样的两次访问，一旦打断可能会引起整个数据的丢失。如果前一次 HPI 的访问尚未完成，那么当前第一个 halfword 的存取需要等待，此时 HPI 会置/HRDY 信号为高。

HPI 的数据传输模式有四种：

- 不带地址自增的读操作；
- 带地址自增的读操作；
- 不带地址自增的写操作；
- 带地址自增的写操作。

其中的地址自增功能使得主机可以很方便地访问一个线性存储区域，而无需反复向 HPIA 中写入变动的地址。

5.7　专用数字信号处理器技术

专用数字信号处理器出现于 19 世纪 70 年代末，它是用于某一类或某一特定数字信号处理算法的专用处理芯片。专用 DSP 处理器结构一般是不可编程的，仅在某些典型的信号处理算法(如 FIR 滤波器)可对系数进行编程(修改)，因此专用 DSPs 的灵活性比通用 DSPs 差。但是，专用 DSPs 潜在的速度比通用 DSPs 高 1～2 个数量级，使得专用 DSPs 在很多特殊场合得到广泛应用。近年来，现场可编程门阵列 FPGA 器件发展迅速，采用 FPGA 硬件实现信号处理功能成为一种发展趋势，FPGA 的 DSP 功能设计涉及信号处理算法结构问题，处理速度与运算单元密切相关。下面介绍在数字信号处理中，应用最多的加法器、乘法器以及除法器等运算单元和 FFT 实现结构。

5.7.1　加法器结构

数字信号处理最主要的运算是乘加运算,乘法运算是由加法运算完成的,快速加法器对快速乘法器的性能有很重要的作用。加法器的速度主要取决于部分和进位传播的速度,普通的进位传播加法器 CPA(carry propagate adder)需要较长的延时,速度较慢。快速加法器的类型有进位选择加法器、进位旁路加法器和提前进位加法器。

5.7.1.1　进位选择加法器

普通的进位传播加法器 CPA 如图 5-58 所示,CPA 将多个 1 位全加器 FA 串联在一起构成串行进位的全加器,进位信号顺序地从低位传到高位,要经过多级传输延迟以后才形成最后的稳定输出。因此,当加法器位数越多,完成一次加法运算所需的时间就越长。

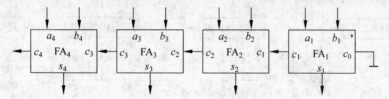

图 5-58　进位传播加法器 CPA

进位选择加法器(carry select adder)是利用并行运算来提高加法的速度,把加法操作数分为一些小的块,对每个子块用简单的进位传播加法器做两次加法,一次加法的进位输入为 0,另一次加法的进位输入为 1,当真正的进位到来时,根据进位选择子模块的正确的和。因此对每一个子模块需要两个 CPA 加法器和一个选择器,进位在各子块之间串行传播,也需要一个选择器。图 5-59 所示是一个 16 位进位选择加法器,16 位被分为 4 组,每一组包括两个 4 位的 CPA 加法器,并用选择器来选择正确的进位和,前一组真正的进位输出再用来选择下一组的进位输出,图中有些 CPA 的输入操作数没有画出。

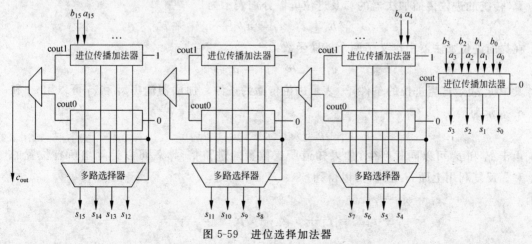

图 5-59　进位选择加法器

虽然进位选择加法器提高了加法速度,但由于采用了并行运算的方法,所需的硬件也增加了一倍,相应的功耗也大大增加了。

5.7.1.2　进位旁路加法器

对于一个加法器,假设进位输入为 1,则当加数和被加数的每一个 bit 对中至少包含一个 1 时,进位输出才可能是 1,也就是 $p_i=a_i+b_i$,如果 $p_i=1$ 就可以直接旁路进位,否则,进位的传播停止。进位旁路加法器(Carry Skip Adder)的原理是,根据上述条件,使进位输入传播滑过加法器,到达进位输出。它一般把加法器分为几组小的加法器,每个小的加法器使用进位传播加法器,每一组 n 位加法器产生一个进位传播信号 $P=p_0p_1p_2\cdots p_n=(a_0+b_0)(a_1+b_1)(a_2+b_2)\cdots(a_n+b_n)$,如果 $P=1$ 就允许进位旁路滑过这个小的加法器。

图 5-60 是一个 16 位进位旁路加法器,分为 4 个 4 位的小块,各块串联连接,各块内部都是进位传播加法器,如果任何一个子块产生进位输出,那么这个子块的进位输出就为真,即使进位传播信号 P 不为 1。

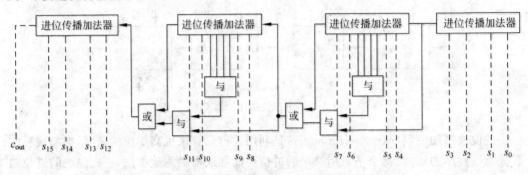

图 5-60　进位旁路加法器

5.7.1.3　提前进位加法器

提前进位加法器(carry lookahead adder)采取的方法不是等待进位信号,而是主动计算,传统的进位传播加法器的和及进位可以分别表示为

$$s_i = a_i \oplus b_i \oplus c_i \quad c_i = a_ib_i + a_ic_{i-1} + b_ic_{i-1}$$

在提前进位加法器中定义了两个辅助函数:

$$g_i = a_ib_i \quad p_i = a_i \oplus b_i$$

其中 g_i 表示产生进位的条件,p_i 表示进位传播的条件。加法器输出 s_i 和 c_i 可以用 g_i 和 p_i 表示为

$$s_i = p_i \oplus c_i \quad c_i = g_i + p_ic_{i-1}$$

由于 g_i 和 p_i 可以同时产生,如果知道所有位置的进位信号,就可以计算出所有位置的和。反复利用上面 c_i 等式,可以得到:

$$c_1 = g_0 + p_0c_0$$
$$c_2 = g_1 + p_1c_1 = g_1 + p_1g_0 + p_1p_0c_0$$
$$\cdots$$
$$c_{k+1} = g_k + p_kg_{k-1} + p_kp_{k-1}g_{k-2} + \cdots + p_kp_{k-1} + \cdots + p_0c_0$$

虽然上面的等式可以用组合逻辑实现,但计算 c_k 需要的扇入数很大,因此直接实现上面

的等式并不现实,通常采用层次化的实现方法,把操作数分为几组,产生组产生信号 G 和组传播信号 P,如 4 位为一组,则

$$G_{3:0} = g_3 + p_3 g_2 + p_3 p_2 g_1 + p_3 p_2 p_1 g_0$$

$$P_{3:0} = p_3 p_2 p_1 p_0$$

如果组产生信号为 1,则这一组将产生进位信号,同样如果组传播信号为 1,则这一组会传播这一组的进位输入到进位输出。利用组产生信号 G 和组传播信号 P,可以得到:

$$c_4 = G_{3:0} + P_{3:0} c_0$$

因此可以利用多级提前进位电路来计算进位。

图 5-61 所示是一个 16 位的提前进位加法器。分为 4 个 4 位组,每一组都有一个组进位和组传播逻辑,计算组进位产生信号 G 和组进位传播信号 P,中间的提前进位逻辑把每一组的 G、P 和进位输入信号结合,产生 4 个组进位和进位输出信号($C_k, k = 0, 4, 8, 12, 16$),然后利用每一组的提前进位逻辑,计算每一组内的进位信号,产生各组加法结果。

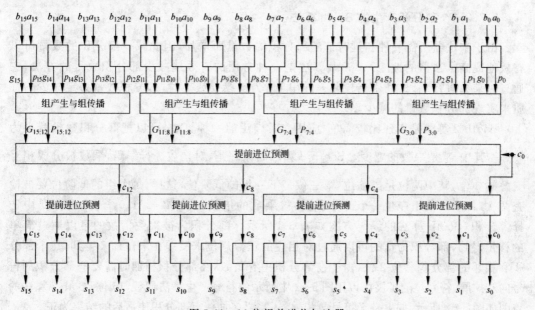

图 5-61　16 位提前进位加法器

实际上在得到组进位信号之后,不必再用提前进位逻辑计算各位的进位,可以把提前进位加法和进位选择加法结合起来,进一步提高加法速度,利用提前进位加法器的提前进位链产生每个组的进位信号,用进位信号选择正确的和。

5.7.2　乘法器结构

乘法是 DSPs 应用中最重要的运算,硬件乘法器是 DSP 处理器的主要特征。乘法是一个比较耗时的运算,一般处理器中乘法都需要 2～8 个时钟周期才能完成,因此高速乘法运算能力对 DSP 处理器的性能非常重要。

硬件乘法最基本的工作就是把一系列部分积相加。部分积产生与部分积相加有许多不同的方法。最简单的方法是基于累加器的方法,用移位器产生部分积;并循环相加,这

种方法很慢，N 个部分积就需要 N 个时钟周期才能完成。在 DSP 处理器中，通常采用一些快速方法实现乘法，乘法的实现可以分为三个步骤：

- 部分积产生。部分积可以并行产生，为了提高乘法速度，有一些快速的算法，如 Booth 算法。
- 部分积相加。用进位传播加法器 CPA(carry propagate adder)对每一对部分积相加所需要的时间会比较长，为降低总的延时，通常使用进位保留加法器 CSA(carry save adder)对部分积相加，直到最后才使用 CPA 得到最终的积。每一个部分积求和，CSA 都产生一个部分和与部分进位。进位保留加法器的连接方法称为 CSA 拓扑结构或互连结构，互连的方法很多，但所有的互连结构都是把部分积变为部分和与部分进位。
- 产生最终的积。用进位传播加法器 CPA 把部分和与部分进位相加，产生最终的积，最终积的宽度是乘数的 2 倍。

5.7.2.1 部分积产生的 Booth 算法

由于乘法器所需硬件和延时都随部分积的数量而增加，因此减少部分积的数量可以有效地提高乘法器的性能。Booth 算法是一种常用的有效地减少部分积数量的方法，它通过对乘数进行编码，利用当检测一连串 bit 为连续 0 或 1 时，部分积数量必定减少的性质来实现部分积数量的减少。

Booth 2 算法是实现比较简单、应用非常广泛的一种算法，可以把部分积数量减少为 $\frac{N+1}{2}$，其中 N 是乘数的宽度。Booth 2 算法的原理是，对乘数进行编码，乘数被分成相互交叠的 3 位，其中两位是当前位，第三位是下一组的低阶位，这样，每个组的低阶位要被检查两次，每个 3 位组产生一个部分积，从被乘数的倍数 $\{+2M, +M, 0, -M, -2M\}$ 中选择部分积，Booth 算法的编码方案如表 5-6 所示。部分积为被乘数倍数的可以通过简单的移位得到，部分积为负的可以通过对相应的正数逐位求反并在末位加 1 得到，每个部分积和相邻的部分积移位 2 位，由于在部分积中有负数，在部分积相加时需要把部分积的符号向左扩展，符号位的扩展可以用图 5-62 中所示的符号产生算法代替，16 位 Booth 2 算法的点图如图 5-62 所示，如果是无符号数相乘，还需要多加一行部分积使最后的结果为正。

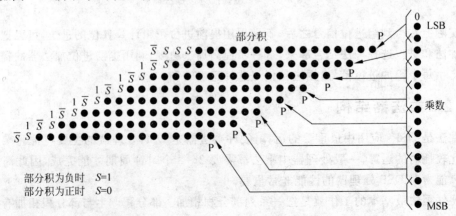

图 5-62　16 位乘法器点图

表 5-6 Booth 2 部分积选择

组乘数	部分积选择	组乘数	部分积选择
000	0	100	$+2M$
001	$+M$	101	$-M$
010	$+M$	110	$-M$
011	$+2M$	111	0

Booth 3 算法可以更进一步减少部分积的数量。Booth 3 算法中,乘数分为相互交叠的 4 位组,每个 4 位组被并行译码,从$\{0, \pm M, \pm 2M, \pm 3M, \pm 4M\}$中选择部分积,每个部分积和相邻的部分积移位 4 位,Booth 3 编码如表 5-7 所示。

Booth 3 算法的缺点是部分积的产生比较复杂,$3M$ 不能用简单的移位和求补实现,需要用进位传播加法器 CPA 实现,CPA 会增加乘法的延时;它的另一个缺点就是选择部分积的选择逻辑比较复杂。使用 Booth 3 算法可以把部分积数量减少到$\frac{N+1}{3}$。

表 5-7 Booth 3 编码表

组乘数	部分积选择	组乘数	部分积选择
0000	$+0$	1000	-0
0001	$+M$	1001	$-M$
0010	$+M$	1010	$-M$
0011	$+2M$	1011	$-2M$
0100	$+2M$	1100	$-2M$
0101	$+3M$	1101	$-3M$
0110	$+3M$	1110	$-3M$
0111	$+4M$	1111	$-4M$

采用 Booth 3 算法产生的部分积数量少,但部分积 $3M$ 的产生复杂,使得它不实用。实际中,由于 Booth 2 算法实现比较简单,因此它是最常用的产生部分积的方法。

5.7.2.2 部分积求和的互连结构

为降低延时,对部分积的相加通常采用进位保留加法的方法,进位只传播到下一列,只有在最后,才进行进位传播加法,在其他中间步骤,每一个位置都产生一个部分和及部分进位。部分和相加通常采用所谓压缩器(compressor)或(3∶2)计数器(counter)实现,实际上就是全加器,或者称为进位保存加法器 CSA(carry save adder)。这些 CSA 的连接方式称为互连结构,互连结构可以分为阵列结构、树结构和混合结构,各种结构所用的加法器数量相同,但所需的延时不同。

阵列结构中,加法器按相同的方式排列,CSA 加法器串联连接,图 5-63 是一个阵列结构及其相关连线,从图中可以看出,阵列结构是二维结构,每一行的输出是下一行的输入。

在规则的阵列结构中,每一行 CSA 加法器加一个部分积,产生一个新的部分和与部分进位,产生最终部分和与部分进位所需的延时依赖于部分积的数量,因此对于 N 个部分积,需要的延时是 $(N-2)$ 倍 CSA 加法器的延时。

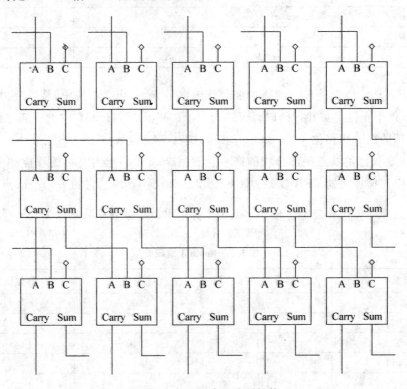

图 5-63　部分积求和阵列结构

　　阵列结构是一种非常规则的结构,连线规整简单,适合于大规模集成电路实现。它的缺点是延时较长,每一行 CSA 加法器只加一个部分积,硬件的利用率也不高。

　　树结构是一种速度非常快的结构,它对部分积并行相加,因此对每一个 bit 列的连接都不同。树结构是一个三维结构,它所需的 CSA 加法器数量与阵列结构相同。最早的树结构是 Wallace 提出的 Wallace 树结构,用 CSA 加法器对部分积并行相加,但它的缺点是结构不规则,使它的布局布线很困难,因此通常使用的是一些结构比较规则的树结构,包括 4：2 压缩器树结构、ZM 树结构和 OS 树结构等。

　　4：2 压缩器就是可以把 4 个输入压缩为两个输出的电路,可以用 2 个 CSA 加法器连接构成,如图 5-64 所示,优化的 4：2 压缩器的关键路径上只有 3 个异或门,因此它的延时是 1.5 倍 CSA 加法器的延时,而不是 2 倍。图 5-65 是一个压缩 16 个部分积的 4：2 树结构,它的结构是规则的,而且对称,每个压缩器每级取 4 个输入,在下一级产生两个输出,从图中可以看出,只需要三级 4：2 压缩器就可以完成 16 个部分积的压缩,完成 N 个部分积的压缩只需 $\log_2\left(\dfrac{N}{2}\right)$ 级 4：2 压缩器。4：2 压缩器树适合用流水线实现。

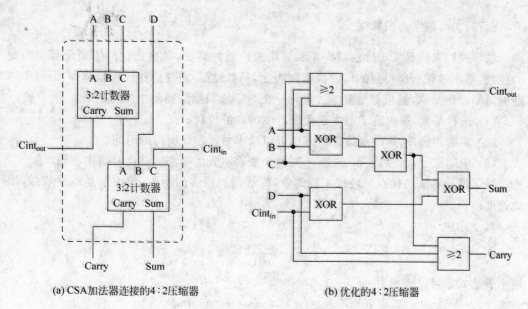

(a) CSA加法器连接的4:2压缩器　　　　　　(b) 优化的4:2压缩器

图 5-64　4∶2 压缩器

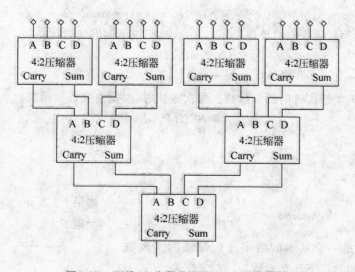

图 5-65　压缩 16 个部分积的 4∶2 压缩器树

5.7.3　除法

除法和初等函数的实现方法主要分为两类,一类是采用数字递归的方法,每次产生商的一位,类似于用纸和笔计算,它的优点是实现简单,可以得到最终的余数,它的缺点是线性收敛,所需的时间较长。另一类是用乘法的方法实现,用多项式近似、函数递归或非常高基的方法,优点是收敛速度快,是二次收敛,缺点是实现复杂,而且得不到最终的余数。除法的快速实现一般采用把除法或倒数操作看作是一个函数,用解函数的方法求商。

5.7.3.1 数字递归算法

数字递归算法是实现除法最简单和运用最广泛的算法,每次迭代产生固定数量的商的位数,每次迭代所能得到的位数由基数决定,基数越高,需要的迭代次数越少,但每个周期的时间会增加,电路也会更复杂。设计一个数字递归除法器基本的问题是:

(1) 选择基数,这决定了每次迭代能产生的商的位数 r。

(2) 商数的选择,好的商数选择方法可以减少每次迭代所需的时间。

(3) 中间部分余数的表示方法,不同的余数表示方法所需的迭代时间也不同。

数字递归算法的优点是硬件实现简单,能够得到最终的余数,但由于是线性收敛,因此速度很慢。

对于除法

$$qr = \frac{divident}{divisor}$$

这个表达式也可以表示为

$$divident = q \times divisor + remainder$$

其中 q 为商,$remainder$ 为余数,因此

$$|\, remainder \,| < |\, divisor \,| \times ulp \quad 且 \quad sign(remainder) = sign(divident)$$

商的精度定义为最后一位的单位(ulp)。每次递归按下面等式迭代:

$$P_0 = divident$$

$$P_{j+1} = rP_j - q_{j+1} divisor$$

其中 P_j 是第 j 次迭代时的部分余数。每次迭代时,根据商数选择函数产生一位商

$$q_{j+1} = SEL(P_j, divisor)$$

所选的商数必须满足

$$|\, P_{j+1} \,| < divisor$$

最终的余数为

$$remainder = \begin{cases} P_n \times r^{-n} & 如果 P_n \geqslant 0 \\ (P_n + divisor) \times r^{-n} & 如果 P_n < 0 \end{cases}$$

图 5-66 是一个基本的数字递归除法的实现框图,每次迭代包含以下几个步骤:

(1) 通过商数选择函数确定下一个商数 q_{j+1};

(2) 求出 $q_{j+1} \times divisor$;

(3) 从 $r \times P_j$ 中减去 $q_{j+1} \times divisor$。

降低延时的最主要的方法就是增加基数,一般选择基数为 2 的幂,这样基数和部分余数的乘积就可以通过移位得到,在商的精度相同的情况下,如果把基数从 r 增加为 r^k,那么迭代的次数减少为 I/k,例如基数为 4 的算法每次迭代可以产生 2 位商,基数为 16 的算法每次迭代可以产生 4 位商,使迭代次数减少一

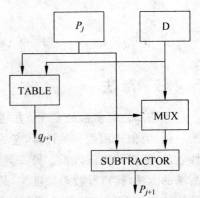

图 5-66 数字递归除法基本结构

半,但基数增大也使商数的选择变得更复杂。因此,虽然基数增加使所需的周期数减少,但每个周期的时间却变长。

5.7.3.2　函数递归方法

函数递归方法有 Newton-Raphson 算法和 Goldschmidt 算法等。

除法可以写为被除数和除数倒数的积,$Q=\dfrac{a}{b}=a\times\left(\dfrac{1}{b}\right)$,其中 Q 是商,a 是被除数,b 是除数,现在问题就转变为如何求出除数的倒数。在 Newton-Raphson 算法中,选择一个预备函数,使它的根就是除数的倒数。选择预备函数

$$f(X) = \frac{1}{X} - b = 0 \tag{5-23}$$

Newton-Raphson 等式为

$$x_{i+1} = x_i - \frac{f(x_i)}{f'(x_i)} \tag{5-24}$$

设初始近似值为 X_0,可以得

$$f(X_0) = \frac{1}{X_0} - b \quad f'(X_0) = -\frac{1}{X_0^2}$$

代入到式(5-24)中,可以得

$$X_1 = X_0 - \frac{f(X_0)}{f'(X_0)} = X_0 + \frac{\left(\dfrac{1}{X_0} - b\right)}{\left(\dfrac{1}{X_0^2}\right)} = X_0 \times (2 - b \times X_0) \tag{5-25}$$

...

$$X_{i+1} = X_i \times (2 - b \times X_i)$$

相应的误差

$$\varepsilon_{i+1} = \varepsilon_i^2(b)$$

每次递归后误差以二次方下降。从式(5-25)可以看出,每次递归需要做两次乘法和一次减法,最后用被除数和所得的除数的倒数相乘,就得到了除法的积。

递归的次数和最初所取的初始近似值的精度有关,初始近似值的精度越高,所需的递归次数越少,例如除数的倒数的精度要求为 53 位,初始近似值仅为 1 位,1→2→4→8→16→32→53,需要 6 次递归才可以达到要求的精度,如果初始近似值为 8 位,只需要 3 次递归,如果初始近似值为 14 位,则只需要 2 次递归。初始值的计算一般采用查表法,参见 5.8 节。

Goldschmidt 算法建立在级数展开的基础上,例如函数 $g(y)$ 可以表示为在 p 点的 Taylor 级数:

$$g(y) = g(p) + (y-p)g'(p) + \frac{(y-p)^2}{2!}g^{(2)}(p) + \cdots + \frac{(y-p)^n}{n!}g^{(n)}(p)$$

除法可以表示为

$$Q = \frac{a}{b} = a \times \frac{1}{b} = a \times g(y)$$

$g(y)$ 可以用递归的方法计算,最直接的方法就是使 $g(y)=\dfrac{1}{y}$,$p=1$;计算上更容易的方法是选择 $g(y)=\dfrac{1}{1+y}$,$p=0$,这就是 Maclaurin 级数:

$$g(y) = \frac{1}{1+y} = 1 - y + y^2 - y^3 + y^4 - \cdots$$

由于 $g(y)=\dfrac{1}{b}$,用 $y=b-1$ 代入,商可以表示为

$$Q = a \times \frac{1}{1+(b-1)} = a \times \frac{1}{1+y} = a \times (1 - y + y^2 - y^3 + \cdots)$$
$$= a \times [(1-y)(1+y^2)(1+y^4)(1+y^8)\cdots] \tag{5-26}$$

这种级数展开可以用递归的方法实现,商可以用级数展开来近似,表示为

$$q_i = \frac{N_i}{D_i}$$

其中 N_i 和 D_i 是第 i 次迭代后分子和分母,如果使 D_i 收敛为 1,那么 N_i 就收敛为除法的商。每次迭代时对商乘以一个校正因子 $(1+y^{2i})$,产生如式(5-26)所示的级数展开。

第一次迭代使 $N_1 = R_0 \times N_0$,$D_1 = R_0 \times D_0$,令 $R_0 = 1 - y = 2 - b$,可以得

$$D_1 = R_0 \times D_0 = b \times (1-y) = (1+y)(1-y) = 1 - y^2$$
$$N_1 = R_0 \times N_0 = a \times (1-y)$$

第二次迭代时,令 $R_1 = 2 - D_1 = 1 + y^2$,则

$$D_2 = D_1 \times R_1 = (1-y^2)(1+y^2) = 1 - y^4$$
$$N_2 = N_1 \times R_1 = a \times (1-y)(1+y^2)$$

这种迭代可以用一个通用的表达式来表示:

$$N_{i+1} = R_i \times N_i$$
$$D_{i+1} = R_i \times D_i$$
$$R_{i+1} = 2 - D_{i+1}$$

每次迭代包含 2 次乘法和一次求 2 的补码的运算,第 i 次迭代之后

$$N_i = a \times [(1-y)(1+y^2)(1+y^4)\cdots(1+y^{2i})]$$
$$D_i = (1-y^{2i})$$

只要 $y<1$,每次迭代后 N 向除法的商收敛,而 D 向 1 二次收敛。

从数学上看,Goldschmidt 算法和 Newton-Raphson 算法是相同的,如果初始近似值较精确,都能够减少迭代的次数。但这两种算法在实现上是不同的,Newton-Raphson 算法是先收敛到除数的倒数,然后再乘以被除数得到商,而 Goldschmidt 算法是用一个初始近似值改变分子和分母,直接向商收敛。这两种算法的每次迭代都包含一次 2 的补码运算和两次乘法,Newton-Raphson 算法中,两次乘法是相互有关的,而 Goldschmidt 算法中,两次乘法是相互独立的,可以并行运算。这两种算法在商用处理器中都有运用,在 Power PC、Power 2 和 IBM RS6000 中都使用 Newton-Raphson 算法实现除法和平方根,在 IBM360 和 AMD K7 处理器中使用 Goldschmidt 算法实现除法和平方根。

5.7.3.3　查询表法

在除法实现中,产生初始近似值的最通用的方法就是用查询表,查询表一般用 ROM 或 PLA 的方式实现。通常用 1KB 的 ROM,可以得到 8 位或 9 位的近似值。

直接查询表是最简单的实现近似值的方法,例如可以用查询表获得除数倒数的近似值,和被除数相乘,就得到了商的近似值。商近似值的精度取决于寻址查询表的地址位数和查询表内容中数据的位数。

通常使用规格化的 IEEE 754 标准的数来寻址查询表,范围在 $1.0 \leqslant b < 2$,有效数的最高位总是 1,1 可以不包含在寻址地址中。对于除法来说,查询表的输出结果的范围在 $0.5 < \frac{1}{b} \leqslant 1$,结果的形式总是 $0.1xxxx \cdots x$,0.1 也可以不用存储在查询表中,查询表只存储后面的 m 位,因此表的大小 $size = 2^h \times m$,h 为 b 的位数减 1。

由于不需要进行算术运算,结果直接保存在查询表中,查询表的速度很快,但表的大小随结果精度呈指数增长,如果除数位数增加 1 位,那么表的大小就会增加一倍。

5.7.4　FFT 处理器结构

由库里-图基算法可知,蝶形运算单元是其基本的运算单元,蝶形运算单元结构的标准适于硬件实现,因此在 FFT 处理器的设计中广泛采用了库里-图基结构。在实际设计和实现 FFT 处理器时,由于对 FFT 处理器的速度要求不同,以及考虑器件资源的限制从而产生了不同的硬件实现结构。根据蝶形运算单元在 FFT 处理器中不同的应用结构,可将其分为 4 种。下面以基 2 FFT 为例,列出 4 种基本的硬件结构:递归结构,级联结构,并行迭代结构和阵列结构。

(1) 递归结构

图 5-67 给出了用递归方式实现 FFT 的结构框图。该结构由一个蝶形单元作为运算单元,每级蝶形运算按照递归的方式运行。在每级运算中,地址产生器根据每一级蝶形数据抽取的规律产生蝶形的数据地址和相应的旋转因子地址,并送到双口 RAM 的读端口,读出相应数据。数据通过蝶形运算单元,蝶形运算的结果再从双口 RAM 的写端口写回 RAM 中,从而实现原位运算。该结构蝶形运算单元一直处在运算状态。递归结构也是其他结构实现的基础,对这种结构进行一些扩展和级联就可以生成其他的3 种结构。

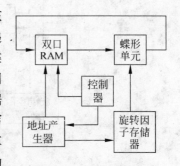

图 5-67　FFT 的递归结构

(2) 级联结构

如图 5-68 所示,与递归结构不同的是,级联结构将整个 FFT 的蝶形网表按级数展开,采用了多个蝶形运算单元,每个蝶形单元负责其中一级的处理。因为各蝶形单元之间按流水方式工作,FFT 的每一级都同时处理,所以对于连续输入的多个序列,除初始的几个序列外,后续每个序列的处理时间均为 FFT 中一级的运算时间,因此速度相对于递归型结构提高了$(\log_2 N - 1)$倍。图 5-68 为 FFT 级联结构的实现框图,级联结构中数据存储采用"乒乓"的方式。

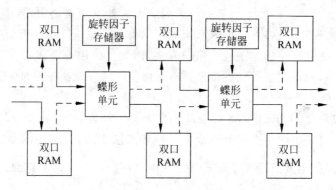

图 5-68 FFT 的级联结构

（3）并行迭代结构

与级联结构在级数上进行展开通过多蝶形流水提高速度不同,并行迭代结构是将一级的蝶形并行展开计算,其实现框图如图 5-69 所示。该结构采用 $N/2$ 个蝶形单元并行计算,一次就可以完成整个一级的所有蝶形计算,速度比递归型的快 $N/(2-1)$ 倍,并且这种结构采用递归的形式,不像级联结构那样需要乒乓存储器,从而节约了存储器资源。但是这种结构控制单元的设计相对复杂,同时对数据存储器的带宽要求非常高。当处理大点数的序列时,所采用数据存储器的带宽根本无法满足要求。正是由于这个原因,这种结构在实际的应用中并不常见。

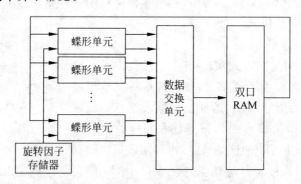

图 5-69 FFT 的并行结构

（4）阵列结构

阵列结构实际上是级联结构和并行迭代结构的一种结合。它将 FFT 算法中的每一个运算节点都与一个蝶形运算单元相对应,就得到了 FFT 的阵列结构。图 5-70 给出了 8 点基于 2 FFT 算法的阵列结构实现图。每级的蝶形运算均由 $N/2$ 个蝶形运算单元并行运算,因此一次可完成整个的所有蝶形运算。对于连续输入的多个序列,由于采用流水的方式运算,每个序列的运算时间仅为一个蝶形运算的时间。对于 N 点的基 2 FFT 运算来讲,采用这种结构需要 $(N/2)\log_2 N$ 个蝶形运算单元。因为每个蝶形运算单元只计算某个特定的蝶形运算,如图 5-70 所示中的蝶形单元内部乘法器的一个因子是固定的旋转因子值,旋转因子已经分散固化在蝶形的乘法器中,节省了旋转因子存储器。

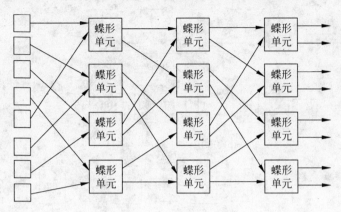

图 5-70　FFT 的阵列结构

对于 4 种类型的实现结构而言,实现速度快的结构,其资源的消耗也同时增加。阵列结构具有极高的处理速度,在连续处理时最快可以达到一个时钟周期处理完成一组 FFT运算,但是这是以消耗大量的硬件资源为代价的,这种结构因为对资源消耗过多,一般很难应用。并行迭代结构对数据的带宽要求太大,一般也很少采用。常见的应用均以递归结构或者级联结构实现。级联结构因为需要多个乒乓存储器,因而消耗了太多的存储器资源,虽然对于连续的数据处理来讲,这种结构速度要快,但是以目前 FPGA 的资源情况看无法实现大点数的 FFT 运算。递归型结构虽然最慢,但却是最常用的一种实现结构,它对资源的消耗较小,控制简单,易于实现大点数的 FFT 运算。在所有的结构当中,除了资源的限制导致有些结构无法实现以外,对存储器带宽要求过高也是限制该结构应用的一个主要的因素。以后会有分析,存储器带宽所带来的限制在递归型结构中同样也是存在的。设法增加存储器的带宽是实现高速 FFT 的一个研究重点。

5.7.5　VLSI 阵列处理技术

VLSI 阵列处理器结构主要分为同步和异步两类。同步阵列处理是指在一个较大的系统中各个处理单元 PE 动作的同步是由一个系统范围的时钟信号来控制的。异步阵列处理是指在一个较大的系统中各个处理单元(PE)动作是由各 PE 自己的时钟信号分别控制的。

图 5-71 给出了线性阵列的几种时钟方案,其中(a)和(b)为同步阵列,(c)为异步阵列。图(a)中所有处理单元共用同一时钟源;图(b)则采用时钟分程传递方案,每个处理单元的时钟来自与之通信的左边单元,并产生用于与右边单元通信的新时钟,这样就使数据的传送与各个 PE 的时钟重新得到同步;图(c)是异步时钟的方案,各 PE 都有自己的时钟,有一个缓冲器和独立的状态与控制标志,以便与临近单元进行“握手”通信。

时钟信号有两个用途,即作为序列参考和作为时间参考。作为一个序列参考,时钟的跃变用于确定系统状态可能会产生变化的瞬时时刻。作为一个时间参考,数据是在各时

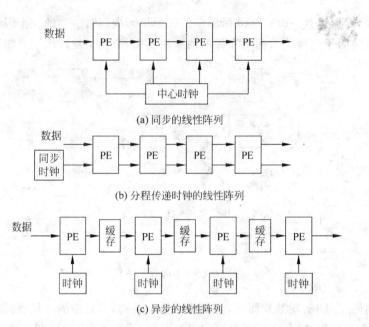

(a) 同步的线性阵列

(b) 分程传递时钟的线性阵列

(c) 异步的线性阵列

图 5-71   线性阵列的时钟方案

钟跃变之间的期间内沿导线传送,并在输出到目的单元输入端的路径上产生单元延迟。时钟信号的这种双重作用对数字系统的设计有一些便利之处,但将顺序和时序结合得如此紧密,使得时序问题就成了同步系统的设计、维护、修改以及可靠性等方面产生各种困难的原因。

由于时钟信号支配着整个处理系统的动作,因而时钟分布对处理阵列具有决定性的作用。采用全局时钟同步阵列的典型例子是脉动阵列。由于阵列规模的增大和时钟速度的提高,基于全局时钟的同步设计遇到了很多困难,如时钟畸变和时序对不齐。为克服全局时钟带来的问题,可以采用如图 5-71(c)的异步时钟方案,该结构单元间采用"握手"机制,避免了单元间的定时问题,允许以不同的时钟速率局部同步某些 PE,并允许不同种类的 VLSI 芯片用作为各种 PE,而只要求有一个到外部总线的公用接口。波前阵列是这种结构的典型代表。

脉动处理系统是一个节律性地完成数据运算并通过系统传递数据的处理器网络。按照 S. Y. Kung 的定义,脉动阵列是一个具有如下特性的计算网络:

- 同步性:通过网络的数据是有节律性地被计算(由一个全局时钟定时)和传递。
- 模块化和规则化:阵列是由带有均匀互连拓扑的模块化处理单元所组成;计算网络可以被无限扩展。
- 空间局部性和时间局部性:阵列表现有局部通信的互连结构,此即空间局部性。信号从一个节点传递到下一个节点中,至少应具有一个单元时间的延迟,此即时间局部性。
- 流水能力:阵列具有线性速率的流水能力,即应使处理速率达到 $O(M)$ 的加速比,其中 M 是处理单元(PE)数目。

图 5-72 示出了一个基本的脉动阵列结构。脉动阵列与传统的冯·诺依曼计算机的不同之处在于它的高度流水计算能力。说得更准确些，一个数据项一旦从存储器中取出后，就沿着阵列从一个 PE"泵"到另一个 PE，而在它通过的每个 PE

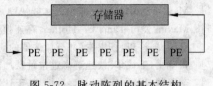

图 5-72　脉动阵列的基本结构

上，数据都可以被有效处理。这种阵列尤其适合于计算受限型的一类计算问题，在这些计算中，对每个数据项是以重复方式执行多次运算。例如，可以将一些完成基本"内积"运算的 PE 局部连接到一起而执行数字滤波、矩阵乘法以及其他的有关运算。脉动阵列避免了冯·诺依曼计算机中一般都存在的存储器存取瓶颈问题。

近年，数据流处理方法（即异步的数据传输方法）被建议用于大量规则连接的处理器阵列中，从而导致了波前阵列处理器（wavefront array processors，WAP）的设计。这种方法中，临近单元所传送的数据的到达被解释为一个信号改变了状态，并要激活新的动作，波前阵列的这种数据驱动现象使人联想到光波波前的传播。波前阵列是一种分布式的、全局异步的阵列处理系统，它可以使 VLSI 技术得到充分的开发利用。

按照 S. Y. Kung 的定义，波前阵列是具有如下特征的计算网络：

- 自定时、数据驱动计算：由于计算是自定时的，不需全局时钟。
- 规则化、模块化和局部连接：阵列应该由规则并空间局部连接的模块化处理单元组成，此外，该计算网络应能无限扩展。
- 波前语言或数据流图的可编程性：波前阵列可以是专用结构的，或是可编程结构的，但可编程结构便于对计算波前进行跟踪或对结构进行调整。
- 具有线性加速比的流水能力：波前阵列应具有线性的加速比，即它可以达到 $O(M)$ 量级的加速，这里 M 是 PE 的个数。

波前阵列区别于脉动阵列的主要特征是其数据驱动特性，即波前阵列中没有全局的时间参考。波前结构中，信息传送要在 PE 与其临近的 PE 都方便的时候进行，发送数据的 PE 首先告知接收数据的 PE 其数据可用，接收单元需要该数据时即接收之，并向发送者回馈一个确认信息，表明数据已收到。借助于简单的"握手"协议可以完成该处理，保证数据的有序传播而不至于产生混乱。

波前处理既利用了许多信号处理算法中所固有的数据流局部性，又利用了这些算法中所固有的控制流局部性。由于不需要同步整个阵列，所以波前阵列是真正结构规模可变的阵列。波前阵列具有脉动阵列的大多数优点，如高速流水和多重处理、规则化和模块化等，更重要的是，它又具有异步的数据流驱动能力，因而避免了 VLSI 阵列系统中时钟不精确的问题。

参考文献

[1]　刘必虎等. 中大规模数字集成电路的原理与应用. 上海：上海科学技术出版社，1991
[2]　李方慧，王飞，何佩琨. TMS320C6000 系列 DSPs 的原理和应用. 北京：电子工业出版社，2003
[3]　德州仪器公司 Robert Schreibe. 高精度模数转换器架构权衡. http://www.epc.com.cn

[4]　Maxim 公司徐继红. 新型流水线 ADC 原理及应用

[5]　Maxim 公司 Tanja C. Hofner. 高速模数转换器 ADC 动态参数的定义和测试

[6]　安印龙，许琪，杨银堂. 并行加法器的研究与设计. 晋中师范高等专科学校学报，第 20 卷第 4 期

[7]　崔晓平，王成华. 快速静态进位跳跃加法器. 南京理工大学学报，第 31 卷第 1 期

[8]　李兆麟，田泽，于敦山，盛世敏. 基于计数器实现的加法器自测试. 微电子学，第 33 卷第 1 期

[9]　何晶. 32 位浮点 DSP 处理器 VLSI 实现的研究. 北京理工大学博士论文，2003

[10]　G. Bwick. Fast Multiplication：Algorithms and Implementation. Ph. D. Thesis, Stanford University,1994

[11]　D. Booth. A Signed Binary Multiplication Technique. Quart. J. Mech. Appl. Math, Vol. 4, 1951：236~240

[12]　M. J. Flynn. On Division by Function Iteration. IEEE Transactions on Computers, Vol. C-19, No. 8, Aug 1970

[13]　S. F. Oberman, M. J. Flynn. An Analysis of Division Algorithms and Implementations. Technical Report CSL-TR-95-675, Stanford University, July 1995

[14]　万红星. 高性能实时 FFT 处理器的 ASIC 设计与研究. 北京理工大学博士论文，2006

[15]　黄错. 高等计算机系统结构：并行性、可扩展性、可编程性. 北京：清华大学出版社，1995

[16]　贡三元著，王太君等译. VLSI 阵列处理. 南京：东南大学出版社，1992

[17]　C. Seitz. Concurrent VLSI architectures. IEEE Transactions on Computer, C-33, December 1984

第 6 章　　嵌入式处理系统

6.1　嵌入式计算系统概述

嵌入式计算系统是一个较广泛的定义,它可以指一个非桌面通用计算机的任何计算系统,或是一个嵌入了电子元器件的计算系统,或是一个根据应用对象的特点而专门设计的计算系统,即用户化专用计算系统。一般人们更容易狭义地理解嵌入式计算系统为用户化专用计算系统。嵌入式计算系统也常称为嵌入式处理系统,或简称为嵌入式系统。

嵌入式计算系统应用非常广泛,常见的嵌入式系统包括:

- 简单应用设备,例如微波炉,其中的微处理器用于提供一个友好的界面和一些高级功能。
- 计算密集型设备,例如激光打印机,其处理器主要完成图像处理和控制功能。
- 掌上设备,例如手机,形状很小又要节电还需要完成数字信号处理以及其他复杂功能。
- 控制器,其可靠性、可维护性和可编程性通常很重要。

具体的嵌入式系统有相机自动聚焦系统、汽车防盗系统、指纹识别系统、多媒体系统、传真机、打印机、留言机、扫描仪、3G 无线通信、VoIP、雷达、卫星、声纳、医疗仪器,等等。

嵌入式计算系统一般对系统功能、价格、功耗、体积、速度等有严格的限制,要求对系统环境变化作出实时的快速反应。嵌入式计算系统设计需要在硬件技术和软件技术进行折中选择,需要满足功能性和非功能性的各种指标要求,具体需要考虑的因素有:单位价格,重复设计价格,性能(执行时间和吞吐率),体积,功耗,灵活性,样机开发时间,进入市场时间,可靠性,安全性,可维修性等。不同的应用把不同的方面作为首要的考虑因素,并且嵌入式系统选用适当的微处理器来完成系统的一些功能,可以使以上要求中的一个或多个相对易于实现。

嵌入式系统的核心是各种微处理器。任何中央处理器(CPU)都可以被用于嵌入式计算机系统中,为嵌入式应用优化设计的 CPU 称为嵌入式处理器。嵌入式处理器使用最多的是专用处理器,专用处理器(ASIP)是为特殊用途优化的 CPU,例如数字信号处理器(DSPs)是为数字信号处理应用而优化的嵌入式处理器。近 20 年来嵌入式处理器技术发生了很大的变化,涌现了大量各种架构的处理器,不同类型处理器之间的优劣态势不断发生改变,设计者面临的一个主要问题就是如何确定核心的处理器,以满足特定应用的多方面需求。在高性能嵌入系统/实时信号处理领域,以往占统治地位的处理器是 DSPs,而目前包括 MCU、ASSP、GPP/RISC、FPGA、ASIC 等处理器都在分享这一市场,各种处理器的综合比较如表 6-1 所示。

表 6-1   不同处理器技术的比较

比较项 处理器类型	上市时间	性能	价格*	使用难度	功耗	灵活性	综合评价
ASIC	很差	最好	很低	一般	较低	差	一般
ASSP	一般	很好	较低	一般	很低	差	较好
可配置处理器	较差	很好	较低	较差	较低	一般	一般
DSP	很好	很好	一般	很好	一般	高	很好
FPGA	较好	很好	较高	很好	一般	高	很好
MCU	很好	一般	很低	较好	较低	高	较好
RISC	较好	较好	一般	较好	一般	高	较好

* 表中价格是指大批量生产时价格。

    早期,基于微处理器的系统设计强调输入/输出接口,现代的嵌入式处理系统除了要具备很强的输入/输出功能外还需要有作大量计算的能力,设计开发处理器系统的计算能力需要并行处理系统分析和设计的基本概念知识。并行处理技术是提高嵌入式系统处理能力的主要技术。嵌入式技术已经从单一的微处理器嵌入技术,发展到分布式计算系统技术,不仅是面向系统的设计方法,也正在成为 SoC(System on Chip)设计的基本技术之一。嵌入式应用系统的设计不再以某种微处理器核为核心,而是以应用系统需要完成的任务和应当具有的功能为核心。传统的嵌入式技术以系统总线为基本结构框架,新的嵌入式技术则以并行分布计算为基本结构框架,是采用现代信息网络技术的并行 DSPs 系统集合。嵌入式计算系统包括硬件和软件,为了达到最好的性能,需要对系统硬件和软件进行协同设计。

    实时数字信号处理系统大多是嵌入式计算系统,嵌入式系统一般要求具有实时数字信号处理功能。

6.2   嵌入式处理系统设计

    尽管从微波炉到飞机控制系统,嵌入式系统应用范围很广,但这些应用各异的电器设备都有着共同的设计方法。嵌入式系统设计常常需要用与通用计算机或在其上运行的应用程序软件所不同的技术。其独特之处在于它是一个硬件/软件协同设计问题——硬件和软件必须一起设计以确保不仅能够正确地实现功能,而且能满足性能、成本以及可靠性目标。嵌入式处理系统的硬件/软件协同设计实质上是处理算法与硬件体系结构的匹配设计,是时间、空间等多种因素的折中设计。

6.2.1   嵌入式系统设计流程

    嵌入式系统设计流程如图 6-1 所示。设计流程可以自上而下,也可以自下而上。在自上而下的设计流程中,首先从需求分析入手;接下来的一步是规范说明,在这一步中,把我们想要的全部规范进行详细的描述,但是这种描述只说明了系统如何运转,而并不说明如何建立系统;其次是系统结构设计,当我们开始描述系统的结构框架时,系统的内部细节逐渐显露出来,系统被划分成大量的组成部件;一旦系统组成部件清楚了,我们就可以开始设计这些部件,部件一般包括软件模块和我们需要的专门硬件;最后是基于这些部件进行集成和整合,构建整个系统。可见,自上而下设计流程从对系统进行最抽象的描述开始,而后确定具体的细节,最终得到实际的系统。

自下而上设计流程在图 6-1 中如虚线所示。我们需要自下而上的设计是因为我们有时在自上而下的设计中不能很好地分析出下一级设计过程如何进行。某些阶段的设计往往需要基于后级的性能估计,如某个特殊功能的运行速度有多快,我们需要多大的内存,我们需要的系统总线能力。如果我们的估计不准确,我们将不得不返工并根据新的情况修改初始设计,这就包括了自下而上的设计过程。总的来说,我们在设计类似系统方面的经验越少,我们就越需要采用自下而上的设计来完善系统。

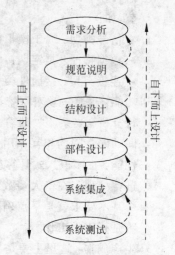

图 6-1 嵌入式系统的设计流程

嵌入式系统设计过程除了需要在纵轴上进行,还需要从系统的主要指标方面来考虑,包括工作性能、生产成本、功耗和用户界面等。这些指标所要求的约束始终贯穿系统设计流程的每一步,因此,我们必须在设计过程中的每一个阶段都考虑以下细节:

- 分析每一个设计步骤,检查其是否达到规范要求。
- 完善设计和增加细节。
- 检验设计以确保它达到系统所要求的指标,诸如成本和速度等等。

下面介绍嵌入式系统设计流程的主要步骤。

(1) 需求分析

显然,在设计一个系统之前,我们必须知道我们要设计什么。在设计过程中的初始阶段要抓住这一点来建立系统结构框架和组成部件。我们一般分两步:第一步是收集用户的非正式描述的需求信息,第二步是将其归纳为具体的足以满足系统结构设计的细节要求和指标。

逐一对系统要求和规范进行分析通常是很必要的,因为在用户对他们所需系统的描述与系统结构设计所需要的信息之间存在较大的差距。嵌入式系统的用户通常并不是系统的设计者和制造者,他们对系统的理解是基于使用者的角度出发的。因此,他们或许会有一些不切实际的期望,比如超出预算开支的一些期望;而且他们会用一些不同于系统构建者行话的语言来阐述他们的愿望。从用户提出的要求中捕捉信息并将这些信息转述成规范的形式,是需求分析工作中很重要的内容。

这些系统要求和指标分为功能上的和非功能上的两种,功能性要求是指系统所进行的操作,非功能性要求包括对系统体积、功耗和生产成本等要求。我们应当抓住嵌入式系统的基本功能,但仅功能性描述通常是不够的,非功能性指标也很重要。

对一个大系统的需求分析会很复杂且耗费时间,可以从系统的以下基本特征的描述着手:

- 名字：这很简单但很有用。给一个项目命名不但能在和别人的谈话时语言更简练，也可以明确产品的用途。
- 用途：这里应该简单地描述该系统是用来做什么用的。如果你不能用两三句话描述你的系统的作用，这是因为你还没有对它有足够的理解。
- 输入和输出：这两个条目比他们看上去要复杂。系统的输入/输出包含有很多细节，如：
  - 信号类型：属于模拟电信号、数字信号还是电平信号？
  - 数据特征：是定期接收数据还是用户临时输入？数据位数是多少？
  - 连接类型：接插件类型有哪些？是针还是孔？有多少结点？
- 功能：这是一项对系统运行和作用的更详细的描述。最好是根据输入/输出来进行分析：当系统收到输入信号时，它将做什么？用户界面怎样表现这些功能？不同功能之间的相互作用如何？
- 性能：很多嵌入式计算机系统需要花一定时间来控制物理装置或者对实际数据进行处理。在绝大多数情况下，计算处理必须在一定时间内完成。系统设计的一个基本要求就是早点确定性能指标，因为这需要在运行中进行精确测量来确认系统是否正常工作。
- 生产成本：这里主要是指硬件成本。甚至如果你不知道在系统软件上要承担多少开销，你也应该给出一个成本范围。成本很大程度上影响着系统的体系结构。
- 功率：你也许对系统消耗的最大功率有些粗略的了解，但是有一点不能忽视，那就是设备使用电池供电还是用墙上的插座电源供电。电池供电的设备在能耗上必须进行严格的设计。
- 尺寸和重量：你应该了解系统在尺寸方面的一些指标，这将给选择合适的结构提供帮助。一间办公桌上的设备在选择零部件时比领兜录音器具有更大的选择灵活性。

写完这些要求和指标以后，应该检查他们的内部一致性：你是否在输入或输出方面忘了分配某项功能？在所有你想要的系统工作模式方面你是否已考虑周全？你是否给电池供电的低成本设备定了不切实际的指标？

(2) 规范说明

规范说明要求很规范和精准——它就像用户和设计者之间的合同契约。同样的，规范说明必须谨慎书写以便准确地反映用户的需求并能在设计中被遵循考虑。

规范说明大概是初学设计者最不熟悉的一步，但是这对于设计者用最少努力实现一个工作系统是很重要的一环。对于那些在设计初期不明确系统需求、缺乏清晰思路的设计者，经常会作一些不太显而易见的错误假设，直至他们建立了工作系统。为了改进这些错误，唯一的解决办法就是将系统分解，抛弃一些部件，而后重新开始。这样不仅浪费了大量时间，而且最终成型的系统也往往是不美观的、杂乱的、充满缺陷的。避免上述情况发生的关键一环就是对系统进行详细的、严格的规范说明。

规范说明应该是容易理解的，足以使人们能正确地按它检查系统是否符合用户的所有要求和期望。规范说明的表述也应该足够清晰，使设计者知道他们要做的是什么。设计者经常遇到因规范说明含糊而带来的一些问题。如果规范说明对一些特殊情况没能就系统的工作行为作出明确说明，设计者将可能实现错误的功能。如果规范说明的总体描述是错误的或者是不完全的，按它设计出来的系统总体结构将很难达到系统实现要求。

（3）结构设计

一份规范说明并不涉及系统如何工作，只涉及系统做什么工作。描述系统如何执行功能是结构设计的目的。结构设计是对整个系统总体框架进行规划，它在随后的系统组成部件的设计中将起到作用。结构框架设计是结构设计工作的第一步。

结构框架一般采用图形来描述，该图形需要表示系统的组成部件以及部件间的连接关系。

在完成了原始结构框架设计之后，为了让运行细节更明晰，我们应该从系统框架图中提炼出两个图表，一个是有关硬件的，另一个是有关软件的。硬件图表描述系统硬件组成、设备关系和系统 I/O。软件图表描述系统功能是如何通过软件在硬件结构中的哪部分得以实现，以及什么时候操作更及时。

结构设计必须在功能方面和非功能方面都要符合要求。除了所有的功能都要得以实现以外，我们还要兼顾成本、运行速度、功率等一些非功能上的限制。画出系统框架图进而得到硬件和软件结构图是确保我们实现规范说明的好方法，我们在系统框架结构设计时可以首先注重某个部件的功能，然后在建立硬件和软件结构时考虑其非功能方面的限制。

我们如何才能得知我们的软件和硬件结构是否符合运行速度、成本等方面的限制呢？我们必须对结构框架图中的元件属性进行评估。准确的评估一方面来源于经验，包括设计类似系统的一般经验和特殊经验；另一方面有时通过建立模型来帮助我们进行准确的评估。在结构设计阶段，对所有非功能性限制的有效彻底的评估是很重要的，因为依据错误数据设计的后果会在设计最终阶段暴露出来，并表明实际上我们并没有达到规范指标要求。

（4）部件设计

结构框架能告诉我们需要哪些部件，而部件设计使得这些部件与整个结构框架和规范保持一致。部件一般包括硬件模块（如可编程阵列、主板等）和软件模块。

一些部件是制造好了的。比如 CPU，在很多情况下都是标准的部件，内存等也同样如此。我们也可以利用标准的软件模块，运用标准的软件模块实现某些功能可以节省设计时间。

一些部件是必须独立设计的。例如即使当你只是用到标准的元件来组合电路时，你也需要设计连接各元件的电路板。你可能还要做一些编程方面的工作。当嵌入式软件模型建立以后，你要用你的专业知识来确保系统的实时正常运转，并且没有超过内存使用的上限。

（5）系统集成

只有当各个部件完成后我们才能将它们整合到一起组成一个工作系统。当然，这个过程比将所有部件简单地连接起来要复杂得多。在系统整合过程中总会出现一些问题，制订一个合理的计划将帮助我们尽快找到问题的所在。在组建系统以及检验系统工作时,我们经常能发现一些缺陷。如果我们每次只调试一小部分模块,我们就容易发现并认知这些缺陷。只有尽早将这些小问题处理掉,我们才能找到仅在系统运行时才能出现的十分繁杂的错误。系统结构和部件的设计需要便于系统集成并方便单独检测相关的功能。

系统集成是一项困难的工作,因为中间经常出现一些问题。嵌入式系统的调试往往比桌面系统更受条件限制,通常很难通过观测找出错误的准确所在。弄清为什么系统不能正常工作以及找出解决办法本身就是一项挑战。在设计过程中谨慎地设计一些合适的插入式调试设备将会改善系统集成中的问题定位及其解决。

(6) 系统测试

集成测试必须同时检查功能错误以及性能瓶颈。嵌入式处理系统的事件并非总那么容易观察。也许不可能记录足够大的轨迹量来判断系统行为的细节;存储器件的行为也许是外界不可见的。很多现代的微处理器在执行期间提供挂钩来进行记录,这对功能调试是有用的,但对于必须全速运行的系统也许并不可行。采样常被用来进行近似的性能测量:可以对地址总线进行周期性采样以生成地址产生速率的柱状图;内核调度程序可以被用来产生激活的进程的跟踪记录来测定进程执行的频率;硬件引擎中的计数器可以被编程作为事件计数器并通过给系统添加少量测量代码来统计系统的某种性能。

系统测试一定要对系统满负荷情况进行全面的测试,因为很多问题只有在满负荷情况下才能暴露出来。

6.2.2　软硬件协同设计

在嵌入式系统设计流程中,特别是在系统结构设计中,为了设计性价比最优系统,需要考虑哪些功能和任务由硬件或软件来完成,考虑硬件和软件的协作关系,即进行硬件/软件的协同设计。

嵌入式系统设计可以被分为 4 种主要的任务:

- **功能划分**:把需要实现的功能划分成更小的、相互作用的模块。
- **模块分配**:把那些模块分配到微处理器或者是其他硬件单元中,由微处理器上运行的软件或者直接由硬件执行相应的功能。
- **调度安排**:调度安排好各功能的执行时间,这对于几个功能模块共享一个硬件单元的时候尤其重要。
- **逻辑映射**:把在指定在微处理器上运行的软件或者由指定硬件库实现的逻辑映射到一个特定元件集合的具体实现中。

对典型设计流程的研究表明,嵌入式系统的硬件和软件模块有着共同的抽象。关键的结构设计是由抽象的软件和硬件模块构成的:硬件的 CPU 和存储器及软件的进程。最初的硬件和软件的设计问题都是高度抽象的,初始硬件设计的任务是构建一个 CPU、存储器和外围设备的网络,初始软件设计的任务是把必要的功能划分成通信进程。图 6-2 是硬件/软件协同设计的抽象模型的流程图。

硬件和软件模块的设计在某些点上必须独立进行,正如两个硬件模块的设计必须分开进行一样。然而,如图 6-2 所示,硬件和软件都通过相似的抽象步骤来展开设计。硬件和软件都被抽象描述为进程,使得我们可以利用相同的建模技术同时设计硬件引擎和程序代码来满足系统性能方面的要求。正因为硬件和软件有相同的抽象,协同设计才可以平衡彼此结构设计的问题。

把设计任务分解成硬件和软件模块的并行设计凸显了对硬件结构和相应的软件结构早期选择的重要性。早期体系结构的选择指导着后期硬件和软件模块具体实现方案的选择。像任何复杂设计一样,设计者必须对关键问题早做决定,要在还没有完全实现方案时就看到实现中可能存在的问题。

硬件设计通过以下几个步骤进行:行为描述,其中可能包含对通信方式的描述,其中的操作只有部分得到及时调度;寄存器传输设计,它给出寄存器间的组合逻辑函数而不是逻辑设计的细节;逻辑设计,它

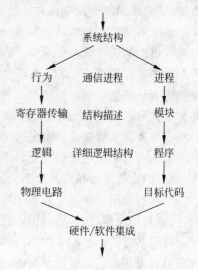

图 6-2 硬件/软件协同结构设计流程

给出输入输出信号间的逻辑关系;集成电路物理设计,现场可编程逻辑器件中的布局和走线,等等。软件设计的步骤分为:软件设计由一套通信进程开始;把功能分解为模块是软件设计中的一个中间步骤;然后用汇编语言和高级语言的某种组合进行编码;最后通过编译生成目标代码。软件和硬件模块必须集成之后再测试以确保系统最终满足其规范要求。

硬件和软件协同设计需要既表示进程又表示分布式处理器,如图 6-3 所示。软件模型的描述常采用代表软件进程的数据流图,它标明了资源和进程间数据的交汇。进程间控制流的表示也是很重要的,其一般形式是进程图。硬件模型的描述采用处理器图,它把CPU 作为结点,把通信连接作为边。

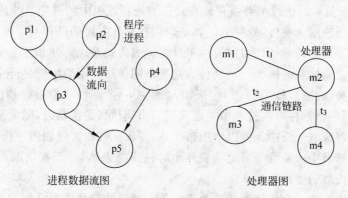

图 6-3 硬件和软件设计的图形模型

图 6-4 说明了一个进程图如何映射到一个处理器图中。这个图仅简单描述了 CPU 的进程分配,完整的设计过程需要把那些进程分配到它们的 CPU 上,分割进程集合以得到高效的进程调度和分配,并把这些进程映射到特定种类的 CPU 中。在传统的设计流

程中,进程和处理器网络是分别单独设计的。然而,为了获得性能最优、成本最低的解决方案,就必须同时设计进程和处理器系统。

由于系统功能被描述为一个通信进程系统,对进程模型的选择是一个基础。假如选择了一个不适合的进程模型,系统描述就变得十分困难甚至系统无法描述。进程模型最大的差别是它们的并行度。网络模型是一个高度并行的计算模型。网络模型和同步数据流模型是两种高度并行的计算模型。通信顺序进程模型把每个进程描述为顺序执行,但允许进程执行速度不同。

并行编程语言允许计算被表达为通信进程系统,为进程间通信提供原语,但不提供规定或保证满足时限的方法。进程采用的通信技术有信号灯和邮箱等方法。信号灯法是指由一个进程发出信

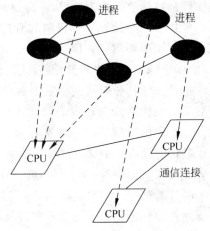

图 6-4　把程序进程映射到硬件处理器中

号,并迫使另外一个进程从指定的处理该信号的位置开始执行,信号是一种软件中断;邮箱是缓冲通信的一个变体,进程既可以向全局可见的邮箱发送消息又可以从邮箱接收消息,进程通过邮箱消息实现通信。

一个系统功能如果要在多个物理单元(芯片)或者异种单元(CPU 和 ASIC)上实现就必须分割。系统分割需要一些信息以计算系统的关键性能路径,当分析大的分割问题时,应该有一个快速估算性能的同步模型。硬件/软件分割方法经常采用在专用硬件上进行一些操作来满足系统性能目标。硬件单元通常是协处理器的形式,通过总线与 CPU 进行通信。一些情况下,大量的路由的确定完全由硬件实现以避免指令译码开销,但硬件/软件分割算法是以只有少量操作需要专门硬件为目标的。然而,协处理器中的计算操作必须足够多以减少与 CPU 来来往往地进行数据传输所需的时间开销。如果协处理器的计算太短,CPU 就可以通过把数值存放在自己的寄存器当中和避免总线协议开销以获得更快的操作执行速度。硬件/软件分割算法与用在软件方面的进程调度模型密切相关。

仿真是一种重要的软硬件协同设计工具。但嵌入式系统元件如此复杂以至于难以开发出综合分析它们性能的模型。协同仿真把有不同仿真模型的组件组合在一起。协同仿真经常涉及某种硬件/软件混合仿真,例如,系统中一个部件可能被模拟为在 CPU 上运行的指令,而另一个部件可能被模拟为逻辑门。协同仿真是很难的,因为系统的组件工作在抽象的不同等级——模拟元件以电压值工作,逻辑元件以二进制值工作,微处理器以指令工作。微处理器中一条指令可能花费几个时钟周期来执行,而在这期间模拟元件的状态也许发生了激烈的变化。

多模式仿真允许一个系统被描述为不同等级抽象的部件的混合物。目前有两种多模式协同仿真技术:一是仿真板仿真,它通过仿真板使不同种类的仿真器可以交互,只要它们的外部行为满足底板建模要求就行了;二是异类仿真器模型,它并不要求所有仿真事件都简化到同一级抽象上。层次仿真器在几个不同等级的层次上对一个设计进行模块化和仿真,但每个模块中所有元件应为同一等级的抽象,例如,结构化设计评估系统是一种

以信号处理应用为目标的早期的协同设计工具,它可以在三个等级的抽象上仿真一个系统:在算法等级上,以数据流为模式;在结构等级上,以进程调度为模式;在实现等级上,描述为一个寄存器转移系统。设计者可以在每个等级的抽象上对系统仿真,并在两个不同等级的抽象上比较系统性能以指导从一个等级到下一个等级抽象的性能的改进。

一旦实现了硬件和软件模块,就必须分别对它们测试、集成、再测试。不幸的是,硬件和软件部门对测试一词的使用大不相同:硬件设计者用它来指生产测试,或者说是指确保生产出来的每个元件都合格的测试;软件设计者用测试一词来指系统有效性确认,或者说是指保证设计满足规范的验证。两种形式的验证都是必要的:硬件部分和软件部分必须一起运行以确保系统满足规范。集成测试必须同时检查功能错误以及性能瓶颈。

6.2.3　折中设计

在嵌入式系统设计中,系统需求和规范既有功能性要求又有非功能性要求,这两种要求经常是矛盾的。用户经常希望用最小的体积、最低的功耗、最短的开发时间、最好的灵活性和可扩展性以及最低的价格得到性能最高的设备,这时设计者就面临技术方案选择的问题,即需要对系统方案进行折中设计,对功能性指标和非功能性指标进行取舍和折中设计。

嵌入式处理系统折中设计的主要方面包括:算法-性能折中,软件-硬件折中,软件的空间-时间折中以及硬件的空间-时间折中等。

算法是数据处理的方法,是将一组数据变换到另外一组数据的运算及其结构。算法本质上决定了数据处理结果的理论性能。完成同一目的的数据处理常常有多种算法,如估计信号的频率有相位差分法、短时 FFT 法、AR 模型法等,但各种算法能够达到的性能却是不同的,算法本身的复杂度也不相同。一般来说,算法复杂度高的,其算法性能就好,但算法复杂度高,意味着系统实现较难,需要系统有高的处理速度和大的存储容量。因此,设计者需要在算法空间与性能空间进行折中设计,根据系统需求和目前硬件水平选择合适的算法和性能指标。算法-性能折中实质上是算法复杂度与性能高低的折中。

算法复杂性,从嵌入式处理系统实现的角度看,它包括:

- 算法操作种类和数量,如条件判断、三角运算、乘法累加及各操作的次数等,它决定了使用指令的种类和运算速度。
- 算法处理的数据量,它决定了数据缓存容量的大小。
- 数据精度和动态范围,它决定是采用定点运算还是浮点运算以及处理器的数据位宽。
- 数据相关性,它决定了处理器是否需要等待其他数据的处理结果。
- 算法操作并行性,它是指算法是否能够有多个操作并行执行,即对同一数据不同操作并行或对不同数据同类操作并行。

从算法复杂度内容可以看出:一般情况下,算法越复杂,系统实现越困难,实时性越难满足,因此,系统设计应选择能够满足主要功能指标要求的易于实现的简单算法。但值得注意的是,算法操作并行的复杂性却不同,采用算法的操作并行性可以容易满足系统实时性的要求,因为并行结构可以提高处理速度或降低系统时钟频率。

系统算法功能既可以由硬件单元完成,也可以通过软件程序来实现。硬件实现是指系统算法功能由算术运算单元、逻辑处理单元、输入/输出处理单元等硬件电路实现,如采用专用集成 ASIC、可编程器件 FPGA、标准处理单元电路等实现。软件实现是指系统算法功能由 CPU 指令方式实现,如采用数字信号处理器 DSPs、微控制器 MCU、通用目的处理器 GPP 等处理器软件实现。

一般来说,硬件处理都是一种并行处理,即算术运算处理与逻辑处理、I/O 处理并行。运算处理可以有多个乘法器、加法器并行工作,因此硬件处理速度快,实时性好。但由于硬件实现方式是为某种处理和系统专门构建的电路,因此灵活性差,一旦系统功能和处理算法稍有变化,硬件平台就难适应,修改起来困难。另外,由于采用的是专用器件,器件生产批量少、成本高,因此系统成本高。

软件处理一般都是指令串行处理,即使采用多功能单元的处理器,也只能是很有限地并行处理,因此软件处理总体上都是串行处理,处理速度慢、实时性差,但由于处理器软件随时都可以很容易地修改,因此软件实现灵活性好,系统功能和算法容易修改。另外,由于通用处理器应用面广,器件生产批量大、成本低,因此系统成本低。嵌入式处理系统采用硬件和软件实现的比较如表 6-2 所示。

表 6-2　嵌入式处理系统的软件实现与硬件实现的比较

	处理速度	实时性	灵活性	扩展性	成本	开发时间
硬件	快	好	差	差	高	长
软件	慢	差	好	好	低	短

基于软硬件在系统实现上的上述差别,在系统设计时,系统功能采用哪种方式实现就需认真分析,应仔细考虑哪些功能和算法可由硬件实现,哪些功能和算法可由软件实现,系统结构如何与算法结构匹配。在系统结构设计中进行软件-硬件折中设计,首先划分并列出系统的功能和算法,比较每项功能和算法采用硬件或软件实现的优缺点,说明能够达到的性能指标;然后确定系统软硬件实现方式,即系统采用全硬件/处理器软件/硬件和软件结合三种方式中的哪种方式;最后分别进行软件或硬件的设计,或进行软件和硬件的协同设计。

在设计嵌入式实时处理系统的硬件和软件时,需要考虑硬件空间与处理时间的折中、软件空间与处理时间的折中等问题。

在硬件空间-时间折中设计中主要是硬件实现/软件实现、专用硬件/通用硬件、单处理器/多处理器选择问题。在上面已论述软硬件的实时性问题,这里重点分析采用编程处理器时的硬件空间-时间折中设计问题。当软件实时性不能满足系统要求时,有两种解决途径,一是选用更高性能的处理器,二是采用多个处理器。单一处理器结构简单,一般情况下是系统设计的首选方案,但是当系统是多传感器或多事件系统时,采用集中的单一高性能处理器结构并不一定能够发挥处理器的高性能,而采用分布式的多处理器结构更为有效,因为分布式的多处理器可以并行处理,并行响应外部设备的请求,减少接口缓存,但分布式结构一般物理体积大、功耗高。

实时软件设计最基本的任务就是在软件开发中合理地利用各种编程技巧,尽量减少运算所需的时间以满足实时处理的需求。但是软件程序的执行时间往往与程序代码密切相关,一般直接顺序执行、没有转移指令和条件判断指令的程序执行速度比有条件循环执行的代码速度快,但是不用循环指令的程序代码一般比较长。因此,需要在软件代码空间-执行速度(时间)进行折中设计。最典型的例子有子程序与宏、计算与/查表等的设计选择问题。

在信号处理中,经常需要对不同数据做同一算法运算,实现这种重复运算的一种简单方法是把算法运算设计成一个子程序,然后在主程序中多次调用子程序,这样可以大大缩短程序代码容量。但是由于子程序调用会用到转移指令,破坏程序流水线,使指令不能单周期执行,从而降低程序执行的效率和执行速度。例如算法执行需要 10 个指令周期,而子程序调用的转移和返回指令的周期和为 6 个时钟周期,则算法执行时间仅为程序运行时间的 62.5%(假设算法指令为单时钟周期指令),这种时间浪费是可惜的,解决子程序调用时间消耗的办法是采用宏,即在程序中需要调用子程序的地方把子程序重写一遍,这样每次执行程序时,就直接执行算法运算的有用代码,而不需要程序流转移,执行效率高,但程序代码量扩大。在程序代码量可接受的情况,采用宏代替子程序是一种有效提高处理速度的方法。

在软件完成复杂的计算时,可采用查表方式来实现。例如,求正弦运算时,如果用程序指令实现,可采用泰勒函数展开近似算法计算,运算次数与展开级数有关,这种计算方法一般运算量较大,速度较慢。如果采用查表的方式,只需建立一个以角度值为地址的正弦值表格,当程序求某角度的正弦值时,以该角度值作为地址去寻表格就能得到所需要计算的正弦值。可以看出,角度的量化精度和表的位宽决定了计算精度,同时角度的量化精度决定了表的大小和所需的存储空间。在实际系统中求正弦值是采用计算的方法还是采用查表的方法,需要考虑软件空间-时间的折中。

6.3　并行计算机的组织结构模型

并行处理已经成为现代计算机和嵌入式处理系统的关键技术,其推动力来自实际应用对高性能、低价格和持续生产力日益增长的要求。嵌入式系统的结构历来与计算机体系结构的发展有着密切的关系,同时,应用的特殊性也促生了一些特殊的规范。

根据内存空间组织结构不同,并行计算机可以分为两大类,即共享存储型多处理机和消息传递型多计算机,两者的主要差别在于存储器共享和处理机间通信机制的不同。多处理机系统中的处理机通过公共存储器的共享变量实现互相通信,多计算机系统的每个计算机结点有一个与其他结点不共享的本地存储器,处理机之间的通信通过结点间的消息传递来实现。

(1) 多处理机

共享存储型多处理机一般有三种模型:均匀存储器存取(uniform memory access,UMA)模型、非均匀存储器存取(nonuniform memory access,NUMA)模型、只用高速缓存的存储器结构(cache only memory architecture,COMA)模型,它们的区别在于存储器和周边资源的分布形式。

UMA 模型如图 6-5 所示,物理存储器被所有的处理机共享,而且所有处理机对所有存储字具有相同的存取时间。由于资源高度共享,也称 UMA 处理机为紧耦合系统(tightly coupled system)。外围设备也以一定的形式共享。当所有的处理机都能访问所有外围设备时,系统称为对称多处理机;系统中只有一台或一组处理机能操作 I/O 设备时,系统称为不对称多处理机。

NUMA 多处理机中,共享存储器的访问时间随存储字的位置不同而变化。图 6-6 是 NUMA 多处理机模型的一种例子,处理机访问本地的存储器较快,但是访问另一台处理机的远程存储器则较慢,因为通过互连网络会产生延迟。

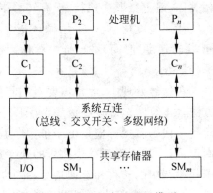

图 6-5　UMA 多处理机模型

COMA 模型是 NUMA 模型的一种特例,只是将后者中的分布主存储器换成了高速缓存,全部高速缓存存储器组成了全局地址空间,如图 6-7 所示。远程高速缓存访问需要借助分布高速缓存目录进行,分级目录往往可以用于帮助寻找高速缓存的副本,这与所用的互联网络有关。数据的初始位置并不重要,因为它最终总是会迁移到别的地方。

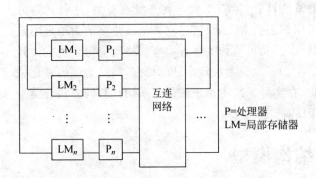

P=处理器
LM=局部存储器

图 6-6　共享本地存储器的 NUMA 多处理机模型

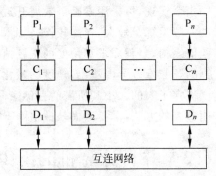

图 6-7　COMA 多处理机模型

(2) 多计算机

分布存储型多计算机系统如图 6-8 所示。系统由多个被称为结点的计算机通过消息传递网络互相连接而成,每个结点是一台由处理机、本地存储器和接有磁盘等外围 I/O 设备组成的自治的计算机。传统的多计算机中,消息传递网络提供结点之间点到点的静态连接,本地存储器只有本地处理机才能访问,因此也称为近地访问(NORMA)机。现代多计算机用硬件寻径器来传送消息,计算机结点与寻径器相连,边界上的寻径器与 I/O 和外围设备相连,任何两个结点之间的消息传递会涉及一连串的寻径器和通道。多计算机研究的重要课题包括消息寻径方式、网络的流控制策略、死锁避免、虚拟通道、消息传递原语和程序分解技术。

消息传递型多计算机已经历了三次发展换代,第一代和第二代称为中粒度系统,目前的第三代将处理机和通信工具两者集成在同一 VLSI 芯片实现,由于通信延迟大大降低(远程通信和本地通信的延迟一样),所以称为细粒度多计算机。

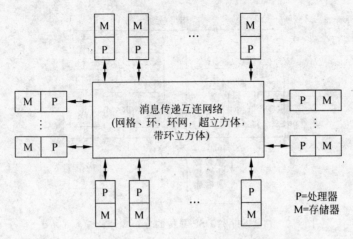

图 6-8　消息传递型多计算机的一般模型

（3）比较

国际上基于多处理机结构和多计算机结构都有很多 MPP 系统的实例。

多处理机系统易于解决可编程性问题，因此比较适合于通用的多用户场合。主要缺点是缺乏可扩展性，因为用集中的共享存储模型来构造大规模并行处理机是相当困难的，此外，远程存储器的访问延迟也是一个限制因素。分布存储型多计算机由于没有共享资源，在构造 MPP 系统时，可扩展性容易实现，但是由于通信协议的原因，其可编程性是一个问题，需要由智能编译器和高效的分布式操作系统来解决。

近年来，多处理机和多计算机之间的界限已经变得越来越模糊，它们的区别最终可能会消失。未来通用计算机系统结构的发展趋势是倾向于采用有全局共享虚拟地址空间的分布式存储器的 MIMD 构型，这一研究工作仍在进行中。

6.4　嵌入式处理系统互连技术

6.4.1　分布式嵌入系统

很多嵌入式处理系统是以分布式系统的形式实现的，通过处理器间通信（IPC）连接各 CPU，代码在几个处理器上以多个进程运行。例如：现代汽车微处理器遍及车体各个部分，它们相互通信以协调彼此的工作；今天的手机普遍含有至少一个通用微处理器和一个嵌入式 DSPs，有些甚至是由 6 个嵌入的 DSPs 构成的。图 6-9 说明了一个实现既要进行信号处理又要完成与用户交互的机器的理想的分布式系统。DSPs 用于执行信号处理功能，同时一个 8 位微控制器用于实现用户界面和接口。每个微处理器有一个板上外设接口，DSP 上有一个模数转换器，微控制器上有一个并口，它们都得到了应用。因为每个微处理器板上都有存储器且信号处理与交互界面任务之间只需要进行低速通信，所以用串口连接两个 CPU。

由于以下原因，分布式系统成为嵌入式计算系统最好的实现方式之一：

- 有严格时限要求的任务可以安排在不同的 CPU 上，以确保它们的硬时限都能够

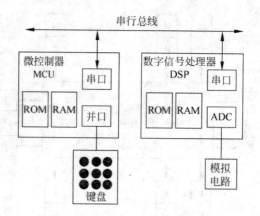

图 6-9　由 MCU 和 DSP 异构的分布式计算嵌入式系统

满足。在以上的例子中,如果都放到一个 CPU 上,对键盘的采样就会干扰 DSPs 的运行。

- 使用几个小 CPU 要比使用一个大 CPU 便宜。在很多情况下,可以购买几个 8 位的控制器来代替一个 32 位的处理器。即使把板子的实际成本加进来,把一个任务分给几个小 CPU 也要比用一个处理器完成所有的任务要便宜得多。
- 很多嵌入式计算系统需要与大量的设备进行接口。使用几个微控制器配合板上设备也许是实现所有设备接口最廉价的方法了。
- 如果系统还包含向开发商采购的子系统,则子系统也可能含有其自己的 CPU。子系统的 CPU 有一个通信接口,但通常不可能把别的系统的任务交给子系统的处理器来处理。

分布式嵌入式系统处理器之间的连接有多种方案,如全局总线、专用总线、串行接口等。处理器总线只是用于简单的系统。所有的处理器不仅共享存储器而且竞争总线以访问存储器和外设。协处理器(如浮点单元)通常有专线连到 CPU。很多嵌入式控制器与 CPU 采用串行接口方式连接,如 RS232 接口或者是专用连接线。

分布式嵌入式系统常常可以被看作是通信进程系统,尽管其基本代码并没有明确地定义进程。进程是时序机的实例,这里指硬件或软件的实现。软件进程可以用几种不同的方式实现:采用抢占式调度,例如共享时间的系统,谁先提出要求,谁先得到响应和服务;采用非抢占式调度,例如,一个进程自动地把控制信号传给下一个进程,在一台周期性的机器中周期性地执行固定顺序的操作,在一个中断驱动系统中按中断顺序执行任务等。适合于一项任务的软件结构一定程度上取决于所用的 CPU 间的配合,尤其是 CPU 在进程间转换的速度以及应用对处理性能的要求。

分布式嵌入系统各个运算单元之间总是通过某种结构实现互连,组成多处理机或多计算机系统。互连结构是并行处理系统的一个支撑技术,也是影响系统性能的一个关键因素。

尽管在处理器互连的网络拓扑结构方面的研究开展得很早,已经形成比较成熟的理论,但是互连技术本身,一直在不断创新。从 20 世纪 90 年代末开始,系统互连技术涌现出一大批新的技术和标准。本节重点介绍互连技术中的拓扑结构、总线技术、交叉开关网技术等。

6.4.2　互连拓扑结构简介

　　互连网络一般可以分为静态网络和动态网络。网络的性能包括数据传输的速率、时延、寻径、可扩展性等。

　　网络结构经常用网络图来表示,网络图是表示多个处理器的连接关系的拓扑结构图,由结点和边组成,图 6-10 是一个环形网的网络图。结点表示处理器或处理单元,边表示结点间的通信连接关系,分有向边和无向边,边的方向表示数据传输方向。网络图中的结点数,称为**网络规模**。与结点相连接的边(链路或通道)的数量,称为**结点度**。在单向通道的情况下,进入结点的边的数量称为入度,而从结点出来的边的数量称为出度。结点度反映了结点的 I/O 数,一般情况下,结点度越大表示结点通信越灵活、通信带宽越宽、系统越复杂、价格越高。网络直径是网络中任意两个结点间最短路径的最大边数。它反映了网络的通信时延,一般尽可能小比较好。

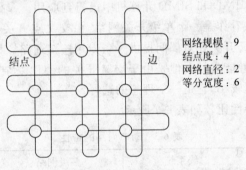

网络规模:9
结点度:4
网络直径:2
等分宽度:6

图 6-10　环形网络图

　　静态网络使用直接链路,由点到点直接相连而成,一旦构成就固定不变。静态网络在可扩展性和可重构性方面性能较差,这种网络适合于构造通信模式可预测或可用静态连接实现的处理系统。根据网络参数以及对网络通信和可扩展性的影响,静态网络在拓扑结构上分为:

- 线性阵列
- 环和带弦环
- 循环移数网络
- 树和星形
- 胖形树
- 网格形和环网形
- 搏动阵列
- 超立方体
- 带环立方体
- k-元 n-立方体网络

　　动态网络没有固定连接,而是沿着连接通路,使用开关和仲裁器进行动态连接。它能够依据程序要求实现所有的通信模式,从而达到多用或通用的目的。按照价格和性能增加的次序,动态连接网络一般可以分为总线系统、多级互连网络和交叉开关网络,它们常用于共享存储型多处理机中。

总线系统采用一组导线将多个功能模块挂接在一起，实现一种 big pipe 的数据传输方式。由于多个模块共享同一个传输资源，因此也被称为争用总线或时分总线。总线系统与其他两种动态连接网络相比，价格低。其主要缺点是总线的最大带宽固定不变，而且由所有的接入节点共享，因此对于使用少量节点的系统，公共总线总是能够提供满意的性能，但是随着系统中节点数量的增加，每个总线功能单元可用的带宽降低，仍然使用公共总线往往难以满足设计要求。

多级网络(MIN)的每一级使用多个 $a \times b$ 的开关，相邻各级开关之间有固定的级间连接。通过动态设置开关的状态，可以在输入和输出之间建立所需要的连接。根据所使用的开关模块和级间连接(ISC)模块的不同，多级网络具有很多种形式，例如 Ω 网络、基准网络等。多级网络是其他两种动态网络的一个折中。其主要优点是采用模块设计，因此可扩展性好。但是其时延随网络的级数 $\log n$ 上升，连线和开关的复杂度也是一个限制因素。多级网络在许多 MIMD 和 SIMD 计算机中已得到应用。

交叉开关网络可以看作是一个单级开关网络，由交叉点开关在对偶(源和目的)之间形成动态连接，每个交叉开关在对偶间提供一条专用连接通路。显然，交叉开关网络的带宽、互连特性以及寻径性能最好。但是由于交叉开关的硬件复杂性以 n^2 增长，因此造价最高。如果网络的规模较小，它是一个理想的选择。

三种动态网络的特性比较如表 6-3 所示。

表 6-3　动态网络的特性

	总线系统	多级网络	交叉开关
单位数据传输最小延迟	恒定	$O(\log_k n)$	恒定
每台处理机的带宽	$O(w/n)$ 到 $O(w)$	$O(w)$ 到 $O(nw)$	$O(w)$ 到 $O(nw)$
连线复杂度	$O(w)$	$O(nw\log_k n)$	$O(n^2 w)$
开关复杂性	$O(n)$	$O(n\log_k n)$	$O(n^2)$
连线特性和寻径能力	一次只能一对一	只要网络不阻塞，可实现某些置换和广播	全置换，一次一个
备注	假设总线宽度 w 位，总线上 n 台处理机	$n \times n$ MIN 采用 $k \times k$ 开关，线宽 w 位	$n \times n$ 的交叉开关，线宽 w 位

6.4.3　底板总线技术

底板总线是将各种处理器、数据存储器和各种外围设备以紧耦合的配置方式互连在一起，并在不影响设备内部动作条件下完成设备间数据交互的一套电路和协议。总线，物理上包括信号连线和接口电路，逻辑上包括定时(时序)协议和运行规则。总线信号线按功能又划分为数据传输总线、仲裁与控制总线、中断与同步总线以及公用总线。底板总线组成和连接如图 6-11 所示。

数据传输总线(DTB)由数据线、地址线和控制线构成。数据线位宽决定传输数据的最大位宽，地址线宽度决定访问空间的大小。有的底板总线的数据线和地址线复用，以减少信号线的数量。控制线控制读/写、使能设备等。

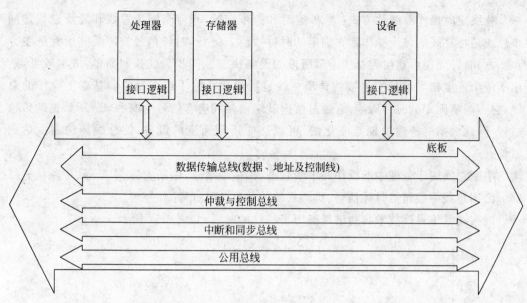

图 6-11　底板总线和设备连接关系

　　底板总线连接多个设备,设备如需进行数据传输,对其他设备进行读写,则需要提出总线使用请求。对一个请求者要求 DTB 的分配控制过程称为仲裁。仲裁总线是用于多个请求者之间协调仲裁的一些专用线。这里将请求者称为主方或主设备,将接收者称为从方或从设备。处理器设备在不同时间可以起总线主方作用或从方作用,而像存储器这样的被动设备只能用作从方。主方可以启动一个总线周期,而从方则响应来自主方的请求。每次只能有一个主方控制总线,但是,在同一时间里,可以有一个或多个从方响应主方的请求。

　　为了同步主方(源)和从方(目的)的操作,总线必须制订定时协议。定时协议规定了数据传输过程中每个操作的时间间隔和顺序关系,表 6-4 给出了数据在总线上从源到目的进行传输的典型定时时序。

表 6-4　总线上主方传输数据至从方的典型时序

时序步骤	主方操作	仲裁操作	从方操作
1	主方对总线请求		
2		分配总线	
3	加载地址/数据到总线上		
4			信号稳定后从方被选中
5	信号/数据传送		
6			获取稳定的数据
7			取数据后应答
8	知悉数据被取后,撤销数据并释放总线		
9			已知数据撤销
10			信号传送完成并释放总线
11		总线释放	

　　总线定时操作有两种方式：同步定时和异步定时，相应有同步总线和异步总线。同步总线是指总线的每步操作都在固定的时钟边沿上进行，时钟信号被广播到所有的主方和从方，时钟周期由连接到总线上最缓慢的设备决定。同步总线控制简单，成本较低，适用于两个速度相当设备的连接。异步总线是指建立在握手或互锁机制基础上操作的总线，它不需要固定的时钟周期，它通过数据就绪信号和应答信号的握手来表示数据的传输过程，因此数据的传输周期是变化的，可以适应不同速度的设备，使总线传输速度达到最佳。

　　中断总线用于处理中断操作和中断状态，如中断请求、中断应答、中断号、中断优先级等。公用总线一般包括时钟信号、协调系统的加电/断电时序信号等。

　　嵌入式系统总线技术目前已经经历了三代的发展，如图 6-12 所示。

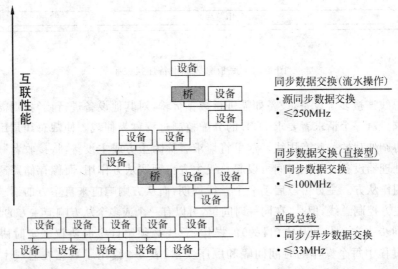

图 6-12　总线技术的发展过程

　　第一代是单段（single segment）总线，所有设备挂接在同一段总线上，共享整个的带宽，数据交换采用异步或同步方式，时钟速度一般小于 33MHz，典型代表是 VME 总线。第二代称为层次化的分段总线，通过桥接芯片，单一总线被分为多段（segment），不仅扩展了总线的负载能力，而且由于不同段内的数据传输可以并行，因此也提高了系统总的传输带宽。第二代总线的数据交换采用同步方式，时钟频率提高到 100MHz 左右，典型代表是 PCI 总线。第三代总线在分段同步总线的基础上，引入流水操作和源同步（source synchronous）技术，减少了负载，进一步提高了交换带宽，总线时钟频率可达 250MHz，代表是 PCI-X 总线。

　　在嵌入系统中应用最广泛的是 ISA、PCI/PCI-X、CPCI 和 VME 标准总线，表 6-5 对比了它们的性能特点。

表 6-5 嵌入系统主流标准总线的比较

	ISA	PCI	PCI-X	CPCI	VME
发布时间	1981	1992	1999	1995	1981
同步/异步	异步	同步	同步	同步	异步,同步
时钟/MHz	4.77～8	33/66	66/100/133/266/533	33/66	10/16/20
数据宽度	8/16	32/64	16/32/64	32/64	32/64
峰值传输率	5～8 MB/s	132/264/528 MB/s	1/2/4 GB/s	132/264/528 MB/s	40/80/160/320 MB/s
信号电平逻辑	TTL	CMOS	1.5V 信号	CMOS	TTL/ETL
基本插槽(负载数量)		≤5(33MHz) ≤2(66MHz)	≤4(66MHz) ≤2(100MHz) 1(>100MHz)	≤8(33MHz) ≤5(66MHz)	≤21
地址空间	1MB 或 16MB	4GB	4GB	4GB	4GB
寻址方式	板卡定位技术(BLT)	槽位敏感	槽位敏感	槽位敏感或空间映射	空间映射
系统主机	1	1(master)	1(master)	1(master)	多个
中断处理系统	集中式	集中式	集中式	集中式	分布式
热插拔	不支持	不支持	不支持	支持	支持
恶劣环境加固	没有	没有	没有	有	有

Compact PCI 是结合 PCI 总线和欧洲卡结构标准的一种工业总线,目前使用最为普遍,图 6-13 是 CPCI 总线应用的一个例子,它通过 PCI 总线和桥把主处理器、控制处理器、信号处理器、通信处理器等连接在一起。

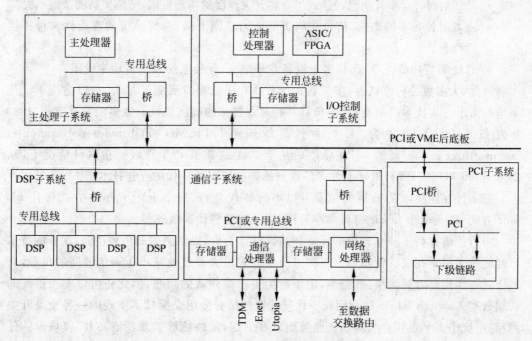

图 6-13 PCI 总线连接设备关系图

6.4.4　点对点和交叉开关网技术

近 30 年来,微处理器技术的发展一直在延续摩尔定律,但是总线技术的发展则明显滞后,图 6-14 是处理器速度、网络带宽、PCI 总线技术发展状况的一个对比,局部总线 I/O 带宽对高性能系统的制约已越来越明显。

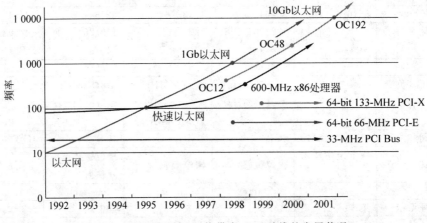

图 6-14　处理器速度、网络带宽、PCI 总线的发展状况

Pentium Ⅳ 处理器局部总线带宽为 25Gb/s,下一代 Pentium 要求达到 60Gb/s,而整个系统还要求实现多个处理器的并发数据交换,这些对现有的总线技术提出了新的挑战。但是多负载并行总线技术进一步发展的空间已经很有限,主要面临以下障碍:

- 总线的时钟频率几乎已经接近半导体开关速度的物理极限,继续提高的余地不大。
- 随着时钟频率的提高,信号线的负载能力急剧下降,总线系统的连通性和可扩展性降低。
- 总线需要仲裁处理,而且多个设备共享带宽,导致系统总的传输率受限。

因此,大多数分析家认为,多负载并行总线几乎已经发展到了尽头,难以适应下一代系统的需求。从技术的角度看,多负载并行总线技术的确已经没有太多的发展空间,1999 年发布的 PCI-X 被称为“最后一代总线规范”,PICMG（PCI industrial computer manufacturer group)新的 v3. x 规范中甚至彻底抛弃了 PCI 总线。在这种情况下,从 20 世纪 90 年代末开始,国际上许多厂商开始转向研制新一代的互连技术。

新一代互连技术的发展特点是:以串行替代并行,以 point-to-point 方式替代 big pipe 方式,以 switch fabric 替代共享总线,以光连接替代铜线连接。

串行传输有利于减小背板的尺寸和系统设计造价,提供更多的传输链路,现有的技术已经能够实现千兆级的传输率。点到点通信方式最大程度地减小了通信链路的负载,有利于进一步提高时钟频率/数据率,由于避免了总线仲裁的问题,因此还可以实现很高的传输效率。switch fabric 是利用新一代开关器件结合分组交换技术实现的一种交叉开关网络,系统中多个点到点的通信链路被组织在一起,最终能够实现所有芯片/模块间的任意互连和并发传输,其结构如图 6-15 所示。

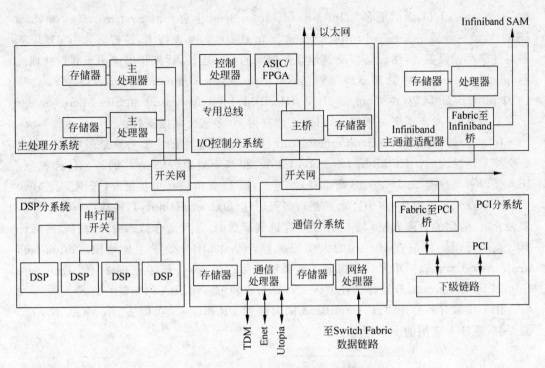

图 6-15 基于 switch fabric 的嵌入系统结构

可以看到,在高性能的嵌入系统中,switch fabric 可以贯穿系统互连的各个层次,包括芯片级、板卡级、模块级、设备级,系统中将真正实现多组并发的数据交换,并突破旧的"共享带宽"瓶颈,增加交换芯片,就可以增加系统的总带宽。以往系统的可扩展性主要靠增加总线和插板实现,对于 switch fabric,可扩展性将靠增加交换芯片实现。通过桥接芯片,switch fabric 还可以与目前各种结构的功能单元连接,解决了系统兼容问题。

6.4.5 新一代互连规范和技术

国际上为高性能系统已经提出了许多新的互连技术,下面对主要的一些规范进行介绍。

(1) Packet Switched Ethernet

Packet Switched Ethernet 的历史可以追溯到 1990 年。这是将当时成熟的网络技术引入嵌入系统内部的一种解决方案,称为 embedded system area networks(ESAN)。由于以太网技术本身应用广泛,而且得到了充分的理解,因此 Packet Switched Ethernet 在发展上具有很强的优势,尤其是可以充分利用广泛存在的以太网/IP 资源。

Switched Ethernet 支持热插拔,在性能方面,对于非实时的处理器-处理器互连,10/100Mb/s 的传输能力可以提供良好的互连性能,但是在 1Gb/s 速度上,Packet Switched Ethernet 在功耗以及处理器开销上还存在问题。

Packet Switched Ethernet 已经被 PICMG 采纳,形成 PICMG2.16 和 PICMG3.2 规范。

(2) InfiniBand

1999 年,FutureIO 和 NGIO 两个阵营结束竞争,合作提出了下一代开放 I/O 标准——System I/O，随后更名为 InfiniBand。InfiniBand 主要针对 System Area Network（SAN），是一种适用于 board-to-board、chasis-to-chasis 的互连技术，最初是为了实现服务器与外部存储设备、网络设备以及其他服务器间的统一连接，后来扩展应用于并行处理机群（parallel clusters）中处理器间的通信（inter-processor communication，IPC）。2000 年 10 月 InfiniBand 联盟（由 Compaq、Dell、HP、IBM、Intel、Microsoft 和 Sun Microsystems 七家公司监管）发布了第一版规范，目前已经获得 70 多家公司的支持。

InfiniBand 架构（InfiniBand architecture，IBA）在技术上的主要特点是采用了点到点的交换互连结构（switch-interconnection fabric）和基于通道（channel）的消息传递机制。IBA 强调了高性能（2.5～30GB 高带宽，低延迟，CPU 低负载）、可扩展性（子网支持 1000 个以上节点）、高可靠性（多个冗余通路）、高可用性（high availability），灵活性（拓扑不限，多种介质，通信的管理方便），更方便更快速地共享数据，尤其适合数据中心、机群、网络计算等应用环境。目前在下一代的大型服务器产品中，IBA 处于主导地位。InfiniBand Trade Association 最初并没有考虑嵌入式系统应用领域，2002 年年底新成立了 Embedded InfiniBand Subgroup，开始评估在嵌入式计算系统领域应用 IBA 的前景与方式。

IBA 技术对外公开协议，InfiniBand 同时还被 PICMG 采纳，构成 PICMG3.1 规范。图 6-16 是 IBA 应用的一个例子。

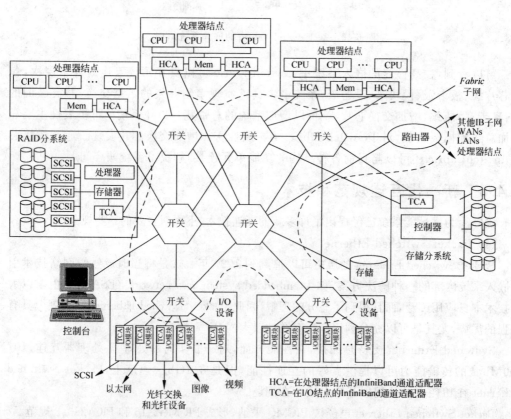

图 6-16　IBA 局域网络系统结构

IBA 物理层有如下特点：

- 2.5Gb/s 信号，8B/10B 编码。
- 支持 PCB、Copper/Optical 电缆连接，铜线连接最大距离为 17m，光纤连接距离为 100m～10km。
- 链路宽度×1、×4、×12，带宽分别为 2.5Gb/s、10Gb/s、30Gb/s。
- 自动识别链路宽度和信号速率。
- 支持热插拔。

（3）StarFabric

StarFabric 是 Stargen Inc. 提出的一种交换互连技术，针对板到板（board-to-board）和机箱到机箱（chassis-to-chassis）互连。StarFabric 的最大特点是对 PCI 的兼容性非常高，在 boot、操作、驱动程序上可以完全透明，而且已经有较成熟的芯片，可开发程度高。

StarFabric 已被 PICMG 新的规范采纳（PICMG2.17 和 PICMG 3.3），常被看作是 Infiniband 在低端的一个竞争者，其基本特征如下：

- 可扩展性：支持 1000 个以上节点/插槽，具备 Tb/s 量级的开关交换能力，500MB/slot，11GB/chasiss，支持 room scale 系统，配置灵活。
- 高可用性（high available）：自动硬件失败保护，具有冗余能力，支持热插拔。
- 高服务质量（High quality of service）：同时处理分组数据、语音和控制，多等级服务，保证实时传输所需要的带宽。
- 兼容性：与 PCI、H.110、UTOPIA 100％兼容，可以重用原来的软件、机箱和板卡。
- 开放性：通过 StarFabric Trade Association 对会员免费开放。

下面是 StarFabric 物理层的特点：

- 串行接口，622Mb/s LVDS 信号，通过 8B/10B 编码内嵌时钟。
- 四组双向差分信号组成一个 link 链路，2.5Gb/s 双向传输带宽。
- 支持热插拔，支持点到点连接，可实现板间甚至机架间的 chip-to-chip 互连。
- PCB 背板连接，铜线传输距离在 10m 以上。
- 支持电缆方式，利用 5 号电缆（Category 5 Cable）可实现距离为 5m 的传输。

（4）RapidIO

2000 年，Motorola 与 Mercury System 合作提出了 RapidIO 技术。RapidIO 主要瞄准通信、网络和嵌入式系统应用，解决 chip-to-chip 和 board-to-board 的高性能互连。RapidIO 架构还考虑了与目前流行的多种通信处理器、host 处理器、网络处理器以及 DSPs 的兼容，因此也有分析认为将来很有可能成为微处理器（尤其是 DSPs）的一个互连标准。目前已经有 40 多家国际主要厂商加入 RapidIO Trade Association，包括 IBM、Alcatel、Cisco Systems、EMC Corp.、Ericsson、Lucent Technologies 和 Nortel Networks 等通信设备/嵌入系统厂商，以及 ADI、TI、Tundra、Altera 和 Xilinx 等芯片厂商。

RapidIO 的主要特点包括：

- 分组交换（packet-switched）技术，分层协议，针对设备内部（inside-the-box）处理器、存储器、I/O 之间的点到点互连优化。
- 传输带宽高，最高可达 64Gb/s。

- 数据包效率高(256B 操作效率超过 90%),传输延迟低(低于 PCI 和 PCI-X 系统)。
- 软件兼容性好,对现有操作系统和应用软件透明,支持将整个系统直接映射。
- 错误管理能力强,硬件支持数据校验和自动纠错。
- 占用管脚数目少,成本低,接口方便,利于单片 ASIC 或者 FPGA 实现。
- 支持多种拓扑结构,例如 star、linked star、mesh 等。
- 采用成熟的工艺和技术,包括 0.25/0.18μm CMOS 工艺和 LVDS 驱动技术。
- 硬件支持对称多处理计算,提供分布共享扩展选项。
- 整个规范公开,并希望以此成为通用 RISC、DSPs、通信处理器、网络处理器、存储器控制器、外设、桥接芯片中的通用互连结构。

RapidIO 的物理层包括 8/16 LP-LVDS 和 1/4 LP-LVDS 串行两种规范,它们各自的特点如下:

- 8/16 LP-LVDS 采用 8/16 位并行接口
  - EIA-644 LVDS 信号接口;
  - 每对差分线支持 250Mb/s、500Mb/s、1000Mb/s、2000Mb/s 数据率,采用源同步时钟(source synchronous clocking),双沿工作,其传输带宽见表 6-6;
  - 可工作于多时钟源的环境。
- 1/4 LP-LVDS 采用 1/4 位串行接口
  - 电流模式,差分电气接口(吸收了 Fiberchannel、802.3XAUI 和 InfiniBand 电气规范);
  - 具有两种信号摆率,即短距离低摆率和远距离高摆率;
  - 全双工通信;
  - 通过 8b/10b 编码内嵌时钟(embedded clock);
  - 与 8/16 LP-LVDS 具有相同的上层规范。

表 6-6　并行 RapidIO 的传输带宽

配置	8 位模式			16 位模式		
	峰值	连续 32B 操作	连续 256B 操作	峰值	连续 32B 操作	连续 256B 操作
125MHz	4Gb/s	2Gb/s	3.7Gb/s	8Gb/s	4Gb/s	7.5Gb/s
250MHz	8Gb/s	4Gb/s	7.5Gb/s	16Gb/s	8Gb/s	15Gb/s
500MHz	16Gb/s	8Gb/s	15Gb/s	32Gb/s	16Gb/s	30Gb/s
1GHz	32Gb/s	16Gb/s	30Gb/s	64Gb/s	32Gb/s	60Gb/s

(5) PCI Express

PCI Express 的前身是 3GIO,由 Intel 和 PCI SIG 提出,2001 年在 Intel Developer Forum 上正式公布并更名为 PCI Express,是 PCI 总线的后继技术。

PCI Express 的技术特征包括:

- 点到点串行连接,分组交换,分层协议。
- 对 PCI 系统向后兼容。
- LVDS 信号,2.5Gb/s(将来的目标 10Gb/s)。

- 支持×1,×2,×4,×8,×12,×16,×32 接口。
- 8b/10b 编码,内嵌时钟。

PCI Express 与 StarFabric 非常类似(实际上,Stargen Inc. 参与了 PCI Express 规范的制订),但是目前仍然是被外界了解最少的一个技术规范,而且在很多方面还比较混乱,包括名字(很容易和 PCI-X 混淆)、技术的应用定位等。

(6) 其他

还有其他一些较有影响的互连技术,包括:

- 应用于 networks processor 的 CSIX(common switch interface)。
- 应用于高性能计算的 Myrinet。
- PLX Technologies 提出的 GigaBridge(Switch-PCI)。
- Vitesse Semi 提出的 GigaStream。
- Inova 提出的 GigaStar。
- IEEE 的 IEEE 1394(Firewire)和 FibreChannel。
- Intel 的 USB 2. x。
- ON Semiconductor 的 GigaCommm。
- Mindspeed 的 Mindspeed。

这些技术在特定的系统中都得到了应用,也表现出一定的优势,但是能否推广到更多的嵌入系统中,情况还不明朗。

新一代互连技术已经将系统由"总线广播式(bus and board)"推向"端对端单片式(fabric and blade)"结构。在新一代互连技术方面,串行传输、switch fabric 已经是大势所趋。这方面已经提出了大量新方案和新技术,图 6-17 是当前各种互连技术应用方向的一个比较。

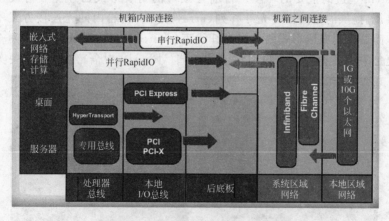

图 6-17 各种互连技术的应用范围网络

在物理层接口技术方面,出现了多种电平定义,信号连接有单端和差分方式。图 6-18 表示了多种互连协议的物理接口电平和方式。随着互连通信数据率的提高,物理接口越来越采用低功率、低摆率的低电压电平和抗干扰能力强的差分信号形式。

在物理层互连技术方面,各级间采用光互连成为发展趋势。光连接技术的历史并不

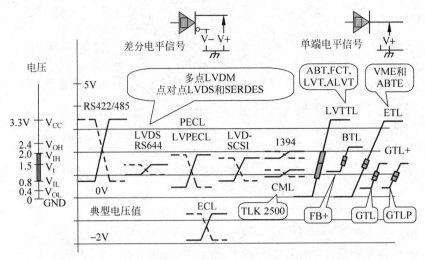

图 6-18　各种互连的接口电平

短,目前在电信骨干网、远距离设备通信等应用中已经发挥了重要的作用。由于光通信的很多独特优点,因此在下一代高性能计算系统的研究中,"舍弃铜连接,直接采用光互连"是一个重要的研究方向。

新一代光互连已经不再满足于简单地作为点到点串行连接的手段,光互连正由系统间(inter-system)互连应用向系统内(intra-system)互连延伸,主要有三个发展方向:继续提高传输速度、提高接口密度、实现全光交换。

(1) 全光连接背板

全光连接背板集中体现了光互连接口技术的最新成果,也是光互连由 inter-system 向 intra-system 迈进的重要的一步。目前光接口的封装形式已经能够仿效微型铜线接口,而且接口上提供的是高密度光纤阵列(array)连接,机箱内的光连接方式不再是单个 fiber cable,而是采用布线形式的多层光纤线束(routed multi-fiber harness),全光背板的加工工艺更是采用了类似铜线 PCB 的光蚀工艺。图 6-19 为全光背板的有关实物照片。

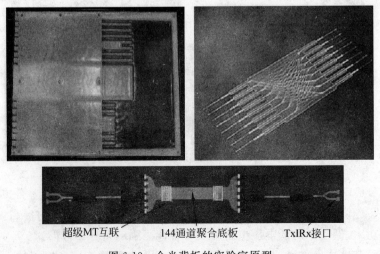

超级MT互联　　　144通道聚合底板　　　TxlRx接口

图 6-19　全光背板的实验室原型

（2）全光交换

全光交换是脱离光-电-光转换过程的交换技术。省略 OEO（optical-electronic-optical）转换器件不仅意味着网络造价的大大降低，更重要的是，系统的交换时间为纳秒量级。

全光交换的基本原理是利用微小镜片改变入射光线的方向，使之指向要求的输出端口。一般采用若干微小镜片排列成网格，组成 2-D MEMS（microelectro-mechanical-systems），每一个镜片负责若干入射端口和输出端口的组合，整个阵列可以编程控制镜片的操作。图 6-20 为 Bell-Lab 的 Lamda router 的显微照片。正在研制的下一代 3-D MEMS 系统，可以提供 256～1000 个交换接口。

图 6-20　Bell-Lab 的 Lamda router 的显微照片

6.5　多 DSP 处理器系统

许多现代嵌入式处理系统是多处理器系统，含有 CPU、FPGA 和 ASIC 等多类型处理器，并采用实时操作系统，具有复杂的硬件和软件结构。嵌入式处理平台是典型的异构多处理器平台，而不是高性能处理的规则同构结构。价格因素常常决定了处理器、存储器、互连结构的选择。

典型的多 DSP 处理器系统按数据流和功能划分可分为串行多 DSP 处理器结构和并行多 DSP 处理器结构。按处理器节点之间的通信方式可分为两种方案：一种方案是采用专门的点对点通信方式；另一种方案是通过在一个并行总线中共享单一的全局存储器来实现处理器间通信。

6.5.1　按功能划分的串行多 DSP 处理器系统

实时多 DSPs 处理系统是指采用多片 DSPs 在规定时间内实时地完成预定的信号处理任务和功能。根据"时间"和"功能"两个因素进行系统设计，可采用"功能分割法"或"时间组合法"把多 DSPs 处理系统设计成串行结构或并行结构。

系统处理功能常常可以划分成若干子处理功能，并且这些子处理功能为一种串行级联关系，被处理数据可以首先经过子功能 1 的处理后，再完成子功能 2 的处理，依次类推。采用功能分割法设计多 DSPs 系统就是把一个完整的处理功能分割成几个子处理功能，各子处理功能由不同的 DSPs 芯片在一个相参处理周期内完成,各 DSPs 芯片构成串行结构,如图 6-21 所示。

图 6-21　串行处理结构

在串行处理结构中,每个处理器只完成所有处理功能的部分子处理功能,被处理的数据按顺序经过所有的处理器并完成不同阶段的子处理,多个处理器实际上是并行运行的,因此串行多处理器结构是一种流水处理结构和多指令流单数据流结构。

串行多 DSPs 处理系统设计需要考虑以下问题:

- 子功能的划分。
- 子处理器间的通信。
- 处理器级数。
- 处理流水线工作状态切换。

实时处理必须满足数据率的要求,即信号处理的速度必须大于等于输入信号更新的速度。这里定义需要一起相关处理的一帧数据流周期为相参处理周期。容易看出,串行各 DSPs 芯片的最大处理时间是相参处理周期,各级 DSPs 芯片完成子功能的处理时间不能超过相参处理周期,因此串行 DSPs 处理系统功能划分粒度要合理,每个子功能的处理时间不能超过相参处理周期,并且粒度最好均匀,这样以便发挥每一级处理器的效率。串行系统子处理器间的通信是一个重要问题,包括通信接口和通信数率,子功能的划分应尽量在通过前级处理并降数据率的地方划分。子处理器的级数决定了整个处理时延,而实时处理要求从信号输入到处理后的信号输出的延迟必须足够小,因此子处理器的级数不能太多,一般越少越好,子处理器级数越少也越有利于流水线的控制。另外,要注意串行流水处理的子处理器填充和排空问题,这在处理器工作状态发生变化时最容易引起子处理时间的瓶颈问题,即当相参处理时间长的工作状态向相参处理时间短的工作状态切换时,子处理器面临用短的相参处理时间去处理长的相参处理数据的情况,从而引起处理时间瓶颈。解决该问题的方法有两种,一是在工作状态切换时插入空处理周期,等待流水线排空,二是让子功能的划分保证能够在短的相参处理周期内完成长的相参处理数据的子功能处理。

串行处理结构,由于涉及算法功能的划分,子处理器结构与子功能密切相关,子处理器间通信接口要求不一,因此它的扩展性不好,灵活性差。

图 6-22 是串行处理系统的一个例子,它完成单脉冲雷达动目标检测 MTD、波形分析距离误差提取、卡尔曼滤波、角误差归一化等处理,根据单脉冲动目标跟踪雷达以上信号处理的特点,设计了三级串行多 DSP 处理器结构,三级子处理器分别为 FFT、定点 DSPs 和浮点 DSPs。雷达相参处理周期内的回波信号按帧节拍依次经过每一级处理,并且在每一帧处理周期内有三帧回波信号处在不同级上同时处理,其流水处理过程如图 6-23 所示。相参处理周期为 MTD 阶数(FFT 点数)倍雷达重复周期。

FFT 处理器主要完成 MTD 功能,它与前后的接口采用乒乓存储器接口,实现全速运行。定点 DSPs 主要完成滤波、选大、恒虚警检测等运算量大、精度要求低的处理,浮点

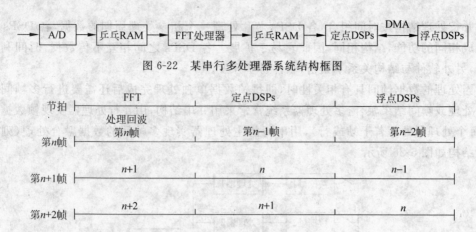

图 6-22　某串行多处理器系统结构框图

图 6-23　三级串行流水处理器流水处理的过程图

DSPs 主要完成波形分析、卡尔曼滤波、角误差归一化等精度要求高的处理。由于浮点 DSPs 只需要跟踪波门内的回波信息,数据量小,因此浮点 DSPs 与定点 DSPs 的通信采用主从结构,并且通过 DMA 方式进行数据传输,以简化系统设计。例如,TI 公司的定点处理器 TMS320C50 内部 SRAM 支持 DMA 访问,它与浮点处理器 TMS320C30 结合,可以很好地组合成主从 DSP 处理器系统。

6.5.2　按数据划分的并行多 DSP 处理器系统

按数据划分来组成多处理器系统,是指把待处理数据按其相关性划分成若干段,每一段数据分配给一个处理器去处理,每个处理器在 N 倍相参周期内完成对该段数据的全部处理功能,这些处理器组成一个并行结构,如图 6-24 所示,N 为并行处理器数,n 为自然数。

并行处理器结构按处理时间来理解,是一种时间组合法设计,就是把 N 个相参处理周期组合成一个大的处理周期,每一个处理器在大的处理周期内完成一个相参处理周期的数据的全部处理功能,每个处理器的处理时间和数据段如图 6-25 所示。

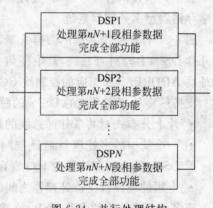

图 6-24　并行处理结构

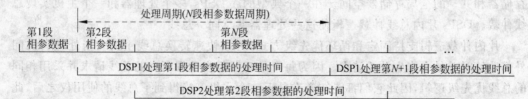

图 6-25　并行处理系统处理时间和处理数据关系图

　　并行处理结构按时间组合,各 DSPs 芯片处理一个相参处理周期的数据,各 DSPs 芯片完成相同的功能,结构相同,因此它易于扩展。各 DSPs 之间相互不传数据,时间利用率高,另外软件与结构关系不紧密,软件易于开发。

　　当处理的数据帧间具有相关性时,即每帧数据单独处理完成后还需要进行多帧间的数据处理或帧间结果融合,多处理器系统常常采用并串结构,用并行处理器实现帧数据处理(每个处理器处理若干帧或行),用串行的主处理器实现多帧间的数据融合处理(列处理),结构如图 6-26 所示。

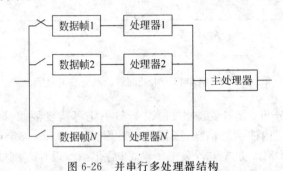

图 6-26　并串行多处理器结构

6.5.3　数据共享紧耦合簇多 DSP 处理器系统

　　数据共享紧耦合簇多 DSP 处理器系统是指多个 DSPs 通过处理器外部总线互连的共享存储器型多处理器系统。

　　图 6-27 显示一个基本的数据共享紧耦合多 DSP 处理器系统。在一个多处理器系统中几片 DSPs 共享外部总线,其中任何一个处理器都能成为驱动总线的主机。主机驱动地址线 ADDRESS 和相应的控制线 CONTROL。

　　支持簇多处理器系统的 DSPs 的总线接口一般包括以下功能:

* 片上分布式对共享外部总线的仲裁逻辑。
* 一个统一的多处理器地址空间,这个空间使得所有的 DSPs 能够直接访问每个 DSPs 的内部存储器和 I/O 寄存器。
* 专用的硬件以支持处理器之间的通信。

　　簇多处理系统中的多片 DSPs 连接到并行总线,支持处理器间互相访问各自的片内存储器和共享的全局存储器空间。在一个典型的簇 DSPs,多个处理器和一个主机实现总线仲裁。DSPs 片内总线仲裁逻辑使这些处理器共享同一总线。

　　片内仲裁逻辑支持固定和循环优先级方式,可以快速转换总线主机。当处理器访问外部地址时总是会产生总线请求。因为每个处理器都在监视所有的总线请求并采用相同的总线优先级逻辑,因此它们都能知道谁是下一个主机。当得到了总线的使用权之后,此 DSPs 就可以访问外部存储器、片内存储器和该系统中所有从 DSPs 的 I/O 寄存器。该 DSPs 可以直接传送数据给另外一个 DSPs 或者建立一个 DMA 通道来传输数据。为了标识统一存储器映射的簇系统中每个 DSPs 的地址空间,每个 DSPs 都被映射在一个共同的存储器空间中。同样,每一个 DSPs 都有一个唯一的 ID。DSPs 的 I/O 处理器寄存器、

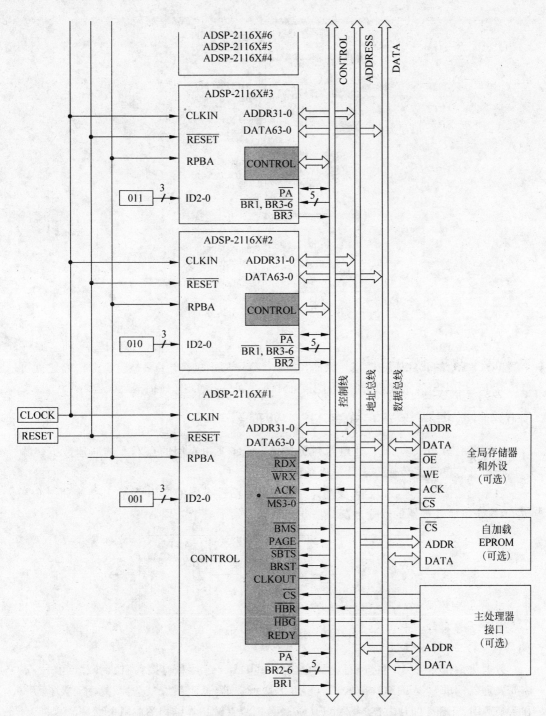

图 6-27 一种数据共享紧耦合簇多 DSP 处理器系统

片内存储器、外部存储器都是该统一地址空间的一部分,图 6-28 是 TigerSHARC 储存空间的分配示意图。另外,DSPs 的广播写特性可以简化 DSPs 间多处理器通信,广播写操作就是一个 DSPs 同时写多个处理器。

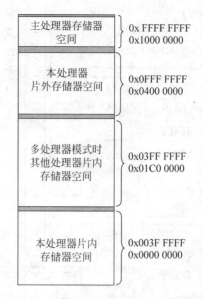

图 6-28　DSPs 储存空间的分配示意图

这种簇配置使得所有的 DSPs 有很快的节点到节点之间的数据传输速率,而且是一个简单的、高效的软件通信模型。比如,在两个 DSPs 间的一个 DMA 传输操作的建立可以由其中一个 DSPs 完成,直到传输结束才中断另外一个 DSP 处理器。

6.5.4　数据链接分布式多 DSP 处理器系统

数据链接分布式多 DSP 处理器系统是指 DSPs 采用专用的点对点的高速数据传输接口进行互连的消息传递型多计算机系统。

数据流链接多处理器适合需要高计算带宽但灵活性有限的应用场合,其结构如图 6-29 所示,程序按照处理器的顺序分割算法并把数据传给下一个处理器。

图 6-29　数据链接多处理器结构

数据流链接多 DSPs 系统所需要的只是一些 DSPs 芯片和连接它们的点对点信号,不需要处理器间的数据 FIFO 或外部存储器。这种结构降低了系统复杂性、减少了板子面积和系统费用。DSPs 的片内存储器对于大多数数据流系统拓扑结构的应用来说是足够的。

DSPs 常用的数据链接端口形式有同步串口、RapidIO、Link 口等。RapidIO 是目前最有发展前景的标准的高速数据传输接口,Link 是 ADI 公司 SHARC 系列 DSPs 的一种公司标准数据接口。表 6-7 描述了 TigerSHARC 与链接口有关系的 I/O 管脚,信号名字中的"x"表示链接口 0、1、2 或 3。

表 6-7 TigerSHARC 数据 Link 口 I/O 管脚

信号	类型	描　述
LxCLKIN	输入	当链接口 x 接收时作为时钟,当链接口 x 发送时作为应答
LxCLKOUT	输出	当链接口 x 发送时作为时钟,当链接口 x 接收时作为应答
LxDAT7-0	I/O	链接口 x 的输入输出数据线
LxDIR	输出	指示链接口 x 是发送还是接收:1 表示输出,0 表示输入

　　一般链接口的连接方法如图 6-30 所示。最小系统只用到信号 LxCLKIN、
LxCLKOUT 和 LxDAT 管脚。每个 TigerSHARC 处理器的 LxCLKOUT 连到另一个处
理器的 LxCLKIN,两个 TigerSHARC 处理器的 LxDAT 连接起来。

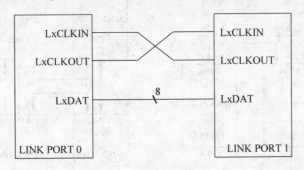

图 6-30 Link 链接配置方法

　　数据通过写 LBUFTx 寄存器和读 LBUFRx 传输。CPU 驱动传输是通过内核写 4
个字的数据到 LBUFTx 寄存器,和 CPU 从 LBUFRx 寄存器读 4 个字。DMA 驱动传输
是通过每个链接口两个 DMA 通道,一个发送一个接收。不管写或读,链接口 DMA 都需
要传输控制块,而且只允许 4 个字的传输。

　　采用储存器共享簇型连接和分布式数据流链接的混合多处理器结构的一个例子如
图 6-31 所示,图中处理器分为 4 组,每组之间采用数据流端口链接,组内有的为簇结构,
簇内也包含数据流链接方式。

6.5.5　异构分布式多处理器系统

　　正如 6.4.1 节描述的,很多嵌入式系统是以多种处理器的分布式系统的形式实现的,
并且由于分布式处理器各自要求完成的功能及接口不同,因此它们常采用不同类型的处
理器,使系统各方面的性能达到最优。因此,分布式处理系统是一种异构多处理器系统。

　　典型的异构多处理器系统(hDSP)是由通用目的处理器(GPP)和运算密集型数字信
号处理器(DSP)组成的系统。图 6-32 描述了一个通过总线连接 DSPs 和 GPP 的结构。
GPP 有数据存储和显示应用设备,DSPs 有数据读写接口。在这个结构中,GPP 和 DSPs
必须同时参与到数据处理中。GPP 完成程序下载、启动、执行基本命令和控制,并指导数
据流的分配。DSPs 在 I/O 中收集数据并对数据进行处理,将处理结果或原信息送到
GPP。GPP 收集处理结果后执行绘图显示,减少或者提供存储。相反,GPP 可以提供相
关信息到 DSPs,而信息可以被转换和发送到模数转换器而输出。另外,DSPs 可以相对
GPP 作为协处理器,实现数据的双向交换。

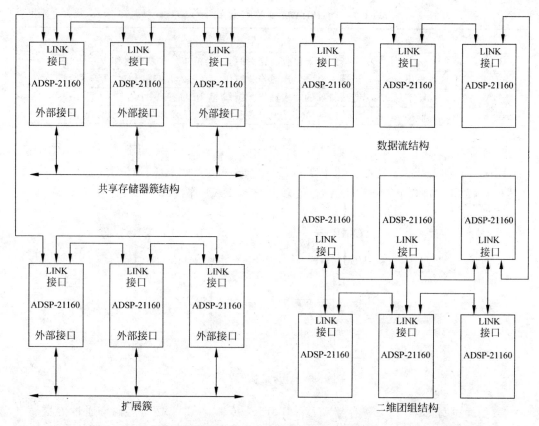

图 6-31　共享储存器簇型连接和分布式数据流链接的混合多处理器结构

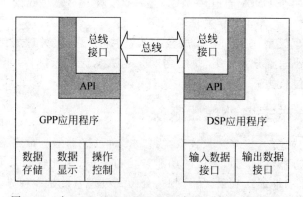

图 6-32　由 GPP、DSPs 和 API 组成的 hDSP 系统配置图

图 6-32 也描述了应用程序接口 API,它作为 DSPs 和 GPP 应用组成的中间层和总线接口。这个软件的意图是推动两个应用直接的交流,避免直接在总线接口上编写应用程序。GPP 的 API 和 DSPs 的 API 必须协调并且使用相同的结构和协议。不同的原始数据格式在两者间的转化必须是隐含的,对用户是不需要知道的,并且发送应用请求的数目与接收应用的数目须一致。

异类 hDSP 系统处理器有定点 DSPs、浮动 DSPs、复杂指令处理器 CISC、精简指令集处理器 RISC 及微控制器 MCU 等。异类 hDSP 按系统层次可分为多板卡 hDSP、板级 hDSP、单片 hDSP 等。

多板卡级 hDSP 系统典型结构如图 6-33 所示。在多板卡配置中,把处理的高速数据交流与系统总线分开是更加可取的。这会保持系统总线有效于 GPP 和 DSPs 的沟通而无需判断谁优先使用总线,并且并行的数据路径使 DSPs 能够在其内部同时传输数据。图 6-33 描述了两个板卡间数据的连接方式,一个占据 I/O 空间,另外一个设计为内部交流通道。

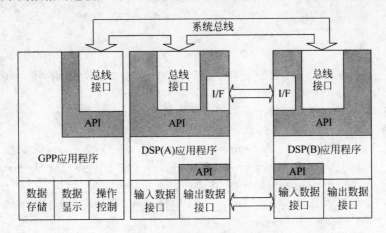

图 6-33 一种多板卡 hDSP 系统结构

板级 hDSP 将异类处理器混合于同一板卡,它整合了普通标准的总线,形成了多种处理器高度集成于一个板卡的结构。图 6-34 显示了一种该类型的板卡,这种板级体系结构包括一个 PCI 本地总线,两个 PMC 中间层,多个 DSPs 以及一个 GPP。在这里 GPP 是一

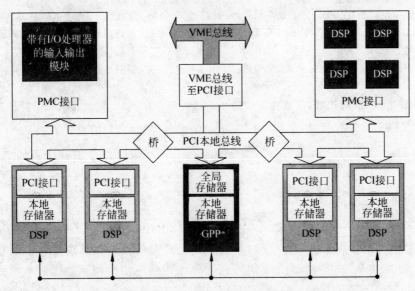

图 6-34 一种板级 hDSP 结构

个 RISC 处理器,它执行许多的板卡功能,并且管理系统总线,这里的系统总线是 VME 总线。桥接口用来隔离本地总线的各个部分,这样可以保持本地传输。PMC 端口既可以接 I/O 板卡也可以接 DSPs 板卡,这样可以很方便地把处理器类型为 A 的 DSPs 板卡插到处理器类型为 B 的基板上,所有这些处理器都通过本地总线连接到一个 RISC 处理器。

　　hDSP 作为一种系统设计策略,是一种权衡。板级设计的发展和处理器产品的多样化,正在使硬件互连变得更加容易,而软件发展也在进一步支持多处理器的开发。

参考文献

[1]　李哲英. 嵌入式技术的发展与 DSP 应用技术[J]. 信号处理应用技术全国第一届 DSP 应用技术会议论文集,2003,10:1～5

[2]　Wayne Wolf. Computers as Components: Principles of Embedded Computing System Design. USA: Morgan Kaufmann Publishers,2001

[3]　Ole wolf. Tiger SHARC sinks teeths into VLIW[J]. Microprocessor report,1998,12(16):1～4

[4]　Berkeley Design Technology,Inc. Understanding the New DSP Processor Architectures[EB/OL]. http://www.bdti.com/articles/understand_icspat99.pdf,1999/2001.10

[5]　Jennifer Eyre and Jeff Bier. The Evolution of DSP Processors[EB/OL]. http://www.bdti.com/articles/evolution_00ck2.PDF,2000/2001.10

[6]　任丽香,马淑芬,李方慧. TMS320C6000 系列 DSPs 的原理和应用. 北京:电子工业出版社,2000

[7]　黄锴. 高等计算机系统结构:并行性、可扩展性、可编程性. 北京:清华大学出版社,1995

[8]　龚海峰. 基于信号完整性分析的高速数字 PCB 的设计方法[EB/OL]. http://www.eetchina.com/ART_8800234799_617681,617683.HTM,2002-05-11/2002-5-13

[9]　Howard W. Johnson,Martin Graham. High-Speed Digital Design. New Jersey: PTR Prentice Hall,1993

[10]　Berkeley Design Technology. 数字信号处理器的选择策略[EB/OL]. 2001-9

[11]　John G. Ackenhusen 著,李玉柏等译. 实时信号处理——信号处理系统的设计和实现. 北京:电子工业出版社,2002

[12]　Ray Hardison. Heterogeneous DSP: Easier than you think. Software Engineering Manager Ixthos Inc.

[13]　李方慧. 标准化、可扩展、可重构雷达信号并行处理系统研究. 北京理工大学博士后出站报告,2003

第 7 章　高速数字电路的设计与实现

7.1　高速电路的特点

从数字电路的发展来看,高速是电路技术发展的趋势。高速数字设计和低速数字设计相比最大差异在于无源元件的行为。这些无源元件包括导线、电路板、集成电路的封装和电路板上的过孔等。在低速电路中,无源电路元件仅有封装部分会对电路造成部分的影响,而在高速电路中,所有这些元件都会影响电路的性能。高速数字设计就是研究这些无源电路元件对电路造成的各种影响,如对信号传输的影响(振铃和反射)、信号间的相互作用(串扰)和自然界的相互作用(电磁干扰)等。

到底多高的速度才能称为高速? 如果仅从信号频率的角度来考虑,频率高的电路应称为高频电路,不过目前还没有一个权威的频率界限,工程上一般认为信号的频率超过30MHz 就是高频电路,也有的人认为是 25MHz 或 50MHz。然而在高速电路的设计中,我们更关心的是信号的上升、下降时间。对于频率不高,但是边沿陡峭的信号仍然会存在某些高频信号的特性。由于频率较高的信号边沿必定很陡,所以通常把这两者混为一谈。

在进行电路分析时,低速电路中的连线被认为是一根理想的导线,电路用集总参数模型分析就可以。而在高速电路中,由于时钟频率的提高,电路中的连线不能够再被当作理想导线,应该看成是传输线,这时电路通常需要用分布参数模型来分析。通过以下的例子可以分析出什么情况下电路需要用分布参数模型来分析。

假设一种脉冲信号的上升沿宽度大约是 1.0ns,它在 FR-4 的印刷电路板中沿内层走线传输有 5.6in(英寸)长,这由以下公式可算得

$$l = \frac{t_r}{T_d} \tag{7-1}$$

式中,l 为上升沿的长度,in(英寸);t_r 为上升时间,ps;T_d 为单位时延,ps/in。

图 7-1 中左上部分是脉冲通过一条 10 英寸长的连线时,走线上电位的一系列瞬态图。脉冲信号从源端向负载端传输,显然传输的过程中连线上每一点的电位分布是不均匀的,这样的电路称为分布参数电路。2ns 时的顺态图显示出这个上升沿的长度为 5.6英寸。如果电路的物理尺寸足够小,以致连线上每一点电位的分布是均匀的,就称这种电路为集总参数电路。图 7-1 右上部分是脉冲通过一条 1 英寸的连线时,连线上电位的一系列瞬态图,同样是通过 1ns 上升沿的信号,这个电路就体现出了集总参数特性。由此可以看出,电路是用集总参数分析还是用分布参数分析依赖于该电路的走线长度与信号的上升沿长度的比值。工程上一般认为,对于印刷电路板上的走线或点对点的电导线长度只要小于上升沿长度的 1/6,电路就体现出集总特性。

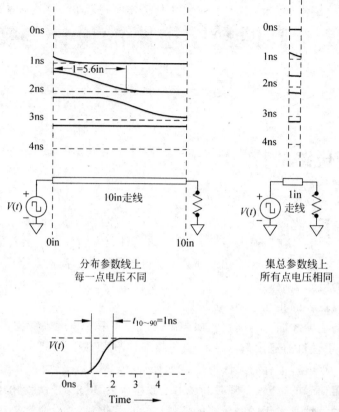

图 7-1　分布参数和集总参数电路的对比

对于集总参数电路,其通路的电容和电感值不是频率的函数,也就是说不会随着信号频率的变化而影响其值。分布参数电路情况就不同了,除了必须处理传输线效应以外,因阻抗不匹配所造成的信号反射现象以及由互感和互容所产生的串扰也会随着信号频率的增加而渐趋严重。

高速电路设计的关键问题之一就是信号完整性分析,设计过程中需要各种 EDA 工具来辅助完成,还要做各种必要的仿真。另外,在硬件电路板的实现阶段各种必要的测试也是必不可少的,以下几节分别在这三个方面作具体描述。

7.2　信号完整性

7.2.1　概述

近几年来,随着集成电路工艺技术的飞速发展,使得其工作的速度越来越高。同时,在当今快速发展的电子设计领域,由集成电路芯片构成的电子系统更是朝着大规模、小体积、高速度的方向发展。这样就带来了一个问题,即电子设计产品体积的减小导致电路的布局、走线密度变大。而同时信号的工作频率还在不断提高,从而使得如何处理高速信号问题成为一个设计能否成功的关键因素。随着电子系统中逻辑和系统时钟频率的迅速提高和信号边沿不断变陡,印刷电路板的线迹互连和板层特性对系统电气性能的影响也越发重要。对于低速电路设计,线际互连和板层的影响可以不考虑,而高速电路互连关系必须以传输线考虑,在评定系统性能时应考虑印刷电路板板材的电参数。因此,高速系统的设计必须面对互连时延所引起的时序问题以及串扰、传输线效应等信号完整性问题。信号完整性已经成为高速数字 PCB 设计必须关心的问题之一。元器件和 PCB 板的参数、元器件在 PCB 板上的布局、高速信号的走线等因素都会引起信号完整性问题,从而导致系统工作不稳定,甚至完全不工作。因此,如何在系统设计以及板级设计中考虑到信号完整性的因素,并采取有效的控制措施,已经成为当今系统设计工程师和 PCB 设计业界中的一个热门课题。

　　信号完整性(signal integrity,SI)是指在信号线上信号的质量。差的信号完整性不是由单一因素导致的,而是板级设计中多种因素共同引起的。当电路中信号能以要求的时序、持续时间和电压幅度到达 IC 时,该电路就有很好的信号完整性。当信号不能正常响应时,就出现了信号完整性问题,像阻尼振荡、过冲、欠冲和非单调性等信号完整性问题会造成时钟间歇振荡和数据出错。为了正确识别和处理数据,IC 要求数据在时钟边沿前后处于稳定状态,这个稳定状态的持续时间称为建立时间和保持时间。如果信号转变为不稳定状态或后来改变了状态,IC 就可能误判或丢失部分数据。

　　信号的变化表现为 IC 管脚处的电压变化,这个电压的变化使 IC 的引脚发生状态变化。IC 将数据或时钟作为信号送到电路板上的导体或导线上,这些数据或时钟信号必须在要求的时间内以一定的持续时间和电压到达导体、导线或其他器件。当信号不满足上述条件时,SI 问题就会出现,例如,由于导线的传播时延,信号到达导体或导线的过程产生了延时。当信号没有达到规定的电压时,IC 状态不会改变。

　　造成到达 IC 管脚上信号质量差的原因主要有反射、串扰、地弹等,它们导致了信号出现过冲、欠冲、阻尼震荡等问题。以下具体分析这些原因的实质。

7.2.2　传输线理论

　　传输线是微波技术中最重要的基本元件之一,有很多种类,也拥有许多特性,同时,传输线的研究涉及很多复杂的理论。不过,在高速数字设计中通常只涉及 4 种传输线:同轴电缆,双绞线,微带线和带状线,这些线结构如图 7-2 所示。这里只关心传输线的特性阻抗和信号在传输线中的时延。

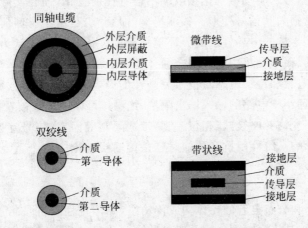

图 7-2　4 种常见于高速数字系统的传输线

7.2.2.1 传输线模型

理想的传输线由两个"纯粹"的导体组成,这个两导体电阻为零,均匀分布且延伸至无限远,理想传输线上的电压以恒定的速率向无限远处传播,没有失真和衰减。图 7-3 为理想传输线模型图。

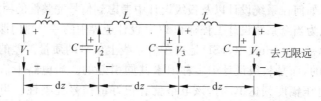

图 7-3　理想的传输线模型

注:L、C 分别为传输线的分布电感和分布电容,dz 表示微元长度。

可以将理想的传输线看作具有向无限远处传播且信号在传输过程中无失真和衰减的导体。但在实际生活中,传输线不可能无失真、无损耗,因为任何导体都有电阻。对于组成传输线的两个导体,不但导体本身有电阻存在,两个导体之间也存在着电阻,这样,信号再经过传输线传输时,就不可避免地会产生失真和衰减。另外,传输线的分布参数也不可能完全均匀,但分析时常近似把一段传输线视为均匀的。图 7-4 为实际的传输线模型图。

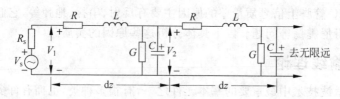

图 7-4　实际的传输线模型

注:L、C、R 和 G 分别为传输线上的分布电感、分布电容、分布电阻和分布跨导,dz 表示微元长度。

理想电路中,信号从驱动端到达接收端不会有任何变化,而在实际电路中,沿导体传输的信号会有幅度损失和信号变形。幅度损失(即衰减)是由于材料属性引起的,信号变形(即噪声)是由于导体的电导性及外界环境引起的。传输线理论认为电阻、电容和电感是沿着导体分布的,而不是集中的。一个导体是否需要用传输线理论来分析,取决于导体的特征电阻、特征电容和特征电感对信号完整性的影响程度。大多数数字系统的信号互连,导体的阻抗都远小于电路的输入输出阻抗,绝缘体可以简单地被看作具有良好的绝缘特性。这种情况下允许忽略衰减、相位失真、带宽限制等因素,信号互连可只分析特性阻抗和传输时延的影响。特性阻抗和传输时延是传输线理论中两个重要的概念,下面给出两者的定义。

1. 特性阻抗

具有分布电感和分布电容的导体构成传输线,导体特性阻抗是指被看作传输线的导体的阻抗,特性阻抗是传输线理论的重要参数之一。对于分布参数恒定的任意长度的导

体都有一特性阻抗 Z_0，当信号充电或发生其他电气扰动时它表现为信号传输方向上电压波和电流波复振幅的比值，其值取决于传输线的填充介质和横向尺寸。对于理想传输线，顺态电压、顺态电流、特性阻抗和分布参数之间的关系可用式(7-2)表示。

$$Z_0 = \frac{V}{I} = \sqrt{\frac{L_0}{C_0}} \qquad (7\text{-}2)$$

式中：Z_0 为传输线特性阻抗；V 为瞬态电压；I 为瞬态电流；L_0 为单位长度的电感；C_0 为单位长度的电容。

对于实际的参数均匀分布的有耗传输线，特性阻抗可用式(7-3)表示。

$$Z_0 = \frac{V}{I} = \sqrt{\frac{R_0 + \mathrm{j}\omega L_0}{G_0 + \mathrm{j}\omega C_0}} \qquad (7\text{-}3)$$

式中：R_0 为单位长度的电感；G_0 为单位长度的跨导；ω 为传输信号的频率。

在信号频率很高时，若选取良导体制作传输线，并选取介质损耗小和绝缘性能较好的材料作为填充介质，则可以认为 $\omega L_0 \gg R_0$ 和 $\omega C_0 \gg G_0$，这样对特性阻抗做近似得

$$Z_0 \approx \sqrt{\frac{L_0}{C_0}} \qquad (7\text{-}4)$$

高速电路印刷电路板中的走线满足近似要求，所以特性阻抗就可以用该式近似求得。

2. 传输时延

信号传输时延是指信号从源端经过导体到达终端所用的时间。它的大小主要取决于信号的传输速率和互连导体的长度，而信号的传输速率又与印制板绝缘材料的介电常数和传输导体的电气属性有关。另外，容性负载对其也有一定影响。随着高速芯片时延的降低，信号传输时延在高速系统中已经与芯片时延处于同一数量级，成为必须预先考虑并计入关键性时延的重要部分。

传输速度 v_p 及单位长度的时延 t_pd（传输速度的倒数）也可用 L_0 和 C_0 表示为

$$v_\mathrm{p} = \frac{1}{\sqrt{L_0 C_0}}, \quad t_\mathrm{pd} = \sqrt{L_0 C_0} \qquad (7\text{-}5)$$

7.2.2.2 PCB 板中的传输线分析

PCB 板上的传输线主要有微带传输线和带状传输线，图 7-5 中给出了典型的六层 PCB 板的叠层示意图，其中顶层和底层走线为微带传输线，第三层和第四层走线为带状传输线。在高速 PCB 的设计中，常常采用微带传输线和带状传输线进行高速互连，因为这两种传输线结构能够提供严格的阻抗控制，并具有较高的传输速率。PCB 板级传输线的特性阻抗值由多种因素决定，包括导体的宽度、厚度、与参考平面的距离及绝缘层材料的介电常数等。而信号的传输速度则与绝缘层材料的介电常数有关。下面给出 PCB 板级两种传输线的结构及它们的特性阻抗与传输时延的计算公式，并分析如何控制传输线的阻抗。

(1) PCB 板中的微带传输线

图 7-6 所示为 PCB 板中的微带传输线叠层示意图。

当 $0.1 < w/h < 2.0$ 且 $1 < \xi_\mathrm{r} < 15$ 时，PCB 板中的微带传输线的特性阻抗和传输时延

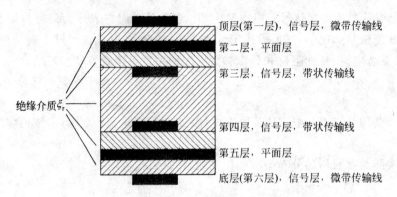

图 7-5　典型的六层 PCB 板的叠层示意图

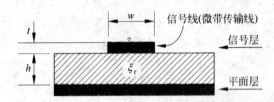

图 7-6　PCB 板中的微带传输线

可近似表示为

$$Z_0 = \frac{87}{\sqrt{\xi_r + 1.41}} \ln\left(\frac{5.98h}{0.8w + t}\right) (\Omega) \tag{7-6}$$

$$t_{pd} = 85\sqrt{0.475\xi_r + 0.67} \, (\text{ps/in}) \tag{7-7}$$

通过式(7-6)可看出阻抗 Z_0 与 PCB 基材的介电常数 ξ_r、基材厚度 h、信号走线宽度 w 以及信号走线厚度 t 的关系。通常情况下,表层走线是通过铜箔蚀刻以后再镀铜而形成的。厚度以盎司(oz)为单位,它是指 1oz 重的铜铺成 1 平方英尺的铜箔的厚度,对应长度单位为 $35\mu\text{m}(1.38\text{mil})$。一般表层铜可以是 1oz、1.5oz 或 2oz。

一个实际电路板的各参数为 $\xi_r = 4.3, h = 5.1\text{mil}, w = 6\text{mil}, t = 2.1\text{mil}(1.5\text{oz} 铜)$,由式(7-6)可计算得 $Z_0 = 54\Omega$。

(2) PCB 板中的带状传输线

图 7-7 所示为 PCB 板中的带状传输线示意图。

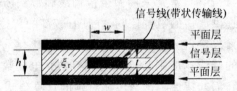

图 7-7　PCB 板中的带状传输线

当 $w/h < 0.35$ 且 $t/h < 0.25$ 时,PCB 板中的微带传输线的特性阻抗和传输时延可近似表示为

$$Z_0 = \frac{60}{\sqrt{\xi_r}} \ln\left(\frac{1.9h}{0.8w + t}\right) (\Omega) \tag{7-8}$$

$$t_{pd} = 85\sqrt{\xi_r} \, (\text{ps/in}) \tag{7-9}$$

如果需要得到比较确切的阻抗值,请参阅参考文献[1]附录中的公式。

同微带传输线一样,通过式(7-8)可看出阻抗 Z_0 与 PCB 基材的介电常数 ξ_r、基材厚度 h、信号走线宽度 w 以及信号走线厚度 t 的关系。一般内层铜的特性阻抗可以是 0.5oz 或 1oz。

一个实际电路板的各参数为 $\xi_r = 4.3, h = 14.5\text{mil}, w = 6\text{mil}, t = 1.38\text{mil}(1\text{oz} 铜)$,由式(7-8)可计算得 $Z_0 = 43\Omega$。

以上可知,可以通过物理尺寸和介电常数来控制特性阻抗值,这对高速设计有很好的指导作用。本书的后续部分会介绍由于电路中的阻抗不匹配而导致反射的现象,为了避免这个问题,加端接电阻是解决问题的一个途径,改变信号走线的特性阻抗也是一个途径。

对于同样的电解质,微带传输线的传输速度要比带状传输线的快,一般微带传输线的阻抗也比带状传输线的高。

7.2.3　反射及端接技术

传输线上只要出现阻抗不连续点就会出现信号的反射现象,如信号线的源端和负载端、过孔、走线分支点、走线的拐点等位置都存在阻抗变化,会发生信号的反射。通常所说的反射包括负载端反射和源端反射。负载端与传输线阻抗不匹配时会引起负载端反射,负载将一部分电压反射回源端。如果负载阻抗小于传输线特性阻抗,反射电压为负,反之,如果负载阻抗大于传输线特性阻抗,反射电压为正。源端与传输线阻抗不匹配时会引起源端反射,由负载端反射回来的信号传到源端时,源端也将部分电压再反射回负载端。如果源阻抗小于传输线特性阻抗,反射电压为负,反之,如果源阻抗大于传输线特性阻抗,反射电压为正。反射造成了信号振铃现象,如果振铃的幅度过大,一方面可能造成信号电平的误判断,另一方面可能会对器件造成损坏。下面将分析反射是如何造成振铃的,并提出解决问题的方法,使得信号可以快速地稳定下来。

7.2.3.1　反射原理

图 7-8 给出了信号在传输线中反射的示意图。在源端,原始信号的一部分电压通过传输线传向负载端,这部分电压是频率的函数,称为输入接收函数 $A(\omega)$,如式(7-10)所示。$A(\omega)$ 取决于源阻抗 Z_S 和传输线的特性阻抗 Z_0。

$$A(\omega) = \frac{Z_0(\omega)}{Z_S(\omega) + Z_0(\omega)} \tag{7-10}$$

信号在传输过程中有所衰减,用传播函数 $H_x(\omega)$ 来描述。根据传输线理论,$H_x(\omega)$ 可表示为

$$H_x(\omega) = e^{-x[(R+j\omega L)(j\omega C)]^{\frac{1}{2}}} \tag{7-11}$$

式中: x 为传输线长度; L 为单位长度的电感; C 为单位长度的电容; ω 为信号的拐点

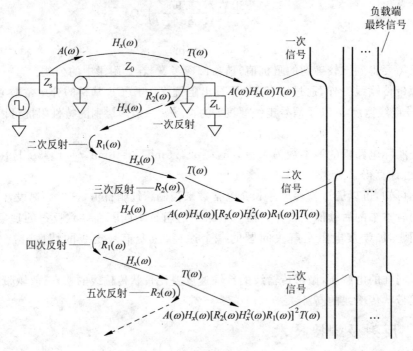

图 7-8　传输线反射图

频率。

在负载端,经过传输衰减后的信号有一部分加载到负载上,这部分也是频率的函数,称输出传输函数 $T(\omega)$,如式(7-12)所示。$T(\omega)$ 取决于负载阻抗 Z_L 和传输线特性阻抗 Z_0。

$$T(\omega) = \frac{2Z_L(\omega)}{Z_L(\omega) + Z_0(\omega)} \qquad (7\text{-}12)$$

信号到负载端后部分信号会向源端反射,这部分由负载端反射系数 $R_2(\omega)$ 决定。

$$R_2(\omega) = \frac{Z_L(\omega) - Z_0(\omega)}{Z_L(\omega) + Z_0(\omega)} \qquad (7\text{-}13)$$

从负载端反射回来的信号经过传输线又传回源端,源端又将其一部分反射回负载端,这部分由源反射系数 $R_1(\omega)$ 决定。

$$R_1(\omega) = \frac{Z_S(\omega) - Z_0(\omega)}{Z_S(\omega) + Z_0(\omega)} \qquad (7\text{-}14)$$

然后,源端反射信号又会到达负载端,负载端又反射,如此往复,信号在传输过程中都会被衰减。第 n 次到达负载端的部分信号称 n 次信号,则第一次信号为

$$S_0(\omega) = A(\omega)H_x(\omega)T(\omega) \qquad (7\text{-}15)$$

第二次信号为

$$S_1(\omega) = A(\omega)H_x(\omega)[R_2(\omega)H_x^2(\omega)R_1(\omega)]T(\omega) \qquad (7\text{-}16)$$

接下来的信号为

$$S_n(\omega) = A(\omega)H_x(\omega)[R_2(\omega)H_x^2(\omega)R_1(\omega)]^n T(\omega) \qquad (7\text{-}17)$$

最终所有信号都到达负载端,这些信号的和

$$S_\infty(\omega) = \sum_{n=0}^{\infty} S_n(\omega) = \frac{A(\omega)H_x(\omega)T(\omega)}{1 - R_2(\omega)H_x^2(\omega)R_1(\omega)} \tag{7-18}$$

式(7-18)是稳态时负载端的电压,从图 7-8 右边的波形可以看出,负载端的电压是个渐进稳定的过程,由于阻抗不匹配造成了信号振铃的出现。

下面探讨如何有效地控制各种反射。由式(7-12)和式(7-13)可得

$$T(\omega) = R_2(\omega) + 1 \tag{7-19}$$

代入式(7-18)得

$$S_\infty(\omega) = \frac{H_x(\omega)A(\omega)[R_2(\omega)+1]}{1 - R_2(\omega)R_1(\omega)H_x^2(\omega)} \tag{7-20}$$

假定传输线的参数 $H_x(\omega)$ 是固定的,那么有两个参数可以控制,源阻抗和负载阻抗。源阻抗控制 $A(\omega)$ 和 $R_1(\omega)$,负载阻抗控制 $R_2(\omega)$。对于理想的情况,希望在负载端得到的信号没有任何振铃,有三种方法可以达到这样的目的:一是使得 $R_2(\omega)=0$,即 $Z_L = Z_0$,这可以消除信号的一次反射,可以采用负载端并行端接来实现;二是使得 $R_1(\omega)=0$,即 $Z_S = Z_0$,这可以消除信号的二次反射,可以采用源端串行端接来实现;三是使用短线。在信号走线可以认为是短线的情况下,$H_x(\omega)$ 可视为 1,信号传输没有幅度衰减和相位时延。这时式(7-20)可表示为

$$S_\infty(\omega) = \frac{A(\omega)[R_2(\omega)+1]}{1 - R_2(\omega)R_1(\omega)} \tag{7-21}$$

将式(7-10)、式(7-13)和式(7-14)代入式(7-21)得

$$S_\infty(\omega) = \frac{Z_L}{Z_L + Z_S} \tag{7-22}$$

这样可以得到只是由 Z_L 和 Z_S 组成的简单的分压网络。在短线的假设下,信号走线变成了一个集总电路元件,做这样的假设的前提是信号走线的长度必须小于信号上升沿长度的 1/6,即式(7-23)。

$$LEN < \frac{1}{6}\frac{T_r}{t_{pd}} \tag{7-23}$$

式中: T_r 为信号上升时间; t_{pd} 为信号单位时间时延。

这种情况从图 7-8 右边的波形中也可以很好地理解,如果信号走线非常短,那么第一次信号刚开始上升,第二次信号就已到达,紧接着很快第三次、第四次信号也到达,因此还没有等到形成振铃信号就已经稳定了,所以短线不会导致振铃,只会使上升沿出现锯齿状。

前两种方法所采取的手段就是端接,使得 $R_2(\omega)=0$ 是负载端端接,使得 $R_1(\omega)=0$ 是源端端接。从第三种方法的解释中可以看出,如果信号走线很短,那么可以不用端接。

另外,由于 $H_x(\omega)$ 是频率的函数,对于信号中的不同频率分量 $H_x(\omega)$ 值是不同的,也就是说传输线对信号不同频率分量的幅度衰减和相位时延不一样,这些分量到达负载端相互叠加,产生的波形就会出现畸变。

7.2.3.2　端接技术

如前所述,为了消除反射,需要在电路走线上采取端接技术,使源端或负载端的阻抗

与走线的特性阻抗匹配。端接通常有两种策略，串行端接和并行端接。串行端接是源端端接，使得源端阻抗匹配，以消除第二次反射。并行端接是负载端端接，使得负载端阻抗匹配，以消除第一次反射。在端接形式上，主要有：串行端接，简单并行端接，戴维南并行端接，有源并行端接，并行交流端接，二极管并行端接。各种端接方式都有其自己的特点，针对不同系列的器件，可以选取恰当的形式。

（1）串行端接

串行端接是通过在尽量靠近源端的位置串行接入一个电阻 R_S（典型值为 $10\sim75\Omega$）到传输线中来实现的，如图 7-9 所示。串行端接是匹配信号源的阻抗，接入的串行电阻阻值加上驱动源的输出阻抗应大于等于传输线阻抗（轻微过阻尼）。即

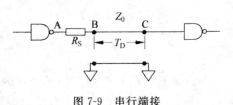

图 7-9　串行端接

$$R_S \geqslant Z_0 - R_0 \tag{7-24}$$

这种策略通过使源端反射系数为零从而抑制了从负载反射回来的信号（负载端输入高阻，不吸收能量）再从源端反射回负载端。

串行端接的优点在于：每条线只需要一个端接电阻，无需与电源相连接，消耗功率小。当驱动高容性负载时可提供限流作用，这种限流作用可以帮助减小地弹噪声。串行端接的缺点在于：当信号逻辑转换时，由于 R_S 的分压作用，在源端会出现半波幅度的信号，这种半波幅度的信号沿传输线传播至负载端，又从负载端反射回源端，持续时间为 $2T_d$（T_d 为信号源端到终端的传输延迟），这意味着沿传输线不能加入其他的信号输入，因为在上述 $2T_d$ 时间内会出现不正确的逻辑态。并且由于在信号通路上加接了元件，增加了 RC 时间常数从而减缓了负载端信号的上升时间，因而串行端接不适合用于高速信号通路（如高速时钟等）。

（2）简单并行端接

这种端接方式就是简单地在负载端加入一个下拉到地的电阻 R_T（$R_T = Z_0$）来实现匹配，如图 7-10 所示。采用此端接的条件是驱动端必须能够提供输出高电平时的驱动电流，以保证通过端接电阻的高电平电压满足门限电压要求。在输出为高电平状态时，这种并行端接电路消耗的电流过大，对于 50Ω 的端接负载，维持 TTL 高电平消耗电流高达 48mA，因此一般器件很难可靠地支持这种端接电路。

（3）戴维南（Thevenin）并行端接

戴维南（Thevenin）端接就是分压器型端接，如图 7-11 所示。它采用上拉电阻 R_1 和下拉电阻 R_2 构成端接电阻，通过 R_1 和 R_2 吸收反射。R_1 和 R_2 阻值的选取由下面的条件决定。R_1 的最大值由可接收的信号的最大上升时间（是 RC 充放电时间常数的函数）决定，R_1 的最小值由驱动源的吸电流数值决定。R_2 的选择应满足当传输线断开时电路逻辑高电平的要求。戴维南等效阻抗

$$R_T = \frac{R_1 R_2}{R_1 + R_2} \tag{7-25}$$

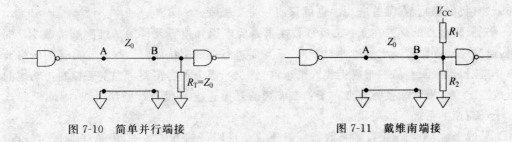

图 7-10　简单并行端接　　　　　　图 7-11　戴维南端接

这里要求 R_T 等于传输线阻抗 Z_0 以达到最佳匹配。此端接方案虽然降低了对源端器件驱动能力的要求,但却由于在 V_{CC} 和 GND 之间连接的电阻 R_1 和 R_2 从而一直在从系统电源吸收电流,因此直流功耗较大。

(4) 有源并行端接

在此端接策略中,端接电阻 R_T ($R_T = Z_0$) 将负载端信号拉至一偏移电压 V_{BIAS},如图 7-12 所示。V_{BIAS} 的选择依据是使输出驱动源能够对高低电平信号有汲取电流能力。这种端接方式需要一个具有吸、灌电流能力的独立的电压源来满足输出电压的跳变速度的要求。在此端接方案中,如偏移电压 V_{BIAS} 为正电压,输入为逻辑低电平时有直流功率损耗,如偏移电压 V_{BIAS} 为负电压,则输入为逻辑高电平时有直流功率损耗。

(5) 并行 AC 端接

如图 7-13 所示,并行 AC 端接使用电阻和电容网络(串联 RC)作为端接阻抗。端接电阻 R 要小于等于传输线阻抗 Z_0,电容 C 必须大于 100pF,推荐使用 $0.1\mu F$ 的多层陶瓷电容。电容有阻低频通高频的作用,因此电阻 R 不是驱动源的直流负载,故这种端接方式无任何直流功耗。

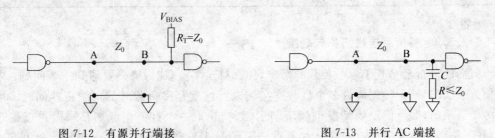

图 7-12　有源并行端接　　　　　　图 7-13　并行 AC 端接

(6) 二极管并行端接

某些情况可以使用肖特基二极管或快速开关硅二极管进行传输线端接,条件是二极管的开关速度必须至少比信号上升时间快 4 倍以上。在面包板和底板等走线阻抗不好确定的情况下,使用二极管端接既方便又省时。如果在系统调试时发现振铃问题,可以很容易地加入二极管来消除。

典型的二极管端接如图 7-14 所示。肖特基二极管的低正向电压降 V_f(典型值为 $0.3 \sim 0.45V$)将输入信号钳位到 $GND - V_f$ 和 $V_{CC} + V_f$ 之间。这样就显著减小了信号的过冲(正尖峰)

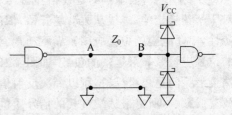

图 7-14　二级管并行端接

和下冲(负尖峰)。在某些应用中也可只用一个二极管。

二极管端接的优点在于:二极管替换了需要电阻和电容元件的戴维南端接或 *RC* 端接,通过二极管钳位减小了过冲与下冲,不需要进行线的阻抗匹配。尽管二极管的价格要高于电阻,但系统整体的布局走线开销也许会减少,因为不再需要考虑精确控制传输线的阻抗匹配。二极管端接的缺点在于:二极管的开关速度一般很难做到很快,因此该方式对于较高速的系统不适用。

总的来说,采用端接技术来改善反射现象是最经济的方法之一,但是并非毫无缺点,同时不同的逻辑家族所适用的端接方式也都不一样,表 7-1 是一些端接方法优缺点的比较表。

表 7-1 各种端接方法优缺点比较

	串联	并联	戴维南	并行 AC 端接	二极管
适合逻辑家族	CMOS ECL FAST	ECL	TTL ECL FAST	FAST	TTL
终端电阻值	$Z_0 - R_s$	Z_0	$R_0 = \dfrac{R_1 R_2}{R_1 + R_2}$	Z_0	结电阻
终端电容值	0	0	0	$\dfrac{2t_d}{Z_0}$	结电容
功率消耗	最低	最高	最高	中等	中等
分散式负载的驱动能力	不佳	佳	佳		
传播延迟	增加	不增加	不增加	不增加	不增加
上升时间	不增加	不增加	不增加	增加	稍有增加
所要改善的反射信号	二次反射	一次反射	一次反射	一次反射	一次反射

7.2.3.3 多负载走线拓扑与端接

前面的分析都是基于单个负载的情况,那么对于多负载时,势必要遇到一个问题:多个负载怎么布局,走线如何将多个负载连接起来? 这就是多负载时的走线拓扑问题。因为多个负载时,线上的反射情况也就不同了,如何选取一个好的走线拓扑来改善反射现象,基于这种拓扑又采用何种端接方式是 PCB 设计人员经常面临的一个问题。要很好地解决这个问题不是件容易的事情,因为往往理论上最优的方式到实际中会遇到种种限制而无法实现,所以应在实践中去寻找满足实际需求的最优方案,这可以通过电路的前仿真来辅助确定。

在 PCB 中,最基本的走线拓扑有两种,分别是菊花链形(daisy-chain)和星形(star)。对于菊花链走线,走线从驱动端开始,依次到达各接收端。如果使用串行端接来改变信号特性,串联电阻的位置应该紧靠驱动端,如图 7-15(a)所示;如果使用并行端接,端接电阻的位置应该紧靠最远端的负载,如图 7-15(b)所示。两种端接方式各有优缺点,因为串型端接消除的是二次反射,所以一次反射信号仍然存在,它将会对除了最远端以外的其他负载造成影响,所以最远端负载的信号质量是最好的;并行端接不一样,它消除的是一次反射,可以避免上面的问题,但并行端接功耗大,对驱动源的驱动能力要求很高,而且多负载时这个问题显得更突出一些。在控制走线的高次谐波干扰方面,菊花链走线效果最好,但这种走线方式布通率最低,不容易100%布通。实际设计中,使菊花链走线中分支长度尽可能短,安全的长度值应该是:Stub Delay≤Trt×0.1,如高速TTL电路中的分支端长度应小于1.5英寸。这种拓扑结构占用的走线空间较小并可用单一电阻匹配终结,但是这种走线结构使得在不同信号接收端信号的接收不同步。

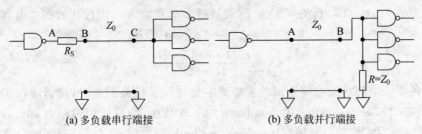

(a) 多负载串行端接　　　　　　　　(b) 多负载并行端接

图 7-15　菊花链拓扑方式下的端接策略

星形拓扑结构可以有效地避免时钟信号的不同步问题,但在密度很高的PCB板上手工完成走线十分困难。采用自动走线器是完成星形走线的最好方法。星形拓扑结构每条分支上都需要端接电阻,也分串型端接和并行端接两种方式,如图7-16所示。这种结构所需要的端接电阻数量比较多,所以在实际应用中不适合用于数据总线和地址总线的端接。端接电阻的阻值应和连线的特征阻抗相匹配。这可通过手工计算,也可通过仿真工具计算出特征阻抗值和终端匹配电阻值。

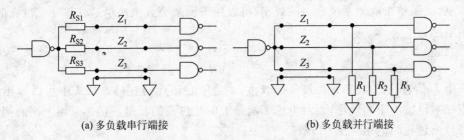

(a) 多负载串行端接　　　　　　　　(b) 多负载并行端接

图 7-16　星形拓扑方式下的端接策略

7.2.3.4　造成反射的其他原因

除了前面描述的由于源端和负载端阻抗不匹配所造成源和负载的反射外,印制板电路中的过孔、走线分支点和走线拐点都会造成反射。

（1）过孔

在印刷电路板上,各式各样的过孔是相当常见的,尤其是多层板。从设计的角度来看,一个过孔主要由两个部分组成,一是中间的钻孔(drill hole),二是钻孔周围的焊盘区,具体结构如图7-17所示,这两部分的尺寸大小决定了过孔的大小。设计者总是希望过孔越小

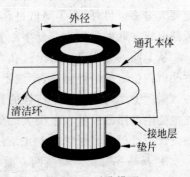

图 7-17　过孔模型

越好,这样板上可以留有更多的走线空间。此外,过孔越小,其自身的寄生电容也越小,更适合用于高速电路。除了离散效应以外,过孔与钻孔的尺寸与制作成本成反比的。在高速高密度的 PCB 设计时,讨论的只是过孔对于高速数字信号性能的影响,尤其是过孔所衍生的电容和电感分布效应对高速数字信号性能的影响。

过孔本身存在着对地的寄生电容,如果已知过孔在铺地层上的隔离孔直径为 D_2,过孔焊盘的直径为 D_1,PCB 板的厚度为 T,板基材介电常数为 ε,则过孔的寄生电容大小近似表达式为

$$C = \frac{1.41 \cdot \varepsilon \cdot T \cdot D_1}{D_2 - D_1} \tag{7-26}$$

过孔的寄生电容会给电路造成的主要影响是延长了信号的上升时间,降低了电路的速度。举例来说,对于一块厚度为 50mil FR4 的 PCB 板,如果使用内径为 10mil,焊盘直径为 20mil 的过孔,焊盘与地铺铜区的距离为 32mil,则我们可以通过上面的公式近似算出过孔的寄生电容大致为 0.517pF。

如果过孔所在位置的铜箔导线的特性阻抗为 55Ω,这部分电容引起的上升时间变化量为 31.28ps。

从这些数值可以看出,尽管单个过孔的寄生电容引起的上升延变缓的效用不是很明显,但是如果走线多次使用过孔进行层间的切换,设计者还是要慎重考虑。

同样,过孔存在寄生电容的同时也存在着寄生电感,在高速数字电路的设计中,过孔的寄生电感带来的危害往往大于寄生电容的影响。它的寄生串联电感会削弱电源旁路电容的贡献,减弱整个电源系统的滤波效用,可以用下面的公式来简单地计算一个过孔的近似寄生电感:

$$L = 5.08h \left[\ln\left(\frac{4h}{d}\right) + 1 \right] \tag{7-27}$$

其中 L 指过孔的电感,h 是过孔的长度,d 是中心钻孔的直径。从式中可以看出,过孔的直径对电感的影响较小,而对电感影响最大的是过孔的长度。仍然采用上面的例子,可以计算出过孔的电感为 1.015nH。

如果信号的上升时间是 1ns,那么其等效阻抗大小为 $Z = XL = \frac{\pi L}{T_r} = 3.19\Omega$。

这样的阻抗在有高频电流通过时已经不能够被忽略。

从式(7-27)可以看出,改变 d 和 h 都可以改变寄生电感,但很明显,改变 h 时电感变化要大得多。另外,为了降低过孔的串联分布电感,在高速数字电路板上经常会采用多个旁路电容并联的措施来降低串联分布电感。

从上面的分析可以看出过孔有着与电路走线明显不同的寄生电容和电感,它降低了过孔所在位置的特性阻抗,形成了一个断点,因而造成了这一点处的反射现象。

通过上面对过孔寄生特性的分析,可以看到,在高速 PCB 设计中,看似简单的过孔往往也会给电路的设计带来很大的负面效应。为了减小过孔的寄生效应带来的不利影响,在设计中可以尽量做到如下几条:

- 从成本和信号质量两方面考虑,选择合理尺寸的过孔大小。比如对 6~10 层的内存模块 PCB 设计来说,选用 10/20mil(钻孔/焊盘)的过孔较好,对于一些高密度的

小尺寸的板子,也可以尝试使用 8/18mil 的过孔。目前技术条件下,很难使用更小尺寸的过孔了。对于电源或地线的过孔则可以考虑使用较大尺寸,以减小阻抗。

- 根据上面讨论的两个公式可以得出,使用较薄的 PCB 板有利于减小过孔的两种寄生参数。
- PCB 板上的信号走线尽量不换层,也就是说尽量不要使用不必要的过孔。
- 电源和地的管脚要就近打过孔,过孔和管脚之间的引线越短越好,因为它们会导致电感的增加。同时电源和地的引线要尽可能粗,以减少阻抗。
- 在信号换层的过孔附近放置一些接地的过孔,以便为信号提供最近的回路。甚至可以在 PCB 板上大量放置一些多余的接地过孔。

当然,在设计时还需要灵活多变。前面讨论的过孔模型是每层均有焊盘的情况,也有的时候,可以将某些层的焊盘减小甚至去掉。特别是在过孔密度非常大的情况下,可能会导致在铺铜层形成一个隔断回路的断槽,解决这样的问题除了移动过孔的位置,还可以考虑将过孔在该铺铜层的焊盘尺寸减小。

(2) 走线分支

印刷电路板上的走线分支会产生一个特性阻抗的断点,根据图 7-18 所示的分支电路,尽管在远程加了一个端接电阻,但是分支会导致铜箔导线的特性阻抗变成 $Z_0/2$(因为并联)。将图 7-18 改成如图 7-19 所示的等效电路图,根据式(7-13),b 点的反射系数为 $-\dfrac{1}{3}$,所以只剩下 $\dfrac{2}{3}V_1$ 的电压会通过 b 点继续往 c 点和 d 点行进。d 点分支端呈现开路状态,反射系数为 -1,所以会有 $\dfrac{4}{3}V_1$ 的电压反射量,由 d 点所造成的反射电压会又因为 b 点 $-\dfrac{1}{3}$ 的反射系数,使得信号回复到 V_1。

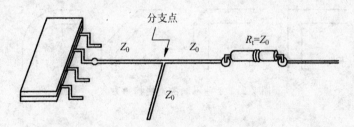

图 7-18 "分支"的布局会造成反射现象

(3) 走线拐角

走线拐角也是电路板走线常见的情况,以图 7-20 为例,在高速数字电路里,一个走线在拐角处其有效宽度会突然变宽,导致线上的分布电容变大,会使得看起来像是在传输线上出现一个电容负载。

这个走线拐角所造成的传输线阻抗的断点会产生反射现象,可以根据式(7-28)计算出图 7-20 中所示的阴影区的负载电容量。

$$C \approx \frac{-61w\sqrt{e_r}}{Z_0} \tag{7-28}$$

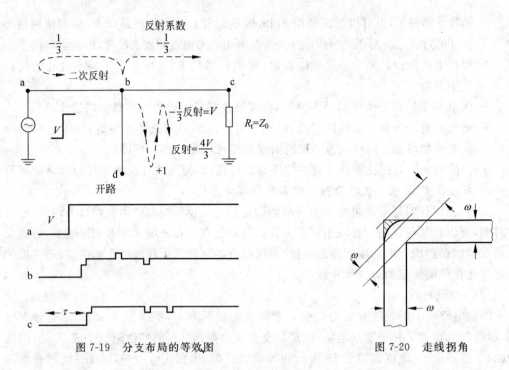

图 7-19　分支布局的等效图　　　　　　图 7-20　走线拐角

式中：w 为线宽，单位为英寸；e_r 为相对介电常数；Z_0 为走线的特性阻抗，单位为 Ω；C 为拐角所造成的分布电容，单位为 pF。

　　为了改善走线拐角所造成的阻抗断点，可以让走线拐角处的宽度保持不变。图 7-21 中给出了 4 种拐角方式，其中光滑的圆弧是最理想的解决方案，但是一般工具实现比较麻烦，常用的是 45°拐角走线。

不良　　　　良　　　　较佳　　　　最好

图 7-21　4 种不同的走线拐角方式

7.2.4　串扰及其改善

　　串扰是指当信号在传输线上传播时，因电磁耦合对相邻的传输线产生的不期望的电压噪声干扰。过大的串扰可能引起电路的误触发，导致系统无法正常工作。串扰会随着印刷电路板的走线密度增加而变严重。

7.2.4.1　串扰的传输线模型分析

　　串扰是由电磁耦合形成的，耦合分为容性耦合和感性耦合两种。图 7-22 描绘了一个典型的耦合模型。模型有两端，靠近源端处叫近端，另一端叫远端。容性耦合是由于干扰源上的电压变化在被干扰对象上引起感应电流从而导致的电磁干扰，而感性耦合则是由于干扰源上的电流变化产生的磁场在被干扰对象上引起感应电压从而导致的电磁干扰。因此,信号在通过一导体时会在相邻的导体上引起两类不同的噪声信号:容性耦合信号与感性耦合信号。

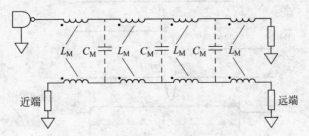

图 7-22　两条传输线之间的耦合模型

(1) 感性耦合

图 7-23 把互感耦合部分分离出来,同时示意了互感耦合的动作原理。导线 A-B 为有源线,线上存在电流,电流的磁场在导线 C-D 上会产生感生电压。磁场的耦合就像一个变压器,因为互感是分布存在的,所以两导线之间连续存在许多小变压器。假设耦合很小,那么变压器不会对从 A 到 B 的信号造成很大的影响。

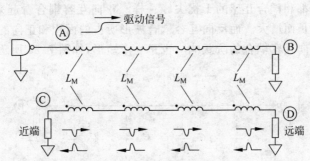

图 7-23　互感耦合动作原理

一个阶跃信号从 A 传到 B,在每一个变压器相邻的导线段上都会产生一个小的尖峰干扰噪声,每一个尖峰干扰都沿导线 C-D 向正向和反向传播。

考虑由其中一个变压器产生的尖峰。当一个正阶跃信号从 A 端发出,电流变化立即会通过这个变压器在 C-D 上感生出电压,如图 7-23 所示。这个电压尖峰

$$v(t) = L_{\mathrm{M}} \frac{\mathrm{d}i}{\mathrm{d}t} \tag{7-29}$$

要注意的是,耦合电压在两端的极性是不一样的,正尖峰电压去导线 C-D 的左边,是反向耦合;而负尖峰电压去右边,是正向耦合。图 7-24 中描述了来自所有变压器的尖峰电压在 C-D 线两端叠加的情况。所有负尖峰电压在远端同时到达,而正尖峰电压相隔一定的时间间隔依次到达近端。每一个正向尖峰都与输入信号的导数和互感 L_{M} 成正比。因为所有正向尖峰都同时到达远端,所以总的正向尖峰和两条导线间总的互感成正比。如果导线很长的话,总互感会增加,互感串扰也就会增加。而反向互感耦合不同,它总的耦合电压波形所占的面积和正向耦合相同,但占的时间比较长 $2T_{\mathrm{P}}$。在实际情况中,所有

的反向尖峰一起形成连续的一片,理想的反向互感耦合电压的阶跃响应是一个矩形,如图 7-24 所示。

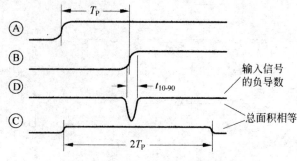

图 7-24 互感耦合的正向/反向串扰的波形

(2) 容性耦合

分布互容与分布互感情况差不多,不同的是耦合电压的极性不同。

图 7-25 只把互容耦合部分重新画了出来,同时示意了互容耦合的动作原理。当电压阶跃信号通过一个耦合电容时,在相邻的导线上就会产生干扰尖峰,每个尖峰都会沿着 C-D 正向和反向传播。因为正向和反向互容的极性都是正的,所以两个尖峰都是正的,除此之外,其他情况都和耦合互感的干扰尖峰一样。正向互容耦合看起来像输入信号的导数,且随着导线变长而增大。而反向互容耦合波形所占的面积和正向的相同,但占了 $2T_P$ 的时间,理想的反向互容耦合的阶跃响应也是一个矩形,如图 7-26 所示。

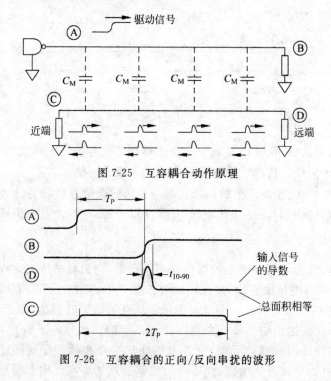

图 7-25 互容耦合动作原理

图 7-26 互容耦合的正向/反向串扰的波形

（3）互感、互容耦合的总体效果

在一般情况下，在有连续的地平面时，感性耦合串扰和容性耦合串扰大小很接近，正向串扰相互抵消掉了，而反向串扰加强了一倍。带状传输线电感耦合和电容耦合非常平衡，所以正向耦合系数很小。微带传输线的容性耦合串扰要比感性的小一些，导致了有小的负正向耦合系数。当地平面不是很理想时，如地平面出现裂缝或地平面为栅格状等，感性串扰要比容性串扰大得多，所以正向串扰电压会大而且是负值，但正向串扰电压值一定不大于反向串扰电压值。

正向串扰与驱动信号的导数和导线的长度成正比，其比例系数取决于电感耦合和电容耦合的平衡程度。一旦这个系数在某种信号下测得，就可以直接用于其他形式的信号。对快速上升沿造成的反向串扰进行建模要简单得多，反向耦合看起来像一个方波脉冲，宽度为 $2T_P$，它的上升时间和下降时间与输入信号相当，高度和输入信号的幅度成正比。反向耦合系数是由导线的参数决定的一个物理常数，这个常数与线长无关。

前面分析了快速上升沿的反向耦合，实际上，任何形式驱动的反向耦合都可表示为

$$v_{\text{Reverse}}(t) = \alpha_R \left[V(t) - V(t - 2T_P) \right] \tag{7-30}$$

式中：$V(t)$ 为驱动信号；α_R 为快速上升沿信号的反向耦合系数；T_P 为导线的传输时延。

如果导线长度比信号上升沿的一半还长，那么反向耦合就有足够的时间达到稳态值。这样导线的反向耦合系数近似表示为

$$\alpha_R \approx \frac{1}{1 + \left(\dfrac{D}{H}\right)^2} \tag{7-31}$$

式中：D 为导线之间的距离；H 为导线离地平面的距离。

如果导线长度比信号上升沿的一半短，那么反向耦合升上去又降下来，到不了稳态的最大值。

7.2.4.2　感性耦合串扰的集总模型分析

用传输线模型来分析时，信号线上的参数都是分布参数，计算时用微分的观点，把信号线看成由一小段一小段的微元导体组成。这种等效方式对于容性耦合的理解比较容易，因为两个电极之间存在电容是显而易见的道理。但对于感性耦合理解起来比较困难，因为电感的标志是个线圈，两个微元电极直接理解成变压器有些困难。用集总模型来分析感性耦合的串扰就比较容易理解，如图 7-27 所示，它把信号回路看成一个线圈，那么两个回路就是两个线圈，线圈之间的耦合就相当于变压器。

线圈 A 中有电流流动产生了磁场，部分磁力线穿过线圈 B。当线圈 A 中流过的电流有变化时，其磁场也跟着变化，导致通过线圈 B 的磁通量发生变化，从而在线圈 B 上感生出噪声电压，这个电压就是串扰。线圈 B 上的感生电压与线圈 A 的电流变化量成正比关系，其比例常数就叫做互感系数，用 L_M 表示。如果线圈 A 中的电流变化一定，那么线圈 B 上的感生电压大小取决于 L_M。

先对信号回路做一个说明。驱动电流遵循着一个原则，就是它会流过阻抗最小的路

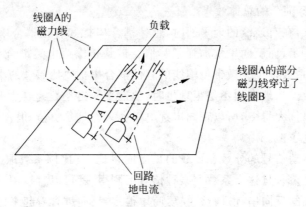

图 7-27　信号回路耦合

径。如图 7-28 所示，在低速的情况下，驱动电流从 A 流到 B，再从地平面返回驱动器，电流流过电阻最小的途径，因为此时阻抗的主要成分是电阻。但是在高速情况下，电流回路的电感远比电阻大，所以此时的回路沿着电感最小的途径，而不是电阻最小的途径。又因为回路的电感与回路的面积成正比，电感最小就意味着回路面积最小，所以电感最小的回路是紧贴着信号走线的路径，如图 7-29 所示。这个回路的面积相当于一个垂直于地平面的矩形的面积，其面积值是走线长度与走线距地平面高度的乘积。

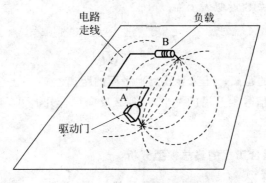

图 7-28　低速信号回路

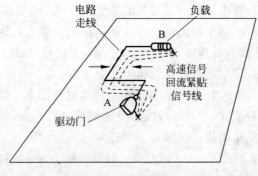

图 7-29　高速信号回路

以下是基于 PCB 板的分析。图 7-30 是 PCB 的一个剖面图,地平面上有两条相互耦合的走线,这两个走线之间的互感串扰可以用式(7-32)来表示。

$$V_{L_M} = \frac{K}{1 + \left(\dfrac{D}{H}\right)^2} \tag{7-32}$$

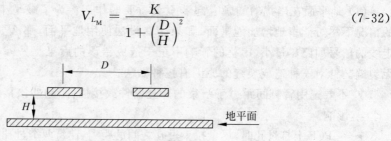

图 7-30　两条相互耦合的走线

从上式分母中可以看出,互感串扰随着走线距地平面之间的距离 H 的增大而增大,随着走线之间的距离 D 的增大而减小。另外,式中的分子 K 与信号的上升时间和走线耦合的长度有关,信号上升沿越小 K 越大,走线耦合长度越长 K 越大。其中,走线耦合长度又与很多因素有关,如走线的绝对长度、走线之间的夹角、两条走线之间的重合程度。走线的绝对长度越长耦合长度越大,夹角越大耦合长度越大,重合程度越大耦合长度越大。

因为高速电路中的信号回路可以看成是一个垂直于地平面的矩形,所以互感串扰可以这样理解:它随着回路平面之间的距离增大而减小,随着回路平面之间的耦合面积的增大而减小。这个耦合面积是回路平面的面积、夹角和重合程度的函数。这就相当于两个互感线圈耦合的情况。

以上的分析都是基于电路中的地平面是一个理想的、连续的、完整的平面的情况,但是实际的电路中往往不是这样,使得信号无法紧贴走线回到驱动端。这有两种情况:

(1) 为了节约成本,PCB 中没有地平面,取而代之的是地线栅格,以至信号只能通过固定的栅格路线返回,这样的话信号回路的面积就取决于栅格的形状以及在栅格中的位置。在相同的布局布线情况下,这个面积比起在有地平面的 PCB 中的回路面积要大得多,所以造成的串扰也大得多,同时回路本身的电感也增加了许多,这对信号完整性也是不利的。

(2) 地平面中出现了裂缝。这里所谓裂缝是指铜平面中出现的一块没有铜的区域。如果在信号走线的正下方出现了裂缝,那么信号回流就不可能紧贴走线返回,它的回路必须要绕过裂缝,所以回路面积必然增加,串扰也就跟着增加,回路本身的电感也同时增加。这时,回路面积的大小与裂缝的位置、大小、形状密切相关。地平面中出现裂缝的原因大致有三种:一是穿孔器件或接插件的管脚间距太小,以至于在 PCB 铺铜的时候没法在管脚之间铺上铜,造成管脚周围连片形成了一块没铜的区域;二是由于电路板的密度太高,在走线打过孔的时候,过孔之间的间距太小,这也可能造成过孔周围连片形成裂缝;三是因为某些原因在平面层中出现了走线,走线的周围就会出现一条狭长的裂缝。

7.2.4.3　串扰的改善方法

两个信号走线之间的串扰取决于它们之间的互容和互感,不过在数字电路中,通常互感串扰要比互容串扰大得多,所以一般只考虑互感耦合。前面通过两种模型来分析了串扰问题,虽然角度不同,但是得出的结论是一致的。以下对如何改善串扰做一个小结:

(1)地平面在串扰的问题上起着至关重要的作用。为了减小串扰,可以在成本允许的情况下尽可能多地增加地平面,如果实在没法使用地平面,那么要保证 PCB 中的高速走线的信号回路尽量小,串扰的影响不至于造成错误的后果。另外,要保证地平面连续、无裂缝。针对三种造成裂缝的原因有三种做法:

- 不要选用管脚间距过于密集的穿孔器件或接插件,除非该接插件对信号回路没有影响。
- 在 PCB 上打过孔时,尽量拉大过孔之间的距离,让每两个过孔之间都能铺进去铜。
- 除非万不得已,一般不要在地平面走线,哪怕只是一根线,它都会对信号回路造成很大的影响。

注意,在 PCB 铺铜时,一定要理解铺铜的各种规则设置,不要因为没有合理设置好规则而致使两个孔之间没有铺进铜。

(2)拉大两条信号线之间的距离,减小耦合程度。

(3)相邻信号层信号尽量相互垂直或成一定的角度。

(4)高速信号线尽量走在贴近地平面的信号层里,以减小走线与地平面之间的距离。

(5)减小高速信号走线的长度,否则高速信号附近会有更多的信号受其影响。一根高速信号线如果贯穿整个 PCB,将会造成很大危害。

(6)在速度满足要求的前提下,使用上升沿较缓的驱动器。

7.2.5　地弹及其改善

接地反弹噪声经常会造成系统的逻辑运作产生误动作,它主要是源自于电源路径以及 IC 封装所造成的分布电感。当器件输出信号有翻转时,就会产生噪声短脉冲。当系统的速度越快或同时转换逻辑状态的 I/O 管脚个数越多时就越容易造成接地反弹。

7.2.5.1　地弹原理

图 7-31 是一个理想的逻辑器件裸芯(die),结合四个管脚的 DIP 封装,其输出管脚驱动一个容性负载,地管脚的引线上存在着引线电感 L_{GND}。假设输出驱动的开关 B 刚刚关闭,那么电路会通过负载电容 C 向地放电。随着电容上的压降降低,其中所存储的电荷流回到地,导致回路中一个大的电流涌动 $I_{discharge}$。该电流从无到有,逐渐变大,然后又衰减,一直在变化。它流过引线电感 L_{GND},在系统地平面和芯片封装内部地平面之间感生出电压降 V_{GND},其表达式为

$$V_{GND} = L_{GND} \frac{\mathrm{d}}{\mathrm{d}t} I_{discharge} \tag{7-33}$$

因为

$$I_{discharge} = -C \frac{\mathrm{d}}{\mathrm{d}t} V(t) \tag{7-34}$$

所以

$$V_{GND} = -L_{GND} C \frac{\mathrm{d}^2}{\mathrm{d}t^2} V(t) \approx -L_{GND} C \frac{\Delta V}{T_r^2} \tag{7-35}$$

式中,ΔV 称电压差动变量,指信号高低电平电压差值;T_r 为信号下降沿时间。

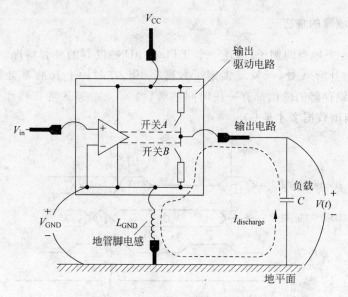

图 7-31　逻辑器件封装的引线电感

　　如上所述,由于输出信号的翻转导致芯片内部参考地电压的飘移叫做地弹。地弹通常对于输出信号的幅度来说是较小的,不会对发射信号造成很大的影响,但它在接收端却是主要的干扰。

　　考虑同一个裸芯(die)的接收端,接收端接收到的信号要减去它本地内部的参考地。因为内部参考地相对于地平面有噪声电压 V_{GND},所以在输入电路看来实际的输入信号为 $V_{in} - V_{GND}$。

　　一个芯片中,如果有 N 个输出接了电容负载,这 N 个输出同时翻转时,就会得到 N 倍的地电流,那么参考地电压也会变成原来的 N 倍。

$$V_{GND} = - NL_{GND}C\frac{\Delta V}{T_r^2} \tag{7-36}$$

　　地弹电压与流过地管脚的电流变化率成正比,当驱动容性负载时,电流是电压的一阶导数,电流变化率是电压的二阶导数。如图 7-32 所示,电压的二阶导数是一个双峰波形,一个正峰、一个负峰。

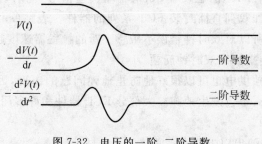

图 7-32　电压的一阶、二阶导数

7.2.5.2 地弹的危害

图 7-33 是一个地弹的例子,描述一个 TTL 的 8D 触发器的地弹情况,它有一个时钟输入。在时钟上升沿 A 处,触发器锁定了数据字 FF,在时钟上升沿 B 处锁定了数据字 00。由于时延,锁存器的输出都有一段时间的滞后。C 点处输入数据已经变成了任意态 XX,而触发器输出数据字才是 00。

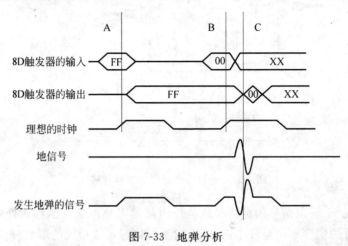

图 7-33　地弹分析

在 A 点,当输出有极性翻转时,负载的充电电流是从 V_{CC} 管脚提供的,所以在地 V_{GND} 上只会造成很小的噪声。在 C 点,所有 8 个输出管脚都输出低电平,这导致产生一个大的 V_{GND} 噪声脉冲,这个噪声脉冲导致的错误叫做双时钟(double-clocking)。

出现双时钟时,在触发器芯片的内部,输入时钟信号要减去 V_{GND},波形如图 7-33 中底端所示。这个波形在 B 点处有一个干净的时钟,紧接着一个由地噪声造成的假信号,它犹如一个时钟使触发器又触发了一次,锁定了此时的数据输入 XX,表现出来的现象就是在输出 00 后不久"神秘"地出现了某个未知的错误输出。说"神秘"是因为如果通过示波器来观测时钟,它会是一个很干净的信号,而封装的内部已经出了问题,但却没法观测到。

7.2.5.3 地弹的改善方法

对于一个双列直插(DIP)的触发器,如果驱动快速信号,同时容性负载较重,这时双时钟错误容易发生,例如双列直插封装 FCT 系列的器件。表帖(surface-mounted)器件,因为它们的管脚很短,所以对双时钟错误不敏感。新的触发器速度越来越快,这需要使用具有很小地电感的封装来解决双时钟问题。

输入/输出电路单独供电也可以很好地防止地弹问题的出现,因为这种情况下,流过输入地管脚的电流很小,不会发生地弹。大部分 ECL 器件和许多门阵列器件都因为这个目的而使用单独的电源。

由式(7-36)可以归纳出以下几点:

(1)接地反弹与引线电感成正比,所以应尽量减少分布电感量。方法有两个,首先是减少 IC 封装的引线电感,做法一是在考虑 IC 引脚的配置图时,就应该将时钟信号或数据/地址总线的最低位(LSB)引脚摆放在靠近芯片的地方；其次是采用引线电感较小的 IC 封装技术。普通的封装里 DIP 的引线电感最大,而表贴技术的分布电感很小,采用 PLCC 封装技术通常会比 DIP 封装技术少 30％的地弹；然后是降低印刷电路板的分布电感量,由于电感和导体的长度成正比,与宽成反比,所以在印刷电路板上地引线尽量用粗线,且直接通过过孔与内层地平面相连以减小走线长度。

(2) 地弹与负载电容成正比,所以应该尽量采用输入电容较小的器件。另外,电路设计时应尽量避免让某个逻辑门驱动太多的负载,因为在数字电路中多负载的容性是相加的。

(3) 地弹与 $\dfrac{\Delta V}{T_r^2}$ 成正比,所以应尽量采用上升沿变化缓和以及电压摆幅小的器件,这与器件的开关特性有关。

(4) 地弹与管脚数 N 成正比,所以在实际的数字系统中应尽量避免地址/数据总线出现由 FFFF 变成 0000 的情况。

7.3　电路的调试与测试

随着数字系统规模的增大,复杂程度的提高,电路测试及可靠性设计变得越来越重要。系统设计者不但要精心设计出符合功能要求的电路,还必须花费大量的精力在电路的测试上。事实上,为实现复杂系统的有效测试所花费的时间通常比完成功能设计的时间还要长。为了得到高可靠性的数字系统,系统设计中的最基本要求之一就是系统的可测试性。为了得到可测试的数字系统设计,需要了解集成电路测试方面的知识,使系统设计者熟悉数字系统测试方面的基本问题。

为什么某些人设计的电路板不能被调试? 直到 20 世纪 90 年代中期,电路板通常只有一种功能,例如：CPU 板,存储板,供电电源板,射频板等等。因为每个板在系统中都有专一的功能,所以相对容易调试。随着 IC 技术变得更加复杂,已经可以在一个板子上实现复杂系统。而且现在在一个几百管脚的小封装芯片上放置一个很大的子系统也成为可能。电路设计者可以在一个很小的电路板上用几个子系统芯片实现一个极其复杂的系统。

现在,一个单板能够包含 2.4GHz 的射频部分、模拟电路、数字器件和电源,把它们集成在一起,最终能在一个微封装如多管脚的 μBGA 里实现 IC 子系统。目前器件的管脚数高达 1000,不远的将来要增加到 2000、4000 及更高。使用这些高集成度的封装导致超密、超复杂的系统都挤在一个 20 层的使用微过孔和内建(build-up)技术的电路板上。IC 的信号可以到达电路板的内层,在内层走线,然后到达另一个 IC。这些信号若都要引出测试点来不是很容易。而且时钟速度上升到了射频,带来了极快的信号沿,如果将这样的信号通过过孔引出测试点来,过孔就会像一个天线(辐射噪声)并冲击电路其他部分的功能。另外,测试点和测试探头会影响分析,因为探头作为信号的负载实际上可能提高了信号的性能,当探头移走后电路板就出错了。这意味着技术快速的发展,使得内部的信号无法很好地被观测,电路板物理上不能被测试。这些问题只会继续变坏,不会变好。

上述情况已经造成各种不良后果：测试性能下降，测试难度加大，测试开销增加，甚至出现测试成本与研制成本倒挂的现象。此外，全球性竞争支配着当今的高技术 PCB 市场，要想在激烈的竞争中生存，就必须不断创新并降低开发成本，同时，产品必须具有世界水平的质量，并且这些产品能够更快地进入市场。要应付所有这些挑战，至少应做到以下两点：一是必须采用最新技术，以保证新产品性能；二是必须避免维修错误，以降低成本。为了能解决这些问题，测试领域产生了一系列新的测试概念和测试仪器，如在产品设计阶段引入可测试性的问题，即电路的可测试性设计。

7.3.1　测试的基本概念

（1）激励与响应

定义：为了确定电路有无故障而对电路所加的任何一组输入值，都可称为一组激励。

定义：在一组或多组输入激励作用下，电路输出所取的逻辑状态称为对输入激励的输出响应。

（2）测试集

定义：能检测数字电路中某个故障的输入激励，叫做该故障的测试向量。

根据逻辑异或运算，可推得测试向量。

设某一电路输入为 $X = (x_1, x_2, \cdots, x_n)$

输出为 $Y = (y_1, y_2, \cdots, y_n) = f(X)$

现对该电路施加激励 $X_i = (x_{1i}, x_{2i}, \cdots, x_{ni})$

使得对于电路中的故障 a 有

$$(f_1(X_i) \oplus f_{1a}(X_i) + f_2(X_i) \oplus f_{2a}(X_i) + \cdots + f_m(X_i) \oplus f_{ma}(X_i)) = 1$$

则称 X_i 为故障 a 的一组测试向量。其中 f 和 f_a 分别为电路对 X_i 的正常输出响应和故障输出响应，$\oplus$ 为逻辑异或运算符，$+$ 为逻辑或运算符。

测试向量可分组合测试向量与时序测试向量。组合测试向量只是用来测试组合电路的，它只是输入信号的一种赋值组合。时序测试向量用来测试时序电路，由于对时序电路的测试需要预加同步序列，因此，时序测试向量是若干输入激励的有序排列，简称测试序列。需要强调的是，时序测试向量各组输入激励次序不可变动。

定义：若干个测试向量的集合，称为测试集。

（3）故障检测与诊断

定义：确定数字系统或电路有无故障，或功能是否正常的操作，叫做故障检测。

故障检测的基本模型如图 7-34 所示。如果输出为 1，则表示检测出故障，如果为 0，则表示未检测出故障。

图 7-34　故障检测模型

定义：通过故障检测发现故障之后，根据需要，确定故障具体位置的操作，叫做故障定位。

定义：包含故障检测和故障定位的操作，叫做故障诊断。

故障按检测特征可分为可测故障、不可测故障、可区分故障和不可区分故障。可测故障是指该故障可被测试序列检测出来,不可测故障则是指该故障不能被任何测试序列检测出来。可区分故障是指两个故障能被测试序列区分开来,不可区分故障是指两个故障不能被任何测试序列区分开。不可区分故障又称等价故障。在进行数字系统或电路测试时,为了减少测试的复杂性,首先必须把所有等价故障归并成一个故障。这样生成测试向量时,只需处理一个等价类中的一个故障。

（4）故障覆盖率

定义：设有一个测试集,它能检测某一电路的故障覆盖率

$$F = \frac{T}{T_{\text{all}}}$$

式中：T 为由该测试集测出的故障数；T_{all} 为所考虑电路中的故障总数。

故障覆盖率是衡量一个测试集质量好坏的一个重要指标,同时又是衡量一个电路是否难测的一个重要指标。

对于电路板的设计而言,调试和测试是两个概念,但是又不是相互独立的,可以说调试是测试的早期阶段。调试时电路板上的器件从无到有,从少到多,电路的功能一点一点被实现,最终完成整个电路。调试阶段就会采用很多测试手段,调试和测试的目的都是在于证明电路设计的正确性,即证明所设计的电路在性能上可以满足指标要求。不过,调试的时候一般电路上还存在某些缺陷和问题,需要在设计上做一些调整和更改,以达到电路功能基本正确的目的。而且,调试时电路板所处的环境和条件是比较优越的,调试也往往在某一特定的前提下进行,不可能保证在各种其他可能出现的情况下电路板在功能和性能上都能满足要求。用"黑匣子"的观点来理解,电路调试往往是给黑匣子一个特定的激励,观测其响应,如果正确无误就表示调试阶段可以结束了。接下来的测试,就是产生各种可能的测试向量去激励黑匣子,观测其响应,如果所有的响应都正确无误,那么测试也就结束了。为了保证测试的全面性,所产生的测试向量集最好是完备的,即故障覆盖率为100%。实际上这一目标并不容易实现,一方面这样可能会使得测试的工作量非常大,另一方面有些情况下测试不可能产生完备的测试向量集,或寻找完备的测试向量集也非常困难,这就需要在测试的充分性和代价之间寻求一个折中。

7.3.2　电路的可测性

可测试性指能及时准确地确定产品的运行状态（可工作、不可工作或性能下降）和隔离其内部故障的设计特性。可测试性在一开始并不是一个独立的概念,一般仅仅作为故障检测与维修的一部分,是系统可靠性与维修性的附属产物。可测试性的概念是在 1976 年由 F. Liour 等人所写的《设备自动测试性设计》一文中首次被提出,随后便被用于诊断电路的设计和其他领域。到 1895 年,美军颁布了 MIL-STD-2165《电子系统和设备测试性大纲》,该大纲把测试性作为与可靠性和维修性等同的设计要求,并明确规定了电子系统及设备各研制阶段应实施的测试性分析、设计及验证的具体实施方法。MIL-STD-2165《电子系统和设备测试性大纲》的颁发标志着测试性已经成为一门与可靠性、维修性并列的独立学科。

本书所说的电路的可测性是指电路板调试过程中,集成电路芯片功能的可测性和电

路板上电路功能可测性。

对于集成电路,传统上其设计与测试是相互独立的两个问题,电路设计者所关心的主要是电路的逻辑功能、速度时序以及电性能参数等。随着器件集成度的不断提高,芯片内部电路日益复杂,如果不在设计集成电路的同时考虑芯片的测试,则芯片制造后测试工作将非常困难甚至无法测试。因为电路结构一旦固定,其内部节点的可控性和可观测性就不能再改变。如果电路中含有很多可测试性差的节点,不仅测试矢量的设计非常困难,而且要达到令人满意的故障覆盖率所需测试矢量的长度可能会超出测试设备的允许范围。因此,功能设计和测试设计必须紧密结合。现在,各种可测试性设计方法被越来越广泛地应用于集成电路设计中。

所谓集成电路的可测性设计,指的是在集成电路设计的初始阶段就将可测试性作为设计目标之一,而不是单纯考虑电路功能、性能和芯片面积。各种可测试性通常会使电路的性能特别是速度降低,而且需要增加额外的电路,从而增加芯片面积。集成电路的可测试性方法有多种:针对性可测试性设计方法、扫描路径法、内建自测试、边界扫描技术等。其中边界扫描技术主要用于电子系统的板级测试。IEEE 1990 年制订了边界扫描的测试标准,并被国际电子业界所广泛接受。该标准要求在集成电路中加入边界扫描电路。在进行板级测试时,可以在模式选择的控制下,将板内所有集成电路的所有引脚构成一条沿集成电路边界绕行的移位寄存器链,通过将测试数据串行输入到该移位寄存器链的方法检查来发现板内的连接故障或器件焊接故障。为了满足这一要求,进行集成电路设计时也应该在电路内部增加相应的边界扫描电路。7.3.3 节中将对这一标准作具体介绍。

对于电路板上电路功能的可测性与集成电路是类似的,随着印刷电路板密度的不断增加以及表面安装技术(SMT)的采用,电路节点的物理可访问性大大降低,所以必须在电路板的设计阶段就考虑电路的可测性,增加电路节点的可测试点,便于调试和测试时一些关键信号的测量。

过去,如果某一产品在上一个测试点不能测试,这个问题就会被简单地推移到下一个测试点上去。如果产品缺陷在生产测试中不能被发现,则此缺陷的识别与诊断也会简单地被推移到功能测试和系统测试中去。相反,今天人们试图尽可能提前发现缺陷,它的好处不仅仅是成本低,更重要的是今天的产品非常复杂,某些制造缺陷在功能测试中可能根本检测不出来。其中的一些问题可以通过"测试友好的电路设计"来解决,这可能要增加设计成本。不过,不易测试的电路设计费用更多。测试本身是有成本的,测试成本随着测试级数的增加而增加;从在线测试到功能测试以及系统测试,测试费用越来越大。如果跳过其中一项测试,所耗费用甚至会更大。一般的规律是每增加一级测试,费用增加 10 倍。通过测试友好的电路设计,可以及早发现故障,从而使测试友好的电路设计所费的钱迅速地得到补偿。

有三个概念应当始终贯穿在新的电路设计过程中:能见度(visibility),简化度(simplicity),灵活性(flexibility),牢记这几个原则,将为以后的电路调试、测试节省大量时间。以下是对电路板级可测性设计的一些考虑:

(1) 信号探测点

为了验证板上各个元件、器件间通信是否正常,应当在关键信号线上设置探测点,或者是借助标准的插座将信号引出。如何选择这些关键信号,则需要设计人员根据相应的器件手册,视具体应用情况而定。

探测点可以放置在需要经常观察的信号线上,以及电源和地线上,这样便于用示波器进行观察。使用插座更可以方便诸如逻辑分析之类的设备来捕捉时序波形,这样的插座建议采用 AMP 公司的阻抗匹配连接器(matched impedance connector,MICTOR)。

(2) 子系统的独立性

简化设计对于实现电路的快速调试尤为关键。现代 DSPs 系统大多都具有较高的复杂度。为了简化调试过程,这样一个复杂系统在设计时应当让各个部分尽量可以独立测试。可以将整个系统分为若干个模块,最理想的情况下,各个模块互相可以独立工作,也可以单独进行测试。例如,检测串行输入数据流时,不用考虑外部存储器的存取功能;或是检测外部存储器时,避开共享存储的情况。这样不仅便于功能调试,也便于故障定位。

(3) 手工复位

电路中建议添加一个按键开关为系统提供硬件复位信号。在早期的原型设计/调试阶段,系统中多个器件很可能出现一些非法工作状态。这种情况下,手工硬件复位是一个最简单的方法,将系统重新初始化,使各个部分重新进入默认状态。

(4) 跳线和拨码开关

灵活性是设计中需要考虑的另一个问题,在电路中适当地增加跳线和拨码开关会使得电路工作模式变得很灵活。如 C6000 本身有多种工作模式,虽然对于每一个应用系统而言,DSPs 的工作状态一定是有固定规律的,但是为不同的工作模式预留一些设置手段会给调试工作带来方便。放置跳线和拨码开关是一个较好的实现手段。

另外,还可以在一些难以预先决定的设置管脚附近,放置上拉/下拉电阻,为以后的电路更改提供方便。

7.3.3　JTAG 测试电路

7.3.3.1　概述

JTAG 测试电路遵循 IEEE 1149.1—1990 标准,即 IEEE 的标准测试访问端口和边界扫描结构。该标准由 JTAG 组织制订,1990 年正式被 IEEE 批准。此后,许多公司在很多种类型的集成电路芯片中实现了此标准,比如 DSPs、FPGA、存储器和各种接口芯片等等。这个标准的制订,使得复杂集成电路的测试有了一个统一的硬件接口——JTAG口,同时基于该标准的测试软件也有很大的发展。

IEEE 1149.1—1990 定义了针对数字集成电路和模数混合集成电路数字部分的测试访问端口和边界扫描结构,为已装配器件的集成电路板和其他基于高复杂度的数字集成电路及高密度的表面安装技术的产品的测试提供解决方案。该标准也提供访问和控制建立在数字集成电路内部的可测试设计的(design-for-test)功能部件的手段。这些功能部件可能会包含内部扫描路径和自测试功能,也可能包含其他打算在已装配器件的产品中支持的功能。

标准定义了测试逻辑,这些逻辑包含在集成电路里,提供了一个标准化的方法完成以下功能:

- 装配到印刷电路板或其他的基材上,测试集成电路间的互连。
- 测试集成电路本身。
- 在器件的正常操作期间观察或修改电路的动作。

测试逻辑包含一个边界扫描寄存器和其他模块,能够通过测试访问口(test access port,TAP)来访问。

7.3.3.2　IEEE 1149.1 标准的操作

IEEE 1149.1 标准定义的电路中,可以向器件中输入测试指令和相关的测试数据,然后读出指令的执行结果。所有的信息(指令,测试数据和测试结果)都以串行格式传输。操作的顺序受总线主控者(master)的控制,主控者可以是自动测试设备(ATE),或者是可以和更高级测试总线进行接口的器件。访问的控制通过测试模式选择(TMS)信号和测试时钟(TCK)信号来实现。以下是典型的操作顺序。

一般第一步是串行地向器件中加载执行特殊操作的指令码,指令完成的动作在指令串行移动过程中并不执行,直到指令的移位过程完成后才执行。一旦指令加载完毕,被选的测试电路立即对配置做出响应。某些情况下,在被测电路做出响应之前需要加载数据。数据串行加载到器件的方式和指令是相似的,但测试数据的移动没有指令的效果。

接下来测试指令开始执行,根据输入的数据,测试结果可以通过器件输出的串行数据或总线主控者来检测。如果相同的测试操作需要不同的数据,新的测试数据在测试结果移出后就能移入器件,不需要重新加载指令。

7.3.3.3　使用 IEEE 1149.1 标准测试已装配的产品

(1) 电路板测试的目标

任何产品测试问题都可以归类为三个目标:

- 证实每一个器件执行了它需要的功能。
- 证实器件是以正确的方式互连的。
- 证实产品中器件之间相互作用是正确的,且产品执行了要实现的功能。

目标是分层的,它能应用于由集成电路构建的电路板中,也能应用于由电路板构建的系统中,或应用于由一组简单的功能模块构建的复杂电路中。为了简化讨论,描述将集中于由数字集成电路构建的已装配器件的印刷电路板的情况。

在电路板级,前两个在目标(a)和(b)典型情况下是使用在电路(in-circuit)测试技术来实现。对于第三个目标,则需要功能测试。然而,当面对表面安装互连技术时,如使用针床(bed-of-nails)夹具去保证小型化印刷电路板的可靠连接,在电路测试技术方面就有很大的限制。如果测试访问普通的电路连接受限,而且特殊测试连接又比较少时,上述三个测试目标如何达到呢?

考虑第一个目标,很显然,集成电路厂家对他们的器件有确定的测试方法。器件能够在专用 ATE 系统上或使用内嵌在设计中的自测程序进行测试。所采用的测试方法一般对于器件购买者是不可知的。即使知道存在自测试操作模式,这些模式也不会在文档中描述出来,器件使用者无法获取。电路板测试工程师能够获取的测试数据可以是在电路测试系统提供的,或者是负责发布器件的检测人员提供的。

一旦器件被装配到了印刷电路板上,下一步就是使用测试数据进行测试。如果对已装配的电路中普通的连接点进行访问受限,测试会很困难。如果周围的器件很复杂,或者电路板设计者已经将一些器件的管脚连接到了固定的逻辑电平上或悬空时尤其是这样。一般的,除非在电路测试可以实现,否则电路中器件的测试不可能和独立的测试一样。

为了保证能够使用内建测试(built-in test)功能或应用预先存在的(pre-existing)测试模型,需要一个主机(framework)来将数据传送到单个器件的边界中去或者从中将数据取出来,就好像这个器件是独立存在的。这个主机也要能访问和控制器件的内建测试功能。边界扫描加上测试访问总线就组成一个主机。

这个标准的目标是定义一个可以被采纳为集成电路设计标准功能模块的边界扫描结构,使得可以应用测试主机在已装配器件的印刷电路板或其他的产品上进行测试。

(2) 什么是边界扫描(Boundary Scan)

在边界扫描电路中,临近每个管脚处都有一个移位寄存器组(包含在边界扫描单元里),通过这个寄存器组可以控制和观测器件边界管脚处的信号。

图 7-35 中描述了一个边界扫描单元的例子,该扫描单元可以将输入或输出连接到集成电路上。通过多路选择器的控制信号,数据可选择是从信号输入口(例如输入管脚)输入,或是由寄存器驱动通过该单元的信号输出口(例如,进入器件设计的核心)。第二触发器(由时钟 B 控制)用来保证当新数据移入第一个触发器时以前的驱动的信号还能保持。这个触发器不是必需的。

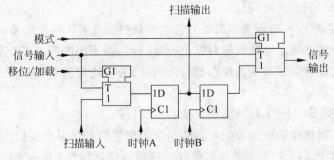

图 7-35　边界扫描单元

器件管脚的边界扫描单元在芯片内部设计的周围相互连接在一起形成一个移位寄存器链,并且这个路径提供串行输入、输出、时钟和控制信号。在装配了多个集成电路的产品里,每个器件的边界扫描寄存器都可以串行连接在一起形成一条路径,如图 7-36 所示。当然,电路板也可以包含几条独立的边界扫描路径。

如果所有的器件都有边界扫描寄存器,那么电路设计中最终的串行路径有两种使用方式:

- 为了允许不同器件之间的互连可被测试,测试数据能够移入所有与器件输出管脚相连的边界扫描寄存器单元,并且通过器件之间的互连并行地加载到与输入管脚相连的扫描单元中。

- 为了允许板上的器件被测试,当执行内部自测试时,边界扫描寄存器可以不受周

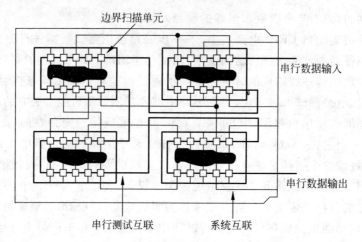

图 7-36　可实现边界扫描的电路板的设计

围器件的干扰,而作为孤立的片上系统逻辑使用。换句话说,如果边界扫描寄存器设计得合适,它允许对片上系统逻辑进行低速静态测量,因为它允许传送测试数据给器件并且检测测试结果。

通过这些边界扫描寄存器的测试可以实现前两个目标。实际上,目前在电路测试器可以确定的错误很多都可以使用寄存器检测出来,而不需要扩展针床来实现。第三个目标,即对已完成的产品操作的功能测试将不能实现,它能够使用功能(通过管脚)ATE 系统或者系统级的自测试来实现。

注意,通过在器件的输入和输出处并行地加载扫描单元并移出结果,边界扫描寄存器可以对流过器件或已装配电路板的数据进行"采样",但不影响器件或电路板的功能。这种操作模式对于设计调试和错误诊断是有用的,因为它能检测在系统测试时用普通方法所不能访问的连接。

(3) 使用 IEEE 1149.1 标准实现其他的测试目标

除了应用于测试印刷电路装配和其他包含多个器件的产品外,这个标准所定义的测试逻辑能够被用于访问大部分建立在器件内部的可测试设计(design-for-test)的功能部件。这个功能部件可能包含内部扫描路径、自测功能(如使用内建逻辑模块观测器(BILBO)组件),或者其他被支持的功能部件。

7.3.4　测量仪器

测量仪器对于电路测试来说至关重要,高速电路的测量对仪器性能指标的要求也将更高。高速电路的测量经常使用的仪器有示波器、逻辑分析仪和时域反射分析仪。

7.3.4.1　示波器

示波器是电子电路测量中使用最普遍的仪器,它是用来测量、显示被观察信号的波形与参数,并能够记录、存储、处理待研究波形的多用途电子显示仪器。在荧光屏或 LCD 等显示器屏幕上,对信号波形和参数所进行的观察、测量、存储、运算与后续处理及信号的取出、再显示与研究分析的整个过程中的波形测试技术，称为示波测量法或示波器测量法。基于模拟示波器的示波测量法是对被测信号的全息测量技术。数字示波器是引入微处理器/微机对仪器实现程序控制和光标测量与数字读出，或微处理器/微机参与波形显示，将信号经过采样、A/D 转换、存储、运算、D/A 转换等操作和数字化处理，进而对信号波形与参数实现显示、复制、测量与分析，此即为数字化示波测量法。

现代的示波器大部分都是数字存储示波器（DSO），其基本原理框图如图 7-37 所示。

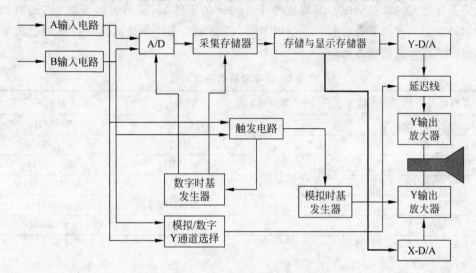

图 7-37　数字存储示波器基本原理框图

因为示波器应用很普遍，相关原理也有很多参考书进行介绍，这里不再详述。下面主要介绍选用数字存储示波器最主要的几个技术指标。

数字存储示波器的技术指标有：通道数，带宽，上升时间，采样率，存储深度，触发类型，波形分析等等，其中最主要的是带宽、上升时间和采样率。

（1）带宽

在选择示波器时，带宽是最重要的标准，它决定了示波器在测量信号时的基本能力。如果带宽不足，示波器则无法显示高频变化，像幅度出现失真、边沿变缓、信号细节亦荡然无存。如果示波器的带宽不足，所有的特征都将毫无意义。通常来讲，示波器的带宽是指作为一个低通滤波器时系统的 3dB 带宽。在具体应用中确定适当的示波器带宽，可使用"5 倍定律"：

$$所需要示波器带宽 = 测量信号的最高频率分量 \times 5$$

用"5 倍定律"选择的示波器，可为测量值提供大于 $\pm 2\%$ 的精度，对于目前的应用而言，这个精度足够了。然而，随着信号速度的增加，这一概测法也可能无法达到目的。但要永远记住，仪器带宽越高，重现的信号就越精确，可测量的信号频率范围就越大。

（2）上升时间

这个指标在数字系统中非常重要，示波器必须有足够快的上升时间，才能精确地捕获到快速瞬态信号的细节。在计算所需的示波器上升时间时，可采用下式：

$$所需示波器上升时间 = 被测信号的最快上升时间 \div 5$$

示波器上升时间的选择和带宽的选择差不多,上升时间越小,则可更精确地捕获快速瞬态信号的关键性细节。在某些情况下,只知道信号的上升时间和示波器的带宽,可以下式估算出信号的带宽:

$$带宽 = \frac{k}{上升时间}$$

其中,k 是介于 0.35 和 0.45 之间的一个值,它取决于示波器的频率响应曲线的形状和脉冲上升时间的响应情况。对带宽小于 1GHz 的示波器,该值通常为 0.35,而对带宽大于 1GHz 的示波器,该值通常在 0.40 和 0.45 之间。表 7-2 是测试各种系列逻辑电路时选用示波器带宽的参考表。

表 7-2　数字电路选用示波器

逻辑电路系列	信号上升时间(典型值)	计算的信号带宽	示波器所需带宽
TTL	2ns	175MHz	875MHz
CMOS	1.5ns	230MHz	1.15GHz
GTL	1ns	350MHz	1.75GHz
LVDS	400ps	875MHz	4.375GHz
ECL	100ps	3.5GHz	17.5GHz
GaAs	40ps	8.75GHz	43.75GHz

（3）采样率

采样速率是指数字示波器在单位时间内采集的信号样本数。示波器的采样速率越高,显示的波形分辨率就越高,细节就越清晰,关键信息丢失的可能性就越小。那么,怎样计算采样率要求呢? 这需要根据被测信号的波形以及示波器所使用的信号再现方法来确定。示波器使用的信号再现方法一般有两种: $\frac{\sin(x)}{x}$ 内插法和线性内插法。若需通过 $\frac{\sin(x)}{x}$ 内插法获得精确的信号再现,所用示波器的采样率至少是信号最高频率分量的 2.5 倍。若使用线性内插法,则采样率至少是信号最高频率分量的 10 倍。

7.3.4.2　逻辑分析仪

正如在模拟电路错误分析中需要示波器一样,在数字电路故障分析中也需要一种仪器——逻辑分析仪,它适应了数字化技术的要求,是数字逻辑电路、仪器、设备等的设计、分析及故障诊断工作中不可缺少的工具。因为逻辑分析仪有很多通道,可以用来同时观测一组信号,以分析复杂的时序,如 DSPs 对存储器进行读写,如果想测试其读写时序是否正常,需要同时对数据、地址和控制共几十个信号线进行观测,这时示波器将无法胜任,只能用逻辑分析仪来测试。另外协议类的复杂时序也适合用逻辑分析仪来观测。

图 7-38 是逻辑分析仪的简化框图,尽管逻辑分析仪的种类型号繁多,但基本结构是类似的,都是由数据获取和数据显示两大部分组成的。前者捕获并存储所要观察分析的数据,后者用多种形式显示这些数据。

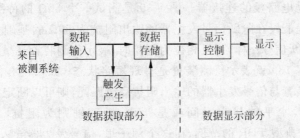

图 7-38　逻辑分析仪简化框图

　　数据由彩色编码的探头向被测试的设备进行采集,然后送至逻辑分析仪。实际上探头里面集成了一个电压比较器,用来对输入信号和预置的电压门限进行比较,以确定信号电平的高低状态。采集到的数据被存放在存储器中,一般这个存储器是循环存储器,在触发之前数据一直都往存储器中写,写满后新数据就覆盖掉最旧的数据。当触发发生时,测量操作立即或延迟一个预定的时间停止,数据不再被写入存储器中。然后显示器将存储器中的数据显示出来以供用户观测,或用软件将数据读出进行分析,例如观测程序存储器的数据线和地址线就可以对 CPU 中执行的程序进行汇编分析。在这里,关键是触发,它的作用是在被分析的数据流中搜索特定的数据字。一旦发现这个数据字,便产生触发信号去控制和存储有效数据。因此,它决定了欲观察的数据窗口在数据流中的位置。

　　早期的逻辑分析仪有两种,一种是逻辑定时分析仪,一种是逻辑状态分析仪。现在的逻辑分析仪把两种仪器合为一体,仅区分为两种工作方式:逻辑定时分析和逻辑状态分析。逻辑定时分析和逻辑状态分析最大的不同点是两者所采用的时钟不同,逻辑定时分析的采样时钟是由内部时钟发生器产生的,逻辑状态分析的采样时钟是由被测电路提供的。逻辑定时分析用于分析信号的时间关系和传输延迟,逻辑状态分析用于进行功能分析。

　　逻辑分析仪最重要的技术指标有三个:采样率,存储深度和通道数。采样率越高、存储深度越深、通道数越多,逻辑分析仪的性能就越强。

7.3.4.3　时域反射(TDR)分析仪

　　时域反射法是用来测量电缆、连接器或电路板上传输线的阻抗值以及阻抗变化、分布电容和分布电感、断点距离很方便的方法。传输线的特性可以在时域进行分析,像在时域分析数字信号的完整性一样。目前,工程师们都是使用建模工具来设计高速电路,一旦硬件设计出来以后,必须进行真实的测量来确定建模是否精确,然后对测得的问题进行修改。

　　时域反射分析仪可以是由一部高取样率(通常是 Gb/s 以上)的数字示波器和一个阶跃信号发生器所组成。

　　时域反射的工作原理是由阶跃信号发生器导入一个阶跃信号到待测量装置,然后从参考面来测量反射信号的振幅和延迟时间。待测装置可以是一个印刷电路板的铜箔通路,一颗裸芯片或是电路板的连接器。图 7-39 是测试一个 50Ω 的待测装置所获得的结果,这个测量结果是假设在阶跃信号发生器的输出阻抗为 50Ω 的基础上的。当反射信号的振幅和入射的阶跃信号一样,而且相位为同相时,表示待测装置是呈现开路状态;若振幅相同,但相位相差 180° 就表示待测装置是呈现短路状态;如果没有任何反射信号出现的话,就表示待测装置与信号发生器的输出阻抗完全匹配,则可以断定待测装置的阻抗为 50Ω。在图 7-39 里,水平轴代表时间或是距离,垂直轴则为阻抗,单位为欧姆(Ω)。图 7-40 是测试一个典型 TDR 的范例,在这个例子里,信号发生器导入一个 200mV 的入射阶跃信号 V_i,信号发生器的输出阻抗为 50Ω,在观测点测得了一个 $\frac{1}{3}V_i$ 的反射信号,根据图中的公式可以推导出待测装置的阻抗为 100Ω。以上的讨论都是假设待测装置是一个纯电阻的电路,但实际上绝大多数电路是会有电感或电容存在的,所以测得的波形也就会呈现指数变化。图 7-41 是测试一个典型的印刷电路板的结果,可以发现改变印刷电路板的铜箔宽度可以形成电容或者电感,其中阻抗较低的是电容响应,而阻抗较高的是电感响应。

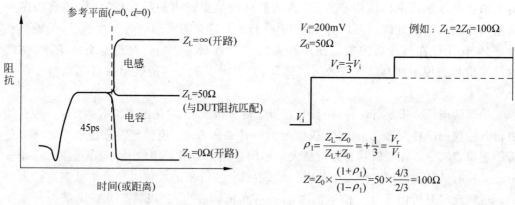

图 7-39　一个典型的时域反射的测量结果　　　　图 7-40　一个电阻式 TDR 测量的范例

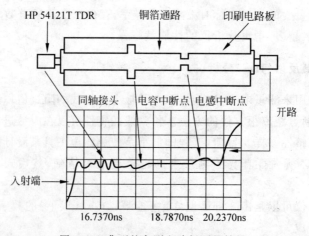

图 7-41　典型的印刷电路板测量结果

7.4　电路板级设计

　　传统的电路板设计方式是先进行设计,然后建立一个物理(硬件)原型,把它放在测试台上进行调试直至可以工作。这种方式只有到了最后阶段调试时才能发现电路板设计中存在的大部分的问题,而且解决问题可能延迟产品的上市时间。

　　现在,对系统工程师和布局布线工程师来说有许多计算机辅助(computer-aided)仿真验证和分析工具可以使用。但迄今为止,这些工具只有相当少的一部分被广泛使用,这可能是因为很多仿真验证工具只能提供单独的方案而不能很好地集成到设计工具套件中去,而且仿真验证工具一般给人的感觉是不够高级(non-experts),不过这个状况正在改变。因为仿真验证已经不再是一个"纯工程技术(engineering only)"问题,而已成为了商业上关注的焦点,这驱使仿真验证逐渐成为主流。一个设计如果没有经过充分的仿真验证则需要更长的开发时间,且产量低、次品率高、维护费用高。此外,通过合适的仿真验证和分析,可以优化设计实现更小的尺寸、更好的性能、更低的功耗和更低的成本。

　　目前电子产品的上市周期越来越短,而其复杂度、性能、质量和成本上的约束却与日俱增。复杂度的增加意味着建立和调试硬件原型的时间在增加。事实上,花在建立和调试产品原型上的时间比产品上市需要的时间少得多。

　　驱使仿真验证方式上改变的关键因素是:封装技术的发展和电路板走线密度的增加导致电路板物理上不可测试和调试,所有这些因素意味着板级虚拟原型正快速地成为当代电子产品唯一可行的选择。未来的电子产品将需要系统级的虚拟原型,在实施硬件之前整个设计都存在于计算机存储器中并在虚拟世界中完成仿真验证。

　　在设计流程中引入仿真验证是现代电路设计与传统电路设计最大的区别,EDA 工具的功能不断强大给电路板的设计带来了很大的方便。

7.4.1　电路板级设计流程与仿真验证

7.4.1.1　电路板设计流程

　　创造一个系统级的电子产品设计的主要步骤有:**概念**(concept),**捕获**(capture),**板图设计**(layout)和**制造**(manufacture)。**概念**阶段包含定义技术需求和决定设计的整体结构,**捕获**阶段是通过描述产品功能来获得设计原理图,**板图设计**阶段包含确定电路板上器件的最优布局和布线,以及考虑用于多个电路板之间连接的电缆或者连接器的数量。最终,产品被制造和发布。从系统设计角度来说,前三个步骤是设计者最关心的,这是一个高度简化的流程,包含了电路板级设计最主要的阶段,另外还有一些可能的阶段没有反映出来。举例来说,一个多板系统,在**板图设计**和**制造**之间还有集成(integration)阶段。

　　早期的电子产品完全用手工来设计,没有计算机辅助工具来辅助系统设计工程师和板图设计工程师,电路图是用笔、纸和模板来绘制的。同样,布局就是在一张具有板形外框的纸上进行的,器件用卡板来代替,板上的铜走线用不同的颜色代表板的顶层和底层,也没有可用的计算机辅助仿真验证工具来保证设计功能的正确性。这样,可以决定产品是否能够工作或工作是否完好的唯一方式就是用肉眼观察,这需要建立一个硬件原型,然后通过任何可用的手工测试设备来评估,流程如图 7-42 所示。

图 7-42 早期的设计验证基于建立和调试硬件模型

在原型中发现的简单错误会导致布局布线的改变,最初这是通过用小刀割线或手工加飞线来解决的。更加严重的问题就需要修改原理图,更换或增加器件。最坏的情况可能是当前的设计完全被否定,又回到概念阶段完全重新确定体系结构。许多错误导致需要创建新的原型,导致产品在交付制造之前数次的循环(建立原型→发现问题→解决问题→建立新的原型)。另外一种更加糟糕的情况是经常解决了一个问题却引入了新的问题。所以,通过这种方式进行设计是极其耗时、昂贵且易出错的。

随着电子设计和器件变得越来越复杂,在设计进程中引入自动辅助设计变得很必要。20 世纪 60 年代末 70 年代初,出现了最早的模拟电路仿真器(simulator)和数字逻辑仿真器形式的设计评估与仿真验证工具。而且,在这个时期,第一个帮助电路板实现数字化以及电路板板图设计的计算机辅助设计(CAD)工具也出现了。接下来 70 年代中期,出现了辅助设计原理图的计算机辅助工程(CAE)工具。80 年代,所有这些工具(捕获,板图设计和仿真验证)都统称为电子设计自动化(EDA)工具。

随着时间的推移,新的集成电路、器件封装和板图设计技术在不断涌现。今天需求的电子产品体积不断变小、速度不断变快、功耗不断变低、重量不断变轻并且功能丰富。而且,消费者不断需要更多复杂的功能集,这导致需要极大的额外计算机资源。时钟频率和信号速度急剧地增加,而且目前无线产品爆炸式地增长,种种因素导致了大批复杂仿真验证工具诞生,如信号完整性(SI)分析、射频频率(RF)设计和可制造性设计(DFM)。

以前,设计一个产品可能花上几年的时间,而现在,在引入了仿真验证手段之后,大大减少了设计时间,产品上市要快得多。仿真验证的另外一个好处是可以减少过分约束的设计的代价。在没有合适的分析技术时,工程师必须使用保守的习惯。这些习惯包括在每个信号层之间放置电源/地平面,使用容错性更好的(更贵的)器件、好的电路板基材以及增加额外的端接电阻和解耦电容来"以防万一"(just in case)。保守也意味着对噪声裕量、走线长度等持过分小心的指导思想。然而,虽然过分约束设计帮助产品在没有充分仿真验证的情况下可以正常工作,但这也会造成成本的增加,且对性能可能有负面影响。通过合适的仿真验证,有可能使用更快的时钟、更低的电压、更低容错性(更便宜)的器件,并且可以压缩板上的设计使得电路板面积更小。

7.4.1.2 仿真验证

现在有许多不同的仿真验证类型,这里只考虑一种类型——信号完整性(SI)仿真,它已经集成到了设计流程中。

尽管一个逻辑设计师可能考虑信号时把它当作"纯"数字信号,实际上它们也会体现出模拟的效果,如过冲、下冲、振铃和串扰。设计师显然是希望减小这些影响,然而早期的设计师没有任何的仿真验证工具。取而代之,他们建立一个硬件原型,用测试设备探测这些信号去寻找这些不理想的特性,具体流程如图 7-42 所示。如果调试过程中发现一个问题,他们可能会通过改变端接电阻、修改布线让走线变短、增加或更换器件、修改拓扑等方法来解决。不管怎么做,最终必须得重新建立原型,不过那个时候往往会发现,虽然解决了最初的问题但同时又引进了新的问题,所以还得循环往复,直到问题彻底被解决。

　　建立一个原型是既费时又费资金的,所以循环的次数越少越好。设计者可以在设计进程中增加一个阶段,如图 7-43 所示,创建特殊的计算机辅助仿真验证工具叫做信号完整性(SI)工具,可以用它来自动检测诸如过冲、下冲和串扰等问题,以减少循环次数。

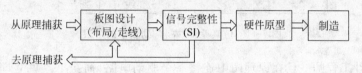

图 7-43　可在板图设计之后使用信号完整性工具

　　SI 工具允许工程师在虚拟世界里加驱动信号并探测信号线上的响应,像真实世界的情况一样。SI 工具(和其他仿真验证工具)的目标是让工程师基于“虚拟原型”进行的仿真验证变得很准确。理想情况下,仿真验证应该去除所有硬件原型,当到达这个阶段时,根本就没必要建立硬件原型。

　　然而,当使用这个串行流程(在板图设计后运行 SI 工具)的时候仍然有问题。最早的仿真验证工具是单独的产品,所以以前的板图设计工具需要将物理布局布线数据存储在计算机硬盘里,然后 SI 工具将数据读出来供用户执行仿真验证并输出潜在的问题列表。用户随后回到板图设计阶段做手动修改。尽管数据可以被存储且 SI 工具可以重新运行,然而用户会发现解决了原先问题的同时也会引入新的问题,然后必须又要循环往复地解决新问题。

　　这个问题的解决办法是将 SI 仿真验证工具和板图设计工具紧密结合在一起,让它们共同使用计算机存储器里的同一个数据集。这样,SI 仿真验证不是只能在板图设计结束后才能进行,而在整个板图设计过程中都可以处理。

　　这种情况下,只要用板图设计工具走了一根线,SI 仿真验证就会自动执行去保证走线的长度、阻抗、拓扑、形成走线的元素(如过孔)和端接电阻值是一个合适的值,以致不会出现 SI 问题,如极大的过冲和下冲等。而且还要保证这根线不会对邻近的线造成太大的串扰,同时保证临近的线也不能对自己造成太大的串扰。如果有问题,那么板图设计工具很快地就能做出适当的修改去解决。

　　这个过程就好比用文字处理器去检测拼写错误。十几年前,打一个文档,需要先输入,打印,然后手动去审阅。如果文档中有错误要做修改,则需要重新打整篇文章。这相当于设计一个电路板,建立硬件原型然后去调试 SI 问题。更高级的文字处理器有拼写检查选项,可以在文档输入的同时按下“拼写检查”键,这相当于设计电路板后再运行 SI 仿真验证。某些情况下拼写检查器甚至不问你就更正了错误,如句子开头单词首字母要大写,在其他情况下,会在你输入了拼写错误的单词后立即进行高亮显示,并根据上下文给出可选的更正方式。这相当于今天板图设计工具和 SI 工具紧耦合在一起的情况。

这里,设计进程所作的变动的第一步是创建一个仿真验证工具并且可以"在线(in-line)"使用。第二步是将它紧耦合到设计流程的板图设计阶段。还有第三步,就是"左移"仿真验证使它在设计进程的前一个阶段就可用。越早发现问题,就会越快、越容易地解决问题且花费资金越少,如可以在捕获工具中使用 SI 仿真验证工具的某些功能,如图 7-44 所示。

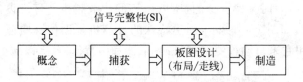

图 7-44　仿真验证"左移"到更早的阶段

这样,设计工程师一旦在原理图中连接一个驱动电路,捕获工具就立即调用 SI 仿真验证,由 SI 仿真验证给出潜在问题的反馈,设计者可以依此做出修改。

为了实现真正的虚拟原型环境,需要将仿真验证"左移"到设计流程的最始端。例如说 SI,可以将它"左移"到概念阶段。系统设计师能够评估不同技术的 SI 问题的牵连,同时也定义了对流程中下流(downflow)工具的约束。

当然,信号完整性只是仿真验证的一种。实际上,还有许多仿真验证技术,具体如表 7-3 所示。

表 7-3　　各种仿真验证技术

模拟信号仿真	混合信号仿真
可制造性设计(DFM)	射频(RF)
设计规则检查(DRC)	可靠性
数字信号仿真	信号完整性(SI)
电气规则检查(ERC)	焊接/热剖析(PROFILE)
电磁兼容性(EMC)	热
电磁干扰(EMI)	时序
机械特性(振动、冲击、受压)	

与 SI 类似,许多这类工具只是独立地针对设计流程中的一个特殊部分的仿真验证解决方案。然而随着时间的推移,会有越来越多的仿真验证工具扩展到设计流程的其他阶段,如考虑时序、仿真(模拟,数字和混合信号)、RF、EMC 和 EMI,如图 7-45 所示。

(1) 建模问题

目前在设计进程中采用仿真验证工具有两个关键的问题:一是将工具集成到设计进程中(易用),二是仿真模型的可用性和质量。许多人认为后一个问题,模型的可用性和质量是目前业界最大的问题。

事实上,对于设计者来讲有很多种可用的模型。然而,它们有自己不同的格式,包括针对数字器件的 VHDL、Verilog、C 模型,针对器件驱动和负载的 IBIS 模型,针对电源开

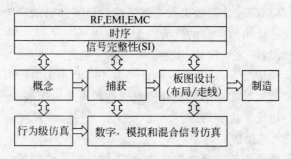

图 7-45　应用于设计流程多个阶段的几种仿真验证

关、放大器、稳压器、离散有源器件(如二极管和三极管)、混合信号模/数转化器和比较器的 SPICE 模型。这要求仿真验证技术必须是多种语言的,必须能够接受 Verilog、VHDL、C、SPICE、VHDL-AMS(混合信号,IEEE 1076.1)、Verilog-A(模拟)和 Verilog AMS(混合信号)。例如,尽管 SPICE 不是模拟建模的最好语言,但它是事实上的标准。所以,一个仿真验证环境必须允许基于 SPICE 的工程师把模型和电路用 SPICE 描述,然后把它们传给新的仿真环境而不需要翻译或特殊的网表,这个环境需要很容易地接受,并且容易用行为模型替代它。

除了模型的可用性,质量也是关键的因素。仿真验证结果的好坏决定于输入模型数据的准确性。例如,某些 IBIS 模型不能精确地表现高频效果。

对于器件制造商来说,给他们的产品提供高质量的模型是必需的,或至少应该对任何需要模型的设计师提供建模服务。

(2) 约束管理

基于各种考虑,一个设计从概念阶段开始就有一组约束(尺寸、价格需要的特点等等)伴随。随着设计的进行,核心设计数据和设计约束一起增加。除了定义核心数据以外,进程中的每一步都要受前一阶段的约束并且创建自己的约束条件去指导后面的工具。

仿真验证的任务之一就是检测设计是否满足约束条件。然而,数据在不同阶段的边界处的受约束程度不是很好,这是约束的边界。设计环境将配备获取高级约束的能力,去扩展、发展、重新使用约束并且传达改变约束的效果。这样的环境将在交叉阶段的约束管理上起重要作用。

(3) 行为和结构阶段的设计和仿真验证

概念阶段的第一步是定义规范的需求:这个产品打算做什么,它在运行速度、尺寸、重量、价格和电池寿命等方面有什么要求。下一步是系统工程师在行为级上描述系统。传统上,这一步可以使用的工具是白板、文字处理器和电子表格。然而,在算法级自动进行系统建模和评估的工具像 MATLAB 和新语言像 VHDL-AMS 正在替代传统的设计方法。在这里,系统设计工程师开始做各种不同的"假设分析(what-if)"场景实验。最初的系统仿真验证应当保证这些"假设分析"场景在系统约束集内(这就是说,是否能够基于这些假设建立这个设计)。

一旦系统行为被确定以后,下一步就是开始评估结构,这包括决定系统哪一部分是由软件还是硬件完成,哪一部用标准 IC 完成,哪一部分用用户器件,还要把设计分成多个电路板。如前所述,自动将设计和约束数据从行为阶段转移到结构阶段目前是不行的,还没有自动的方法来保证结构与需要的行为匹配。

一旦到了结构阶段,系统结构也许决定使用现成的芯片组,比如 PCI 总线结构或蓝牙无线通信标准。这种情况下,这些芯片组已经有了一套相关的约束,设计系统将有能力自动地从内部或网页上的数据库中定位并提取这些约束并应用到设计中。仿真验证工具也会检测设计者是否违反了这些约束。

(4) 仿真验证技术的集成和增强

有几种方法可使仿真验证工具增强性能,如不把所有走线同等对待,工具可以用这些线上负载的信号类型来区分不同的线。时钟和触发信号之间,或者完全随机的数据信号和伪随机 NRZ 信号之间就存在重大的不同之处。在许多情况下,仿真验证工具可以估计噪声和通过走线上负载的信号所发射出的射频(辐射的能量是器件布局和走线等的函数)。

过去,模拟和数字的仿真是各自单独分立完成的。今天,已经向混合信号的仿真迈进了一大步。下一步是集成 SI 和模拟及数字的 RF,以及必须开发新的算法来让与这四个阶段相关的工具易于协同使用。

单个 EDA 公司不可能向用户提供开发中需要的所有设计和仿真验证工具。为了使不同的供应商的设计和仿真验证工具真正地集成在一起同时工作,有必要定义一些工具到工具之间接口的业界标准,且允许工具在"即插即用"模式下使用。作为这个努力的一部分,有必要定义一个标准的设计数据 API,以允许不同供应商的工具在共享内存里同时工作。

设计和仿真验证工具必须能够将信息以使用者能够理解和使用的方式表现出来。现在的仿真验证工具一般是用很特殊的形式将结果表现出来,如 SI 工具将以高速或 RF 工程师可理解的方式表现出来,但是这些格式也许对于板图设计者却不容易解释。

当在仿真验证技术中执行"左移"时,易用性也是一个关键的考虑点。如前面提到的,为了能够及时地验证自己的设计,有必要执行"左移",也就是说将有些仿真验证工具和技术更早地应用在设计进程中。为了能够实现这个目的,工具必须要易用且高度化集成。

能够获取目前仅对专家可用的知识并使其对非专家可用是一个挑战。例如,在蓝牙无线接口标准里,只有 RF 专家有能力设置关于规范、约束和公司使用参数的标准,而其他人不能胜任,这些信息应该用来自动地指导系统设计的各个阶段(结构,捕获和板图设计)。

能够从仿真验证工具中获取信息,并且能够以非该领域专家的使用者能够理解的方式表现出来也是一个相当大的挑战。过去,没有足够的 RF 知识的设计者不能独立地手工管理每一个蓝牙工程。

(5) 系统级仿真验证

系统级仿真验证意味着所有相关的仿真验证工具都可用并且可同时操作。如果每个类型的仿真验证工具都单独工作而不考虑和其他仿真验证工具之间的关系,在设计进程中仿真验证结果往下流走就成了问题。因此,总体系统仿真验证需要有多个仿真验证引擎在线,而且不管是在概念、捕获、板图设计或集成阶段都有相同的引擎在运行。

设计和仿真验证工具也需要扩展其能力。例如,板图设计主要是由时序仿真验证驱动的,同时设计规则检查(DRC)和可制造性设计(DFM)仿真验证也有一些贡献。将来,热和机械(如振动、冲击和受压)仿真验证也应该用于驱动布局。这样看似牵强,其实不然,看看自动布线的历史,几年前还被视为是不好的选择,而现在却成为现代设计的首选。所以,可能现在看起来是不好或没必要的东西,将来却是最好的选择。

最终的总体系统仿真验证的形式将不仅包含电路板的仿真验证,还包括电路板上所有东西的仿真验证。例如,在系统设计时,电路板上的 ASIC 或 FPGA 将和电路板同时被开发。

当然,这些需要极大的计算能力,可以使用计算机阵列来满足,但这不便宜,不过却是可行的。

过去,工程师曾经惯于考虑"怎么发现问题然后怎么去解决这个问题"。现在,他们考虑"怎么在第一时间防止某个类型错误的出现"。在不久的将来,电路板设计将完全在虚拟原型上执行仿真验证,在确定产品可以正常工作之前不需要建立任何的硬件原型。而且,仿真验证技术的性能必须扩展,使得其不仅可以报告错误,还可以建议工程师可选的策略并指导他们制订合适的解决方案。现在,仿真验证工具一般只能产生正确或错误报告,表示通过或失败。接着下一步是产生类似这样的报告"目前这条线是 5mil 宽,太窄了,如果使用 6mil 宽的线,它负载的信号将满足设计约束"。未来的仿真验证工具更先进,产生类似这样的报告"这里你能够使用更低容错性(更便宜)的器件并增加 5% 的时钟频率,设计仍然可以正常工作。"

7.4.2　用 PADS 软件进行电路板设计

目前电路板的设计还无法完全用虚拟原型来替代硬件原型,而且 EDA 软件也只有有限的功能,无法每个阶段都参与。7.4.1 节中描述的电路板级设计流程具有普遍性,以下将给出设计人员在利用 PADS 工具套件进行电路板设计过程中实际的操作流程,如图 7-46 所示,它与前述的电路板级设计流程有着对应关系。方案论证和原理图设计对应捕获阶段,制板和原型调试测试对应原型阶段,前仿真与后仿真是增加的仿真验证步骤。可以看得出来,操作流程也存在循环反馈,引入仿真验证步骤以后,循环次数可以大大减少,产生的效果就是降低成本和缩短研发周期。这里只是用 PADS 做 EDA 工具的代表进行描述,用其他的软件工具包设计时流程也差不多。

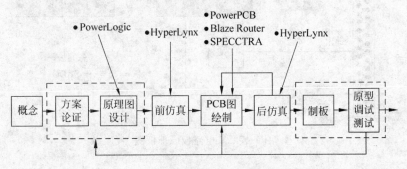

图 7-46　电路板设计的实际操作流程

7.4.2.1　概念阶段

电路板制作的第一阶段是概念阶段,在这一个阶段,系统设计者根据实际项目或产品的需求背景,确定电路板所要完成的功能、技术指标、结构尺寸、机械性能、工作环境及实施开发的技术途径等各种约束条件。这些要求的提出可能是依托于一个大的项目背景，根据总体的需求来制订的。例如，要研制一部雷达，总体单位将后端信号处理的部分软、硬件研制工作交给其合作单位，通常的信号处理硬件上最终都是由电路板来完成的。总体单位在下达任务的过程中会给出各种需求，这就是概念阶段完成的事情。如果自主开发产品，就没有与其他单位的合作关系，那么概念阶段就完全由市场来驱动了，市场的需求决定了对产品的约束条件。这一阶段通常没有 EDA 工具的参与。

7.4.2.2　捕获阶段

这一阶段中首先要根据概念阶段中的种种约束条件确定方案原理，进行方案论证，通常这是以板级系统设计方案文档的形式给出来。系统方案论证是设计过程中重要的一步，它从系统原理上决定了电路板是否能满足各种要求。文档中通常会用一个系统原理框图来描述原理框架、对外输入/输出的接口形式、板内主要器件的选型以及板内主要芯片间的互连等。

图 7-47 是某信号处理板的原理框图，图中反映了对外的接口有一个，即用户自定义的接口；板内的主要器件有 C6202、FPGA、ADC、DAC 等；板内主要器件互连方式有 C6202 的外存接口、ADC 的专用数据接口、DAC 的专用数据接口等。

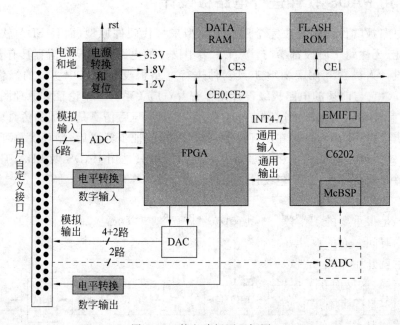

图 7-47　某电路板原理框图

另外，文档中还要说明方案能够满足需求以及与其他方案相比的优势。基本方案确定了以后，文档中接着描述各部分设计的详细原理，以及各部分所用器件的具体选型。设计方案的确立也是没有 EDA 工具的参与。然后是绘制原理图，它是设计方案的直接体现，详细的方案一旦确立，原理图的绘制就变成了很简单的事情。这时 EDA 工具开始起作用，在 PADS 工具套件里，用 PowerLogic 来绘制原理图就可以。

7.4.2.3　板图设计阶段

（1）前仿真

完成原理图之后在绘制 PCB 图之前，可以对信号完整性进行前仿真。做仿真（前仿真、后仿真）时，需要具备信号完整性理论方面的知识，这样才能理解仿真时需要设置的参数的确切含义、仿真的目的以及判断仿真结果是否满足设计的需求，这是理论指导实践的具体体现。另外，仿真（前仿真、后仿真）结果的真实与否跟器件的模型有非常大的关系，如果模型不准确，那么仿真的结果就没有意义。

前仿真使用 PADS 工具套件中的 HyperLynx 软件的 LineSim 模块。通过前仿真来指导确定信号的端接方式及端接电阻的大小、走线的宽度、走线的最小间距、多负载的拓扑结构、多负载时是否需要加信号驱动芯片及是否需要将高速器件和低速器件隔离。因为做前仿真时，PCB 还没有绘制，所以对电路的建模完全是假想的情况，可能实际 PCB 中无法完全按照假想的情况来实现，但这对 PCB 绘制有指导作用，去指引设计者向某个可行的最优方向去努力。

（2）板图设计

前仿真之后是绘制 PCB 图，这可用 PADS 工具套件中 PowerPCB 软件来完成。在PowerPCB 中板图设计的流程如图 7-48 所示。在这过程中，设计者也要将信号完整性理论牢记在心中，以指导 PCB 图的绘制。

图 7-48　板图设计的流程

第一步是将在 PowerLogic 中生成原理图所对应的网表传到 PowerPCB 中，然后是设置规则，具体包括线宽和各种间距、走线方式、高速信号、扇出、焊盘入口等。

元器件布局是按照一些规则将器件分开放置在电路板上合适的位置，这个工作在PowerPCB 中可以自动完成，但对于大多数设计来讲效果并不理想，所以一般都是用手工布局。布局是很重要的工作，对于后面的布线来讲有"事半功倍"的效果，好的布局将大大缩短布线的时间。有的设计者对布局不重视，认为在这里多花时间是浪费，所以草草放置完器件以后就开始布线，结果布线工作进行一多半的时候发现布不通了，所导致的后果就是得重新布局，这反而花了更多的时间。布局时，首要原则是保证布线的布通率，在这个前提下还要尽量保证布局的紧凑性，即让器件之间互连的信号线尽量短。另外，对于信号线多负载的情况，往往布局对拓扑结构有决定性的影响，所以可以由前仿真来指导这种情况下相连的多个器件的布局。除了电气性能外，还需要从器件的封装、电路板的空间结构、美观等角度来考虑布局。

布线的方式也有两种，手工布线和自动布线。PowerPCB 提供的手工布线功能十分强大，包括自动推挤、在线设计规则检查（DRC），而自动布线可调用自动布线器进行。通常这两种方法配合使用，常用的步骤是手工—自动—手工。自动布线前，先用手工布一些重要的网络，比如高频时钟、主电源等，这些网络往往对走线距离、线宽、线间距、屏蔽等有特殊的要求；另外一些特殊封装，如 BGA，自动布线很难布得有规则，也要用手工布线。手工布线结束以后，剩下的网络就交给自动布线器来自动布线。PowerPCB 中可调用的自动布线器有 BlazeRouter 和 Specctra，它们也是 PADS 套件中的一部分。自动布线结束后如果布通率为 100%，那么接下来可以进行手工调整布线，如果布通率不到 100%，说明布局或手工布线有问题，需要调整布局或手工布线，直至全部布通为止。实际上，目前业界所有 EDA 厂商提供的自动布线器功能都不够强大，自动布线很难保证 100%的布通率，尤其是现在布线密度非常高的高速数字电路板，只有少部分的网络可以自动布线。正因如此，自动布线器的功能往往成为衡量一个电路板 EDA 工具套件性能是否优越的一个重要标志。

划分平面层也是重要的一步，因为电源平面和地平面都对信号的完整性有很大的影响。划分完平面后需要铺铜，这之后 PCB 图的绘制工作就基本结束了。然后对电路板做检查，这包括规则检查和常规检查。规则检查是针对规则设置步骤中设置的规则在 PowerPCB 中进行自动检查。常规检查是手工检查电路板的丝印标号、尺寸结构等。检查无误之后做设计输出，产生用于电路板制板的光绘文件，该文件也可以用 PADS 工具套件中 CAM350 软件打开。CAM350 可以从光绘文件中对 PCB 进行修改，使用者也可以用它对 PCB 图再做一系列的检查。

（3）后仿真

在板图设计完以后，需要使用 HyperLynx 中的 BoardSim 模块进行后仿真，分析信号完整性。因为 PCB 图已经绘制完毕，就相当于已经存在了一个 PCB，所以此时就可以通过软件算法模拟出真实 PCB 的一切特性。如果器件的模型也很准确的话，那么仿真的结果将是准确的。这就相当于给你一个真实的已装配好的电路板，要求你用理论分析的方法分析出现信号线中信号的特性，这里所需的理论目前是比较成熟的，所以分析也是可行的，只是需要大量的计算。进行仿真就是将这个分析工作交给了计算机，它适合于大量的计算，而且还能把结果以图形的形式输出，让人容易理解。

后仿真时先挑选一些比较关键的信号线进行单个信号的仿真，比如时钟线、关键的控制线、高速数据地址线等等。一组线的特性相似时，如一组数据线、地址线，选用其中有代表性的做仿真就可以。单个信号仿真时，可以通过图形的方式看出信号波形，所以很直观，但是这个工作比较繁琐，用户也没必要对所有信号线都做这个仿真。所有信号的仿真可以通过批仿真来做，用户只要设置一个驱动信号，软件就会计算出电路板上所有信号线在此信号的驱动下响应的过冲值和下冲值，看其是否超出所设置的门限。一旦发现信号的完整性不符合要求，那么，用户可以尝试通过改变端接方式和电阻值来解决问题，如果问题还解决不了，那么只能去修改 PCB 上走线或者器件的布局来解决。这样的修改是一个循环的过程，直到解决了所有的问题循环才结束。

实际上，利用 HyperLynx 的 BoardSim 模块还可以进行一种交互式的仿真，叫曼哈顿布线仿真。它采用"假设分析（what-if）"的方式，在板图设计的过程中假设一种走线方式，然后分析结果，直至找到最优的效果。

7.4.2.4　原型阶段

板图设计完成以后,将输出的制板文件发送给制板厂商进行制板,得到原型 PCB。接下来是调试过程,这个过程也需要讲求一定的顺序。调试首先从电源开始,系统有稳定的供电电源后再进行其他部分的调试。其他部分可以按子系统来调试,一个子系统调试完了以后,再在这个子系统的基础上不断扩展。调试时一定要注意不能把这一个阶段的问题带到下一个阶段去,保证在调试新增加的部分之前系统已调试部分是没有问题的,这样才好在出问题时定位问题是出在什么地方了,因为往往定位问题要比解决问题难。整板调试结束后,要对电路板进行各项测试,以满足设计方案中的种种要求。

设计过程中总会存在某些问题,有可能是方案上的,有可能是原理上的,也有可能是板图设计上的,原型阶段所要做的就是尽一切努力找出设计上存在的问题,然后针对问题回到对应的设计阶段中去解决,然后再通过原型去测试,再找问题。这是一个循环往复的过程,设计者要尽量去减少这个循环的次数。

7.4.3　电路板设计中 EDA 工具

电子技术高速发展,新技术、新工艺的不断涌现,使得 EDA 涉及的领域不断扩大,技术也在不断更新。从目前来看,EDA 产品主要分为 PCB 设计工具与 ASIC/IC 设计工具两大类,这两大类又分别包含许多细致具体的设计工具。其中 PCB 工具主要包括原理图输入、板图设计、各种仿真验证工具,比较常见的仿真验证工具有四类:信号完整性分析,EMI 分析,电源/地平面分析和热分析。而 ASIC/IC 工具主要包括原理图输入、逻辑综合、板图布局布线、时序仿真、信号分析等工具。

EDA 工具根据其运行平台可分为工作站级和 PC 级两类。近年来,随着 PC 性能不断地提高,PC 与工作站的差距已越来越小,许多原来只能运行在工作站上的高性能 EDA 软件现在也都已支持 PC 平台,这使得原来在工作站上运行的 EDA 软件逐渐被广大的 PC 用户掌握并使用,从而 EDA 工具的使用也越来越普及。

全球致力于 EDA 产品研发的公司非常多,有些公司拥有从 PCB 到 ASIC/IC 的全线 EDA 产品,而有些公司则只推出某一类的设计工具。EDA 是一个涉及范围很广的领域,各个 EDA 厂家在各自的技术领域中具有先进的技术和软件产品,因此,各 EDA 厂家的 EDA 软件工具各有特点,并占据着相应的市场份额。比较遗憾的是 EDA 公司大部分都是国外的,纯国产的 EDA 软件寥寥无几,而且功能与国外的高端产品相差甚远,比如国产软件 EDA2002 只有基本的原理图输入和板图设计工具,而没有任何的仿真验证工具。

在高速 PCB 设计领域里,性能比较优秀且在国内应用较为广泛的 EDA 工具的研发公司主要有:MentorGraphics,Cadence,Altium 等。其中 MentorGraphics 公司有三个系列的产品套件:Expedition,BoardStation 和 PADS(从 InnovEDA 公司并购);Cadence 公司有两个系列的产品套件:Allegro 和 OrCAD(从 OrCAD 公司并购);Altium 公司的产品是 Protel。表 7-4 中是这三个公司 PCB 设计工具产品的比较。这三家公司中 MentorGraphics 和 Cadence 也有 ASIC/IC 设计工具,另外,Synopsys 公司在 IC 设计方面的工具也非常出色。

表 7-4　PCB 设计工具产品比较

公司/工具	原理图输入	板图设计	热分析	信号完整性分析	EMI/EMC
MentorGraphics/ Expedition	Design Capture, Design View	Expedition PCB	Beta Soft	ICX/Tau	
MentorGraphics/ BoardStation	Design Architect, Board Architect, RF Architect	Board Station PCB, Team PCB	Autotherm	HyperLynx, ICX/Tau	HyperLynx
MentorGraphics/ PADS	PowerLogic	PowerPCB, BlazeRouter		HyperLynx	HyperLynx
Cadence/Allegro	Allegro　Design Entry CIS	Allegro PCB Editor, Allegro PCB Router		Allegro PCB SI	
Cadence/OrCAD	OrCAD Capture	OrCAD Layout, SPECCTRA for OrCAD			
Altium/Protel	Protel-Schematic	Protel-PCB, Protel-Route		Protel-Integrity	

　　正确使用 EDA 工具要求 PCB 设计者不仅能够了解所使用的 EDA 工具各模块的功能和相互关系,而且要能够熟练地使用各个模块的功能和验证分析手段,熟知各个模块的参数设置和内部数据结构计算法,尤其要熟知布局布线算法,这样才能合理地分配系统开销,用最短的时间完成高难度的 PCB 设计。另外,PCB 设计者还应该熟知所使用的 EDA 工具的后处理功能和 CAM 输出功能,只有这样才能正确产生 PCB 制造所需要的文件和数据,以便自动完成 PCB 生产和装配等工作。

　　不管使用哪个 EDA 工具,这个 EDA 工具都应该高度自动化和智能化、功能丰富完善、界面友好、操作灵活方便。EDA 本身也应具有良好的开放性和数据交互性,并有丰富的分析工具和检查手段。此外,先进的 EDA 技术还应该是利用框架结构,把用以完成各设计阶段任务的 EDA 模块或工具无缝地集成在一起,构成一个从设计构思开始,包括仿真、验证、布局布线、后分析直到生产加工等一系列的开放式产品设计系统。

7.4.4　电源和热设计

　　电路板设计过程中还有两个很重要的考虑点:电源系统和散热。

7.4.4.1　电源系统

　　电源对于电路板就像汽油对于汽车一样,汽车再好没有汽油就没法行驶,同样电路板功能再强大没有好的供电系统就无法正常工作。夸张一点说,好的电源设计是电路板设计成功的一半,因为如果电源系统设计有错,往往错误很难挽回,经常导致毁灭性的错误。例如,器件是由 1.5V 电源供电,而设计时将该器件的 1.5V 电源管脚接到了 3.3V 电源网络上,那么只要电路板一加电,器件就会被立即烧毁。

数字系统中,电路板上的电源系统有两个作用,一是为所有的器件供电,二是为数字信号提供稳定、可靠的参考电平。对于前者来说,电源的供电能力必须要能满足板上所有器件的功耗要求,及电源的最大功率要至少等于板上所有器件的最大功耗之和,而且往往为了留有一定的裕量,最好是大于,但电源的功率越大就意味着价格越昂贵,所以要考虑合适的性价比。不过,有时候这样估算电源总功耗可能过于保守,因为有的器件可能不会工作在最大功耗状态,或各个器件不会同时工作在最大功耗状态,那么整个电路板的最大功耗就应该小于所有器件最大功耗之和,如果设计者能够分析出各个时刻每个芯片的工作状态,就可以计算出电路板的最大功耗,不过这个一般比较难。芯片的功耗一般与其工作时钟速率和芯片内部功能单元活动程度关系密切。工作时钟很容易理解,对于内部功能单元的活动程度,不同的器件有自己的模型来表示。比如 DSPs 和 FPGA 器件,其器件厂商一般都会以文档的形式描绘出其产品的功耗模型,用户可以根据这个模型再结合实际的应用来估算出功耗的大小。

因为给系统提供的电源电压往往不能满足电路板上所有器件的供电要求,所以需要选用电源器件来将外界提供电源的电压转换成需要的电压。电源器件的选择通常有三种:线性电源芯片,开关电源芯片和电源模块。其中,采用线性电源芯片和电源模块时,设计比较简单,因为它们的外围几乎不需要什么辅助电路,很容易使用,而且稳定可靠。但线性电源芯片一般不能提供很大(1A 以上)的电流,因为它们的自身热耗很大,如果需要提供大的电流,那么芯片必须得有很好的散热措施,这在密集的高速电路板中往往是不允许的。而电源模块一般是开关器件,只要它的效率高,即使提供很大电流(10A 以上)也不会有很大的自身热耗,但是电源模块都比较昂贵。开关电源芯片和电源模块一样(实际上有些电源模块上就是由开关电源芯片和它的外围电路组成的),只要效率高,自身的热耗也小,而且相对便宜得多,但是往往选开关电源芯片时,设计上比较复杂,不容易实现,也不稳定。另外,用线性电源芯片供电的质量要优于开关电源的,但对于数字电路来说,开关电源完全可以胜任。表 7-5 中是三种电源器件的比较,设计者可以根据实际情况做出权衡,选取合适的器件。

表 7-5 三种电源的比较

	供电功率	自身热耗	设计难易程度	电源质量	价格
线性电源芯片	小	大	易	好	低
开关电源芯片	大	小	难	相对差	低
电源模块	大	小	易	相对差	高

关于供电还有加电顺序的问题。为了降低功耗,现在很多芯片采用双电源供电,一个是给内核供电,负责驱动核心功能单元的运作,该供电电压称核电压;另一个是给 I/O 供电,负责驱动 I/O 管脚,该供电电压称 I/O 电压。核电压比 I/O 电压低,而且核电压的趋势是越来越低,目前比较低的是 1.2V。有的芯片,它们的 I/O 是双向的,方向由内核控制。I/O 电压一旦被加上以后,I/O 管脚就立即被驱动,如果此时还没加核电压,那么 I/O 的方向可能就不确定是输入还是输出。如果是输出,且这时与之相连的其他器件的管脚也处于输出状态,那么就会造成时序的紊乱或者对器件本身造成损伤。这种情况下,就需

要核电压比 I/O 电压先加载,至少是同时加载。

保证了供电的功率后,设计者就需要考虑电源参考电平质量的问题了。关于这一部分的理论在文献[1]中有全面、深刻的分析,它对电路板的设计者来说有很好的指导作用。首先要保证供电的路径低阻,因为在供电电流很大时,很小的阻抗就可能会造成很大的压降,如电路供电 10A 电流,那么只要路径上有 0.05Ω 的阻抗就会造成 0.5V 的压降。这样给芯片供电的话,芯片输出信号的噪声容限就小得多,抗干扰能力也下降。所以在实际设计时,电路板最好有单独的电源平面层。如果多个电源共存于一个平面层时,平面分割也要遵循保证供电路径低阻的原则。如果出于设计成本的考虑,不使用电源平面而使用电源总线,保证到每一个芯片都有通畅、低阻的供电路径。不过对于高速电路设计来讲,一般电路板的密度都很高,用电源总线可能不太现实。

然而仅仅用电源平面无法减少线路噪声。因为无论使用什么样的电源分配方案,整个系统都会产生足够导致问题发生的噪声,额外的过滤措施是必需的。这一任务由旁路电容完成,旁路电容就是过滤器。一般来说,一个 $1\sim10\mu F$ 的电容将被放在系统的电源接入端,用来过滤电路板所产生的低频;板上每个器件的电源脚与地线脚之间应放置一个 $0.01\sim0.1\mu F$ 的电容,用来滤除板上工作中的器件所产生的高频噪声。在器件的电源脚与地线脚之间放置电容,如果条件允许的话最好每个电源管脚都放置,如不能也应尽可能多地放置。另外,放置的位置也影响滤波的效果,原则是越贴近电源/地管脚越好,可以将电容放到器件的对面。

以上只是提供了一些原则,但是真实效果到底如何,或者最佳的设计应该是什么样的,用户难以去评估,最好的方法是通过 EDA 工具的仿真来确定。

7.4.4.2 散热

在普通的数字电路设计中,我们很少考虑到集成电路的散热,因为低速芯片的功耗一般很小,在正常的自然散热条件下,芯片的温升不会太大。随着芯片速率的不断提高,单个芯片的功耗也逐渐变大,如 Intel 的奔腾 CPU 的功耗可达到 25W。当在自然条件的散热已经不能使芯片的温升控制在所要求的指标之下时,就需要使用适当的散热措施来加快芯片表面热量的释放,使芯片工作在正常的温度范围之内。

通常条件下,热量的传递包括传导、对流和辐射三种方式。传导是指直接接触的物体之间热量由温度高的一方向温度较低的一方传递,对流是借助流体的流动传递热量,而辐射无需借助任何媒介,是发热体直接向周围空间释放热量。

在实际应用中,散热的措施有散热器和风扇两种方式或者二者同时使用。散热器通过和芯片表面的紧密接触使芯片的热量传导到散热器,散热器通常是一块带有很多叶片的热的良导体,它充分扩展的表面使其热辐射能力大大增加,同时流通的空气也能带走更多的热量。风扇的使用也分为两种形式,一种是直接安装在散热器表面,另一种是安装在机箱和机架上以提高整个空间的空气流速。与电路计算中最基本的欧姆定律类似,散热的计算有一个最基本的公式:

$$温差 = 热阻 \times 功耗$$

在使用散热器的情况下,散热器与周围空气之间的热释放的"阻力"称为热阻,散热器与空气之间"热流"的大小用芯片的功耗来代表。这样,热流由散热器流向空气时由于热阻的存在,在散热器和空气之间就产生了一定的温差,就像电流流过电阻会产生电压降一样。同样,散热器与芯片表面之间也会存在一定的热阻。热阻的单位为℃/W。选择散热器时,除了机械尺寸需要考虑之外,最重要的参数就是散热器的热阻。热阻越小,散热器的散热能力越强。下面举一个电路设计中热阻的计算的例子。

设计要求:芯片功耗为 20W

芯片表面不能超过的最高温度:85℃

环境温度(最高):55℃

计算所需散热器的热阻。

实际散热器与芯片之间的热阻很小,取 0.1℃/W 作为近似。则

$$(R+0.1)\times 20W = 85℃-55℃$$

得到 $R=1.4$ ℃/W

只有当选择的散热器的热阻小于 1.4℃/W 时才能保证芯片表面温度不会超过 85℃。

使用风扇能带走散热器表面大量的热量,从而降低散热器与空气的温差,使散热器与空气之间的热阻减小,该散热器的热阻参数通常用表 7-6 来表示。

表 7-6　散热器热阻参数

风速(英尺/秒)	热阻(℃/W)	风速(英尺/秒)	热阻(℃/W)
0	3.5	300	2.0
100	2.8	400	1.8
200	2.3		

目前,市场上已经出现了用于热分析的软件,通过这种软件可以更精确地评估在设计过程中需要什么样的散热措施,不过器件的热模型不容易得到。

参考文献

[1]　Howard Johnson,Martin Graham. High-Speed Digital Design. 北京:电子工业出版社,2003

[2]　曾峰,侯亚宁,曾凡雨. 印刷电路板(PCB)设计与制作.北京:电子工业出版社,2002

[3]　谢金明. 高速数字电路设计与噪声控制技术. 北京:电子工业出版社,2003

[4]　孙航. 高速电路设计的信号完整性分析. 今日电子,2003(5)

[5]　闫润卿,李英惠. 微波技术基础.第二版.北京:北京理工大学出版社,1997

[6]　于波. 基于 VXI 总线的高速数据采集与 DSP 系统的研究.学位论文. 北京:北京理工大学电子工程系,1999

[7]　SMT 工程师之家. PCB 过孔[EB/OL]. http://pro. smt. cn/web/jswl/pcbdzc/200310115678. htm,2003-10-11/ 2004-3-28

[8]　Advanced Micro Devices,Inc. High-Speed Board Design Techniques[EB/OL]. http://www. emscan. com. cn/ menu/material/HighSpeedBoardDesign. pdf,1997/2004-3-28

[9]　中国电子技术信息网. 高速电路设计与实现[EB/OL]. http://www. cetinet. com/t_article/list. asp? indexid= 704,2002/2004-3-28

[10] 《中国集成电路大全》编委会. 中国集成电路大全——专用集成电路和集成系统自动化设计方法. 北京：国防工业出版社,1997

[11] 鲁昌华,蒋薇薇,章其波. 浅谈数字电路的可测性设计. 计算机时代,2003(3)

[12] 丁瑾. 可靠性与可测性分析设计. 北京：北京邮电大学出版社

[13] 邱峰,梁松海. IEEE 1149.1 可测试性设计技术的研究与发展. 测控技术,1998(1)

[14] IEEE Std 1149.1—1990. IEEE Standard Test Access Port and Boundary Architecture. IEEE,1999

[15] Mentor Inc. Board Systems Design and Verification[EB/OL]. 2001/2003-3-28

[16] 电子工程师网站. 高速电路设计中的散热考虑[EB/OL]. 2003/2003-3-28

[17] 电子工程师论坛. PowerPCB 电路板设计规范[EB/OL]. 2003/2003-3-28

[18] 张锡纯等. 电子示波器及其应用. 北京：机械工业出版社,1997

[19] 韩建国,翁维勤,柯静洁. 现代电子测量技术基础. 北京：中国计量出版社,2003

[20] 顾乃绂,孙续. 逻辑分析仪原理与应用. 北京：人民邮电出版社,1989

第 8 章　C6000 DSPs 处理器及其应用举例

8.1　C6000 系列 DSPs 简介

8.1.1　C6000 DSPs 的特点

C6000 是 TI 公司高端 DSPs 产品，它的历史可追溯到 1997 年，当时最早推出了 TMS320C6201。图 8-1 是 TMS320C6000 系列发展的路线图，二维坐标的横轴是时间轴，纵轴是性能轴，随着时间的推移，C6000 不断地推陈出新，性能越来越高。1997 年第一季度，TI 推出了 C6201 1.0 版，它是 CPU 内核样片，片内集成了少量的外设；1997 年第四季度，C6201 2.0 版产品被推出，它的片内功能齐全，是正式产品；1998 年第三季度，TI 又推出了与 C6201 管脚兼容的浮点芯片 C6701，它的工作频率为 167MHz。自此以后，C6x0x 系列的 DSPs 又推出了 C6202/C6203/C6204/C6205。另外，C6x1x 系列的 DSPs C6211 和 C6711 都于 1999 年第三季度被推出，它们的管脚相互兼容，片内采取两级缓存

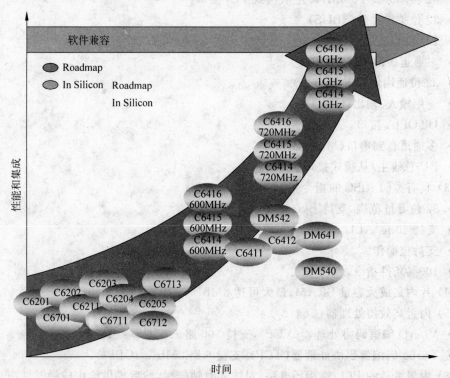

图 8-1　C6000 系列的 Roadmap(来自 TI 网站)

结构。相比较 C6x0x 来讲，C6x1x 芯片的性价比非常高。此后，C6x1x 还相继推出了
C6712/C6713，最高工作频率高达 300MHz。

C6000 系列 DSPs 与其他系列的 DSPs 相比最主要的特点是在体系结构上采用了
VLIW 结构，这种结构中 CPU 内部包含 8 个独立的、并行的处理单元，一个时钟周期可以
运行 8 条指令，这使得 CPU 的计算性能有很大的提高。C6000 片内还集成了多种外设，
使得它的对外接口能力很强，可以无缝连接多种设备。另外，C6000 的软件都是兼容的，
这给编程带来了很大的方便。

以下是 C6000 DSPs 特点的详细描述：

(1) 具有 VelociTI™先进 VLIW 结构内核

- 8 个独立的功能单元，6 个 ALU(32/40 位)，2 个乘法器(16×16)，浮点产品系列
  支持 IEEE 标准单精度和双精度浮点运算。
- 可以每周期执行 8 条 32 位指令，最大峰值速度达 4800MIPS。
- 专用存取结构，32/64 个 32 位通用寄存器。
- 指令打包技术，减小了代码占用空间。

(2) 片内集成多种外设(不同芯片的资源不同)

- 多通道 DMA/EDMA 控制器。
- 16/32/64 位高性能外部存储器接口(EMIF)提供了与 SDRAM、SBSRAM、ZBT
  SRAM、同步 FIFO 和 SRAM 等同步/异步存储器的直接接口。
- 32 位/33MHz、66MHz 主从模式 PCI 接口。
- 32 位扩展总线(xBUS)。
- 16/32 位主机口(HPI)。
- 多通道缓冲串口(McBSP)。
- 32 位通用定时器(Timer)。
- 通用输入/输出(GPIO)。
- UTOPIA 接口。
- 多通道音频串口(McASP)。
- I²C 总线主/从模式接口。

(3) 具有类似 RISC 的指令集

- 32 位寻址范围，支持 Byte 寻址。
- 支持 40 位 ALU 运算。
- 支持位操作。
- 100% 条件指令。

(4) 片内集成大容量 SRAM，最大可达 8Mb

(5) 内置高效协处理器(C6416)

- Viterbi 编解码协处理器(VCP)，支持 500 路 7.95Kb/s AMR。
- Turbo 码编解码协处理器(TCP)，支持 6 路 2Mb/s 3GPP。

(6) 内置灵活的 PLL 锁相环电路，对输入时钟倍频，然后提供给内核做时钟源。

(7) 管脚兼容(需相同封装)

- C6201 和 C6701 管脚兼容。
- C6202、C6202B、C6203 和 C6204 管脚兼容。
- C6211、C6211B、C6711 和 C6711B 管脚兼容。
- C6414、C6415 和 C6416 管脚兼容,DM640 和 DM641 管脚兼容。

8.1.2　C6000 DSPs 的比较

C6000 系列共有两代产品,C62xx 和 C67xx 是第一代产品,C64xx 是第二代产品,于 2001 年被推出。一年之后,TI 又针对视频信号处理的应用推出 DM64x 芯片,它的内核与 C64xx 相同,也属 C64xx 产品。早期的 C64xx 采取 0.13μm 工艺,最高主频为 600MHz。目前,最新的 C64xx 采取 90nm 工艺,最高主频可达 1GHz。

这一小节将通过几张表对 C6000 DSPs 进行分类比较。C62xx、C67xx 和 C64xx 系列 DSPs 的比较见表 8-1;C62xx 系列各 DSPs 的比较见表 8-2;C67xx 系列各 DSPs 的比较见表 8-3;C64xx 系列各 DSPs 的比较见表 8-4;DM64x 系列各 DSPs 的比较见表 8-5。

表 8-1　C62xx、C67xx 和 C64xx 的比较

参　数	C62xx	C67xx	C64xx
时钟/MHz	150~300	100~300	300~1000
性能(MIPS/MFLOPS)	1200~2400MIPS	600~1800MFLOPS	2400~8000MIPS
外设和协处理器			McBSP
	McBSP		32 位/33MHz PCI
	32 位/33MHz PCI	McASP	16/32 位 HPI
	32 位 Xbus	McBSP	16-64 位 EMIF
	16/32 位 HPI	16/32 位 HPI	64 通道 EDMA
	16/32 位 EMIF	16/32 位 EMIF	UTOPIA
	4/16 通道(E)DMA	4/16 通道(E)DMA	Timers
	Timers	Timers	Viterbi Co-processor
			Turbo Coprocessor
功耗/W	1.1~2.3	0.5~1.8	0.25~1.65

表 8-2　C62xx 系列各种器件的比较

参　数	C6201	C6202	C6203	C6204	C6205	C6211
时钟/MHz	200	250	300	200	200	150
性能/MIPS	1600	2000	2400	1600	1600	1200
存储器	1Mb	3Mb	7Mb	1Mb	1Mb	576Kb(L1/L2)
主要特点	4 DMA	4 DMA	4 DMA	4 DMA	4 DMA	16 EDMA
	32 位 EMIF	32 位 EMIF	32 位 EMIF	32 位 EMIF	32 位 EMIF	32 位 EMIF
	16 位 HPI	32 位 XBus	32 位 XBus	32 位 XBus	32 位 PCI	16 位 HPI
功耗	1.3W@ 200MHz	2.3W@ 250MHz	3W@ 300MHz	1.2W@ 200MHz	1.2W@ 200MHz	1.1W@ 150MHz

表 8-3 C67xx 系列各种器件的比较

参　数	C6701	C6711	C6712	C6713
时钟/MHz	167	200	150	300
性能/MFLOPS	1000	1200	900	1800
存储器	1Mb	576Kb(L1/L2)	576Kb(L1/L2)	2112Kb(L1/L2)
主要特点				MCASP
	4 DMA	16 EDMA	16 EDMA	16 EDMA
	32 位 EMIF	32 位 EMIF	16 位 EMIF	16/32 位 EMIF
	16 位 HPI	16 位 HPI	无 HPI	16 位 HPI
功耗	1.8W@167MHz	1.3W@150MHz	0.8W@150MHz	1.3W@300MHz

表 8-4 C64xx 系列各种器件的比较

参　数	C6411	C6412	C6414	C6415	C6416
时钟/MHz	300	600	1000	1000	1000
性能/MIPS	2400	4800	8000	8000	8000
存储器	2.25Mb(L1/L2)	2.25Mb(L1/L2)	8.25Mb(L1/L2)	8.25Mb(L1/L2)	8.25Mb(L1/L2)
主要特点	64 EDMA	64 EDMA	64 EDMA	64 EDMA	64 EDMA
	32 位 EMIF	I2C	16~64 位 EMIF	16~64 位 EMIF	16~64 位 EMIF
	16/32 位 HPI/	Ethernet MAC	16/32 位 HPI	16/32 位 HPI/	16/32 位 HPI/
	32 位 33M PCI	64 位 EMIF		32 位 33M PCI	32 位 33M PCI
		16/32 位 HPI/		UTOPIA	UTOPIA
		32 位 66M PCI			TCP/VCP
功耗	0.4W@300MHz	1.65W@600MHz	1.65W@1GHz	1.65W@1GHz	1.65W@1GHz

表 8-5 DM64x 系列各种器件的比较

参　数	DM640	DM641	DM642
时钟/MHz	600	600	600
性能/MIPS	4800	4800	4800
存储器	1.25Mb(L1/L2)	1.25Mb(L1/L2)	1.25Mb(L1/L2)
主要特点	64 EDMA	64 EDMA	64 EDMA
	32 位 EMIF	32 位 EMIF	32 位 EMIF
	Video Port	Video Port	Video Port
	Ethernet MAC	Ethernet MAC	Ethernet MAC
	VIC I2C McASP	VIC I2C McASP	VIC I2C McASP
		16 位 HPI	16/32 位 HPI/
			32 位 66MHz PCI
功耗	1.65W@600MHz	1.65W@600MHz	1.65W@600MHz

在分类时,C6000 DSPs 还可分成 C6x0x 系列和 C6x1x 系列,它们在片内存储器结构、EMIF 空间寻址能力和 DMA 控制器上有着明显的区别,如表 8-6 所示。

表 8-6　C6x0x 和 C6x1x 的比较

	C6x0x	C6x1x
片内存储器结构	Map/Cache	L2 Cache
EMIF 空间寻址能力	16 MB	256 MB
DMA 控制器	DMA	EDMA
一次加载代码长度	64KB	1KB

8.1.3　C6000 DSPs 的应用

　　TI 推出的 C6000 系列 DSPs 本身在芯片设计上瞄准的是多通道无线通信和有线通信的应用领域,例如蜂窝基站、MODEM 池(pooled MODEM)以及 xDSL 系统等。然而,C6000 系列的高速处理能力以及其出色的对外接口能力,使得它在雷达、声纳、医用仪器和图像处理领域同样具有非常强大的应用潜力。600MHz 时钟的 C64x 完成 1024 点定点 FFT 的时间只要 $10\mu s$,比传统 DSPs 要快 1～2 个数量级,因此在军事通信、电子对抗、雷达系统和制导武器等需要高度智能化的应用领域,这种芯片的高速处理能力具有不可替代的优势。

　　以上是 C6000 的总体应用情况,对于不同类别的 DSPs 以及相同类别不同型号的 DSPs,它们的应用也都是不同的。C67xx 是浮点 DSPs,其动态范围大,适合用于雷达、声纳等信号处理。C64xx 主频高,处理能力强,适合用于图像、基站等信号处理。每一种具体型号的 DSPs 都有自己适合的应用场合,有的着重考虑处理能力,有得着重考虑价格,有的着重考虑某一特殊的接口,所以具体的应用还需要具体的分析。

8.2　C6000 的最小系统设计

　　图 8-2 是 C6000 最小系统的组成图。一个 C6000 DSPs 产品能够正常地运行程序,完成简单的任务,并能够通过 JTAG 被调试,它的最小系统应该包括 C6000 芯片、电源、

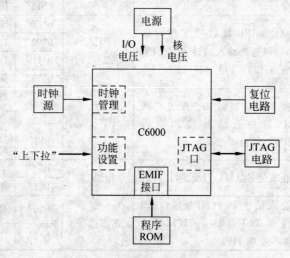

图 8-2　C6000 的最小系统

时钟源、复位电路、JTAG 电路、程序 ROM 以及对芯片所做的设置。C6000 DSPs 的种类比较繁多,虽然它们最小的基本组成都是这些,但是具体的电路设计仍然有区别,本章不对每种 C6000 DSPs 产品都进行描述,主要以 TMS320C6416 芯片为例来说明。

8.2.1 功能设置

图 8-2 中的功能设置框实际上并不是指 C6000 内部的某个实际功能模块,而是为了描述方便而画的一个方框。它包含所有的设置管脚,通过对这些管脚进行上、下拉或者固定接高、低电平,可以让 DSPs 按照用户的意图去工作。表 8-7 列出了 C6416 芯片的设置管脚所要设置的内容及含义,因为这些设置管脚大部分都在芯片内部有 30kΩ 的上拉电阻或下拉电阻,所以如果没有进行设置芯片会有默认的工作模式,表中灰格子表示默认状态。如果设计者要使芯片工作在其他状态,需要用 1kΩ 的电阻进行上拉或下拉。

表 8-7 芯片功能设置

设置内容	设置描述	设置管脚	数值	含 义
片内锁相环模式	片内的锁相环将外输入时钟倍频后用作 CPU 工作时钟,该设置用于选择倍频数	CLKMODE [1:0]	b'00'	1 倍频
			b'01'	6 倍频
			b'10'	12 倍频
			b'11'	保留或 20 倍频
芯片的 ENDIAN 模式	设置芯片工作于 Big Endian 或 Little Endian	BEA20	b'0'	Big Endian
			b'1'	Little Endian
芯片的引导模式	选择芯片上电时从哪里加载程序	BEA [19:18]	b'00'	无加载
			b'01'	主机加载
			b'10'	8 位 ROM 加载
			b'11'	保留
EMIFA 接口时钟选择	选择 EMIFA 接口的工作时钟源,可以选外输入时钟、1/4 CPU 时钟或 1/6 CPU 时钟	BEA [17:16]	b'00'	AECLKIN 管脚外输入
			b'01'	1/4 CPU 时钟
			b'10'	1/6 CPU 时钟
			b'11'	保留
EMIFB 接口时钟选择	选择 EMIFB 接口的工作时钟源,可以选外输入时钟、1/4 CPU 时钟或 1/6 CPU 时钟	BEA [15:14]	b'00'	BECLKIN 管脚外输入
			b'01'	1/4 CPU 时钟
			b'10'	1/6 CPU 时钟
			b'11'	保留
PCI 接口由 EEPROM 自动配置	选择 PCI 接口的某些配置空间寄存器是否从外接的串行 EEPROM 自动加载	BEA13	b'0'	禁止(PCI_EN＝0 时必须禁止)
			b'1'	使能(初始化时刻 McBSP2_EN 必须为 0)
UTOPIA 接口使能	禁止或使能 UTOPIA 接口	BEA11	b'0'	禁止(McBSP1 使能)
			b'1'	使能(McBSP1 禁止)
PCI 接口使能	禁止或使能 PCI(HPI)接口,如果使能 PCI 即禁止 HPI,禁止 PCI 即使能 HPI	PCI_EN	b'0'	禁止
			b'1'	使能

续表

设置内容	设置描述	设置管脚	数值	含　义
HPI 宽度选择	选择 HPI 的数据/地址总线为 16 位宽或 32 位宽	HD5	b'0'	HPI16
			b'1'	HPI32
McBSP2 接口使能	禁止或使能 McBSP2 接口	McBSP2_EN	b'0'	禁止
			b'1'	使能

注：表中的灰格子表示默认状态。

另外，C6416 中 HPI、GP[15∶0]、McBSP2 与 PCI、EEPROM 接口有复用关系，它们的选择由 PCI_EN 和 McBSP2 的组合来决定，具体如表 8-8 所示。

表 8-8　PCI_EN 和 McBSP2 选择外设

外设选择		被选择的外设				
PCI_EN	McBSP2_EN	HPI	GP[15∶9]	PCI	EEPROM	McBSP2
0	×	√	√			√
1	0			√	√	
1	1			√		√

8.2.2　电源设计

8.2.2.1　加电顺序

电源非常重要，设计者要谨慎考虑。C6000 系列的 DSPs 需要两种电源，分别为周边 I/O 接口和 CPU 内核供电。I/O 电压(DVdd)大多是 3.3V，而核电压(CVdd)各有不同。两种电源电压不同，工作时要考虑它们的加电顺序问题。

为 DSPs 提供双电源的一个最简单方法是，利用一个电源驱动两个线性稳压模块，产生所需要的 CVdd 和 DVdd。图 8-3 给出了一个实例电路，采用了两个可输出 4A 的可调

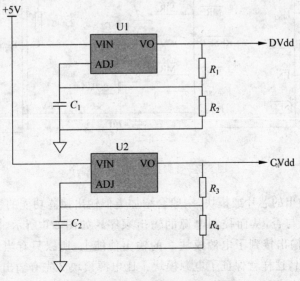

图 8-3　用两个线性稳压模块供电

节线性稳压器为 C6201 供电,输入电源为 5V。因为 CVdd 和 DVdd 由同一个电源产生,所以在加电顺序上不存在问题。

如果电源模块的输入不是同一个源,导致 CVdd 和 DVdd 的加电顺序不定时,需要辅助电路来保证加电顺序。例如某 DSPs 的 CVdd 为 1.8V,DVdd 为 3.3V,要求先加 1.8V 电压,后加 3.3V 电压。为了满足要求,电路在 3.3V 和 1.8V 的电源间加入如图 8-4 所示电路。二极管 D_1、D_2、D_3 为硅管,导通电压 V_d 为 0.7V,当 3.3V 的 I/O 电压比 1.8V 的内核电压先升高时,一旦达到二极管 D_1、D_2、D_3 导通条件则有:

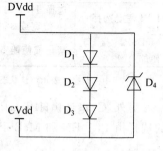

图 8-4　电源加载顺序控制电路

$$V_t = 3 \times V_d$$

3 个二极管导通,使 DVdd 总等于 $V_{he} + 3 \times V_d$,其中 V_{he} 为此时 CVdd 的值,这样当 CVdd 很低时,DVdd 也不会达到工作所需要的电平。当电压稳定后,DVdd 与 CVdd 的差值只有 1.5V,无法使 3 个二极管同时导通,3.3V 和 1.8V 保持稳定。

另外,现在很多电源芯片或者电源模块为了满足电源加电顺序的需求,已经在片内或模块内部增加了控制电路。对于双电源输出的芯片或模块,会增加电源输出顺序管脚,通过控制该管脚的状态就能控制电源输出的顺序。如图 8-5 所示,TPS70351 是一个双输出电源芯片,其管脚 SEQ 可以控制 V_{OUT1} 和 V_{OUT2} 的输出顺序,本例中 SEQ 接地,V_{OUT1} 先输出。如果用 TPS70351 给 C6000 的 DSPs 供电,那么 SEQ 应该接高电平。

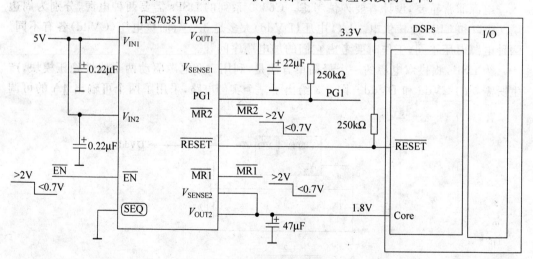

图 8-5　管脚控制电源输出顺序

对于单电源输出的芯片或模块,一般会增加类似输出使能功能的管脚,通过该管脚可以控制电源的输出与否,从而控制电源的输出顺序。如图 8-6 所示,图中有两个电源模块,电源模块 1 的输出接到了电源模块 2 的输出使能上,所以只有当 V_{OUT1} 有输出以后,V_{OUT2} 才可能有输出,这样就保证了电源模块 1 比电源模块 2 先有输出。

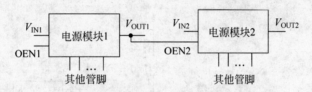

图 8-6　通过输出使能控制电源输出顺序

8.2.2.2　电源监测

为了保证 C6000 芯片在电源未达到要求电平时，不会产生不受控制的状态，建议在系统中加入电源监测电路。该电路能确保在系统加电的过程中，DVdd 和 CVdd 达到要求的电压之前 DSPs 始终处于复位状态。同时，在工作过程中，一旦电源电压降到了所要求的电压以下，该电路也将使芯片进入复位状态。

上述任务可以用电压监测芯片来实现，这些芯片的特点是，只要自身的供电电压在 1V 以上，就可以正常工作，一旦监测的电压低于固定的阈值，就会输出有效的复位信号。这类芯片有 TI 公司的 TLC77xx 系列和 MAXIM 公司的 MAX70x 系列，其中 TLC77xx 系列的芯片只能监测一种电压，而 MAX70x 系列芯片可以同时监测两种电压。C6000 芯片供电电压有两个，所以如果用 TLC77xx 系列芯片的话需要两个芯片，参见图 8-7 中的设计实例；如果用 MAX70x 系列芯片，只需要用一个芯片，参见图 8-8 中的设计实例。

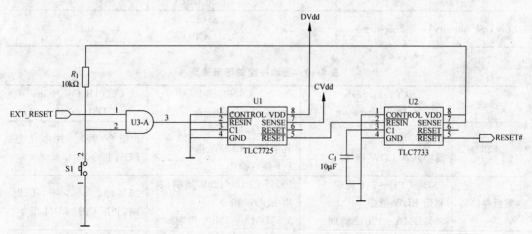

图 8-7　电源监测电路设计方案 1

8.2.2.3　DSPs 功耗分析

设计人员只有对 DSPs 芯片的功耗做出确切的分析，才能正确地指导电源的设计。DSPs 芯片的实际功耗会随着芯片的工作状态而改变，芯片的工作状态取决于具体的应用程序，包括 CPU 的占用程度、片内资源的使用程度和存储器的访问频率等。为了对功耗进行评估，定义芯片的两种活动程度，high DSP activity 和 low DSP activity，详细定义如表 8-9 所示。通过应用 C6201B 和 C6701，给出活动程度的细节定义，如表 8-10 所示。

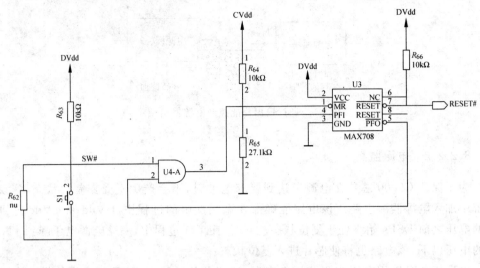

图 8-8　电源监测电路设计方案 2

表 8-9　活动程度定义

定义细节	CPU 活动程度	程序存储器访问率/%	数据存储器访问率/%	外部存储器 100MHz I/O 30pF 负载/%
High DSP activity	8 条指令	100	100 CPU 50 DMA	100 访问
Low DSP activity	2 条指令	25	25(12.5) CPU	0 访问

表 8-10　活动程度的细节表现

模块	C6201B high DSP activity	C6701 high DSP activity	C6201B/C6701 low DSP activity
CPU	8 指令/周期， 其中两条 LDW 指令	8 指令/周期， 其中两条 LDDW 指令， 4 个浮点操作	2 指令/周期，其中 1 条 LDH 指令
数据存储器	100% CPU=64b 周期， 利用 LDW 指令 50%DMA=32b/2 周期	100% CPU=128b/周期，利用 LDDW 指令 50%DMA=32b/2 周期	25%(12.5%)=16b/周期，利用 CPU LDH 指令
程序存储器	100%=1 个取指包/周期=256b 周期		25%=1 个取指包/4 周期=256b/4 周期
DMA/EMIF	从/向 SDRAM 中读/写 50 个数据		无
I/O	32b/周期@100MHz		无
McBSP	2 通道@E1 速率		
Timers	2 定时器@最大速率(1/8CPU 时钟)		

　　在实际应用中，DPSs 一般在 50%～75% 时间范围内执行 High-DSP-activity 操作，剩下的时间执行 low-DSP-activity。从 75% high / 25% low 到 50% high / 50% low 基本涵盖了典型的应用的情况，特殊的应用需要估计其确切的活动程度。表 8-11 和表 8-12

表 8-11　50% High/50% Low 时的功耗

50% High Power 50% Low Power		CPU 和存储器			外设				内核总计	I/O			总计
		CPU	片内存储器	总计	外部存储器和 I/O	外设活动	基本时钟	总计		基本	I/O 活动	I/O 总计	
C6201B 200MHz	Power/W	0.45	0.37	0.82	0.07	0.01	0.44	0.52	1.34	0.10	0.26	0.36	1.70
	Total/%	26	22	48	4	1	26	31	79	6	15	21	
C6701 167MHz	Power/W	0.64	0.31	0.95	0.07	0.01	0.42	0.50	1.44	0.10	0.21	0.31	1.75
	Total/%	36	18	54	4	1	24	28	82	6	12	18	

表 8-12　75% High/25% Low 时的功耗

75% High Power 25% Low Power		CPU 和存储器			外设				内核总计	I/O			总计
		CPU	片内存储器	总计	外部存储器和 I/O	外设活动	基本时钟	总计		基本	I/O 活动	I/O 总计	
C6201B 200MHz	Power/W	0.51	0.44	0.95	0.11	0.01	0.44	0.56	1.50	0.10	0.34	0.44	1.94
	Total/%	26	23	49	5	1	23	29	78	5	17	22	
C6701 167MHz	Power/W	0.77	0.37	1.14	0.10	0.01	0.42	0.53	1.67	0.10	0.10	0.37	2.04
	Total/%	38	18	56	5	0	21	26	82	5	5	18	

分别是 50％ high / 50％ low 和 75％ high / 25％ low 两种活动程度下的 C6201B 和 C6701 的功耗测试结果，它们可以作为用户评估自己 C6000 系统的功耗时的指导。

8.2.2.4 电源散热考虑

电源散热是电源设计需要认真考虑的问题，如果电源芯片或电源模块的散热设计不好，导致自身温度过高，供电系统将无法正常工作。

在"7.4.4.1 电源系统"中已经提到电源器件有三种：线性电源芯片，开关电源芯片和电源模块。线性电源芯片的自身热耗非常大，线性电源芯片的自热耗计算如下式：

$$P_D = (V_I - V_O) \times I$$

其中，V_I 是输入电压，V_O 是输出电压，I 是输出电流，线性电源芯片的输入和输出电流相等。如果输入电压是 5V，输出 1.5V，那么输出 1A 的电流时，电源的自热耗就高达 3.5W。

开关电源芯片和电源模块的自身热耗小得多，它们的自热耗计算如下式：

$$P_D = V_O \times I \times \frac{(1 - \eta)}{\eta}$$

其中，V_O 是输出电压，I 是输出电流，η 是电源转换的效率，效率越高自热耗越小，而且热耗与输入电压无关。如果输出电压 1.5V，效率是 90％，那么输出 1A 的电流时，电源的自热耗才 0.167W。所以，在使用线性电源芯片进行设计时要更加慎重考虑散热问题。电源芯片不光要考虑电源芯片是否能够提供足够大的电流，还要考虑在提供大电流时是否能够承受芯片的自热耗，如果不能承受则需要考虑辅助的散热措施，如利用电路板的平面层散热或增加散热片及增加风扇等。

下面是一个给单片 C6202 供电设计的实例。电路原理如图 8-5 所示，利用一片双路输出的线性电源芯片给工作在 250MHz 的 C6202 供电。通过对芯片的功耗分析可知，工作在 250MHz 的 C6202，它的 3.3V I/O 电压最大需要 88mA 的电流，1.8V 的核电压最大需要 1.28A 的电流。对于电源芯片 TPS70351 来说，1.8V 最大可以输出 2A 电流，3.3V 最大可以输出 1A 电流，所以供电能力满足设计要求。接下来考虑芯片的自热耗。如果这两路电源的输入都用 5V，那么可以计算出来芯片的自热耗为 $(5-3.3) \times 0.088 + (5-1.8) \times 1.28 = 4.2W$。TPS70351 本身在常温 25℃ 无风的情况下只能承受 2.5W 的功耗，所以这种情况下只依靠芯片本身散热是不能正常工作的。从计算公式可以看得出来，自热耗太大主要是因为 1.8V 这一路电源的压差太大，所以条件允许的话，可以降低输入电压。如果换成 3.3V，那么芯片自热耗为 $(5-3.3) \times 0.088 + (3.3-1.8) \times 1.28 = 2.1W$，这样在 25℃ 无风的情况下就可以正常工作了。虽然通过计算可以确定芯片的热耗理论上可以满足要求，但是为了提高可靠性，在设计电路板时，要尽量多地用过孔将芯片的电源、地管脚或散热片连接到电源平面或地平面上，充分地利用平面帮助散热。

8.2.3 时钟设计

C6000 的时钟设计比较简单，芯片上有一个时钟管脚，由外部的一个晶振提供时钟。一般 C6000 芯片 CPU 的工作时钟频率并不等于外输入时钟频率，其片内有一个锁相环，对外输入时钟进行倍频，然后提供给 CPU 作为工作时钟。图 8-9 为 C6416 内部锁相环电路示意图。通过管脚设置,可以改变锁相环的倍频数,以适应不同的外输入时钟的需求。除了提供给 CPU 的外部时钟输入外,C6x1x 系列 DSPs 的 EMIF 可以有单独的工作时钟,这个时钟也通过一个管脚由外部输入。

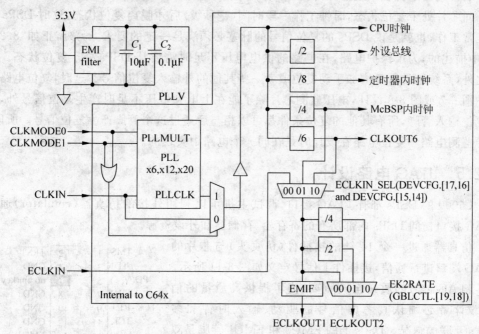

图 8-9 C6416 的锁相环电路

另外,DSPs 的 EMIF 有两个时钟输出管脚,它们用来外接同步存储器。当外接多个存储器时,如果直接将时钟输出管脚连接到存储器的时钟输入管脚上,那么将出现时钟线多负载的情况,这将会影响时钟信号的质量。在实际电路设计时,可以用驱动器驱动多个输出,给每个存储器提供一个时钟,驱动芯片可以用普通的驱动器 244,也可以用专用的时钟驱动芯片如 CY2308,具体连接示意图分别如图 8-10(a)和(b)所示。普通的驱动器 244 的输入/输出管脚之间有延迟,最短的延迟也要 2ns 左右,对于高速时钟来讲这个延迟是不允许的,例如用 133MHz 时钟访问 SDRAM,时钟周期才 7.5ns,2ns 的时钟延迟会使访问时序严重不匹配。而 CY2308 的内部集成了锁相环,输出和输入之间的延迟为 0,这对访问时序不造成任何影响,所以一般高速时钟驱动电路选用如图 8-10(b)所示的连接方案。

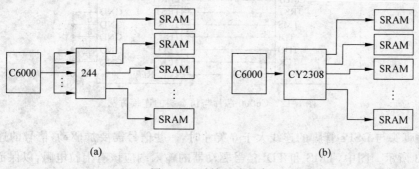

(a)   (b)

图 8-10 时钟驱动电路

8.2.4 复位电路设计

通常电路系统或一些芯片对复位信号有特殊的要求。C6000 的 DSPs 芯片要求上电的瞬间芯片处于复位状态，时钟工作一段时间（毫秒级）后才脱离复位状态，这时 DSPs 才能正常工作，也就是说 DSPs 的复位信号的脉宽必须满足一定的要求。另外，正如"8.2.2节"中描述的，为了保护电路，在电路的供电电压不足时需要让 DSPs 处于复位状态。除此之外，系统通常需要增加手动复位或者一些其他的外输入复位信号。这时，复位电路可采纳图 8-7 或图 8-8 设计，电压监测芯片除了能在上电和电压不足时产生复位信号外，还有复位输入管脚，所有其他的复位条件都可以相与后通过这个管脚产生复位信号。所以，电源监测电路和复位电路在设计时是在同一个电路中实现的。

8.2.5 JTAG 电路设计

C6000 的 DSPs 都有 JTAG 接口，调试主机可以利用外接的仿真器（emulator）通过 JTAG 接口访问 DSPs 内部所有的寄存器、存储器和外设资源。

仿真器通过一个 14 针的接插件（仿真头）与芯片的 JTAG 端口进行通信，接插件上信号定义如图 8-11 所示。

JTAG 信号的质量至关重要，为了提供高质量的信号，设计者必须认真考虑信号的驱动、输入时钟和多 DSPs 互联的情况。DSPs 上的 EMU0 和 EMU1 管脚是双向的 I/O，不过 XDS510 仿真器却只将其定义为输入信号，XDS560 仿真器上这两个信号是双向的，所以在进行驱动设计时，DSPs 的 JTAG 电路针对不同的仿真器略有不同。

TMS	1	2	TRST
TDI	3	4	GND
PD(V_{CC})	5	6	no pin(key)
TDO	7	8	GND
TCK_RET	9	10	GND
TCK	11	12	GND
EMU0	13	14	EMU1

图 8-11　14 针仿真头上 JTAG 信号定义

在进行电路设计时，当仿真头与 DSPs 管脚的连线小于或等于 6 英寸时，JTAG 信号不需要加驱动，信号的连接方式如图 8-12 所示。图中 EMU0、EMU1 的两个上拉电阻是必须有的，推荐的阻值是 $4.7k\Omega$。

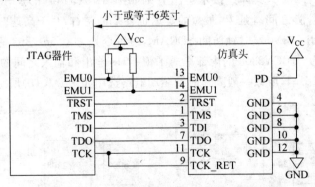

图 8-12　C6000 芯片与仿真头的连接方法

当仿真头与 DSPs 管脚的连线大于 6 英寸时，一些信号需要加驱动，信号的连接方式如图 8-13 所示。图中，TMS 和 TDI 信号驱动器的输入端应该有上拉电阻，以保证在仿真器没有连接的时候，这两个信号处于预知的状态。为了保证高的信号质量（尤其是 TCK

和 TCK_RET 信号),设计者必须对信号的 PCB 走线特别注意,给信号加上匹配电阻。另
外,TRST在驱动多设备时,如果需要很大的驱动电流也要增加驱动。

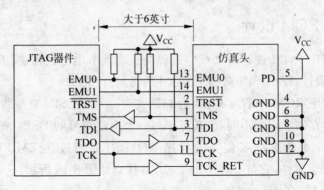

图 8-13　增加驱动后 C6000 芯片与仿真头的连接方法

　　进行多 DSPs 的 JTAG 设计时情况要复杂一些,多 DSPs 采用菊花链方式连接,如图 8-14
所示。图中 EMU0、EMU1 信号也增加了驱动,这些驱动对于 XDS510 的仿真器来说是推
荐在设计时需要增加的,但是对于 XDS560 仿真器来说,由于仿真头上的 EMU0、EMU1
信号是双向的,所以要慎重增加驱动。如果需要支持 XDS560 的 HS-RTDX(高速实时数
据交换)功能,那么就不应该增加驱动,因为此时 EMU0、EMU1 用于双向数据传输,而驱
动只是单向的。

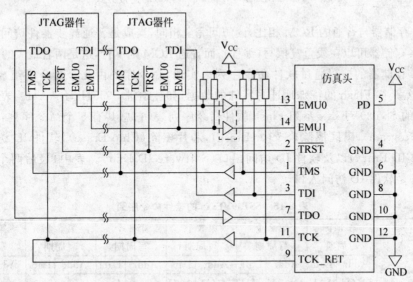

图 8-14　多 C6000 的 JTAG 连接方法

　　另外,C6000 JTAG 的设计中要注意$\overline{\text{TRST}}$信号,它用来复位 C6000 片内的仿真逻辑
电路。在上电时,为了芯片能够正常工作需要有效的$\overline{\text{TRST}}$信号,在外接仿真器时,这个
信号由仿真器驱动,在正常工作时是不需要仿真器的,这时可以让$\overline{\text{TRST}}$一直有效,这使
得片内仿真逻辑电路一直处于复位状态,但 C6000 内核仍可正常运行。一些 DSPs 芯片

的该管脚内部有下拉电阻,可以满足以上的要求,但是如果 $\overline{\text{TRST}}$ 也增加了驱动,那么在该驱动的输入端需要添加下拉电阻,这时才能保证内核正常工作。

8.2.6　程序 ROM 设计

DSPs 通过程序 ROM 进行自加载的过程在 5.5.1 节中已经描述,不再重复,这里主要描述硬件接口设计以及 DSPs 对程序 ROM 的访问。

在硬件上,程序 ROM 一般用 Flash 存储器实现。不同 DSPs 支持的程序 ROM 数据位宽不同,映射的存储空间也不同,但是对于每一个确定型号的 DSPs 来讲映射的 CE 空间是确定的。C6416 只支持 8 位宽的程序 ROM,且只能接在 EMIFB 的 CE1 空间。Flash 存储器是异步器件,它与 C6416 的 EMIFB 接口如图 8-15 所示。

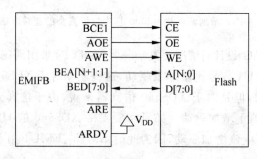

图 8-15　EMIFB 与 8 位 Flash 接口的连接方式

Flash 存储器与普通的 ROM 相比,读访问完全相同,当成是普通异步器件访问就可以,但是 Flash 存储器可以在线重复擦写(编程),而普通 ROM 则不行,这是两者最大的不同。

Flash 存储器的擦写通过软件命令序列来实现,命令序列由几个命令字组成。所谓命令字也就是往 Flash 的特殊地址写特殊的数据,如往地址 5555H 写 AAH。表 8-13 是 SST 公司的 SST39VFxxx 系列 Flash 软件命令序列表,它总共有 5 个命令序列: 字节编程(Byte-Program),扇区擦除(Sector-Erase),芯片擦除(Chip-Erase),软件 ID 访问入口(Software ID Entry)以及软件 ID 访问出口(Software ID Exit)。表中,最后两个序列功能一样,都是软件 ID 访问入口。

表 8-13　SST39VFxxx 的软件命令序列

命令 序列	第 1 个 写周期		第 2 个 写周期		第 3 个 写周期		第 4 个 写周期		第 5 个 写周期		第 6 个 写周期	
	Addr	Data	Addr	Data	Addr	Data	Addr	Data	Addr	Data	Addr	Data
字节编程	5555H	AAH	2AAAH	55H	5555H	AOH	BA	Data				
扇区擦除	5555H	AAH	2AAAH	55H	5555H	80H	5555H	AAH	2AAAH	55H	SAx	30H
芯片擦除	5555H	AAH	2AAAH	55H	5555H	80H	5555H	AAH	2AAAH	55H	5555H	10H
软件 ID 访问入口	5555H	AAH	2AAAH	55H	5555H	90H						
软件 ID 访问出口	XXH	F0H										
软件 ID 访问出口	5555H	AAH	2AAAH	55H	5555H	F0H						

用字节编程命令序列来举例,如果需要对 Flash 编程,流程如图 8-16 所示。首先,依次往地址 5555H 写 AAH、往 2AAAH 写 55H、往 5555H 写 A0H,然后向目标存储单元写数据,写操作发起之后需要查询是否完成,如果完成就退出。如果需要写一组数据(n个),那么就只要将流程重复 n 次。

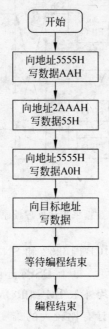

图 8-16　字节编程流程

8.3　C6000 应用实例

TMS320C6000 DSPs 在高速实时信号处理领域应用很广泛,本节介绍在这一领域利用 C6000 芯片进行设计的实例。

8.3.1　数据采集预处理板

如图 8-17 所示,数据采集预处理板基于 PCI 总线,采用了两片 TMS320C6202 芯片,它们作为板上的主控制器和信号处理芯片。两个 C6202 通过扩展总线 Xbus 与 PCI 总线的接口芯片 PCI9054 相连,实现了与工控机 PCI 接口部分的连接。

前端模拟信号输入经过的调理电路主要包括双片集成的电流反馈型运算放大器 OP279 和单片电压反馈型运算放大器 AD9631。OP279 及周边电路完成对 ADC 芯片参考电压的调零,而输入支路上的 AD9631 用来放大输入的模拟信号。ADC 芯片选用了 AD9042,它是一款 12 位 41MSPS 单片模数转换器,+5V 单一电源供电,片内自带采样保持电路以及参考电源,输入电压范围为 $V_{ref} \pm 0.5V$,功耗为 595mW;二进制补码输出,CMOS 输出电平,解码输入为 TTL/CMOS 电平。

IDT 的同步 FIFO 芯片 IDT72V265LA 作为 ADC 输出数据的缓存芯片,其后是控制

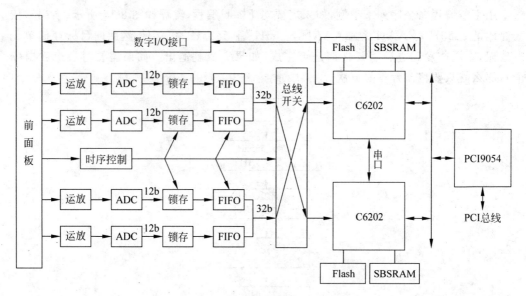

图 8-17　数据采集预处理板原理框图

数据总线分合的总线开关芯片 SN74CBT16292 和 SN74CBT163257，分别完成与控制信号和数据线对两个 DSPs 的灵活连接。每个 DSPs 还配有 256K×32 位的 SBSRAM 和 256K×8 位 Flash 存储器，分别作为片外 RAM 和 ROM 程序加载使用。

PCI 总线规范十分复杂，接口设计有比较大的难度，其接口开发有两种途径：一种是自行设计符合 PCI 总线规范的大容量、高速芯片；另一种用小容量的 CPLD 或是 FPGA 芯片配合通用 PCI 接口芯片。根据国内的器件发展水平，我们采用后一种方案，接口芯片选用的是 PLX 公司的 PCI9054。

PCI9054 是 PLX 公司推出的一种 33MHz 32 位 PCI 接口控制器，服从 PCI 局部总线规范 2.2 版。该芯片可以作为 PCI 总线目标设备，实现基本的传送要求；也可以作为 PCI 总线主控设备，访问其他 PCI 总线设备。

数据采集预处理板的主要特点有：

- 全长 PCI 板卡。
- 33MHz,32 位主/从模式 PCI 接口。
- 2 片 TMS320C6202@250MHz,4000MIPS 峰值处理能力。
- 4 通道 12 位@41MIPS 高速高精度 ADC。
- 通过总线开关选择，任意 DSPs 可以读取任意通道的数据。
- 每片 DSPs 带 256K×32 位 SBSRAM。
- 每片 DSPs 带 256K×8 位 Flash ROM。
- 4 片 16K×18 位同步 FIFOs(10ns 存取周期)。
- 数字 I/O 接口。
- DSPs 间可以通过 Xbus 互相访问。
- DSPs 间可以通过 McBSP 同步串口互相通信。

- 采用 CPLD 实现时序控制,灵活度高。

8.3.2　双 C6416 并行信号处理板

本板是一个以两片 C6416 为核心处理器的并行信号处理板,基于 6U 板型的标准 CPCI 总线,具有海量存储能力,并有灵活的单板和多板扩展能力。图 8-18 是该信号处理板的原理框图。

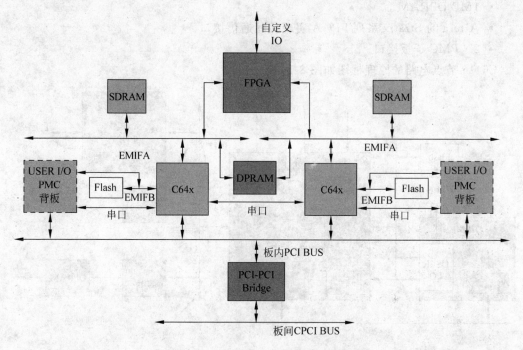

图 8-18　双 C6416 并行信号处理板原理框图

板上有两片 C6416,它们在结构上完全对称,描述上称每片 C6416 及其外围资源为一个处理节点。这种对称的结构决定了两片 C6416 既可以是串行流水方式的并行计算,也可以是并发操作方式的并行计算,具体的方式由信号处理板完成的算法来决定。两片 C6416 通过 PCI-to-PCI 桥同时挂接在 PCI 总线上,所以两片 C6416 之间以及 C6416 和主机之间都可以通过 PCI 总线进行数据传输。因为 C6416 只支持 32 位、33MHz 的 PCI 标准,所以本系统中都采用 32 位、33MHz 的 PCI 总线,峰值传输速率可达 132MB/s。另外,两片 C6416 之间还通过双口存储器(DPRAM)以共享存储器的方式耦合在一起,来完成并行处理时两者之间的数据共享和通信。双口存储器数据总线宽度为 64 位,容量为 1MB。而且,每片 C6416 外围最大可配备 512MB 的 SDRAM 和 8MB 的 Flash。其中,大容量的 SDRAM 可用来暂存大量的中间处理数据,大容量的 Flash 可用来存储大量的程序和非易失数据。存储器存储容量比较大,主要是基于通用性的考虑,配备不同容量时可以满足不同的应用需求,这可根据实际的情况而定。除此以外,板上还有一片 FPGA 和两个 PMC 背板接口,它们都可用作功能扩展。其中,FPGA 上实现自定义 ID 接口,用作多板功能扩展;PMC 背板接口用作单板功能扩展。另外,两片 C6416 之间也可以利用串口进行通信。

该信号处理板上的主要资源有：

- 6U 板型，32 位/33MHz CPCI 总线。
- 2×TMS320C6416×720MHz，峰值处理能力为 11520MIPS。
- 1GB 的 SDRAM(容量可配置)。
- 每个 C6416 有 8MB Flash(容量可配置)。
- 1MB DPRAM。
- Altera 的 Stratix 系列 FPGA 实现板间通信接口。
- 2×PMC 子板接口。

C6416 节点电路的原理框图如图 8-19 所示。

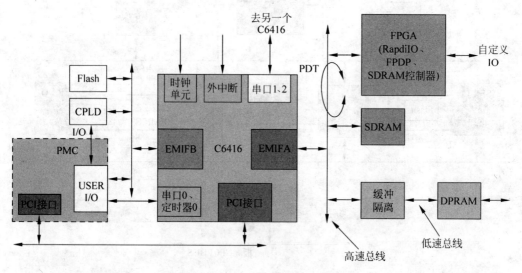

图 8-19　C6416 节点电路框图

EMIFA 的外总线上连接了 FPGA、SDRAM 和 DPRAM，它们的数据宽度都是 64 位的。出于总线驱动能力和信号完整性的考虑，外总线通过缓冲隔离器(16244/16245)被分成了两级。其中，FPGA 用同步时序访问，SDRAM 是同步器件，它们被直接连接到临近EMIFA 接口的这一级总线上，这一级总线访问速率高，称高速总线；DPRAM 是异步器件，被连接到经过缓冲的这一级总线上，这一级总线访问速率低，称低速总线。EMIFA的每个 CE 空间最大的存储器管理能力是 256MB，外接 4 片 16 位数据宽度、512Mbits 的SDRAM 时，可以达到这个最大容量，本电路中设计了 8 片(指一个节点)，占用两个 CE空间，共 512MB。另外，DPRAM 芯片数据宽度最宽只有 36 位的，所以电路设计中用了两片 DPKAM 芯片扩展成 64 位的。

EMIFB 的外总线上连接了 Flash、CPLD 和 PMC 背板接口的 USER I/O，Flash 和CPLD 的数据宽度为 8 位，USER I/O 上的引线为 16 位。为了均衡总线负载，使 16 根数据线上的负载接近相等，CPLD 的访问用了高 8 位数据线，Flash 用了低 8 位。出于同样的目的，访问 CPLD 用的地址线也是高位的。CPLD 中，目前设计 4 个 8 位的寄存器，用作控制和功能扩展。因为 EMIFB 对 8 位的异步存储设备的管理能力只有 1MB,所以接 8MB 的 Flash 需要做地址扩展,这个扩展功能在 CPLD 中完成。

该处理板有三大特点:一是运算能力强,峰值处理能力达 11520MIPS;二是通用性强,主要体现在 DSPs 主频高、节点结构对称、板上存储器资源丰富以及使用了标准化的 CPCI 总线,这使得它可应用于不同的场合,如各种视频图像处理和雷达信号处理等;三是扩展能力强,主要体现在设计了标准的 PMC 背板接口和用 FPGA 做板间通信接口芯片。利用 PMC 背板进行单板功能扩展,可以组成一个简洁的单板系统。通过板间通信接口进行多板功能扩展可组成运算能力更加强大的、复杂的多板处理机系统。另外,FPGA 可编程,因此板间通信协议可以是多样的,接口方式很灵活。

8.3.3　基于 CPCI 的模块化雷达信号处理机

雷达信号处理的过程可以看作是:回波信号通过一个黑匣子后得到改善并获取信号中信息的过程。不同雷达的信号处理只是黑匣子里的算法不同,因此只要黑匣子的算法是可编程修改的,就可以用一个通用的黑匣子——通用信号处理机实现不同雷达的信号处理。但是,不同雷达体制对信号处理的算法、运算量、实时性要求又不一样,因此要求信号处理机具有通用性。通用性设计采用标准化、模块化的思想,将不同用途的处理机统一到同一个平台上来。

雷达数字信号处理系统基本组成:模数转换器(ADC),数字信号处理器(DSPs),存储器(MEM),数模转换器(DAC),数字 I/O 接口和系统定时器,结构如图 8-20 所示。

外界输入的模拟信号由 ADC 转换为数字信号,DSPs 对数字信号进行处理,处理过程中的数据可能需要存储,就将其存储在存储器中,然后将结果的数字信号通过数字 I/O 接口输出或转换为模拟信号输出。雷达处理系统是同步系统,系统中的各部分有严格的同步关系,这需要一个定时器来维护。

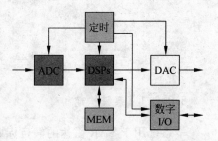

图 8-20　雷达数字信号处理系统的
基本组成框图

以上是一个基本框架,针对不同的具体应用这个框架可能会有变同。在雷达相关的应用领域中,这个框架一般可用于四种设备:雷达信号处理机、雷达干扰信号处理机、雷达回波模拟器和雷达数据采集器。前两种应用的基本框架相同,但雷达干扰信号处理机通常要求 DAC 的数模转换率与前端 ADC 的模数转换率相互匹配;用作雷达回波模拟器时不需要 ADC;用作雷达数据采集器时不需要 DAC。通用化的设计使得上述不同组合在一个统一的框架下得以实现。将上述的各部分功能都分别设计在标准化的模块上,通过不同模块的组合就可以构建出所需要的系统。

如图 8-21 所示,以 CPCI 标准总线技术为基础,配以高速数据互联网络和精确定时总线相结合的并行处理机方案可以满足通用化的要求。CPCI 标准总线为所有的模块提供一个通用的平台,它可以实现各功能单元之间的全相连。但是 CPCI 是共享总线,数据的传输时间存在着不确定性,所以在系统中它只用来负责传送用户的指令以及将处理结果送至上位机等工作，或者传送低速及实时性要求不高的数据。准时且对带宽要求大的数据传送需通过高速数据互联网络来完成。考虑雷达数字信号处理的特殊性，设立定时总线，用来控制整个系统的工作节奏和同步关系。

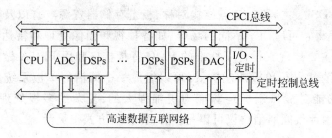

图 8-21　系统基本体系结构框图

以下是基于上述体系结构的某雷达干扰处理机的设计，如图 8-22 所示。

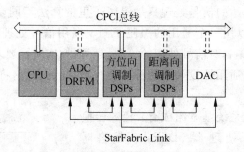

图 8-22　某雷达干扰处理机原理框图

8.3.3.1　系统构建

本系统用于 SAR 雷达的假目标欺骗干扰，假目标欺骗干扰就是干扰机在截获雷达信号的基础上，通过存储调制后延迟发射，这就保证了干扰信号的脉内特性与雷达回波信号的脉内特性相一致，并且在发射的干扰信号脉冲之间加入了假目标信息调制，使干扰信号能够进入 SAR 二维匹配处理中，即在距离上和方位上干扰信号均能与雷达回波信号匹配，这样使 SAR 采集到的数据能在数据处理机被处理后，得到由实际目标和虚假目标叠加后的图像，以达到欺骗干扰的目的。

系统由显控计算机（CPU 板）、ADC/DRFM 板、方位向调制 DSPs 板、距离向调制 DSPs 板、DAC 板共 5 块板组成，其中两种功能 DSPs 板使用相同型号的电路板。系统中，电路板间采用 CPCI 总线和 StarFabric 连接，后者为高速数据互联网络。方位向调制 DSPs 板工作于 StarFabric 的根模型，ADC/DRFM 板、距离向调制 DSPs 板及 DAC 板工作于 StarFabric 的叶模型。

8.3.3.2　ADC/DRFM 板

ADC 板包括两路相对独立的 ADC，如图 8-23 所示，ADC 芯片将模拟信号变成数字信号，经过数据分流后缓存在 FIFO 中，然后 FPGA 将数据读出做一些预处理，处理完之后将结果数据通过自定义接口或 StarFabric 输出。

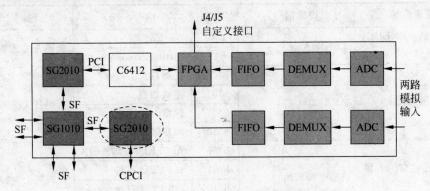

图 8-23　ADC/DRFM 板原理框图

板上对外的数据接口有 4 个：定义在 J1/J2 上的 CPCI 接口，定义在 J3 上的两个 StarFabric 的 link，定义在前面板上的两个 StarFabric 的 link 和定义在 J4/J5 上的自定义接口。

C6412 是 C64x 系列的成员之一，它与其他芯片最大的不同有两点：一点是 PCI 接口的速度可达 66MHz，另一点是只有一个外存接口——64 位宽的 EMIFA。图 8-24 是 C6412 外围设计原理框图。本电路中 EMIFA 外接了 256MB 的 SDRAM，以及用于存储程序的 Flash。另外，FPGA 也映射在 EMIFA 的地址空间，C6412 可以访问 FPGA 内部的存储器或寄存器资源。

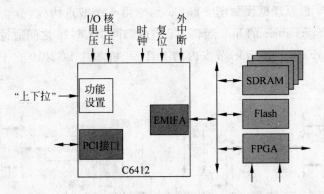

图 8-24　C6412 外围设计原理框图

C6412 的功能设置如表 8-14 所示。

表 8-14　C6412 的管脚设置

设置内容	设置信号	数值	含　　义	说　　明
片内锁相环模式	CLKMODE[1：0]	b'00'	Passby	电阻跳线选择
		b'01'	6 倍频	
		b'10'	12 倍频	
		b'11'	保留	

续表

设置内容	设置信号	数值	含 义	说 明
芯片的 ENDIAN 模式	LENDIAN	b'0'	Big Endian	拨码开关选择
		b'1'	Little Endian	
芯片的引导模式	AEA[22：21]	b'00'	无加载	拨码开关选择
		b'01'	主机加载	
		b'11'	保留	
		b'10'	ROM 加载	
EMIFA 接口时钟选择	AEA[20：19]	b'00'	AECLKIN 管脚外输入	拨码开关选择
		b'01'	1/4 CPU 时钟	
		b'10'	1/6 CPU 时钟	
		b'11'	保留	
PCI 接口使能	PCI_EN	b'0'	禁止	拨码开关选择
		b'1'	使能	
PCI 接口由 EEPROM 自动配置	PCIEEA	b'0'	禁止	电阻跳线选择
		b'1'	使能	
PCI 时钟	PCI66	b'0'	66MHz	拨码开关选择
		b'1'	33MHz	

8.3.3.3 DSPs 板

详细的 DSPs 板原理框图如图 8-25 所示,它由 4 个节点构成,节点之间通过 switch 芯片 SG1010 用 StarFabric 的 link 互联。节点内部两个 C6416 之间通过局部的 PCI 总线通信,对外是 StarFabric 的 link,节点内的 PCI-SF 桥芯片 SG2010 在 PCI 和 StarFabric 之间进行解析。

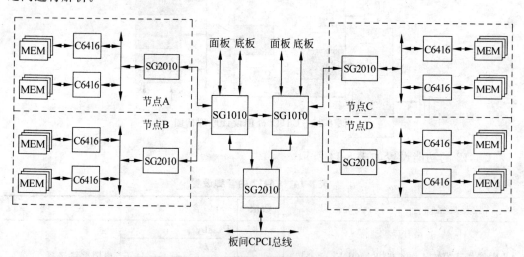

图 8-25　DSPs 板原理框图

DSPs 板上的资源如表 8-15 所示。

表 8-15　DSPs 板上的资源

节点资源(共 4 组)	DSPs	2×C6416(1GHz)
	存储器	256MB SDRAM / C6416
	板内 link	两个 2.5Gb/s 双向的 link,一个连接 SG1010,一个连接 SG2010
板上全局资源	CPCI 总线	符合 PCI V2.2 规范, 32 位/64 位、33MHz/66MHz 总线
	I/O 资源	J5 上 20 个自定义的 I/O
	板间 link	J3 上两个,符合 PICMG2.17;前面板两个,自定义

节点框图如图 8-26 所示,节点中两个 C6416 是完全对称的,外围电路的设计也相同。

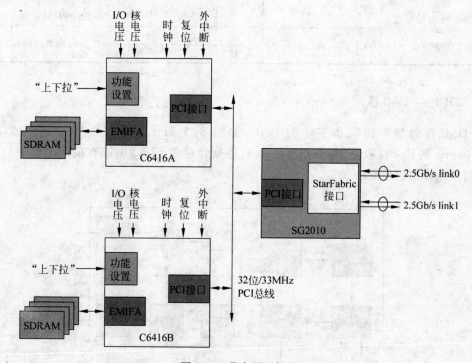

图 8-26　节点原理框图

C6416 芯片的工作状态取决于功能设置管脚的状态,在硬件设计时通过上下拉电阻来设置这些管脚,上拉为"1",下拉为"0",具体设置如表 8-16 所示。

C6416 有丰富的外设接口,但在此节点中只使用了 EMIFA 和 PCI 接口。EMIFA 是 64 位的外存接口,最大的存储器管理能力是 1GB,分 4 个空间 ACE0~ACE3,每个空间是 256MB。SDRAM 接在 EMIFA 接口上,占用 ACE0 空间。SDRAM 选用 4 片 16 位宽、容量为 512Mb 的芯片,通过位宽扩展为 64 位宽。

表 8-16　C6416 的管脚设置

设置内容	设置信号	数值	含　义	说　　明
片内锁相环模式	CLKMODE[1：0]	b'11'	20 倍频	可通过电阻跳线选择 1、6 或 12 倍频
芯片的 ENDIAN 模式	BEA20	b'1'	Little Endian	不设置（管脚内部上拉）
芯片的引导模式	BEA[19：18]	b'00'	无加载	拨码开关选择
		b'01'	主机加载	
		b'10'	ROM 加载	
		b'11'	保留	
EMIFA 接口时钟选择	BEA[17：16]	b'00'	AECLKIN 管脚外输入	拨码开关选择
		b'01'	1/4 CPU 时钟	
		b'10'	1/6 CPU 时钟	
		b'11'	保留	
PCI 接口由 EEPROM 自动配置	BEA13	b'0'	禁止	没有设计 EEPROM
PCI 接口使能	PCI_EN	b'0'	禁止	拨码开关选择
		b'1'	使能	

8.3.3.4　DAC 板

DAC 板包括两路同步工作的 DAC，如图 8-27 所示。电路板从自定义接口或 StarFabric 的 link 接收数据，通过 FPGA 将数据暂存在 FIFO 中或直接输出给 DAC 芯片，转换为模拟信号输出。

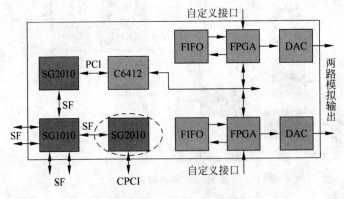

图 8-27　DAC 板原理框图

DAC 板的 StarFabric 接口设计与上述 ADC 板的完全相同，完成 PCI 的接口功能及板上控制功能的芯片也同样选择 C6412。C6412 外围电路的设计与 ADC 板几乎相同，所不同的是这里 EMIFA 上有两个 FPGA。

板上对外的数据接口有 4 个：定义在 J1/J2 上的 CPCI 接口，定义在 J3 上的两个 StarFabric 的 link，定义在前面板上的两个 StarFabric 的 link 和定义在 J4/J5 上的自定义接口。

参考文献

[1]　李方慧,王飞,何佩琨. TMS320C6000 系列 DSPs 的原理与应用. 第 2 版. 北京:电子工业出版社,2003

[2]　TI. TMS320C6414, TMS320C6415, TMS320C6416 FIXED-POINT DIGITAL SIGNAL PROCESSORS. Texas Instruments Incorporated,2003.7

[3]　TI TPS70345,TPS70348,TPS70351,TPS70358,TPS70302 DUAL-OUTPUT LOW-DROPOUT VOLTAGE REGULATORSWITH POWER UP SEQUENCING FOR SPLIT VOLTAGE DSP SYSTEMS. Texas Instruments Incorporated,2000.8

[4]　TI TMS320C62x/C67x Power Consumption Summary. Texas Instruments Incorporated,2002.7

[5]　TI TMS320C6000 Peripherals Reference Guide. Texas Instruments Incorporated,2001.2

[6]　SST. 2 Mbit/4 Mbit/8 Mbit (x16) Multi-Purpose Flash. Silicon Storage Technology,Inc.,2003

[7]　刘国满. 雷达信号处理高速并行处理及结构及实现研究:[学位论文]. 北京理工大学电子工程系,2005.6

[8]　李云杰,高梅国,付佗等. RCS 测量高速数据采集预处理模块的设计与实现. 系统工程与电子技术,2004(1):18～20,98

[9]　刘国满,高梅国,郑坤. 基于 CPCI 总线的双 TMS320C6416 并行信号处理板的设计与实现. 测控技术,2004 增刊:262～265

缩 略 语 表

AC：alternating current，交流

ADC：analog to digital converter，模数转换器

ALU：arithmetic logical unit，算术逻辑单元

API：application programming interface，应用编程接口

ARP：address resolution protocol，地址解析协议

ASIC：application-specific integrated circuit，专用集成电路

ASIP：application-specific integrated processor，专用处理器

ASRAM：asynchronous SRAM，异步 SRAM

ASSP：application-specific standard product，专用标准产品电路

ATE：automatic test equipment，自动测试设备

BGA：ball grid array，球状矩形阵列

BOOTP：bootstrap protocol，自举协议

BSD：berkeley software distribution，伯克利软件套件

BSP：board support package，板级支持包

BWRR：budgeted weighted round-robin，有预算的加权轮转算法

CAD：computer aided design，计算机辅助设计

CAE：computer aided engineering，计算机辅助工程

CCS：code composer studio，代码编写环境

CISC：complex instruction set computer，复杂指令集处理器

CMOS：complementary metal oxide semiconductor，互补金属氧化物半导体

COFF：common object file format，公共目标文件格式

COMA：cache only memory architecture，只用高速缓存的存储器结构

CPA：carry propagate adder，进位传播加法器

CPCI：compact PCI，紧缩型 PCI

CPI：clock cycles per instruction，每条指令的时钟周期数

CPLD：complex programmable logic device，复杂可编程逻辑器件

CPU：central processing unit，中央处理单元

CSA：carry save adder，进位保留加法器

CSL：chip support library，芯片支持库

DAC：digital to analog converter，数模转换器

DC：direct current，直流

DFM：design for manufacture，可制造性设计

DIP：double in-line package，双列直插式封装

DM：deadline-monotonic，时限单调算法

DMA：direct memory access，直接存储器访问

DP：data pointer，数据段指针

DRAM：dynamic random access memory，动态随机访问存储器

DSK：DSP starter kit，DSP 初学者工具箱

DSO：digital storage oscillograph，数字存储示波器

DSP：digital signal processing，数字信号处理

DSPs：digital signal processors，数字信号处理器

DSP/BIOS：DSPs 实时操作系统

DTB：data transform bus，数据传输总线

DRC：design rule check，设计规则检查

ECL：emitter coupled logic，射级耦合逻辑

EDA：electronic design automatic，电子设计自动化

EDF：earliest-deadline-first，最早时限优先算法

EMC：electro-magnetic compatibility，电磁兼容性

EMI：electro-magnetic interference，电磁干扰

EMIF：external memory interface，外部存储器接口

ENOB：effective number of bits，有效位数

EVM：evaluation module，评估版

FFT：fast fourier transform algorithm，快速傅氏变换算法

FIFO：first-in first-out memory，先入先出存储器

FIR：finite impulse response，有限长冲击响应滤波器

FPGA：field programmable gate array，现场可编程器

GEL：general extension language，通用扩展语言

GPPs：general purpose processors，通用目的处理器

GTL：gunning transceiver logic，发射接收逻辑电路

hDSP：heterogeneous digital signal processing，异类数字信号处理

HPI：host port interface，主机接口

HRR：hierarchical round-robin，分等级的轮转算法

IC：integrated circuit，集成电路

IBIS：input/output buffer information specification，输入输出缓冲信息规范

IEEE：institute of electrical and electronic engineers，电气和电子工程师协会

IPC：inter-processor communication，处理器间通信

ISR：interrupt service routine,中断服务程序

I/O：input and output,输入输出

JTAG：joint test action group,联合测试行为组织

LSB：least significant bit,最低位

LCD：liquid crystal display,液晶显示屏

LFU：least frequently used algorithm,最久没有被使用算法

LM：local memory,本地存储器

LVDS：low voltage differential signal,低压差分信号

MAC：multiply and accumulate,乘和累加

MBPS：million bit per second,百万位/秒

McBSP：multi-channel buffered serial port,多通道缓冲串口

MCU：microcontrol unit,微程序控制器

MEMS：microelectromechanical-systems,微机电系统

MFLOPS：million float operation per second,百万次浮点操作/秒

MIMD：multiple instruction stream multiple data stream,多指令流多数据流

MIPS：million instruction per second,百万条指令/秒

MISD：multiple instruction stream single data stream,多指令流单数据流

MLF：minimum-laxity-first,最小松弛时间优先算法

MOPS：million operation per second,百万次操作/秒

MTD：moving target dectect,动目标检测

NUMA：nonuniform memory access,非均匀存储器访问

OLE：object linking and embedding,对象连接与嵌入

PCB：printed circuit board,印刷电路板

PCI：peripheral component interconnect,互联外围设备

PE：processing element,处理单元

PICMG：PCI industrial computer manufacture group,PCI 工业计算机制造组织

PLCC：plastic leadless chip carrier,塑料式引线芯片承载封装

PLL：phase locked loop,锁相环

PMC：PCI mezzanine card,PCI 子卡

RAM：random access memory,随机访问存储器

RF：radio frequency,射频

RM：rate-monotonic，速率单调算法
RISC：reduced instruction set computer，精简指令集处理器
ROM：read only memory，只读存储器
RPC：remote procedure call protocol，远程调用协议
RTDX：realtime data exchange，实时数据交换

SBSRAM：synchronous burst SRAM，同步簇发访问 SRAM
SFDR：spurious free dynamic range，无杂散动态范围
SI：signal integrity，信号完整性
SIMD：single instruction stream multiple data stream，单指令流多数据流
SISD：single instruction stream single data stream，单指令流单数据流
SM：share memory，共享存储器
SMT：surface mounted technology，表面安装技术
SNMP：simple network management protocol，简单网络管理协议
SOC：system on chip，片上集成系统
SOPC：system on programmable chip，片上可编程集成系统
SP：stack pointer，堆栈段指针
SPC：section program counter，段程序计数器
SPICE：simulation program with integrated circuit emphasis，集成电路仿真程序
SRAM：static random access memory，静态随机访问存储器
SSRAM：synchronous SRAM，同步 SRAM
S&G：stop-and-go，算法

TCL：tool command language，工具命令语言
TDR：time domain reflectometer，时域反射仪
TTL：transistor-transistor logic，晶体管-晶体管逻辑

uBGA：microball grid array，微型球状矩形阵列
UMA：uniform memory access，均匀存储器访问

VDK：VisualDSP++Kernel，ADI 的 DSPs 实时操作系统
VHDL：VHSIC hardware description language，超高速集成电路硬件描述语言
VHDL-AMS：VHDL-analog and mixed signal，VHDL-模拟混合信号
VLIW：very long instruction word，超长指令字结构
VLSI：very large scale integration，超大规模集成电路

WRR：weighted round-robin，加权轮转

教师反馈表

感谢您购买本书！清华大学出版社计算机与信息分社专心致力于为广大院校电子信息类及相关专业师生提供优质的教学用书及辅助教学资源。

我们十分重视对广大教师的服务，如果您确认将本书作为指定教材，请您务必填好以下表格并经系主任签字盖章后寄回我们的联系地址，我们将免费向您提供有关本书的其他教学资源。

您需要教辅的教材：	
您的姓名：	
院系：	
院/校：	
您所教的课程名称：	
学生人数/所在年级：	_____人/ 1 2 3 4 硕士 博士
学时/学期	_____学时/_____学期
您目前采用的教材：	作者：_____ 书名：_____ 出版社：_____
您准备何时用此书授课：	
通信地址：	
邮政编码：	联系电话
E-mail：	
您对本书的意见/建议：	系主任签字 盖章

我们的联系地址：

清华大学出版社　学研大厦 A602，A604 室

邮编：100084

Tel：010-62770175-4409，3208

Fax：010-62770278

E-mail：liuli@tup.tsinghua.edu.cn；hanbh@tup.tsinghua.edu.cn